Zu diesem Buch

«Der blutjunge englische Lieutenant Paul Craddock, im Burenkrieg schwer verwundet, macht überraschend eine große Erbschaft aus dem Schrotthandel seines verstorbenen Vaters. Er kauft im landschaftlich schönen Devonshire ein verlottertes Herrengut mit einigen dazugehörenden Pachtgütern und verwandelt es beharrlich und mit Hilfe eines ihm ergebenen Verwalters in einen blühenden Besitz. Mit Erfahrung und Phantasie breitet Delderfield seinen Stoff dann aus: zwei sehr verschiedene Ehen, aus denen sieben Kinder hervorgehen, die Scheidung von einer engagierten Frauenrechtlerin (die ihren Vater haßt – die Psychologie kommt zu ihrem Recht), erregende menschliche Schicksale auf Pachtgütern, Mord und Selbstmord, Wilderei und Brandstiftung, Unglücksfälle, Leid und Tod, aber auch kleines und großes Glück, kleine und große Lieben, und hier und da ein Fest. Diese Ereignisse in der Abgeschiedenheit des ländlichen Devonshire stehen immer vor dem sehr wechselnden politischen Hintergrund von der Jahrhundertwende bis in die sechziger Jahre hinein. Es ist hierbei ganz interessant, die Reaktionen der englischen Landbevölkerung gegen die Deutschen in zwei Weltkriegen kennenzulernen. Mittelpunkt all dieser Geschichten ist Paul Craddock, der für die Rolle des patriarchalischen Gutsherrn geboren zu sein scheint, und es ist, als sei eine solche Gestalt nicht nur ein Wunschbild des Erzählers, sondern auch ein uralter Menschheitstraum, wahrscheinlich, weil es sie so selten gab oder gibt.

Es macht einen indessen fast fröhlich zu lesen, wie dieser Craddock, der ganz natürlich, menschlich und praktisch denkt, allen seinen theoretisch argumentierenden Mitspielern bei so vielen Gelegenheiten immer wieder um Längen in der Bewältigung des Alltags voraus ist. Toleranz ist seine Stärke. Der Familienroman scheint seine Unsterblichkeit beweisen zu wollen trotz aller gegenteiligen Prognosen» («Bücherkommentare»).

«Noch in die Nebensätze packt Delderfield Historie hinein, doch ohne seinen Stoff zu überladen. Im Gegenteil. Es gibt kaum eine amüsantere Ehegeschichte als die Paul Craddocks und kaum rührendere Liebesszenen als die zwischen seinem Schützling und einem schwachsinnigen Mädchen, das so etwas wie die Seele des Tals ist. Delderfield wird mit Galsworthy verglichen, sein Roman in die Nähe von Margaret Mitchells ‹Vom Winde verweht› gerückt. Beides ist richtig» («Welt am Sonntag»).

Ronald Frederick Delderfield, geboren am 12. Februar 1912, begann bereits mit siebzehn Jahren als Reporter zu arbeiten und wurde später Redakteur. Seit 1947 lebte er als freier Schriftsteller. Er veröffentlichte Theaterstükke, Drehbücher, Funksendungen, Essays und vor allem erfolgreiche Romane, unter ihnen «Träumende Vorstadt». Die Zeitschrift «Life» verglich ihn mit John Galsworthy, andere mit Charles Dickens. Ronald Frederick Delderfield starb am 24. Juni 1972 in East Devon/England.

R. F. Delderfield

Das Tal der Craddocks

Roman

Band 2: Die neue Zeit

Deutsch von
Rolf Hellmut Foerster

rororo
Rowohlt

Veröffentlicht im Rowohlt Taschenbuch Verlag GmbH,
Reinbek bei Hamburg, Februar 1980

Die englische Originalausgabe erschien unter dem Titel
«The Green Gauntlet»
bei Hodder and Stoughton, Ltd., London

Satz Bauer und Bökeler, Denkendorf
Gesamtherstellung Clausen & Bosse, Leck
Printed in Germany
780-ISBN 3 499 14485 9

Viertes Buch

Kriegsausbruch

1

In dem Jahrzehnt, das auf den Ersten Weltkrieg folgte, sprachen die Historiker oft von der allgemeinen Nervosität, die das Attentat auf Franz Ferdinand im Juni 1914 auslöste. Paul, der das Tal und seine Bewohner so gut kannte, hielt nichts von dieser Fiktion. Die Nachricht über den Tod des Erzherzogs in Sarajewo war rasch wieder vergessen, und kaum jemand im Sorrel-Tal errinnerte sich an diesen Vorfall, bis er ihnen einen Monat später doch ins Bewußtsein gebracht wurde. Und selbst dann sahen sie darin kaum mehr als eine Rauferei in einem fernen Land, wo das Donnern der Kanonen und das Bersten selbstgebastelter Bomben alltäglich war. Nur wenige Leute im Tal lasen eine andere Zeitung als die *County Press*, und obwohl dieses Blatt eine kleine Rubrik mit Auslandsnachrichten brachte, schenkten die Leser ihr nur einen kurzen Blick und wandten sich dann den Marktberichten zu oder jenen Spalten, die sich mit Sportereignissen in der Grafschaft befaßten.

Ein Mann jedoch wußte, daß das europäische Pulverfaß jederzeit explodieren konnte. Horace Handcocks Haß auf die Deutschen datierte von jenem Tag, an dem der Kaiser beschlossen hatte, der britischen Marine Konkurrenz zu machen und Schlachtschiffe zu bauen. Von da an hatte Horace einen Einmannfeldzug geführt, um seine Nachbarn vor der von Potsdam drohenden Gefahr zu warnen. Und seine Hiobsbotschaften waren so realistisch und originell, daß er in der Küche von Shallowford oder im «Raben» immer Zuhörer fand. Sie ermunterten ihn manchmal, die neuesten Scheußlichkeiten, die Potsdam für den britischen Vetter auf Lager hatte, zu schildern. Niemand kannte die Quelle von Horace Handcocks Informationen, aber sie waren so umfassend und detailliert, daß man es den einfältigeren unter seinen Zuhörern verziehen hätte, wenn sie zu der Überzeugung gelangt wären, Horace habe Zugang zu den Papierkörben in der Wilhelmstraße. Er berichtete von Bomben, die, als Mangold getarnt, über britischen Feldern von Zeppelinen abgeworfen würden, von Säcken voll vergifteter Süßigkeiten für unvorsichtige Kinder und von riesigen Haubitzen, die an der ganzen deutschen Küste entlang installiert worden seien und halb London in Schutt und Asche legen könnten. Er war von dem Gedanken besessen, daß Scharen von

Spionen im Land waren, die nachts mit Unterseebooten landeten und sich in verlassenen Buchten versammelten. Für Horace Handcock stand jeder Ausländer, mit Ausnahme der italienischen Eisverkäufer, im Solde Moltkes.

Die einzige, die sich durch diese schrecklichen Prophezeiungen beunruhigen ließ, war Mrs. Handcock, die noch zum Zuhören verpflichtet war, wenn alle anderen schliefen. Und weil sie schon immer großen Respekt vor der Gelehrsamkeit ihres Mannes gehabt hatte, war sie überzeugt, eine deutsche Invasion des Küstenstreifens zwischen Coombe Bay und Whinmouth sei beschlossene Sache. Zu ihrem Glück war sie jedoch von Natur aus optimistisch und meinte, solange sie lebe, werde es schwerlich zu einer Störung des maritimen Gleichgewichts zwischen Großbritannien und Deutschland kommen, so daß schließlich kein ernsthafter Grund zur Besorgnis vorlag, zumal sie kinderlos waren.

Und doch wurde sogar Horace zuletzt von den Ereignissen überrascht, da er in den kritischen Monaten vor dem August 1914 seine Aufmerksamkeit durch die Curragh-Meuterei ablenken ließ. Erst als er Ende Juli von dem österreichischen Ultimatum an Serbien hörte, mußte er einsehen, daß die Ereignisse ihn überholt hatten. Doch nun war es zu spät, die Schlafenden wachzurütteln.

Diese Aufgabe hätte ohnehin seine Kräfte überstiegen, denn in den letzten Julitagen hatten die Männer im Tal keine Zeit, die *County-Press* zu lesen. Während das europäische Telegrafennetz unter einem endlosen Austausch von Drohungen, Vorschlägen, Gegenvorschlägen, Beschuldigungen, Absagen und Dementis heißlief, feilschten die Herren von Four Winds und Hermitage um einen Bullen, und arbeitete Smut Potter sechzehn Stunden täglich in seinem Gewächshaus. Nicht weit davon hoben seine beiden Schwestern, die von der Sonne fast schwarz getönt worden waren, unter der Fuchtel des Goliath von Bideford einen Bewässerungsgraben aus, und überall erörterten Männer und Frauen Probleme wie die Obsternte, den Wassermangel, die Pflanzenschädlinge und die voraussichtlichen Futterpreise im Herbst. An jedem Tag, an dem der Zar aller Reußen seinen Ukas bis in die entferntesten Dörfer seines riesigen Reiches schickte, markierte Sam Potter die Tannen, die in der Schonung hinter seinem Häuschen demnächst gefällt werden mußten, und brachte Sydney Codsall, der nun in einem Anwaltsbüro in Whinmouth arbeitete und sich mit Grundstücksgeschäften befaßte, der alten Mrs. Earnshaw einen Blumenstrauß. Mrs. Earnshaw war achtundneunzig Jahre alt und hatte kürzlich auf Kosten ihrer Nichte in New Südwales ihr Testament geändert. Sydney war einer der wenigen, die etwas von der Krise ahnten, aber nichts erschien ihm so wichtig wie die Überschreibung von Mrs. Earnshaws Seilerei auf eine Firma, die unter dem Namen «Coombe Bay Enterprises, Ltd.» bekannt und für ein Unternehmen, das schon vor Mr. Earnshaws Tod in den achtziger Jahren keinen Gewinn mehr abwarf, in harter Münze zu bezahlen bereit war.

Nur in einer Küche im Tal rief der ferne Donner Schrecken hervor, und zwar in Periwinkle am Rand des Moors, wo die Feindseligkeiten bereits mit einem Streit zwischen Will Codsall und seiner Frau Elinor begonnen hatten. Genau wie der größere Konflikt jenseits des Meeres hatte dieser Streit seine Ursache in einem Fetzen Papier – allerdings keinem Vertrag, sondern einem gedruckten Einberufungsbefehl, der Will unter Androhung von Haft aufforderte, sich binnen achtundvierzig Stunden in der Kaserne der berittenen Miliz von Devon zu stellen.

Diese Einberufung versetzte Elinor in Zorn. Bisher hatte sie Wills Betätigung in der Landwehr als eine dumme Männermarotte angesehen, für die er jedoch – und das hatte sie ebenfalls lächerlich gefunden – vierteljährlich eine kleine Summe bezahlt bekam, und zwar seit den Krönungsfeierlichkeiten im Jahre 1911, als er seine Verpflichtung unterschrieben hatte. Will war begeistert gewesen von den Vorführungen der Landwehrsoldaten und hatte sich im Erfrischungszelt mit einem Feldwebel unterhalten, der ihm die Vorteile einer Landwehrverpflichtung schilderte. Die Freiwilligen brauchten nur einmal in der Woche zu einer Übung und jeden Sommer für vierzehn Tage in ein Ausbildungslager zu kommen. Will hatte auf der Stelle unterschrieben und diesen Schritt nie bereut. Er hatte Spaß am Exerzieren und fand, das Geld komme für seinen neuen Viehbestand sehr gelegen, und die vierzehn Tage im Lager waren eine willkommene Abwechslung im Bauernalltag. Er hatte nie mit der Möglichkeit gerechnet, daß man jemals von ihm verlangen würde, ein Gewehr auf Menschen abzufeuern. Und wenn ihm jemand von der Möglichkeit gesprochen hätte, daß man ihn über das Meer transportieren könnte, hätte er seinen Bruder Sydney dafür bezahlt, ihn mit juristischen Mitteln aus einer solchen Lage zu befreien.

Der Wutausbruch, den Elinor bekam, als ihr die Bedeutung der Einberufung klargeworden war, gab Will einen Vorgeschmack von dem Trommelfeuer, dem er bald in der Nähe von Armentières ausgesetzt sein sollte. Sie tobte eine Stunde lang und warf mit Worten um sich, die ihren Vater, den Laienprediger, entsetzt hätten. Will versuchte ihr verständlich zu machen, daß alle Landwehreinheiten für den Heimatdienst bestimmt seien, um Brücken und ähnliche Objekte zu bewachen, und daß der Krieg, wenn er je ausbrechen sollte, nicht länger als einen Monat dauern konnte und daß er überdies für die Zeit, in der er seinen Fahnendienst leistete, bezahlt würde. Doch Elinors Zorn verebbte nicht, sondern brach immer wieder von neuem los, bis Will endlich in das stille Örtchen hinter dem Haus flüchtete und die Tür hinter sich abschloß.

Als es dunkel geworden war, kam er vorsichtig wieder heraus und suchte nach seiner Montur. Dies versetzte ihn einige Jahre in die Vergangenheit zurück, als man sich verstohlen im Haus bewegt und sich vor der schrillen Stimme seiner Mutter Arabella gefürchtet hatte. Aber als Elinor ihn fand, wie er in der Küche seine Sachen packte, sah er, daß sie nicht mehr wütete, sondern weinte, und er kam sich auf einmal klein, gemein und böse vor.

«Du bekommst Trennungsgeld, Ellen. Und ich sage nach wie vor, das alles ist Unfug, und wir sind am Wochenende wieder daheim.»

«Wie soll ich nur allein mit der Ernte fertig werden?» jammerte sie, als er sie umarmte und küßte. «Was wird aus alldem werden, was wir uns in den ganzen Jahren aufgebaut haben, wenn du monatelang weg bist? Uns wegen ein paar Shilling in diese Situation zu bringen!»

Betroffen gab er zu, daß er dümmer sei als es die Polizei erlaube, und fügte hinzu, er könne sich vielleicht freistellen lassen, bis die Ernte eingebracht sei. Außerdem werde er mit dem Gutsherrn und allen möglichen Leuten sprechen, die ihre Beziehungen spielen lassen könnten, um seine Freistellung auf unbestimmte Zeit zu verlängern.

Sie wurde ein wenig ruhiger, kochte ihm das Abendessen, und in der Abenddämmerung gingen sie die Grenzen ihres achtzig Morgen großen Pachtguts entlang, wobei er ihr letzte Anweisungen gab für den Fall, daß sich seine Freistellung verzögern sollte. Während er schlief, lag Elinor wach, und ihre Gedanken wanderten zurück zur ersten Nacht, die sie nach ihrer Trauung in diesem Zimmer verbracht hatten. Seitdem hatten sie viel erreicht. Sie hatten ein verfallenes Stück Land in einen kleinen, aber blühenden Gutshof verwandelt. Außer ein paar Hennen hatten sie damals nichts besessen. Jetzt hatten sie die größte Geflügelzucht im Tal und außerdem noch eine Kuh, Schweine und einige Äcker, die vorher Heideland gewesen waren. Mußte man das alles opfern, nur weil Will in fast analphabetischer Unkenntnis ein Papier unterschrieben hatte, das er nicht verstand? Das war ein ungeheuerlicher Preis für einen kleinen Fehler. Und was für einen Soldaten würde er abgeben, trotz seiner ungeschlachten Figur und seiner harten Muskeln? Er hatte es nie über sich bringen können, einem Huhn den Hals umzudrehen. Das hatte er immer ihr überlassen. Vielleicht würden sie bald dahinterkommen und ihn nach Hause schicken – vielleicht.

2

Der Einberufung Will Codsalls sollten noch viele weitere folgen. Die Neuigkeit, daß er über Nacht eingezogen worden war, brachte einige Talbewohner dazu, die Auslandsnachrichten in der *County Press* zu lesen. Henry Pitts von Hermitage gehörte nicht zu diesen wenigen und äußerte die Meinung, der deutsche Kaiser, von dem man schließlich schon lange wußte, daß er verrückt sei, habe sich nun zu einem gemeingefährlichen Irren entwickelt, und Will müsse sich glücklich preisen, unter denjenigen zu sein, die den Wahnsinnigen fangen und dach St. Helena verbannen würden, das Henry als den traditionellen Verbannungsort all derer betrachtete, die die britische Vorherrschaft zur See herausforderten. Das war eine ausgefallene Theorie, und Henrys Vater Arthur meinte, an der ganzen Geschichte sei mehr daran und die britische Armee müsse wirklich schon sehr in der Klemme sein, wenn sie Dienste eines so arglosen Menschen wie Will Codsall benötigte. Er neigte eher zu der Ansicht, daß die berittene Miliz zusammengetrommelt worden war, um die Berufssoldaten zu ersetzen, die sich in Irland geweigert hatten, gegen die Meuterer vorzugehen.

Eveleigh, ein ernsterer Mann als die beiden Pitts, suchte in älteren Ausgaben der *County Press* nach Aufschlüssen und fand Überschriften wie «Österreich droht Serbien», «Zar sagt Slawen Unterstützung zu» und «Wo steht Großbritannien im Balkanstreit?» Aber bald verirrte er sich im Labyrinth der Depeschen aus St. Petersburg, Wien, Berlin, Paris und Belgrad und schob seine Beurteilung der Lage so lange auf, bis er mit Horace Handcock, dem Experten in auswärtigen Angelegenheiten, sprechen konnte. Eveleigh war ein praktisch veranlagter Mann, und es fiel ihm schwer, den plötzlichen Aufbruch seines Nachbarn Codsall mit Revolverschüssen in Verbindung zu bringen, die in einer Stadt abgefeuert worden waren, deren Namen man noch nie gehört hatte.

Als er an jenem Abend gegen sieben Uhr den «Raben» betrat, waren dort schon über zwanzig Männer versammelt, die offenbar alle die Antwort auf jene Fragen suchten, nach der er vergebens in den Zeitungen geforscht hatte. Gerüchte, die teilweise zu absurd waren, um glaubhaft zu sein, hatten die sonst so friedliche Atmosphäre angeheizt. Churchill, so hieß es, habe die Flotte mobilisiert. Der König habe seinem wahnsinnigen deutschen Vetter einen harten Brief geschrieben und ihn aufgefordert, sofort klein beizugeben. Feldmarschall Kitchener sei aus Ägypten abberufen worden und stände im Begriff, die Armee auf dem Kontinent landen zu lassen. Horace Handcock war der Aufgabe, diese Gerüchte zu beurteilen, nicht mehr gewachsen, nachdem man ihn mit braunem Alebier so vollgepumpt hatte, daß er nur noch zusammenhanglos über Zeppeline, Spione und todbringenden Mangold reden konnte. Gegen acht Uhr verließ Eveleigh angewidert den «Raben», um nichts klüger als zuvor, nur daß ihm bestätigt worden war, daß Will Codsall das Tal in Uniform verlassen hatte.

Er hätte noch etwas Geduld haben sollen. Gegen halb neun kam Smut Potter herein. Er war an der Bahnstation gewesen und brachte ein Extrablatt mit, das aus einem durchgehenden Schnellzug herausgeworfen worden war. Es berichtete über Truppenbewegungen in ganz Europa, von Deutschlands Verpflichtung, Österreich gegen Rußland beizustehen und von Frankreichs Verpflichtung, Rußland und Serbien gegen Deutschland und Österreich beizustehen. Von Englands Rolle in diesem Konflikt stand nichts in dem Blatt, was die Anwesenden enttäuschte. Wills Ansehen sank, je weiter der Abend fortschritt, und dies zumal, als ein Arbeiter kam und sich dafür verbürgte, daß Will Codsall tatsächlich bereits abgereist war. Man fand es unglaublich, daß er sich ohne Abschied davongeschlichen hatte, als habe er beschlossen, dem Kaiser allein entgegenzutreten.

Zur Genugtuung aller hieß es dann, der Gutsherr sitze mit John Rudd im Nebenzimmer, und Sam Potter bat den Wirt, Mr. Craddock Grüße zu bestellen und um Aufklärung zu bitten. Wenige Minuten später erschien Paul und dämpfte die Stimmung noch mehr, indem er verkündete, daß Mr. Grenfell, der ja die Lage bestimmt beurteilen konnte, ihn im Laufe des Tages angerufen und ihm mitgeteilt habe, es sei fast sicher, daß Großbritannien neutral bleiben werde, wenn ein Krieg ausbrechen sollte, was seiner persönlichen Meinung nach jedoch sehr unwahrscheinlich sei, denn nach den letzten Nachrichten aus London hätten sich der Präsident der Vereinigten Staaten und der Papst als Vermittler angeboten.

Diese Auskunft war für die erhitzte Gesellschaft ein kalter Guß, und Smut fischte den einzigen tröstlichen Brocken heraus. «Wenn wir denen nun doch keins auf den Hut geben, dann wird auch der alte Will bald mit eingezogenem Schwanz wieder dastehen.» Diese Bemerkung zeigte denjenigen, die Smut in alten Zeiten gekannt hatten, daß der Wilderer in ihm keineswegs gebändigt war.

Bald löste sich das Forum auf, und die Männer, deren Kampfgeist durch Bier und Apfelwein getrübt war, schlichen nach Hause.

Paul schwieg auf dem Heimweg, bis sie sich der Brücke näherten. «Täusche ich mich, John, oder sind diese Idioten tatsächlich enttäuscht darüber, daß wir uns aus der Sache heraushalten könnten?»

John sagte, das sei mehr als wahrscheinlich, denn außer ihnen beiden gebe es keinen Mann im Tal, der je einen Krieg miterlebt habe. Paul verdaute diese Bestätigung, aber dann sagte er plötzlich: «Ich sehe keinen Sinn darin, John! Was haben sie von einem Krieg zu erwarten außer Tod oder Verwundung? Und was würde hier geschehen, wenn auch nur die Hälfte von ihnen die Uniform anzöge?»

«Das weiß ich auch nicht», sagte John. «Aber eines kann ich dir sagen: Es war kein einziger unter ihnen, der Will Codsall nicht beneidet hätte. Und das ist wirklich eine Ironie, denn er ist wahrscheinlich der einzige Mann im Tal, der sich lieber von seiner Frau herumkommandieren lassen würde als von einem Sergeant Major.»

«Aber ich dachte immer, die Leute seien zufrieden. Weshalb verlangt es sie plötzlich danach, wegzugehen und erschossen zu werden?»

«Dich selbst hat es einmal danach verlangt, nicht wahr?» sagte John.

«Aber diesmal steckt mehr als patriotisches Hochgefühl und Langeweile dahinter, stelle ich mir vor. Ein Jahrhundert oder noch länger haben wir allen eingebleut, wir seien die Spitzennation, und jetzt sieht es so aus, als müßten wir es beweisen.»

«Du hast gehört, was Grenfell sagte. Es besteht keine Aussicht, daß wir in die Sache verwickelt werden, es sei denn als Vermittler. Hältst du es im Ernst für möglich, daß wir uns auf die Seite Frankreichs und Rußlands stellen?»

«Ja», antwortete John, und Paul bemerkte eine leichte Schärfe in seiner Stimme. «Politiker wie Jimmy Grenfell glauben immer, sie wüßten alles besser als andere Leute. Aber in Westminster muß es einem schwerfallen, den Wald vor lauter Bäumen zu sehen. Ich habe diesen verdammten Wettlauf um die Flottenrüstung verfolgt und mir oft Gedanken darüber gemacht. Wenn der Krieg jetzt nicht kommt, dann kommt er im nächsten oder übernächsten Jahr. Vielleicht wäre es sogar besser, wenn wir das hinter uns brächten, solange wir noch die Seeherrschaft haben. Jedenfalls glaubt das die Marine.»

Als John dies sagte, fiel Paul Roddy Rudd ein, der Liebhaber von Motoren, der ihn einmal eifersüchtig gemacht hatte. «Wo ist Roddy zur Zeit?» fragte er.

John erwiderte, er sei irgendwo im Südatlantik und diene als Artillerieoffizier auf dem Kreuzer «Good Hope». «Hoffentlich ist er weit genug weg, wenigstens für einige Zeit. Denn glaube ja nicht, die deutsche Marine könnte nicht kämpfen oder sie sei nicht Schiff für Schiff besser ausgerüstet als die unsere.»

«Du lieber Himmel, John, das kann doch nicht wahr sein!» Da er selbst in dem Glauben aufgewachsen war, ein britisches Schiff sei zehnmal mehr wert als das irgendeiner anderen Nation, fand er Johns Bemerkung sehr überspannt.

«Ich weiß es aus erster Hand. Sie haben bessere Entfernungsmesser und dickere Panzerplatten, und viele sind überdies noch schneller. Aber um aufs Praktische zu kommen, wirst du etwas unternehmen, damit Elinor Codsall einen Lohnarbeiter für die Ernte hat?»

«Selbstverständlich, sofern Will nicht morgen oder übermorgen mit einem dummen Gesicht wiederkommt. Weißt du was, John? Ich wette mit dir zwei Kronen gegen eine halbe, daß das der Fall sein wird.»

«Top!» sagte John. «Wenn schon für den Rest unseres Lebens die Welt auf den Kopf gestellt wird, sehe ich nicht ein, weshalb ich dabei nicht fünf Shilling verdienen sollte.»

Um zwei Uhr in der Nacht wurde Paul vom Telefon geweckt, das in der Halle unter dem Treppenaufgang stand, außer Sichtweite von Mrs. Handcock, die dieses Instrument noch immer als eine direkte Verbindung zum Teufel betrachtete. Und irgendwie stimmte das in jener Augustnacht. Als Paul hinunterging und den Hörer abnahm, verriet die Stimme am anderen Ende satanische Zufriedenheit, als sei die halbe Christenheit wider Erwarten besiegt worden.

«Wer ist denn da? Was ist los?» fragte Paul etwas atemlos.

«Wer könnte es wohl sein, mein lieber Junge?» antwortete Onkel Franz.

«Wer von deinen ländlichen Freunden wäre wohl um diese Stunde wach und im Ausland?»

«Und weshalb rufst du mich mitten in der Nacht an? Betrifft es Grace?»

«Nicht so sehr», antwortete Zorndorff, «obwohl ich natürlich Neuigkeiten über Grace habe. Die Damen haben sich mit ihren Peinigern geeinigt. Wie ich höre, läßt Holloway sie unter der Bedingung laufen, daß sie in ein oder zwei Tagen den Union Jack schwenken.»

«Komm zur Sache, Onkel Franz», knurrte Paul, «ich stehe praktisch nackt hier. Es ist überhaupt ein Wunder, daß ich es läuten hörte.»

«Eigentlich liegt gar nichts vor, um zur Sache zu kommen, da du kein Mann bist, der auf Profit aus ist. Ich dachte mir nur, es könnte dich vielleicht interessieren, daß ich den Schrottplatz für fast genau die Summe, die du 1902 von deinem Vater geerbt hast, verpachtet habe; verpachtet, nicht verkauft, wohlgemerkt! Nach fünf Jahren fällt er wieder an uns zurück.»

«Du lieber Himmel!» rief Paul. «Wer ist der Pächter? Der Zar von Rußland?»

«Nur indirekt», sagte Franz, «aber ich will dich jetzt nicht mit den Einzelheiten langweilen. Ich rief dich nur an, weil du in den nächsten Tagen Unterlagen bekommst, die du unterschreiben mußt. Du brauchst sie nicht zu lesen. Du kannst dich auf mein Wort verlassen, daß die Geschichte ... nun, sagen wir, vorteilhaft für uns ist.»

«Hast du mich deswegen angerufen oder aus einem anderen Grund?» fragte Paul, dem plötzlich ein Licht aufging.

«Ich glaube, ich rief dich an, damit du nicht bei mir anläutest, wenn die Unterlagen bei dir ankommen. Denn ich werde nicht mehr da sein. Ich bin weg, sobald die Bombe platzt.»

«Glaubst du wirklich daran?» fragte Paul erregt.

Es trat eine kurze Pause ein, in der Zorndorff offenbar seine Worte abwog. Dann sagte er ernster: «Ich glaube nicht, daß es dich sehr betreffen wird. Aber wenn du an irgendwelche Notmaßnahmen denken solltest, dann führe sie aus, und zwar sofort. Warte nicht erst auf die Morgenzeitungen. Deutschland, Frankreich und Österreich haben die Mobilmachung erklärt, und Österreich hat die serbischen Grenzen überschritten. Deutschland wird morgen Frankreich den Krieg erklären, falls es nicht schon geschehen ist. Und was uns betrifft – wir sind spätestens Dienstag im Krieg.»

«Wieso weißt du das so sicher?» fragte Paul. «Grenfell versicherte mir gestern, daß es noch von einem halben Dutzend Ungewißheiten abhängt.»

«Mein lieber Junge», sagte Zorndorff, «die Politiker sind die Narren, die für Applaus sorgen. Die eigentlichen Akteure sind andere Leute. Wenn ich wüßte, daß du meinen Rat befolgst, könnte ich dir sagen, wie du bis zum nächsten Sonntag ein Vermögen verdienst. Aber du hattest die Nase immer zu tief in der Erde stecken, wofür ich dich sogar irgendwie bewundere. Zumindest hast du keine Zweifel über deine Bestimmung und bist hinter das Geheimnis des wirklichen Erfolgs gekommen, der darin besteht, daß man das Leben lebt, das einem wünschenswert erscheint. Von dieser Warte aus gesehen bist du überaus erfolgreich. Gute Nacht, mein Junge, schlafe gut . . .»

«Halt! Augenblick, Onkel Franz! Jetzt hast du mich schon aus dem Bett geholt, also kannst du mir noch etwas mehr sagen. Was wird bei diesem Wahnsinn herauskommen?»

«Ein sehr langer Krieg», antwortete Franz. «Laß dich von dem Ausspruch des Kaisers nicht irreführen, alle würden wieder zu Hause sein, ehe die Blätter fallen. Die meisten von diesen armen Teufeln werden überhaupt nicht wieder nach Hause kommen. Und die, denen es gelingt, werden nicht mehr die gleichen sein wie zuvor. Nach Kitcheners Ansicht wird es mindestens drei Jahre dauern, obwohl jeder ihn deshalb auslacht. Ich für meine Person halte ihn für einen Optimisten. »

«Drei Jahre!» rief Paul. «Lieber Gott, dabei geht doch jeder bankrott, oder nicht?»

«Eine Menge Leute werden ihr Geld verlieren», antwortete Zorndorff, wobei jedoch eine leichte Befriedigung in seiner Stimme mitschwang. «Aber ich bin ziemlich sicher, daß weder du noch ich darunter sein werden. Jetzt gebe ich dir noch einen Rat, und du wirst so gut sein, ihn zu befolgen. Pflüge jeden Quadratmeter Boden um, solange du noch die Leute dafür hast. Wer weiß! Vielleicht kommst du besser durch die ganze Sache als ich!» Damit legte er den Hörer auf. Paul stand da, hielt den seinen in der Hand und spürte, wie ihm der Schweiß unter den Achselhöhlen herunterlief, obwohl er fröstelte.

3

Anfang November sah Low Coombe wieder genauso verwahrlost aus wie früher. Werkzeuge lagen herum, Reisigbündel und Abfall stapelten sich hinter den Schuppen und Kuhställen. Jem, der Goliath von Bideford, der hier geherrscht und die Potter-Mädchen in eiserne Zucht genommen hatte, war Will Codsall kurz nach dem Marnewunder in die Armee nachgefolgt. Obwohl er schon über dreißig war, hatte die Musterungskommision an seiner riesigen Gestalt Gefallen gefunden. Bald darauf zog Smut Potter die Uniform an und überließ seine Gewächshäuser dem jüngsten Eveleigh. Smut zog fröhlich ins Feld, als erhoffe er sich vom Soldatenleben eine Erneuerung seiner Wildererlaufbahn. John Rudd hatte gemeint, die Vorstrafe Smuts könne vielleicht zu seiner Ablehnung führen, aber darin täuschte er sich gründlich. Denn als Smut erklärte, er habe einen Wildhüter mit dem Gewehrkolben niedergeschlagen und dafür im Gefängnis gesessen, war der Sergeant Major der Musterung entzückt und sagte, Smut sei genau der Typ, den man brauche. Und Smuts Schießlehrmeister war ebenso begeistert. Bei der ersten Übung traf Smut einmal ins Schwarze und viermal dicht daneben, und das mit einem Gewehrtyp, den er vorher noch nie gesehen hatte. Unter dem Eindruck dieses Erfolgs nahm ihn der Ausbilder aus dem allgemeinen Dienst heraus und schickte ihn auf einen Scharfschützenlehrgang. Es war erstaunlich, wie rasch Smut wieder zu sich selbst zurückfand, wie schnell und vollkommen er seine mühselig erworbenen gärtnerischen Fähigkeiten vergaß und tatsächlich wieder das wurde, was er vorher gewesen war – ein Wilderer. Er stellte fest, daß er noch immer rasch und lautlos nachts durchs Gelände gehen und die Geräusche, die seine Gegner bei Militärübungen machten, richtig deuten und lokalisieren konnte. Und mit der Wiederentdeckung dieser Fähigkeit streifte er die neue Persönlichkeit, die er nach seiner Entlassung aus dem Gefängnis angenommen hatte, ab und machte in seinem neuesten Metier rasch Fortschritte. Nach Will Codsall war er der zweite Mann aus dem Tal, der nach Frankreich in die Schützengräben geschickt wurde, die schon von der Schweiz bis ans Meer reichten. Und hier fügte er sich bei weitem besser ein als die meisten Soldaten in seinem Bataillon. Smut konnte nächtelang und bei jedem Wetter mutterseelenallein im Freien liegen, ohne daß er den fünftägigen Dienst in der vordersten Linie sehr verschieden von dem Leben fand, das er als Junge zu Tamers Zeiten in Low Coombe oder später als junger Mann in den Wäldern geführt hatte. Im Gegensatz zu den vielen, die alle Deutschen für scheußliche Schweine hielten, hatte er persönlich nichts gegen sie, war aber für sie viel gefährlicher als die anderen. Für Smut waren sie einfach Ersatz für die Hasen, Rehböcke und Fasanen, an die er sich früher herangepirscht hatte; und auch die Technik, die er gegen sie anwandte, war die gleiche. Er lag stundenlang auf einem Schutthaufen, als nasses Stück Sackleinen verkleidet, so still und geduldig wie eine ausgehungerte Katze vor einem Mauseloch. Sobald er einen flüchtigen Blick auf eine sich bewegende Mütze oder eine Schulter im gegenüberliegenden Schützengraben erhaschte, schnaufte er zufrieden und drückte ab. Wenn das Wetter gut war, riskierte er es manchmal, noch auf ein zweites Opfer zu warten, meist aber war er schon in seinem Graben verschwunden, noch ehe sein Opfer zu Boden fiel. Wenn er dann sorgfältig eine Kerbe in sein Gewehr geschnitten hatte, schlich er zu einem anderen Abschnitt, suchte sich einen neuen günstigen Punkt und begann eine neue Wache. Er schoß beinahe auf alles, was sich bewegte, aber das Ziel, das ihn in die größte Erregung versetzte, war eine sonnenbeschienene Pickelhaube, da unter dieser immer ein Offizier zu finden war, was eine etwas längere Kerbe auf seiner Anschreibetafel ergab.

Seine Offiziere hielten große Stücke von ihm, nicht wegen seiner Abschüsse, sondern weil er nun ein amtlich zugelassener Wilddieb war und von enormem Wert für die Männer, die beinahe alles vermißten, was das Leben unter gefährlichen Bedingungen und entsetzlichen Strapazen erträglich machen konnte. Er beeilte sich niemals und handelte nie impulsiv. Ehe er zu einem Schlag ausholte, studierte er die Routen, die die Essensträger nehmen würden, genau wie er sich früher die Kaninchenbaue im Dickicht von Heronslea markiert hatte. Manchmal, wenn seine Kompanie dringend Brennholz, Lattenroste, Sandsäcke, Stacheldrahtpfosten, Pflaumenmarmelade und Apfelmus, Pökelfleisch oder den fast nicht zu beschaffenden Marine-Rum brauchte, erlaubte man Smut, sein Gewehr beiseite zu legen und zum Brigadehauptquartier mit einem Scheinauftrag zu fahren. Dort sah er sich zuerst sehr sorgfältig um, wählte dann drei oder vier robuste Kameraden aus, mit denen er nach Einbruch der Dunkelheit die Orte aufsuchte, wo es etwas zu holen gab. Manchmal erwischte man den einen oder anderen seiner Träger, die dann gnadenlos bestraft wurden. Aber Smut war niemals darunter, da er selbst nie etwas trug und immer unauffällig im Dunkeln verschwinden konnte, um in der nächsten Nacht noch einen Versuch zu unternehmen. Bald wurde er zum Corporal befördert und hätte es auch noch weiterbringen können. Er war jedoch mit seinen zwei Litzen zufrieden und meinte, eine dritte würde nicht zu seinem Stil passen. An dem Abend, an dem er im Offiziersunterstand mit einer Kiste Whisky erschien, schwor sein Kompaniechef, er werde ihn für den Verdienstorden vorschlagen, zumal andere schon für viel geringere Leistungen ausgezeichnet worden seien. Smut redete ihm die Idee jedoch aus. Eine seiner frühesten Lektionen, die ihm als Wilderer erteilt worden waren, hatte ihn gelehrt, unauffällig zu bleiben. Nach einigem Hin und Her nahm er zehn Shilling an, die er an Meg schickte.

Smut war nicht das einzige Mitglied der Sippe Potter, dem der Krieg willkommen war. Für seine drei älteren Schwestern wurde das Leben erheblich leichter, nachdem ihre Männer, Kriegslieder pfeifend, aus dem Tal gezogen waren. Pansy vermietete ihr Häuschen zu einer günstigen Miete an einen Major und zog mit ihren Kindern nach Low Coombe. Gemeinsam mit ihren Schwestern Cissie und Violet begann sie hier ihren Kriegsdienst.

Die Potter-Mädchen waren die ersten Frauen im Tal, die aus dem Krieg Nutzen zogen. Obwohl sie nicht mehr in der ersten Blüte standen – Cissie und Pansy waren schon gut über dreißig und Violet achtundzwanzig Jahre alt –, waren sie immer noch starke, vitale und gutaussehende Frauen. Und die Armee hatte auf dem Blackberry-Moor zwischen Periwinkle und der Straße nach Paxtonbury ein riesiges Zeltlager aufgestellt. Tausende von Soldaten verbrachten hier die Tage mit Exerzierübungen und die Nächte in triefenden Zelten, sie waren alle fern von zu Hause und nicht wählerisch. An manchem Winterabend war Low Coombe von Gelächter und Gesang erfüllt. Selbst ein Mann vom Format des Goliath von Bideford hätte die Festung nicht verteidigen können wie seinerzeit gegen die Übergriffe der Timberlakes. Die Mädchen dachten voll Zuneigung an Jem und schickten ihm Pakete und Geld, damit er seine Rationen etwas vergrößern konnte. Er befand sich in einem Lager in Wales, wo er lernte, den Deutschen mit einem Bajonett den Bauch aufzuschlitzen. Doch sie wünschten ihn sich nicht zurück, sondern fanden es nur merkwürdig, daß ein Krieg ausbrechen mußte, um ihnen die Augen zu öffnen über die sklavische Abhängigkeit, in die Jem sie gebracht hatte. Seine Aufgaben übernahmen jetzt Freiwillige, die dafür in Naturalien bezahlt wurden. Und während Jem auf den Hinterquartieren seiner Untertaninnen seine Handschrift hinterlassen hatte, wenn diese nur ein einziges Mal einem anderen Mann zublinzelten, stand ihnen jetzt ein ganzes Bataillon zu Diensten, und kein einziger konnte Besitzansprüche erheben. Meg hielt sich wie gewöhnlich abseits, und auch Hazel zeigte sich selten. Die Mädchen hatten in jeder Hinsicht allen Grund, den Krieg zu begrüßen.

4

In der letzten Novemberwoche brach in der Küche von Four Winds, wo Familienstreitigkeiten in der Epoche Codsall an der Tagesordnung gewesen, seit dem Einzug der Eveleighs jedoch völlig verschwunden waren, Streit aus. Die Ursache der ersten ernsthaften Auseinandersetzung zwischen dem schwarzbärtigen Norman Eveleigh und seiner Frau Marian war Gilbert, der älteste Junge, der bei der Jagd im Sorrel-Tal immer Pikör gewesen war. Gilbert war ein schmächtiger, ernster Junge, der äußerlich seiner Mutter ähnelte, im Charakter jedoch eher dem Vater nachschlug. Er war zurückhaltend und wortkarg, aber jeder im Tal wußte, daß er ein gewissenhafter Junge und der beste Pikör in weitem Umkreis war. Der Gutsherr hatte ihn gern und vertraute ihm, und die Hunde, von denen er jeden einzelnen kannte, liebten ihn. Die Forderungen der Pferdemusterungsbehörde aber brachten Gilbert um seine Stelle. Anfang Oktober war kaum mehr ein Pferd im Tal zu finden außer ein paar Ackergäulen, und die Jagd war zu Ende. Und ohne vorher jemanden zu fragen, war Gilbert nach Paxtonbury gefahren, hatte sich für ein Jahr älter ausgegeben und zum Kriegsdienst gemeldet.

Diese Torheit spaltete eine sehr harmonische Familie. Mrs. Eveleigh, die ihren Ältesten über die anderen Kinder stellte, erklärte, sie werde Gilberts wahres Alter angeben und seine sofortige Rückstellung bewirken. Zu ihrer Bestürzung erklärte Eveleigh, sie solle kein dummes Zeug reden, und was ihn anbetreffe: er sei stolz auf den Jungen. Periwinkle habe schon einen Mann in Kitcheners Armee geschickt und das erbärmliche Low Coombe sogar deren zwei. Wenn Gilbert die Ehre von Four Winds retten wolle, wie würde es dann aussehen, wenn sie dies verhindere?

Alle Kinder waren bei dieser Auseinandersetzung zugegen und was sie am meisten erstaunte, war nicht die Haltung ihres Vaters, sondern die ihrer Mutter. Soweit sie sich erinnern konnten, hatte Marian Eveleigh ihrem Mann nie widersprochen. Jetzt schrie sie ihn an, während Gilbert mit blassem Gesicht versuchte, mit beiden vernünftig zu reden. Obwohl schließlich auch Eveleigh die Beherrschung verlor und seiner Frau Prügel androhte, trug Marian den Sieg davon. Sie stürmte aus dem Haus, lief nach Coombe Bay und rief von dort aus das Militärlager in Paxtonbury an. Gilberts Freiwilligmeldung wurde gestrichen.

Obwohl sich die Gemüter allmählich wieder beruhigten, herrschte nach diesem Vorfall nicht mehr das gleiche Verhältnis zwischen Mann und Frau wie vorher. Es war, als habe der böse Geist von Four Winds in einer Dachkammer auf eine Gelegenheit gewartet, wieder in die Wohnräume hinabzusteigen und Unfrieden zu stiften zwischen Mann, Frau und Kindern. Und alles, was Marians Widerstand erreicht hatte, war nur ein Aufschub von vier Monaten, da sich Gilbert an seinem achtzehnten Geburtstag wieder freiwillig meldete. Und es schien, als ob der Streit von neuem aufflammen könnte, denn es gab noch zwei weitere Jungen, einen von sechzehn und einen von zwölf Jahren, und als Gilbert eingezogen wurde, konnte schon niemand mehr sagen, ob der Krieg drei Jahre, zehn Jahre oder für den Rest des Lebens dauern würde.

Wenig später gerieten sich die Eveleighs abermals in die Haare. Diesmal betraf der Streit ihre Tochter Rachel. Rachel Eveleigh war zwar schon lange mit Keith Horsey befreundet, aber erst seit das Schicksal sie dazu ausersehen hatte, Hazel Potter beizustehen, war das Tal auf diese Verbindung aufmerksam geworden. Jetzt nahm man allgemein an, Keith werde Rachel heiraten, sobald er sein Abschlußexamen in Oxford hinter sich und eine gute Lehrerstelle in der Tasche hatte. Man fand, Eveleigh könne mit dieser Verbindung zufrieden sein, denn der Sohn eines Pastors, ein Akademiker, war für die Tochter eines Mannes, der als Dodsalls Lohnarbeiter begonnen hatte, eine selten gute Partie. Keith Horsey, der glücklicher daran war als die meisten jungen Männer in jenem Sommer, war im Juni ins Examen gestiegen, hatte es mit außergewöhnlich guten Noten bestanden und konnte zwischen mehreren Laufbahnen wählen. Die beiden hatten ursprünglich vorgehabt, im Frühjahr zu heiraten. Aber der Krieg bewog sie, die Hochzeit auf die letzte Novemberwoche vorzuverlegen.

Im Tal neigte man immer noch dazu, die übereilten Eheschließungen argwöhnisch zu betrachten. Auch Eveleigh war gegen die Vorverlegung, und zwar wegen einer plötzlichen und unerklärlichen Sinnesänderung bezüglich des Bräutigams. Von Rachel und ihrer Mutter zur Rede gestellt, erklärte er, man habe ihm berichtet, Keith Horsey stehe mit einer Studentengruppe in Kontakt, die sich dem Gedanken der Völkerversöhnung verschrieben habe. Rachel war über diese Erklärung sprachlos, und Marian lachte ihrem Mann ins Gesicht, was sie in ihrer mehr als zwanzigjährigen Ehe noch nie getan hatte.

«Das kann unmöglich dein Ernst sein, Norman», protestierte sie. «Es geht uns nichs an, was für politische Ansichten Keith hat. Er ist ein netter, wohlerzogener Junge und hat eine gesicherte Zukunft. Ich meine, eine vorverlegte Heirat ist besser als eine aufgeschobene.»

«Ich bin anderer Ansicht», fuhr Eveleigh sie an, «und da sie erst im nächsten Sommer einundzwanzig wird, braucht sie meine Erlaubnis, ehe sie sich an diesen scheinheiligen Deutschenfreund bindet.»

Bei diesen Worten brach Rachel in Tränen aus und lief hinaus. Aber Marian blieb standhaft, da ihr gerade der Gedanke gekommen war, daß dies die Rache ihres Mannes für ihr Eingreifen bei der Freiwilligmeldung Gilberts war. Dann überfiel sie ein etwas trüberer Gedanke, den sie sofort zur Sprache brachte. «Ist es dir je in deinen Dickschädel gekommen, daß unsere Tochter vielleicht heiraten muß?»

«Das würde mich bei solch einem Burschen nicht wundern. Weißt du überhaupt, daß er gegen den Krieg ist?»

«Nein, das weiß ich nicht. Aber auch wenn das stimmen sollte, würde ich meine Meinung über ihn nicht ändern. Wer nur einen Funken Verstand hat, ist sowieso gegen den Krieg, und je eher die Leute das einsehen, um so schneller hört auch dieses Gemetzel unter Christen auf.»

Eveleigh hatte noch zu Beginn dieser Unterhaltung nicht ernstlich beabsichtigt, der Hochzeit seiner Tochter die Zustimmung zu verweigern. Er hatte nur sein Mißfallen über die unpatriotischen Ansichten seines künftigen Schwiegersohns äußern wollen. Für einen einfachen Mann wie Norman Eveleigh war es Verrat, wenn jemand keine Begeisterung für den Krieg zeigte. Vor August 1914 hatte er an die europäische Politik keinen Gedanken verschwendet, aber inzwischen hatten Zeitungsberichte über deutsche Greueltaten in Belgien seinen Zorn erregt. Er brummte, auf der Welt könne es niemals Sicherheit geben, solange der Kaiser lebe, und die deutschen Generale müßten alle an die Wand gestellt werden. Er war ein Mann, der sich selbst immer unbarmherzig geschunden hatte, aber er hielt sich für gerecht, und der deutsche Vormarsch durch Frankreich und Belgien verlangte eine gnadenlose Vergeltung. Die Feststellung, daß seine eigene Frau, die Mutter seiner Kinder, den Krieg zu beenden wünschte, ehe Gerechtigkeit geübt worden war, erschreckte ihn und bestärkte ihn in dem Vorsatz, die Heirat seiner Tochter mit einem Pazifisten zu erschweren. Deshalb sagte er entschieden: «Marian, wenn sie diesen Schlappschwanz heiratet, dann ohne meinen Segen. Ich habe damit nichts zu tun, verstehst du? Ich komme nicht zur Hochzeit, und wenn sie mir nicht gehorcht, bis sie volljährig ist, kann sie von mir aus gehen.» Als er dieses Ultimatum gestellt hatte, ging er hinaus und ließ seinen Zorn an einem Ochsen aus, der unklugerweise gerade diesen Augenblick gewählt hatte, um aus dem Pferch hinter der Scheune auszubrechen und über die Straße in Richtung zur Brücke zu jagen.

Rachel, die beobachtete, wie er das Tier prügelte, sagte: «Er ist verrückt! Er muß übergeschnappt sein! Das liegt an diesem Hof. Jeder, der hier wohnt, wird eines Tages verrückt wie der alte Martin Codsall und Arabella.» Sie trocknete ihre Tränen und fuhr fort: «Du kannst ihm sagen, Mama, daß ich zum Friedensrichter gehe und dort die Heiratserlaubnis hole. Ich lasse mir doch nicht von seinen Launen das Leben ruinieren!»

Der Gang zum Gericht war überflüssig. Denn obwohl Eveleigh halsstarrig blieb, überredete ihn Paul, die Papiere schon deshalb zu unterschreiben, weil das junge Paar ohnehin getraut werden würde und die Gerichte in Kriegszeiten wenig Rücksicht auf widerspenstige Eltern nahmen. Täglich wurden Mädchen, die jünger waren als Rachel, mit Soldaten vermählt, manchmal nach Verlobungszeiten von nicht einmal einem Monat.

Trotzdem verhärtete dieser neue Streit die ungute Atmosphäre auf Four Winds, und der Geist Arabellas jubilierte. Nachdem Rachel geheiratet und nach Leeds gezogen war, wo Keith eine Stelle an der Universität bekommen hatte, nahm die Familie Eveleigh schweigend ihre Mahlzeiten ein. Und als Gilbert in die Armee eintrat, ging Marians Groll so weit, daß sie ihrem Mann vorwarf, er habe den Jungen in den Tod getrieben.

Paul wußte im allgemeinen über die meisten Vorgänge im Tal Bescheid. Aber gerade damals beschäftigten ihn andere und persönlichere Dinge, vor allem ein unerwartet heftiger Zwist mit seiner eigenen Frau. Er betraf eine andere Kriegstrauung.

5

Ende November, kurz ehe Keith Horsey und Rachel Eveleigh heirateten, war Ikey Palfrey wieder einmal in Shallowford aufgetaucht. Nach einer Abwesenheit von über zwei Jahren war er mit seiner Einheit aus Indien zurückgekehrt und sollte in wenigen Tagen nach Frankreich versetzt werden.

Er hatte keine Gelegenheit, sich vorher zu Hause anzumelden, denn er hatte kurzfristig für zweiundsiebzig Stunden Urlaub bekommen. Er kam mit dem Nachtzug, der an der Station Sorrel nicht hielt, und traf am frühen Morgen mit einem Mietwagen ein. Er betrat die Küche, als Mrs. Handcock gerade das Teewasser aufstellte. Sie stieß einen Freudenschrei aus, als er die Treppe vom Hof heraufkam. Er umarmte sie, küßte sie auf beide Wangen und versicherte ihr, sie habe mindestens hundertvierzig Pfund zugenommen, seit er sie das letzte Mal gesehen hatte.

Ikey war immer ihr Liebling gewesen, und sie wurde geschäftig, gab Eier, Speck und Kartoffeln in die Pfanne und schwor, sie werde ihn mit niemandem teilen, ehe er etwas Warmes im Magen habe, nicht einmal mit dem Herrn. Während er aß, erzählte sie ihm alle Neuigkeiten, die ihr gerade einfielen, denn in den letzten Monaten war vieles geschehen. Sie berichtete ihm, daß Will Codsall gleich bei Kriegsausbruch Soldat geworden und daß seine Frau Elinor darüber außer sich geraten sei, inzwischen aber einen tüchtigen Helfer bekommen habe, nämlich den Sohn von Tom Williams. Letzterer sei inzwischen bei den Minenräumern, sein Sohn aber fürchte sich vor dem Meer, seit er als Kind Zeuge der Rettung der deutschen Seeleute in der Bucht gewesen war. «Und wir selber haben uns damals keinen Gefallen getan», fügte sie hinzu. «Wahrscheinlich kämpfen die, die wir damals ans Ufer gezogen haben, jetzt für den Kaiser, diesen Halunken.» Mrs. Handcock berichtete weiter, daß sich Smut Potter freiwillig gemeldet habe und daß es heiße, er habe schon Hunderte von Deutschen getötet; daß Jem Pollock, Dandy Timberlake und Walt Pascoe nach ihm weggegangen seien und daß dessen schlampige Frau jetzt zu ihren Schwestern nach Low Coombe gezogen sei, wo diese Huren im Liegen mehr Geld verdienten, als wenn sie aufrecht ständen. Sie erwähnte auch das Gerücht, der Bauer Eveleigh sei gegen die Heirat seiner Tochter mit Keith, die am nächsten Sonntag stattfinden sollte. Das interessierte Ikey, und er fragte, was Eveleigh gegen Keith habe.

«Es heißt, der Sohn des Pastors ist gegen den Krieg, und so etwas muß einen doch aufbringen, nicht wahr?»

Zu ihrer Überraschung antwortete Ikey, es werde nicht mehr lange dauern, bis noch viel mehr Leute gegen den Krieg predigten, denn es sehe jetzt nicht mehr so aus, als ob er bis Weihnachten vorüber sei, vielmehr könne er noch bis nächste Weihnachten dauern, und er selbst glaube, in wenigen Tagen in Frankreich zu sein.

Als Mrs. Handcock erfuhr, wie kurz sein Urlaub war, hielt sie sich nun doch für verpflichtet, den Gutsherrn und seine Frau sofort von seiner Ankunft zu unterrichten. Ikey schlug vor, er könne ihnen den Morgentee servieren. Aber davon wollte Mrs. Handcock nichts wissen, da dies bedeutete, daß er Mann und Frau zusammen im Bett sehen würde, was ihr Schamgefühl verletzen könnte. Statt dessen schmiedeten sie ein anderes Komplott. Mrs. Handcock teilte dem Herrn mit, jemand wolle ihn sofort in einer dringenden Angelegenheit sprechen. Ikey wartete unterdessen am oberen Treppenabsatz. Paul kam herausgeeilt und kämpfte noch mit seinem Morgenrock, und auf seinen Freudenruf hin kam auch Claire heraus, im Nachthemd, da sie den Laut, den er ausstieß, so ausgelegt hatte, als hätte es einen Unfall gegeben und jemand sei die Treppe hinuntergefallen. Sie freuten sich, ihn zu sehen, und waren gerührt über die Mitbringsel, die er für jeden aus dem Tornister holte. Er hatte für Claire einen Kaschmirschal mitgebracht, für Paul ein Paar silberbeschlagene Mahrattapistolen, die er in der Bibliothek aufhängen konnte, und reizendes indisches Spielzeug für jedes Kind. Mary, die jetzt dreieinhalb Jahre alt war, errötete vor Freude, als er ihr eine Puppe gab, die ein gesticktes, mit rubinroten Perlen besetztes Gewand trug.

Die Nachricht von Ikeys Heimkehr verbreitete sich sofort im ganzen Tal, und den ganzen Vormittag kamen Pächter und Handwerker, um ihm die Hand zu schütteln, da er der einzige Berufssoldat unter ihnen war und das Ansehen des Soldatenstands beträchtlich gewonnen hatte.

Unter den letzten, die kamen, war Keith Horsey. Ikey sattelte gerade Snowdrop, um vor Einbruch der Dunkelheit noch einen Ritt rund um das Gut zu unternehmen. Keiths Gruß klang gehemmt, was Ikey zuerst auf Nervosität wegen seiner bevorstehenden Hochzeit zurückführte. Erst als Keith es ablehnte, Ikey auf dem einzigen noch vorhandenen Pferd zu begleiten, merkte er, daß Keith aus einem anderen Grund bedrückt sein mußte. Deshalb ging er mit Keith in den Obstgarten hinauf.

«Was ist los mit dir, Keith. Hast du Angst vor der Ehe?»

«Nein, überhaupt nicht. Rachel und ich werden sehr glücklich sein, wenn wir erst einmal von hier weg sind.»

«Ich höre, dein zukünftiger Schwiegervater macht Scherereien», sagte Ikey. «Ich würde mir an deiner Stelle nichts daraus machen.»

«Das ist es auch nicht», antwortete Keith. «Ikey, ich muß dir etwas sagen. Wahrscheinlich hätte ich es dir längst schreiben sollen, aber ich brachte es nicht fertig.» Er stockte, und als Ikey fragend die Augenbrauen hob, fuhr er fort: «Es . . . es betrifft dich selbst, Ikey. Aber ehe ich mich blamiere, willst du mir eine Frage beantworten?»

«Nun?»

«Wie . . . wie gut hast du Hazel Potter gekannt, als du noch hier warst?»

«Was meinst du damit, zum Teufel? Wenn du irgend etwas auf dem Herzen hast, dann rede jetzt nicht lange um die Sache herum!»

«Gut», sagte Keith steif. «Ich glaube nicht, daß es dir jemand geschrieben hat. Dazu gab es ja keinen Grund. Aber Hazel Potter . . . nun, vor anderthalb Jahren hat sie ein Kind bekommen, und ich dachte, es sei von dir.»

Ikey brauchte eine Weile, um sich wieder in die Hand zu bekommen, während Keith mit hängenden Schultern dastand und zu Boden sah wie ein Mensch, der einen Schlag erwartete. Schließlich sagte Ikey ruhig: «Wenn Hazel ein Kind bekommen hat, ist es mein Kind, Keith. Wessen Kind glaubt man, ist es?»

«Man denkt jetzt überhaupt nicht mehr darüber nach. Sie selbst hat nichts gesagt, und da hörten sie auch bald auf, Vermutungen darüber anzustellen.»

«Wo ist sie jetzt?»

«Sie wohnt in dem Häuschen neben der alten Mühle an der Flußstraße. Doktor Rudd hat es ihr besorgt. Und ich verschaffte ihr eine Arbeit. Sie hält die Kirche sauber. »

Keith berichtete weiter, wie Rachel und er das Mädchen während der Geburt gefunden hatten und daß Hazel, als er in die Höhle trat, Ikeys Namen gerufen hatte. «Ich habe niemandem etwas davon gesagt, auch Rachel nicht. Ich war mir sowieso nicht ganz sicher. Erst als das Kind größer wurde, stand es für mich irgendwie fest. Ich bin froh, daß ich es mir jetzt von der Seele geredet habe. Ich habe alles für sie getan, was ich konnte, Ikey. Sie scheint jetzt glücklich zu sein dort unten – glücklicher als jeder andere von uns, denke ich.»

Keith schien nun noch verlegener zu sein als zuvor. Nach einer Weile sagte Ikey:«Das war verdammt anständig von dir, Keith – daß du ihr geholfen hast, und daß du geschwiegen hast. Aber ich hätte es gern früher gewußt. Glaubst du mir das?»

«Jetzt ja», antwortete Keith.

«Du hättest es Maureen Rudd sagen können.»

«Ich war ja nahe dran», sagte Keith unglücklich, «aber ich war mir eben nicht hundertprozentig sicher, und es kam mir . . . es kam mir so unkameradschaftlich vor.»

«Und du bist sicher, daß niemand etwas davon weiß?» fragte Ikey. Als Keith ihm dies bestätigte, meinte er: «Ich kann es fast nicht glauben, daß uns niemand gesehen haben soll. Vielleicht weiß ihre Mutter etwas davon. Aber die würde nichts verraten. Die redet sowieso nicht viel.» Ikey strich sich mit der Hand über das Haar. «Das alte, verfallene Haus neben der Mühle, sagst du?»

«Es ist jetzt nicht mehr verfallen. Der Herr hat es für sie herrichten lassen.»

«Und sie lebt dort das ganze Jahr über?»

«Ja, natürlich», sagte Keith verwundert. «Warum nicht?»

«Ach, da ist etwas, was du nicht wissen kannst, Keith. Ich gehe jetzt sofort zu ihr.»

«Soll ich mitkommen?»

Ikey lächelte. «Vielen Dank, nein. Wir hatten früher keine Zeugen und brauchen auch jetzt keine. Aber du könntest mir einen Gefallen tun. Sage Mrs. Handcock, sie soll dem Herrn ausrichten, daß ich zum Abendessen zurück bin, daß es mir aber lieber wäre, wenn er kein Festmahl veranstalten würde. Ich glaube, er hatte so etwas geplant. Und wenn du willst, kannst du noch etwas für mich tun. Ich habe nur drei Tage Urlaub, und wer weiß, ob ich überhaupt wieder zurückkomme. Würde uns dein Vater trauen, wenn ich eine Sondergenehmigung besorge?»

«Ich will ihn fragen. Aber ich bin sicher, daß er es macht, wenn er kann.»

Das Häuschen stand auf der Böschung links von der Straße. Es hatte drei Zimmer, ein Ziegeldach und war aus Lehm gebaut. Bohnenstangen standen im Gemüsegarten.

Die untergehende Sonne ließ die kleinen Fenster orangerot aufleuchten, und als Ikey den Weg hinaufgegangen war und ans Fenster trat, sah er sie beide im Schein eines Holzfeuers: Hazel kauerte auf dem Fußboden, und das Kind wackelte mit ausgestreckten Armen auf sie zu. Es war eine Szene, die wie ein Holzschnitt aus einer Familienzeitschrift aussah, in ihrer Banalität aber rührend wirkte. Er sah dem Kind zu, wie es auf seinen krummen Beinen daherkam, wie seine Mutter es auffing und hochhob. Die Ähnlichkeit des Kindes mit ihm war so auffällig, daß er sich wunderte, wieso noch niemand sie bemerkt hatte. Noch mehr rührte ihn die Häuslichkeit der Szene. Es schien, als habe die Mutterschaft in Hazel endlich jenen Wandel bewirkt, den vorher kein Druckmittel ausgelöst hatte. Statt durch die Wälder zu streifen, lebte sie nun wie die Frau eines Kleinbauern. Sie wohnte unter einem Dach, schlief im Bett, bereitete regelmäßig Mahlzeiten und ging von Sonnenaufgang bis Sonnenuntergang ihren häuslichen Pflichten nach. Das alles bot sich seinen Blicken dar, und er erkannte es nicht nur an dem Spiel zwischen Mutter und Kind, sondern sah es an dem sauberen Herd, den glänzenden Pfannen, die an den weißgetünchten Wänden hingen, an dem Flickenteppich, der ordentlich neben dem gescheuerten Tisch lag, an dem Stoß gebügelter Wäsche auf dem Stuhl daneben. Und plötzlich überkam ihn große Zärtlichkeit, und er fühlte sich einen Augenblick selbst als Kind, aber als eines, das von den einfachen Freuden der Kindheit ausgeschlossen war. Er sah Sicherheit und Geborgenheit, wie er sie selbst nie kennengelernt hatte.

Er trat vom Fenster zurück und versuchte, sich wieder in die Hand zu bekommen. Nach kurzer Zeit gelang es ihm, so daß er am Fenster vorbeigehen und zum Türklopfer greifen konnte. Aber er war nicht in der Lage, ihn zu betätigen, weil er verzweifelt dachte: Lieber Gott, hilf mir, es ist nicht mehr viel Zeit. Vielleicht können Dr. Maureen und der Pfarrer das irgendwie ins Gleis bringen, daher muß ich den ersten Schritt tun.

Er hämmerte mit dem Klopfer an die Tür, hörte ihre Schritte näher kommen, und dann öffnete sich mit einem leisen Knarren die schwere Tür.

Ikey hatte erwartet, daß sie aufschreien oder sonst einen Laut ausstoßen würde. Aber das einzige, was sie herausbrachte, war ein Zischlaut, der nichts anderes ausdrückte als freudige Überraschung. Und dann lächelte sie, fast abwesend, trat zurück und forderte ihn auf einzutreten, als wäre er ein zufälliger Besucher, der das Gemeindeblatt brachte oder Lebensmittel ablieferte. Dann fiel ihm ein, daß sie die unschätzbare Gabe besaß, die Zeit nach ihrer eigenen Uhr und ihrem eigenen Kalender zu messen, und daß für sie Monate immer Tage und Tage Minuten oder Sekunden gewesen waren. Und doch war offenbar auch dieses Bollwerk ins Wanken geraten, denn sie sagte leichthin: «Du bist länger weg gewesen als sonst. Willst du auf den Kleinen aufpassen, während ich koche?»

Er wußte nicht, was er darauf erwidern sollte. Die Selbstverständlichkeit, mit der sie seine Anwesenheit registrierte, war so zwingend, daß nichts weiter gesagt zu werden brauchte. Es wäre ihm grotesk vorgekommen, ihr zu erklären, daß über zwei Jahre verstrichen waren, seit er das letzte Mal den Hang zu ihrer kleinen Höhle hinaufgestiegen war und sie sein Kind empfangen hatte, das jetzt auf seinen Knien saß und vor Begeisterung über diese unerwartete Abwechslung quickte. Während sie sich zwischen Tisch und Herd zu schaffen machte, fragte er: «Das ist ein feiner kleiner Kerl. Wie heißt er?»

«Getauft wurde er Patrick. Das wollte die Ärztin. Aber ich nenne ihn nicht so, höchstens wenn sie da ist, ihr zuliebe. Ich gebe ihm viele Namen, wie sie mir gerade in den Sinn kommen, und er hört auf die meisten. Wenn wir allein sind, sage ich ‹Rumps› zu ihm. Gib ihm einmal einen Klaps auf den Rücken.»

Als ob das Kind sie bestätigen wolle, rülpste es lauthals, so daß Ikey auflachen mußte. Auch Hazel lächelte, als sie die Suppe in zwei Teller gab und dann eine dritte Portion in einen kleineren, wobei sie ein Stück Musselin als Sieb benutzte.

Sie setzten sich und aßen langsam und feierlich. Hazel fütterte das

Baby und wandte sich ab und ihrem eigenen Teller zu. Es war, als ob sie schon seit Ewigkeiten so zusammen gesessen hätten – ein Mann, eine Frau und ein Kind, zwischen vier starken Wänden, vom Feuer und ihrem eigenen Wohlbehagen gewärmt. Danach legte sie das Kind ins Bett. Es war aus einer Truhe ohne Deckel gemacht worden, die geistliche Herkunft verriet.

Nun erst konnte er sich aus der Phantasiewelt befreien, in die er vom ersten Augenblick an, seit er das Häuschen betreten hatte, versetzt worden war. Und als sie sich wie eine Katze auf den Flickenteppich niederkauerte und ihre mageren Schultern an seine Knie lehnte, wußte er, daß er sie ein paar Schritte der Wirklichkeit näherbringen mußte, ob er wollte oder nicht.

«Ich bin jetzt Soldat», sagte er in ihrem Dialekt, «und in ein paar Tagen schicken sie mich in den Krieg. Also wollen wir in die Kirche gehen und heiraten. Willst du mich heiraten, damit ich ein Zuhause habe und hierherziehen kann, wenn der Krieg vorbei ist?»

Sie drehte sich um und sah zu ihm auf, und er glaubte zuerst, sie wolle protestieren. Aber sie sah nur ein wenig überrascht aus und sagte lächelnd: «Warum willst du bei mir wohnen? Wir alle wissen, daß du beim Herrn im großen Haus wohnst.»

«Das schon», antwortete er. «Aber das ist eine zugige alte Burg, und ich möchte gern ein eigenes Heim haben. Und da brauche ich doch nicht lange zu suchen, oder?»

Diese Logik überzeugte sie, aber sie hatte immer noch Bedenken. «Mir wäre es schon recht», sagte sie, «da du sowieso immer kommst und gehst. Aber wird der Herr es dir erlauben? Wird er nicht zornig werden, wenn du ihn verläßt?»

«Nun hör einmal zu. Ich bin ein erwachsener Mann, nicht wahr? Und ich kann leben, wie es mir gefällt. Deshalb solltest du jetzt mit dem Gerede aufhören und mir einen Kuß geben.» Das tat sie, und danach fuhr er fort: «Ich werde mit dem Herrn sprechen und auch mit deiner Mutter. Morgen früh komme ich wieder, und dann heiraten wir. Außerdem bekommst du dann Geld von der Armee, solange ich weg bin.»

Nach einem letzten Blick auf das schlafende Kind ging er die Böschung hinab und die Flußstraße entlang in die Dunkelheit. Und hier traf er Meg Potter, die gerade mit Tragkörben voller Wurzeln aus dem Wald kam.

Sie blieb stehen und grüßte ihn höflich wie immer, und obwohl sie nicht direkt von Hazel sprach, spürte er, daß sie wußte, wo er gewesen war. Meg wußte alles, was im Tal vorging, und zeigte deshalb auch keine Überraschung, als er ihr sagte, er sei der Vater von Hazels Kind und habe von dessen Existenz erst an diesem Nachmittag erfahren. Als er jedoch hinzufügte, er wolle Hazel mit einer Sondererlaubnis heiraten, flog ein Schatten des Zweifels über ihr Gesicht. «Das brauchst du nicht. Sie ist mit ihrem jetzigen Leben ganz zufrieden, und der Herr wird nichts davon wissen wollen. Du bist nicht von unserer Art.»

«Aber ich gehöre auch nicht zu den Grundbesitzern», erwiderte Ikey. «Jeder hier weiß das. Hazel sorgt für das Kind wie jede andere Mutter im Tal, und seit sie es hat, ist sie seßhaft geworden.»

«Das stimmt», sagte Meg nachdenklich, «und ich bin froh darüber. Das Tal ist jetzt nicht mehr so sicher wie früher.» Sie deutete mit dem Kopf nach Norden, wo das Militärlager war. «Trotzdem werden sie nicht begeistert sein, wenn ein Mann aus dem Herrschaftshaus eine Potter heiratet, und je mehr ich darüber nachdenke, um so weniger gefällt mir der Gedanke. Du hast besseres Blut. Das kann man aus der Hand des Babys sehen.» Und ganz beiläufig nahm sie Ikeys Hand und betrachtete sie aufmerksam, wobei sie die dunklen Augenbrauen zusammenzog. «Willst du das tun, damit der Junge einen Namen hat?»

Ikey verneinte und erklärte ihr, er hätte Hazel schon längst heiraten sollen, schon ehe er weggegangen und durch die Wahl der Offizierslaufbahn endgültig in die Welt des Landadels übergetreten sei. Das sei ein schwerer Fehler gewesen, denn jetzt gehöre er in keine der beiden Welten. Nur bei Hazel empfinde er Ruhe und Frieden. Und wenn er den Krieg überleben sollte, fuhr er fort, wolle er die Offizierslaufbahn aufgeben und in Low Coombe oder auf einem anderen Pachtgut leben. Bis dahin würden die Menschen auf der ganzen Welt gemerkt haben, wie dumm die Jagd nach Geld oder patriotischem Ruhm und das ganze gesellschaftliche Getue seien. Viele würden dann wieder zum Ackerbau zurückfinden, zur Familie und den anderen einfachen und wesentlichen Dingen.

Meg Potter nickte, als teile sie seine Meinung. Sie versprach, zur Trauung zu kommen, wenn man ihr rechtzeitig Nachricht gebe. Dann sah sie ihm nach, wie er durch die Furt watete und zwischen den großen Torpfeilern hindurchging. Sie hatten sich nie länger miteinander unterhalten, und doch fühlte sie sich mit ihm verbunden, denn sie erkannte in ihm eine verwandte Seele, die im Einklang mit den Jahreszeiten stand und in einige Geheimnisse der Erde eingeweiht war, die für sie selbst keine Geheimnisse waren. Und da sie in seiner Hand gelesen hatte, wußte sie auch etwas über seine Zukunft und war froh, daß er einen Sohn in die Welt gesetzt hatte, in dessen Adern das älteste Blut des Tals floß. Was der Gutsherr über die Legalisierung dieser Verbindung dachte oder sagte, war unwichtig. Eine kirchliche Trauung war ohnehin nichts anderes als Ritual und nicht viel älter als einige der Eichen im Shallowford-Wald. Meg nahm an, daß das Gemurmel eines Priesters und das Unterschreiben von ein paar Urkunden für manche Menschen bedeutungsvoll war, aber nicht für solche wie sie, deren Vorfahren schon in diesen Wäldern gejagt hatten, ehe die erste Kirche gebaut worden war.

Meg Potter nahm ihre Körbe wieder auf die Schulter und ging die Flußstraße hinab. Sie schritt wie eine Königin, die jenen Göttern Geschenke brachte, die älter waren als der Jude mit dem traurigen Gesicht, den man Jesus nannte.

6

Die Nachricht, daß des Gutsherrn Schützling die schwachsinnige Jüngste des alten Tamer Potter und der Zigeunerin Meg heiraten werde, war für das Tal eine ähnliche Sensation wie der Codsall-Mord oder das Schiffsunglück. Ungefähr eine Woche lang verdrängte dieses Ereignis sogar den Krieg als Gesprächsthema. Im Herrschaftshaus war es die Ursache eines gewaltigen Familienstreits, der lange anhielt. Seine Folge waren einsilbige Unterhaltungen bei Tisch, plötzliche Wutausbrüche der Herrin und – die Dienstboten bemerkten es – jener verzweifelte Gesichtsausdruck des Herrn, den einige von der bedrückenden Zeit her kannten, die auf die Flucht seiner ersten Frau gefolgt war.

Sie hatten nicht weit daneben geraten. Nachdem aus Hazel Potter Hazel Palfrey geworden und Ikey nach Frankreich versetzt worden war, fühlte sich Paul fast so elend wie in den Monaten vor dem Schiffsunglück und seiner zweiten Ehe. Es gab genug, was ihn niederdrückte, ohne daß es dieser zusätzlichen Belastung durch einen Dauerstreit mit Claire bedurft hätte. Seit vier Monaten mußte er mit ansehen, wie die geduldige Arbeit von zwölf Jahren zunichte gemacht wurde, wie die Männer einzeln oder in Gruppen das Tal verließen, wie der Viehbestand zusammenschrumpfte, und dazu kamen noch die vielen Störungen, die das riesige Zeltlager am Moor verursachte. Die allein zurückgebliebenen Frauen bedrängten ihn mit ihren Bitten um Beistand, und er wurde in die persönlichen Angelegenheiten anderer Leute hineingezogen wie zum Beispiel in den erbitterten Streit auf Four Winds.

Er hätte sich um das Herrschaftsgut kümmern und vielleicht sogar eine gewisse Befriedigung darin finden können, dessen Probleme zu lösen, wenn es ihm möglich gewesen wäre, die allgemeine Kriegsbegeisterung zu teilen und das Gemetzel jenseits des Ärmelkanals so eindeutig zu beurteilen, wie es die Leitartikel in den Zeitungen taten. Aber für einen Mann von seiner Gründlichkeit war das nicht leicht. Er hatte die Deutschen immer für ein lautes, lächerliches Volk gehalten, das einen großspurigen Kaiser und eine kindische Vorliebe für Militärparaden hatte. Aber er konnte nicht die verbreitete Ansicht teilen, sie seien eine Rasse von sadistischen Bestien, auf Vergewaltigungen und Plünderungen erpicht und voller Mordgier, angefangen beim höchsten Offizier bis hinunter zum einfachen Soldaten an der Front. Als eingefleischter Provinzler, der seine Grenzen kannte, konnte er sich auch nicht zu der Überzeugung durchringen, daß Englands Teilnahme am Krieg unvermeidlich gewesen war. Aus diesem Zweifel heraus und aus anderen Gründen, die er spürte, aber nicht in Worte fassen konnte, war er deprimiert, hoffnungslos und entsetzt, und er empfand nichts von jenem betäubenden Rausch, den der Wein des Patriotismus in seinen Nachbarn bewirkte.

Dann war Ikey angekommen, und Paul hatte von ihm Beruhigung und vielleicht fachmännische Stellungnahmen erhofft. Aber wenige Stunden nach seiner Rückkehr hatte Ikey bekanntgegeben, er sei der Vater des unehelichen Potter-Kindes und wolle diese Tatsache durch eine Ehe besiegeln.

Das war niederschmetternd. Noch schlimmer für Paul waren jedoch Claires hysterische Bemühungen, diese Ehe zu verhindern und, als dies mißlang, ihn als denjenigen hinzustellen, der seine Pflichten vernachlässigt habe. Er fühlte, daß ihre Haltung genauso unlogisch war wie die, die Grace vor vielen Jahren eingenommen hatte. Aus beiden Beispielen sprach die aufreizende Unlogik der Frauen und ihr Wille, eigensinnig unhaltbare Stellungen zu verteidigen. Er erkannte sofort, daß Ikey selbst entscheiden mußte, ohne Rücksicht darauf, was einer von ihnen sagen oder unternehmen würde, und obwohl ihn das Verhalten des Jungen verletzt und verblüfft hatte, glaubte er doch, den ritterlichen Impuls zu verstehen, der zu diesem Entschluß geführt hatte. Und als weltliches Oberhaupt des Tals – eine Stellung, die er immer sehr ernst genommen hatte – stellte er sich die Frage, ob er das Recht besaß, einem Mann von dreiundzwanzig Jahren seinen Willen aufzuzwingen. Denn obwohl Ikey noch immer ein bescheidenes Taschengeld von ihm erhielt, war er von Pauls Zuwendungen nicht mehr abhängig und würde von Paul auch nichts erben. Ikey selbst hatte kurz vor seiner Abreise nach Indien darauf bestanden, daß sein Name von der Liste der Begünstigten gestrichen wurde. Er erklärte, Paul habe schon mehr als genug für ihn getan, und er fügte lächelnd hinzu, nur so könne er sich für den Rest seines Lebens Claires Gunst erhalten.

Trotz all seiner Vorbehalte fiel es Paul jedoch schwer, in dieser Heirat etwas anderes als eine Wahnsinnstat zu sehen. Er wies darauf hin, daß kein Potter-Mädchen wählerisch war und daß Hazel, wenn sie auch nicht wie ihre Schwestern war, trotzdem kaum die richtige Frau für einen Offizier sei, auch nicht in einem Krieg, der für die Demokratie geführt wurde.

Ikeys Antwort auf diesen Rat überraschte ihn zwar, aber halb überzeugte sie ihn. Ikey erklärte, kein anderer Mann habe das Mädchen je angerührt, und er beabsichtige, bei der ersten Gelegenheit aus der Armee auszuscheiden und ein kleines Pachtgut zu übernehmen, vielleicht Low Coombe, falls es frei wäre. Außerdem könne er die allgemeine Ansicht, Hazel sei schwachsinnig, nicht teilen, auch Paul würde das nicht mehr können, wenn er einmal eine Stunde in ihrer Gesellschaft zugebracht hätte.

Paul versuchte es anders und bot ihm an, die Verantwortung für Mutter und Kind zu übernehmen und Hazel auf Lebenszeit mietfrei in dem Haus bei der Mühle wohnen zu lassen. Ikey hörte ihm höflich zu und erklärte dann ruhig: «Ich vermute, Sie können mir nicht glauben, daß ich Hazel tatsächlich um ihrer selbst willen heiraten möchte.»

«Stimmt», knurrte Paul, «das kann ich unmöglich glauben.»

«Aber es ist so», sagte Ikey, «und ich merkte es schon bald, nachdem ich das Land verlassen hatte. Jede Frau, die ich inzwischen kennengelernt habe, ist entweder langweilig oder hinter dem Geld her, vor allem die, die in Frage kommen. Das kommt wahrscheinlich daher, daß ich ein Wechselbalg bin, Chef.»

«Herrgott noch einmal!» schrie Paul ihn an. «Du bist kein Wechselbalg! Du hast mehr Verstand im Kopf als wir alle! Ich war immer verdammt stolz auf dich!»

«Das weiß ich, Chef», sagte Ikey, «aber der Unterschied zwischen uns beiden besteht darin, daß wir zwar beide vom Schrottplatz kommen, Sie aber nie dort gearbeitet haben. Schon als Kind fühlte ich mich von Hazel angezogen. Trotzdem hätte ich unter normalen Umständen wahrscheinlich nicht den Mut gefunden, Ihnen alles vor die

Füße zu werfen, was Sie für mich getan haben. Aber jetzt stehen die Dinge anders. Unsere ganze miserable Gesellschaft kann mir gestohlen bleiben, wenn ich das Glück haben sollte, aus diesem Krieg heil herauszukommen, woran ich sowieso zweifle. Jedenfalls will ich danach nichts mehr von Glanz und Gloria wissen. Alles, was ich dann noch wünsche, ist ein Häuschen, ein kleines Stück Land, Hazel Potter und die Kinder von Hazel Potter.»

Paul gab es auf und ging mißgestimmt zu Claire. Sie hörte ihm unwirsch zu, als er ihr alles wiederholte, was Ikey gesagt hatte, und hinzufügte, er glaube, die beiden würden ihren Willen durchsetzen, ganz gleich, was man ihnen für Ratschläge gab.

Da fuhr Claire auf. «Unsinn! Du mußt das unter allen Umständen verhindern, Paul. Ich will nicht, daß Ikey diese Dirne heiratet. Ich will das nicht, hörst du?»

«Aber ich habe ihm das alles ja eben erklärt. Trotzdem will er sie heiraten. Er ist dreiundzwanzig Jahre alt und wird nächste Woche um diese Zeit im Schützengraben liegen.»

«Das ist mir gleichgültig», sagte Claire. «Du kannst das nicht erlauben. Du mußt dir etwas einfallen lassen und das sofort unterbinden.»

«Fällt dir vielleicht etwas ein?» fragte er verzweifelt.

«Jawohl. Du kannst ihm sagen, du verjagst die gesamte Potter-Sippe von ihrem Land, wenn er mit dieser unmöglichen Heirat ernst macht.»

«Mein Gott», sagte er entsetzt, «das wäre Meg und den Mädchen gegenüber mehr als ungerecht. Es kann unmöglich dein Ernst sein.»

«Du bist schon immer gefühlsduselig gewesen, Paul», antwortete sie, «und meistens hatte ich nichts dagegen, weil es sich um unwichtige Dinge handelte, über die zu streiten nicht lohnte. Aber diesmal ist es wichtig. Ich möchte nicht, daß von hier bis Paxtonbury alle Leute über uns lachen.»

«Was heißt: über uns? Was haben wir damit zu tun?»

Claire antwortete, die Angelegenheit betreffe sehr wohl sie selbst, da er sich um den Jungen gekümmert hatte, als dieser mit zehn oder elf Jahren nicht wußte, wohin er gehörte, und sie, Claire, sei schließlich Pauls Frau. Wenn Ikey eine schwachsinnige Dirne heirate, mache dies die ganze Familie zum Gespött.

«Ich bin völlig anderer Ansicht», sagte er, «und selbst wenn ich deiner Meinung wäre, wollte ich verdammt sein, wenn ich ausgerechnet dem Mädchen und seiner Familie einen Strick drehen würde. Das klingt nicht nach dir, Claire. Du bist nicht boshaft, aber du sprichst genau wie Arabella Codsall, als diese vor vielen Jahren zu mir kam und zeterte, weil Will die Tochter von Willoughby heiraten wollte.»

«Wahrscheinlich hatte Arabella doch irgendwie recht. Du hast hier allen Leuten viel zuviel Spielraum gegeben und dich ausnutzen lassen. Jetzt ist es an der Zeit, daß ich eingreife und den Leuten zeige, was es geschlagen hat. Ich wage gar nicht daran zu denken, was geschehen könnte, wenn unsere eigenen Kinder älter werden und sich plötzlich in einer solchen Lage befinden, falls sie dazu dumm genug sein sollten. Und das ist noch nicht alles! Die Pächter nutzen dich auf schamlose Weise aus! Wegen jeder Kleinigkeit kommen sie zu uns, und dabei verdienen manche noch am Militärlager. Diesen Unsinn werde ich Ikey jedenfalls austreiben, wenn du mich dabei unterstützt!»

«Ich unterstütze dich ganz bestimmt nicht, wenn du die Potters davonjagen willst. Du kannst von mir aus mit Ikey sprechen, aber ich muß dir sagen, daß er sich dem Mädchen verbunden fühlt.»

Claire sah ihn ruhig an, nicht mehr blaß und mit zusammengepreßten Lippen, sondern mit gerötetem Gesicht. «Und das glaubst du tatsächlich? Den Trick, den das Mädchen angewandt hat, kennt man doch. Wahrscheinlich hat sie ihn von ihren Schwestern gelernt!»

Er mußte daran denken, daß sie vor vielen Jahren selbst beinahe einen Mann mit «diesem Trick» geangelt hätte. Aber er wußte, daß er die Dinge nur noch verschlimmern würde, wenn er sie an das Zusammentreffen damals im Shallowford-Wald erinnerte. Deshalb zuckte er nur die Achseln und sagte: «Du kannst dich mit Ikey herumstreiten. Was ich zu sagen hatte, habe ich gesagt, und Hazel bleibt, wo sie ist, ob verheiratet oder ledig. Wegen deiner Vornehmtuerei werfe ich sie nicht hinaus.» Damit ging er weg und ließ sie vor Wut zitternd zurück.

Er erfuhr nie, ob sie mit Ikey gesprochen hatte. Aber niemand aus dem Herrschaftshaus erschien in der Gemeindekirche, als Ikey und Hazel zwei Tage später heirateten. Die Trauung fand um acht Uhr morgens statt, und schon am Nachmittag hatte Ikey das Tal verlassen. Ein paar Neugierige hatten sich in der Kirche eingefunden, darunter die freundliche Mary Willoughby, die sich einmal große Mühe gegeben hatte, der Braut das Alphabet beizubringen. Die anderen sahen sich das Paar an, als es durch die Kirchentür kam und in Ikeys Mietauto wegfuhr. Eine von ihnen, Rachel Eveleigh, die am nächsten Tag in derselben Kirche getraut werden sollte, bemerkte zu Mrs. Handcock, ihr sei noch niemals aufgefallen, wie schön Hazel

Potter sei, und wie heiter sie doch ausgesehen habe, als sie im Auto Platz nahm, während der Bräutigam den Motor anwarf.

Ikey kam noch einmal herein, um sich von Paul zu verabschieden, ehe er über das Hochmoor zum Bahnhof fuhr. Aber keiner sprach von der Hochzeit. Als sie sich die Hand gaben, sagte Ikey: «Ich werde wohl frühestens in einem halben Jahr wiederkommen, Chef.»

«Ich wollte, die Frauen in diesem Tal wären etwas weniger blutrünstig und dafür die Männer ein bißchen optimistischer», brummte Paul. Aber er drückte Ikey fest die Hand und wünschte ihm Glück.

Als Ikey draußen seinen Tornister ins Auto legte, sagte Paul: «Ich werde mich um sie kümmern, Ikey.»

«Das wußte ich, Chef», antwortete Ikey. Das war alles. Paul sah ihm nach, wie er die gewundene Auffahrt hinabfuhr und noch einmal für einen Augenblick zu sehen war, als er das Tor passierte. Was macht das jetzt überhaupt aus, zum Teufel, jetzt, wo er auf dem Weg zum Schlachtfeld ist, dachte er. Man müßte Claire wirklich daran erinnern, daß auch sie einmal jung und Potters Nachbarin gewesen ist. Aber ich werde mich hüten. Dann ging er in die Bibliothek und schenkte sich ein Glas Whisky ein.

Dort stand er noch, mit dem Rücken zum Feuer, als Maureen von der Terrasse hereinkam. Sie war atemlos, als wäre sie vom Pförtnerhaus heraufgerannt. «Könnten Sie einmal zu John hinuntergehen?» fragte sie rasch. «Ich glaube, er braucht Sie. Es ist wegen Roddy. Vor einer Stunde hat John ein Telegramm bekommen.» Als Paul zusammenzuckte, sagte sie: «Nein, Sie brauchen sich keine Sorgen um John zu machen. Er trägt es standhaft. Aber Roddy war das einzige, was ihm noch von seiner Jugend und seiner ersten Frau geblieben war. Ich glaube, Sie können ihm jetzt eher helfen als ich, da ich erst so spät in sein Leben getreten bin.»

«Sagen Sie es bitte Claire», bat Paul. «Aber sie soll ja nicht kommen und ein Theater aufführen. Sie ist im Augenblick sehr schwierig wegen dieser Geschichte mit Ikey.» Er steckte die Whiskyflasche in die Tasche und eilte hinunter zum Pförtnerhaus.

John saß in seinem alten Lehnstuhl neben einem ausgegangenen Feuer. Er hatte die Fensterladen geschlossen, so daß das letzte Licht des kurzen Wintertags nicht mehr ins Zimmer fiel. Er wirkte nicht schmerzgebeugt, nur klein und ein wenig eingeschrumpft, und er hatte die kalte Pfeife in der einen Hand und das gelbe Telegrammformular in der anderen.

«Es war diese Geschichte bei den Falklandinseln», sagte er, als Paul eintrat. «Unser Geschwader wurde zusammengeschossen, genau wie ich es vorausgesehen hatte. Unsere Marine wird noch mehr einstecken müssen, bevor das alles vorbei ist, du wirst es sehen. Man kann einen Krieg nicht gewinnen, indem man vaterländische Lieder singt, Paul!»

Er gab ihm das Telegramm, das in dürren, unpersönlichen Worten das Bedauern des Königs darüber aussprach, daß ein junges Menschenleben ausgelöscht worden war. Paul sollte in den nächsten zwei Jahren noch viele dieser Telegramme zu Gesicht bekommen. Aber da dies das erste war, las er es aufmerksam durch, ehe er es weglegte.

«Ich wollte, du hättest dir damals Roddys harmlose Schwärmerei für Grace nicht so zu Herzen genommen, John», sagte er. «Da war wirklich nichts dahinter. Das wußte ich schon damals. Wir hätten darüber lachen und ihn auffordern sollen, hier seine Urlaube zu verbringen. War er inzwischen verheiratet?»

«Nein, und über diesen Punkt habe ich meine eigene Meinung. Aber das ist jetzt sowieseo nicht mehr wichtig, deshalb glaube ich, ich kann es dir ruhig sagen. Er ist in Wirklichkeit nie von Crace losgekommen. Wundert dich das?»

«Ja», sagte Paul. «Denn Grace hat ihn im Grunde nie ernst genommen und in ihm nur einen netten Gesellschafter gesehen. Haben sie sich später wiedergesehen?»

«Ja, nach der Scheidung haben sie sich oft getroffen. Aber du hast recht, sie nahm ihn nie ganz ernst. Die beiden gingen zusammen essen und ins Theater, sooft er in London war und sie zwischen ihren Gefängnisaufenthalten erwischen konnte. Ist es taktlos, wenn wir darüber sprechen?»

«Aber nicht im geringsten», sagte Paul. «Warum denn?» Er nahm zwei Gläser aus dem Schrank und füllte sie halbvoll mit seinem Spezialwhisky. «Hier!» sagte er. «Nimm, ich brauche selbst dringend einen.» Und um John etwas abzulenken, berichtete er ihm von seinem Streit mit Claire.

«Sie hat unrecht und der Junge hat recht», sagte John, als Paul geendet hatte. «Denn du hast hier jemanden vor dir sitzen, der Hazel Potter auch nie für verrückt gehalten hat. Ein bißchen wunderlich vielleicht, aber nicht irr. Wer sind wir überhaupt, daß wir über Schwachsinn reden, wo wir uns selbst diesen ganzen Unfug aufgeladen haben? Und was Claire anbetrifft – ich glaube, ich begreife, weshalb sie die Potters bestrafen will.»

«Ich kann es beim besten Willen nicht verstehen», sagte Paul. «Ihr Vorschlag war für mich ein Schock.»

«Es ist merkwürdig», grübelte John und nippte an seinem Glas.

«Die Leute hier im Tal haben immer ihr Standesbewußtsein gepflegt, selbst in den Tagen der Lovells. Da gab es die Derwents und Codsalls an der Spitze, die Alltagsmenschen Pitts und Willoughby in der Mitte, und die Potters ganz unten. Claire wurde dazu erzogen, die Potters als Abschaum anzusehen, was sie in gewisser Weise auch sind, glaube ich. Abgesehen von Meg, die dem alten Königtum näher steht als wir alle. Für High Coombe war es ein Triumph, ins Herrschaftshaus einzuheiraten, und ich bin überzeugt, der alte Derwent beglückwünscht sich dazu immer noch jeden Tag. Die Aussicht, daß seine Enkel High Coombe und alle anderen Güter im Tal erben werden, ist für ihn ein unerwarteter Glücksfall, und seine Tochter denkt zweifellos genauso. Und doch glaube ich, daß ich heute kameradschaftliche Gefühle für ihn hegen sollte.» Als Paul wissen wollte weshalb, erklärte John, Roddys Tod habe die Erinnerung an die Mutter des Jungen wieder in ihm aufgewühlt, die er schon fast vergessen gehabt hatte, und auch Derwent habe seine Frau früh verloren, als sie ungefähr in Myras Alter gewesen war. «Sie waren sich ein bißchen ähnlich», fügte er hinzu. «Beide waren hübsch, flott und vielleicht ein bißchen exzentrisch, wie der arme Roddy. Es ist seltsam, aber diese Typen brennen lange vor ihrer Zeit aus. Im Gegensatz zu den schwerfälligen Menschen wie du und ich. Wir sterben jeden Tag ein bißchen.»

Er stand auf und klopfte seine Pfeife aus. «Würdest du Maureen sagen, sie soll mit dem Abendessen nicht auf mich warten? Ich glaube, ich gehe ein wenig die Flußstraße entlang.»

«Soll ich dich begleiten?»

«Nein», sagte John lächelnd. «Aber wenn ich Gesellschaft haben wollte, würde ich deine jeder anderen vorziehen. Vielen Dank, daß du gekommen bist und auch dafür, daß du mich ablenken wolltest.» Er nahm Hut und Stock und ging rasch hinaus.

Paul blieb noch sitzen, um seinen Whisky auszutrinken. Sein Blick fiel auf zwei eingerahmte Porträts, die über dem Kaminsims hingen. Das eine zeigte Roddy in seiner Marineuniform, das andere die Überraschung, die Maureen vor nicht allzu langer Zeit in die Welt gesetzt hatte und die jetzt in dem kleinen Zimmer über der Veranda schlief, in dem Paul seine erste Nacht im Tal zugebracht hatte. Bald kam Maureen zurück, und er berichtete ihr, daß John allein sein wollte.

«Ja, das ist so seine Art», sagte sie. «Er will seinen Kummer nicht mit anderen teilen.»

«Das hatte ich sehr bald herausgefunden. Haben Sie mit Claire gesprochen?»

«Ja, aber über Roddy habe ich nichts erwähnt, obwohl ich jetzt fast wünsche, ich hätte es getan. Sie war furchtbar giftig, und die Zwillinge bekamen auch eins ab. Hat tatsächlich Ikeys Heirat sie derart aufgebracht?»

«Ja. Ich hatte sie so überhaupt nicht gekannt.»

«Ich finde das sehr merkwürdig», sagte Maureen wie zu sich selbst. Dann blickte sie auf und sah Paul an. «Schenken Sie sich noch einen Whisky ein, Paul. Sie werden ihn gleich brauchen.» Als er meinte, er habe ohnehin schon zuviel davon getrunken, nahm sie selbst die Flasche und füllte sein Gas halbvoll. «Ich möchte Ihnen jetzt etwas sagen, was ich noch niemandem erzählt habe, nicht einmal John, und ich überlasse es Ihnen, ob Sie davon Gebrauch machen wollen oder nicht. Ohne Ikey wäre Claire Craddock fast mit Sicherheit heute noch Claire Derwent. Jedenfalls wäre sie nicht die Herrin von Shallowford, die jetzt in diesem Augenblick Ihre Kinder zu Bett bringt.»

«Was hat das mit Ikey zu tun, daß ich Claire geheiratet habe?» fragte Paul verblüfft.

«Ikey schrieb ihr einen Brief und teilte ihr mit, Sie hätten im Fieber nach ihr gerufen. Daraufhin kam sie sofort, damals, als Sie nach dem Schiffsunglück bettlägerig waren. Und das ist noch längst nicht alles. Er schrieb an Claire auf Graces Anregung hin, und zwar in Graces Zimmer. Das war damals, als er nach London ausgerissen war.»

Diese nüchterne Eröffnung hatte auf Paul noch keine unmittelbare Wirkung. Nach einer Weile, während sie darauf wartete, daß ihr Bericht zündete, sagte er: «Woher wissen Sie das? Und seit wann?»

«Man hat es mir erzählt, als ich gerade frisch hierhergekommen war.»

«Wer? Ikey selbst?»

«Ja, unten auf der Brücke.»

«Und Sie glaubten es ihm?»

«Selbstverständlich. Halten Sie es für möglich, daß ein Junge in dem Alter sich eine solche Geschichte aus den Fingern saugt? Außerdem hat Ikey nie gelogen.»

Jetzt endlich begann die Geschichte zu wirken. «Aber er war doch noch ein Kind! Claire kam damals zufällig nach Hause, hörte von meinen Verletzungen und bot sich als Krankenpflegerin an. Wenn ich mich recht entsinne, haben Sie selbst sie als Pflegerin gewonnen.»

«Hat Claire Ihnen gegenüber nie etwas von jenem Brief erwähnt, in dem es hieß, Sie hätten in Ihren Fieberträumen nach ihr gerufen?»

«Nie! Ich höre zum erstenmal von diesem Brief.»

«Sie können sich darauf verlassen, daß er geschrieben worden ist. Und ebensowenig kann ein Zweifel daran bestehen, daß Claire jedes Wort geglaubt hat, das darin stand, weil sie es glauben wollte. Sie hatte wahrscheinlich gute Gründe dafür, die Sache inzwischen zu vergessen. Und da ich es Ihnen nun einmal erzählt habe, liegt es bei Ihnen, ob Sie ihr Gedächtnis ein wenig auffrischen wollen oder nicht. Fest steht jedenfalls, daß sie Ikey Palfrey ihr Glück verdankt, und wenn ich mir Sie ansehe, dann trifft das auch auf Sie selbst zu. Sie und Claire sind das perfekteste Paar, das ich je behandelt habe.»

Paul war verstummt, und Maureen drückte ihm das Whiskyglas in die Hand. «Hier, trinken Sie. Das ist zwar kein irischer Whisky, aber er tut's auch.»

Als er einen Schluck genommen hatte und immer noch stumm blieb, schüttelte sie den Kopf und sagte aufmunternd: «Die Sache ist es wirklich nicht wert, jetzt noch darüber nachzugrübeln. Was als Schwindel begann, hat für uns alle ein gutes Ende genommen, nicht wahr?»

«Nach dem, was Sie mir erzählt haben», sagte Paul schließlich, «ist Claires jetziges Verhalten Ikey gegenüber mehr als arrogant. Man müßte sie wirklich daran erinnern, was sie ihm verdankt.»

«Wenn ich es mir recht überlege», sagte sie nach einer Weile, «sollten Sie es vielleicht doch lieber lassen. Möglicherweise würde es sie noch mehr gegen ihn aufbringen. Wer von uns würde gern nach Ablauf von zehn Jahren einem Gläubiger gegenübertreten?»

Nun konnte Paul zum erstenmal, seit er von Ikeys Heiratsabsichten gehört hatte, wieder lächeln. «Sie haben mich doch damals behandelt. Würden Sie mir noch eine Frage beantworten? Habe ich tatsächlich im Traum nach Claire gerufen?»

«In meiner Anwesenheit nicht», sagte sie. «Aber Ikey ist ja ein phantasievoller Junge, nicht wahr?»

Auf dem Heimweg fühlte sich Paul viel weniger niedergeschlagen als auf dem Weg ins Pförtnerhaus. Etwas selbstgefällig dachte er: Soll sie schmollen. Soll sie sich ihrem dummen Derwentschen Stolz hingeben, denn weiter ist es nichts. Er sog noch einmal tief die Abendluft ein und ging dann beschwingt ins Haus. Er wäre etwas gemessener hineingegangen, wenn er geahnt hätte, daß seine Leidenszeit noch über Weihnachten und weit ins neue Jahr hinein anhalten sollte.

Barrieren, Eskapaden

I

Im Vorfrühling des Jahres 1915 waren die Menschen des Tals so weit verstreut, wie es seit zweihundertfünfzig Jahren nicht mehr vorgekommen war. Die letzte Abwanderung dieses Ausmaßes hatte im Juli 1685 stattgefunden, als der Herzog von Monmouth Soldaten benötigte und etliche Männer aus dem Sorrel-Tal waghalsig genug waren, sich für einen kurzen Krieg freiwillig zu melden, der für die meisten auf dem Schlachtfeld von Sedgmoor endete oder mit dem Abtransport auf die Zuckerplantagen der Barbados-Inseln.

Will Codsall, Dandy Timberlake, Walt Pascoe, Jem Pollock, Smut Potter, Gilbert Eveleigh Tremlett, der Jäger, und Ted Glover, der Mechaniker, trugen bereits die Uniform. Die drei ersten von ihnen dienten bereits im Feld, die übrigen waren in Ausbildungslagern. Andere machten sich zum Aufbruch bereit, darunter die Söhne Eph Morgans, des Bauunternehmers von Coombe Bay, Abe Tozer, der Schmied von Coombe Bay, und Willis, der Sohn des Stellmachers von Shallowford. Tom Williams, der Marine-Reservist war, fuhr bereits seit Monaten zur See, und zwar auf demselben Minensuchboot wie sein Neffe Daniel. Und als die Heckenrosen an der Flußstraße welkten, hatten auch einige Frauen das Tal verlassen, unter ihnen Rose Derwent von High Coombe.

Die Schließung ihrer Pferdezucht war für sie ein schwerer Schlag gewesen, aber er erwies sich als Vorteil, denn im Mai 1915 war sie verheiratet und die Herrin eines Guts, das in jeder Hinsicht größer und eindrucksvoller als das ihrer Schwester war, so daß Edward Derwent, der einmal davon geträumt hatte, Besitzer von fünfhundert Morgen zu werden, jetzt alle Aussichten hatte, daß seine Enkelkinder (sofern die vierunddreißigjährige Rose noch Nachwuchs bekam) zwei erkleckliche Brocken des britischen Territoriums erbten. Das war eine erstaunliche Wendung für den mürrischen, schweigsamen Mann, der sich noch vor zehn Jahren damit abgefunden hatte, sein Leben als Pächter zu beschließen. Manchmal schien es ihm unglaublich, daß seine beiden Töchter, entgegen allen Erwartungen, so hervorragende Partien gemacht hatten. Und doch war es so, denn Rose heiratete am 1. Mai des Jahres 1915 den Major Barclay-Jones, Träger der Verdienstmedaille und Besitzer eines großen Landguts in

Gloucestershire. Während Edward Derwent nicht für sich in Anspruch nehmen konnte, bei der Heirat seiner Tochter Claire die Hand im Spiel gehabt zu haben, so hatte er eine entscheidende Rolle dabei gespielt, die liebenswürdige, pferdegesichtige Rose an den Mann zu bringen, von der jeder angenommen hatte, sie würde ihre Tage als alte Jungfer beschließen.

Für Rose war wenig Arbeit auf dem Gut geblieben, nachdem die Regierung in jenen hektischen Tagen ihre Reitställe gelichtet hatte, als das Oberkommando noch an Kavallerieangriffe im offenen Feld dachte. Fast alle Reitpferde im Tal waren requiriert worden. Roses Bruder Hugh bewirtschaftete High Coombe sehr erfolgreich mit Hilfe seines Vaters und eines Lohnarbeiters, der zu alt für den Kriegsdienst war. Eine Zeitlang hatte sie Kühe gemolken und sich dann, auf Vorschlag ihres Vaters, freiwillig zur Arbeit in der Kantine des Vereins Christlicher Junger Männer im Lager zur Verfügung gestellt. Dort war sie die einzige Frau unter mehreren tausend Männern. Für die meisten alternden Mädchen von vierunddreißig Jahren wäre das sehr erfreulich gewesen, aber Roses Herz schlug deshalb kaum schneller. Ihr waren Pferde stets lieber gewesen als Männer, und so konnte sie die Annäherungsversuche heimwehkranker Männer mittleren Alters und sogar einiger jüngerer, die sich nach weiblicher Gesellschaft sehnten, mit Leichtigkeit abwehren. Sie freundete sich mit einigen der älteren Offiziere an, und einer von ihnen war der Major Barclay-Jones, der als ehemaliger Husar erbittert darüber war, daß er nun unter lauter schwitzenden Infanteristen und stinkenden Automobilen leben mußte. Der Major, ein cholerischer kleiner Mann von fünfundfünfzig Jahren, war Witwer, hatte zwei Söhne, die in Übersee dienten, und war Miteigentümer eines berühmten Gestüts. Und dieser Umstand war es, der Derwent aufhorchen ließ, denn er war ein Mann, der mit einem Minimum an Überredungskunst Geschäfte abschloß, indem er gleich mit den augenfälligsten Vorzügen seiner Ware ans Licht rückte.

Damit Rose überhaupt eine Chance hatte, so überlegte Edward, mußte der Major sie auf einem wirklich guten Pferd reiten sehen und miterleben, wie sie mit einem Tier umging, das sogar den habsüchtigen Regierungsbeauftragten als zu temperamentvoll für ihre Zwecke vorgekommen war und das sie ihm aus diesem Grund gelassen hatten. Er zog Claire ins Vertrauen, und Vater und Tochter überließen nichts dem Zufall. Da nirgends ein zweites Jagdpferd aufzutreiben war, lieh sich Derwent für eine Woche Snowdrop aus. Dann lud er den Major zu gemeinsamen Ausritten mit seiner Tochter ein. Denn, so hatte Derwent es sich ausgedacht, wenn er Rose erst einmal im Sattel gesehen hatte, mußte er von ihren Qualitäten überzeugt sein. Kam nichts dabei heraus, so hatte auch niemand etwas dabei verloren.

Diese Methode zeitigte erstaunlich rasch Erfolg. Schon nach dem dritten Ausritt war Major Barclay-Jones von Rose dermaßen begeistert, daß er zum Abendessen blieb. Er trank fast eine ganze Flasche von Derwents Schlehenschnaps und erklärte, der «Schatz», wie er sie nannte, besitze ein prima Gesäß und die geschicktesten Hände, die er in diesem Metier je gesehen habe. Von Derwent ermutigt und nach einem weiteren Gläschen ging er sogar noch weiter: «Ich habe wahrhaftig gute Reiter gekannt, aber sie ist besser als alle, Derwent. Besser als alle. Mann, wie sie mit diesem temperamentvollen Tier über die Barriere setzte! Das war solide Arbeit, beim Allmächtigen! Sie flog! Sie flog regelrecht darüber! Ein Genuß. Nur schade, daß ich es ihr nicht nachmachen konnte, aber Snowdrop ist über die Jahre hinaus – genau wie ich, seit ich mit diesen elenden Sandflöhen leben muß.»

Ein paar Tage später bewies der Major jedoch, daß er doch noch springen konnte. Er setzte mit dem siebzehn Jahre alten Snowdrop über einen Baumstamm hinweg. Er war von sich selbst so entzückt, daß er Rose auf der Stelle einen Antrag machte.

Rose war viel zu überrascht, um ihn anzunehmen oder abzulehnen. Sie stotterte, darüber möge er lieber mit ihrem Vater sprechen, sofern er nicht scherze. Darüber lachte er auf dem ganzen Heimritt, aber es war ihm ernst. Er gehörte zu der dahinschwindenden Zahl der Optimisten, die immer noch glaubten, die zwei Millionen deutschen Soldaten, die sich im nordöstlichen Frankreich eingegraben hatten, könnten beim Anbruch schöneren Wetters von ein paar Regimentern britischer Kavallerie, die mit gezogenen Säbeln darauf warteten, einen Keil in die feindlichen Linien treiben, über die Grenzen zurückgeworfen werden. Deshalb war er überzeugt, im Hochsommer wieder zu Hause auf Lavington Court zu sein, zusammen mit seinen beschlagnahmten Pferden. Die bloße Aussicht, sein Leben mit einem Mädchen wie Rose Derwent zu teilen, überzeugte ihn davon, daß er noch mindestens zwanzig Jahre im Sattel sitzen würde.

Die Trauung folgte beinahe unmittelbar. Der Bräutigam erschien in der Kirche von Coombe Bay in Gala-Uniform, und die Offiziere aus dem Lager standen mit ihren Säbeln Spalier. Es war die erste Militärhochzeit, die hier seit dem südafrikanischen Krieg stattfand, und das Tal war begeistert. Die kleine Kirche und der Platz davor waren voller Menschen, und die Jungen kletterten auf den granitenen Obelisken, der auf Tamer Potters Grab errichtet worden war, um besser sehen zu können.

2

Lieutenant Plafrey, der einzige Mann aus dem Tal, der als Berufssoldat im Feld stand, verbrachte den Monat April 1915 vor einem flandrischen Ort namens Cuinchy, wo die Deutschen eine Hälfte der Schutthalde hielten, während die Briten auf der tiefer gelegenen und daher unvorteilhafteren Seite standen. Ihm als Artillerieoffizier blieb zwar ein Großteil der Schrecken und der Unbequemlichkeiten des Lebens an der Front erspart. Trotzdem sah er mehr von den vordersten Linien als die meisten Kanoniere, denn er wurde manchaml als Beobachter eingesetzt und schwebte entweder mit einem Fesselballon in der Luft oder überprüfte mit den Infanterieoffizieren die Karten in der Nähe einer grotesken Ruine, wo die feindlichen Schützengräben sich bis auf fünfzig Meter näherten.

Ikey war nun schon seit fünf Monaten in Frankreich, und die Tatsache, daß er Berufssoldat war, bestimmte seine Ansichten und mäßigte seine Vorurteile. Er konnte dieses sich ausbreitende blutige Chaos nicht mit der Begeisterung Smuts, der Gleichgültigkeit Jems oder der Verzweiflung Will Codsalls betrachten, denn die meisten Berufssoldaten sahen den Krieg als eine lästige Unterbrechung der feinen Kunst des Soldatenspielens an, deren einziger Vorteil die Aussicht auf rasche Beförderung war. Das Regimentsprotokoll blieb gewahrt, und altehrwürdie Kasinobräuche waren noch unantastbar. Ikey, der immer dazu geneigt hatte, das Regimentsritual mit nachsichtiger Verachtung zu betrachten, war froh über seine scharfe Beobachtungsgabe, denn sie ermöglichte es ihm, sich vom Regimentsstab fernzuhalten. Freudig nahm er das Risiko auf sich, mit seinem Ballon abgeschossen zu werden oder auf seinen Gängen in die vorderen Linien aus dem Hinterhalt umgelegt zu werden, wenn er dafür tagelang nicht in Reichweite der Herren in der Etappe sein mußte. Als der Frühling Einzug hielt, hatte er eine Theorie über den Krieg entwickelt, die sein Empfindungsvermögen ein wenig abtumpfte. Sein ganzes Leben lang, so schien es ihm, hatte er in der Mitte zwischen Besitzenden und Nichtbesitzenden gestanden, zwischen Menschen, die läuteten, wenn das Feuer niedergebrannt war, und denen, die hereinkamen, um es wieder anzufachen. Diese Position im Niemandsland war ihm während seiner Schulzeit und seiner heimlichen Verbindung mit Hazel scharf zum Bewußtsein gekommenn. Und es war keineswegs so, daß er durch die Ehe mit Hazel Potter endgültig von der einen gesellschaftlichen Sphäre in die andere übergewechselt wäre. Solange der Krieg andauerte und er aktiv an ihm teilnahm, stand er immer noch mit je einem Bein in jedem der beiden Lager. Dieser Zeitgewinn half ihm, seine innere Unabhängigkeit zu festigen. Er betrachtete den Krieg nun als einen chirurgischen Eingriff, den die Zivilisation an sich selbst vornahm – einen qualvollen, aber äußerst interessanten Versuch, Klassenschranken niederzureißen, die in Westeuropa seit der Frühzeit des Feudalismus errichtet worden waren. Er sah in diesem Krieg den letzten Ausbruch des Feudalismus, einen gigantischen und masochistischen Angriff von Herren und Knechten gemeinsam gegen jene Fesseln, die sie in zwölf Jahrhunderten des Stolzes, der Blindgläubigkeit und Besitzgier füreinander geschmiedet hatten. Anders als die Mehrzahl seiner Kameraden konnte er den Krieg nicht als eine Folge nationaler Rivalitäten betrachten, und erst recht nicht, wie einige Intellektuelle, als ein Ringen um die Weltmärkte, das vielleicht noch einige Monate oder schlimmstenfalls ein Jahr dauern würde. Für ihn war der Krieg die Explosion eines Pulverfasses voll alter Mythen, und obwohl ihn die Barbarei mit Abscheu erfüllte und er Mitleid mit den kleinen Leuten hatte, die dabei zerfressen wurden, konnte er doch das Gemetzel in den unvermeidlichen großen Wandel einordnen, dem das Leben auf diesem Planeten unterworfen war. Diese Überzeugung ermöglichte es ihm, seine Gefühlsregungen zu beherrschen und den Protest zu unterdrücken, der ihn früher oder später in einen Konflikt mit seinen Offizierskameraden gebracht hätte.

Auch seine Briefe an Hazel waren Früchte dieser inneren Freiheit. Mindestens einmal in der Woche fügte er seinen Tatsachenberichten an Paul einen Brief für Hazel bei, und Paul besuchte Hazel jede Woche und las ihr Ikeys Briefe vor. Ikey berichtete darin nur wenig über den Krieg. Er beschränkte sich darauf, ihr kleine Beobachtungen mitzuteilen – über ein Kleefeld neben einem Schützengraben, über die vielen fetten Ratten und die Geschicklichkeit, mit der sie Gewehrschüssen auswichen, über den unruhigen Flug eines blauen Schmetterlings, der dem Granatwerferfeuer über den Ziegelhalden trotzte. Er wußte nicht, ob Paul versuchen würde, in ihrem Dialekt zu sprechen, wenn er ihr seine Briefe vorlas. Aber er war Paul dankbar dafür, daß er sich um seine Frau und sein Kind kümmerte, und er war gerührt, als Paul einmal einen Brief schickte, den Hazel ihm diktiert hatte. Darin beschrieb sie einen Versuch seines kleinen Sohnes, durch den Sorrel-Fluß zu waten, wobei er pudelnaß geworden war. Ikey konnte nicht wissen, daß Pauls regelmäßige Besuche im Haus bei der Mühle eine zweite Ehekrise auslösten und wie nahe Claire daran war, die Wunde, die er ihr durch seine Heirat zugefügt hatte, zum Eitern zu bringen.

3

Als Paul noch nicht ins Tal gekommen und Claire das schönste Mädchen weit und breit gewesen war, hatte sie stets die Bewunderung genossen, die man ihr entgegenbrachte, wenn sie auf einem Ball oder einem Wohltätigkeitsfest im Saalbau von Paxtonbury erschien. Und da Edward Derwent auf ihr gutes Aussehen stolz gewesen war, hatte sie sich größerer Freiheiten erfreut als ihre Konkurrentinnen. Nach ihrer Demütigung beim Krönungsball hatte sie ihren Mut an den Männern von Tunbridge Wells gekühlt, ohne sich jedoch auch nur über einen von ihnen ernsthafte Gedanken zu machen. Und seit ihrer Rückkehr ins Tal und zumal seit ihrer Heirat hatte sie keinem einzigen Mann mehr eine Chance gegeben, mit ihr zu flirten, obwohl es viele versucht hatten, besonders nachdem das Lager auf dem Moor eingerichtet worden war, denn zu dessen ständigem Personal gehörte ein Dutzend jüngerer Berufsoffiziere, und unter ihnen wiederum gab es einige vollendete Schwerenöter.

Wäre ihr Verhältnis zu Paul nach dem Hazel-Potter-Skandal wieder in die Vorkriegsbahn gelangt, Claire hätte sich sicher nicht mit Aubrey Lane-Phelps eingelassen, der fünfundzwanzig Jahre alt und Schießlehrer war. Lane-Phelps jedoch war nicht der Mann, der auf Ermutigungen wartete. Er war aufsehenerregend männlich, gewandt und vor allem kolossal eitel, was er jedoch zu verbergen verstand. Nach seinem ersten Besuch im Herrschaftshaus hatte er sich die Frau des Gutsbeitzers vorgemerkt.

Bei einer Weihnachtsfeier, die Paul für das Offizierskorps gab, nahm Lane-Phelps Claire aufs Korn und küßte sie fachkundig unter dem Mistelzweig, als die allgemeine Aufmerksamkeit gerade auf etwas anderes gerichtet war. Seit über acht Jahren war Claire von keinem anderen Mann mehr geküßt worden. Doch bei diesem Kuß hatte sie festgestellt, daß dies etwas recht Angenehmes war, und ganz besonders bei einem Experten wie Aubrey Lane-Phelps. Trotzdem drehte sie sich empört um und ging ihm für den Rest des Abends aus dem Weg. Noch ein paar Tage danach waren ihre Gedanken hin und wieder zu ihm zurückgekehrt, wenn sie sich überlegte, wie sie vor Paul kapitulieren könnte, ohne das Gesicht zu verlieren, oder wenn sie vor dem Spiegel saß, ihr langes goldenes Haar kämmte und sich dabei fragte, ob sie nicht doch an gewissen Stellen ein wenig auseinanderging.

Dann kam er ab und zu auf einem der alten Pferde, die im Lager gehalten wurden, herübergeritten, und zwar gewöhnlich am Spätnachmittag, wenn Paul seine Runde machte und Möglichkeiten auskundschaftete, noch mehr Land unter den Pflug zu bringen, oder Bauholz auswählte, um die Forderungen des Forstministeriums zu erfüllen.

Anfangs verhielt sich Claire Aubrey gegenüber sehr reserviert. Doch allmählich schmolz sie unter dem genau gezielten Bombardement seiner amüsanten Gespräche und machte schließlich keinen Hehl mehr daraus, daß sie seine Gesellschaft angenehm fand. An dem Tag, an dem er sich tief über ihre Hand beugte und ihr eröffnete, er liebe sie, war sie eher geschmeichelt als ärgerlich, aber nach einem Augenblick der Verwirrung beschloß sie, diese Erklärung als Scherz abzutun und ihm sein Herz mit der liebenswürdigen Bestimmtheit einer großzügigen, verheirateten Frau zurückzugeben, die einen verblendeten jungen Mann wieder auf den rechten Weg leitet.

Doch dabei hatte sie ihn völlig falsch eingeschätzt. Sie war bei weitem nicht so erfahren wie er. Und er ging zum nächsten Trick über und präsentierte sich als der junge Mann, der den Tod vor Augen sah und über dessen Empfindungen man sich grausamerweise lustig machte. Wäre sie weniger gutmütig oder auf diesem Gebiet erfahrener gewesen, so hätte sie ihm geraten, sich bessere Manieren zuzulegen und nicht eher wiederzukommen, bis er der Versuchung, sich lächerlich zu machen, widerstehen könne. Doch dies alles spielte sich zu einer Zeit ab, als sie sich in einer heiklen Situation befand. Denn gerade damals machte Claire eine unruhige Phase in bezug auf ihr Verhältnis zu Paul durch. Der Streit wegen Ikeys Heirat ruhte zwar, hatte jedoch eine gewisse Empfindlichkeit hinterlassen, und während Claire ihren lang andauernden Trotz überwunden hatte, hielt Paul das Thama unwissentlich lebendig, indem er es vermied, über Ikey oder Hazel zu sprechen, und Ikeys Briefe für sich behielt. Dies verursachte eine Spannung, die sich in Wortkargheit und einem Nachlassen ihrer körperlichen Beziehungen äußerte. Daß Lane-Phelps sich für sie als Frau und nicht nur als vollendete Gastgeberin interessierte, schmeichelte ihr. Und als er seine pathetischen Reserven ins Feld warf, schwankte sie und machte es ihm dadurch möglich, in ihren Gedanken wie in einem Buch zu lesen. So sagte er demütig: «Ich weiß, ich kann nicht verlangen, daß Sie meine Liebe erwidern, Claire. Erstens sind Sie verheiratet, zweitens kann ich jederzeit an die Front versetzt werden, und die Chancen, daß ich je wieder zu Ihnen zurückkommen kann, stehen eins zu fünfzig. Ich habe Ihnen gesagt, was ich für Sie empfinde, weil ich es sagen mußte.»

Er spielte seine Rolle vollendet, zumal er genau wußte, daß für ihn keinerlei Gefahr bestand, nach Frankreich versetzt zu werden, bevor die neuen Streitkräfte Kitcheners voll ausgebildet waren, und daß er selbst dann genügend Beziehungen hatte, um einen Stabsposten weit hinter der Front zu bekommen.

Claire aber sagte bekümmert: «Sie sollten nicht so sprechen, Aubrey! Hoffen wir, daß dies alles vorbei ist, ehe einer von Ihren Männern droben das Leben lassen muß.» Als er sich abwandte, nahm sie seine Hand, und der Kuß, der dann folgte, war viel gefährlicher als jener unter dem Mistelzweig, denn seine Hände erforschten dabei sehr behutsam, aber mit großer Fertigkeit zwei Gebiete, auf denen sie sich auskannten. Als ihr Derwentscher gesunder Menschenverstand wieder die Oberhand bekam, machte sie sich rasch von ihm los. Aber er wußte aus Erfahrung, daß sie das eher aus Panik als aus Widerwillen tat, und beschloß, sein Glück nicht zu sehr herauszufordern, sondern eine günstigere Gelegenheit abzuwarten. Er nahm Hut, Stock und Handschuhe und sagte: «Wenn ich plötzlich abberufen werden sollte, sehen wir uns dann vorher noch wieder?»

Sie nickte, fügte aber hinzu, er möge sie bitte nicht mehr während Pauls Abwesenheit besuchen, und sie verspreche nichts.

Ein paar Tage lang war sie recht verwirrt. Ihre Gefühle waren eine seltsame, aber nicht unangenehme Mischung von Schuld, Furcht, Leichtsinn und Erregung. Paul merkte nichts davon, da er gerade damals damit beschäftigt war, die Regierungsbeauftragten davon zu überzeugen, daß sie zwar alles Jungholz des Gutes haben konnten, daß aber der Krieg zu gewinnen war, ohne daß man zweihundert Jahre alte Bäume opfern mußte. Innere Anspannung und Schuldgefühle machten sie liebebedürftig. Normalerweise wäre ihm das nicht entgangen, denn sie verhielt sich fast aufreizend, ehe am Abend die Nachttischlampen ausgelöscht wurden. Doch obwohl er gesprächig war, redete er nicht von Liebe, sondern von den Männern an der

Front und von der entsetzlichen Halsstarrigkeit der Beamten, die ihn wegen des Bauholzes schikanierten. So blieb sie wieder ihren eigenen Gedanken überlassen – Gedanken, die ihn vielleicht erschreckt hätten. Sie fand, daß ihre Ehe in ein Stadium getreten war, in dem man ihn daran erinnern mußte, daß sie mehr war als nur eine Adressatin seiner zornigen Klagen.

Erst nachdem einer ihrer herausfordernden Versuche, ihn anzuregen, fehlgeschlagen war, beschloß sie, sich noch einen Schritt weiter in bezug auf Aubrey vorzuwagen. In der ersten Zeit ihrer Ehe hatte es Paul immer Freude gemacht, ihr Haar zu bürsten. Als sie sich eines Abends gegen elf Uhr zurückgezogen hatte, sorgte sie dafür, daß im Kamin helles Feuer brannte. Sie zog sich aus, legte ein mit Bändern geschmücktes sommerliches Nachthemd an, löste ihr Haar und bat ihn, es zu bürsten. Er nahm die Bürste, strich ihr damit ein paarmal geistesabwesend über das Haar und sagte gleichgültig: «Du wirst dich erkälten. Zieh lieber etwas Wärmeres an.» Daraufhin entriß sie ihm die Bürste und legte sich trotzig hin. Wenn Aubrey kommt, dachte sie, werde ich ihn empfangen. Er wird mir wenigstens ein paar Komplimente machen, statt mich mit Gutsproblemen und anderer Leute Sorgen zu überschütten.

Aubrey kam, und zwar regelmäßig. Er war genau darüber informiert, wann Paul abwesend war, denn er erschien immer dann, wenn Claire allein war und auch die Dienstboten zu tun hatten. Sie gingen im Rosengarten spazieren oder saßen im Wintergarten beisammen, plauderten über dies und jenes und flirteten ein wenig. Ihre Schuldgefühle hatten sich fast in Nichts aufgelöst, und sie schmeichelte sich, daß sie mit ihm ebenso geschickt umzugehen verstand wie ihre Schwester Rose mit einem jungen Pferd. Ein paar flüchtige Küsse wurden getauscht, seine Hände berührten scheinbar zufällig ihre Brüste. Trotzdem machte er enttäuschend langsame Fortschritte, bis er eines Nachmittags im strömenden Regen zu ihr kam und berichtete, er werde in knapp einer Woche versetzt. Im Wintergarten tranken sie zusammen Tee, und dort küßte er sie wesentlich leidenschaftlicher als zuvor, und zu ihrer Überraschung und Bestürzung merkte sie, daß sein gutes Aussehen, seine beherrschte und doch aggressive Männlichkeit sie mehr aufwühlten, als sie gewollt hatte. Erst als seine Hand über ihre Schulter und dann weiter nach unten rasch und gezielt zwischen ihre Schenkel glitt, kam sie zu sich und stieß ihn entrüstet weg.

«Sie können es mir nicht verübeln, wenn ich Sie ganz haben möchte, Claire», sagte er gekränkt. «Nicht unter diesen Umständen.»

«Das ist wesentlich mehr, als sie bekommen werden, Aubrey. Trotz der Umstände.»

Er folgte ihr niedergeschlagen und gab ihrer Anziehungskraft die Schuld an seinem unverzeihlichen Benehmen. Obwohl sie sich kühl von ihm verabschiedete, saß sie am Abend sehr nachdenklich vor dem Kamin in der Bibliothek, wo sie auf Pauls Heimkehr von einer überlangen Sitzung des Landwirtschaftskomitees in Paxtonbury wartete.

Gegen neun Uhr rief Paul an und erklärte, er könne nicht vor Mitternacht kommen. So ging sie gähnend zu Bett, immer noch uneins mit sich, ob sie Aubrey die Unverschämtheit wenigstens insoweit verzeihen sollte, daß sie ihm Lebewohl sagte, ehe er nach Frankreich mußte. Ehe sie einschlief, rang sie sich noch dazu durch. Ein Mann, dem dies bevorstand, verdiente, daß man Zweifel zu seinen Gunsten auslegte.

Sie war nicht sehr überrascht, als am nächsten Morgen, kurz nach dem Frühstück, ein Sergeant mit einer in untadelig höfliche Worte gekleideten Botschaft eintraf, die besagte, Lieutenant Lane-Phelps werde binnen achtundvierzig Stunden das Lager verlassen und bitte um eine Gelegenheit, ihr für ihre Gastfreundschaft zu danken. Lieutenant Lane-Phelps wolle anrufen, wenn sie dem Sergeant sagen würde, wann sie «voraussichtlich zu erreichen» sei.

Sie verstand diesen Wink, denn sie sagte dem Boten, Lieutenant Lane-Phelps möge am nächsten Vormittag gegen elf Uhr anrufen. Um diese Zeit war Paul mit Sicherheit abwesend.

Pünktlich um elf Uhr am nächsten Tag rief er an und vergewisserte sich, daß sie allein war. Zögernd bestätigte sie ihm dies und war selbst überrascht, daß der bittende Klang seiner Stimme ihr das Blut in die Wangen trieb.

«Ich muß heute spät am Abend ausrücken», sagte er. «Aber ich habe den ganzen Nachmittag frei. Können wir uns am Kliff treffen?»

Das hatte sie nicht vorgehabt. Ein sentimentaler, halb platonischer Abschied in der Sicherheit ihres Salons, wobei man sittsam die Tassen hielt und Mrs. Handcock in Hörweite war – das war möglich. Ein Zusammentreffen im bewaldeten Gelände am Steilufer aber barg Gefahren, die sie ungern einging. Andererseits meinte sie, daß sie ihn lenken konnte und daß er kaum über die Stränge schlagen werde, solange sie beide auf ihren Pferden saßen. Deshalb sagte sie, sie wolle versuchen, ihn zwischen zwei und drei Uhr zu treffen, falls er verspreche, «keine Dummheiten zu machen».

Sie vermutete, daß sie für die Rolle der sündigen Ehefrau nicht geschaffen war. Sie schwankte und änderte ihren Sinn an diesem Morgen ein halbes dutzendmal. Als Paul beim Essen erklärte, er werde am Nachmittag mit dem Einspänner nach Whinmouth fahren und versuchen, «diese elenden Holzräuber zur Vernunft zu bringen», mußte sie einen Ausruf der Erleichterung unterdrücken. Irgendwie verwandelte seine Abwesenheit einen Akt grober Untreue in einen Schulmädchenstreich, und als er ihr einen flüchtigen Kuß gab und wegging, dachte sie: Eigentlich liebe ich den Jungen überhaupt nicht. Er tut mir leid wie jeder, der nach Frankreich geht, aber auch das ist nicht der wahre Grund, weshalb ich zum Kliff gehe. Ich tue es, weil seit dem letzten Sommer aller Glanz aus dem Leben verschwunden ist. Sie ging in den Hof, sattelte Snowdrop und erklärte Chivers, sie wolle ihren Bruder Hugh in High Coombe besuchen.

Es war ein trüber, windstiller Nachmittag. Regen lag in der Luft, und feuchter Dunst fiel auf das Tal und verhüllte die Landschaft auf der anderen Seite des Flusses. Sie ritt langsam, als hätte sie immer noch Zeit, es sich anders zu überlegen. Aber als der Dunst über den Fluß kam und am Fuß der Klippe hängenblieb, wuchs ihre Erregung, und sie gestand sich ein, daß sie sich deshalb so leichtsinnig vorkam, weil sie erwarten durfte, von einem gutaussehenden jungen Mann umworben zu werden.

Als sie den Wald in der Nähe von Low Coombe erreichte, der sich von hier bis zum Kliff erstreckte, bekam sie Bedenken, sie könne von einem der Potters bemerkt werden, deren Hof in unmittelbarer Nähe jenseits der ersten Bäume lag. Deshalb machte sie einen großen Bogen und kam sehr nah an die Flußstraße heran. In der Nähe von Hazels Häuschen bog ein Weg ab, der über den steilsten Teil des Abhangs in den mit Stechginster bewachsenen Abschnitt des Kliffs führte. Auf diese Weise wurde sie nicht gesehen und konnte sogar unterwegs noch ihre Meinung ändern und nach High Coombe weiterreiten, wie sie es Chivers gesagt hatte.

In der Nähe von Hazel Palfreys Häuschen zog sie plötzlich die Zügel an, denn eine Gestalt tauchte aus dem Nebel auf und ging zum Haus. Der Mann war zu Fuß, und weil der Riegel des Gartentors sich schwer öffnen ließ und seine Aufmerksamkeit in Anspruch nahm, blickte er sich nicht um, sonst hätte er sie zwischen den hohen Böschungen auf dem Pferd sitzen sehen. Seine langen Schritte und die Mütze mit dem kurzen Schirm waren unverwechselbar. Der Mann, der das Häuschen betrat, war Paul, der inzwischen schon auf halbem Weg nach Whinmouth hätte sein müssen, wo er seinen Feinden, den Holzräubern, entgegentreten wollte.

Zuerst war sie nur verdutzt, und fast hätte sie ihn angerufen. Doch dann kamen andere Regungen, die sich förmlich überschlugen und alle schmerzhaft waren. Denn der Anblick, wie er so lässig durch das Gartentor schritt, als gehe er dort täglich ein und aus, allein und zu Fuß, setzte in Claires bereits überreizter Phantasie eine Kettenreaktion in Gang und förderte Dinge zutage, die sie in den vergangenen drei Monaten unbewußt in sich aufgenommen hatte. Da war seine neue Angewohnheit, seine Runden auf dem Gut lieber zu Fuß als zu Pferd zu machen; dann seine auffällige Scheu, über Ikey zu sprechen oder über die Dirne, die dieser geheiratet hatte; schließlich seine hartnäckige Verteidigung des Mädchens nach ihrer Hochzeit; sein Ausweichen von jedem Versöhnungsgespräch, als der Streit zwischen ihnen darüber aufgeflammt war. Ihre Gedanken hüpften von Anzeichen zu Anzeichen. Dies alles mochte etwas bedeuten oder auch nicht, aber etwas anderes schien ihr ein schlüssiger Indizienbeweis zu sein. Seit ihrer Heirat hatte er sich ihrer als Bettgenossin erfreut, ohne daß seine Leidenschaft abgekühlt wäre – bis vor kurzem. In manch anderer Hinsicht hatte sie Selbstzweifel gehabt, aber nicht auf diesem Gebiet. Dies war der Faden gewesen, der ihre Ehe zusammenhielt. Während der vergangenen acht Jahre war sie immer wieder von stolzer Freude über ihre Fähigkeit erfüllt gewesen, ihm nicht nur Hausfrau zu sein, sondern ihn auch als Geliebte zu fesseln. Sie hatte zwar keinen anderen Maßstab als ihn, um seine Vitalität zu beurteilen. Aber ihr kam die seine außergewöhnlich vor. Und was ihr noch mehr gefiel, war seine jungenhafte Offenheit in bezug auf ihre Macht, ihn zu erregen. Soweit sie ihr Leben überschauen konnte, war das Thema der geschlechtlichen Beziehungen zwischen Mann und Frau tabu gewesen und nicht einmal zwischen Mutter und Tochter besprochen worden. Seine Einstellung war ihr dagegen nicht nur gesund, sondern überaus schmeichelhaft vorgekommen, denn es gelang ihm, sehr viel Lust mit einer zärtlichen Verehrung ihres Körpers zu verbinden. Manchmal hatte sie nicht gezögert, Vorteil daraus zu ziehen, wenn sie etwas bei ihm erreichen wollte. Und doch hatte er sich sogar dann ganz bewußt ausnutzen lassen, so daß sie eine Harmonie erreichten, die nach ihrer Meinung zwischen zwei Menschen selten sein mußte. Sie hatte es immer als die kostbarste Errungenschaft ihres Lebens betrachtet zu erfahren, wie sehr er sie brauchte. Der bloße Verdacht, daß diese ihre Überlegenheit in Gefahr sein könnte, erschreckte sie daher wie nichts anderes.

Fünf Minuten blieb sie auf dem Pferd sitzen, ohne sich zu bewegen. Stück für Stück sichtete sie das Beweismaterial, wog die Tatsachen gegeneinander ab, ohne nach einer anderen Erklärung zu suchen. Es konnte keine andere Erklärung geben, denn jeder im Tal wußte, was die Potter-Mädchen zu verkaufen hatten. Schon seit Jahren, schon seit sie als junges Mädchen etwa eine Meile oberhalb von Low Coombe aufgewachsen war, wußte man weit und breit, daß sie jedem Mann, der ein paar Shilling in der Tasche hatte, zu Diensten standen. Es war klar, daß dieses Mädchen, die beschränkte Hazel, bei weitem die hübscheste, auch die bequemste war, schon weil sie bei ihrem Mangel an Verstand kaum über ihre Eroberungen plaudern würde. So paßte eigentlich alles zusammen: seine schlechte Laune zu Hause, seine Bemühungen, das Gespräch abzubiegen, sobald Ikeys Name fiel, und nun vor allem seine Gleichgültigkeit ihr gegenüber, denn nur ein Mann, der sich häufig bei einer Hure verausgabt, konnte ihren Herausforderungen während der letzten paar Wochen widerstanden haben.

Es mußten ungefähr zehn Minuten vergangen sein, überlegte sie, seit er das Haus betreten hatte. Und Paul gehörte nicht zu denen, die große Umstände machten. Es gab keinen Zweifel daran, daß die beiden inzwischen schon im Bett lagen. Sie brauchte nichts weiter zu tun als ins Haus zu schlüpfen und zu horchen. Danach konnten die Dinge ihren Lauf nehmen.

Sie stieg vom Pferd, band die Zügel an einer jungen Eiche fest und ging durch den Hohlweg zum Gartentor, das er glücklicherweise angelehnt gelassen hatte.

Der Nebel war nun ein wertvoller Verbündeter. Er war von Minute zu Minute dichter geworden, und wenn sie zurückblickte, konnte sie nicht einmal mehr Snowdrop sehen. Vorsichtig näherte sie sich der Tür und legte die Hand auf die Klinke. Dabei blickte sie durch das kleine Hinterfenster. Sie dah drinnen das Herdfeuer flackern. Und nun hielt sie inne, da sie Paul murmeln hörte. Seine Stimme hob und senkte sich, als ob er etwas rezitiere. Das hörte sich so gar nicht nach einem Mann an, der ein Schäferstündchen bei einer Dirne verbrachte. Sie trat vom Eingang zurück, preßte sich an die Wand und schob sich langsam vor, bis sie neben dem großen Fenster des Wohnraums stand.

Als sie hineinsah, mußte sie tief Luft holen. Alle drei saßen im Zimmer – Paul, Hazel und das Kind, das auf dem Schoß seiner Mutter saß und seine dicken kleinen Beine baumeln ließ, während Hazel aufmerksam zuhörte, was Paul ihr vorlas. Es war ein Bild aus einem Familienalbum: der große, breitschultrige Mann, der noch die Mütze aufhatte und sich mit dem Brief in der Hand an den Kaminsims lehnte, die junge Frau, die mit träumerischer und doch aufmerksamer Miene auf einem alten Korbstuhl saß, das Kind, das der ganzen Sache keinerlei Aufmerksamkeit schenke, sich aber in den Armen seiner Mutter sichtlich wohl fühlte. Claire hörte einzelne Brocken aus dem Brief: «... dachte an Dich, als ich den Wind in den Pappeln spielen sah, ihre Blätter tanzten wie Silber in der Luft ... hoffe, bald Urlaub zu bekommen ... hörte, daß Dein Bruder Sam Corporal geworden ist ...» – zusammenhanglose Fetzen, die jedoch alles in ein klares Licht rückten. Es war tatsächlich alles so klar, daß sie hätte lächeln können, wenn sie sich nicht so geschämt hätte, daß sie überhaupt hier war. Nur in einem hatte sie recht gehabt. Offensichtlich kam er regelmäßig hierher, aber nur, um ihr Ikeys Briefe vorzulesen. Plötzlich fiel Claire wieder ein, daß Hazel Potter trotz aller Bemühungen Mary Willoughbys niemals lesen und schreiben gelernt hatte.

Die Nebelschwaden schienen bis auf Claires Haut zu dringen. Sie schüttelte sich und konnte nicht länger bleiben. Langsam zog sie sich an der Wand entlang zurück zur Tür, durch den Garten, Schritt für Schritt, als weiche sie vor etwas Schrecklichem zurück. Als sie am offenen Gartentor angelangt war, drehte sie sich um und rannte durch den Nebel auf die Stelle zu, wo sie die Stute angebunden hatte. Sekunden später saß sie im Sattel und gab dem Pferd die Sporen.

4

Er erschien nicht zum Tee, und als sie genügend Mut gefaßt hatte, Chivers nach ihm zu fragen, erfuhr sie, daß er gegen halb vier Uhr nach Hause gekommen und dann, wie geplant, mit dem Einspänner nach Whinmouth gefahren war. Da wußte sie, daß er vor dem Abendessen nicht zurück sein konnte, und um ihm bei Tisch nicht ins Gesicht sehen zu müssen, beschloß sie, sich ins Schlafzimmer zurückzuziehen. Sie sagte Mrs. Handcock, sie habe Kopfschmerzen und wolle früh zu Bett gehen. Sie zog sich nicht aus, aber sie schirmte sich gegen die Welt ab, indem sie die Vorhänge zuzog, und setzte sich in ihren Lieblingssessel neben dem Kamin.

Vergeblich versuchte sie zu lesen. Sie versuchte nachzudenken, ebenfalls ohne Erfolg . Schließlich saß sie nur einfach da, sah auf die glühenden Scheite und wartete darauf, seine Schritte drunten in der Bibliothek zu hören. Gegen neun Uhr klopfte Mrs. Handcock an und sagte, ein Mr. Lane-Phelps sei am Telefon.

«Sag ihm, ich sei nicht da. Er soll später anrufen, wenn der Herr da ist.»

Bald darauf kam Paul nach Hause. Drunten klapperte Geschirr, als Mrs. Handcock ihm das Abendessen servierte. Soll ich hinuntergehen, überlegte sie, oder lieber warten, bis er heraufkommt?

Sie entschied sich für das letztere. Sie zog sich aus und kramte im Schrank nach einem Winternachthemd, denn jetzt war nicht die Zeit für Bändchen. Dabei kam ihr Simons abgelegtes Reitzeug in die Hände, Reithosen und Jacke, aus denen er herausgewachsen war und die er hier für den nächsten Wohltätigkeitsbasar deponiert hatte. Es war auch eine Reitgerte da, ein kurzer brauner Rohrstock. Sie nahm ihn in die Hand und mußte daran denken, wie der Goliath von Bideford die Potter-Mädchen auf den rechten Weg gebracht hatte. Ich könnte es Paul nicht verübeln, wenn er mich genauso behandeln würde, dachte Claire. Ich bin um keinen Deut besser. Dieser Gedanke drückte sie noch mehr nieder, denn ihr Leben lang hatte sie auf die Potter-Mädchen mit einer Verachtung herabgesehen, die an Ekel grenzte.

Er ließ sie nicht lange warten. Sie hörte, wie er Mrs. Handcock eine gute Nacht wünschte. Dann kam er herein und war etwas überrascht, sie noch bei Lampenlicht dasitzen zu sehen.

«Ich habe gar keine Kopfschmerzen, Paul», sagte sie sofort. «Ich muß dir etwas Wichtiges sagen.»

Diese ungewöhnliche Begrüßung beunruhigte ihn nicht. Er wirkte zuerst eher belustigt, wurde dann ernst und küßte sie auf die Stirn. «Du siehst wirklich etwas blaß aus. Ist es etwas Unangenehmes?»

«Ja, Paul. Es ist vieles geschehen, und es ist unangenehm, aber es hätte noch viel schlimmer sein können, wenn ich es nicht ernst nehmen würde.»

Er setzte sich auf den Stuhl neben dem Kamin und streckte die Beine aus. Er hatte noch Stiefel und Reithosen an und wirkte heiterer und entspannter als seit langer Zeit. «Also gut», sagte er. «Wenn es so wichtig ist, kann meine Neuigkeit warten.»

Plötzlich überkam sie rasende Angst. «Du hast dich doch nicht etwa freiwillig gemeldet?»

So laut hatte sie ihn seit Kriegsbeginn nicht mehr lachen hören. «Nein, das nicht. Ich glaube, sie würden mich gar nicht nehmen. Aber ich habe unser Holz gerettet. Wenigstens vorläufig.»

«Das freut mich», sagte sie leise. Und dann begann sie wie nach einem Fehlstart von neuem. «Paul, ich habe dir übel mitgespielt, und zwar in zweierlei Hinsicht. Ich war sehr unglücklich über das, was zwischen uns vorgefallen war, und das ist meine einzige Entschuldigung. Aber ich glaube, sie ist ziemlich faul.»

Paul schien immer noch nicht besorgt. «Worauf willst du hinaus? Sag es frei heraus, das ist leichter. Ich bin sicher, es ist nicht halb so schlimm, wie du meinst. Inwiefern hast du mir mitgespielt?»

Sie wurde rot. «Ich hatte einen ziemlich ernsthaften Flirt mit Aubrey Lane-Phelps, oben aus dem Lager. Es war nur ein Flirt, Ehrenwort, aber ... es hätte leicht etwas Ernstes daraus werden können, wenn ich nicht heute nachmittag zur Besinnung gekommen wäre.»

«Warum gerade heute nachmittag?» forschte er so sanft, daß sie wieder aus dem Gleichgewicht geriet und zu stottern begann. Ihre Wangen glühten so rot wie das Feuer im Kamin.

«Ich ... nun ... ich sah dich in Hazel Potters ... Palfreys Haus gehen. Ich kam gerade den Hohlweg herunter.»

«Ja, ich weiß», sagte er lächelnd. «Ich wunderte mich, wieso du dort warst. Warum hast du nicht gerufen?»

Sie war einen Augenblick sprachlos und wurde etwas blasser. «Du ... du hast mich gesehen? Du wußtest, daß ich horchte?»

«Das nicht», sagte er und war nun seinerseits verblüfft. «Das wußte ich nicht. Ich dachte, du seist gekränkt davongeritten, als du mich gesehen hattest. Deshalb habe ich dir ja auch nie erzählt, daß ich immer zu Hazel gehe und ihr Ikeys Briefe vorlese. Sie selbst könnte ja nicht viel damit anfangen. Weshalb hast du gehorcht und bist dann davongeschlichen?»

Was ihr am Nachmittag so sicher vorgekommen war, schien jetzt nicht einmel mehr grotesk oder lächerlich, sondern kränkend. «Ich habe mir vorgenommen, heute abend alles zu gestehen. Also: Ich war überzeugt, du gingst dorthin, um ... nun, aus dem Grund, aus dem die meisten Männer zu Potter-Mädchen gehen.»

Wenn sie beabsichtigt hatte, ihn aus der Fassung zu bringen, so war es ihr nun endlich gelungen. Sein Kinn fiel herab, und seine buschigen Augenbrauen stiegen einen ganzen Zoll in die Höhe. Dann bekam zum Glück für beide sein Humor wieder die Oberhand, und er brach in ein Gebrüll aus, das man bis zum Stallhof hören mußte. «Großer Gott!» sagte er, als er sich wieder gefaßt hatte. «Das dachtest du in allem Ernst? Wie oft muß ich dir noch sagen, daß Hazel mit ihren Schwestern nicht das mindeste gemein hat? Sie ist Ikeys Frau! Er liegt im Schützengraben! Du liebe Güte, selbst wenn ich so etwas gewollt hätte, sie würde jeden umbringen, der Ikey Hörner aufsetzen möchte.» Plötzlich wurde er wieder ernst. «Was ist nur in dich gefahren, Claire? Das kann doch nicht nur dieser Unsinn mit einem so eingebildeten Schürzenjäger wie Lane-Phelps sein! Ich wußte genau darüber Bescheid, mindestens so viel, daß seine Aufmerksamkeiten dir schmeichelten. Aber das beunruhigte mich nicht, jedenfalls nicht sehr. Ich war vielleicht etwas gereizt, weil er hier herumschwirrte wie eine Wespe um den Marmeladentopf, da aber heutzutage alle Leute leicht verrückt sind, habe ich dir das kleine Vergnügen gegönnt, solange es ein Jux blieb.»

«Es blieb ein Jux, Paul!» versicherte sie ihm eindringlich.

«Mein Gott, Claire, das weiß ich doch! Denkst du, nach all den Jahren wüßte ich das nicht?»

Claire war einerseits erleichtert, andererseits enttäuscht. Sie kam sich vor wie ein Kind mit langen Zöpfen, das einem nachsichtigen Vater ein Vergehen beichtet und dafür Hiebe erwartet, aber nichts als belustigte Nachsicht erntet. Tränen stiegen ihr in die Augen, und sie machte eine hilflose Handbewegung.

Paul mußte erkannt haben, wie es in ihr aussah, denn er sagte ruhig: «Also gut, Claire, ich höre zu, wenn du dir das von der Seele reden willst. Was ist also zwischen dir und diesem Esel vorgefallen? Er hat dich ein paarmal geküßt, nicht wahr?»

«Ja, ungefähr fünf- oder sechsmal.»

Er sah sie immer noch nachsichtig an. «Und hat dabei seine Hand ein bißchen wandern lassen, nehme ich an. Ich hoffe, er ist darin besser als in seinen öffentlichen Darbietungen. Herrgott, Claire, solche Hanswürste gibt es in jedem Offizierskasino im Dutzend, oder vielmehr es gab sie, bis wir Krieg hatten. Wahrscheinlich hat er dir erzählt, er komme an die Front und habe nicht mehr lange zu leben.»

«Ja, erst heute morgen sagte er das. Und ich . . . ich . . . war unterwegs, ihm Lebewohl zu sagen, als ich dich sah. Morgen muß er an die Front.»

«Er muß nicht an die Front», sagte Paul. «Ich habe mich beim Adjutanten erkundigt. Er geht auf einen Lehrgang nach Aldershot, dann kommt er wieder hierher zurück, und danach bekommt er irgendeinen Posten im Stab, weit hinten in der Etappe. Er hat das schon richtig eingefädelt, die Herren Lane-Phelps auf dieser Welt können das. Aber wodurch bist du zur Besinnung gekommen?»

«Dadurch, daß ich durchs Fenster gesehen habe und mir plötzlich aufging, weshalb du dort warst.»

Paul dachte einen Augenblick nach. «Und angenommen, ich wäre mit dem Mädchen ins Bett gegangen? Hätte das Lane-Phelps einen weiteren Skalp verschafft?»

«Ich glaube ja.»

«Und dann hättest du sogar recht gehabt. Wahrscheinlich hast du es für eine Lüge gehalten, daß ich nach Whinmouth wollte. Aber als ich gerade wegfahren wollte, kam der Postbote, und ich beschloß, gleich zu Hazel zu gehen und ihr den Brief vorzulesen. Das klingt ziemlich albern, nicht wahr? Ich meine nicht das mit dem Brief, sondern die ganze Situation, in die wir hineingeraten sind. Zum Teil war es natürlich meine Schuld. Mit mir war in den letzten Monaten sicher kein leichtes Auskommen.»

Claire war keineswegs bereit, ihm seinen Teil an der Schuld zuzugestehen. «Das ist Unsinn», sagte sie. «Du bist überarbeitet, und da du im Tal aufgehst, leidest du mit jedem einzelnen mit. Das war schon immer so, aber jetzt ist das antrengender als früher. Ich hätte versuchen sollen, dir zu helfen statt mit Lane-Phelps zu flirten. Die meisten Männer im Tal hätten ihre Frauen aus einem geringeren Anlaß verprügelt.»

«Ich habe nicht das geringste Bedürfnis danach, aber ich kann dich ja überlegen und dir deinen wirklich reizenden Hintern versohlen, wenn du darauf bestehst.»

«Es tut mir leid, Paul, aber ich kann nicht darüber lachen. Ich bin mir in meinem ganzen Leben noch nie so klein, gemein und verdorben vorgekommen.»

«Mir tut es auch leid, aber ich kann wegen eines Pfaus wie Lane-Phelps unmöglich an die Decke gehen.»

«Es handelt sich aber nicht nur um Lane-Phelps», beharrte sie. «ich sehe jetzt, daß er nur ein Spiel war, das ich mit mir selber trieb. Aber heute nachmittag war es anders. Angenommen, ich hätte dich nicht gesehen und wäre weiter zum Kliff geritten?»

«Aber du hast es nicht getan.»

Sie biß sich auf die Lippen. «Ich war ganz nahe daran, und ich bin es nicht wert, das Bett mit einem so ehrlichen Mann wie dir zu teilen.»

Das Aumaß ihrer Zerknirschung ärgerte ihn. «Schluß damit! Vergessen wir diese ganze idiotische Geschichte.» Bei allen früheren Auseinandersetzungen war sie Vernunftgründen zugänglich gewesen. Heute jedoch schwelgte sie in Selbstanklagen. Sie stand da und starrte ihn mit einer seltsam hölzernen Miene an, die er noch nie an ihr esehen hatte. Nach einer Weile sagte sie: «Offenbar kann ich dich nicht überzeugen.»

«Überhaupt nicht. Ich glaube, daß du lediglich töricht bist und aus einer kleinen Sünde eine Krise machen willst.»

Da sie ihn immer noch mit diesem merkwürdigen Gesichtsausdruck ansah, versuchte er noch einmal, ihr mit Humor darüber hinwegzuhelfen. «Wenn es also dein Gewissen beruhigen sollte, dann warte einen Augenblick, ich hole meine Reitpeitsche.» Er packte sie und wollte sie aufs Bett werfen.

Zu seinem Erstaunen trat sie abrupt zurück und lehnte sich an den Schrank. «Darüber werde ich lange nicht hinwegkommen, und deine verständnisvolle Haltung wird da wahrscheinlich nicht viel nützen, Paul.» Damit drehte sie sich um, riß die Schranktür auf und nahm die braune Reitgerte heraus und warf sie ihm mit einer fast hysterisch herausfordernden Geste zu.

«Sehr nett», sagte er spöttisch.

«Du kannst nicht verstehen, daß eine Frau, die sich so benommen hat wie ich, lieber eine Woche lang mit Blaumälern herumlaufen würde als ein Leben lang mit einem schlechten Gewissen. Versuche ja nicht, Entschuldigungen für mich zu finden.»

Nun merkte er, daß es ihr voller Ernst war und sie sich verzweifelt nach einer Strafe sehnte. Er erkannte auch, daß ihre Gefühle ziemlich primitiv waren, viel primitiver als die seinen, der er ein Neuankömmling in dieser Welt war, wo das Verhältnis zwischen Mann und Frau nichts mit geschriebenen Statuten oder Verhaltensregeln zu tun hatte. Er empfand Mitleid mit ihr, und er fragte nachdenklich: «Hat dich je irgend jemand geschlagen?»

«Meine Mutter, wenn ich es verdiente.»

«Dein Vater nicht?»

«Das hat er immer ihr überlassen. Vielleicht war es ein Fehler.»

«Es ist noch nicht zu spät. Beuge dich über den Stuhl dort drüben und bleibe so, bis ich es sage.»

Wortlos und ohne eine Miene zu verziehen tat sie, was er ihr befohlen hatte. Sie hob das Nachthemd hoch und bückte sich so tief, daß ihr Haar den Teppich berührte. Sie zitterte, aber nicht mehr aus Furcht, und auch nicht aus Scham. Diese demütigende Haltung verschaffte ihr ein Gefühl der Erleichterung. Wahrscheinlich wäre dies nicht der Fall gewesen, wenn sie seinen Gesichtsausdruk hätte sehen können, als er dastand und ihr wehrloses Hinterteil betrachtete. Er grinste. Sie hörte den Rohrstock zu Boden fallen und spürte statt seiner einen mächtigen Schlag, der sie über die Stuhllehne befördert hätte, wenn Paul sie nicht am Nachthemd festgehalten hätte. Als sie halbwegs das Gleichgewicht wiedergefunden hatte, umarmte er sie und hielt sie so fest, daß ihr der Atem ausging.

Lachend schrie er sie an: «Sei nicht so einfältig! Ich schlage meine Frau nicht, und du bist kein Potter-Mädchen. Zieh diese verflixten

Sachen aus und komm ins Bett. Ich werde dir zeigen, wer hier der Herr im Haus ist.» Er küßte sie, hob sie in die Höhe und warf sie aufs Bett.

Es war eher sein Tonfall als sein Tun, was sie ernüchterte. Während er zum Ankleideraum ging, stand sie auf und massierte ihr prikkelndes Hinterteil. Als sie sich im Spiegel sah, stellte sie zu ihrer Überraschung fest, daß sie lächelte. Nun hatte sie sich wiedergefunden und sie hätte vor Erleichterung und Dankbarkeit am liebsten laut geschrien. Sie hörte ihn grunzen, als er an seinen Reitstiefeln zerrte. «Soll ich dir helfen?» rief sie.

«Nein! Leg dich um Himmels willen ins Bett!» Und nach wenigen Augenblicken war er neben ihr und betrug sich so ungeduldig wie noch nie.

Und doch war sie es, die nach all den Gefühlserregungen des Tages erschöpft einschlief, während er noch wach lag und seinen Gedanken nachhing. Die Diagnose, die Claire ihm wegen seiner schlechten Laune in den letzten Monaten gestellt hatte, war richtig gewesen. Er identifizierte sich mit der Unruhe, die seit dem nächtlichen Telefonanruf Zorndorffs im August ins Tal gekommen war, als dieser ihm sagte, der Krieg sei unvermeidlich und werde alles andere als ein Honiglecken sein. Natürlich hatte sie recht. Sie kannte ihn besser als jeder andere, sogar besser als John Rudd, der an diesem Abenteuer von Anfang an beteiligt gewesen war. Er betrachtete die Menschen im Tal als eine Familie, sie waren ihm ebenso teuer wie Graces Sohn Simon und die Zwillinge und seine Töchter Mary und Karen, die nun alle in ihren Zimmern schliefen. Er nahm an der wachsenden Verzweiflung von Frauen wie Elinor Codsall Anteil und an den Kümmernissen von Müttern wie Marian Eveleigh, die sich nicht nur mit den Deutschen im Kriegszustand befanden, sondern auch mit ihren eigenen Ehemännern. Mit dem alten Honeyman teilte er die Sorgen wegen der schwindenden Arbeitskräfte auf den Gütern und fürchtete sich vor der unmöglichen Aufgabe, der sie alle zur Erntezeit ins Auge sehen mußten. Er brütete mit Rose Derwent über das vermutliche Schicksal der Pferde, die nun große Metallbrocken auf fremden Straßen zogen. Einstweilen hatte er das alte Bauholz retten können, aber wie lange würde es noch dauern, bis man ihm ein neues Ultimatum stellte? Und wenn der Krieg tatsächlich noch länger dauerte – wie würde es möglich sein, in zwei oder drei Jahren das Tal wieder seinen Träumen entsprechend hochzubringen? Es war deprimierend, wie die Arbeit von zwölf Jahren sich in Nichts auflöste wie die Schlammblasen im Sorrel-Fluß bei Hochwasser.

Aber an diesem Abend war er zum erstenmal seit Monaten wieder ein wenig optimistisch, und dies nicht nur wegen seines Siegs über die Holzräuber. Seine frohe Stimmung war durch die Frau ausgelöst worden, die in seinen Armen schlief, die seit acht Jahren seine Frau war, die Mutter von vier seiner Kinder, und die ihm in diesem Augenblick wie das lebendige Symbol des Tals erschien, seiner Fruchtbarkeit und Schönheit. Und das ist nicht einmal so abwegig, dachte er, denn hier lebten schon Derwents, als der erste Tudor ankam, und vielleicht schon vorher, wenn man es zurückverfolgen könnte. Ich konnte mir dieses Stück Land nicht einfach dadurch aneignen, daß ich den Lovells einen Scheck hinlegte. Ich konnte es nur, weil ich Claire zu meiner Partnerin machte und ihre Kinder in diesem Haus geboren wurden. Seither habe ich hier die Rolle eines Arbeitspferds gespielt. Und ich glaube, ich werde damit fortfahren, solange ich lebe, denn es wird nicht wirklich das Tal der Craddocks sein, ehe ihre Kinder und Kindeskinder nicht dort weitermachen, wo ich einmal aufhöre.

Kriegsopfer

1

John Rudd, Eveleigh, Sam Potter – buchstäblich alle, die von sich behaupten konnten, Paul Craddock gut zu kennen, hätten geschworen, er sei alles andere als ein impulsiver Mann. Er stand in dem Ruf, ein langsamer, vorsichtiger Denker zu sein, der seine Entscheidungen sorgfältig abwog, ehe er etwas unternahm, was die Verwaltung oder Weiterentwicklung des Guts betraf. Und doch hatte er alle wichtigen Entschlüsse seines Lebens impulsiv gefaßt, beinahe bedenkenlos. Er hatte zweitausend Morgen Land nach einer vierundzwanzigstündigen Überprüfung gekauft, er hatte Crace Lovell und ebenso Claire Derwent impulsiv geheiratet, er hatte Ikey Palfrey ohne viel Überlegen bei sich aufgenommen. Ähnlich unvermittelt gelangte er im Sommer 1915 zu einer Schlußfolgerung über den Krieg, die mehr oder weniger dazu führte, daß er persönlich an ihm teilnahm.

Bis dahin hatte er als vorsichtiger Neutraler gegolten, mißtrauisch betrachtet von allen Kaiserhassern wie Horace Handcock, der in dem Konflikt die Erfüllung der Prophezeiungen eines Jahrzehnts sah. Fast als einziger Mann im Tal war Paul vom Bazillus des Kriegsfiebers nicht angesteckt worden. Für ihn war Englands Verwicklung in den deutsch-französischen Konflikt auf einen schweren Fehler der Regierung zurückzuführen, die er immer für friedliebend und auf Ausgleich bedacht gehalten hatte. Als jedoch feststand, daß es für England kein Zurück mehr gab, wurde sein Urteil milder und er sagte sich, daß früher oder später bei allen Beteiligten die Vernunft siegen mußte. Außerdem machte er kein Geheimnis daraus, daß er vorhatte, sich weiter um seine eigenen Angelegenheiten zu kümmern und sich das wiedererwachende Interesse der Regierung an der Landwirtschaft zunutze zu machen. Glücklicherweise konnte er abseits stehen. Er war fünfunddreißig Jahre alt, als der Krieg begann, und litt immer noch unter der Beinverletzung, die er sich beim letzten patriotischen Unternehmen zugezogen hatte. Außerdem trug er beträchtliche Verantwortungen, zu denen die Oberherrschaft über sechs blühende Gutshöfe gehörte, von denen jeder einzelne dazu beitrug, die Speisekammer der Nation zu füllen. In diesem Stadium des Krieges – und das galt für jedes voraussehbare Stadium – diente Paul Craddock den nationalen Interessen zu Hause besser als an der Front.

Dies sagte er sich so lange, bis der Krieg ungefähr ein Jahr alt war. Dann bröckelte der Schutzwall, den er um sich gegen die Außenwelt aufgerichet hatte, ganz allmählich ab, und er begann darüber nachzudenken, wie lange man dem von allen Seiten anwachsenden Druck widerstehen könnte und wie seine neutrale Haltung zu rechtfertigen war. Dreizehn Jahre lang waren das Tal, die Menschen, die darin lebten, das Getreide, das sie angebaut und das Vieh, das sie gezüchtet hatten, sein Leben gewesen. Er hatte keine anderen Verpflichtungen gekannt. Unter den gewaltigen Anforderungen des Krieges jedoch, in den schon die halbe Welt verwickelt war, veränderte sich die soziale Struktur des Tals mit einer Geschwindigkeit, die ihn ängstigte. Da war zuerst das Militärlager auf dem Moor entstanden, und rauhe Bauernburschen aus dem Norden waren herbeigeströmt wie eine Wikinger-Invasion. Immer mehr Automobile kamen, und ihr Gestank verpestete die Luft. Noch schlimmer war es, daß seine eigenen Männer zu zweit und zu dritt weggingen und auf jedem Gut Lücken zurückließen, und dies zu einer Zeit, als die Forderungen der Behörden an das Land phantastische Ausmaße annahmen. Teilweise kamen ihm diese Forderungen gelegen. Sie brachten viel Arbeit und rechtfertigten seinen Glauben an das Land und die Verbesserungen, die er im Laufe der Jahre geplant und durchgesetzt hatte. Mit den Kenntnissen John Rudds und seiner eigenen nicht unbeträchtlichen Erfahrung packte er die Probleme an und verstand sie alle auf die eine oder andere Weise zu lösen. Aber harte Arbeit und Improvisation beim Beschaffen von Arbeitskräften und Geräten konnten ihn nicht davor bewahren, persönlich in häusliche Probleme und die Tragödien des Tals verwickelt zu werden.

Während der letzten zehn Jahre hatte Paul Craddock Fähigkeiten entfaltet, wie man sie von den besten Regimentsoffizieren erwartete. Er besaß ein bemerkenswertes Gedächtnis für alle persönlichen Sorgen seiner Leute, und dies überzeugte die Pächter und Gutsarbeiter davon, daß ihre Interessen auch die seinen waren. Und dies war weder eine Pose noch eine unaufrichtige Methode, um die Gutsmaschine zu ölen. Er betrachtete tatsächlich die Eveleighs und Codsalls als seine Freunde und die Derwents und Rudds als Verbündete. Selbst die Lohnarbeiter und Dienstmädchen, die schon in der zweiten oder dritten Generation auf den Gehöften oder in den Werkstätten arbeiteten und vom Gut abhängig waren, kannte er mit Vornamen. Er wußte, ob sie verheiratet oder ledig waren, wieviel sie verdienten und wie viele Kinder sie ernähren mußten. Und als dann die Männer nach und nach verschwanden und dem Tod oder der Verwundung entgegensahen, machte er sich um jeden einzelnen von ihnen und um ihre Familien Sorgen. Jeder Ziegelstein, der aus seiner Schutzmauer brach, trug einen Namen, und als genügend herausgefallen waren, fand er sich schon so tief in den Krieg verstrickt wie alle anderen. Alle wußten das und kamen zu ihm, damit er half, brennende Probleme zu lösen.

Das erste dieser Probleme war der Verlust der Arbeitskraft von Will Codsall auf Periwinkle, dem kleinsten Gehöft im Tal. Paul hatte eine Art Zentrale eingerichtet, die Stunden- und Wanderarbeiter dorthin schickte, wo gerade Arbeitsmangel herrschte, so daß die Gutswirtschaft im Tal mehr und mehr zu einem gemeinschaftlichen Unternehmen wurde. Nach acht Monaten brach dieses System jedoch zusammen, und da nun wesentlich mehr Land bebaut wurde als in Friedenszeiten, mußte man Kompromisse schließen, Viehbestände und Landmaschinen und sogar Grenzen zusammenlegen. Einige Handwerksgeschäfte verschwanden völlig. Das Dachdeckergeschäft war das erste. Auch der Fischfang in Coombe Bay hörte auf, seit Tom Williams und zwei seiner Leute zur Marine eingezogen worden waren. Bald war auch das Baugewerbe zum Stillstand gekommen, und obwohl diese Verluste nicht das Gut direkt betrafen, fühlte sich Paul doch verpflichtet, alles zu tun, um auch diese Betriebe am Leben zu erhalten bis zur Rückkehr der Freiwilligen.

Und dann kamen die Todesnachrichten. Der erste, der fiel, war Roddy Rudd, der noch im September geschrieben hatte: «Wir halten nach der ‹Spee› Ausschau. Wenn wir sie finden, ist es aus.» Johns Prophezeiung über die britische Marine hatte sich erfüllt. Danach kam die Nachricht, das Walt Pascoe in Gallipoli gefallen war. Obwohl Paul ihn bedauerte, verschwendete er nicht allzuviel Mitleid an dessen Witwe, die zu den wenigen Frauen im Tal gehörte, denen der Krieg Spaß machte. Und im Mai 1915 kam die Nachricht, daß Tom Williams und sein Neffe torpediert worden waren. Kurz zuvor hätte es fast einen Aufstand im Tal gegeben, weil Tom Williams auf dem Friedhof von Coombe Bay Blumen auf das Grab der deutschen Seeleute gelegt hatte. Allmählich hatte Paul den Eindruck, daß die Zivilisation in kurzer Zeit zum Teufel gehen würde und daß jegliche Aussicht darauf, das Tal wieder in seinen Vorkriegsrhythmus zu bringen, auf Lebenszeit illusorisch war.

«Jetzt ist es soweit, John», sagte er eines Tages zu Rudd. «Es ist vielleich das Verrückteste, was sich ereignen konnte, aber es ist passiert: Ich sehe jetzt, daß wir gar keine andere Wahl haben als den Krieg zu gewinnen.»

John sog an seiner Pfeife und antwortete: «Ob wir nun gewinnen oder verlieren, glaube ja nicht, daß es hier oder anderswo wieder so werden wird wie es einmal war. Die Falschen werden getötet, und die Großmäuler bringen ihre Schäfchen ins Trockene. Ich danke Gott, daß ich schon so alt bin. Männer in deinem Alter werden sich nach dem Krieg in eine völlig neue Situation hineinfinden müssen.»

Etwa ein halbes Jahr später pflichteten viele dieser Theorie bei, aber im Sommer 1915 hielt sogar Maureen John Rudds Ansichten für überspannt.

Und so begann die Barrikade langsam zu zerbröckeln. Aber Pauls Verteidigung brach erst dann endgültig zusammen, als sich die Sache mit Will Codsall ereignete. Wieder einmal war es ein Codsall, der das Tal auf unangenehme Weise erschütterte.

Will kam im April auf Urlaub, und alle waren entsetzt über sein Aussehen. Vor seiner Einberufung im vergangenen August war er ein untersetzter, breitschultriger Mann gewesen, der dem Leben sanftmütig, freundlich und etwas hinterwäldlerisch gegenüberstand. Als er wiederkam, war er ein Wrack mit scheuem Blick, und seine Unruhe machte alle nervös, besonders wenn er an seinem Gewehr hantierte und im Hof auf Ratten schoß. Wenige hatten vergessen, daß sein Vater als Tobsüchtiger gestorben war, und wer Martin gekannt hatte, stellte eine beunruhigende Ähnlichkeit fest zwischen Will und dem Mann, der eines Tages seine Frau ermordet hatte. Will sprach zusammenhanglos, er begann Sätze, ohne sie zu vollenden, und gab keine befriedigenden Antworten auf Fragen. Man entschuldigte dies damit, daß er eine schlimme Zeit hinter sich hatte, nachdem er eingezogen worden war und die meisten seiner Bekannten aus Paxtonbury hatte fallen sehen. Man freute sich, wenn Will, gestärkt durch einige Glas Bier, sich im «Raben» in Zorn redete und genau und mit sichtlichem Genuß beschrieb, wie er einigen Deutschen mit dem Spaten die Schädel eingeschlagen und andere aus ganz kurzer Entfernung niedergeschossen hatte, als sei bei Ypern in geschlossener Formation einen Sturmangriff unternommen hatten.

Am Abend, ehe er wieder abfahren sollte, wurde Paul aus seinem Büro geholt. In der Halle stand Elinor Codsall, die sichtlich stark erregt war. Elinor, die selten viele Worte machte, erklärte, sie fürchte um Wills Geisteszustand.

Paul begleitete sie nach Periwinkle. Will hatte einen großen Krug Apfelwein ausgetrunken, war dadurch aber nicht in Stimmung geraten. Obwohl er kaum gerade stehen konnte, war er störrisch und erklärte mit idiotischer Bestimmtheit, er habe nicht vor, wieder zu seiner Einheit zurückzukehren, sondern er wolle sich irgendwo verstekken, «bis dieser ganze Mist vorbei ist». Paul versuchte, ihm mit Vernunft beizukommen, mußte aber am Ende doch noch Maureen holen. Sie schlug vor, für Will eine Urlaubsverlängerung zu beantragen. Sie stellte ihm ein Attest aus, Will leide an Bronchitis. Will wurde ins Bett gesteckt, und erst nach zwei Wochen stand er wieder auf. Der Militärarzt des Lagers untersuchte ihn und befand ihn für den Heimatdienst tauglich. An die Front würde man ihn kaum noch einmal schicken.

Am Abend, ehe Will aufbrach, besuchte er noch einmal Paul. Zunächst schien er wieder der alte zu sein, aber Wills Versicherung, er habe seinen Vater auf dem Schlachtfeld gesehen, beunruhigte Paul. Auf eindringliche Fragen gab er dann zu, daß es nur Martins Geist gewesen war, den er gesehen hatte, Paul schrieb dies einer Halluzination zu, die der Schrecken in ihm ausgelöst hatte. Deshalb war er froh, zu erfahren, daß Will einige Wochen der Ruhe vor sich hatte.

Weder er noch Will, noch der Militärarzt ahnten zu dieser Zeit etwas von der Lage bei Ypern. Die Deutschen hatten einen Gegenangriff mit Giftgas unternommen. Will meldete sich an einem Samstagabend in der Kaserne. Sechsunddreißig Stunden später befand er sich schon wieder in Le Havre, und einen Monat später traf eines jener gefürchteten Telegramme im Tal ein. Will Codsall, der erste, der in den Krieg gezogen war, war auf dem Feld der Ehre gefallen.

Das Tal trauerte um ihn als einen Helden, während Elinor ihn als das Opfer von Großmäulern wie Horace Handcock beweinte. Sie hatten alle unrecht, denn Will war weder als Held noch als Opfer gestorben. Er war hingerichtet worden. Man hatte an ihm ein Exempel statuiert.

Die Verhandlung hatte bei weitem nicht so lange gedauert wie die Untersuchung, die die Behörden in Whinmouth vor vielen Jahren nach dem Tod von Wills Eltern geführt hatten. Einige ältere Offiziere hatten sich mit unbewegten Mienen die Aussagen eines anderen Offiziers und einiger Zeugen angehört, die schilderten, wie Will sein Gewehr wegwarf, als seine Abteilung einen deutschen Schützengraben besetzte, wie er dann durchs Niemandsland zurückrannte, in den britischen Schützengraben torkelte, zwei Männer niederschlug, die ihn zu halten versuchten – einer von ihnen war inzwischen gestorben –, und wie er weiterrannte, bis man ihn festnahm.

Das Urteil lautete auf Tod. Als man Will fragte, ob er dazu etwas zu sagen habe, murmelte er fünf kurze Worte. «Sie saßen direkt vor mir!» sagte er leise. Der Gerichtsvorsitzende, der an der Nordostfront eine Auszeichnung bekommen hatte, zuckte zusammen, als er ein so feiges Geständnis hörte, denn in dem Schützengraben hatten gar keine Deutschen gesessen, als Will floh, abgesehen von einigen Toten. Aber wie hätte Will erklären sollen, daß es gerade die Toten waren, vor denen er floh, nicht die deutschen Toten, sondern zwei Zivilisten, die nebeneinander im eroberten Schützengraben saßen und laut nach ihm riefen, was äußerst seltsam war, da Martin, sein Vater, einen Strick um den Hals, und Arabella, seine Mutter, keinen Kopf mehr hatte.

Am selben Tag wurde der Außenminister im Unterhaus gefragt, wie viele Hinrichtungen in Frankreich während der letzten Monate wegen Feigheit vor dem Feind stattgefunden hätten. Der Minister antwortete, nach seinen Unterlagen sei niemand exekutiert worden. Seine Unterlagen waren nicht auf dem neuesten Stand, denn gerade in jenem Monat waren allein in Wills Division vier Soldaten hingerichtet worden, und im Umkreis von hundert Meilen von dem Ort, an dem Will erschossen worden war, standen noch viele Divisionen. Aber die Akten mußten in Ordnung bleiben.

2

Anfang September, als alle im Tal sechzehn Stunden täglich arbeiteten, schund sich Henry Pitts auf einem staubigen Truppenübungsplatz mit einer Gewehrattrappe ab.

Henrys Drang, sich feiwillig zu melden, war das Ergebnis seiner Beobachtungen, die er von den Schweineställen an der Nordostecke seines Pachtguts aus anstellte. Von hier konnte er den Exerzierplatz des Lagers sehen, wo den ganzen Tag Kolonnen marschierten, und die heiseren Befehle der Sergeanten erreichten ihn wie das ferne Klagen der Möwen. Henry war von der uhrwerksartigen Präzision ihrer Bewegungen fasziniert, und am besten gefiel es ihm, wenn die Kompanie sich zuerst auffächerte wie ein Farnblatt und dann wieder zu einer langen Kolonne zusammenrückte. Als Kind hatte er immer gern mit Bleisoldaten gespielt, und was er nun sah, war ein lebendig gewordenes Soldatenspiel im Riesenmaßstab. Tag für Tag, Woche für Woche schwelgte er darin, bis ihm endlich klarwurde, daß er nicht eher glücklich sein würde, bis er einer dieser uniformierten Automaten war, die sich blindlings und begeistert nach dem Bellen ihrer Exerziermeister richteten.

Er erwartete Einwendungen von seiner Frau Gloria und seinem Vater Arthur. Aber sie quittierten seinen Entschluß, sich freiwillig zu melden, zunächst mit ehrfurchtsvollem Schweigen, und keiner versuchte, ihn umzustimmen. Gloria, die vom Nachbargut Heronslea stammte, ein rothaariger weiblicher Grenadier, zollte seinem Entschluß sogar offen Beifall. Nach Horace Handcock war Gloria Pitts eine der eifrigsten Patriotinnen des Tals und hielt jeden Mann, der keine Uniform trug, für einen Feigling. «Du willst wirklich an die Front, Henry?» sagte sie begeistert. «Du willst es diesem verdammten Kaiser zeigen? Großartig! Wenn du in Uniform auf Urlaub kommst, zeige ich dich allen Leuten in der Nachbarschaft!»

Nur der Gutsherr war wütend. Paul wies darauf hin, daß die Lebensmittelerzeugung ebenso wichtig sei wie das Töten von Deutschen, und meinte, man würde Henry, der ein guter Bauer war, zurückweisen. Henry erwiderte, sein ältester Sohn sei bereits groß genug, um seinen Platz einzunehmen. Und Gloria nahm es dem Gutsherrn übel, daß er dem Hermitage-Hof die Glorie des Patriotismus entreißen wollte, und erklärte, sie müsse sich schämen, wenn Pitts die einzige Familie im Tal wären, die der Krone nicht wenigstens einen Mann zur Verfügung stellte. Da gab Paul seinen Widerstand auf, und weil er Henry persönlich schätzte, schrieb er nicht den angedrohten Brief an die Musterungskommission. Henry, der fürchtete, dennoch in Paxtonbury zurückgewiesen zu werden, reiste nach Bristol und trat dort in das Gloucestershire-Regiment ein. Wenige Stunden später lehrte man ihn jene Paradeschritte, denen er von seinem Beobachtungsposten bei den Schweineställen aus zugesehen hatte.

Nun quälte ihn nur noch die Frage, wie lange es wohl dauern mochte, bis man ihm ein richtiges Gewehr in die Hand drückte. Und solange man ihm das nicht gab, solange er seine riesige, schwielige Hand noch nicht um einen richtigen Gewehrgriff legen konnte, solange kam es ihm vor, als spiele er nur Soldat. Aber er bekam seine Waffen und seine Ausrüstung rechtzeitig und wurde vor dem Fronteinsatz noch auf Urlaub nach Hause geschickt.

Er kam zu Weihnachten, als das Tal unter einem dünnen Schneemantel lag und alles leblos aussah, bis auf Gloria. Sie kreischte vor Aufregung, als er in den Hof marschierte, denn jetzt konnte sie guten Gewissens allen Feiglingen sagen: «Melde dich endlich! Mein Henry geht jetzt auf die Vierzig zu und ist auch draußen. Was machtst du da noch in deinen Cordhosen hier?» Sie war so entzückt von ihm, daß man bezweifeln muß, ob Henry nach einem längeren

Urlaub noch in der Lage gewesen wäre, seinen sechsundfünfzig Pfund schweren Tornister zu tragen. Bis dahin waren ihre Beziehungen freundlich, aber langweilig gewesen, da beide gewöhnlich dreizehn Stunden am Tag arbeiteten und Gloria mehr als einmal erklärt hatte, sie habe nicht vor, ihren drei Kindern noch weitere hinzuzufügen. Jetzt aber, da sie das unglaubliche Privileg hatte, mit einem richtigen, lebendigen Soldaten im Bett zu liegen, einem Mann, der dazu ausgebildet war und es nicht erwarten konnte, Hunnen abzuschlachten, war sie entschlossen, das Ihre zu tun, damit er gegen die bevorstehende Zeit des Zölibats gefeit sei. Sie hatte nie von der römischen Sitte gehört, nachts Huren in die Quartiere der Gladiatoren zu schikken, ehe die Wettspiele begannen, damit sie wußten, wofür sie kämpften. Doch genau diese Überlegung steckte dahinter, als sie sich weigerte, Henry zur üblichen Zeit, um halb sieben, aufstehen und seiner Arbeit auf dem Hof nachgehen zu lassen. Sie zog ihn an ihren üppigen Busen und umschlang ihn mit ihren großen, muskulösen Gliedern, so daß sie erst nach neun Uhr zum Frühstück herunterkamen und Henry sich fragte, ob das Leben im Schützengraben wohl auch so anstrengend wäre. Wahrscheinlich ist nie ein Mann froher in den Kampf gezogen.

3

Das Dorf Nuns Bay war ein kleines Stück freien Grundbesitzes, eingeklemmt zwischen die Küstengrenzen der Güter Heronslea und Shallowford. Zu Lebzeiten des alten Bauern Blair war es nichts weiter als ein kleiner Weiler gewesen. Die Blairs hatten dieses Land seit Generationen besessen, aber nach dem Tod des letzten, etwa ein Jahr vor Kriegsausbruch, war es zum Verkauf angeboten worden. Die benachbarten Grundbesitzer hatten Angebote gemacht, aber weder Gilroy noch Paul waren zum Zug gekommen. Statt dessen war es in die Hände einer Firma gelangt, die den rätselhaften Namen «The Whinmouth Development Ltd.» trug. Deren Firmenschilder schossen seit geraumer Zeit in dieser Gegend wie Pilze aus dem Boden. Der Präsident dieser Firma sollte der alte Widgery aus Whinmouth sein, woran jedoch niemand recht glaubte, da Widgery schon hoch in den Achtzigern stand und sein Leben lang Milchhändler gewesen war. Seine Nachbarn hielten es für unwahrscheinlich, daß er sich nun mit Landerschließung befaßte. In Whinmouth hieß es, Widgery, der ein paar Häuser in der Hafengegend von Whinmouth besaß, sei nur das Aushängeschild für eine Gruppe von Männern, zu der zwei oder drei Bezirksanwälte gehörten, die es nicht gern gesehen hätten, wenn ihre Verbindung mit dem örtlichen Baugewerbe publik geworden wäre. Diese Gerüchte trafen nicht ganz ins Schwarze. Sekretär und Hauptaktionär der «Whinmougth Development Company» war ein junger Mann, der zu klug war, um Zeit und Geld an Wahlkämpfe zu verschwenden oder sich mit den Kanalisations- und Wasserversorgungsproblemen anderer Leute zu befassen.

Sydney Codsall hatte zwei Jahre vor Kriegsausbruch Whinmouth als qualifizierter Rechtsbeistand verlassen und war jetzt Juniorpartner einer älteren Rechtsanwaltspraxis, die ihren Sitz am Cathedral Park von Paxtonbury hatte. Mit einundzwanzig Jahren war er zu Geld gekommen, das ihm seine Eltern hinterlassen hatten. Eigentlich hätte er nur die Hälfte geerbt, aber es hatte sich so ergeben, daß jeder Penny den Weg zu ihm fand, was teils auf Will Codsalls Harmlosigkeit, größtenteils aber auf Elinors Eigensinn zurückzuführen war. Da sie Arabella zu Lebzeiten gehaßt hatte, wollte sie nicht aus ihrem Tod Nutzen ziehen. Sydney besaß eine Nase für günstige Gelegenheiten und legte das Geld klug an, hauptsächlich in einzelnen Landparzellen. Die Jahre hinter dem Schreibtisch eines Anwaltsbüros hatten ihn unter anderem gelehrt, daß der einzig dauerhafte Reichtum in Grundbesitz bestand, und gleich nach dem Land kamen Backsteine und Mörtel. Da er es außerdem verstand, Informationen früher zu erhalten als andere Leute und er auch das nötige Geld besaß, um ungeduldige Erben zu befriedigen, hatte er bald ein ansehnliches Sortiment von Grundstücken in und um Whinmouth aufgekauft. Er tat sich mit einem Bauunternehmer namens Tapscott zusammen und gewährte diesem Hypotheken, als dessen Geschäft während einer Schlechtwetterperiode stagnierte. Im Frühjahr 1914 blühte sein Weizen, und als in Whinmouth keine Geschäfte mehr zu machen waren, weil Tapscott dort einen üblen Ruf hatte, hielten die Partner an der Küste nach vielversprechenden Bauplätzen Ausschau. In Coombe Bay kamen sie nicht zum Zug, und weiter landeinwärts befand sich der meiste Grundbesitz in den Händen Gilroys. Der Tod des alten Blair jedoch, der über hundert Morgen Land besessen hatte, erwies sich als ein Glücksfall, da der Erbe eine Farm in Südafrika besaß und rasch verkaufen wollte. Sydney und Tapscott nahmen sofort den Bau von vierundzwanzig Landhäusern in Angriff.

Bei Kriegsausbruch waren jedoch erst ein halbes Dutzend davon fertiggestellt, und es sah so aus, als bliebe das ganze Projekt stecken.

Das wäre auch der Fall gewesen, wenn Sydney nicht gute Verbindungen zum Vermessungsamt in Paxtonbury gehabt hätte und dadurch wiederum mit der Regierungsbehörde in Kontakt gekommen wäre, die für die Errichtung von Ausbildungslagern im Westen verantwortlich war. Das provisorische Lager auf dem Hochmoor war nie ganz befriedigend gewesen. Es lag ungeschützt da, Stürme zerstörten die Zelte, und um die Wasserversorgung war es schlecht bestellt. Daher konnte Sydney seinen Bauplatz in Nuns Bay langfristig verpachten, und Tapscott erhielt einen fetten Vertrag über die Errichtung eines Barackenlagers. Dies hatte noch einige vorteilhafte Folgen. Sydney wurde ständiges Mitglied jenes Komitees, das sich mit der Beschaffung von Bauholz für den Kriegsbedarf befaßte.

Sydney konnte ein Gesetz schon im voraus wittern wie der Fuchs den Geruch des Menschen. Er sagte sich, daß die Armee dringend Leute brauchen müsse, wenn sie sogar einen Bauerntölpel wie seinen Bruder Will eiligst an die Front schickte, und daß es nicht mehr lange dauern konnte, bis das Reservoir an Patrioten erschöpft war und man auf die Zögernden zurückgreifen würde. Freunde sagten ihm zwar, England würde niemals Zwangsaushebungen vornehmen, aber sein Zweifel daran erwies sich sehr bald als begründet. Alle ledigen Männer unter der Altersgrenze wurden aufgerufen, zur Musterung zu erscheinen. Deshalb beeilte sich Sydney, als weitere Rückversicherung zu heiraten. Außerdem kaufte er sich die Dienste eines Arztes, und dieser stellte bei Sydney bereitwillig einige kleinere Leiden fest.

Zu diesem Zeitpunkt war Sydney mit dem Krieg einig geworden. Die Errichtung des Lagers in Nuns Bay versetzte ihn in die Lage, seine überstürzte Ehe mit der Tochter eines Lebensmittelhändlers aus Paxtonbury auszuwerten. Er überredete seinen Schwiegervater, ins Süßwaren- und Spielzeuggeschäft einzusteigen, und zwar auf einem Grundstück, das an das Lager grenzte. Unter der persönlichen Oberaufsicht von Sydneys Frau Dora blühte das Geschäft. Wenn diese auch nicht so reizvoll war wie einige der Mädchen, die Sydney für eine Ehe ins Auge gefaßt hatte, so besaß sie doch Geschäftssinn und einen Vater mit Zuckervorräten, die noch zu Vorkriegspreisen eingekauft worden waren.

Soviel Erfolg in so kurzer Zeit wäre manchem jungen Mann in den Kopf gestiegen, während andere reifer geworden wären. Sydney behielt nicht nur seinen klaren Kopf, sondern hielt auch an seinem ursprünglichen Traum fest, ein neues Gleichgewicht der Macht in dem Gebiet um die Zwillingstäler von Teazel und Sorrel zu errichten. Er hätte ungefähr sagen können, worauf sich sein Ehrgeiz gründete, mit dem Gutsherrn Craddock gleichgestellt zu sein. Aber die geheimen Triebfedern hätte er schwerlich nennen können. Er hätte nicht sagen können, was er gegen diesen Mann hatte und inwiefern sein ganzes Gewinnstreben im Grunde der Versuch war, sich von der Schirmherrschaft des Gutsherrn zu lösen. Vielleicht hatte es etwas mit der Tatsache zu tun, daß Paul in der Nacht der Tragödie zuerst am Tatort gewesen war; oder mit dem Umstand, daß Paul dazu beigetragen hatte, daß er Kostgänger bei seines Vaters Vorarbeiter Eveleigh werden mußte und er das aufdringliche Mitgefühl verabscheut hatte, das ihm Eveleighs Frau und Kinder entgegengebracht hatten und das er jahrelang hatte ertragen müssen. Er war bei der Erforschung seiner Antriebe nie in die Tiefe vorgedrungen, sondern hatte sie lieber unter dem Leitmotiv «durchkommen, vorwärts kommen, eine Persönlichkeit werden» zusammengefaßt. Als er nun im zweiten Kriegsjahr ein Mann geworden war, der den Gutsherrn in seiner Eigenschaft als Regierungsbeauftragter besuchte, war er sich seiner Sache so sicher, daß er es wagen konnte, die Rollen zu vertauschen.

Paul hatte schon einmal mit der Kommission einen Kampf ausgetragen, als sie versucht hatte, ihn nicht nur zur Lieferung von Kiefernbalken, sondern auch zur Abgabe von altem Hartholz zu zwingen. Er war überrascht, nun ein Schreiben mit dem amtlichen Briefkopf zu erhalten, in dem man ihm mitteilte, Mr. Sydney Codsall werde ihn im Namen der Kommission aufsuchen. Paul hatte mit Sydney immer Mitleid gehabt, weil er spürte, daß das schreckliche Erlebnis im Jahre 1904 in ihm Narben hinterlassen haben mußte. Während Sydney im Eveleigh-Haushalt aufgewachsen war, hatte er ihn oft gesehen, dann aber aus den Augen verloren. Nun betrachtete Paul es als eine günstige Fügung, daß das neue Komiteemitglied kein Fremder war, der das Land seiner Bäume berauben wollte, die dort schon gewachsen waren, ehe der Großvater des jetzigen deutschen Kaisers seine ersten Reitstiefel angezogen hatte.

Deshalb amüsierte er sich zunächst über Sydneys wichtigtuerisches Auftreten, als dieser zum angekündigten Termin in sein Büro geführt wurde. Aber es fiel ihm ein, daß der junge Codsall schon immer ein Aufschneider gewesen war, ganz im Gegensatz zu seinem bescheidenen Bruder Will. Paul gab ihm die Hand, bot ihm Whisky an und stellte heiter fest, er habe Gewicht angesetzt und scheine einen ganz erträglichen Krieg zu haben.

Sydney geriet durch diesen Empfang etwas aus der Fassung und ärgerte sich über Pauls Art, ihn so zu behandeln, als trüge er sein erstes Paar lange Hosen. So sagte er mit dem leicht lispelnden Akzent, den er sich während seiner Gesetzesstudien angeeignet hatte: «Die Zeit vergeht, Mr. Craddock. Vielleicht ist Ihnen nicht bewußt, daß ich jetzt älter bin als Sie es waren, als Sie Shallowford übernommen haben.»

Er hatte gehofft, damit den Gutsherrn in seine Grenzen zu weisen, aber Paul lachte nur und sagte: «Bei Gott, Sydney, da hast du recht.» Und dann sah er ihn aufmerksam an. «Du hast die Zeit offenbar genutzt. Ist dieser Posten bezahlt, oder machst du das ehrenamtlich?»

Sydney fand diese Frage so naiv, daß er sie nicht beantwortete. Er nahm mit einer lässigen Geste seine randlose Brille ab. «Ich glaube, ich kann Sie in die Lage versetzen, sich einen Gefallen zu tun, Craddock.»

Paul war es nicht entgangen, daß Sydney den «Mr.» wegließ. «In welcher Hinsicht?»

«Im Hinblick auf das Holz», sagte Sydney und grinste. «Auf das Holz und die Brieftasche.»

Plötzlich merkte Paul, daß er Sydney Codsall nicht nur nicht leiden konnte, sondern ihm auch nicht traute. «Warum sagst du nicht frei heraus, worum es geht?»

Das mußte Sydney völlig getäuscht haben, denn er gab sich sofort als Mitverschworener. «Ich könnte für Sie fünfzig Shilling mehr pro Ladung herausholen. Vorausgesetzt natürlich, wir einigen uns darüber.»

«Willst du damit sagen, daß andere mehr dafür bekommen?»

«Es gibt keine festgesetzten Preise. Die Regierung braucht Grubenholz, und zwar in riesigen Mengen, solange die Stellungskämpfe andauern. Wer klug ist, bekommt, was er verlangt, sofern er fest bleibt, und ... nun, sofern er sich mit uns gut stellt. Das ist doch bei allem so, nicht wahr? Und die Regierung braucht schließlich keine Gewinne zu machen, oder?»

«Nein», sagte Paul, «ich glaube nicht. Aber dieses ... hm ... Arrangement, das du erwähnst, ich nehme an, es wäre eine Abmachung zwischen uns beiden?»

«Selbstverständlich. Ich wäre mit fünfundzwanzig Prozent des Mehrerlöses zufrieden. Soviel wäre Ihnen das doch wert, oder nicht?»

Etwas in Pauls Miene mußte ihn gewarnt haben, denn plötzlich wurde er unsicher. Er spielte mit seiner Brille und setzte sie wieder auf. Paul mußte gegen den Drang ankämpfen, Sydney rücklings vom Stuhl zu werfen. Der Wunsch, gerade das zu tun, entsprang nicht so sehr der Plumpheit, mit der Sydney seinen Vorschlag unterbreitet hatte, sondern der Erinnerung an Will Codsalls gequälten Blick, kurz ehe dieser wieder an die Front zurückgekehrt war. Und mit dieser Erinnerung kamen andere Bilder, die ebenfalls nicht angenehm waren. Ihm war, als sehe er nicht Sydney Codsalls sorgfältig gescheiteltes Haar, sondern einen Tümpel, wo sich Ablagerungen bildeten, wo giftige Blasen emporstiegen und ihm ins Gesicht spritzten – die Brutalität des Pöbels von Coombe Bay, der Tom Williams fast gesteinigt hätte, weil er Blumen auf das Grab der deutschen Seeleute gelegt hatte, der verzweifelte Ausdruck Marian Eveleighs, als man ihn gerufen hatte, damit er sie über den Tod ihres Jungen Gilbert tröstete, und das zufriedene, schmierige Grinsen, demjenigen Sydneys nicht unähnlich, auf dem Gesicht von Lieutenant Lane-Phelps. Paul holte tief Luft. «Nur eines hält mich davon zurück, mit dem Rathaus von Paxtonbury zu telefonieren und jedes Wort unserer Unterhaltung weiterzugeben, Sydney. Und weißt du, was das ist?»

Sydney lief rot an. Er sprang auf, und seine Brille fiel herunter.

«Mich hält davor zurück, daß jeder dich mit dem armen Will und Elinor in Verbindung bringt. Geh jetzt, ehe ich dich hinauswerfe. Und komme ja nicht wieder, auch nicht unter einem anderen Vorwand.» Er trat hinter Sydney und stieß die Terrassentür auf. Draußen wartete ein blasser junger Mann in einem Einspänner.

«Bei mir können Sie nicht mehr den allmächtigen Gutsherrn spielen, verstehen Sie?» sagte Sydney mit schriller Stimme. «Die Dinge haben sich gewandelt, und sie werden sich noch mehr wandeln, ehe das alles vorbei ist. Ich hätte Ihnen ein guter Freund sein können . . .»

Paul ballte die Fäuste. «Hinaus, sage ich!»

Sydney rannte über die Terrasse, rief dem Fahrer etwas zu und stieg auf den Kutschbock. Einen Augenblick später war das Fahrzeug hinter dem Laub der Kastanienbäume verschwunden.

Paul stand immer noch mit geballten Fäusten da, als Claire auf die Terrasse heraus kam. «Was war das für ein Geschrei? Wer war das, Paul?»

Er drehte sich angriffslustig um, fast so, als wäre Sydney zurückgekehrt und plane nun einen Angriff von hinten. «Das war eine von diesen verdammten Ratten, die jetzt überall auftauchen!» Er ging ins Zimmer, schenkte sich einen Whisky ein und trank ihn in einem Zug aus.

Claire folgte ihm, stellte aber keine Fragen mehr. Sie verließ aber auch nicht das Zimmer, weil sie spürte, daß er sie in wenigen Sekunden brauchen würde. Als sein Zorn etwas abgeebbt war, berichtete er ihr, was geschehen war, verfluchte die Vergiftung, die sich im Tal ausbreitete, und erklärte, der einzige Platz für einen ehrlichen Mann sei draußen im Feld, bei Burschen wie Henry Pitts und Smut Potter.

Claire hörte ihm zu. Sie hatte sich allmählich an diese Ausbrüche gewöhnt, die allerdings selten so heftig waren wie diesmal und sich gewöhnlich in einem donnernden Monolog über den unerhörten Wechsel verloren, der sich seit einem Jahr im Tal bemerkbar machte.

«Es gibt immer noch mehr Henrys als Sydneys», warf Claire ein. «Man darf die Maßstäbe nicht verlieren.»

«Du bist so ungefähr die einzige, Claire, die sie noch nicht verloren hat.» Und mit einem grimmigen Lächeln fügte er hinzu: «Ich bin sowieso ein Idiot. Ich will von seiner widerlichen Bestechung nichts wissen. Aber wenn ich ihm das etwas geschickter beigebracht hätte, dann hätte er vielleicht unser Holz retten können. Jetzt wird er so hart zurückschlagen, wie er nur kann.»

«Daran zweifle ich», sagte Claire. «Er hat viel zu große Angst, daß du ihn anzeigst.»

«Der nicht! Es waren keine Zeugen dabei. Er würde alles abstreiten und noch behaupten, ich verleumde ihn.»

«Da wäre ich nicht so sicher», meinte Claire. «Ich war doch Zeuge, nicht wahr? In solch einem Fall würde ich es sogar beschwören. Und Horace Handcock desgleichen, weil seine vaterländischen Gefühle verletzt wären. Wir können Sydney in einen Sack stecken und in den Fluß werfen.»

Plötzlich stieg ein Gefühl der Dankbarkeit in ihm auf, denn neben ihrer Ausgeglichenheit und ihrem gesunden Menschenverstand kam ihm sein Zornesausbruch kindisch vor. Er zog sie an sich und küßte sie. «Ich glaube, du würdest ohne Gewissensbisse meineidig werden, sobald es um das Tal geht. Ich glaube, du würdest dabei nicht einmal rot werden.»

«Bestimmt nicht», sagte sie heiter. «Und ich würde es überzeugender tun als du. Bist du mit Sydney jetzt fertig, oder soll ich dir vor dem Essen noch einen kleinen Whisky einschenken?»

«Fort mit dir!» sagte er, jetzt wieder gut gelaunt. «Kümmere dich um deine eigenen Angelegenheiten, damit ich mich wieder um die meinen kümmern kann. Wenn morgens dieser Parfumgeruch im Zimmer hängt, kann ich keine Zahlen mehr addieren.»

Ihr Parfum blieb jedoch im Zimmer, und es war nicht Sydney, der seine Gedanken ablenkte, so daß er die Arbeit bald beiseite legte und das Gutstagebuch durchblätterte. Erst jetzt wurde ihm bewußt, daß er sich seit der Eintragung über die Kriegserklärung nicht mehr mit dem Tagebuch befaßt hatte. Claire aber hatte seither vier Seiten gefüllt, und er staunte über ihre Objektivität, denn niemand hätte aus dieser trockenen Darstellung von Dingen, wie der Reparatur einer Scheune nach einem Sturm entnehmen können, daß ihre gewohnte Lebensweise gnadenlos zertrümmert worden war.

Dann fiel sein Blick auf eine Eintragung, die mit einem Sternchen versehen war: «Einberufungen, Verluste usw. siehe am Schluß des Buchs.» Sie hatte dem Krieg jedoch zwei Seiten gewidmet. Die eine trug die Überschrift «Einberufungen», die andere «Verluste, Auszeichnungen usw.» Roddy Rudd führte die Verlustliste an, und neben seinem Namen stand der Vermerk: «Falklandinseln, November 1914». Darunter standen die Namen von Walt Pascoe, Jem Pollock, Will Codsall und Gilbert Eveleigh. Paul fragte sich, wie viele Namen wohl noch dazukommen würden, ehe das alles vorüber war, und er widerstand der Versuchung, die Zeilen auszuzählen, die am Schluß des Buchs dafür frei waren.

Verhärtete Fronten

1

Der Winter war mild, aber feucht gewesen, freudlos und nicht sehr verheißungsvoll. Es war nicht viel Schnee gefallen, aber seit November hatte sich die Sonne hinter Wolken verborgen, und im Januar waren die Graupelschauer ständigen Regengüssen gewichen, die das welke Gras flach legten und die sonst so ruhige Sorrel in einen braunen, schäumenden Wildbach verwandelten, hundert Fuß breit und mit Inseln aus mitgerissenem Dornengestrüpp, das sich an den Flußwindungen fing, wodurch sich das Hochwasser staute und am Westufer die Felder eine halbe Meile weit überschwemmte. Die Wälder waren gelichtet. Die Opfer der Herbststürme blockierten die Fahrwege oder lehnten sich wie betrunken an ihre Nachbarn, und die Uferstraße unterhalb von Hermitage hatte große Schlaglöcher und war durch einen Erdrutsch am Ufer blockiert. Das einzige wirklich fröhliche Gesicht, das man in dieser Jahreszeit im Tal sah, gehörte Horace Handcock. Er allein, so schien es, bewahrte die Hoffnung auf ein vielversprechendes Jahr, und er war bereit, sie mit jedem zu teilen, der die Geduld aufbrachte, ihm zuzuhören.

Für Horace Handcock stand das Entscheidungsjahr bevor, das Jahr, in dem Kitcheners Kriegsscharen in Massen vorwärts stürmen würden statt in kleinen Stoßtrupps, eine unwiderstehliche Macht, die die feigen deutschen Horden wie Spreu wegblasen und über den Rhein bis nach Potsdam vordrängen würde. Und diese Streitmacht würde Seile mitnehmen für den Kaiser und die Junker, die die Welt versklaven wollten, dabei aber übersehen hatten, daß der britische Löwe scharfe Zähne besaß. Man würde schon wissen, wie man sie zu behandeln hatte, versicherte Horace Handcock.

Es gab Männer aus dem Tal, die von Horaces Optimismus im Frühjahr 1916 weit entfernt waren – Männer, die zwar gern an einer Siegesparade Unter den Linden teilgenommen hätten, denen es jedoch schwerfiel zu glauben, daß man durch den Einsatz von Kavallerie Lücken in die deutschen Linien schlagen konnte.

Einige dieser Miesmacher befanden sich in Reichweite der Gewehre von Horaces «feigen grauen Horden», denen sie manchmal bei Schützengrabenkämpfen oder bei Patrouillen im Niemandsland von Angesicht zu Angesicht gegenüberstanden. Henry Pitts konnte zu diesen Zweiflern gezählt werden, denn der aktive Dienst hatte ihn enttäuscht. Er war kurz nach der verlorenen Schlacht von Loos in Frankreich angekommen, doch bisher hatte ihn noch niemand gebeten, eine der Exerzierübungen auszuführen, die er im Sommer zuvor gelernt hatte. Statt dessen wurde er hin- und hertransportiert, lernte enge Gräben kennen, wo alle paar Fuß Granatlöcher, Stacheldrahtschlingen, Telefonkabel zu finden waren oder ein Sanitätstrupp sich seinen Weg aus der entgegengesetzten Richtung freikämpfte. Er blieb guten Muts, weil ihm Kameradschaft geboten wurde statt des exakten Drills. Deshalb war er in seiner Kompanie bald sehr beliebt. Man konnte darauf zählen, daß er seinen Kameraden noch bei den traurigsten Anlässen ein Lächeln entlockte, etwa wenn der Topf mit dem rationierten Rum umgeworfen wurde oder eine Explosion den Frühstücksspeck an die Brustwehr schleuderte.

Einige Abschnitte weiter nördlich gab es einen anderen Mann aus dem Tal, der Horace widersprochen hätte. Dieser Mann war Smut Potter, der die Dauer des Krieges nach den deutschen Gegenangriffen im vergangenen September abschätzte. Smut war nie ein großer Rechner gewesen. Es hatte ihm, unter anderem, im Leben immer zum Nachteil gereicht, daß er nicht über zehn hinauszählen konnte. Bei Mary Willoughby hatte er zum Rechnen die Finger benutzt. Sobald seine zehn Finger aufgebraucht waren, hatte sich Nebel auf sein Gehirn gelegt, so daß er noch einmal von vorn anfangen mußte. Aber Zahlen beeindruckten ihn, und er machte es sich zur Aufgabe, die deutschen Toten zu zählen, wenn seine Kompanie einen feindlichen Schützengraben erobert hatte. Bis zur Schlacht von Loos war das leicht gewesen, denn er war nur in Stoßtruppunternehmen eingesetzt worden, bei denen die Zahl der Toten und Gefangenen selten über ein Dutzend hinausging. Aber bei dem Großangriff im Herbst brach Smuts Zählsystem zusammen, da er sich in der zweiten Welle befand, die über das Niemandsland vorstieß und einen tiefen Schützengraben einnahm, der vorher von Brandenburgern gehalten worden war. Und hier fand er Massen toter Deutscher vor, die bei dem vorausgegangenen Bombardement getötet worden waren. Damals hatte er den Eindruck gehabt, die deutsche Armee müsse merklich zusammengeschrumpft sein. Aber sehr bald mußte er feststellen, daß dem nicht so war, denn am Mittag wurden er und seine Kameraden von einem Gegenangriff überrascht, aus dem eroberten Schützengraben geworfen und in ihre Ausgangsstellungen zurückgetrieben, wo neue Horden, die aus dem Nichts auftauchten, sie festnagelten.

Das Hin und Her dauerte vier Tage. Jedesmal wenn man wieder ein paar Fuß Niemandsland erobert hatte, war der Boden mit deutschen Gefallenen bedeckt. Aber bald erschien der Feind mit neuen, ausgeruhten Leuten, bis die Offensive zum Halten kam und die Reste von Smuts Kompanie zurückgezogen wurden, um auszuruhen und wieder aufgefüllt zu werden.

Es ist unwahrscheinlich, daß Ikey Palfrey, der immer noch bei der Artillerie in und um Cuinchy diente, sich mit Horace Handcock auf einen Streit darüber eingelassen hätte, wie lange der Krieg noch dauern konnte. Im «Raben» wäre er als Miesmacher dagestanden, wenn er versucht hätte, Horaces Orakelsprüche zu widerlegen. Nach fast achtzehn Monaten an der Front, unterbrochen von einem kurzen Urlaub im Juni 1915, hatte sich Ikey gewisse Theorien über moderne Kriegführung gebildet, und sie waren nicht von der Art, die einem Berufsoffizier eine Beförderung einbringen konnten. Er hatte an mehreren kleinen und zwei großen Offensiven teilgenommen, er hatte das Debakel von Loos erlebt und war zu dem Schluß gekommen, daß es mindestens zweier drastischer Änderungen bedurfte, ehe die Alliierten nach Roulers und Lille vorstoßen konnten, geschweige denn nach Köln oder Berlin. Als erste müßten alle Generale der britischen Kavallerie, die sich im Hauptquartier über ihre Karten beugten, unschädlich gemacht werden, vorzugsweise durch eine Kugel in den Kopf, obwohl das schwierig sein würde, da Kavalleriegenerale bekanntlich kugelsichere Schädel hatten. Danach mußte man einen neuen Generalstab bilden aus Leuten, die nicht mehr von Kavallerieattacken träumten. Man mußte eine neue Taktik entwickeln, um in das deutsche Schützengrabensystem einzudringen und den Vormarsch der Infanteristen über offenes Gelände, das von den feindlichen Maschinengewehren beschossen wurde, abzudecken. Ikey hatte durch ein starkes Fernglas den Vormarsch bei Loos beobachtet. Er hatte gesehen, wie vier Tage lang Truppen aus ihren Stellungen stiegen, über verwüstetes Gelände vorarbeiteten und dann niedergemäht wurden. Und als zwei Tage lang Angriff auf Angriff fehlschlug, war er zunächst überrascht, dann zornig und schließlich voller Haß auf die Männer, die dies befohlen hatten ohne Rücksicht auf die Verwundbarkeit von Fleisch und Knochen durch Kugeln und Schrapnells. Da es seine Pflicht war, die Angriffe und Gegenangriffe unter dauernder Beobachtung zu halten, war er jedoch in der Lage, das menschliche Element völlig auszuschalten und die Schlacht unter taktischen Gesichtspunkten anzusehen, indem er sich sagte, daß es, um die befestigten Stellungen auf beiden Seiten einnehmen und halten zu können, etwas mehr bedurfte als eines einleitenden Bombardements, um die Angreifer im ersten Stadium des Durchbruchs zu unterstützen. In Gedanken spielte er mit Rauchvorhängen, Tieffliegerangriffen und sogar kugelsicheren Westen, fand jedoch alle diese Möglichkeiten zu plump, zu neuartig und zu wirkungslos. Am dritten Tag hatte er eine Idee, die ihn erregte. Was hier gebraucht wurde und gefunden werden mußte, war eine Art Kampfwagen, der mit schnellfeuernden Kanonen bestückt war, selbst möglichst unverwundbar – eine Maschine, die Draht zerreißen und über Einschlaglöcher fahren konnte, eine bewegliche Festung, hinter der die Infanterie vorstoßen konnte, ohne durch Maschinengewehr- und Gewehrfeuer niedergemäht zu werden. In jener Nacht, als er wieder in seinem Unterstand war, nahm er Bleistift und Papier und zeichnete eine Skizze, die ihn jedoch nicht ganz befriedigte. Sie erinnerte ihn eher an die technischen Entwürfe Leonardo da Vincis. Er gab jedoch nicht auf und gelangte schließlich zu einem Konzept, das ihm brauchbar zu sein schien. Er zeichnete einen gedrungenen Kampfwagen mit breiten, mit Stahlplatten gepanzerten Rädern, der ein wenig wie ein Gürteltier aussah. Ikey war so in seine Idee vertieft, daß er sich erst dann auf sein Feldbett legte, als die Kerze niedergebrannt war. Draußen donnerten die Geschütze, nicht sehr laut, aber unablässig, irgendwo im Süden, und im Einschlafen dachte er, daß dieser ferne Kanonendonner genau wie ein Herbstgewitter im Sorrel-Tal klang.

Und dann gab es noch eine Frau, eine ehemalige Talbewohnerin, die in der gleichen Nacht an der Front war, nur vierzig Meilen von dem Abschnitt entfernt, in dem Ikey seinen Kriegswagen skizzierte. Sie hätte ihr Möglichstes getan, um Horace Handcocks optimistische Prophezeiungen zu zerpflücken. Da sie den Krieg als die schrecklichste Tragödie ansah, die je die Welt heimgesucht hatte, wäre ihr jede Lösung, einschließlich der bedingungslosen Kapitulation, recht gewesen, damit das Leiden, das sie Nacht für Nacht mitansehen mußte, ein Ende fand.

Als Ambulanzfahrerin wußte Grace mehr von Schmerzen und menschlicher Einsamkeit als die Infanteristen in den vordersten Linien. Ein kämpfender Mann dachte vor allem an seine eigene Not und war damit beschäftigt zu überleben, was eine außerordentliche Konzentration erforderte. Grace arbeitete außerhalb der Reichweite der Geschütze, so daß es ihr schwerfiel, sich von der Ladung Elend, die sie in ihrem Fahrzeug transportierte, loszulösen und ihre ganze

Aufmerksamkeit auf die von Granateinschlägen durchlöcherten Straßen zu richten, über die sie mit abgeblendeten Scheinwerfern fuhr.

Sie war nun seit fast einem Jahr in Frankreich, wohin sie sich nach einem kurzen, jedoch unerfreulichen Aufenthalt in einem Londoner Lazarett freiwillig gemeldet hatte. Nachdem sie ihre sechste Strafe in Holloway halb verbüßt hatte, waren die Suffragetten 1914 amnestiert worden. Die Erfahrungen eines Jahrzehnts hatten sie nicht sonderlich geneigt gemacht, sich an einem patriotischen Kreuzzug zu beteiligen. Seit 1904 war sie von Männern gejagt, verfolgt, mißhandelt, zwangsernährt und tyrannisiert worden, und der eigentliche Kern der Bewegung betrachtete den Krieg als die gerechte Strafe für eine von Männern beherrschte Welt, die gefühllos, sadistisch und hartnäckig das Verlangen nach Grundrechten abgelehnt hatten.

Diese Meinung teilte sie, bis sie im Frühjahr 1915 zur Erholung in einem Ferienheim in Schottland war, das ein reicher Gönner der Bewegung unterhielt. Ganz allmählich wurde sie etwas weicher gestimmt, als bei Versammlungen die Verwundeten des ersten Kriegswinters erschienen. Es waren Männer, die zum größten Teil keine Männer mehr waren, sondern zusammengeflickte Karikaturen von Männern, denen Arme, Beine oder sogar das halbe Gesicht fehlten. Nachdem sie vom Tod oder der Verstümmelung einiger persönlicher Freunde gehört hatte, kehrte das Mitgefühl im gleichen Maß wieder wie ihre Gesundheit – denn durch die Hungerstreiks und die Nervenanspannung war sie bis auf die Knochen abgemagert –, und obwohl sie den Krieg immer noch als den Höhepunkt der seit Jahren herrschenden Intrigen der Männer in ganz Europa betrachtete, empfand sie ein verzweifeltes Mitleid mit den Millionen junger Männer, die auf einen Trompetenstoß hin ihr Leben lassen mußten. Veteraninnen der Bewegung versicherten ihr, dies sei die Gelegenheit, auf die sie seit 1904 hingearbeitet hätten, und nach dem Krieg müsse man den Frauen das Wahlrecht gewähren. Grace wußte nicht, ob sie ihnen glauben sollte, aber nachdem sie kurze Zeit als freiwillige Helferin in einem Londoner Lazarett verbracht hatte, bedeutete ihr das nichts mehr, denn ihr Fanatismus war durch die physischen Leiden, die sie in den Krankenzimmern zu sehen bekam, gemildert worden. Dazu hatten auch ihre wachsenden Zweifel beigetragen, ob Frauen in leitenden Stellungen wirklich vernünftiger und genauso tüchtig wären wie die Männer. Sie hatte das Pech, unter die Fuchtel einer dicken Leuteschinderin zu geraten, deren einzige Qualifikation als Leiterin ihr kürzlich erworbener Reichtum war. Bald hatte Grace guten Grund, diese Art Frauen ebenso zu verachten wie die Minister.

Diese adelige Dame verwaltete das Lazarett wie eine Schule aus dem 18. Jahrhundert und behandelte ihre freiwilligen Schwestern genauso wie die dümmeren unter den Wärterinnen in Holloway ihre Gefangenen behandelt hatten. Grace vermutete, daß diese Leiterin – ebenfalls wie einige der Wärterinnen – nicht nur eine Tyrannin, sondern auch Lesbierin war, denn sie begünstigte die kleinen, puppenhaften Schwestern aus dem Adel, während sie den ehemaligen Suffragetten feindselig gesinnt war. Nach einigen Monaten schwerer Arbeit und Erniedrigung wußte Grace, daß sie zwischen Kündigung und Stellungswechsel wählen mußte. Und da fast alle Lazarette von Frauen mittleren Alters geleitet wurden, die mit Wonne ihre Untergebenen tyrannisierten, ließ sie einige Beziehungen spielen, damit sie zur Transportabteilung der Dienststelle versetzt wurde. Sie kam in dem Augenblick nach Frankreich, als es galt, die Verwundeten aus der Schlacht bei Neuve Chapelle im März zu evakuieren.

Und hier bekam sie langsam wieder einen klaren Blick. Denn während der letzten zehn Jahre, in denen sie immer wieder eingesperrt worden war, hatte sie völlig vergessen, daß auch Männer die Fähigkeit besaßen zu leiden. In den britischen Lazaretten konnte sie die Verwundeten mit einer gewissen Unvoreingenommenheit betrachten, da sie gewaschen, von ihren schmutzigen Uniformen befreit und sauber verbunden waren. Aber hier draußen, wo sie so, wie sie vom Schlachtfeld kamen, in die Ambulanzwagen gelegt wurden, hätte sie das Mitleid niedergeschmettert, wenn sie nicht gewußt hätte, daß ihnen mit Tränen nicht gedient war, sondern nur mit sofortiger Hilfe.

Obwohl Grace die älteste Frau ihrer Abteilung war, meisterte sie die Anforderungen ihres Dienstes besser als die meisten Jüngeren. Ihre Vorkriegserlebnisse hatten sie eine eiserne Selbstdisziplin gelehrt, und da sie sich von ihren Hungerstreiks inzwischen erholt hatte, nahm sie zu und bekam wieder ihre straffe, elastische Figur. Und sie brauchte ihre Kräfte. Die nächtlichen Fahrten über schlechte Straßen, wo jede Unebenheit Schmerzensschreie der Verwundeten auslöste, waren ebenso strapaziös wie die Übelkeit erregende Arbeit am Morgen, wenn sie die Krankenwagen säubern mußte. Und sie mußte immer wieder den jüngeren Frauen als Vertraute beistehen. Da gab es jene, die gesundheitlich den Anforderungen an der Front nicht gewachsen waren und doch ihre Pflicht erfüllen wollten. Es gab andere, die zu Beginn des Krieges mit leuchtenden Augen zur Armee geeilt waren und jetzt von ewig nörgelnden Vorgesetzten zum Wahnsinn getrieben wurden. Dann gab es noch andere, vielleicht die bedauernswertesten, deren größte Angst es war, von der Angst überwältigt zu werden, und immer wieder wurden Mädchen schwanger, die aus guten Familien stammten und deren groteske Unwissenheit Graces Zorn auf die letzten Generationen mit ihren gesellschaftlichen Tabus noch schürte.

Einige der Mädchen, die sie um Rat und Hilfe baten, wußten nur ungefähr, wodurch sie schwanger geworden waren. Außerdem gab es die noch hoffnungsloseren Fälle von Mädchen, die als Jungfrauen in Le Havre an Land gegangen und in wenigen Wochen geschlechtskrank geworden waren. Grace tat, was in ihren Kräften stand, nutzte ihre vielen persönlichen Beziehungen zu Hause, gab aus dem Stegreif Aufklärungsunterricht, sprach über Empfängnisverhütung. Manchmal hatte sie das Gefühl, als streue sie eine Handvoll Getreidekörner auf eine Wiese, wo Esel weideten. Wann immer es ihr möglich war, schonte sie ihre Nerven. Sie schloß einige wenige engere Freundschaften, und in ihrer knappen Freizeit saß sie gern allein in der Sonne und schaltete alle Gedanken ab. Im Gefängnis hatte sie gelernt, daß dies als Ersatz für den Schlaf gelten konnte. Doch das war nicht immer leicht, vor allem nicht nach einem Angriff, wenn sie Nacht für Nacht Männer transportierte mit zerschossenen Lungen, Wunden am Magen, in der Leistengegend, Männer ohne Arme und Beine, Männer mit fürchterlichen Gesichtsverletzungen, mit Gasverletzungen, so daß ihr manchmal der Gedanke kam, was für ein Glück es sein mußte, einen jungen Mann zu sehen, der noch heil und unverletzt war.

Vielleicht war es diese unbewußte Sehnsucht, die sie im Frühjahr 1916 bewog, sich körperlich und seelisch in etwas einzulassen, das einerseits das Bizarrste, andererseits aber auch das Lohnendste ihres Dienstes war.

Er kam im April zum drittenmal zu ihr – ein schlaksiger Junge, erst zwanzig Jahre alt, der einmal bei Neuve Chapelle an der Schulter und dann wieder bei Loos am Unterarm verwundet worden war. Sie erinnerte sich an ihn wegen seiner Verzweiflung darüber, daß er sich im Krankenwagen über ihr erbrochen hatte. Als man ihn zum drittenmal in den Kampf schickte, vor der Sommeroffensive an der Somme, hatte er ihr erklärt, daß er zu Hause unaufhörlich an sie gedacht und ihr mehrere Briefe geschrieben hatte, die offenbar verlorengegangen waren.

Seltsamerweise schmeichelten ihr seine Aufmerksamkeiten, da sie glaubte, sie würde nie wieder das Lächeln eines jungen Mannes erleben. Mit ihren vierunddreißig Jahren hatte sie immer noch eine tadellose Figur, aber in ihre dunklen Haare mischten sich graue Strähnen, und ihre Augen wirkten für ihr kleines, abgehärmtes Gesicht zu groß. Jedenfalls waren Jahre vergangen, seit sie an einen Mann, der nicht sofort zum Verfolger wurde, mehr als nur flüchtig gedacht hatte. Wegen seiner Beharrlichkeit ließ sie sich ein paarmal von ihm in ein Hotel zum Essen einladen, wo es für die Offiziere der Transportabteilung immer noch ausgezeichnete Mahlzeiten gab. Auf dem Rückweg in ihr Quartier war sie gerührt über seine linkische Frage, ob er sie küssen dürfe. Trotz all seiner Kampferfahrung war er nichts weiter als ein schüchterner Junge, der zudem noch gut aussah, typisch englisch mit seinem welligen, hellblonden Haar, der kurzen, geraden Nase, den klaren Augen und dem frischen Teint. Sie erlaubte ihm, sie zu küssen, mehr aus Spaß als aus dem Bedürfnis, geküßt zu werden, aber die sanfte Berührung seiner Lippen weckten in ihr wieder das Verlangen nach einem sauberen Mann, nach einem, der noch heil und dessen Wäsche noch nicht verlaust war und der nicht nach Schweiß, Blut und dem Schlamm Flanderns roch.

Sie mußte seinen Kuß heftiger als beabsichtigt erwidert haben, denn jetzt sprach er leidenschaftlich von seiner Liebe zu ihr. Die jüngeren Frauen zu Hause hätten ihm nichts bedeutet, erklärte er, und während seines Genesungsurlaubs nach der Schlacht bei Loos habe er Grace nicht aus seinen Gedanken verbannen können. Sie wies ihn darauf hin, daß er, wenn sie mit vierzehn Jahren unternehmungslustiger gewesen wäre, sehr wohl ihr Sohn sein könnte. Aber als er ihr über das Haar strich, gab sie nach ein paar verstohlenen Umarmungen in der Enge des Stützpunkts nach und versprach ihm, drei Tage Urlaub mit ihm zu verbringen.

In dem Augenblick, als er sie verlassen hatte, bereute sie ihr Versprechen schon, da sie genau wußte, daß sie in ihm nicht den einzelnen sah, sondern das Symbol der Millionen junger Männer, die von dicken Generalen und senilen Politikern in diese Hölle geschickt wurden, und daß auf beiden Seiten der Front Jungen wie dieser hier unberührt sterben würden, weil sie es verschmähten, eines der Etablissements mit der roten Laterne am Eingang aufzusuchen, wenn sie in Ruhestellung oder zur Ausbildung in der Etappe waren.

Aber sie hielt ihr Versprechen und fand in seinen unbeholfenen Umarmungen sogar Trost für die Jahre der Entbehrungen vor dem Krieg. Sie fuhren nicht nach Paris, wie er gewollt hatte, sondern in jenes Dorf an der Seine, wo sie als Kind nach der Rückkehr aus Indien einige Zeit gewesen war und bei freundlichen Bauern Frieden gefunden hätte, wäre sie dort im Exil aufgewachsen statt nach der Wiederverheiratung ihres Vaters zu Hause in England.

Sie wohnten in einem kleinen Gasthaus an der Seine-Brücke. Vor ihrem Fenster machte der Fluß eine weite Schleife, gesäumt von Pappeln, Linden und Kastanien, und darüber ragten die Mauern der Burg auf, die wie eine weiße Henne über den Fachwerkhäusern hockte. Für Grace war es eine erholsame Episode, denn der Krieg schien hier in ein anderes Jahrhundert zu gehören. Für David war es ein Idyll. Er konnte kaum so sehr in sie verliebt sein, wie er es sich einredete, aber er sah in ihr das romantische Ideal der Weiblichkeit, eine kostbare Mischung aus Mutter und Geliebter, die ihm in der einen Rolle Sicherheit bot und in der anderen seinen Stolz weckte. Er stellte viele Fragen über ihre Vergangenheit, aber meist antwortete sie ihm darauf, er möge sich um seine eigenen Angelegenheiten kümmern. Doch obwohl er immer wieder davon sprach, sie in seinem nächsten Urlaub heiraten zu wollen, beharrte er nicht darauf, Einzelheiten über ihre erste Ehe oder ihr politisches Engagement zu erfahren. Als sie ihn am letzten Morgen kurz nach Anbruch der Dämmerung im Bett liegen sah, trieb ihr die Bitterkeit seines schlafenden Gesichts Tränen in die Augen. Er kam ihr so tot vor, als läge er draußen auf dem Schlachtfeld, und das Bewußtsein, daß sie ihm ein wenig Freude bereitet hatte, schien das Positivste zu sein, was sie je in ihrem Leben hatte erreichen können.

David war der erste und vielleicht unschuldigste von ihnen, denn als der Krieg sich länger hinzog, schlief sie noch mit anderen, die alle jung waren und in naher Zukunft dem Tod ins Auge sehen mußten. Bei diesen Episoden erlebte sie nur wenig Befriedigung, denn einige der Jungen waren gierig, andere verzeihlicherweise plump. Ihre Befriedigung erlangte sie auf andere Weise, die nichts mit den kräftigen Umarmungen und der furchtbaren Ungeduld zu tun hatte. Als die Kämpfe an der Somme zu Ende gingen und die noch verlustreicheren Angriffe des Jahres 1917 begannen, sah sie sich als eine Art Heilmittel und als Pförtnerin an, die diesen zum Tode verurteilten jungen Männern die Tür auftat in eine Welt, in der sie niemals leben würden. Das war ein ungewöhnlicher Gedankengang, vielleicht war er sogar eitel. Aber es schien ihr ein lohnenderes Unternehmen zu sein als alles, was sie in den vielen Jahren mit Demonstrationen, Stürmen auf Rednertribünen und Steinwürfen versucht hatte, und in gewisser Weise auch lohnender als alles, was sie während ihrer kurzen Herrschaft auf Shallowford erreicht hatte.

2

Die Offensive an der Somme bestätigte Pauls schlimmste Erwartungen hinsichtlich der leeren Seite am Ende des Gutstagebuchs. In einer einzigen Woche Anfang Juli trug Claire eine Reihe vertrauter Namen in die Verlustliste ein.

Die ersten zwei waren Tom Williams und sein Neffe Dan, die beide an Bord des Schlachtschiffs «Queen Mary» vor Jütland fielen. Dann wurde Smut Potter als vermißt gemeldet, gleichzeitig kam die Nachricht vom Tod Evan Morgans, des Sohn von Eph Morgan, und Tremletts, des Jagdgehilfen, die beide am 1. Juli fielen. Noch in der gleichen Woche folgten Nick, der zweite Junge der Timberlakes, Jeff Marlowe, der Sohn des Küsters, Will Salter, der Dachdeckersohn, Jim Willis, der Jüngste des Stellmachers und noch zwei andere. Die Zahl der Gefallenen aus dem Tal schnellte auf vierzehn. Trotz dieser entsetzlichen Verluste waren die Kriegsberichte ermutigend. Die Londoner Zeitungen berichteten von beispiellosen Vormärschen, außerordentlich hohen Verlusten der Deutschen und unzähligen Gefangenen. Aber schon lange, ehe der erste dieser Gefangenen in dem kleinen Lager etwa eine Meile von Shallowford entfernt aufgetaucht war, verschwand der triumphierende Ton aus den Leitartikeln, und Paul vermutete, daß die Deutschen, wie Ikey es prophezeit hatte, zwar schwere Verluste erlitten hatten, aber noch lange nicht besiegt waren. Zur Erntezeit trat die nun schon gewohnte Kampfpause ein, ohne daß Hoffnung darauf bestand, der Krieg könne unter dem Geschmetter der Kavallerie-Trompeten zu Ende geführt werden.

Die Errichtung des Kriegsgefangenenlagers nördlich des Shallowford-Waldes führte indirekt zum nächsten hysterischen Ausbruch im Tal, und dieser Vorfall brachte Paul der Verzweiflung noch näher.

Das Lager war nicht groß. In ihm waren nur etwa zweihundert sorgfältig ausgewählte Deutsche untergebracht, überwiegend Sachsen, die aus größeren Lagern kamen, um hier Holz zu schlagen. Sie arbeiteten unter Bedingungen, die man fast als Freiheit bezeichnen konnte, denn keiner von ihnen zeigte die geringste Neigung zur Flucht, und bei einer Unterhaltung mit ihren Wächtern gewann Paul den Eindruck, daß sie sich glücklich schätzten, aus dem Krieg heraus und dazu noch kerngesund zu sein.

Sie arbeiteten in Sechsergruppen unter der Aufsicht von Sam Potter, dem Förster. Und Sam ließ sie nicht nur Bäume fällen, sondern kommandierte auch gelegentlich ein paar seiner Schützlinge ab, wenn auf dem Gut dringende Arbeiten zu erledigen waren. Als Elinor Codsall einmal darüber klagte, das neugewonnene Weideland beim Hermitage-Wald verwandle sich allmählich wieder in eine Wildnis und man versinke darin bis zur Hüfte in Brombeergestrüpp und Nesseln, versprach er, ihr einen Gefangenen zu schicken, der wieder Ordnung schaffen würde.

Bald kam der Mann, ein großer, breitschultriger Württemberger mit einem Mondgesicht, das dem Will Codsalls ähnelte, und mit Händen wie Schmiedehämmer, mit denen er die Dornen und das Unkraut bearbeitete, als wären diese daran schuld, daß man ihn aus seinem Bauernhof in der Nähe von Ludwigsburg geholt und auf den Boden des Feindes gesetzt hatte.

Niemandem fiel die Ironie der Situation auf, daß er nun das Land eines Mannes bestellte, auf den er vor einem Jahr geschossen haben könnte, und dies unter den Augen seiner Witwe, die in der Nähe bei ihren Hühnerställen arbeitete. Elinor selbst war fasziniert von dem breiten Rücken des Deutschen und von dem Schauspiel, wenn er mit großen, gekonnten Schwüngen mähte und seine Sense kurz in der Sonne aufblitzte. Seine schwerfälligen Bewegungen erinnerten Elinor merkwürdigerweise an Will, besonders wenn er sich bückte und Arme voll Unkraut zum Feuer trug. Eines Tages brachte sie ihm einen Krug Apfelsaft. Er konnte etwas Englisch, und sie fragte ihn nach seinem Namen. Als er sagte, er heiße Willi – Willi Meyer –, ging Elinor rasch weg. Aber danach brachte sie ihm täglich eine Erfrischung, manchmal auch ein hartgekochtes Ei und ein Butterbrot. Er war für diese Gaben rührend dankbar. Auch Elinors vier Kinder mochten den Deutschen. Sie spielten oft in seiner Nähe, und er war immer sehr besorgt, daß sie seiner Sense nicht zu nahe kämen.

Als Elinor eines Tages ihre Kinder vom gegenüberliegenden Hang aus zum Essen rief, hörte sie plötzlich einen Schrei. Willi Meyer warf im gleichen Augenblick seine Sense weg und rannte den Kindern nach den Abhang hinab. Elinors Ältester, Mark, war dicht neben einer Schlange gelandet, als er über den Bach sprang. Sie hatte ihn in den Handballen gebissen. Im Jahr zuvor hatte es im Tal zwei Fälle von Schlangenbissen gegeben, und ein Kind aus Coombe Bay war gestorben, ehe man es behandeln konnte.

Aber Willi Meyer hatte auf diesem Gebiet offenbar Erfahrungen. Er handelte mit bewundernswerter Schnelligkeit. Er saugte eine volle Minute lang an der Bißwunde, dann klappte er sein Taschenmesser auf, sterilisierte die Schneide über einer Streichholzflamme und machte zwei tiefe Schnitte in die Wunde. Dann saugte er weiter.

Schließlich legte er den Jungen auf den Rücken, kniete auf seinen Unterarm und band diesen mit einem Schnürsenkel ab.

Maureen erklärte später, der Deutsche habe Mark ganz ohne Zweifel das Leben gerettet, denn es dauerte eine Stunde, bis man die Ärztin ausfindig machte und sie das Serum einsetzen konnte, das man ihr nach dem Todesfall vom vergangenen Jahr geschickt hatte. Mark erholte sich schon nach einer Woche wieder.

Willis Geschicklichkeit und Geistesgegenwart hatte Elinor tief beeindruckt, und sie dachte, wie seltsam es doch war, daß ihr Sohn einem jener Männer das Leben verdankte, die dazu beigetragen hatten, ihr Leben und die Arbeit vieler Jahre sinnlos zu machen. Sie setzte Willi nun jeden Tag ein Mittagessen vor, und ganz allmählich entwickelte sich zwischen ihnen eine unauffällige Freundschaft. Er lernte rasch Englisch, interessierte sich für ihre Hühnerzucht und erzählte ihr viel von seinem eigenen Hof in Württemberg, den er hatte im Stich lassen müssen. Die Süddeutschen seien schon immer gegen die Herrschaft Preußens gewesen, erklärte er, und beteiligten sich nur deshalb am Krieg, weil Deutschland sich von seinen Feinden eingekreist fühle. Das war Elinor völlig neu, und sie fand, daß der Krieg viel unsinniger sei als sie bisher schon angenommen hatte, wenn die meisten Deutschen ungefähr so dachten wie der liebenswerte Willi.

Die Beziehungen zwischen ihnen gingen nie über ein freundschaftliches Einvernehmen hinaus. Und doch erregte das Verhältnis Anstoß. Vicky Tarnshaw, eine zänkische Frau, die gelegentlich für die Familie Pitts auf Hermitage ganz in der Nähe arbeitete, sprach darüber mit Martha Pitts und Gloria, der Amazone des Tals. Die gutmütige Martha schob das ganze auf Elinors Einsamkeit und Vickys Klatschsucht, aber Gloria geriet in Zorn. Für sie war es der gemeinste Verrat, wenn man einen Deutschen in sein Haus aufnahm in einer Zeit, in der die Hälfte der Männer aus dem Tal auf Leben und Tod mit den Mördern kämpfte, die Säuglinge kreuzigten und Frauen schändeten. Und nachdem sie einmal vom Waldrand aus beobachtet hatte, wie Elinor Willi zum Mittagessen gerufen hatte, war Gloria fest davon überzeugt, daß es dafür nur eine Erklärung geben könne. In Gegenwart Marthas erzählte sie Vicky, Elinor Codsalls Verlangen nach einem Mann habe sie dazu getrieben, ein Verhältnis einzugehen, das dem Tal zur Schande gereiche.

Martha erklärte, sie glaube das nicht, aber Gloria sagte: «Wozu holt sie ihn sonst ins Haus? Ins Haus, wohlgemerkt! Verflixt, Mutter, suche doch nicht dauernd nach Entschuldigungen für alle Leute!»

Danach beobachteten Gloria und Vicky abwechselnd Periwinkle, aber sie bewahrten Stillschweigen darüber. Sie hatten ihre eigenen Pläne.

Eines Abends im Oktober, kurz nach dem Abendessen, verließ Gloria unter einem Vorwand das Haus und stieg den Abhang zum Wald hinauf. Im Weggehen hörte sie auf dem Fahrweg Schritte und fragte sich, wer wohl um diese Zeit noch dem Hof einen Besuch abstattete. Aber sie wartete nicht, sondern ging weiter, da sie sich mit Vicky verabredet hatte, die sie auch kurz darauf traf. Vicky stand schon am Waldrand und beobachtete das erleuchtete Küchenfenster von Periwinkle. «Es wird das beste sein, wir gehen gleich», sagte Vikky, «ehe sie die Tür abschließt. Hast du die Schere mitgebracht?»

«Natürlich», sagte Gloria. «Komm!»

Sie gingen den Hang hinunter und auf der anderen Seite wieder hinauf. Ein Blick durchs Fenster zeigte ihnen, daß Elinor allein war und Pflaumen in Einmachgläser legte, die auf dem Küchentisch aufgereiht standen. Sie drückten die Klinke nieder und stürmten hinein. Elinor erschrak so, daß sie zurückfuhr und dabei ein großes Einmachglas fallen ließ. Elinor glaubte, die beiden Frauen seien von der gleichen Mordgier besessen, deren Opfer Arabella und Martin Codsall geworden waren, denn sie stürzten kreischend und fluchend auf sie zu, und ehe Elinor begriff, was geschah, hatten sie sie auf einen Stuhl gesetzt und hielten sie fest. Ihre Füße standen in den verschütteten Pflaumen und Glassplittern, die um den Herd lagen. Dann sah sie die große Schere und stieß einen wilden Schrei aus. Im oberen Stockwerk taumelte der junge Mark aus dem Bett und kam die Holzstiege herunter. Doch da hatte Vicky ihre Gefangene schon in die Zange genommen, und Gloria, die Mark kommen hörte, verriegelte die Stiegentür. Danach war die Küche ein Hexenkessel, in dem alle drei Frauen schrien und kreischten. Elinor schlug um sich und warf dabei den Tisch um, auf dem die Einmachgläser standen, so daß sie in allen Richtungen davonrollten und zerbrachen. Erst als Gloria mehr als die Hälfte von Elinors Haaren abgeschnitten hatte, ahnte das Opfer, was hinter diesem Anschlag steckte, denn Gloria schrie: «Da hast du es! Jetzt sieht dich keiner mehr an, nicht einmal dein verdammter Hunne!» Sie schnitt weiter, bis Elinors Haar in den großen Lachen aus Pflaumensaft auf dem Fußboden lag.

Diese klebrige Masse brachte Vicky Tarnshaw auf eine neue Idee. Mit frohlockender Stimme rief sie: «Wie wär's, Mrs. Pitts, wenn wir Elinor ausziehen und in der Brühe rollen?» Sie riß Elinor das Kleid herunter, während Gloria ihr die Hosen und Strümpfe ausziehen wollte. Diese letzte Demütigung gab Elinor für einen Augenblick übermenschliche Kraft. Sie stieß Gloria in den Magen und wich nach der Seite aus, so daß sich der Stuhl zwischen Vickys Beinen verfing und beide zu Boden fielen, nur kurz vom Feuer entfernt. Dann kämpften alle in einem Chaos aus heruntergerissenen Kleidern und Pflaumensaft.

Da ging die Außentür auf. Henry Pitts kam herein und betrachtete fassungslos diese ungewöhnliche Szene. Er hatte überraschend Urlaub bekommen, und es waren seine Schritte gewesen, die Gloria gehört hatte. Und auf Martha Pitts Andeutungen über den Verbleib seiner Frau hin hatte er sofort die Verfolgung aufgenommen.

Jetzt stand er auf der Schwelle und traute seinen Augen nicht. Er trug noch die Uniform, und der getrocknete Lehm aus Flandern klebte noch an seinen Hosen und Wickelgamaschen. Im ersten Augenblick hielt er die Pflaumensaftpfützen für Blut und meinte, die Frauen seien im Begriff, sich gegenseitig umzubringen. Dann sah er die abgeschnittenen Haare hinter dem Stuhl liegen, und sie gaben ihm Aufschluß darüber, was vorgefallen war. Er packte seine Frau an den Haaren und versetzte gleichzeitig Vicky einen derben Tritt, so daß sie zur Seite rollte und die überwältigte Elinor frei wurde. Ihr geschorener Kopf war nur wenig von einem schwelenden Holzklotz entfernt gewesen, der aus dem Herd gefallen war.

«Was denkt ihr euch eigentlich?» schrie er. Als Elinor einen Weinkrampf bekam, drehte er sich zu seiner Frau um. Das Kleid hing ihr bis zur Taille herunter, ihre Brüste waren zu sehen, und auch an ihr tropfte Pflaumensaft herunter.

Vicky Tarnshaw erholte sich als erste. Sie richtete sich auf und sagte: «Wir wollten sie zeichnen, Mr. Pitts. Sie hat mit einem Hunnen aus dem Gefangenenlager geschlafen!»

Da hörte Elinor zu schluchzen auf, nahm die Schere und hätte sie Vicky ins Gesicht gestoßen, wenn Henry sie nicht an der Schulter gepackt und festgehalten hätte. Dann hörte er hinter der Stiegentür wilde Schreie und fragte, wer das wäre. Trotzig sagte Gloria, das seien die Kinder, die versuchten hereinzukommen. Er ließ Elinor los, steckte die Schere in die Tasche und ging zur Tür, öffnete sie, versperrte dem Jungen aber den Zutritt und sagte: «Alles in Ordnung, Mark. Wir hatten nur einen kleinen Unfall beim Einkochen und stritten uns, wer schuld daran war. Geh wieder hinauf und beruhige deine Schwestern.» Dann schloß er die Tür und sagte zu Elinor: «Hör jetzt auf zu flennen, Elinor, und erzähle, was los ist. Hast du tatsächlich etwas mit diesem Fritzen? Nicht daß es mir etwas ausmachen würde, aber sage die Wahrheit, damit diese beiden Hyänen klarsehen.»

«Es ist nicht wahr!» schrie Elinor. «Es ist nicht wahr! Willi Meyer hat meinem Jungen das Leben gerettet, als er von einer Schlange gebissen wurde, und seitdem gebe ich ihm mittags etwas zu essen. Du kannst die Kinder fragen. Sie sind immer dabei, wenn er ins Haus kommt.»

«Gut», sagte Henry. Er nahm einen Reisigbesen aus der Ecke, und Vicky, die diese Bewegung mißdeutete, rannte zur Tür. Er gab ihr eine Ohrfeige, schloß die Tür ab und warf den Besen seiner Frau zu. «Putz diesen verdammten Dreck weg», sagte er kurz. «Du auch, Vikky! Marsch, an die Arbeit, alle beide, oder ich schlage euch windelweich!»

Er war jetzt sehr ruhig, viel gelassener und ernster, als ihn Gloria je gesehen hatte. Er setzte sich auf einen Stuhl neben der Tür und beobachtete jede ihrer Bewegungen. Als das Durcheinander von zerquetschten Pflaumen und Glassplittern zusammengekehrt war, sagte er: «Dort unter dem Ausguß steht ein Eimer. Holt Wasser und wascht den Boden auf.»

«Für so eine wie die mache ich nicht sauber!» keifte Vicky. Aber als Henry aufstand und auf sie zuging, änderte sie ihre Meinung und holte Eimer und Putzlumpen.

Henry setzte sich wieder und rauchte seine Pfeife, während sie die Möbel und den Steinfußboden säuberten. Als das erledigt und der ganze Schmutz beseitigt war, sagte er: «Und jetzt nach Hause, Vic Tarnshaw! Wenn ich dich noch ein einziges Mal auf Hermitage sehe, werfe ich dich in den Ententeich, das kannst du mir glauben. Und mit dir», damit wandte er sich seiner Frau zu, «mache ich das gleiche, was du mit Elinor gemacht hast.»

«Untersteh dich!» schrie Gloria und sprang bis zum Herd zurück. Aber er drehte sich um und stieß gerade in dem Moment die Tür auf, als Vicky an ihm vorbei in den Hof entkommen wollte: Dort kam sie sogar schneller an als beabsichtigt, denn Henry trat sie noch einmal so kräftig, daß sie im Misthaufen landete. Er wartete nicht, bis sie sich wieder hochrappelte und schreiend in der Dunkelheit verschwand. Er verriegelte die Tür und zog Glorias Schere aus der Tasche. Als ihr klarwurde, daß er seine Drohung ernst gemeint hatte, schrie sie auf und versuchte, durchs Fenster zu entkommen. Aber es fiel ihm nicht schwer, sie zurückzuhalten. Er legte den Arm unter ihr Kinn, und in Sekundenschnelle war die eine Seite ihres Kopfes noch kahler als der Elinors. Sie konnte sich seinem Griff halb entwinden und umklammerte seine Knie, aber er schnitt weiter, bis alle ihre klebrigen Locken auf dem Fußboden waren.

Dann ließ er sie los und warf die abgeschnittenen Haare in den Herd. Er zog eine Zehn-Shilling-Note aus der Hosentasche und legte sie auf den Tisch. «Wir gehen jetzt, Elinor. Ich habe dir etwas hingelegt für die zerbrochenen Gläser. Ich komme morgen früh noch einmal vorbei.»

Kein Laut war zu hören in der großen Küche, nur das Ticken der Uhr. Elinor saß in sich zusammengesunken am Fenster.

«Ist das unsere Schere?» fragte Henry. Als Elinor nickte, warf er sie ins Feuer. «Nach diesem Vorfall möchte ich sie nicht mehr sehen. Komm jetzt, Gloria, du dummes Luder, und danke deinen Sternen, daß ich dich nicht auspeitsche.»

Sie stand auf und ging in den Hof. Nach einem letzten Blick in die Küche folgte er ihr. Es war ein seltsames Heimkommen für einen Mann, der den größten Teil des Jahres in Schützengräben zugebracht hatte.

Nach ein paar Tagen wußte man über den Vorfall schon genau Bescheid. Die Pitts hatten es nicht publik gemacht, und Vicky Tarnshaw verließ sofort das Tal und arbeitete in einer Munitionsfabrik. Aber die beiden kahlgeschorenen Köpfe auf den benachbarten Höfen konnten nicht verborgen bleiben. Paul erfuhr durch den Briefträger davon und stellte Henry direkte Fragen.

«Es ist leider wahr», sagte Henry wütend. «Ich komme nach einem Jahr an der Front nach Hause, freue mich auf Ruhe und Frieden, und was finde ich vor? Einen Krieg auf meiner eigenen Türschwelle, angezettelt von meiner eigenen Frau. Was ist nur in die Leute gefahren? Haben sie denn alle den Verstand verloren?»

Paul erwiderte, das treffe allmählich für alle Zivilisten zu. Und nach einem Besuch bei Elinor sorgte er mit Hilfe von Sam Potter dafür, daß der Württemberger in ein anderes Lager kam, falls sich der Volkszorn an ihm entladen sollte. Der Anblick von Elinors geschorenem Kopf quälte ihn mehr als alles, was sich in letzter Zeit im Tal abgespielt hatte. Nach seinem Besuch bei Elinor ritt er zum Hermitage-Wald hinauf, dem höchsten Punkt seines Besitztums, und blickte auf die Herbstlandschaft hinab. Dabei versuchte er die Hysterie zu begreifen, die einfache, arbeitsame Leute wie Gloria Pitts und Norman Eveleigh zu Fanatikern machte, wie man sie im 15. Jahrhundert in einem von Priestern aufgehetzten Mob gefunden hätte. War es Furcht, so fragte er sich, die dadurch ausgelöst worden war, daß ihr gewohnter Lebensrhythmus gestört war? Oder hatte eine triebhafte

Brutalität schon immer unter der Oberfläche geschwelt und war jetzt durch den Krieg ans Licht getreten? Die Antwort darauf war nicht leicht, zumal die Frontkämpfer wie Henry, Ikey und Dandy Timberlake fast sanft und durch ihre schrecklichen Erlebnisse tolerant geworden waren, während sich die Grausamkeit nur bei den Menschen in der Heimat zeigte. Paul kam zu dem Schluß, daß sein Verhältnis zu keinem von ihnen mehr so war wie vor dem Krieg. Da gab es die Fanatiker wie Gloria, Eveleigh und Horace Handcock, die Schlaumeier wie Sydney Codsall, und die Passiven wie Elinor Codsall und Claire. Und dann waren da jene, die mitten im Feuer standen wie Ikey und Henry, und jene Außenseiter, die den Krieg als eine Verneinung jeglicher Menschenwürde betrachteten, wie Keith Horsey. Paul selbst gehörte keiner dieser Gruppen an. Er betrachtete den Krieg als eine Heimsuchung, als eine Seuche, die das Land vielleicht läutern und eines Tages wieder verschwinden würde. Aber an diesem Tag fühlte er sich abseits von allen. Er gehörte nicht zu denen, die in der Feuerlinie standen, nicht zu den Patrioten und nicht einmal zu den Zweiflern. Ich muß meinen Weg irgendwie wiederfinden, dachte er, und das kann ich wahrscheinlich nur, wenn ich mich für die eine oder die andere Seite entscheide. Ich könnte mich ehrlicherweise nicht einen Kriegsdienstverweigerer nennen, aber fast glaube ich, es gibt nur die eine Möglichkeit, kopfüber hineinzuspringen, und zwar direkt an die Seite von Ikey, Henry und all denen, die keine andere Wahl hatten. Und sofort hatte er wieder einen klaren Kopf, aber er zweifelte, ob man einen Mann von sechsunddreißig Jahren, der noch dazu die Narben des letzten Krieges trug, überhaupt verwenden könnte.

Zunächst sagte er zu niemandem ein Wort über seinen Entschluß, nicht einmal zu Claire, bis er an einen Oberst der berittenen Miliz in Whitehall geschrieben hatte, den er um Rat bat, wie er am schnellsten nach Frankreich kommen könne.

Er hatte die furchtbaren Verluste an der Somme nicht in Rechnung gestellt. Die Antwort kam postwendend. Vorausgesetzt, daß er tauglich sei, bot man ihm eine Offiziersstelle im königlichen Transportkorps an.

Paul saß da und starrte den Brief an und wußte nicht, ob er erstaunt, froh oder verzweifelt sein sollte. Doch als er an Will und Smut und Jem und all die anderen dachte, und auf der anderen Seite an Sydney Codsall und Gloria Pitts, traf er seine Entscheidung. Da er fürchtete, Claire könnte ihn umzustimmen versuchen, füllte er das Bewerbungsformular aus und schickte es ab.

3

Noch am gleichen Abend, als er mit Claire vor dem Kamin in der Bibliothek saß, beichtete er es ihr. Es überraschte ihn außerordentlich, wie gelassen sie die Neuigkeit aufnahm. Aber sie erklärte, sie könne in ihm wie in einem Buch lesen. Sie hätte noch viel mehr sagen können – wie sie ihn während der letzten Monate ängstlich und mitleidig beobachtet hatte, wenn Nachrichten über weitere Verluste das Tal erreichten, wenn sich Risse zwischen den Familien auftaten, die einen Angehörigen an der Front hatten, und jenen, die durch Glück oder Beziehungen am Krieg verdienten und denen es gelang, nicht eingezogen zu werden. Claire hatte gefühlt, daß es dies war, was ihn bedrückte, denn sie selbst hatte schon lange die Tatsache akzeptiert, daß ihm die sozialen Verhältnisse im Tal am Herzen lagen, vielleicht noch mehr als der häusliche Frieden. Und weil sie ihn so gut kannte, hatte sie gewußt, daß er eines Tages dem Weg der anderen folgen werde. Auf seine Frage, wie sie das wissen konnte, da er sich doch selbst nicht darüber im klaren gewesen war, antwortete sie: «Ich wußte, daß du früher oder später gehen würdest, und ich hätte an deiner Stelle das gleiche getan. Nicht wegen des Geredes in den Zeitungen. Aber es sieht tatsächlich so aus, als habe es alle anständigen Männer betroffen, während die weniger anständigen dem Ganzen ausweichen konnten. Wenn du zehn Jahre älter wärst, könntest du das gelassen mitansehen. Immerhin ist schon jetzt glücklicherweise kaum mehr damit zu rechnen, daß man dich in die vorderste Linie schickt. Übrigens glaube ich nicht, daß ich hier tatenlos herumsitzen und darauf warten kann, bis du auf Urlaub kommst oder der Krieg zu Ende ist. Ich werde mir auch eine Aufgabe schaffen. Solange John Rudd noch auf dem Posten ist, kann er sich um das Gut sowieso viel besser kümmern als ich. Ich hatte daran gedacht, ob wir nicht dieses Haus in ein Lazarett umwandeln könnten.»

«In ein Lazarett? Für Verwundete?»

«Das wäre nicht ganz das richtige. Ich dachte eher an ein Genesungsheim für fünfzig bis sechzig Männer, die erst dann hierherkämen, wenn sie schon auf dem Weg der Besserung sind. Offen gestanden, ich habe darüber schon mit Maureen gesprochen.»

«Das ist ja allerhand!»

«Sie hält es für eine ausgezeichnete Idee. Wir haben mindestens zehn freie Räume, die im Augenblick mit ausgedienten Möbeln vollgestopft sind. Ich könnte die Kinder aus dem Ostflügel ausquartieren, und aus dem großen Wohnzimmer, das wir sowieso kaum benutzen, die Möbel ausräumen. Dann hätten wir einen großen Aufenthaltsraum zu ebener Erde, und die Patienten könnten jeweils zu dreien ein Zimmer bewohnen. Wenn der Platz nicht reichen sollte, könnten wir auf der Koppel noch ein paar Baracken aufbauen. Die Männer werden in großen Lazaretten zusammengeflickt und kommen dann auf Urlaub nach Hause in die Industriestädte oder gar in Elendsviertel. Wenn sie einen Monat hier verbringen könnten, in gesunder Luft, wäre ihnen mehr gedient. So etwas möchte ich gern tun, vorausgesetzt natürlich, du bist damit einverstanden.»

«Ich glaube schon, daß das möglich ist», sagte Paul beeindruckt. «Aber wer soll das Ganze leiten?»

«Ich selbst», erklärte sie. «Ich habe Maureens Fachzeitschriften gelesen, und wenn wir das Haus zur Verfügung stellen, wird uns auch die Regierung kaum im Stich lassen. Und was das Personal anbelangt, so gibt es mehr als ein Dutzend Frauen im Tal, die gern etwas Nützliches tun würden. Das einzige Hindernis wäre, daß du etwas dagegen hättest.»

Paul zog sie auf seinen Schoß. «Ich glaube, das ist wirklich ein guter Gedanke. Und wenn Maureen dich dabei unterstützt, wirst du einen Bombenerfolg damit haben. Und was das Zuhause dieser armen Teufel betrifft, so kommst du der Wirklichkeit viel näher als du weißt. Nicht einer unter fünfzig besitzt auch nur einen Quadratzentimeter von dem Land, für das sie kämpfen.» Er strich ihr übers Haar und dachte dabei, was für ein Narr er doch war, dies gegen die Trostlosigkeit einzutauschen, die in Flandern herrschte oder in einem Militärlager, in dem nur Männer waren.

Einen Augenblick später sagte sie: «Ich sage immer, daß du zu alt bist für Liebesszenen im Sessel. Gehen wir doch zu Bett.» Aber die Aussicht, das warme Feuer zu verlassen, schien nicht sehr einladend, so daß sie blieb, wo sie war und ihn bald darauf zu einer jener ungestümen Szenen herausforderte, über die er noch rückblickend lächeln mußte, weil sie sich nicht wie ein altes Ehepaar benahmen, sondern wie ein junges Paar, das man unvorsichtigerweise allein gelassen hatte und das nun seine Chance nutzte.

Letzte Begegnung

I

Die ersten kamen bereits zu Beginn des neuen Jahres an – Männer, die an der Somme verwundet worden waren. Einige hatten schon vier Monate im Lazarett gelegen, waren jetzt aber auf dem Weg der Besserung. Etwa ein Drittel von ihnen war für ihr Leben verkrüppelt, aber gerade sie waren die glücklichsten. Sie hatten überlebt und konnten nicht noch einmal an die Front geschickt werden, während die Kräftigeren in der ständigen Furcht lebten, wieder zum aktiven Dienst herangezogen zu werden. Viele von ihnen waren geneigt, ihre Genesung hinauszuzögern, und sie hatten das stillschweigende Einverständnis Maureens.

Zunächst waren es nur etwa zwanzig Patienten, aber nach wenigen Wochen genehmigte die Regierung die Errichtung von drei Baracken, die rechts des Fahrwegs auf der Pferdekoppel gebaut wurden. Nach und nach kamen dann auch einige schwierige Fälle, Männer mit Nervenschocks, die schwitzten und zitterten und manchmal anschließend in eine Nervenheilanstalt kamen. Bald darauf wurde auch ein Stabsarzt mit drei Assistenzärzten Shallowford zugeteilt. Alle waren während der Kämpfe im Jahre 1914 selbst verwundet worden.

Der Winter war sehr kalt, so daß sich die Männer meist im Haus aufhielten, und manche sogar ständig im Bett blieben. Dadurch war Claire gezwungen, ihr Personal neu einzuteilen. Sie hatte nicht so viele bettlägerige Patienten haben wollen, und der Arzt war mit seinen Assistenten dauernd in den Krankenzimmern beschäftigt und konnte sich um nichts anderes kümmern. Maureen hatte ebensoviel zu tun, sie arbeitete manchmal achtzehn Stunden am Tag und gewann bald einen bestimmenden Einfluß auf Captain Gleeson, den Stabsarzt, der ein fröhlicher, aber cholerischer Mann war und fließend auf hindustanisch fluchen konnte. Er nahm die Dinge gern auf die leichte Schulter, da er meinte, mit achtundfünfzig Jahren sein Teil geleistet zu haben. Nur das Mitgefühl hielt ihn auf seinem Posten, wie er erklärte, denn er war schon 1914 Reservist gewesen. Seine drei Untergebenen arbeiteten pflichtbewußt, da sie bestrebt waren, im Heimatdienst zu bleiben. Doch als Anfang März die Zahl der Patienten auf fünfundachtzig stieg, konnten Claire, Mrs. Handcock,

Thirza und die anderen Hilfskräfte nicht mehr allein fertig werden, und Claire mußte weitere Frauen aus dem Tal einstellen.

Unter ihnen waren auch die zwei Potter-Mädchen Cissie und Violet, die gierig nach der Gelegenheit griffen, zu achtzig untätigen Männern zu kommen, und sie waren unter den tatendurstigeren der Patienten bald in ihrem Element. Als fast die Hälfte der Frauen aus dem Tal Schichtarbeit in den Krankenzimmern, der Küche und im Waschhaus verrichtete, schlug Claire den Potter-Mädchen vor, noch ihre Schwester Hazel dazu zu nehmen, deren zweites Kind Anfang des Jahres tot zur Welt gekommen war und die jetzt, wie es hieß, ungewöhnlich deprimiert sei. Doch ehe Claire zum Mühlenhäuschen hinunterging, fragte sie Maureen, ob Hazel wohl ein nützliches Mitglied des Personals werden könnte. Maureens Antwort überraschte sie. «Lassen Sie Hazel, wo sie ist. Sie eignet sich nicht für diese Arbeit.»

«Hat sie sich denn von der Fehlgeburt noch nicht erholt?» fragte Claire.

«Körperlich schon», antwortete Maureen, «aber seit Ikeys letztem Urlaub ist nichts mehr mit ihr anzufangen. Sie verkraftet es nicht, daß sie ihn wieder hergeben mußte.»

«Ich hätte gedacht, daß die Arbeit sie ein wenig ablenken könnte. Dann wäre sie den ganzen Tag mit anderen Menschen zusammen.»

«Mit Männern, denen ein Arm oder ein Bein fehlt, und mit den Gasverletzten und den Nervenkranken. Nein, das wäre völlig falsch. Hazel ist kein Kind mehr. Sie sieht die Welt jetzt langsam mit anderen Augen, und sie könnte sich leicht selbst zu einem Neurosefall entwickeln, wenn wir sie hier hätten. Lassen Sie Hazel, wo sie ist, Claire. Ich werde mich um sie kümmern.»

Claire beschloß, Hazel bald einen Besuch abzustatten. Aber an jenem Abend wurden viele Männer entlassen, und neue trafen ein, so daß sie während der nächsten beiden Tage vollauf beschäftigt war. Am dritten Tag, als sie ihre Absicht wahrmachen wollte, kam John Rudd mit einer Nachricht, die alle Gedanken an Hazel Palfrey in den Hintergrund drängte. In der Nacht war ein zweiter Heuschober abgebrannt, diesmal bei Deepdene. Da erst Anfang der Woche in High Coombe eine Scheune gebrannt hatte, lag der Verdacht nahe, daß ein Pyromane das Tal heimsuchte.

2

John war mißtrauisch geworden, nachdem er die ausgebrannte Scheune bei High Coombe gesehen hatte. Mit Bränden hatte er schon einige Erfahrungen gemacht. Das Feuer war mitten in der Nacht ausgebrochen, und dies, nachdem es eine Woche lang immer leicht geregnet hatte. Außerdem hätte das Feuer einige Zeit vorher geschwelt, sollte es sich von selbst entzündet haben, aber Hugh Derwent war knapp eine Stunde zuvor an dem Heuschober vorbeigegangen und hatte keinen Brandgeruch wahrgenommen. Da ein Heuschober aus vielen Gründen in Flammen aufgehen kann, vermutete John, daß Unachtsamkeit die Ursache war. Vielleicht waren Soldaten, die tagsüber dort vor dem Regen Zuflucht gesucht hatten, mit ihren Zigaretten nicht vorsichtig genug umgegangen. Als aber ein zweites Feuer gemeldet wurde, wußte er, daß es sich um Brandstiftung handelte und meldete dies der Polizei, die daraufhin Streifengänge machte und besonders auf Fremde achtete, die nach Einbruch der Dunkelheit angetroffen wurden. Doch diese Nachforschungen führten zu nichts. Aber binnen achtundvierzig Stunden brachen zwei weitere Brände aus, einer an der äußersten Grenze von Four Winds, der andere in der Nähe von Hermitage.

Daraufhin stellte John Rudd selbst eine Patrouille zusammen, das Militärlager in Nuns Bay stellte ihm dafür Leute zur Verfügung, und eine Woche lang brachen keine neuen Brände aus. In der ersten Aprilwoche stieg Rauch aus einem großen Stoß Grubenholz auf, und diesmal gab es sogar einen Beweis für Brandstiftung, denn die halbverkohlten Holzscheite rochen nach Petroleum.

John telefonierte gerade mit der Polizei, als Claire ihm sagte, Meg Potter wolle ihm und der Ärztin etwas mitteilen.

«Was will sie denn von Maureen?» fragte John. Doch plötzlich hatte er einen Verdacht. «Ich werde sie auf jeden Fall holen. Sie ist gerade zu Hause.»

Dann versammelten sie sich alle vier in der Bibliothek. Die alte Zigeunerin stand mit dem Rücken zur Tür, die Arme verschränkt, machte ein unbeteiligtes Gesicht und sah wie eine Königin aus, die eine Abordnung empfing.

«Ich weiß, wer die Brände legt», sagte sie ohne Einleitung. Als alle sie erstaunt ansahen, fuhr sie fort: «Ich sage es nur, wenn die Polizei und sonst Außenstehende nichts davon erfahren.»

«Das können wir nicht versprechen», sagte John. «Ich habe es schon der Polizei und den Militärdienststellen gemeldet. Die ganze

Gegend ist in Aufregung.» Als Meg keine Miene verzog, fuhr er fort: «Ist es einer der Patienten? Einer der Neurotiker?»

«Nein», antwortete Meg und stellte sich breitbeinig hin, als wolle sie einen konzentrierten Angriff abwehren. «Es ist meine Tochter Hazel.»

«Guter Gott!» rief John, und Claire stand von ihrem Stuhl auf. Doch Maureen blieb ruhig sitzen und blickte zu Boden. «Wissen Sie das bestimmt? Haben Sie Hazel dabei gesehen?»

«Nein», sagte Meg, «aber sie ist es bestimmt. Die Frage ist nur die, was aus ihr wird, wenn es die Polizei erfährt. Sperrt man sie dann ein wie damals meinen Smut?»

«Nicht ins Gefängnis, Meg. Dafür kann ich mich verbürgen», antwortete Maureen.

«Wo dann? In einem Irrenhaus?»

«Das wird wohl nicht anders gehen», sagte John. «Sie können nicht von uns verlangen, daß wir warten, bis sie noch viel Schlimmeres anrichtet. Wenn sie an ein Gehöft Feuer legt, können Menschen zu Schaden kommen.»

«Nein, das tut sie nicht», antwortete Meg energisch. «Sie zündet nur Heuschober oder Holzstöße an.»

«Hören Sie zu, Meg», sagte Maureen beschwörend. «Ich könnte Ihnen versprechen, daß Hazel fachmännisch behandelt wird. Ein Freund von mir leitet eine Klinik in Bristol. Dort behandelt man keine Irren, sondern Leute, die durch den Krieg die Nerven verloren haben. Das trifft auch für Hazel zu. Sie hat plötzlich wahrgenommen, was in der Welt vor sich geht. Sie wird wieder gesund, wenn wir Geduld haben.»

«Was für Beweise haben wir eigentlich?» protestierte John. «Um das Mädchen in Behandlung schicken zu können, müssen wir sie auf frischer Tat ertappen, nicht wahr?»

«So ist es», sagte Meg. «Sie haben keine Beweise, und wir werden alles tun, daß Sie keine bekommen.»

«Warum haben Sie es uns dann überhaupt gesagt?»

Meg zuckte die Achseln. «Weil Sie und der Herr immer gerecht zu mir und den meinen waren.»

Einen Augenblick herrschte Stille. Dann fragte Claire: «Könnten Sie einmal mit Hazel sprechen, Maureen?»

«Das hätte wenig Zweck.»

«Warum?»

«Weil sie kein Vertrauen mehr zu mir hat seit der Fehlgeburt. Ich habe schon versucht, mit ihr zu sprechen, aber es war deutlich zu sehen, daß sie dachte, ich dichte etwas zusammen. Sie kann nicht glauben, daß Ikey gegen Menschen kämpft. Mit seiner Hilfe könnte ich etwas für sie tun, mir würde sie kein Wort glauben.»

«Könnte Ikey unter diesen Umständen vielleicht einen Sonderurlaub bekommen?» fragte Claire. John meinte, das wäre eventuell möglich, vorausgesetzt, daß man den Militärbehörden die Wahrheit unterbreiten könnte.

«Halten Sie es für sinnvoll, wenn ich einmal mit ihr spreche?» fragte Claire zu Maureen gewandt.

«Möglicherweise», antwortete Maureen. «Hazel hatte immer Vertrauen in den Herrn, und Sie sind ja seine Vertreterin. Vielleicht hilft es etwas, wenn Sie ihr sagen, daß wir davon wissen. Das könnte sie von weiteren Brandstiftungen abhalten. Was meinst du dazu, John?»

«Ich weiß es auch nicht. Meine Pflicht galt immer dem Gut, und daran hat sich nichts geändert. Ich übernehme keine Verantwortung für diejenigen, die darauf leben.»

«Aber Paul hat das getan, nicht wahr? Und ich müßte versuchen, seine Stelle einzunehmen. Was meint ihr dazu?»

John zog seine Pfeife aus der Tasche. «Ja», sagte er widerstrebend, «ich glaube, das stimmt. Gehen Sie hin und sehen Sie, was Sie erreichen. Aber wenn sich Schwierigkeiten ergeben sollten, versuchen Sie nicht, allein damit fertig zu werden. Kommen Sie sofort zurück, damit man Ihnen helfen kann.» Er stand auf und ging hinaus. Claire fand, daß er noch nie so alt und müde ausgesehen hatte.

Claire stieg vom Pferd und band die Zügel ans Gartentor. Patrick Palfrey nagelte gerade im Garten Holzstücken zusammen, und Claire war nicht nur von seiner Sauberkeit überrascht, sondern auch von seiner Ähnlichkeit mit Ikey. Sein Gesicht und sein Körperbau hatten nichts von der Familie Potter. Er war sehr schlank und hatte einen scharfen, intelligenten Blick. Als Claire ihn fragte, ob seine Mutter zu Hause sei, stand er auf.

«Ja, oben. Ich baue eben ein Flugzeug. Wenn es fertig ist, fliege ich damit.»

Claire war ohne die leiseste Ahnung hierhergekommen, wie sie die Angelegenheit angehen sollte. Aber jetzt sah sie, daß sie mit etwas Glück Hazels Vertrauen gewinnen könnte. «Willst du nicht ins große Haus kommen und mit den Zwillingen spielen? Sie bauen auch Flugzeuge. Simon könnte dich abholen.»

Patrick dachte nach. Claire fand, daß er seines Vaters Charme geerbt hatte, aber auch jene bestimmte Art, seine Selbständigkeit zu zeigen. Endlich stimmte er zu. «Ja, mache ich. Wann kommt Simon?»

«Ich weiß noch nicht, weil ich zuerst deine Mutter fragen muß», antwortete Claire und trat ins Haus.

Es kam ihr wie eine Ewigkeit vor, seit sie durchs Fenster gesehen und Paul beobachtet hatte, wie er Hazel Ikeys Brief vorlas. Heute war sie auf ganz andere Art verwirrt als damals. Das ganze Haus glänzte vor Sauberkeit. Es sah nicht wie das Heim einer Irren aus, die nachts Heuschober in Brand steckte. Nicht das erste Mal seit Paul weg war kam Claire ihre Unzulänglichkeit zum Bewußtsein, mit solchen Problemen fertig zu werden. Ihm vertraute jeder Mann, jede Frau und jedes Kind im Tal bedingungslos, und er hätte sofort gewußt, wie er diese Aufgabe lösen konnte.

Sie stieg die Treppe hinauf. Hazel saß am Fenster und blickte über die Stoppelfelder jenseits des Flusses. Etwas Vogelähnliches war in ihrem Wesen, wie sie auf dem Schemel saß, die Knie und Hände fest zusammengepreßt und mit einem Gesichtsausdruck, der nicht geradezu angespannt, aber doch sehr wach war.

«Sucht man sie immer noch?» fragte sie, als Claire eintrat. «Ich sehe gerade Soldaten vorbeifahren.»

Claire fragte sich, ob diese Bemerkung ein Ablenkungsmanöver sein sollte und ob Hazel wüßte, weshalb sie gekommen war. Sie sagte vorsichtig: «Ich hätte gern, daß dein Junge zu uns herüberkommt und mit den Zwillingen spielt. Läßt du ihn mitkommen, wenn ich Simon herüberschicke? Vielleicht morgen nachmittag?»

«Ja», sagte Hazel bereitwillig. «Sie können ihn schon ab und zu haben, wenn Sie wollen. Ich habe sowieso manchmal Angst, ihn nachts allein zu lassen. Er schläft zwar wie ein Murmeltier, aber wenn er doch einmal aufwacht, wird er sich ängstigen.»

«Du mußt ausgehen? Nachts?» fragte Claire verzweifelt.

«Manchmal schon», antwortete Hazel heiter. «Ich muß doch die Leuchtfeuer anzünden. Das ist schon eine Plage, aber weil sie sich alle verirrt haben, muß es jemand tun, nicht wahr?»

«Ja», sagte Claire, die sich Schritt für Schritt vorantastete wie jemand, der im Dunkeln eine fremde Treppe hinabgeht. «Ich glaube schon, daß man das tun muß, Hazel. Hilft dir jemand dabei, die Leuchtfeuer anzuzünden?»

Hazel sah sie scharf an, doch dann verschwand der Argwohn aus ihren Augen, und sie lächelte. «Natürlich nicht. Niemand kennt sich im Dunkeln so gut aus wie ich. *Ich* könnte mich hier ja nicht verlaufen.»

Die Betonung, die sie auf das Wort «ich» legte, gab Claire den ersten Anhaltspunkt. Sie ergriff Hazels Hand, die sich erstaunlich weich anfühlte für eine Frau, die bisher ein hartes Leben geführt hatte und nun täglich dem Küster auf dem Friedhof half. Gräber schaufelte und Gras mähte. «Wie ... wie lange sind sie denn schon weg, Hazel?»

«Sehr lange. Einer nach dem anderen. Ikey hatte sich schon einmal verirrt, als ich ihn das erste Mal sah. Aber damals war er noch eine Stadtratte, es hat mich nicht gewundert. Aber jetzt ist es den anderen auch passiert, und das ist das Komische daran – Henry Pitts, Will Codsall und der junge Gil Eveleigh, die alle hier im Tal aufgewachsen sind. Und dann sogar Smut! Smut kannte die Gegend besser als alle anderen. Ich hätte gedacht, daß er ihnen den Weg ohne weiteres zeigen kann. Und weil er es nicht getan hat, ist es mir in den Sinn gekommen, die Leuchtfeuer anzuzünden. Nur schade, daß es an der Küste nicht noch mehr Heuschober gibt. Wenn sie wirklich alle über dem Wasser sind, wie mir Ikey gesagt hat, dann sehen sie den Feuerschein nicht. Höchstens, wenn sie danach Ausschau halten.»

Plötzlich war alles ganz leicht zu verstehen. Alle Männer aus dem Tal hatten sich verirrt und fanden nicht mehr den Weg nach Hause, und die Leuchtfeuer sollten ihnen helfen. Claire ließ Hazels Hand los. «Wenn ich den Kleinen jetzt mit ins große Haus nehme, das wäre doch schön. Die Zwillinge hätten gern jemanden, mit dem sie spielen können. Kann ich Patrick mitnehmen, wenn ich verspreche, ihn sofort wiederzubringen, sobald sein Vater zurück ist?»

«Ja, Sie können ihn mitnehmen», sagte Hazel gleichgültig. Sie verlor nun das Interesse an der Unterhaltung und ließ ihre Blicke wieder über die Felder hinter dem Fluß wandern.

Claire ging hinunter. Einen Augenblick blieb sie im Wohnzimmer stehen, denn sie kämpfte mit den Tränen. Und dann dachte sie an die dringendsten Maßnahmen, die nun zu ergreifen waren. Sie mußte zunächst das Kind wegbringen. Sie überlegte, was sie Ikey und Paul schreiben würde und wie es Maureen wohl gelingen würde, Hazel dazu zu bringen, ihre Nachtwachen aufzugeben und das erste Mal in ihrem Leben das Tal zu verlassen. Aber sie drängte diese Gedanken zurück und ging rasch in den Garten und sagte dem Kind, seine Mutter habe erlaubt, daß er jetzt gleich mit ihr zum großen Haus mitkomme.

Nach einer Stunde war sie mit John und Maureen zurück. Der Verwalter war über ihren Bericht eher erleichtert als entsetzt, und Maureen, die inzwischen mit der Klinik in Bristol telefoniert hatte, meinte, man solle Hazel sagen, daß sie zu ihrem Kind ins Herrschaftshaus ziehen sollte, bis man sie wegbringen konnte. Keiner sah irgendeine Schwierigkeit darin, das Mädchen aus dem Tal zu locken.

Claire ging allein hinauf. John und Maureen warteten auf dem Weg. Ihre so rasche Rückkehr schien Hazel jedoch alarmiert zu haben, denn auf den Vorschlag, daß sie zu Patrick ins Herrschaftshaus kommen solle, sah sie Claire mißtrauisch an. «Warum denn? Was soll ich unter all den fremden Leuten?»

«Du könntest mir und deinen Schwestern helfen. Wir pflegen jetzt verwundete Soldaten. Es sind Freunde von Ikey.»

In Hazels Augen flackerte ein kurzes Interesse auf. «Wissen die, wo er ist?»

«Wir könnten sie fragen.»

Hazel dachte einen Augenblick nach. Dann lehnte sie den Vorschlag ab. «Wenn sie hier fremd sind, wissen sie noch weniger als die Männer aus dem Tal. Ich warte ab und sorge inzwischen für die Leuchtfeuer.»

Claire fragte sich, ob sie zuerst noch einmal mit Maureen sprechen sollte. Doch dann beging sie, wie ihr später bewußt wurde, einen tödlichen Fehler. In ganz beiläufigem Ton sagte sie: «Du mußt nicht mehr Leuchtfeuer anzünden, Hazel. Es ist wirklich besser, wenn du im Haus bleibst.» Dabei legte sie Hazel die Hand auf die Schulter.

Ob es diese Berührung war oder ihr beschwörender Blick oder Hazels sechster Sinn, der sie durch ihr Leben in den Wäldern begleitet hatte – was immer auch der Grund gewesen war, sie sprang zurück, warf den Kopf hoch wie ein Tier, das Gefahr wittert und floh. Ehe Claire auch nur ein Wort sagen konnte, hatte sie sich umgedreht, war die Treppe hinuntergerannt und tauchte Sekunden später im Vorgarten auf. Claire rief nach John Rudd, doch Hazel sah ihn, und ehe er zwei Schritte gemacht hatte, änderte sie die Richtung und sprang auf die Straße hinunter.

Es geschah alles viel zu rasch, so daß nicht einmal Claire, die sich weit aus dem Fenster beugte, den großen Militärwagen kommen sah, der mit Vollgas um die Kurve raste. Der Fahrer hatte keine Zeit, auf die Bremse zu treten. Der Wagen schleuderte nach rechts, dann nach links, und Hazel wurde wie ein Bündel Lumpen hoch- und dann in die Wasserlilien geworfen, die am Flußufer blühten.

Maureen und der Fahrer beugten sich über sie, als Claire herbeigerannt kam, und wie aus weiter Ferne hörte sie sich selbst sagen: «Wie gut, daß das Kind nicht hier war, Gott sei Dank!» Danach sah sie alles nur noch verschwommen, und nur ganz dunkel erinnerte sie sich später daran, daß Männer aus dem Fahrzeug stiegen und John Rudd, der ganz weiß war und zitterte, sie am Arm nahm und sagte: «Es mußte passieren. Irgend etwas mußte passieren. Vielleicht ist es besser so.»

Es gab nichts mehr zu tun, als den zerschlagenen Körper in das Auto zu heben und in den Schuppen hinter den Baracken zu bringen, der in jenem Jahr schon oft als Leichenhaus gedient hatte. Hazel mußte schon tot gewesen sein, als sie auf den Boden aufschlug, denn ihr Genick war gebrochen. Ihr Gesicht war jedoch fast unversehrt, und Maureen, die es abwusch, während man auf die Ankunft des Lagerkommandanten und der Polizei wartete, wunderte sich über die seltsame Heiterkeit, die trotz des gewaltsamen Todes auf Hazels Gesicht lag.

3

Paul kam gerade von einem Nachteinsatz in der Nähe von Messines zurück und fand einen Brief von Franz Zorndorff vor. Zorndorff teilte ihm mit, daß er jetzt stiller Teilhaber einer Firma war, die Granaten, Pistolenmunition und andere vertraute Artikel herstellte. Paul las den Brief aufmerksam durch, weil ihn die unbewußte Ironie faszinierte und er sich andererseits vergewissern wollte, daß Franz seine Finger nicht etwa in schweren Minen hatte. Denn dies wäre zu grotesk gewesen. In fünfunddreißig aufeinanderfolgenden Nächten hatte er Sprengkörper nach Messines befördert und war jedesmal von Tieffliegern angegriffen worden.

Pauls Abteilung war jener Pioniereinheit zugeteilt worden, die die berühmten Minenstollen unter den Höhen von Messines anlegte – Minen, die die lauteste Detonation aller Zeiten versprachen und einen ganzen Frontabschnitt in die Luft jagen sollten, von dem aus die Deutschen das Gebiet beherrschten und jede Kreuzung, jeden Schützengraben und jede Artilleriestellung beschießen konnten. Seit seiner Ankunft in Frankreich im Januar war er in diesem Abschnitt, und er kannte das Gebiet so gut wie das Sorrel-Tal, wenn nicht noch besser. Diese Landschaft faszinierte ihn vielleicht deshalb, weil er sich nun schon seit so langer Zeit mit Landschaften befaßt hatte. Das Starre und die Leere dieses Landes hier waren so schrecklich, daß er manchmal sogar eine Art Schönheit darin sah. Und diese geschundene Landschaft, in der nichts mehr wuchs und auch kein einziges Gebäude mehr stand, war trotzdem nicht ohne Leben, denn in großen Abständen bewegten sich in ihr kleine Gestalten, motorisierte Kolonnen und Pferdegespanne. Und alles in dieser Landschaft schien von einer äußersten Sinnlosigkeit zu sein, bis man die Männer in ihren Unterständen sitzen sah, sie lachen oder fluchen hörte und ihre wachsamen Augen und gemessenen Bewegungen bemerkte. Dann entdeckte man, daß viele von ihnen in diesem Höhlenbewohnerdasein in den vordersten Linien eine Reife erworben hatten, die er im Tal so lange gesucht hatte, und ihr Zusammengehörigkeitsgefühl hatte jenen Grad erreicht, den er für das Gut angestrebt hatte, ohne auch nur im entferntesten mit jener Kameradschaft belohnt zu werden, die in diesem zusammengewürfelten Haufen von Angestellten, Fabrikarbeitern und Offiziersanwärtern in den verblichenen, schmutzigen Uniformen und dreckigen Stiefeln anzutreffen war. Diese Kameradschaftlichkeit war es, die Pauls anfänglichen Pessimismus in einen geheimen Optimismus verwandelte, einen Optimismus, der von Tag zu Tag ein wenig zunahm, wenn er durch diese Mondlandschaft fuhr. Und er fühlte, daß nun in Friedenszeiten kein Hindernis ihn mehr niederdrücken oder entmutigen könnte, sofern diese Verbundenheit zwischen den Menschen den Krieg überdauerte. Hätte er nicht diese Gewißheit gehabt, so wäre er vor Scham über Zorndorffs Brief krank geworden.

Der Alte hatte gewiß nicht beabsichtigt, so zynisch zu schreiben. Im Grunde war sein Brief nichts anderes als eine geschäftliche Mitteilung an einen Aktionär, daß es der Firma bei der gegenwärtigen Nachfrage nach Schrott ausgezeichnet ging. Paul fiel ein, daß sein Vater und Franz sogar in einem so zweitrangigen Konflikt wie dem Burenkrieg kleine Vermögen verdient hatten, also war es unvermeidlich, aus dem jetzigen das Zehnfache zu gewinnen. Und er war nüchtern genug, um zu erkennen, daß seine instinktive Abneigung gegen die Tatsache, daß er persönlich am Krieg verdiente, sentimental war. Wenn die Briten unter Munitionsmangel litten, bedeutete das die Niederlage, und die Niederlage auf dem Schlachtfeld würde fast mit Sicherheit noch einmal einen Verlust von einer halben Million Menschenleben mit sich bringen.

Paul las noch einmal den Schluß dieses ominösen Briefes. «Also halte den Kopf schön nach unten, mein Junge, und denke daran, daß bei jedem Schuß Dein Guthaben um drei Penny wächst – wieder ein Tröpfchen, das in Dein Faß ohne Boden in Shallowford fließt.»

Dann öffnete er Claires Brief. Es war einer ihrer fröhlichen, geschwätzigen Briefe, der ihn zwar enttäuschte, dem er jedoch die gebührende Aufmerksamkeit schenkte. Solche Briefe kamen in Abständen von zwei Wochen. Dazwischen erhielt er von ihr einen oder zwei Liebesbriefe, und er wunderte sich über die außerordentliche Ausdruckskraft, mit der sie ihre Gefühle beschreiben konnte. Dies zeigte ihm, daß ihr Verhältnis zueinander in den letzten Jahren reifer geworden war, zumal seit ihrer Auseinandersetzung wegen jenes Galans aus dem Lager und ihres verrückten Argwohns in bezug auf Hazel Palfrey. Er dachte an die Claire Derwent, mit der er geflirtet hatte, als er ins Tal gekommen war – ein oberflächliches und ziemlich eitles neunzehnjähriges Geschöpf, das nichts im Kopf hatte als die Jagd, das Tanzen und einen Ehemann, der sie wegen ihres roten Mundes und ihrer blonden Haare vergöttern würde. Wie viel von der jetzigen Claire hatte damals schon existiert, und wie viel davon war das Ergebnis der Erfüllung, die sie in ihren Kindern und ihrer Stellung im Tal gefunden hatte? Er nahm sich noch einmal ihren letzten Liebesbrief vor und las ihn wohl zum zwanzigstenmal. Wieder rief er die gleiche Erregung in ihm hervor wie beim erstenmal, als er ihn gelesen hatte, ehe er an jenem Abend, an dem sein Freund Guy Manners in Stücke gerissen worden war, an die Front gefahren war. Es war gut gewesen, daß er ihren Brief hatte, der die Todesgedanken für die nächsten vierundzwanzig Stunden vertrieb. Denn hier draußen lebte die Erinnerung an Stimmen und Gesichter von Freunden nicht lange, und Guy war schon nach wenigen Tagen vergessen. Er las den Brief wieder, denn in ihm war etwas verborgen, das ihn mit einem unbegrenzten Selbstvertrauen erfüllte, da sich sein Stolz noch immer nicht ganz von der Wunde erholt hatte, die ihm durch Graces Ablehnung geschlagen worden war. «Mein Liebster», schrieb sie in ihrer runden, klaren Handschrift, «ich fühle mich so verlassen, wenn ich abends allein bin. Wenn die Sehnsucht mich quält und ich die Treppe hinaufsteige, überfällt mich sogar noch größeres Verlangen, wenn ich Deine Sachen im Zimmer sehe. Doch dann sage ich mir immer wieder, daß ich eigentlich nicht so traurig sein dürfte, wenn ich an die wunderbaren Jahre denke, die wir zusammen verlebt haben und an die Jahre, die noch vor uns liegen. Und seltsam, diese Gewißheit wirkt, vielleicht auch deshalb, weil ich so starke und süße Erinnerungen an Deine Liebe in diesem Zimmer habe. Sobald ich die Tür abgeschlossen habe, bin ich wieder Dein, genauso, als ob Du auf der einen Seite des Bettes sitzen und Deine langen Stiefel ausziehen (die ich selbst pflege, weil sie für Chivers nur ein Paar gewöhnliche Stiefel sind) und mir zusehen würdest, wie ich mich ausziehe. Und manchmal bist Du sehr anstrengend, wenn Du mir das Haar löst, weil ich dann morgens eine halbe Stunde darauf verwenden muß, es wieder einigermaßen in Ordnung zu bringen. Lieber Gott, Paul, wie ich mich freue, Deine Frau zu sein. Ich schwöre, daß wir jede Minute, die wir versäumen mußten, nachholen werden. Ich glaube, daß wir uns viel mehr aneinander freuten als das andere Paare tun, aber ich bin auch überzeugt, daß ich immer noch mit kleinen Überraschungen aufwarten kann. Ich werde es auf jeden Fall versuchen. Ich will nie wieder etwas verbergen, wenn Du mich in die Arme nimmst. Ich werde alles tun und sagen, was mir in den Sinn kommt, ganz egal, wie verworfen es sein mag. Ich werde Dir sagen, wie ich Deine männliche Sanftheit und mehr noch Deine männliche Härte und manchmal Ungeduld genieße, und dies, nachdem ich – warte einen Moment – zehn Jahre weniger einundzwanzig Tage das Bett mit Dir geteilt habe. Gute Nacht, mein Liebling. Mir ist viel wohler, nachdem ich dies geschrieben habe. Wenn Du nichts dagegen hast, so unzüchtige Briefe von einer Frau zu bekommen, die eigentlich alt genug wäre, um darüber hinaus zu sein, werde ich jedesmal wieder einen schreiben, wenn ich mich verlassen fühle.»

Für ihn war es eine wunderbare Gewißheit, daß es in seiner Macht lag, solch einen Brief zu inspirieren, und als er noch einmal darüber nachdachte, kam ihm der Gedanke, daß er eigentlich Grace Lovell dafür danken mußte. Er erkannte jetzt, wie roh und plump er als Liebhaber gewesen war, als er und Grace die Flitterwochen in Paris verbrachten. Nur die Straßenmädchen wagten es damals, als man in der Ehe von der Frau – und oft auch vom Mann – völlige Unkenntnis der physischen Dinge erwartete, ihr Wissen um die Freuden der Liebe einzugestehen. Keine andere als Grace war es gewesen, die ihn das wenige, das er von Frauen wußte, gelehrt hatte. Und nur durch sie war Claire das schmerzhafte, plumpe Erlebnis erspart geblieben, das die meisten jungen Frauen damals durchmachten.

Da seine Gedanken an diesem Tag mehr als einmal zu Grace wanderten, hinterließ das Gefecht auf der Straße von Messines, das sechsunddreißig Stunden später stattfand, einen so tiefen Eindruck in ihm. Der alte General Plumer, wahrscheinlich der höchste Offizier in diesem Frontabschnitt, der sich der Achtung seiner Truppen erfreute, ließ die berühmten Minen am frühen Morgen detonieren, und ihre Wirkung war so verheerend, wie es sein Generalstabschef Harington versprochen hatte. Das Dröhnen, das die Detonation von neunzehn unentdeckten Minen unter Messines hervorrief, klang wie die Posaunen des Jüngsten Gerichts. Der Angriff war ein Triumph, und die erste Angriffswelle stieß auf keinen Widerstand, da die deutschen

Schützengräben nur noch ein Trümmerfeld waren. Als Paul einige der benommenen Überlebenden zu sehen bekam, hatte er Mitleid mit ihnen, aber er war in bezug auf den Kriegsausgang optimistischer als seit Jahren. Wenn der Krieg je zu Ende gehen sollte, so sagte er sich, konnte das nur auf diese Weise geschehen, und die geringen Verluste der Briten im Vergleich zu allen bisherigen Offensiven bestärkten ihn in dieser Ansicht.

Noch am selben Abend fuhr er an die vordersten Linien mit einer Ladung Wellblech als Verkleidung für die eroberten Schützengräben. Auf dem Rückweg geriet er in eine Verkehrsstockung. Ein Ambulanzwagen war von der Straße abgekommen und steckte am Rand eines mit Wasser gefüllten Granattrichters fest. Paul wartete und sah einigen Pionieren zu, die ein Seil am Wagen befestigt hatten und versuchten, ihn wieder auf die Straße zu ziehen. Und während er halb vor sich hindämmerte und wartete, schien er einen besonders lebhaften Traum zu haben, da etwas an dieser schlanken Armeehelferin, die anscheinend die Fahrerin des Ambulanzwagens war, ihm vertraut vorkam. Sie stand gelassen neben dem Trittbrett des Lastzugs der Pioniere und rauchte eine Zigarette. Er fand, daß sie in ihren Schnürstiefeln und dem Trenchcoat mehr wie ein Junge als eine Frau aussah. Aus dem Schicksal ihres Fahrzeugs schien sie sich nicht allzu viel zu machen, denn sie hatte sich an das Ersatzrad des Lastwagens gelehnt und sog tief den Rauch ein.

Die Armeehelferin war Grace, die er vor sechs Jahren zum letztenmal bei dem Krawall vor dem Unterhaus gesehen hatte. Und obwohl er sie genau erkannte, war er über ihre Anwesenheit so verblüfft, daß es fast eine Minute dauerte, bis er von seinem Lastwagen sprang und über den schlammigen Boden zu ihr hinüberging.

«Grace! Tatsächlich! Tatsächlich, bei Gott!» Aus einem ihm selbst unerklärlichen Grund empfand er eine ungeheure Heiterkeit, als er ihre beiden Hände packte und sie immer wieder schüttelte, und zwar so heftig, daß ihr die Zigarette aus dem Mund fiel und die Pioniere von ihrer Arbeit aufblickten und sie beide anstarrten.

Grace schien nicht so überrascht zu sein wie er, aber ihre Augen leuchteten auf, und sie lächelte müde. Er bemerkte, daß sie nicht nur erschöpft war, sondern in der Zwischenzeit auch mindestens zwanzig Pfund abgenommen hatte. Sie trug eine unkleidsame Mütze, und ihr dunkles Haar war kurz geschnitten und an den Schläfen grau geworden. Sie kam ihm so dünn und zerbrechlich vor, daß sie trotz der grauen Strähnen und der Ringe um die Augen jünger und schutzbedürftiger aussah als je.

Er bot ihr eine Zigarette an. Ihre Hand zitterte leicht, als er ihr Feuer gab.

«Ich wußte, daß du hier bist, Paul. Onkel Franz schrieb es mir vor ungefähr einem Monat. Wirklich peinlich, daß du mich ausgerechnet bei einer Panne ertappen mußtest. Sonst bin ich nicht so ungeschickt. Aber da hatte so ein verdammter Stabswagen die Straße mit Beschlag belegt. Denen wäre es sogar egal, wenn ich den Wagen voller Verwundeter gehabt hätte. Aber was kann man von Bürokraten schon anderes erwarten? Jeder muß ihnen Platz machen, sogar die armen Teufel, die sie zum Kanonenfutter gemacht haben.»

Sie sprach verbittert, und ihre Stimme klang so erschöpft, als stelle die Anstrengung, ihn zu begrüßen, beträchtliche Anforderungen an ihre Lebenskraft.

«Franz hat nie erwähnt, daß auch du hier bist», sagte Paul. «Ich dachte, du arbeitest in einem Londoner Lazarett.»

«Das tat ich auch. Aber die Frauen in den leitenden Stellungen dort waren noch despotischer als die Männer. Deshalb bat ich um meine Versetzung. Wie lange bist du schon hier?»

Als er halb entschuldigend sagte, erst drei Monate, mußte sie lachen. «Immerhin wirst du bald vierzig und hättest dich mit Leichtigkeit drücken können.» Dann sah sie ihn nachdenklich an und fügte hinzu: «Aber du drückst dich ja nicht. Du bist schon immer auf Buße ausgewesen.»

«Genau wie du», sagte er und lachte. «Soll ich meine Burschen deinen Wagen da herausholen lassen? Diese Pioniere werden noch so lange brauchen, bis uns die Deutschen von oben ihren Segen erteilen.» Er rief seinen Sergeant Major heran und beaufsichtigte die Bergungsarbeiten, während Grace sich wieder an den Lastwagen lehnte und zusah.

Endlich stand der Ambulanzwagen wieder auf der Straße, und fast im gleichen Augenblick schlug nicht weit entfernt eine Granate ein. Die Fahrer der in beiden Richtungen stehenden Wagenkolonnen begannen zu hupen und drängten zur Weiterfahrt, so daß Paul und Grace sich in dem Tumult fast verloren hätten. Während Pauls Sergeant Major die Anlasserkurbel drehte und erleichtert grinste, als der Motor ansprang, saß Grace schon wieder hinter dem Steuer.

«Wo kann ich dich erreichen?» rief er, als sich die Fahrzeuge in Bewegung setzten. «Wollen wir nicht einmal zusammen Essen gehen?»

«Feldlazarett!» rief sie zurück. «Ich habe heute abend von sechs bis Mitternacht frei. Frage nach Fahrerin Lovell!»

4

Als er sie im Wagenpark des Lazaretts abholte, hatte sie die Uniform gewechselt und ein wenig Rouge und Puder aufgelegt, und die Haarsträhnen unter dem Rand ihrer Mütze waren genauso dunkel, wie er sie in Erinnerung gehabt hatte. Geheimnisvollerweise hatte sie inzwischen auch wieder einige weibliche Konturen bekommen, und als er sie damit neckte, schien sie nichts dagegen zu haben, sondern sagte leichthin. «Man wird nicht jeden Abend von einem Ex-Ehemann zum Essen eingeladen, nicht wahr? Wahrscheinlich werden noch andere Männer dort sein, und sie sollen nicht denken, daß du dich mit der erstbesten Frau abgibst.»

Sie fuhren auf einem Douglas-Motorrad, das er sich geliehen hatte, nach Béthune, und überraschenderweise fand er sie entspannt. Sie konnten miteinander sprechen, als ob sie keine geschiedenen Eheleute wären, die sich vor zwölf Jahren getrennt hatten, sondern wie alte Freunde, die einen netten Abend miteinander verbrachten. Während sie auf den Kellner warteten, blickte sie sich um und fand alle Tische mit Offizieren und Krankenschwestern aus dem Frontlazarett besetzt. «Das ist hier fast wie ein Club, nicht wahr? Eintrittspreis ist ein Loch im Leib oder ein Nervenschock.»

«Du warst mit den Politikern ebenso hart», erinnerte er sie. «Hast du jetzt den Generalstab aufs Korn genommen?»

«Aber nein», sagte sie, «ich gehe mit niemandem mehr ins Gericht. Ich war noch so, als ich hier neu war und nach der Schlacht von Loos die Verwundeten transportieren mußte, aber jetzt nicht mehr. Das Ganze ist ja völlig außer Kontrolle geraten. Die Politiker haben schon vor Jahren die Herrschaft verloren, und sogar die alten Ex-Kavalleristen im Hauptquartier sind nur die Opfer ihrer eigenen Unzulänglichkeit. Man kann sagen, daß ich jetzt erfolgreich in eine andere Richtung blicke – ich habe alles Frühere vergessen und lerne ununterbrochen!»

Paul stellte fest, daß ihm ihre Gesellschaft zum erstenmal seit dem Tag, an dem ein Riß in ihr Verhältnis wegen Roddy Rudds Auto gekommen war, wieder Freude machte. «Ich kann mir denken, was du vergessen hast», sagte er und dachte an die Szene vor dem Parlamentsgebäude während der Krönungsfeierlichkeiten. «Aber was hast du gelernt?»

«Mitgefühl», sagte sie einfach, «und enorme Bewunderung für den Mut und die Geduld der Armen. Natürlich noch viele andere Dinge, aber hauptsächlich dies!» Jetzt spricht sie wieder eher wie eine Sozialistin, dachte er, wie eine Frauenrechtlerin, und er fragte sie nach ihrer Meinung über die Revolution in Rußland. Wurde dadurch die Weltrevolution eingeleitet, noch ehe der sanktionierte Mord vorüber war?

«Das läßt sich schwer vorhersagen», antwortete sie. «Es hängt von unserer Widerstandskraft ab, nicht nur von unserer, sondern auch von derjenigen der Franzosen und sogar von der dieser armen Teufel in den deutschen Schützengräben dort drüben. Die soziale Struktur ganz Europas ändert sich. Falls wir uns anpassen können, kommen wir vielleicht zu einer Art Kompromiß, wenn der Krieg vorüber ist – vorausgesetzt, daß ein vernünftiger Frieden abgeschlossen wird, egal, welche Seite ihn diktiert.»

Paul war nicht nur von ihrem Weitblick beeindruckt, sondern auch von ihrer Toleranz, welche sogar die Männer einzuschließen schien, die sie ins Gefängnis geworfen hatten. Er erschrak über seine eigene politische Unwissenheit und über die Einfalt der Theoretiker und Berufspolitiker wie Grenfell, der sich zu Hause mit seinem Gewissen auseinandersetzte.

«Du hast dich unglaublich verändert, Grace», meinte er. «Ich glaube kaum, daß ich je wieder die Frechheit besitzen werde, mit dir zu streiten.»

Sie lachte. «Dazu besteht auch keinerlei Anlaß. Du hast ja eine andere Frau, die du beherrschen mußt.»

«Ich hatte nie die geringste Aussicht, dich zu beherrschen», protestierte er, «und ich kann mich nicht entsinnen, es je versucht zu haben.»

«Nein», sagte sie ernst, «das war nur ein Scherz. Nur eines habe ich an der ganzen Sache immer bedauert: Daß ich dir damals weh getan habe. Aber sogar dieses Bedauern unterliegt gewissen Einschränkungen.»

«Inwiefern?»

«Du hast dadurch eine viel bessere Frau bekommen. Du bist mit Claire glücklich, nicht wahr? Alle meine Informationsquellen bestätigen das.»

Als sie von der Politik und der Weltgeschichte zu ihren persönlichen Beziehungen überwechselte, verließ sie ihre Selbstsicherheit, und er sah, wie sie sich davon zu überzeugen versuchte, daß der Verlauf der Ereignisse sie von ihrer Schuld freisprach. Es rührte ihn, daß sie dies nach all den Jahren noch immer für notwendig hielt, zumal sie am eigenen Leib soviel Leiden erfahren hatte. «Was geschehen ist, war für uns beide das Beste, Grace», sagte er rasch. «Ich trage es dir nicht nach und habe es dir nie nachgetragen, zumindest nicht, seit ich wieder verheiratet bin. Ich bin mit Claire glücklicher, als ich es den Umständen nach verdiene. Aber wenn es dich beruhigt, kann ich dich an zwei Dinge erinnern: Erstens bist praktisch du es gewesen, die sie mir verschafft hat, und zweitens kann ich mir nicht vorstellen, daß meine Ehe so gut ausgefallen wäre, wenn du mich nicht gelehrt hättest, wie man eine Frau im Bett behandelt.»

«Tat ich das?» fragte sie ehrlich überrascht. Aber er sah, daß sie sich geschmeichelt fühlte.

«Ja, allerdings.» Und auf einen Impuls hin tat er etwas Seltsames. Er nahm Claires letzten Liebesbrief aus der Tasche und legte ihn vor sie hin.

«Vielleicht meinst du, ich wolle dir nur etwas Freundliches sagen, wenn ich das zugebe», fuhr er eilig fort, «aber hier ist der Beweis dafür. Lies das.»

«Aber das ist ein Brief von ihr.»

«Ja, aber lies ihn, oder überfliege ihn wenigstens, wenn du willst. Ich möchte, daß du das tust.»

«Bist du sicher?»

«Ganz sicher. Ich schulde es dir.»

Sie nahm die gefalteten Blätter aus dem Umschlag und strich sie auf dem Tisch glatt. Er sah, wie ihr die Farbe in die Wangen stieg, und erst jetzt bemerkte er, wie pergamenten ihre Haut war, nicht mehr von der schönen, weichen Farbe wie früher, sondern trocken und straff, und unter den Augen hatten sich kleine Fältchen gebildet. Als er sie erröten sah, fühlte er plötzlich Zärtlichkeit für sie. Sie schien so klein, einsam und verlassen, und viel zu schwach, um mit den fürchterlichen Anforderungen fertig zu werden, die man an sie stellte.

Sie gab ihm den Brief zurück. «Sei nie so töricht, Claire zu sagen, daß du mir diesen Brief gezeigt hast, Paul. Unter normalen Umständen wäre es unverzeihlich gewesen. Aber ich kann verstehen, warum du es getan hast und muß sagen, es war sehr großherzig von dir. Ich habe dir einmal gesagt, daß dies die Grundlage einer glücklichen Ehe ist. Und das war offensichtlich eine der realistischeren Ideen, die ich hatte und immer noch habe. – Hast du ein Foto von ihr dabei?

Er zeigte ihr Schnappschüsse, die mit Simons Box aufgenommen worden waren, Bilder von Claire und einzelnen Familienmitgliedern und Gruppenaufnahmen. Das Bild von Simon betrachtete sie aufmerksam, aber ohne Bewegung. «Macht er soviel Ärger wie seine Mutter?»

Paul sagte, das sei nicht der Fall, er sei jedoch sehr viel introvertierter als die Zwillinge und reagiere auf Verweise sogar noch empfindlicher als die sechsjährige Mary.

«Er ist jetzt dreizehn. Hast du schon Pläne für ihn?»

«Nein», antwortete Paul. «Aber er ist auf jeden Fall intelligent genug, um die Universität zu besuchen, wenn er will. Er hat deine Leidenschaft für Tatsachen und dein wundervolles Gedächtnis. Er ist sehr gut in Geschichte und schreibt gute Aufsätze.» Als er sah, daß sie dies interessierte, sagte er: «Warum fährst du im Urlaub nicht einmal hin, Grace? Claire neigt überhaupt nicht zur Eifersucht. Oder wenn du das nicht willst, warum lädst du Simon nicht einmal ein? Er weiß, was geschehen ist.»

«Nicht alles», sagte sie, «und du übrigens auch nicht. Außerdem gehe ich in meinem Urlaub meinem anderen Beruf nach.»

«Was um alles in der Welt ist das?»

Sie sah ihn ruhig an. «Ich verabschiede Männer, die in den Tod gehen», sagte sie. «Meistens junge Männer, manche sind so jung, daß es dich schockieren würde. Aber alle sind jung genug, um ein wenig Mütterlichkeit zu brauchen.»

Er war weder schockiert noch verlegen. Irgendwie war es genau das, was er von ihrer großzügigen Natur erwartet hätte. «Ich schreibe ihnen hinterher nicht Briefe von Claires Art», fuhr sie lächelnd fort. «Aber, um ehrlich zu sein, ich habe soviel Freude am Geben wie sie am Nehmen – manchmal sogar mehr. Auf jeden Fall hält mich das bei Verstand.»

«Du bist schon viel zu lange hier draußen. Warum läßt du dir nicht einmal einen Erholungsurlaub geben? Du bist doch nicht verpflichtet, hier zu sein.»

«Ich ruhe mich aus, wenn das alles vorbei ist. Oder vielleicht schon früher, wenn ich Pech habe. Inzwischen befriedigt mich der Gedanke, daß ich wenigstens jemandem nützlich sein kann.» Sie stand auf, als ob sie die Diskussion nicht in die Länge ziehen wolle, und setzte ihre häßliche Mütze auf. «Komm, ich habe Dienst. Wenn ich nicht rechtzeitig da bin, holen sie eine Junge aus dem Bett.»

Er bezahlte, und als er auf die Straße trat, saß sie schon im Beiwagen und hatte den Motor laufen. Er steckte gerade das Wechselgeld in die Tasche. «Wie kommst du eigentlich mit dem Geld aus, Grace? Ich hoffe, du scheust dich nicht, mir zu sagen, wenn du welches brauchst.»

«Was kann eine Frau hier schon ausgeben? In den paar offenen Läden gibt es nichts, was sich zu kaufen lohnt. Außerdem haben wir keinen Mangel an Begleitern, die genug Geld zu verschenken haben. Sogar im Frontlazarett kommen zwanzig Männer auf eine Frau. Los, Paul! Aber falls ich es vergesse: Vielen Dank für alles.»

«Treffen wir uns nächste Woche wieder? Um die gleiche Zeit?»

«Gern. Das war das beste Essen, das ich seit Monaten bekommen habe.»

Sechs Tage später ließ er ihr ausrichten, daß er am frühen Abend kommen und wieder nach Béthune mit ihr fahren wolle. Zu seinem eigenen Erstaunen stellte er fest, daß er sich auf das Wiedersehen mit ihr freute, und auf dem Weg zum Lazarett gingen ihm all die Dinge durch den Kopf, die er beim letzten Zusammentreffen vergessen hatte zu fragen.

Als er sich in der Transportabteilung nach ihr erkundigte, erklärte ihm eine kleine Londoner Fahrerin, die vor Schnupfen kaum sprechen konnte, daß «ihre Hoheit», wie sie sie nannte, noch Dienst habe, da sie für sie selbst wegen ihrer Erkältung eingesprungen sei. «Ich hätte sie nicht gehen lassen», sagte die Londonerin. «Aber ich schlief gerade. Wir haben die letzte Nacht durchgearbeitet. Dabei war sie schon ausgehfertig gewesen. Aber so ist sie nun einmal. Sie ist sehr kameradschaftlich.»

«Wann kann sie zurück sein?» fragte Paul.

«Jeden Augenblick», antwortete das Mädchen. «Sie ist schon seit dem Mittagessen weg.»

Eine halbe Stunde verstrich, doch der Ambulanzwagen kam nicht. Paul sprach unterdessen mit der Londoner Fahrerin und holte aus ihr alles über Grace heraus, was sie wußte. Bald merkte er, daß Grace die anerkannte Führerin der Abteilung war, nicht nur wegen ihrer langen Dienstzeit, sondern weil sie sich um das Wohlergehen jedes Menschen kümmerte, Briefe an Eltern schrieb, sich mit dem Stabsarzt besprach und sich im allgemeinen mütterlich der Gruppe annahm, besonders der Neuankömmlinge. «Und die Jungen fliegen auf sie», sagte das Mädchen augenzwinkernd. «Wir anderen haben da keine Chance. Dabei könnte sie von manchem die Mutter sein. Aber was macht das schon! Ich glaube, sie hat in der Heimat niemanden, der auf sie wartet.»

Paul amüsierte sich darüber noch im stillen, als ein Meldefahrer hereinkam und berichtete, auf der Straße nach Messines habe es gekracht. Eine allein fliegende «Gotha» hatte einen Konvoi angegriffen, wobei es einige Verluste gegeben hatte. Die Straße war blokkiert, und man benötigte sofort zwei Ambulanzwagen.

Das Mädchen hatte nach wenigen Minuten ein Fahrzeug besorgt. Da Paul bis Mitternacht frei hatte, rief er dem Führer der Kolonne zu, er sei Transportoffizier und wolle helfen, die Straße zu räumen.

Zwanzig Minuten später erreichten sie die Stelle, wo zwei Lastwagen mit Beutematerial von der Straße gefegt und ihre Besatzungen von einer Bombe getötet worden waren. Dicht hinter dem Wrack des zweiten Lastwagens lag ein umgekippter Ambulanzwagen. Einige Männer zogen gerade einen schreienden Verwundeten aus den Trümmern. Zwei andere Patienten, tot oder bewußtlos, lagen auf Tragbahren daneben. Der Fahrersitz des Ambulanzwagens war leer.

Plötzlich geriet das Londoner Mädchen in Panikstimmung. «Wo ist ‹Hoheit›?» fragte sie vorbeieilende Männer, doch die stießen sie zur Seite und hoben die Bahren in den ersten Ambulanzwagen.

Und dann fand er sie, zwanzig Meter neben der Straße unter einer schmutzigen Decke, bewacht von ihrem Krankenträger.

Paul hob die Decke und sah auf das ruhige, wächserne Gesicht hinab. Es war schmutzig, aber nicht entstellt, und der Krankenträger, auch ein Londoner, erklärte, er habe sie schon untersucht, aber keine Verletzung finden können.

«Es muß der Luftdruck gewesen sein», sagte er. «Habe das schon oft erlebt. Ich dachte schon immer, daß sie für diese Arbeit nicht kräftig genug war. Bin schon seit vier Monaten mit ihr zusammen gewesen und habe noch nie eine Frau mit ihren Nerven gesehen.» Der Mann war bekümmert, aber nicht vom Schmerz überwältigt, und warum sollte er das auch sein? Da er seit Monaten Verwundete transportierte, hatte er Dutzende von Menschen sterben sehen.

Paul ließ die Decke fallen, als das Mädchen herbeigerannt kam und in Tränen ausbrach. Paul ging zu den Pionieren zurück, die den Bombentrichter auffüllten, um die Straße wieder befahrbar zu machen.

Der Sergeant Major trat auf ihn zu. «Die Fahrerin dort sagte mir, Sie hätten die Tote gekannt?»

«Ja, sie war eine alte Freundin von mir. Ich wollte heute abend mit ihr zum Essen nach Béthune fahren. Wir würden jetzt dort sitzen, wenn sie nicht den Dienst einer anderen übernommen hätte.»

«Es ist nie gut, wenn man sich freiwillig meldet», philosophierte der Sergeant Major.

«Eine einzelne ‹Gotha›!» sagte Paul erbittert. «Was zum Teufel hat hier eine ‹Gotha› überhaupt am hellichten Tag zu suchen? Wie ich diese Halunken hasse!»

Der Sergeant Major sah ihn an, als versuche er, seinen Kummer zu verstehen. Dann sagte er beruhigend. «Die sind nicht schuld daran. Sparen Sie Ihren Haß für die Narren auf, die einen Ambulanzwagen zwischen zwei Lastwagen mit erbeuteter Munition stecken!» Danach ging er weg und rief den Pionieren zu, sie sollten sich beeilen, damit sich nicht noch längere Fahrzeugschlangen bildeten.

Sie begruben Grace auf dem Soldatenfriedhof in der Nähe des Feldlazaretts. Paul hatte die Erlaubnis bekommen, am Begräbnis teilzunehmen. Es war eine kurze, einfache Zeremonie. Außer dem Stabsarzt und dem Pionier, der das Grab geschaufelt hatte, war Paul der einzige anwesende Mann. Den Rest der Trauerversammlung bildeten die Mädchen von der Transportabteilung und zwei oder drei Krankenschwestern.

Er sah zu, wie man das Grab zuschaufelte und versuchte, mit dieser unwahrscheinlichen Szene fertig zu werden. Grace Lovell, einst seine Frau und die Herrin von Shallowford, lag in französischer Erde, vom Luftdruck einer deutschen Bombe getötet. Das war zu widersinnig, so irreal wie ein böser Traum, so unwahrscheinlich wie ein Wagen mit ovalen Rädern, von einem zweiköpfigen Hund gezogen. Wer hätte glauben können, daß es einmal so enden würde, dachte er, als ich sie das erste Mal sah an jenem Abend, als ich ins Tal kam? Und als dann das Hornsignal ertönte, hatte er Mühe, sich aufrechtzuhalten, da er an ihre Antwort dachte, die sie ihm auf seinen Rat, eine Pause einzulegen, gegeben hatte: «Ich ruhe mich aus, wenn das alles vorbei ist. Oder vielleicht schon früher, wenn ich Pech habe.» Sie hatte Pech gehabt, eigentlich ihr ganzes Leben lang – einen Vater, der ihre Mutter in den Tod getrieben hatte, eine unglückliche Jugend, eine gescheiterte Ehe, Jahre im Gefängnis um eines Prinzips willen und am Ende eine Bombe.

Als er zu seinem Lastwagen ging, dachte er, daß er froh sein konnte, sie noch einmal getroffen und die Vergangenheit begraben zu haben, und daß er ihr die letzte Ehre hatte erweisen können wie einem Kriegskameraden und nicht wie einer Frau, die er einmal in den Armen gehalten hatte.

Es begann zu regnen, und die Gruppe am Grab zerstreute sich allmählich. Nur der Pioniercorporal blieb zurück. Er klopfte die Erde um das Holzkreuz fest, auf dem stand: «Fahrerin G. Lovell, Transportabteilung. Gefallen am 14. 4. 1917.»

Die Hütte

I

An dem Tag, an dem Claire Pauls Nachricht erhielt, daß er im Oktober neun Tage Urlaub bekommen würde, kehrte sie ihren Patienten, Kindern, ihrem Personal und allen anderen Pflichten den Rücken, sattelte Snowdrop und ritt über die Dünen, um sich davon zu überzeugen, daß Eph Morgan sein Versprechen gehalten und die Hütte bewohnbar gemacht hatte.

Jeder Talbewohner hatte seinen Lieblingsplatz irgendwo auf dem Besitztum, und Claires Vorliebe galt der steilen, engen Schlucht, die nur eine halbe Meile von dem Strandteich entfernt ans Ufer mündete, wo ihre Mutter sie das Schwimmen gelehrt und Paul seinen Heiratsantrag gemacht hatte. Am Ausgang der Schlucht stand eine halbzerfallene Hütte, in der früher ein Original namens Krabben-Willi gewohnt hatte. Krabben-Willi war in Claires Jugend schon uralt gewesen, ein schnauzbärtiger alter Spitzbube, der vom Fang und Verkauf von Schalentieren lebte und der, wie man munkelte, einmal auf einem Segelschiff Kap Hoorn umfahren hatte. Hier hatte er bis zu seinem Tod in den neunziger Jahren gewohnt, und danach war seine Behausung mehr und mehr verfallen. Niemand hatte darin wohnen wollen, weil sie weitab vom Dorf und zu nahe an der Hochwasserlinie lag, so daß die Frühjahrsfluten manchmal Willis Türschwelle umspülten.

Claire hatte diese Gegend das erste Mal wieder besucht, als sie für die Patienten einen Abkürzungsweg zum Strand erkundete. Zu ihrer Überraschung stellte sie fest, daß Dachziegel und Dielenbretter von Willis Hütte noch einigermaßen intakt waren. Im Sommer war dies ein freundlicher, verschwiegener Winkel. Sand war vom Strand hergeweht worden. Weiter oben, hinter den Fichten, deren Zweige schützend über das Haus hingen, wuchsen Lichtnelken, Ochsenzungen, Klee und Waldanemonen in einem Zwergeichengehölz, und das Haus war gegen Ost- und Südwestwinde geschützt. Claire hatte zunächst daran gedacht, die Hütte in ein Strandhaus für die Genesenden umzubauen, doch dann war ihr klargeworden, daß sie nicht die Absicht hatte, sie mit jemand anderem als mit Paul zu teilen. Also besprach sie sich mit Eph Morgan, der gerade die Baracken auf der Pferdekoppel für die Regierung baute, und bat ihn, die Hütte bewohnbar zu machen. Eph unterzog sie einer Prüfung und erklärte, es würde nicht schwer sein, diese wetterfest zu machen. Aber er meinte, der einzige Weg, um das zu erreichen, führe über ein Verbrechen, denn sie müsse ein Formular unterschreiben, demzufolge der Umbau eine Erweiterung des Lazaretts darstellte. Ohne Gewissensbisse unterschrieb sie. Er schaffte bei Ebbe das Baumaterial über den Strand heran und half ihr später, über die Dünen Möbel, Bettwäsche und Küchengerät zur Hütte zu bringen.

Als die Arbeit beendet war und die Hütte heimelig und einladend wirkte, schloß sie die Tür ab und bewahrte den Schlüssel auf für den Tag, an dem sie die Nachricht von Pauls Heimkehr erhalten würde. Die Hütte sollte der Ort sein, wo sie seinen kostbaren Urlaub weitab von den Krankenzimmern und allen Belästigungen verbringen würden. Auch ihre Selbstsucht spielte bei diesem Plan eine Rolle, wie sie sich zugestehen mußte. Seit langem wußte sie, daß sie Paul viel dringender brauchte als irgend jemand sonst im Tal, und sie war entschlossen, ihren Anspruch auf Kosten der Pächter, Angestellten und sogar der Kinder zu behaupten.

Am Morgen des Tages, an dem er ankommen sollte, fuhr sie noch einmal mit dem Einspänner über die Dünen, um eine letzte Inspektion vorzunehmen und genügend Lebensmittel abzuladen, daß man einer kurzen Belagerung widerstehen konnte. Die Hütte hockte wie ein verwitterter Pilz unter den Tannen, aber innen roch es nach frischer Farbe. Claire verbrachte eine Stunde darin, machte Feuer, auf das sie viel grünes Holz legte, lüftete die Betten, legte Wärmflaschen hinein, packte Eier, Schinken und Mehl und einige Flaschen Wein aus und gab dem Raum eine freundliche Note, indem sie braungoldene und gelbe Chrysanthemen hineinstellte.

Dann sah sie einige Minuten ins Feuer und kam sich eher wie eine junge Braut vor als wie eine Frau in mittleren Jahren, an der eine wachsende Familie und hundert Rekonvaleszenten hingen. Doch das bedeutete ihr in dem Augenblick wenig, als sie ihr schönstes seidenes Nachthemd auf das Kissen legte.

Sie war von seinem jugendlichen und kräftigen Aussehen überrascht, als er seinen Tornister aus dem Zug warf und den Bahnsteig entlang auf sie zukam. Zu lange, so schien es ihr, war sie von kranken, amputierten, zitternden Männern umgeben gewesen. Sie wußte natürlich, daß ihm das Schlimmste erspart geblieben war und daß er seit der Frühjahrsoffensive zumindest immer ein Dach über dem Kopf gehabt hatte. Aber sie hatte nicht erwartet, ihn so frisch, gesund und offensichtlich ruhiger nach Hause kommen zu sehen, als er in der ersten Hälfte des Krieges gewesen war. Sie war einen Augenblick etwas verlegen, als er sie umarmte und sie sich an alles erinnerte, was sie ihm in den letzten Monaten geschrieben hatte. Doch das war vorüber, als sie in den Einspänner stiegen und er die Zügel nahm, als wäre er nur auf einen kurzen Besuch in London gewesen.

2

Für Claire war die Zeit, die sie allein in der Hütte verbrachten, der Höhepunkt ihrer Ehe, ein Licht, das bis ans Ende ihres Lebens leuchten sollte und an das sie sich erinnern konnte, als ihr Haar beim Kämmen nicht mehr knisterte und sie stärker wurde und etwas von ihrer Geschmeidigkeit einbüßte. Beide waren ausgehungert, daß sie die Liebesspiele der Tage vor dem Krieg völlig außer acht ließen und von einem leidenschaftlichen Höhepunkt zum anderen fanden.

Doch wie in den frühesten Tagen ihrer Ehe kam auch der Humor zu seinem Recht. «Du benimmst dich wirklich nicht wie ein Mann, der ein anstrengendes Leben geführt hat», neckte sie ihn. «Ich glaube, du hast in Frankreich den angenehmsten Posten bekommen, den man sich denken kann, und konntest deine Energien mit Austern und Champagner aufladen.»

«Nein, das waren deine schamlosen Briefe – raffinierte Grausamkeit einem verheirateten Mann gegenüber, der sich von Büchsenfleisch ernähren muß.»

Und wenn sie ihn mit seinen Liebestechniken neckte und meinte, die müsse er wohl von den Demoiselles gelernt haben, erinnerte er sie an seinen Befehl, kein Wort über den Krieg zu sprechen.

Diese Flitterwochen gaben ihnen viel mehr als die ersten vor zehn Jahren. Und das veranlaßte sie, Flitterwochen als solche für verfehlt zu erklären, denn sie meinte, daß man von einem jungen Paar in dieser Hinsicht viel zuviel erwarte, da es sich doch erst aneinander gewöhnen müsse, was unmöglich sei, wenn man noch das Läuten der Hochzeitsglocken in den Ohren habe. «Warum können die Flitterwochen nicht verschoben werden, und zwar so lange wie die unseren jetzt?» fragte sie.

«Weil sie dazu gedacht sind, möglichst rasch Nachwuchs zu zeitigen. Angenommen, wir hätten zehn Jahre gewartet, dann wären wir ein ziemlich altes Ehepaar von fast sechzig Jahren, während die Zwillinge und Mary noch zur Schule gehen würden.»

«Nun, wenn du in den letzten achtundvierzig Stunden nicht wieder Vater geworden bist, müßte ich unfruchtbar geworden sein! Wenn das Gut in Unordnung gerät, weil ich den ganzen nächsten Sommer stillen muß, kannst du niemandem als dir selbst die Schuld daran geben, Gutsherr!»

Von den acht Tagen, die er im Tal blieb, verbrachten sie vier in völliger Abgeschiedenheit, und den Rest im Herrenhaus. Auch dies bereitete ihm Freude – die lautstarke Begeisterung der Zwillinge für alles Militärische, der Unabhängigkeitsdrang der kleinen Karen und die Feierlichkeit der sechsjährigen Mary, wenn sie auf seinem Knie saß und darauf bestand, das andere für ihren Schützling freizuhalten, den kleinen Patrick, um den sie sich mütterlich bemühte wie eine Spanielhündin um ein Fuchsjunges.

Am neunten Tag fuhr er zu Simon, der im Monat zuvor nach High Wood gekommen war. Obwohl es nicht an Versuchen von seiten Pauls gefehlt hatte, war es ihm nie gelungen, zu Simon ein Verhältnis wie zu den anderen Kindern und sogar zu einigen seiner Patenkinder im Tal herzustellen. Der Junge umgab sich mit einer besonderen Art von Zurückhaltung, die auf die meisten Menschen abweisend wirkte und die nur Ikey und bis zu einem gewissen Grad auch Claire überwinden konnten. Er sprach freundlich mit den meisten Pächtern, Handwerkern und Lohnarbeitern, so daß Paul sich manchmal sagen mußte, daß Simon offenbar mit Sam Potter oder mit der Kuhmagd auf dem Herrengut offener sprach als mit seinem Vater. In Pauls Gegenwart war Simon respektvoll und unverbindlich.

Eine der Nebenwirkungen von Pauls Urlaub im Jahre 1917 war es, daß er diese Kluft zwischen sich und seinem Sohn teilweise überbrücken konnte. Paul hatte Glück, gerade in dem Augenblick mit Simon zu sprechen, als sein Verteidigungswall etwas abbröckelte, da er gerade im ersten Semester High Wood besuchte. Die Schule befand sich überdies in einem ziemlich desolaten Zustand, der Lehrkörper bestand aus invaliden Schützengrabenveteranen und schlecht ausgebildeten Zivilisten und wurde von einem asthmatischen Aushilfs-Direktor geführt.

Als Paul im Zimmer des Direktors saß und Simon zaghaft eintrat, erinnerte er ihn stark an Grace, so wie er sie zum letztenmal in Béthune gesehen hatte. Er wußte, daß Claire ihn vom Tod seiner Mutter unterrichtet hatte und fragte sich, ob der Junge wohl trauerte, denn er konnte an sie ja keinerlei Erinnerung haben.

Paul fragte sich eben, wie er den Tag mit dem Jungen zubringen sollte. Da schlug der Direktor vor, sie könnten einen Ausflug zu einem Gasthaus, vier Meilen von der Schule entfernt, unternehmen. Anfangs fürchtete Paul, daß dies ein peinlicher Ausflug werden könnte, da Simon auf seine Fragen, wie es ihm in der Schule gefalle, nur einsilbige Antworten gab. Als sie durch einen Buchenhain kamen, gelang es Paul, das Eis zu brechen. «Ich bin eigentlich gekommen, um dir zu sagen, was deine Mutter für eine tapfere Frau war.»

Da blieb Simon stehen und sah Paul an. Seine Oberlippe zitterte, und er sagte mit belegter Stimme. «Mrs. Handcock sagt, du seist dabeigewesen, als sie umkam. Aber ich wollte es nicht glauben, Sir. Ich konnte nicht verstehen, wieso du dort warst.»

Paul stellte zu seiner Überraschung fest, daß auch seine Stimme unsicher klang. Sie standen am Waldrand neben einem Wildbach und setzten sich dann in stillschweigendem Einverständnis auf einen Zaun. «Ich wußte nicht, wieviel man dir erzählt hat, aber ...» Er unterbrach sich und sagte ungeduldig: «Hör mal, du brauchst mich nicht so förmlich anzureden. Ikey nannte mich immer ‹Chef›. Wenn du willst, kannst du von mir aus auch ‹Chef› zu mir sagen.»

Simon lächelte, und Paul sah, daß er damit jeden Anflug von Mißmut oder Argwohn zerstreuen konnte, genau wie Grace. Er legte Simon die Hand auf die Schulter, und als der Junge dieser Berührung nicht auswich, wie er halb gefürchtet hatte, fuhr er fort: «Zufällig hat die alte Klatschbase einmal recht. Ich war dort, als deine Mutter getötet wurde. Sie transportierte Schwerverwundete von der Front in ein weiter hinten gelegenes Lazarett. Ich kam ein paar Minuten später dorthin, wo es passiert war. Vorher hatten wir uns zufällig getroffen, zusammen zu Abend gegessen und dabei auch über dich gesprochen. Sie wollte dich einmal besuchen.» Paul hielt diese Notlüge für erlaubt, denn irgendwie schien es ihm wichtig, Mutter und Sohn nachträglich einander etwas näherzubringen. «Würdest du mir etwas über sie erzählen ... Chef?»

«Ja, gern. Ich hatte schon immer ihren Mut bewundert. Aber als ich sie in Frankreich wiedertraf und mit einigen Mädchen von ihrer Abteilung gesprochen hatte, stieg meine Hochachtung ins Unermeßliche. Sie war genauso heldenhaft wie die Männer, die mit dem Viktoriakreuz ausgezeichnet worden sind.» Er erzählte soviel über die Begleitumstände von Graces Tod, wie er dem Jungen glaubte zumuten zu können. Und als er ihm berichtet hatte, daß Grace mit militärischen Ehren beigesetzt worden war, überraschte ihn Simon mit der Frage: «Warum hatte sie uns denn überhaupt verlassen? Habt ihr euch wegen mir gestritten?»

«Aber nein, um Gottes willen. Warum hätten wir das tun sollen? Du warst damals erst ein paar Monate alt.» Er überlegte krampfhaft, wie er einem dreizehnjährigen Jungen die ganzen, unwahrscheinlichen Umstände erklären konnte. «Es ist sehr schwierig, das in ein paar Worte zu fassen, aber ich vermute, daß deine Mutter mich nie geliebt hat, so wie deine Stiefmutter es tut. Wir hatten verschiedenartige Ziele im Leben. Sie war mehr ein Stadtmensch, und wir hätten nie heiraten sollen. Dann wären wir gute Freunde geblieben, wie wir es in Frankreich waren. Dann hatte sie sich das Frauenstimmrecht in den Kopf gesetzt, und das wurde für sie wichtiger als ich oder das Gut.»

«Warst du gegen das Frauenstimmrecht?»

«Überhaupt nicht, und auch unser Abgeordneter Jimmy Grenfell war nicht dagegen und hat sie ehrlich bewundert. Das Merkwürdige an der ganzen Sache ist jedoch, daß ich langsam glaube, deine Mutter hat mich verlassen, weil sie glaubte, es sei mir gegenüber nicht fair zu bleiben.» Er sah Simon von der Seite an. «Glaubst du, daß du das verstehen kannst?»

«Ja», sagte Simon, «ich glaube, ich weiß, was du meinst, Chef. Sie muß gedacht haben, daß du jemanden heiraten solltest, der das Tal ebenso liebt wie du.»

«Genau das war es», sagte Paul, über die Erkenntnis des Jungen verblüfft. «Sie sagte mir, ich hätte von Anfang an eine Bauerntochter heiraten müssen. Aber was ich dir eigentlich sagen wollte, ist dies: Sie war, obwohl wir geschieden waren, eine Mutter, deren man sich nicht schämen müßte. Genau das Gegenteil ist der Fall. Sie ist nicht mit einem anderen davongelaufen, sie hat sich nur ganz der Politik gewidmet und ist für ihre Überzeugung sogar ins Gefängnis gegangen. Das können die wenigsten Politiker von sich sagen.»

«Aber einige Mitglieder der Arbeiterpartei können das von sich sagen», erklärte Simon, und Paul fragte sich, woher Simon das wissen konnte. Auf einer so konservativen Schule wie High Wood hatte er es bestimmt nicht erfahren, denn dort würde man nicht über Sozialisten sprechen, ohne sie gleichzeitig «schmutzige Verräter» zu nennen.

«Ja, das stimmt», antwortete er. «Manche Leute denken anders über den Krieg, und die meisten Männer an der Front achten sie dafür.»

«Wirklich?»

Paul merkte, daß er Simon nun doch endlich überrascht hatte. «Ja, weil nämlich die meisten Menschen hier zu Hause keine Ahnung davon haben, wie der Krieg ist, und nur Unsinn darüber reden, wie die Zeitungen und die Politiker. Hat Ikey dir von seinem Freund Keith Horsey erzählt, dem Sohn des Pastors? Er war Kriegsdienstverweigerer und steht jetzt als Sanitäter in den schwersten Kämpfen.»

«Ja», sagte Simon nachdenklich, «ich weiß. Die Jungen hier in der Schule schämen sich seiner, deshalb schrieb ich an Ikey darüber. Er schrieb zurück, das seien Dummköpfe, denn Horsey sei tapferer als alle zusammen.»

«Hast du das deinen Freunden gesagt?»

«Nein, weil es mir übel ergehen würde, wenn ich einen Kriegsdienstverweigerer in Schutz nehmen wollte. Und als Neuer soll man keine Scherereien heraufbeschwören.»

«Das verstehe ich. Es muß schwierig sein, an solch einer Schule eine unpatriotische Haltung einzunehmen.»

«Was hältst du vom Krieg, Chef?»

Das war fast genauso schwer zu beantworten wie die Frage, warum Grace Heim und Mann gegen Holloway eingetauscht hatte, denn Paul befürchtete, sich zu offen über das Thema auszulassen, da Simon seine Anschauungen vielleicht in einem unbedachten Augenblick weitergeben könnte. «Ich finde mich damit ab wie die meisten Männer an der Front», sagte er und merkte, daß er der Frage auswich. Aber Simon war damit nicht abzuspeisen, und wieder erinnerte sich Paul an Grace, wenn eines ihrer Prinzipien zur Diskussion stand.

«Aber du mußt doch wissen, ob du ihn für richtig oder für falsch hältst!»

«Ich halte ihn für falsch», sagte Paul widerstrebend. «Er ist das größte Verbrechen gegen die Menschheit, das es jemals gab. Ich hoffe aber, daß doch etwas Gutes dabei herauskommt, zumindest glauben das die meisten von uns an der Front, die Deutschen ebenso wie die Briten!»

«Aber wenn alle das glauben, warum kämpfen sie dann überhaupt weiter?» fragte Simon mit der gleichen entnervenden Beharrlichkeit, die seine Mutter besessen hatte.

«Weil im Augenblick keine Seite zum Nachgeben bereit ist. Die Soldaten im Schützengraben wären froh, wenn alles vorüber wäre, aber sie sind es ja nicht, die über Krieg und Frieden bestimmen. Sie tun nur das, was man ihnen befiehlt, und alle Befehle kommen von älteren Herren, von denen die meisten ihren Hintern an einem behaglichen Kaminfeuer wärmen. Deshalb muß bis zum Ende gekämpft werden.»

«Aber das ist doch verrückt!» sagte Simon, und Paul gab ihm recht, meinte aber, daß die Männer, die aus dem Krieg zurückkehrten, alles tun würden, damit so etwas nicht noch einmal geschähe.

Als sie sich am Nachmittag verabschiedeten, sah Paul, daß Simon jedes Wort über Grace tief in sich aufgenommen hatte, denn als er seinem Vater die Hand gab, sagte er: «Wenn meine Mutter je eine Auszeichnung bekommen sollte, könnte ich die dann haben? Und behalten?»

Paul konnte seine Rührung nur mit Mühe verbergen. Doch auf der Heimfahrt war er nicht mehr so deprimiert wie auf dem Hinweg, denn er war Simon nähergekommen als je zuvor. Und als er in dem Auto, das er in Paxtonbury gemietet hatte, über das Hochmoor ratterte, dachte er, was für eine untergeordnete Rolle doch die Umwelt bei der Bildung eines Charakters spielte und wie klar nun zutage trat, daß Simons Persönlichkeit das Vermächtnis der blassen, erschöpften Frau war, die er zuletzt unter einer Decke an der Straße nach Messines hatte liegen sehen.

Heimkehr

I

Januar 1918. Schnee bedeckte das Tal vom Blackberry-Moor bis hinunter zu den Dünen, vom Shallowford-Wald bis zur zugefrorenen Sorrel. Seit dem zweiten Weihnachtsfeiertag herrschte strenger Frost, so daß sogar diejenigen, die ihre Männer im Feld hatten, zu sehr froren, zu müde und niedergedrückt waren, um ihnen mitleidige Gedanken zu schenken. Dies war der vierte Winter eines Krieges, der nicht enden wollte. Er hatte die Herzen verhärtet, was manchmal große Anforderungen an das gutnachbarliche Einvernehmen stellte.

Dies war für Claire schmerzlicher als die ständige Verminderung der Arbeitskräfte im Tal. Sie besuchte ab und zu die Hinterbliebenen, versuchte ihnen Mut zu machen, indem sie vom kommenden Frühling sprach und davon, daß dieser Frost eine Rekordernte versprach. Immerhin war das Tal nicht nur bevölkerter, sondern auch ertragreicher als je zuvor. Nie waren weniger als zweitausend Mann in dem Barackenlager in Nuns Bay und oft hundert Genesende im Herrenhaus. Alle sieben Güter hatten mehr Land unter dem Pflug als vor dem Krieg, und ihr Viehbestand hatte sich verdoppelt. Und obwohl so viele vertraute Gesichter verschwunden waren, einige für immer, hatten andere ihren Platz eingenommen, und es waren nicht lauter Fremde wie die Soldaten im Lager oder die deutschen Kriegsgefangenen. Männer und Frauen waren vom Nachbargut Heronslea gekommen, seit Lord Gilroy an der italienischen Front gefallen war, ohne Nachkommen zu hinterlassen, und Claires Bruder Hugh in High Coombe beschäftigte zwei Kriegsdienstverweigerer, da er weder patriotische Skrupel wie Eveleigh kannte, noch eine Vorliebe für großbusige Landmädchen hatte. Aber die Veränderungen im Tal waren so vielschichtig und gingen so rapid vonstatten, daß es Claire nicht leichtfiel, auf dem laufenden zu bleiben und Paul darüber zu informieren. Aber sie saß abends in der Bibliothek und bemühte sich, alles im Gutstagebuch festzuhalten. Sie widmete sich dieser Pflicht mit Hingabe, da es ihr half, ihre Gefühle zu ordnen und es ihr auch im Hinblick auf die Nachkriegszeit wichtig erschien.

Die Aufstellung der Männer aus dem Tal, die im Feld standen und derer, die gefallen waren, nahm nun schon fast zwei Seiten in Anspruch. Dick Marlowe, der jüngere Sohn des Küsters, war an der

Westküste Afrikas mit einem Frachtschiff, das Mais nach England bringen sollte, untergegangen. Dave Buller, der Aufseher von Heronslea, war gefallen und hatte die Narbe, die Smut Potters Gewehrkolben in seinem Gesicht hinterlassen hatte, mit in sein Grab in der Nähe von Vimy genommen. Ende Februar traf die Nachricht ein, daß Keith Horsey ums Leben gekommen war, als ein Minenwerfer eine Sanitätskolonne unter Beschuß genommen hatte. Und in diesem Fall fühlte sich Claire verpflichtet, etwas mehr zu tun als den Verlust ins Gutstagebuch einzutragen. Sie stattete dem Pastor einen Besuch ab.

Sie traf ihn bei der Arbeit in seinem eisigen, mit Büchern vollgestopften Arbeitszimmer an. Obwohl er müde und krank wirkte, hatte sie den Eindruck, als habe sein Glaube ihm eine gewisse Kraft gegeben, und das war mehr, als man von den meisten Schafen seiner Herde sagen konnte, die mit dem gleichen Schicksal konfrontiert waren. Er schien sogar stolz auf seinen Sohn zu sein und auf dessen Entschluß, sich zum Sanitätsdienst zu melden.

«Wie Sie wissen, war ich anfangs dagegen. Inzwischen ist mir klargeworden, daß er recht hatte und ich unrecht. Ich frage mich, ob die ersten Märtyrer nicht vom gleichen Geist beseelt waren, wenn sie freiwillig in die Arena gingen, um den verwundeten Gladiatoren oder den Tieren zu helfen. Ich wußte zwar immer, daß Keith mir Ehre machen würde, aber ich hatte mir nicht vorgestellt, daß es auf diese Art geschehen würde.» Da Claire mit dieser Äußerung nichts anfangen konnte, fuhr er fort: «Sehen Sie, Mrs. Craddock, Sie und Ihr Mann wußten von Anfang an, daß ich hier ein Versager bin, genau wie in der Pfarrei, die ich vorher hatte. Ich wußte das immer, aber ich konnte mir sagen, daß ich der Vater eines tüchtigen Gelehrten bin, der äußerlich vielleicht genauso unscheinbar wirkt wie ich, dessen Geist ihm jedoch einen Platz in dieser Welt verschaffen würde. Und das wäre auch so gekommen. Jetzt muß ich wahrscheinlich darin Trost finden, daß sein Dienst an der Front wichtig war, um Hunderten von Männern das Leben zu retten. Das aber wäre kaum möglich, wenn Keith nicht den Kriegsdienst verweigert hätte, sondern einer dieser bewaffneten Männer gewesen wäre.» Er lächelte, höflich und nervös wie sonntags, wenn er auf die Kanzel stieg, um eine jener Predigten zu halten, die seine Kriegsgemeinde nicht tolerierte.

Pastor Horsey wartete auf eine Reaktion von Claire, und als diese ausblieb, nahm er den letzten Brief seines Sohnes aus dem Feldpostumschlag und las ihn vor:

«Heute ist der erste Jahrestag meiner Ankunft in Frankreich, und es scheint mir an der Zeit zu sein, einige Gedanken niederzuschreiben. Ich hätte das schon vor Monaten tun sollen, fand aber weder vor noch seit der Schlacht bei Ypern die Zeit dazu. Zunächst einmal: Bitte schicke mir keine Bücher. Ich hätte ohnehin keine Zeit, sie zu lesen. Außerdem erinnern mich Bücher an die Orte, wo sie hingehören – an Bibliotheken, Schulen und Universitäten, wo ich soviel Zeit zugebracht und, so scheint es mir, zum Teil verschwendet habe. Denn ich sehe jetzt, daß nur ein völlig stumpfer Mensch hier draußen nicht in einer einzigen Woche mehr lernt als er in sich hineinstopfen könnte, wenn er sein ganzes Leben an einer Universität verbringen würde – das heißt in bezug auf das Wesentliche.

Ich habe Bilanz gezogen, seit wir aus der Schlacht von Passchendaele herausgekommen sind. Auf der Sollseite – mit Übertrag vom letzten und vorletzten Jahr – stehen Tod, Blut, Schlamm, Läuse, Angst und Langeweile. Und auf der anderen Seite? Wir wollen sie als das verborgene Haben bezeichnen. Hier steht das Wunder, was der Durchschnittsmensch ertragen kann, ohne zusammenzubrechen; die Kameradschaft zwischen den Männern, die überlebt haben; und dann vor allem der tröstende Gedanke, daß die Hölle doch nicht so furchtbar sein kann, denn hier draußen ist schon die Hölle. Und doch lachen die Menschen hier, sie lachen und singen. Beides tut man gerade in unserem Unterstand, die einen spielen Siebzehn und Vier, und die anderen singen zur Ziehharmonika. Es wird Zeit, dies einmal auszusprechen und die Schlußbilanz zu ziehen, denn meine Kerze ist nur noch zwei Zentimeter lang: Ich bin froh, daß ich hier bin. Aber ich nehme kein Wort von dem zurück, was ich je über dic Dummheit und Brutalität des Krieges gesagt habe, denn wäre ich nicht hier, dann hätte ich meinen Groll im Gefängnis gehätschelt und mich für einen Märtyrer gehalten, während hier draußen jeder einzelne ein Märtyrer ist und es nicht genug Martertafeln für sie gibt. Einige werden überleben, vielleicht doch so viele, um den Nationen, die sich zivilisiert nennen, eine neue Ordnung zu geben. Die Kerze erlischt. Gute Nacht. Gott mit Dir.»

2

Im April und Anfang Mai kam es Paul so vor, als schliefe er im Gehen und Stehen und am Steuer seines Leyland-Lastwagens, wenn er über die von unzähligen Granatlöchern aufgerissenen Straßen fuhr und schale Luft durch die Gasmaske atmete. Seelische Erschütterungen, Lärm und Mangel an Schlaf stumpften seine Sinne ab, so daß kein Rhythmus mehr in seinem Leben war wie in den vergangenen fünfzehn Monaten im Feld. Seine Einheit, die mit anderen dezimierten Abteilungen zusammengelegt worden war, wurde dahin und dorthin geworfen, nach Norden, nach Süden und wieder zurück, wo immer es gerade galt, Verpflegung, Stacheldraht und Munition anzufahren. Manchmal schienen die Lastwagen tagelang sinnlos dahinzurollen. Alle Männer, die er mit Namen kannte, verschwanden im Chaos und wurden durch andere ersetzt – durch halb ausgebildete Jungen von achtzehn und müde, arbeitsscheue Männer von fünfzig Jahren, die herumstanden wie der alte Honeyman zu Hause beim Schafehüten. Es kam keine Post mehr, und wenn Briefe eintrafen, dann war er nicht da, um sie in Empfang zu nehmen. Überall war die Front am Zusammenbrechen, der Krieg schien so gut wie verloren.

Während der letzten deutschen Großoffensive, als Ludendorffs Sturmtruppen auf breiter Front zur Marne vorstießen, war Paul plötzlich wieder Infanterist und verteidigte verzweifelt kleine Widerstandsnester gegen die endlose graue Flut aus dem Osten. Manchmal entging er nur knapp dem Tod. Immer weiter ging es zurück mit den Resten der britischen und französischen Einheiten, die von mathematisch berechnetem Sperrfeuer aus ihren Stellungen geworfen wurden. Am Morgen des 29. Mai schließlich überrollte ihn die Flut und löschte für neunundfünfzig Tage alles in ihm aus – Vergangenheit und Gegenwart.

Er spürte nichts. Es war nur eine lautlose Explosion wie das rotgoldene Blitzen fernen Artilleriefeuers in der Nacht, und dann eine Ewigkeit von Träumen, manche qualvoll wie der immer wiederkehrende Traum von seiner ersten Kriegsverwundung vor vielen Jahren, andere freundlich wie die Erinnerung an Sommernachmittage im Tal, wenn er Claire zu Krabben-Willis Hütte herabkommen sah. Sie trug einen altmodischen Hut und winkte beim Näherkommen, aber sie erreichte ihn nie.

Pauls Einheit hatte sich wieder einmal ein Stück südwestwärts auf Soissons zu abgesetzt. Sie waren tagelang marschiert, hatten die Verbindung mit den Einheiten an den Flanken verloren. Artillerie hatte sie unter Beschuß genommen, Maschinengewehrfeuer, das manchmal von hinten zu kommen schien, hatte sie gepeitscht. Sie waren kaum noch eine Armee. Immer noch kämpfend, gingen sie zurück, in wüster Haufen von Briten, französischen Poilus und Zivilisten, die ins Kielwasser der geschlagenen Divisionen hineingeraten waren. Und es waren Pauls Bemühungen um einen verwundeten Poilu, die ihn zu Boden warfen.

Er hatte nie die Verachtung der Briten gegenüber ihren Verbündeten geteilt und die Franzosen nie als Schlamper angesehen, deren Unterstände verdreckt und unbewohnbar waren, aber ebensowenig als die Erben von Austerlitz, sondern als ein Volk von Bauern und Handwerkern wie die Menschen in seinem Tal, die von ihren Militaristen und Politikern grausam mißbraucht wurden. Ihr Land, das ihn oft lebhaft an das Tal erinnerte, war von den Armeen verwüstet, ihre Häuser von den Kanonen beider Seiten in Trümmer gelegt, und ihr Blut war im Überfluß vergossen worden. Und doch kämpften sie weiter, zäh und verbissen, kleine, dunkelhäutige Männer zumeist, mit blauschwarzen Bärten und dunklen, brennenden Augen. In letzter Zeit freilich schienen sie ohne rechte Hoffnung zu kämpfen. Solche Gedanken mußten ihm wohl durch den Kopf gegangen sein, als er den Poilu bemerkte, der versuchte, sich einen Notverband anzulegen. Er saß im Schutz eines kleinen Hügels. Zwei Soldaten aus Northumberland schleppten das letzte verbliebene Maschinengewehr der Kompanie und die unhandlichen Munitionsbehälter. Paul hatte daher die Hände frei. Der Franzose verdrehte die Augen, als er neben ihm niederkniete. Seine Schulter war durch ein Schrapnell aufgerissen, das von einer immer noch schießenden Batterie hinter dem Hügel abgefeuert worden war. Als Paul den Poilu gerade aufgerichtet hatte, durchschlug ein weiterer Splitter dessen Helm und traf Pauls Schläfe. Zusammen fielen sie nieder, in einer grotesken Umarmung verschlungen. Die Northumberländer hielten den Transportoffizier für tot. Sie rannten den Hügel hinab und fanden in einem Bauernhaus Deckung. Sie versicherten sich gegenseitig, daß sie in der Dämmerung zurückgehen würden, um seine Papiere und die Erkennungsmarke zu holen.

Dazu kamen sie nicht, denn als es dunkelte, fanden sie sich mitten in einem Massenrückzug. Es waren deutsche Sanitäter, die Paul am nächsten Morgen fanden. Er atmete noch, und deshalb brachten sie ihn mit einigen ihrer eigenen Schwerverwundeten ins Feldlazarett nach Soissons.

Er verdankte sein Leben dem Umstand, daß sich dort gerade ein

Hirnspezialist namens Quirnheim aus Leipzig befand, der der Bauchschüsse und zerfetzten Glieder allmählich überdrüssig geworden war und den deshalb der Fall ein wenig interessierte. Er operierte den Splitter heraus, sagte aber zu seinem Assistenten, der englische Lieutenant werde wahrscheinlich innerhalb der nächsten vierundzwanzig Stunden sterben. Als er am nächsten Tag bei seiner Visite Paul noch am Leben fand, wurde sein Interesse an dem Patienten wieder wach. Er untersuchte ihn eingehender, entfernte einen zweiten Splitter aus einer Wunde vor dem linken Ohr und erklärte den feixenden Sanitätern, dieser Engländer habe offenbar einen noch dikkeren Schädel als sein Oberbefehlshaber Sir Douglas Haig.

Quirnheim hatte keine Gelegenheit, den Fall weiterzuverfolgen, denn die Front flutete wieder über Soissons hinweg, und als die Franzosen und Amerikaner die Stadt einnahmen, blieben alle Schwerverwundeten zurück. Paul lag auf einer Station mit zwanzig oder dreißig weiteren schweren Fällen. Da seine Erkennungsmarke verloren, seine Uniform verbrannt und seine wenigen Habseligkeiten gestohlen waren, konnte ihn niemand identifizieren. Tage vergingen, bis einige im Fiebertraum gemurmelte Worte, die eine amerikanische Krankenschwester zufällig hörte, ihn als Engländer auswiesen.

3

Claires fünftes Kind, wieder ein Mädchen, kam am frühen Morgen des 1. Juli zur Welt. Maureen erklärte, Claire sei ein Beweis für das Gesetz des Ausgleichs, da sie eine schwierige Schwangerschaft, aber eine leichte Geburt gehabt habe. Aber erst als das Kind zur Welt gebracht war und Maureen in Ruhe eine Zigarette rauchte, ehe sie auf ihre Runde ging, begann die Ärztin, Claires unerschütterlichen Optimismus in bezug auf Paul zu verstehen. Das war nicht einfach der Talisman einer Schwangeren, wie ihr nun klarwurde. Zwar hielten sie selbst und John ihn für tot. Aber Claire war in ihrer Überzeugung nie schwankend geworden.

«Claire, du bist ein unglaubliches Wesen», sagte Maureen voller Bewunderung. «Du bist fest überzeugt, daß er schon bald mit seinen langen Beinen hier hereingeschlendert kommt, nicht wahr?»

«Ja, das stimmt», antwortete Claire. «Er wird bald hier sein und keinen großen Schaden genommen haben. Und das ist nicht nur ein Rettungsanker, an dem sich Frauen gewöhnlich festhalten, wenn sie die Vermißtmeldung bekommen. Es gibt eine Verbindung zwischen Menschen, die sich in Jahren eine tiefe persönliche Verbundenheit aufgebaut haben, wie die zwischen mir und Paul oder zwischen dir und John. Trennung und Entfernung können das nicht zerreißen, und wenn der Tod es täte, dann wüßte man das. Es gibt nicht mehr viele Dinge, deren ich sicher bin. Aber hier bin ich ganz zuversichtlich. So, und nun laß mich noch mal mein Kind sehen.»

4

Major Palfrey war jetzt Kommandant eines Panzerbataillons mit vier Tanks, denen man liebevoll zwei männliche und zwei weibliche Namen gegeben hatte – Alfie, Bertha, Charlie und Daisy.

Während der vierundzwanzig Monate, die zwischen Loos und Passchendaele lagen, wurden die neuen Tanks nur ganz wenigen Offizieren anvertraut, die damit ihre Träume erfüllt sahen. Ikey gehörte zu diesen wenigen, denn die Vision, die er als Artilleriebeobachter im Sommer 1915 gehabt hatte, wurde im Endstadium der Schlacht an der Somme verwirklicht. Als einer der ersten war er mit einem Mark I in den Kampf gefahren und hatte den idiotischen Einsatz der neuen Waffe durch das Oberkommando verwünscht. Die Tanks wurden einzeln und zu zweien eingesetzt, und obwohl ihre Wirkung auf den Feind zunächst sensationell war und jene, die die deutschen Linien erreichten, alles vor sich herfegten, vereitelte die Entscheidung der Strategen, jeden Großangriff weiterhin mit einem Sperrfeuer einzuleiten, das den Boden aufwühlte und den Feind im voraus warnte, die Vorteile der Tanks. Ihre Befürworter wurden als Versager zurückgezogen, doch statt zu verzweifeln, beugten sie sich über ihre Karten und suchten nach einem Frontabschnitt, an dem sie ihre Behauptung, die Tanks seien der einzige Ausweg aus der militärischen Sackgasse, beweisen konnten.

Ikey war immer wieder an und hinter der Front gewesen, da er schon seit drei Jahren in Frankreich kämpfte. Doch er lieferte keinen Beweis für die Theorie, daß die Nützlichkeit eines Mannes proportional zur Länge seines Frontdienstes abnahm. Sein Nervensystem war noch intakt, obwohl einige seiner engeren Freunde allmählich glaubten, daß sein eigentlicher Kampf nicht mehr den Mittelmächten galt, sondern den Kavalleriegeneralen, die in ihrem Schloß fünfzig Meilen hinter den Linien residierten. Vor dem Krieg war Ikeys Haltung den vorgesetzten Offizieren gegenüber von einer ironischen Verachtung gekennzeichnet gewesen. Nun aber, noch ehe die Offensive an der Somme zu Ende ging, war er zu dem Schluß gekommen, daß man über die Vorgesetzten keine Witze mehr machen konnte, ganz besonders nicht über jene, die über sechzig waren und deren lamettabehängte Günstlinge das Oberste Hauptquartier beherrschten. Er erklärte, sie hätten sich von lächerlichen Hanswürsten zu mörderischen Wahnsinnigen entwickelt, die man eigentlich einsperren müßte, bis der Krieg vorüber sei. Inzwischen setzte er sein Vertrauen auf den verbesserten Mark IV-Tank, und als es hieß, man wolle den Tankfahrern nun endlich eine Chance geben zu zeigen, was sie wirklich könnten, geriet er in eine solche Hochstimmung, daß er zu seinen Leuten sagte, nun wollten sie den Krieg auf eigene Faust beenden.

Doch das wurde ihnen verwehrt. Der gewählte Frontabschnitt lag bei Cambrai, und da die Tankfahrer darauf bestanden hatten, ging dem Angriff nur ein kurzes Bombardement voraus. Zuerst sah es so aus, als ob Ikeys Vorhersage sich bewahrheiten würde. In wenigen Stunden waren die Tanks vier Meilen vorangekommen und hatten in die deutschen Linien jenen Keil geschlagen, den Douglas Haig – und vor ihm Sir John Franch – seit dem Frühjahr 1915 versprochen hatte. Die Tankexperten hatten die Rechnung jedoch ohne das Debakel von Passchendaele gemacht. Es gab keine frischen Divisionen, die diesen erstaunlichen Vormarsch hätten ausnutzen können, und als die Deutschen einen Gegenangriff führten, gingen zwei Drittel des eroberten Gebiets wieder verloren. Am Ende der Schlacht blieb nichts als ein Prestigegewinn.

Doch Ikey freute sich über seinen Privatsieg. Inmitten der Hölle hatte er geschwitzt, als sie über die erste, die zweite und die dritte Verteidigungslinie hinwegrollten, über Sperren, die ansonsten hunderttausend Menschenleben gekostet hätten. Unverwundet kam er zurück und sandte einen Bericht über das Unternehmen ein. Doch im Winter waren die Fronten wieder erstarrt. Ikey wurde zu einem dreimonatigen technischen Lehrgang nach Étaples geschickt, wo er zu seiner Überraschung erfuhr, daß er zum Major befördert worden war.

Diese Beförderung vervollständigte den grundlegenden psychischen Wandel in Ikey, der mit der Nachricht eingetreten war, daß seine Frau unter dem Schock dessen, was die meisten Menschen Erwachen nennen würden, den Verstand verloren hatte. Paul hatte ihm in schonenden, taktvollen Worten die Wahrheit geschrieben, doch auch Paul wußte wenig von den Kräften und Spannungen, die Hazel dazu gebracht hatten, Leuchtfeuer anzuzünden, um den verschollenen Männern des Tals und – so sah es Ikey – aller anderen Täler in Europa den Heimweg zu zeigen. Ikey, der ihre Gedankengänge besser verstand als jeder andere, Meg Potter nicht ausgeschlossen, sah in Hazels Wahnsinnshandlung einen Protest, einen instinktiven Protest gegen den zynischen und viel tödlicheren Wahnsinn der Zivilisation, und obwohl er all dies bedachte, war er mit Maureen der Ansicht, daß man Hazels Tod als eine unerwartete Gnade hinnehmen mußte. Die Ereignisse, die dazu geführt hatten, bestärkten ihn in dem Glauben, daß Hazel viel vernünftiger gewesen war als die Mehrzahl der Menschen, und zu dieser Mehrzahl gehörten die Patrioten auf beiden Seiten der Front und vor allem die Politiker und Generale, die die alliierten Kriegsanstrengungen leiteten. Dieser Krieg mußte zwar bis zum Ende durchgestanden werden. Danach aber, sofort danach, mußte die Abrechnung kommen. Die ganze Gesellschaftsstruktur der Alten Welt mußte geändert werden, entweder durch eine Revolution nach russischem Vorbild oder durch einen weniger drastischen Wandel. Aber eine Änderung mußte kommen, wenn die Menschenwürde überleben sollte. Ikey bemühte sich nun nicht mehr, diese Überzeugung zu verbergen, ungeachtet der neuen Krone auf seiner Achselklappe.

Am 1. August 1918 führte Ikeys Bataillon einen massierten Tankangriff gegen einen scheinbar unüberwindlichen Abschnitt der deutschen Verteidigungslinie, der durch gewaltige Streifen Drahtverhau gesichert und von entschlossenen Truppen besetzt war, die mit neuen Tankabwehrgeschützen bewaffnet waren und gute Artillerieunterstützung hatten. Und doch zerbrach die «Hindenburglinie», als die Tanks darüber hinwegrollten. Ikeys Bataillon war zu einem Vorstoß gegen die Auffangstellungen nach vorn gebracht worden und war erfolgreich, denn der Boden war trocken und viele der Verteidiger hatten den Mut verloren. Der Vorstoß rollte die ganze Woche weiter, bis die Tanks sich an Proyart und Le Fisque herantasteten. Die ganze deutsche Abwehrfront schien nun zusammenzubrechen.

Einige Tage später machte sich Ikey daran, einen Teil der berühmten Verteidigungslinie zu erforschen. Er fühlte sich wie der Juniorteilhaber eines mächtigen, aber wackligen Unternehmens, das durch Methoden, die er selbst erdacht und angewandt hatte, vor dem Bankrott bewahrt worden war. Er stieg in einen tiefen, betonierten Unterstand hinab, neugierig und auf Souvenirs hoffend. An diesem

Abend hielt er den Krieg praktisch für beendet. Er fühlte sich auf der Schwelle einer neuen Zeit, in der die lange Totenliste von den Überlebenden durch eine neue Gesellschaftsordnung gerechtfertigt werden müßte. Im Gefühl des Erfolgs war er entspannt und nachdenklich. Und sträflich leichtsinnig.

Er richtete den Strahl seiner Taschenlampe in die Schlafnischen des gewaltigen Bunkers. Er sah ein Chaos aus Schlafdecken und Ausrüstungsgegenständen. Und dann bemerkte er an einem Stützbalken nahe der Tür die Pickelhaube, den berühmten Galahelm der deutschen Armee, der für die ersten Kriegstage symbolisch war. Das Lackleder und die Metallspitze schimmerten im Licht der Taschenlampe. Pickelhauben waren als Souvenirs begehrt, und als er diese betrachtete, fiel ihm der alte Horace Handcock ein, der Patriot, der schon seit dem Flotten-Wettrüsten von 1908 Gift und Galle gegen die Deutschen gespuckt hatte. Ikey mußte lächeln, denn er fand, daß Horace mit diesem Helm auf dem Kopf die Karikatur eines fetten deutschen Feldwebels abgeben würde. Er hatte den gleichen wichtigtuerischen Gang, die gleichen blauen Augen und den gleichen dicken roten Nacken. Ikey beschloß auf der Stelle, diesen Helm Horace zu schenken, sobald er nach Hause käme.

Er reckte sich und nahm den Helm vom Nagel. Es gab einen grellen Blitz, und dann kam das Nichts auf ihn zu, hob ihn hoch und schleuderte ihn durch den Unterstand. Die Pickelhaube war eine Minenfalle gewesen, und ein Mann, der seit November 1914, wenn auch mit Unterbrechungen, an der Front gekämpft hatte, hätte dies eigentlich wissen müssen.

5

Ein ähnlich widersinniger Unglücksfall hätte das Tal in den letzten Stunden des Krieges fast noch eines weiteren seiner gefeiertsten Soldaten beraubt.

Smut Potter, der schon im Herbst 1914 in den Gräben östlich von Armentières als Scharfschütze auf die Deutschen geschossen hatte, der dann vermißt wurde und fast ein Jahr in der Verkleidung eines französischen Schwachsinnigen im deutschbesetzten Péronne zugebracht und danach, in die britische Armee zurückgekehrt, Passchendaele überlebt hatte, wurde am Morgen des 11. November, drei Stunden vor dem Waffenstillstand, zum Krüppel geschossen.

Es lag eine gewisse Gerechtigkeit in der Art, wie Smut seinen Heimatschuß bekam, wenn auch zu spät, um ihm noch viel zu nützen, abgesehen davon, daß er ihm eine kleine Versehrtenrente einbrachte. Während der vier Kriegsjahre hatte er über hundert Deutsche getötet. Viele davon waren auf seinem Gewehrkolben eingeritzt, aber er hatte aufgehört zu zählen, nachdem er den Umgang mit Eierhandgranaten gelernt hatte. Er war mehrmals verwundet worden, aber nie so ernst, daß er länger als einen Monat von den Kampflinien fernbleiben mußte, und er hatte das keineswegs bedauert. Das Leben in der Armee gefiel ihm, er wog die Nachteile gegen die Vorteile auf – den Mangel an Schlaf, die Gefahr, die Unbequemlichkeit gegen eine unerhörte Vielfalt von Beutegütern, die er alle wieder unter seine Freunde und Lieblings-Offiziere verteilte. Dreimal hatte er seine Litzen wegen Trunkenheit eingebüßt und sie jedesmal beim nächsten Einsatz wiederbekommen. Wie die meisten Frontsoldaten kämpfte er ohne Haß. Er betrachtete den Krieg als einen gigantischen Wildererzug und die Männer in den Gräben auf der gegenüberliegenden Seite als mordlustige Wildhüter.

Seit über einer Woche hatte es Gerüchte über den bevorstehenden Waffenstillstand gegeben, aber Smut nahm sie nicht sehr ernst. Er hatte in jüngster Zeit bei den Deutschen noch viel Kampfesmut erlebt, und es zeigte sich, daß er recht hatte. Am letzten Kriegstag ging sein Bataillon gegen ein Dorf östlich von Valenciennes vor, und dort berichtete ein verwundeter deutscher Offizier, die Nachhut des Feindes habe sich schon vor dem Morgengrauen zurückgezogen. Daher rückten sie mit mehreren hundert Mann in das Dorf ein und standen gerade vor dem Rathaus, als zwei geschickt placierte Maschinengewehre losratterten. Smut brach mit einer Kugel in der Hüfte zusammen. Er wäre noch einmal getroffen worden, vielleicht tödlich, hätte ihn nicht der sechste Sinn des Wilderers einen Purzelbaum in einen Hauseingang schlagen lassen, wo ihm die Leichen einiger weniger erfahrener Männer Deckung boten, während die bis zum äußersten kämpfenden Deutschen mit Bajonetten und Handgranaten niedergemacht wurden.

Der Sanitäter, der Smut Erste Hilfe leistete, beklagte sein Pech, da die Feindseligkeiten gerade an diesem Tag eingestellt würden. Aber Smut nahm seine Verwundung mit philosophischer Gelassenheit. Er fand, daß er bisher mehr Glück gehabt hatte als ein Mensch verdient, und das Glück kannte keinen Kalender. Während die Verwundeten auf die Ambulanzwagen warteten, die sie zum Feldlazarett befördern sollten, starb auf der Bahre neben ihm ein Flieger. Nicht ohne

Schmerzen gelang es Smut, dessen pelzgefütterte Stiefel an sich zu bringen, wobei er sich dachte, daß sie sonst höchstwahrscheinlich der Sanitäter, der die Leiche wegschaffte, erbeuten würde und daß solche Stiefel auf den feuchten Feldern von Low Coombe sehr nützlich wären.

Während der langen Zeit im Lazarett von St. Omer kehrten Smuts Gedanken zu Madame Viriot zurück, der Bäckerswitwe, die ihn während seines Aufenthalts hinter den feindlichen Linien bei sich versteckt hatte. Er fand, sie sei eigentlich eine häusliche, freundliche und fleißige Frau. Ihm fiel wieder ein, daß sie davon gesprochen hatten, nach dem Krieg im Sorrel-Tal eine Bäckerei aufzumachen, und daß sie ihm aufgetragen hatte, sich mit ihr in Verbindung zu setzen, sobald sich die Gelegenheit dazu bot. Da ihm das Schreiben schwerfiel, diktierte er einer Krankenschwester einen Brief, und bald traf Madame persönlich ein, ganz außer sich vor Freude, auf so wunderbare Weise mit ihrem verirrten Tommy wiedervereinigt zu sein.

Sobald Smut auf Krücken humpeln konnte, wurden sie vom Bürgermeister von St. Omer getraut. Dann machten zu Madames Verdruß die Behörden lächerliche Schwierigkeiten, weil sie ihren Mann nach England begleiten wollte. Die Formalitäten zogen sich so in die Länge, daß sie schließlich allein zurückblieb, während Smut über den Kanal transportiert wurde, um aus dem Dienst entlassen zu werden.

Im Frühjahr 1919 humpelte er ins Tal, wieder als Zivilist, und als er seinen Freunden berichtete, er habe eine Französin geheiratet und werde bald mit ihr eine Bäckerei in Coombe Bay aufmachen, hielten sie dies für eine von Smuts Faseleien. Doch Madame traf zwei Wochen später ein, mit ihr ein Berg von Gepäck, und ihr Geschäftssinn erwies sich für George Endicott als verhängnisvoll. Seine Bäckerei war im Krieg heruntergekommen und wurde jetzt zum Verkauf angeboten. Madame erwarb sie für zweihundert Pfund und machte sich daran, den Hüftumfang der Hausfrauen von Coombe Bay beträchtlich zu erweitern. Sie erwartete von Smut nicht, daß er in dem kleinen Geschäft arbeitete. Er steuerte lediglich den Lieferwagen, den er selbst aus den Resten einiger herrenloser Fahrzeuge zusammengebaut hatte, die auf einem Müllplatz hinter dem Lager von Nuns Bay verrosteten. Madame fand, Smut habe sein Teil geleistet, indem er Frankreich von hundert oder mehr verhaßten Boches befreit hatte, und er sei dazu berechtigt, sich nun auf seinen nicht unbeträchtlichen Lorbeeren auszuruhen, zu denen auch die Kriegsmedaille gehörte.

Smut hielt sein Glück zunächst für selbstverständlich, aber er begann es zu schätzen, nachdem er einigen Kriegskameraden begegnet war, die nun die größten Schwierigkeiten hatten, Arbeit zu finden und wieder ins zivile Leben zurückzukehren.

«Ich muß zugeben», sagte er zu seinen alten Freunden im «Raben», «daß ich es doch gut getroffen habe mit meiner Alten. Die Franzosen sind in manchem anders als wir. Zum Beispiel Marie. Vom Morgengrauen bis zum Abend ist sie der Boss. Aber dann übernehme ich das Kommando, und eine Französin will es nicht anders haben. Tagsüber muß man sich mächtig in acht nehmen, aber sobald der Laden zu ist, hat die Frau zu parieren. Nur eins weiß ich nicht: Wie wir miteinander zurechtgekommen wären, wenn Marie nicht schon übers Kinderkriegen hinaus wäre.»

Er sollte es bald erfahren. Noch im gleichen Jahr 1919 verkündete Madame Potter ihren Kunden stolz, daß die Wahrsagerin von Ostende doch nicht recht behalten habe. Sie war jetzt zweiundvierzig Jahre alt und hatte es, genau wie gewahrsagt, auf drei Ehemänner gebracht. Doch jetzt, die heilige Jungfrau sei gepriesen, war sie *enceinte,* was Smut verlegen mit «in guter Hoffnung» übersetzte.

«Es wird ein Junge!» erklärte Madame lebhaft. «Und wenn er groß ist, wird er Hunderte von Boches töten, genau wie sein Vater!»

6

Paul wurde wenige Tage nach dem Waffenstillstand aus einem Genesungsheim in Wales nach Hause entlassen.

Seine verhältnismäßig rasche Genesung setzte alle in Erstaunen, auch Claire, die ihn zweimal in Wales besucht hatte. Sie allein war von dem Telegramm, er sei am Leben und liege verwundet in Soissons, nicht überwältigt worden, denn sie hatte nicht einen Augenblick gedacht, er könne tot sein. Aber sie war doch erleichtert, als sie ihn unverstümmelt fand, mehr oder weniger so, wie er gewesen war. Er klagte zwar über starke Kopfschmerzen, doch die Ärzte hatten ihm gesagt, diese würden noch einige Monate anhalten, dann jedoch allmählich aufhören. Obwohl er sich freute, Claire zu sehen, war er doch etwas abwesend, als könne er sich noch nicht ganz an den Gedanken gewöhnen, daß er noch am Leben war.

Die beiden kurzen Besuche Claires hatten viel dazu beigetragen, daß er wieder zu sich selbst fand. Acht Wochen nach ihrem zweiten Besuch traf die Nachricht ein, er werde mit dem Nachmittagszug in Paxtonbury eintreffen.

Er stieg langsam aus dem Wagen und sah sich suchend um, bis er die Familie vor dem Wartesaal gruppiert entdeckte – Claire ziemlich nervös, an ihrer Hand die siebenjährige Mary, die fünfjährige Karen an Marys Hand, und die Zwillinge führten mitten im Gedränge einen Tanz auf. Mary war als erste bei ihm, und die Hingabe, mit der sie ihn umarmte, rührte ihn. Dann wurde er von dem doppelten Ansturm der Zwillinge fast über den Haufen gerannt. Ich habe sie mir alle vier als Babys vorgestellt, dachte er, und nun sind sie große Kinder, jedes auf seine Weise ausgeprägt. Kaum zu glauben, daß sie alle von mir und Claire sind.

Claire hielt sich im Hintergrund, ließ den Kindern ihr Vergnügen und bemühte sich, niemanden durch Tränen in Verlegenheit zu bringen. Sie trieb alle in Maureens zerbeulten Ford, und dann fuhren sie über die Heide, das Moor und zur Flußstraße hinab. Die Zwillinge redeten ununterbrochen, während sich Mary still an Pauls Schulter lehnte. Es ist ein Wunder, wieder hier zu sein, dachte er, das Tal zu sehen und zu riechen, die glitzernde Sorrel und die traurigen Herbstbinsen, die zwanzig verschiedenen Brauntöne in der Kastanienallee, den atemberaubenden Frieden einer Landschaft, die nicht mit rostigem Stacheldraht verstellt, nicht von gähnenden Granatlöchern zernarbt war, wo jedes Haus ein Dach aus Stroh oder Ziegeln hatte, die noch etwas Sommerwärme ausstrahlten. Und vor ihm Claire, ruhig und hübsch wie früher, am Steuer, neben ihm die Zwillinge, die von Pferden und der Schule erzählten, Mary und Karen, die ihm berichteten, der arme Patrick, Ikeys Sohn, habe nicht am Empfang teilnehmen können, da er Grippe habe wie viele Leute im Tal. Und dann fiel Paul ein, daß er noch ein Kind hatte, ein Mädchen, das Claire hieß und das er noch nie gesehen hatte. Seine Gedanken sprangen um mehr als ein Jahr zurück, als dieses Kind während ihrer zweiten Flitterwochen in Krabben-Willis Hütte gezeugt worden war, damals, als es so aussah, als würde der Krieg nie zu Ende gehen.

Zu Hause machten sie nicht viel Aufhebens um ihn, da ihnen Demonstrationen schon vorher untersagt worden waren. Deshalb gingen schon bald alle zu Bett. Paul war wieder mit Claire allein vor dem Feuer in der Bibliothek. Der Raum schien ihm kleiner und anheimelnder zu sein als früher. Der Widerschein des Kaminfeuers spielte auf den farbigen Bucheinbänden, es roch nach Leder und altem, unausrottbarem Staub zwischen den dunklen Eichenregalen. Claire saß da, den Rocksaum über den Knien, die langen, wohlgeformten Beine dem Feuer entgegengestreckt. Nach der langen Trennung hätte er sich nicht gewundert, wenn sie ihn zu einer ihrer wilden Bodenübungen vor dem Kamin angestachelt hätte. Aber zunächst konnte er sie nur ansehen, während Erleichterung und Dankbarkeit ihn wärmten wie die Holzscheite im Kamin. Sie war schlanker geworden, schmaler im Gesicht, und in ihren Augen war eine Reife, die ihm neu war. Doch das erhöhte nur ihre Anziehungskraft, und unwillkürlich sagte er: «Ich hatte fast vergessen, wie schön du bist, Claire!» Und als sie nichts darauf erwiderte, sondern nur geistesabwesend lächelte, fuhr er fort: «Ich glaube, es wird einige Zeit brauchen, sich wieder zurechtzufinden. Bis jetzt ist alles ein wenig verwirrend, so als käme man an einen Ort zurück, den man seit seiner Kindheit nicht mehr gesehen hat, an den man sich aber als eine Art Paradies erinnert.»

Fünftes Buch

Junge Leute

I

Am Nachmittag des 1. September 1929, dem Vorabend zum einundzwanzigsten Geburtstag der Zwillinge, sattelte Paul den Schecken, der Snowdrop abgelöst hatte, und ritt zum «Französischen Wald» hinauf, der jungen Anpflanzung, die jetzt an der äußersten Südwestecke des Hermitage-Plateaus heranwuchs. Er redete sich ein, er wolle Henry Pitts besuchen und noch einmal versuchen, ihn zu einem Traktor zu bekehren. Aber das war nur ein Vorwand, um dem Tumult zu entgehen, der die Vorbereitungen des Balls begleitete, den die zwei unter mittätiger Duldung ihrer Mutter und ihrer Schwestern veranstalteten.

Das Haus quoll schon über von jungen Leuten, von denen die meisten Paul unbekannt waren. Sie machten sich im ganzen Haus zu schaffen, schleppten Dekorationen, Stühle, Tische und merkwürdige Musikinstrumente und hämmerten unentwegt, so daß es unmöglich war, im Büro zu arbeiten.

Paul bemerkte, daß die Apfelernte gut zu werden versprach und daß der junge Honeyman und Henry Pitts ihr Getreide schon fast eingebracht hatten. Nie ritt er zu dem neuen Wäldchen ohne das Gefühl, er gehe zur Kirche, denn der Französische Wald war seine Weise, der Toten des Tals zu gedenken, für sein Gefühl viel eher eine Weihestätte als die anderen Kriegerdenkmäler im Distrikt mit den Granitkreuzen und den pseudoheldischen Statuen von Infanteristen, denen die Kraft und die Gültigkeit seiner privaten Gedenkstätte für die achtzehn Einheimischen fehlten, die zwischen August 1914 und November 1918 gefallen waren. Paul war froh, daß er für jeden einen Baum gepflanzt hatte, anstatt ihre Namen in einen Granitblock einmeißeln zu lassen.

Er hatte jeden einzelnen jungen Baum sorgfältig ausgewählt – eine Eberesche für Ikey, Eichen für die Älteren wie Tremlett, den Jäger, und Tom Williams, den Fischer, eine Ulme für Jem Pollock, bereits so dick wie ein Schenkel des Goliaths von Bideford, und eine Gruppe von Silberbirken für die Jüngeren wie Ted Glover. In der Mitte des Wäldchens stand ein Kirschbaum für Grace.

Als Paul den Rasen überquerte, war er kaum überrascht, seinen ältesten Sohn Simon dasitzen zu sehen, eine Pfeife im Mund. Er betrachtete die Metalltafel, auf der zu lesen war: «Grace Craddock, Sanitätswagenfahrerin, gefallen im April 1917», und darunter das einzige Bibelzitat, das auf den Gedenktafeln zu finden war: «Keiner hat größere Liebe ...»

«Weißt du, Chef», sagte Simon, ohne sich umzudrehen, «du hättest lieber für Tom Williams in der Bibel blättern sollen. Er war Methodist und hätte es sicher passend gefunden.» Er lachte und fügte hinzu: «Sie hatte doch für die organisierte Religion nicht viel übrig, nicht wahr?»

«Nein», antwortete Paul, «sie hatte für sehr wenig etwas übrig, abgesehen von den Frauenrechten und dem Mitleid.»

Simon warf ihm einen Blick zu, aus dem seine suchende, etwas ironische Art sprach. Darin ähnelte er seiner Mutter, aber er war duldsamer und wurde nicht so leicht verletzend.

«Es war ein sentimentaler Einfall, dieses Totenwäldchen. Aber es gereicht dir trotzdem zur Ehre, Chef.»

«Danke», sagte Paul lächelnd. Simon neigte dazu, die Vergangenheit zu verachten und alles, was sich vor der ersten Amtszeit der Labour-Regierung von 1924 ereignet hatte, als einen jämmerlichen Fehlschlag aller menschlichen Anstrengungen anzusehen. Deshalb fragte Paul: «Weshalb bist du ausgerechnet heute hierhergekommen?»

«Aus dem gleichen Grund wie du. Ich wollte dem Trubel im Haus entgehen. Außerdem mußte ich nachdenken. Ich bekam einen Brief von Ned Stokes. Er fragt, ob ich die literarische Redaktion an der Zeitschrift *Forum* übernehmen möchte. Das ist ein neues Blatt, hinter dem sein Onkel steht. Das könnte Zukunft haben, zumal die Labour Party jetzt wieder an der Regierung ist.»

Paul hatte sich mit Simons Fehlstarts abgefunden, und die Eröffnung, daß er nun an eine journalistische Karriere dachte, nachdem er dem Lehrberuf und der Forstlaufbahn den Rücken gekehrt hatte, konnte ihn nicht erschüttern. «Simon, du bist alt genug, um auf meine Ratschläge verzichten zu können. Ich denke schon, daß dir das eine Weile Spaß machen würde. Aber diese Zeitschriften sind meistens nicht sehr dauerhaft, nicht wahr?»

«Nein», gab Simon zu. «Aber was ist schon dauerhaft?»

«Land», antwortete Paul, nicht unerwartet.

Simon nahm die Pfeife aus dem Mund. Resigniert sagte er: «Du könntest genausogut zu den Tories überwechseln, Chef. Du bist in allem ein Tory.»

«Sprich nicht so gönnerhaft», sagte Paul. «Jimmy Grenfell und ich waren es, die in dieser Gegend die Tories abserviert haben, als du noch gar nicht auf der Welt warst.»

«Ja, ich weiß», erklärte Simon, «aber ihr Liberalen steckt trotz all eueres Geredes vom Fortschritt so tief in der Vergangenheit wie die Großgrundbesitzer des 18. Jahrhunderts. Sogar die Tories lassen sich auf Reformen ein, wenn sie kurzfristig Erfolg versprechen. Aber du und Jimmy Grenfell, ihr tut nicht einmal das. Du mußt doch einsehen, daß wir euren Platz als Vorhut des Fortschritts übernommen haben.»

«Nichts sehe ich ein», sagte Paul freundlich, denn insgeheim hatte er nichts dagegen einzuwenden, daß Simon für die Unterdrückten eintrat, auch wenn er sein Engagement mit einem Linksjargon würzte, der aus langweiligen, aus dem Russischen übersetzten Büchern stammte. «Wir haben uns damit begnügt zu knabbern, wo ihr euch überfressen werdet. Davon bekommt der Wähler doch Magenkrämpfe! Sobald ihr anfangt zu rülpsen, kommen alle eure Reformen als Luft heraus, und die Tories sitzen fester im Sattel als je. Du wirst sehen, daß ich recht habe. – Aber ich will nicht den ganzen schönen Nachmittag mit dir über Politik streiten. Ich reite zu Henry Pitts hinüber. Kommst du mit?»

«Nein, danke. Ich gehe lieber zurück und helfe den Zwillingen. Weißt du, wie viele Leute diese Idioten eingeladen haben? Vierundsiebzig! Wo sollen die denn alle schlafen?»

«Ich glaube kaum, daß sie schlafen werden, ehe die Sonne aufgeht», meinte Paul, «und dann können sie sich von mir aus in die Scheunen legen. Claire und ich gehen nach den Mitternachts-Trinksprüchen zur Hütte. Danach übernimmst du die Verantwortung.»

«Welche Ehre», lachte Simon. «Ich habe nicht die geringste Lust dazu. Die Freunde der Zwillinge sind lauter Idioten, aber sie selbst sind schließlich auch welche. Hast du schon mit ihnen gesprochen, seit sie aus der Stadt zurück sind?»

«Natürlich nicht», sagte Paul. «Die reden ja nicht mit mir. Mary ist die einzige von euch, die mich für etwas mehr als einen liebenswürdigen Trottel mit zuviel Kleingeld hält.» Damit ritt er davon.

Simon sah ihm nach, bis er hinter den Ulmen von Hermitage verschwand. Nun, Chef, dachte er, Steve und Andy werden mit dir sprechen, und sie werden dich noch viel mehr aus der Fassung bringen, als ich es je getan habe. Er zündete seine Pfeife wieder an, und als er sich schließlich zum Gehen wandte, kam er an der jungen Buche vorbei, die für Keith Horsey gepflanzt worden war. Er blieb nachdenklich stehen, drehte sich dann um und ging rasch davon. Er kannte seine Pflicht als Erbe von Shallowford bei der bevorstehenden Feier, aber er freute sich nicht auf diese Stunden des Tafelns mit sportlichen jungen Männern, die schnelle Wagen mit überlangen Motorhauben fuhren, mit den langbeinigen Mädchen, die so taten, als wären sie wer weiß wie frivol, aber sofort zeterten, wenn sie eine Hand oberhalb des Knies spürten. Mit fünfundzwanzig Jahren und einer noch ungewissen Zukunft hielt er sich für zu erwachsen für diese Art Unsinn.

2

John Rudd kam nicht mehr oft ins Herrenhaus. Mit siebenundsiebzig Jahren und einem Herzleiden, das ihm in letzter Zeit einige Male Verdruß bereitet hatte, war ihm der Weg zu steil, und die Mühe, sich in das kleine Auto seiner Frau zu quetschen, kam ihm noch anstrengender vor als der Aufstieg zu Fuß. Aber an diesem Abend war er da, und es gefiel ihm wider Erwarten gut, denn dies war das erste große Ereignis auf Shallowford in den letzten 40 Jahren, bei dem von ihm nichts anderes erwartet wurde, als ruhig dazusitzen, gut verdünnten Whisky zu trinken und ein liebenswürdiges Gesicht zu machen.

Die neuen Tänze verwirrten ihn etwas. Umarmungen dieser Art waren zwar unter den jungen Leuten schon immer beliebt gewesen, früher jedoch, soweit er sich erinnern konnte, auf das Gebüsch beschränkt geblieben. Auf einer Tanzfläche wären sie nie geduldet worden, nicht einmal bei George Lovell. Noch mehr verwirrte ihn die Musik. Die zündenden Klänge früherer Zeiten waren abgelöst worden von einer Vielfalt von Melodien, die fast wie Grabgesänge klangen, fast alle vom zu- oder abnehmenden Mond über genau beschriebenen Teilen der Vereinigten Staaten handelten, und ab und zu kamen Passagen darin vor, die an jene Lieder erinnerten, die Neger auf Konzerten sangen. Auch die Musikinstrumente waren ihm unbekannt. Die Grundmelodie spielten offenbar nicht mehr das Klavier und die Geigen, sondern eine Art Tuba, die man «Sax» nannte, und deren Töne manchmal in Wirbeln von Pauken und Becken untergingen. Den jungen Leuten schien das Spaß zu machen, sie hielten die Kakophonie für selbstverständlich. Aber schließlich nahmen sie in dem eben zu Ende gehenden Jahrzehnt alles für selbstverständlich –

den Lärm, die Geschwindigkeit, die Halbnacktheit und, was vielleicht am erstaunlichsten war, die bereits verwirklichte Aufhebung der Klassenunterschiede. Wenn er dafür einen Beweis suchte, so brauchte er sich nur etwas nach vorn zu beugen und über die Brüstung zu blicken. Dann sah er Stephen Craddock, den kräftigeren der Zwillinge, mit Prudence Pitts tanzen, der rothaarigen Tochter von Henry und Gloria. Schon dies hätte vor dreißig Jahren die Dekke zum Einsturz gebracht, während in dem freieren und leichtlebigeren Jahrzehnt König Eduards der flüchtige Anblick der Unterwäsche eines Mädchens mit Sicherheit dazu geführt hätte, daß es von seiner errötenden Mutter nach Hause geschickt und beim Hinausgehen von seinem Vater mit Kopfnüssen bedacht worden wäre.

Johns Beobachtungen und die daran geknüpften Gedanken wechselten vom Allgemeinen zum Besonderen über. Er suchte jeden einzelnen von Pauls Sprößlingen im Gedränge und stellte nach ihrer Reihenfolge seine Betrachtungen über sie an – angefangen mit Simon, dem Sohn von Grace Lovell, und endend mit dem Nachkömmling, der schönen elfjährigen Tochter Claire, die für dieses Ereignis die besondere Erlaubnis bekommen hatte, bis ein Uhr morgens aufzubleiben. Sie waren alle ansehnliche, aber unberechenbare Kinder. Von Simon hieß es, er sei dickköpfig wie seine Mutter und würde zweifellos den gleichen Weg gehen wie sie, wenn Paul ihn nicht am kurzen Zügel nahm. Stephen und Andrew dagegen waren unkompliziert, aber sie hatten, soweit er wußte, noch keinen einzigen Tag in ihrem Leben gearbeitet, abgesehen von dem wiederholten Auseinandernehmen und Wiederzusammensetzen von Motorrädern und dem Umbau der Motorbarkasse des alten Hocking in ein Rennboot, das vor einem Monat bei hoher Geschwindigkeit in der Bucht gekentert war, wobei sie fast ertrunken wären. Dann kamen die drei Mädchen: Mary, die Älteste und ihres Vaters Liebling, Karen, die Sechzehnjährige mit dem schmalen Gesicht, die ausgezeichnet ritt, schon ganze Arme voll Trophäen gewonnen hatte und jedermann an ihre Tante Rose erinnerte, und schließlich die Aphrodite der Familie, Claire, deren klassisches Profil, natürliche Sicherheit und erstaunliche Frühreife sie zu einer künftigen Emma Hamilton oder Madame Dubarry bestimmten. John war froh, daß er selbst sich nur um ein Kind sorgen mußte, nachdem der arme Roddy unter dem Kanonenfeuer der «Graf Spee» ertrunken war, und sein Paul schien ganz normal zu sein und hatte glücklicherweise viel von dem Humor seiner Mutter geerbt. Er nippte an seinem Whisky und dachte über die nicht geringen Vorzüge des Alters nach, als er Paul aufs Podium steigen und dem schwitzenden Schlagzeuger ein Zeichen geben sah, damit dieser einen langen Trommelwirbel ertönen lasse als Einleitung zu den Mitternachts-Trinksprüchen.

Aus allen Teilen des Hauses und aus dem Garten schwärmten sie in den schon überfüllten Raum. Einige der Nachzügler sahen etwas ramponiert aus und zupften sich Grashalme von den Smokings und den Kleidern. Früher waren höchstens die Potter-Mädchen zwischen den Tänzen hinaus ins Gebüsch geschlüpft, dachte John, aber jetzt schienen fast alle ab und zu einmal heimlich zu verschwinden und dann wiederzukommen. Als Stephen atemlos mit der Tochter des Pastors von Paxtonbury von draußen kam, wurde er von allgemeinem Gelächter begrüßt.

Dann bat Paul mit einer Handbewegung um Ruhe und hielt eine kleine Ansprache, nicht zu lang und nicht zu frivol, mit etwas Humor über die Unzulänglichkeiten seiner Söhne gewürzt, aber mit jener Herzlichkeit, die Paul Craddock immer zu Gebote stand bei derartigen Anlässen. Alle Anwesenden über vierzig konnten Zeugnis ablegen für die Ausdauer dieses Mannes, den John vor über siebenundzwanzig Jahren vom Zug abgeholt hatte und der inzwischen so tief im Tal verwurzelt war wie kein Lovell in früheren Zeiten.

John erhob sich, um auf die Gesundheit der Zwillinge zu trinken, aber er dachte nicht an sie, als er seinen letzten Schluck Whisky an diesem Abend trank. Seine Glückwünsche galten dem schlanken, leicht nach vorn gebeugten Mann von fünfzig Jahren, der nun sein Glas hob und auf die leicht angeheiterte Gesellschaft hinabsah, und der blonden Frau, die lächelnd neben ihm stand und deren Aufmerksamkeit wahrscheinlich ebenfalls Paul und nicht so sehr ihren Söhnen galt. Denn niemand, der Claire Craddock kannte, konnte daran zweifeln, daß alle ihre Kinder erst an zweiter Stelle kamen nach dem Mann, den zu pflegen und zu heiraten sie nach Hause gekommen war, damals, als das deutsche Schiff in Tamer Potters Bucht gestrandet war. Das kommt mir vor, als wäre es tausend Jahre her, murmelte John, als die Musik wieder zu lärmen begann.

«Was hast du gesagt, John?» fragte Maureen, die plötzlich neben ihm auftauchte.

Aber John wollte keine Sentimentalität eingestehen, nicht einmal vor seiner Frau. «Nichts, altes Mädchen. Nur daß es für mich allmählich Zeit wird. Bleib noch hier, wenn du willst. Ich gehe schlafen.»

Kurz nach zwei Uhr morgens ging Simon die Stufen zum Seerosenteich hinab. Da bemerkte er bei der Sonnenuhr eine glimmende

Zigarette. Das Licht von der Terasse fiel nicht bis dorthin, und eine große Blutbuche hielt auch das Mondlicht zurück. Simon erkannte aber, daß eine Frau dort stand und daß sie nicht zu den Gästen gehörte, denn sie hatte einen Mantel lose über die Schultern gehängt. Ihre Haltung ließ vermuten, daß auch sie wenig für Lärm und alberne Lustbarkeiten übrig hatte.

«Hallo! Ich bin es, Simon Craddock», rief er. «Darf ich Ihnen einen Partner suchen?»

Sie warf die Zigarette in weiten Bogen über den Teich. «Nein, vielen Dank. Ich warte nur auf meine Schwester Esther. Mein Bruder Robbie will bis zum Schluß hierbleiben und beim Aufräumen helfen. Deshalb bin ich mit dem Einspänner hergekommen. Ich gebe ihr noch zehn Minuten.»

Jetzt wußte er, daß er mit Rachel Eveleigh sprach, einer der beiden älteren Töchter von Four Winds, und rechtzeitig fiel ihm ein, daß sie nicht Rachel Eveleigh hieß, sondern Rachel Horsey, da sie Keith Horsey geheiratet hatte, an dessen Gedenktafel er am Nachmittag stehengeblieben war. Er erinnerte sich deutlich an sie als ein hübsches Mädchen mit einem frischen Gesicht und hellbraunem Haar. Aber er hatte ganz vergessen, daß Keith verheiratet gewesen war, noch dazu mit einer Frau aus dem Tal. Ihre Anwesenheit überraschte ihn, zumal ihr Bruder Robbie, der Jäger, und mindestens eine ihrer Schwestern zu den ausgelassensten unter den jungen Leuten im Haus gehörten.

«Wieso sind Sie eigentlich nicht eingeladen worden?» fragte er unsicher. «Wir müssen Sie übersehen haben. Das tut mir sehr leid.»

Rachel lachte so laut, daß es ihm peinlich war, denn in ihrer Stimme war keine Spur Schüchternheit. Dann merkte sie, daß sie ihn in Verlegenheit brachte. «Verzeihen Sie! Ich habe nicht über Sie gelacht, Mr. Craddock, sondern nur über die Vorstellung, irgend jemand könnte an mich denken, wenn Einladungslisten für ein Freudenfest auf Shallowford aufgestellt werden! Ich wohne nicht mehr hier, seit mein Mann gefallen ist. Sie erinnern sich vielleicht besser an ihn als an mich. Ich glaube, er ging mit Ihnen zur Schule.»

«Doch, ich erinnere mich an Sie beide sehr gut. Erst heute nachmittag dachte ich an Keith.»

«Tatsächlich?» Das klang nicht nur überrascht, sondern auch abwehrend. «Ich kann mir nicht vorstellen, daß hier noch jemand an ihn denkt.»

«Doch. Die da drinnen natürlich nicht.» Er machte eine Kopfbewegung zum Haus hin. «Die können an nichts denken, was auch nur den geringsten Sinn hat. Aber die ehemaligen Soldaten denken oft an Leute wie Keith. Zum Beispiel mein Vater.»

Sie trat zur Seite, so daß das Mondlicht auf sein Gesicht fiel, und er hatte das eigentümliche Gefühl, daß sie ihn abschätzte und überlegte, ob sie das Gespräch fortsetzen oder abbrechen und weggehen sollte. «Sie sind anders, nicht wahr?» sagte sie schließlich. «Man hat nie über Sie gesprochen. Doch, halt, da fällt mir etwas ein. Sie haben sich als Kind gegen die Jagd aufgelehnt.»

«Das tue ich immer noch», sagte er und lachte. «Das ist so ein Tick, den man mir nie austreiben konnte.»

«Ikey hat es uns erzählt», berichtete sie. «Ich weiß, Sie hatten damals einen Familienstreit deswegen.» Nun fiel ihr ein, daß der älteste Sohn des Herrn, der Sohn der Suffragette, Ikey Palfrey stets vergöttert hatte, und diese Erinnerung überbrückte die Kluft zwischen ihnen. «Haben Sie zufällig Zigaretten dabei? Das war meine letzte.»

Er nahm das Etui aus der Tasche, das seine Schwester Mary ihm zum Geburtstag geschenkt hatte. Dann gingen sie in stillschweigendem Einverständnis zu der niedrigen Mauer hinüber, die den Seerosenteich umgab. Etwas verdrießlich sagte er: «Eines hatte Ikey uns beiden voraus. Er hätte über den Unfug drüben im Haus zwar das gleiche gedacht wie wir, aber er hätte trotzdem mitgemacht und noch die wildesten von ihnen übertroffen. Dann wäre er stocknüchtern zu Bett gegangen und hätte sich in den Schlaf gelacht.»

«Woher kennen sie ihn so gut? Sie waren noch ein Kind, als er fiel.»

«Ich war vierzehn, da werde ich mich wohl an ihn erinnern. An dem Tag, an dem man mir sagte, er sei tot, habe ich zum letztenmal geweint. Claire schickte mir damals seinen letzten Brief.»

«Einen Brief an Sie?»

«Er hat mir viele Briefe geschrieben. Dreiundfünfzig, wenn Sie es genau wissen wollen.»

«Über seine Kriegserlebnisse?»

«Über fast alles. Ich dachte schon daran, sie zu veröffentlichen, habe es mir aber anders überlegt. Es war Ikeys einziger Nachlaß. Es fällt mir nicht ein, ihn mit Strohköpfen wie den Zwillingen oder den anderen Idioten da oben zu teilen.»

«Sie teilen offenbar überhaupt nichts mit anderen Menschen. Verstehen Sie mich nicht falsch. Ich will damit nicht sagen, daß Sie geizig seien, sondern daß Sie ungern sich selbst und das, was Ihnen wichtig ist, mit anderen teilen – das, woran Sie glauben oder was Sie für wesentlich halten.»

Ihr Sondieren in seinem Innenleben störte ihn so, daß er aufstand. Aber als sie rasch seine Hand ergriff, fühlte er sich plötzlich heiterer und erwartungsvoller als seit langem. Er verstand kaum, weshalb dies so war. Er konnte nicht einmal ihr Gesicht deutlich sehen, und es fiel ihm ein, daß sie kein Mädchen mehr war, sondern eine Frau von Anfang Dreißig und seit über zehn Jahren Witwe. Und doch gab ihm ihre Stimme und ihre Berührung Sicherheit, und er setzte sich wieder. «Was ist mit uns eigentlich los?» fragte er. «Warum können wir nicht jung sein und uns amüsieren wie die anderen da oben?»

«Ich bin nicht mehr jung», sagte sie gleichmütig. «Aber in Ihrem Fall ist es wohl teils vererbt, teils liegt es an den Briefen, die Ikey Ihnen geschrieben hat.»

«Können Sie sich noch an meine Mutter erinnern?»

«Nicht genau. Ich war etwa sieben, als sie hier die große Sensation war. Für mich war sie insofern bedeutsam, weil sie gewissermaßen der Schrittmacher für Keith war.»

«Inwiefern?»

«Die beiden waren die einzigen Rebellen, die das Tal hervorgebracht hat. Und deshalb ist es nur folgerichtig, daß sie beide auf dem gleichen Schlachtfeld liegen, zumal die meisten, die sie mit Steinen bewarfen, bequem zu Hause saßen.»

Damit hatte sie ihm den Schlüssel gegeben, nach dem er gesucht hatte, seitdem sie über seine Entschuldigung wegen der ausgebliebenen Einladung gelacht hatte. Sie war nicht so sehr über den frühen Tod Keiths erbittert, sondern über die Patrioten, die ihn vor die Kanonen gejagt hatten. Simons Neugier wuchs, zumal Rachels Oxford-Akzent jemandem, der in der Küche von Four Winds aufgewachsen war, eigentlich fernliegen mußte.

«Was haben Sie inzwischen getrieben?»

«Alles mögliche. Nur geheiratet habe ich nie wieder.»

«Sie sprechen nicht mehr wie ein Mädchen aus dem Tal.»

Sie lachte. «Warum sollte ich? Ich bin ja schon 1914 weggezogen.»

«Nur an den Vokalen hört man es noch.»

Sie schwieg einen Augenblick. Der Lärm im Haus war abgeklungen. Offenbar tanzten sie nun wieder, denn die Klänge eines Walzers kamen herüber.

«Sie haben mir noch nicht gesagt, was Sie getan haben.»

«Die große Verschwendung des Krieges war eigentlich nicht das Blut, verstehen Sie? Es war die Intelligenz. Das ist die Währung, in der Ihre Generation wird bezahlen müssen. Keith war intelligent, und zwar nicht nur intelligent genug, um die Prüfungen zu bestehen, sondern um auf dem, was er gelernt hatte, weiterzubauen. Als er tot war, dachte ich, vielleicht sollte ich wenigstens versuchen, die Vergeudung von Intelligenz etwas auszugleichen. Ich habe Volkswirtschaft studiert.»

Das überraschte ihn nicht übermäßig. Rachel hatte etwas an sich, das nicht nur Zähigkeit, sondern auch Unternehmungsgeist verriet. «Sie sind noch einmal zur Schule gegangen?»

«Ja. Abendkurse bis zur Hochschulreife. Dann bekam ich ein Stipendium.»

«Und dann?»

«Dann rannte ich mit dem Kopf gegen genau die Schranken, gegen die Ihre Mutter ihr Leben lang angerannt ist. Die sind nämlich immer noch vorhanden. Ich habe es als Bücherrevisor versucht, mit dem Lehrberuf, mit Versicherungsstatistik – alles ging daneben. Es heißt zwar, alle Berufe ständen den Frauen offen, aber das stimmt natürlich nicht, höchstens wenn die Frau bereit ist, alle Entscheidungen den Männern zu überlassen, auch darüber, wann sie zu Bett gehen möchte.»

«Und was tun Sie jetzt?»

«Ich leite einige Arbeiterklubs und arbeite stundenweise als Sekretärin für einen Abgeordneten. Die Klubs machen mir Freude. Der Abgeordnete leider nicht.»

«Ein Sozialist?»

«Ein zeitweiliger. Er wird selbst wieder auf Stellensuche sein, bevor er an dem Sherry im Unterhaus Geschmack gefunden hat.»

Er hätte gern noch mehr gefragt, beispielsweise wie sie die Chancen der Labour Party bei den bevorstehenden Wahlen beurteilte, wie echt ihre Verachtung für Männer aller politischer Schattierungen war, und vor allem, welche Heilmittel sie gegen die Blutarmut der westlichen Zivilisation empfehlen würde. Aber in diesem Augenblick hörte er Stephen von der Terrasse aus nach ihm rufen.

«Ich muß gehen», sagte Simon. «Wollen Sie nicht wenigstens noch kurz hereinkommen und etwas trinken?»

«Nein, vielen Dank. Ich fahre jetzt unseren Einspänner vors Haus. Würden Sie bitte meiner Schwester sagen, daß ich warte? Ich habe meiner Mutter versprochen, sie zu einer vernünftigen Zeit nach Hause zu bringen, und ich denke, drei Uhr ist nach Esthers Maßstäben vernünftig.»

«Könnten wir uns noch einmal sehen, ehe ich wieder in die Stadt fahre?» schlug er vor. «Ich werde eventuell in die Redaktion einer neuen Zeitschrift eintreten. Es ist aber noch nicht entschieden.»

«Welcher Zeitschrift?»

«Ein Blatt für Intellektuelle, das *Forum*. Haben Sie davon gehört?»

«Ja. Aber Sie könnten etwas Wichtigeres tun als das, Simon.»

«Wann können wir noch einmal darüber sprechen? Morgen abend? Ich hole Sie ab, und dann könnten wir in Paxtonbury eine Kleinigkeit essen.»

«Gut.» Es klang nicht sehr begeistert, aber Simon war noch jung und eitel genug, um sich nichts daraus zu machen.

3

Die Zwillinge sprachen noch in derselben Woche mit Paul, ehe alle Spuren des Festes beseitigt waren. Vielleicht war es ihr Glück, daß Simon noch zu Hause war und den Puffer spielte, und außerdem hatten sie die Weitsicht besessen, eine Artilleriereserve in der Person von Onkel Franz Zorndorff aufzubieten, den sie überredet hatten, Westengland einen seiner seltenen Besuche abzustatten.

Der alte Herr, von dem Paul meinte, er werde ewig leben, erschien am Montag nach dem Ball, frisch und munter wie immer, obwohl ihm nach Pauls Rechnung nur ein Jahr an neunzig fehlte. Kurz nach dem Lunch kam er mit seinem großen schwarzen Daimler die Auffahrt heraufgerollt, den ein Chauffeur in einer schokoladebraunen Uniform lenkte. Und als der Livrierte um den Wagen eilte, die Tür aufriß und Franz bis zum Portal geleitete, dachte Paul: Der Alte liebt das Gepränge, nur nicht in seinem Büro. Dort ist er zu sparsam, um auch nur einen halben Shilling für einen neuen Löscher auszugeben. Und während Claire zum Portal eilte, rief Paul von der Gartentür her: «Franz! Was führt dich denn zu uns? Grassiert in der Stadt die Pest?»

Zorndorff schwenkte seinen Stock mit dem Silbergriff und ließ sich von Claire umarmen. Dann kamen Simon und Mary aus dem Haus und danach die Zwillinge, die so ausgelassen waren, daß Paul den Verdacht schöpfte, hinter der Sache müsse mehr stecken als auf den ersten Blick zu erkennen war. Deshalb ging er in sein Arbeitszimmer, während man Franz Tee servierte, und kramte in seinem Gedächtnis, ob Claire in letzter Zeit Andeutungen gemacht hatte, die mit den unsinnigen Plänen der Zwillinge, Geld zu machen, zusammenhängen konnten. Simons Fehlstarts besaßen wenigstens eine gewisse Würde, während diejenigen der Zwillinge nur Luftballons waren, aufgeblasen mit Unsinn, die davonflogen und nach ein paar Tagen vergessen waren. Die Anwesenheit von Franz aber machte ihn ungewöhnlich neugierig darauf zu erfahren, was da gebraut wurde, so daß er von sich aus in die Halle gegangen wäre, wenn sich nicht plötzlich Stephen in der Tür gezeigt hätte.

«Onkel Franz sagte, wir sollen ihn einen Augenblick mit Mutter allein lassen. Andy und ich wollen zuerst mit dir sprechen. Ist dir das recht?»

«Ihr braucht mir nicht erst zu sagen, daß etwas im Gang ist», sagte Paul und mußte gegen seinen Willen lächeln, denn es war einfach unmöglich, den Zwillingen zu widerstehen. «Also heraus damit. Euer Bruder deutete schon an, daß ihr ein Hühnchen mit mir rupfen wollt.»

«Aber es kostet dich keinen Penny, Chef, Ehrenwort!» erklärte Stephen, der in diesem Augenblick eintrat und die Tür hinter sich schloß. «Nicht wahr, Andy?»

«Stimmt», sagte Andy, der gewöhnlich weniger Worte machte als sein Bruder.

«Also, schießt los. Hoffentlich ist es nicht wieder so ein idiotischer Plan wie damals der Jux mit dem Schiffsbau.»

«Nein», sagte Stephen und legte seine langen Beine über die Sessellehne. «Das ist eine tolle Sache, und Onkel Franz steht hinter uns. Nicht wahr, Andy?»

«Da steckt Geld drin», bestätigte Andy. «Massenhaft. Und keinerlei Ausgaben, wenigstens nicht für dich, Chef.»

«Das ist zur Abwechslung wenigstens einmal etwas anderes», fand Paul und verfolgte ironisch die Blicke, die die beiden tauschten. «Es ist wohl zuviel erwartet, daß ihr meinen Rat angenommen habt und dort weitermachen wollt, wo ihr an der landwirtschaftlichen Hochschule aufgehört habt?»

«Sieh mal, Chef, die Landwirtschaft ist doch ein hoffnungsloser Fall. Wirklich!»

«Tot und begraben», bestätigte Andy. «Frag deine Pächter. Die werden dich bald aufs laufende bringen.»

Paul wußte, es war sinnlos, das mit ihnen zu erörtern. Das hatten sie schon so oft durchgekaut, seit die beiden die Schule ohne Universitätsreife verlassen hatten, zu oft, mit und ohne Unterstützung durch Claire, John Rudd und den Direktor der Landwirtschaftlichen Hochschule, an der sie einige Semester studiert hatten. «Also zur Sache. Ich höre.»

«Onkel Franz hat uns gebeten, seine Filiale in Birmingham zu übernehmen», sagte Andy – offenbar etwas zu direkt für den Geschmack seines Bruders, denn Stephen wandte sich unwillig um, schwieg aber auf eine Handbewegung Andys hin. Das bestätigte Pauls Theorie, daß Stephen zwar mehr hervortrat, Andy aber der Kopf des Gespanns war.

«Wovon sprecht ihr eigentlich?» fragte Paul und bemühte sich um einen gelassenen Tonfall. «Was für eine Birminghamer Filiale?»

Stephen, schon unsicher, überließ die Angelegenheit nun seinem Bruder, und Andy fuhr vorsichtig fort: «Onkel Franz hat dort oben einen Platz. Er besteht seit einem Jahr, wurde aber von einem Gauner geleitet und warf nichts ab. Er könnte aber Gewinn bringen, besonders wenn demnächst eine neue Krise auf uns zukommt. Onkel Franz meint jedenfalls, wir könnten etwas daraus machen.»

«Einen Platz?» forschte Paul und mußte sich beherrschen, um nicht zu schreien. «Ihr meint, einen *Schrott*platz?»

«Was sonst? Onkel Franz ist doch der Schrottkönig.»

«Ja, das ist er. Und als ich ein oder zwei Jahre älter war als ihr jetzt seid, wollte er mich unbedingt zu seinem Kronprinzen machen. Ich habe die Ehre abgelehnt, und wenn ich auf mein Leben zurückblicke, muß ich sagen: zum Glück.»

«Das ist es ja gerade!» rief Andy. «Wenn du auf *dein* Leben zurückblickst, Chef. Uns geht es um *unser* Leben, und wir haben nicht die geringste Lust, hier zu versauern.» Paul sah, wie Stephen zusammenzuckte, aber ehe dieser etwas sagen konnte, fuhr Andy ohne Reue fort: «Ich will damit nicht sagen, du seist versauert, Chef! Niemand kann dir so etwas vorwerfen. Aber du hast das getan, was du tun wolltest und konntest. Aber Stevie und ich sind nicht besonders begabt, wir müssen zugreifen, wenn sich eine Chance bietet. Ich finde, diesen Jux könnten wir einmal anpacken, und es könnte sogar klappen. Jedenfalls möchten wir es gern versuchen.»

Das war für Andy eine lange Rede, und er war etwas außer Atem gekommen.

«Habt ihr darüber schon mit eurer Mutter gesprochen?» fragte Paul.

«Nein», erklärte Stephen. «Wir wollten es, ließen es dann aber bleiben. Es wäre unfair gewesen, sie in die Sache hineinzuziehen, falls du explodierst.»

Es war ein neuer, etwas rührender Aspekt, fand Paul, daß sie in dieser Hinsicht Skrupel hatten. Das sprach eigentlich für sie, zeigte aber, wie richtig sie Claires Loyalität ihm selbst gegenüber eingeschätzt hatten. Während er einen neuen Anlauf nahm, hielt er sich die Ironie der Lage vor Augen. Vom Schrott wieder zurück zum Schrott innerhalb von einer Generation! Wie Franz dies genießen mußte nach allem, was er sich von Paul in den vergangenen siebenundzwanzig Jahren über das Thema Schrotthandel hatte anhören müssen. «Also gut», «ihr habt euren Vers gesagt, nun laßt mich mit dem alten Gauner darüber reden.»

«Willst du denn keine Einzelheiten wissen?» fragte Stephen. Paul verneinte. Wenn er sich Einzelheiten anhören müsse, erklärte er, dann lieber von Franz. Doch als sie zur Tür gingen, wurde er etwas milder gestimmt. «Wenigstens habt ihr mir nicht das Schrottgeld unter die Nase gerieben, mit dem ich nach dem Krieg das Tal am Leben erhalten habe.»

«Daran dachten wir schon, Chef. Aber das wäre ein Tiefschlag gewesen», sagte Stephen, und sie verschwanden, während er sich das Lachen verkneifen mußte.

Paul trat ans Fenster und sah auf die Kastanienallee hinab. Er fühlte sich noch immer angegriffen und war dankbar für diesen Augenblick, in dem er zu sich selbst kommen konnte, ehe Franz erschien. Die beiden würden wohl ihren Weg machen, aber das wäre dann ihr Weg, nicht seiner oder Claires Weg. Schließlich lag in ihrem Entschluß eine gewisse Logik. Er hatte das Recht zu wünschen, daß wenigstens einer hier seine Nachfolge antrat. Aber er hatte kein Recht, es zu verlangen. Und ehe er Franz kommen hörte, war ihm klar, wie das Ergebnis aussehen würde. Falls er hier einen Nachfolger bekäme, dann müßte dies ein Enkel sein, und nicht einmal das war allzu wahrscheinlich.

Zorndorff kündigte sich durch ein kurzes Hüsteln an, trat ein und blieb mit dem Rücken zur Tür stehen. Paul hatte ihn selten so unsicher gesehen, und dies freute ihn. Es war kaum jemals vorgekommen, daß der Alte ihm gegenüber im Nachteil war.

«Franz», begann er, «sie haben dir wahrscheinlich erzählt, daß ich den Schlag mit Fassung eingesteckt habe. Aber ich muß doch sagen, daß dies alles zunichte macht, was ich mit ihnen vorhatte. War es ihre Idee oder deine?»

«Meine», gab Franz zu. «Und der Anstand erfordert, daß ich wenigstens versuche, die Gründe in deinen Dickschädel einzuhämmern.» Er ließ sich vorsichtig in Claires Lehnstuhl nieder und steckte sich eine seiner langen holländischen Zigarren an.

«Soll das heißen, daß du Andys Ansicht bist, wenn er die britische Landwirtschaft für tot und begraben erklärt?»

«Das nicht», sagte Franz, «aber sie wäre es bald genug, wenn ihresgleichen die Finger darin hätten. Du berücksichtigst nicht die Kluft zwischen den Generationen, mein Junge. Sie ist heutzutage viel größer als der übliche Abgrund zwischen Vater und Sohn.»

«Ich begreife eines nicht», sagte Paul. «Diese Jungen sind doch mütterlicherseits von guter bäuerlicher Herkunft. Bei Simon verstehe ich es. Ein Kind von Grace muß ja exzentrisch sein. Aber von Claires Söhnen, den Enkeln des alten Derwent . . .»

«Es ist doch nicht exzentrisch, Paul, wenn einer mit einundzwanzig Jahren sich sein Leben selbst aufbauen möchte. Du warst genauso, und du warst elend dickköpfig, wenn ich mich recht entsinne. Jedenfalls sind diese Jungen von uns soweit entfernt wie wir von den Leuten, die zur Zeit der Französischen Revolution geboren wurden. Du kannst dem Krieg die Schuld daran geben, aber nicht ihnen.»

«Aber was können sie denn auf einem Schrottplatz in Birmingham ausrichten? Sie werden nur dein Geld verplempern, und wenn das geschehen ist, schickst du sie mir wieder her. So gut kenne ich dich doch, Franz!»

«Mein Junge», sagte Zorndorff mit jener beherrschten Geduld, die Paul immer reizte, wenn sie verschiedener Meinung waren, und sie waren fast immer verschiedener Meinung, «weshalb hältst du den Schrotthandel so hartnäckig für eine Sache von Leuten in Lederschürzen, die einen Eselskarren fahren? Hast du mich je ein Stück Schrott anfassen sehen? Was die in Birmingham tun sollen? Das, was ich ihnen sage – Freundschaften schließen, Verbindungen anknüpfen, mit Stahlmagnaten verkehren, mit Gebrauchtwagenhändlern, Maschinenbauern, Kesselfabrikanten, Fleischgroßhändlern und Drahtherstellern. Sie werden in Klubs eintreten, Runden spendieren, sich gut kleiden, schnelle Wagen fahren, beim Pferderennen wetten und, so hoffe ich, mit Mädchen flirten – alles mit dem Ziel, ihren Horizont zu erweitern und neue Bezugsquellen zu erschließen. Ich habe in den letzten fünfzig Jahren genau das getan, und du kannst nicht behaupten, es habe sich nicht gelohnt.»

«Das klingt nach einer Beschäftigung, die zu ihnen paßt», sagte Paul. «Aber du weißt hoffentlich, daß sie eine Zahlenreihe nicht dreimal addieren können, ohne zu drei verschiedenen Ergebnissen zu kommen.»

«Wir haben Buchhalter», erklärte Franz säuerlich. «Ich bin nicht extra hierhergekommen, um von dir zu erfahren, wie ich mein Geschäft führen soll, Paul.»

«Aber doch auch nicht, um meinen Beifall dafür einzuheimsen, daß meine Söhne mich im Stich lassen. Du warst doch immer viel zu arrogant, um auf die Zustimmung anderer Leute versessen zu sein.»

Franz lächelte. Er nahm den Hieb als Kompliment. «Ich will mich nicht mit dir streiten, mein Junge. Bei dir habe ich mich tatsächlich geirrt, das gebe ich zu. Der einzig wirkliche Erfolg besteht darin, so zu leben, wie man leben möchte, und insofern bist du erfolgreich gewesen. Wie viele Männer haben zwei Kriege und zwei Ehen überstanden und sind trotzdem bei Verstand und Vermögen geblieben?»

«Es war oft mehr eine Frage des Durchhaltens, Franz.»

«Wie dem auch sei, es hatte auch mit der Wahl des richtigen Zeitpunkts zu tun. Und das bringt mich auf den Hauptpunkt.»

«Nun?»

«Du hattest eine Lehrzeit von zwölf Jahren, ehe die schlimme Zeit kam. Du konntest dich hier hereinsetzen, als das Pfund im Ausland noch etwas wert war und jedermann wußte, wohin er gehörte. Du und deine ländlichen Freunde konntet euren Tee auf dem Rasen einnehmen, ohne daß der Wind euch das Tischtuch fortwehte und die Wespen in eure Kordhosen krochen. Daran solltest du denken, ehe du von deinen Kindern verlangst, daß sie dein Weltbild übernehmen. Ich bin fast doppelt so alt wie du, und ich erwarte nicht, daß sie meines übernehmen. Sie müssen eine neue Form finden, und das können sie nicht, wenn sie hier Preis-Artischocken züchten und Kricket spielen! Wenn du sie dazu zwingst, fangen sie an zu verfaulen. Ich weiß, wovon ich rede, denn ich habe zu viele Söhne reicher Männer gesehen, die durch Papas Eitelkeit verdorben wurden. Ich habe dir schon manchen guten Rat gegeben. Ich habe dich sogar ganz am Anfang dazu gezwungen, das ganze Tal hier zu kaufen statt eines Teils davon. Und jetzt gebe ich dir wieder einen Rat: Laß sie gehen, und Simon auch, und zwar freiwillig. Sie müssen selber erfahren, wie es draußen in der Welt aussieht, im Dreck und zwischen den Backsteinhaufen. Entweder sie finden sich zurecht und legen Ehre für dich ein, oder sie kommen mit eingezogenem Schwanz wieder nach Hause, und dann kannst du immer noch deine Neubauernfamilie um dich versammeln.»

Franz schleuderte als Schlußpunkt seine Zigarre in den Kamin. Paul mußte lachen, nicht so sehr, weil er dem Alten im stillen recht gab, sondern weil dieser mit seiner explosiven Vitalität alles auf seine wahre Bedeutung zurückführte, so daß Paul seinen Widerwillen gegen den Plan nun als ebenso voreingenommen erkannte wie Henry Pitts Weigerung, seine Ackerpferde zu verkaufen und sich dafür einen Traktor schenken zu lassen.

«Schon gut, Franz», sagte er einlenkend, «du brauchst dir deswegen kein Äderchen platzen zu lassen. Sie sind alle drei mündig, und ich könnte sie ohnehin nicht halten. Ich wünsche ihnen Glück, und dir auch, denn du brauchst es am nötigsten. Aber da du gerade in deiner priesterlichen Stimmung bist, und da ich dich selten hier habe – würdest du nun mir noch einen Rat geben? Es gibt einige Anzeichen dafür, daß eine neue Wirtschaftsflaute kommt. Wird sie leichter oder schwieriger durchzustehen sein als die letzte – ich meine, für mich?»

«Wieso fragst du mich denn das?» knurrte Franz und stellte sich ärgerlich. «Was weiß denn ich über den Wert von Vieh und Land hier draußen in der Wildnis?»

«Jedenfalls hundertmal mehr als der bestinformierte Landwirtschaftsberater, der mich je mit Zahlen aus einem überholten Regierungsbericht bedient hat», antwortete Paul, der wußte, daß aller Erfolg den Alten nicht für Schmeicheleien unempfindlich gemacht hatte.

«Du willst wirklich meinen Rat hören? Willst du Land kaufen oder verkaufen?»

«Verkaufen. Ich bin nach dem Krieg besser durchgekommen als die meisten Landwirte, aber es wird Zeit für einige Sparmaßnahmen, damit ich etwas Bargeld für Notfälle flüssig habe. Einer meiner Pächter liegt mir schon lange in den Ohren, damit ich an ihn verkaufe.»

«Vertraust du ihm?»

«Ja, natürlich. Es ist mein Schwager, Claires Bruder Hugh.»

«Dann verkaufe! Verkaufe noch morgen! Und triff deine Sparmaßnahmen außerdem, falls noch Zeit dafür ist.»

«Ist es so schlimm?»

«Wir gehen auf den schlimmsten wirtschaftlichen Zusammenbruch unseres Lebens zu.»

«Franz, du hast doch nicht etwa Angst vor der nächsten sozialistischen Regierung?»

«Diesmal haben die Sozialisten nichts damit zu tun. Die Tories können heilfroh sein, wenn sie das nicht auslöffeln müssen. Einige sind es auch, wie ich weiß.»

Paul war eher neugierig als beunruhigt. Er wußte, daß der Alte immer einen Finger am Puls der Wirtschaft hatte, und er erinnerte sich daran, wie er in der Nacht zum 1. August 1914 aus dem Bett geholt wurde, um einen lakonischen Telefonanruf von Franz entgegenzunehmen, der ihn aufforderte, sich auf einen langen Krieg vorzubereiten. Nur Kitchener und Onkel Franz hatten das richtig vorhergesagt.

«Ist der Grund dieser Besorgnisse nicht vielleicht nur das Gerede, daß unsere Geldanleger ihr Kapital ins Ausland schaffen, um es dem Zugriff unserer zahmen Bolschewiken zu entziehen?»

«Du hast doch hoffentlich nicht mehr die Illusion, wir seien der finanzielle Nabel der Welt, Paul. Uns steht eine schlimme Zeit bevor – uns allen.»

«Die Bauern werden sie wohl als erste zu spüren bekommen», sagte Paul resigniert.

«Ach was!» sagte Franz unwirsch. «Ich habe noch keinen armen Bauern gesehen. Zumindest haben sie immer zu essen. Nächstes Jahr um diese Zeit wird das unter den Arbeitslosen ein Privileg sein.»

«Aber warum dehnst du dich dann nach Birmingham aus?»

Der Alte lächelte, stand auf und stäubte etwas Zigarrenasche von seinem eleganten Jackett. «Ich habe immer gesagt, daß du kein Geschäftsmann bist, Paul, und schon gar keiner, der etwas von Schrott versteht. Der Schrottmarkt ist der Geier. Deshalb kann ich Aas riechen, ehe die Nasenflügel der anderen zucken. Verkaufe an deinen Schwager und preise dich glücklich. Ich würde dir ja raten, so zu tun, als ob du nur widerwillig verkaufst, um den Preis hochzutreiben. Aber dich würde ja dein Gewissen peinigen, wenn du dem Käufer nicht jedes Wort wiedergeben würdest, das ich heute gesagt habe. Außerdem hast du natürlich auch gewisse Verpflichtungen gegenüber der Familie deiner Frau. Du schuldest ihr etwas dafür, daß sie es so lange mit dir ausgehalten hat. Wann gibt es denn hier bei euch in der Wildnis das Dinner?»

«Überhaupt nicht», erklärte Paul. «Wir haben um halb sieben Abendbrot, und dazu wirft man sich nicht in Schale.»

Zorndorff zückte eine große goldene Uhr. «Dann habe ich noch Zeit für ein Schläfchen», sagte er freundlich. «Eine halbe Stunde mit dir, mein Freund, ist so anstrengend wie ein geschlagener Tag Arbeit.»

Eine überraschende Verbindung

1

Paul erinnerte sich später daran, daß Franz von einem «Zusammenbruch» gesprochen hatte. Aber die Wirtschaftskrise, die in Großbritannien 1931 zu drei Millionen Arbeitslosen führte und dazu, daß die meisten Großstädte und weite Gebiete des Landes darniederlagen, suchte das Tal nicht als Zusammenbruch heim. Sie breitete sich von Norden und Osten her aus wie eine bösartige, langsame Fäule, die zuerst die eine Familie erreichte, dann eine andere, die hier ein Gut, dort einen Mann befiel und schorfige Wunden hinterließ, die nur langsam heilten und nicht mit den Schäden zu vergleichen waren, die der Krieg hinterlassen hatte. Und doch waren diese Wunden in manchen Fällen ebenso tödlich. So verfiel beispielsweise Periwinkle völlig, und in dem Verhältnis zwischen dem Herrenhaus und High Coombe hinterließ die Krise eine Narbe, die nicht verheilte, solange Paul Craddock und seine Frau lebten.

Die Presse trug das Echo des Wall Street-Krachs in das Tal. Im Herbst reisten Stephen und Andrew dorthin, wo Paul den Krisenherd vermutete, in das Industriegebiet Mittelengland. Aber als sie am Weihnachtsabend desselben Jahres nach Hause kamen, sahen sie nicht wie die Überlebenden einer Wirtschaftskatastrophe aus. Sie kamen in einem roten MG-Sportwagen angedonnert, trugen lange Seidenschals, und aus dem Kofferraum ragten Golfschläger. Sie tobten eine Weile im Tal herum, begrüßten lautstark jeden, dem sie begegneten, und machten in den Gasthäusern von Paxtonbury große Rechnungen. Dann verschwanden sie wieder, ohne daß jemand die leiseste Ahnung hatte, was sie in Birmingham trieben oder wie sie zu dem Sportwagen und den Golfschlägern gekommen waren.

Es war ein strenger Winter. Der Schneefall setzte zeitig ein und dämpfte die Geräusche im Tal für Wochen. Dann kam mit dem freudlosen Frühling die Nachricht, daß westlich des Hermitage-Waldes Füchse ihr Unwesen trieben. Die unglückliche Elinor Codsall verlor in einer einzigen Nacht siebenunddreißig junge Legehühner.

Paul suchte sie auf, um die Jagdvergütung zu bezahlen, denn er wußte, daß sie zu kämpfen hatte, da die Eierpreise auf ihrem niedrigsten Stand seit Jahren waren und ihr Sohn Mark mit einem gebrochenen Bein im Bett lag. Er war auf dem Eis mit dem Motorrad ins Schleudern gekommen. Paul hatte sich schon an Elinors Pessimismus gewöhnt, aber die Art, wie sie sich den Verlust der Hennen zu Herzen nahm, verwirrte ihn. Sie ließ sich nicht trösten und klagte den ganzen Sommer, als Mark schon wieder arbeitete, es aber feststand, daß er wahrscheinlich für immer hinken würde, da nach dem Unfall das eine Bein um zwei Zentimeter kürzer war als das andere.

Paul sah, daß das Land, das Will Codsall geduldig dem Moor abgewonnen hatte, zu verfallen begann, so daß Periwinkle vor Jahresende wieder auf seinem ursprünglichen Besitzstand war mit ganzen sechzig Morgen. Paul wußte, daß selbst gut geführte Höfe kaum Gewinn abwarfen, und ließ sich deshalb von John Rudd nicht dazu überreden, für Mark Codsall eine andere Stellung zu suchen und seine eigenen Verluste zu reduzieren, indem er Elinor zwar gestattete, in dem alten Haus des Hardcastle-Hofs zu wohnen, ihr Land aber zwischen Four Winds und Hermitage aufteilte.

Es war der letzte Rat gewesen, den John Rudd ihm geben konnte. Das Periwinkle-Problem wurde schließlich durch ein kleines Wunder gelöst. Aber zu diesem Zeitpunkt war John bereits tot.

Wenn man von einem Mann sagen kann, er sei in Frieden mit seiner Welt gestorben, dann traf das auf John Rudd zu. Er starb im Schlafzimmer des Häuschens, das er seit der Lovell-Zeit bewohnt hatte, in Gegenwart der drei einzigen Menschen, die ihm etwas bedeuteten – seiner Frau Maureen, des schlanken, blonden Jungen, den sie zur allgemeinen Überraschung nach ihrer späten Heirat zur Welt gebracht hatte, und Paul Craddocks, von dem John immer gesagt hatte, er habe seinem Leben wieder einen Sinn gegeben.

John hatte sich im Frühherbst eine starke Erkältung zugezogen, und der Husten verschlimmerte sein Herzleiden. Am dritten Tag, nachdem er sich ins Bett gelegt hatte, traf Maureen Vorkehrungen, ihn ins Krankenhaus nach Whinmouth zu bringen, und sie schickte nach Paul, damit er ihn besuchte, ehe der Krankenwagen käme. Paul erschrak über Johns Aussehen. Er lag gegen die Kissen gelehnt und sah älter aus als er war. Von seiner barschen Stimme war nur ein trockenes Flüstern übrig. Trotzdem schien er seine Überlebenschancen gleichmütig zu beurteilen. «Ich wollte Maureen überreden, mich in Ruhe zu lassen», sagte er, «aber es war nichts mit ihr anzufangen. Ich würde lieber hier sterben, wenn es schon sein muß. Ich war praktisch mein ganzes Leben lang hier – fast fünfzig Jahre.»

Paul erklärte ihm, Maureen wolle ihn deshalb ins Krankenhaus überführen, weil er ein Sauerstoffzelt brauche. Er versuchte nicht, sich in den üblichen wohlgemeinten Krankenbettlügen zu ergehen. Er kannte Rudd gut genug und konnte erkennen, wenn ein Mann alt, müde und dabei einigermaßen zufrieden war.

«Ich hätte dich lieber in einer guten Zeit verlassen als in einer solchen Krise. Ob du auch da heil herauskommst?»

«Wir sind immer wieder hochgekommen, John», beruhigte ihn Paul. «Es hat keinen Sinn, wenn du dir jetzt über Erzeugerpreise und Absatzprobleme Gedanken machst. Diese Dinge kommen und gehen wie die Damenmoden . . .»

«Apropos Moden . . .» flüsterte John und hielt inne, als sein Sohn eintrat und mit einer Krankenzimmerstimme sagte: «Der Krankenwagen wird sich verspäten, Vater. Sie riefen eben an. Bei einem Autounfall hat es Schwerverletzte gegeben . . .»

«Gut», stöhnte John, «hoffentlich haben sie die ganze Nacht damit zu tun.» Er nahm sein Arzneiglas vom Nachttisch. «Ich wollte, er und seine Mutter wären so realistisch wie du, Paul. Bei ihren Patienten ist sie so unnachsichtig, aber mich behandelt sie wie ein strenger Schulmeister, der seine eigenen Kinder verhätschelt.»

«Du wolltest etwas über Mode sagen.»

«Ach, richtig», murmelte John. Seine Hand, die das Glas hielt, zitterte so stark, daß Paul danach griff und es festhielt. «Ich mußte eben an Busen denken.»

«An wessen Busen?»

«An alle! Früher hat jede Frau im Tal Martern auf sich genommen, um wie eine Sanduhr auszusehen. Heute gibt sich jede einzelne, deine eigene inbegriffen, alle Mühe, wie eine Röhre auszusehen.»

Paul lachte laut auf, so grotesk fand er es, daß der alte John Rudd über Busen spottete, während er auf den Krankenwagen wartete. Der Patient wurde vom Gelächter so angesteckt, und in diesem Augenblick waren beide wieder so jung wie in der Vorkriegszeit auf dem Heimritt von der Jagd. Dann verwandelte sich Johns Lachen plötzlich in einen keuchenden Husten. Die Arznei ergoß sich über die Bettdecke, als er sich vornüber beugte und sich am Bett festklammerte. Maureen kam hereingestürzt und nach ihr der Junge. Aber es war vorüber, ehe sie ihn wieder aufrichten konnten.

Maureens Kummer mitzuerleben war ernüchternd. Denn wenn der Tod für den Jungen eine neue Erfahrung sein mochte, so hatte seine Mutter sicher schon zahllose Menschen sterben sehen. Sie sah Paul mit verzerrtem Gesicht an. Paul faßte sich und sagte: «Er wollte nicht außerhalb des Tals sterben, Maureen! Er sagte es mir im ersten

Augenblick, als ich ins Zimmer kam. Du mußtest doch wissen, wie es um ihn stand.»

Sie machte eine hilflose Handbewegung, trat ans Fenster und öffnete es einen Spalt. Paul legte Johns Kopf auf das Kissen und strich die Bettdecke glatt, und dann bat er den Sohn, das Krankenhaus anzurufen und den Ambulanzwagen abzubestellen. Er wandte sich wieder an Maureen, die immer noch am Fenster stand: «Soll ich dir etwas zu trinken holen, Maureen?» Als sie den Kopf schüttelte, sagte er: «Er hatte ein gutes Leben, nachdem die Lovells weg waren, und besonders, nachdem du gekommen warst und es mit ihm geteilt hast.»

«Sagte er dir das?»

«Er deutete es oft genug an. Es war ein enormer Glücksfall für ihn, daß er dich auf halbem Weg gefunden hat.»

«Für mich auch, Paul», antwortete sie, und er sah, daß sie sich wieder in der Hand hatte.

2

In jenem Winter gab es drei Hochzeiten, aber nur zwei davon fanden auf heimatlichem Boden statt. Zwei davon lösten das Periwinkle-Problem auf erstaunliche Art und Weise.

Kurz nach John Rudds Beerdigung tauchte Willi Meyer in Periwinkle auf und eröffnete Elinor Codsall, er sei inzwischen nicht nur Witwer, sondern auch ein wohlhabender Mann geworden, da er von einem Onkel eine große Gärtnerei in Schleswig-Holstein geerbt habe. Nun hatte sich der einstige Kriegsgefangene, der einem freudlosen Alter entgehen wollte, ein Hotelzimmer in Paxtonbury gemietet und kam täglich vorbei, wobei Elinor ihren Pessimismus gänzlich verlor, und eines Tages fragte er Mark Codsall, was er davon halte, einen deutschen Stiefvater zu bekommen.

Willi Meyer sprach selbst bei Paul vor, um dessen Meinung zu dem Plan zu hören. Paul erklärte, wenn Elinor so sehr daran liege, Frau Meyer zu werden, könne er ihr nur Glück dazu wünschen und kaum jemand im Tal, am wenigsten er selbst, würde deswegen schlecht von ihr denken. Die Leute seien nun auf die Franzosen viel ärgerlicher als auf die Deutschen, besonders seitdem die französische Regierung eine Entschädigung für die Benutzung französischer Schienenwege beim Transport britischer Verwundeter verlangte, während die antideutsche Hysterie in den letzten Jahren und zumal nach dem Erscheinen von Remarques Buch *Im Westen nichts Neues* praktisch aufgehört habe.

«Das ist gut zu hören», sagte daraufhin Meyer. «Bei uns war es nicht anders. Der Tommy hat unsere Kinder im Ruhrgebiet ernährt, und das entgegen den Befehlen.»

Elinor Codsall bereitete sich also vor, nach Schleswig-Holstein zu ziehen, und ihr Sohn Mark trat die Nachfolge des vor einem Jahr verstorbenen Chivers als Stallknecht und Chauffeur an. Dies löste gleichzeitig auch Marks Heiratsprobleme, denn Liz Pascoe hatte sich geweigert, in das heruntergekommene Periwinkle einzuheiraten, so sehr sie Mark liebte. Nun, da er auf dem Herrengut arbeitete, sahen die Dinge auch für sie anders aus. In Coombe Bay fand eine Doppelhochzeit statt, und Periwinkle wurde, wie John Rudd es geraten hatte, zwischen Hermitage und Four Winds aufgeteilt.

Die dritte Hochzeit fand nicht im Tal, sondern auf einem Standesamt in Manchester statt. Die Klatschbasen des Tals irrten sich, als sie einander zuflüsterten, der Gutsherr habe sich geweigert, dieser Hochzeit beizuwohnen. Sie irrten sich aber ebensosehr in der Annahme, weder der Herr noch die Herrin hätten von der Eheschließung etwas gewußt, bevor sie vollzogen war. Der einzige Grund, weshalb sie nicht zur Hochzeit nach Manchester fuhren, war das zeitliche Zusammenfallen all dieser Hochzeiten, und Paul war erst ganze vierundzwanzig Stunden vorher telefonisch verständigt worden.

«Hallo? Hier Craddock?»

«Hier Simon.»

«Simon?! Kommst du nach Hause?» fragte Paul überrascht.

«Bald, Chef. Aber ich habe eine Neuigkeit. Es wird dich vielleicht umwerfen, aber es ist nichts Unangenehmes.»

«Es geht dir doch hoffentlich gut?»

«Klar, ausgezeichnet. Ich rufe an, um dir zu sagen, daß ich Rachel Horsey heirate.»

«Du heiratest?» fragte er ungläubig. «Um Himmels willen – wann?»

«Übermorgen.»

«Guter Gott! Augenblick, ich hole Claire . . .»

«Nein, lieber nicht, Chef! Doch, doch, sie darf es schon wissen, aber wir müssen es kurz machen, Rachel steht draußen im Regen. Könnt ihr kommen? Wir machen es nur auf dem Standesamt ab, aber Rachel meint, wir sollten euch beide einladen. Sonst hätte ich geschrieben und es dabei bewenden lassen. Bist du noch da?»

Als Paul sprach, fand Simon, seine Stimme klinge nun weniger herzlich. «Ja, ich bin noch da. Hör zu, ich muß am gleichen Tag bei Elinor Codsall den Brautführer spielen. Kannst du deine Hochzeit nicht verschieben?»

«Ich fürchte nein. Wir mußten es mit einigen anderen Terminen abstimmen, darunter einer Nachwahl. Bei wem mußt du den Brautführer machen?»

«Bei Elinor Codsall von Periwinkle. Sie heiratet einen Deutschen, den sie im Krieg kennenlernte. Ich habe es ihr versprochen, und sie zählt auf mich. Ich kann sie wirklich nicht im letzten Moment im Stich lassen.»

«Natürlich nicht.» Simon versuchte, seine Erleichterung zu verbergen. «Mach das nur, und wünsche ihr von uns beiden alles Gute.»

«Das ist schon scheußlich. Claire wird sehr enttäuscht sein. Rachel Eveleigh steht draußen, sagst du?»

«Ja, aber sie heißt nicht Eveleigh. Chef. Und Sie ist verwitwet.»

«Ach, richtig, das hatte ich vergessen.» Er hatte nicht nur jene überstürzte Kriegstrauung vergessen, sondern auch die Tatsache, daß Rachel um etliche Jahre älter sein mußte als Simon – er hätte nicht sagen können wie viele, ohne das Gutstagebuch zu befragen.

«Wissen es ihre Eltern schon?»

«Noch nicht», sagte Simon. «Sie schreibt ihrer Mutter.»

«Aha!» Paul verstand Rachels Vorurteil viel besser als sein Sohn. Schon mehrmals, seit Simon ihm mitgeteilt hatte, er arbeite mit dieser Frau zusammen für die Arbeiterwohlfahrt, hatte er an jenen unglückseligen Vorfall auf Four Winds gedacht. Und doch hatte er nie damit gerechnet, daß eine von Norman Eveleighs Töchtern seine Schwiegertochter werden könnte, und die Bestürzung darüber hinderte ihn daran, sich eine klare Vorstellung von dem Mädchen zu machen. Es gab so viele Eveleighs. Es hatte immer so viele Eveleighs gegeben, immer, seit jener Nacht, als er an Normans Tür gehämmert und ihm gesagt hatte, sein Arbeitgeber hänge an einem Balken in der Scheune. Dann fiel ihm etwas anderes ein. Es war die Nacht, in der Simon geboren wurde, und eines der Kinder, die damals über die Brüstung gespäht hatten und dann ins Bett gescheucht worden waren, mußte Rachel gewesen sein, die jetzt draußen im Regen vor der Telefonzelle stand.

«Hör zu, Simon», sagte er beschwörend. «Hol Rachel in die Kabine, du Idiot, mein Junge.»

Es entstand eine Pause, und er hörte Claire aus der Bibliothek rufen: «Wer ist das, Paul?»

«Simon. Er ruft aus Manchester an.» Claire trat in die Halle, während Paul eine frische, ihm nicht mehr erinnerliche Stimme hörte: «Mr. Craddock? Erinnern Sie sich noch an mich?»

«Guter Gott, natürlich, Rachel! Hören Sie, hängen Sie nicht gleich ein. Soll ich hinübergehen und es Ihrer Mutter sagen? Sie würde sich bestimmt darüber freuen.»

Claire rüttelte ihn am Ellbogen, und er wehrte sie ungeduldig ab. «Hören Sie, Rachel?»

«Ja», sagte sie leise, «das wäre sehr liebenswürdig, Mr. Craddock. Und sagen Sie ihr, ich werde schreiben. Tut mir leid, daß Sie nicht kommen können, aber wir verstehen das. Und, Mr. Craddock . . .»

«Ja?»

«Ich werde gut für ihn sorgen. Machen Sie sich keine Gedanken.»

«Ich hoffe doch, er wird für Sie sorgen, Rachel! Aber . . . jedenfalls vielen Dank. Ich . . . ich freue mich darüber, wenn es auch etwas plötzlich kommt, und ich bin sicher, meine Frau freut sich auch. Können wir Sie später irgendwo anrufen?»

«Ja, wir fahren übers Wochenende in die Stadt zu einer Konferenz.»

Sie nannte ihm eine Telefonnummer, die er auf dem Block notierte.

«So, das wär's», sagte sie. «Machen wir Schluß, jetzt wird nämlich Simon naß. Auf Wiederhören, Mr. Craddock!»

«Auf Wiederhören, Rachel. Und euch beiden alles Gute!»

Paul hörte ein Knacken und legte den Hörer auf. Er wandte sich der verdutzten Claire zu.

«Du sagtest, Simon sei am Apparat?»

«Ja, aber das war jetzt Rachel Horsey geborene Eveleigh.»

«Eveleighs zweite Tochter? Die den Sohn des Pastors geheiratet hat und nie wieder ins Tal kam?»

Paul nickte. «Was weißt du noch von ihr?»

«Sie war ein ziemlich hübsches Mädchen und hatte eine gehörige Portion von Normans Dickschädel geerbt. Warum?»

«Den wird sie brauchen. Sie heiratet übermorgen Simon.» Und als sie nach Luft rang und ihre Hand zum Mund fuhr, sagte Paul: «Nun komm aus der zugigen Halle heraus, und ich erzähle dir das wenige, das ich weiß. Und schenke mir etwas zu trinken ein. Ein Wunder, daß ich noch nicht zum Alkoholiker geworden bin mit dieser verrückten Familie.»

Simons Brief traf bald darauf ein, und er enthielt lediglich eine magere Feststellung der Tatsachen. «Wie ein Auszug aus einer seiner Statistiken über die Unterernährung», murmelte Paul. Aber er machte keine derartige Bemerkung über einen Brief, den Marian Eveleigh ihm ein paar Tage später überreichte, nachdem er hinübergeritten war, um ihr die Neuigkeit zu berichten. Marian war sehr aufgeregt und fast geneigt, sich dafür zu entschuldigen, daß ihre Tochter in die Familie des Gutsherrn eingeheiratet hatte. Aber es schien Paul, als ob Norman, ihr Mann, einige Mühe hätte, es zu verdauen. Er schüttelte immer wieder den Kopf, fuchtelte mit den Händen, und sagte nur: «Ja, Rachel hat doch immer gemacht, was sie wollte. Ist ja nichts Neues, oder?»

Als Marian ihn zum Tor begleitete, sagte Paul: «Ich weiß nicht, wie Sie über die Sache denken, Marian, aber ich hoffe, Sie glauben mir, wenn ich Ihnen sage, daß meiner Meinung nach Rachel genau die Frau ist, die Simon braucht. Sie hat schon einiges durchgemacht und wird ihn dazu bewegen, irgendwo seßhaft zu werden.»

«Keiner von den Jungen wird seßhaft werden, so wie wir das verstanden haben, Sir», erwiderte sie. «Und ich glaube nicht einmal, daß das ihre Schuld ist. Es ist alles nicht mehr so wie früher.»

«Nein», sagte Paul amüsiert, denn er hörte diese Bemerkung täglich aus dem Mund eines Angehörigen der alten Generation. «Aber es gibt einiges, was ich nicht ungern verschwinden sehe. Alles in allem sind die Menschen jetzt freundlicher als früher, und es ist unwahrscheinlich, daß wir noch einmal einen Krieg erleben. Also müssen wir offenbar doch etwas daraus gelernt haben.»

«Hoffentlich haben Sie recht», sagte Marian seufzend. «Soll ich ihnen Rachels Brief zeigen, wenn sie mir schreibt?»

«Ja, das wäre sehr nett», sagte Paul und hoffte im stillen, er würde ausführlicher sein als Simons dürftiger Bericht.

Viel ausführlicher war er freilich auch nicht. Marian schickte ihn wenige Tage später herüber. Doch dem kurzen Brief an Mrs. Eveleigh lag ein verschlossener Umschlag bei, der an ihn selbst adressiert war. Warum hat sie ihn nicht direkt an mich geschickt, dachte er. Sie hat doch wohl nicht vergessen, wo wir wohnen. Das Rätsel löste sich, als er auf dem inneren Umschlag die Worte sah: «Für Mr. Paul Craddock – persönlich.» Und der Mund blieb ihm offen, als er den ersten Absatz las:

«Sehr geehrter Gutsherr Craddock, entschuldigen Sie, aber ich kann Sie nicht einfach als ‹Mr.› anreden, obwohl es mir, offen gestanden, unangenehm wäre, wenn Sie dächten, ich hätte auch nur das geringste für irgendeine Form des Feudalismus übrig. – Ich habe Simon nicht gesagt, daß ich Ihnen schreibe, und lege dies deshalb dem Brief an meine Mutter bei. Ich hätte Ihnen nicht geschrieben, wenn ich nicht Simon inzwischen so gut kennengelernt hätte, daß ich *Sie* jetzt viel besser verstehe als früher. Denn normalerweise habe ich für Grundbesitzer aller Art nichts übrig, aber Sie sind eine Ausnahme, ganz abgesehen davon, daß wir nun verwandt sind – ob es uns gefällt oder nicht. Alle Vorurteile, die ich in bezug auf Sie hatte, habe ich längst abgelegt, nicht nur, weil ich Sie durch Simon besser kennenlernen konnte, sondern auch, weil Sie meiner Familie nie etwas anderes als Entgegenkommen gezeigt haben. Deshalb gehören Sie nicht zu den Grundbesitzern, die ich verabscheue.»

Paul grinste. Da hat Simon zweifellos eine Gleichgesinnte gefunden, dachte er. Und da ihn ihr kompromißloser Stil so lebhaft an Grace erinnerte, wenn sie ihr Gleichberechtigungs-Steckenpferd ritt, las er gespannt weiter.

«Dies wird als Einleitung genügen. Offen gestanden, Mr. Craddock, Sie haben Simon ganz schön verdorben, und manchmal scheint es mir, als wäre es fast schon zu spät, um ihn wieder ins Gleis zu bringen. Ich will es aber versuchen, denn Keith hatte bei mir Erfolg, und ich war ein noch hoffnungsloserer Fall. Ich weiß noch, welchen Krach wir bekamen, als ich vor seinem Vater einen Knicks machte. Simon hat zwar ausgezeichnete Fähigkeiten – Auffassungsgabe, Verstand, Gesundheit, Gedächtnis und so weiter –, aber was nützt das alles ohne *Tatkraft* und *Zielbewußtsein*? Als ich ihn kennenlernte, schlenderte er so dahin wie ein kranker Maulesel und hatte Mitleid mit sich selbst, so daß alle seine Fähigkeiten, für andere etwas Nützliches zu leisten, nur eine zischende Zündschnur ohne Bombe waren, die sich am Ende in Rauch aufgelöst hätte. Wahrscheinlich fühlten Sie sich immer durch die Tatsache gehemmt, daß seine Mutter sich um die Aufgabe, ihn zu erziehen, drückte, und haben sich deshalb vor lauter Nachsicht fast umgebracht. Das vornehme Internat, in das Sie ihn schickten, nützte auch nichts, aber das steht auf einem anderen Blatt. Jedenfalls trage ich jetzt die Verantwortung für ihn, und Sie sollen wissen, daß ich jede Verantwortung, die ich übernehme, bis zur Pedanterie ernst nehme. Deshalb überlegte ich es mir auch reiflich, ehe ich Simon heiratete. Schließlich ist er sechsundzwanzig, und ich bin vierunddreißig. Auch wenn er erwachsen gewesen wäre, hätte ich es mir gründlich überlegt, aber das war er eindeutig nicht, als ich ihn während der großen Geburtstagsfeier seiner Brüder kennenlernte.»

Es war wichtig, diesen Brief Zeile für Zeile zu verdauen. Deshalb las Paul ihn noch einmal von vorn. Rachel war nicht nur offen bis zur Arroganz, sondern sie hatte auch ein gesundes Urteilsvermögen, denn jeder Schuß traf ins Schwarze.

Er las weiter:

«Ich werde aus Simon etwas machen. Was dabei herauskommt, mag vielleicht nicht ganz Ihr Ideal sein, aber dieser Mensch wird etwas darstellen. Ich muß Ihnen das sagen, denn in einer Hinsicht brauche ich Ihre Unterstützung. *Sie müssen mir versprechen, ihm niemals Geld zu schicken.* Er bekommt etwa drei Pfund pro Woche aus dem Vermögen seiner Mutter, und das ist mehr als genug, bis er auf eigenen Füßen stehen kann. Wenn er weiß, daß er sich jederzeit an Sie wenden kann, habe ich von vornherein verloren. Manche Leute, bei denen wir hier arbeiten, müssen von weniger Geld eine ganze Familie ernähren. Wenn es eines gibt, was ich nicht ausstehen kann, dann ist es ein Theoretiker, der den Sozialismus predigt, während er selbst sich den Bauch vollschlägt. Glauben Sie mir, Mr. Craddock, von dieser Sorte haben wir genug in unserer Bewegung, und ich wünschte nur, die würden alle zur Opposition überwechseln. Ich weiß noch nicht genau, was Simon anstreben wird. Vorläufig unterrichtet er in einem Arbeiterbildungsverein, und er wird bald, so hoffe ich, ein volkswirtschaftliches Studium beginnen. Wenn es nach mir geht, wird er dann in aussichtslosen Wahlkreisen politische Erfahrungen sammeln und schließlich irgendwo mit der Aussicht auf einen Wahlsieg kandidieren. Das kommt natürlich darauf an, ob sich der Eindruck, den ich von ihm habe, bestätigt. Falls Mrs. Craddock sich aufregen sollte (und ich könnte es ihr nicht übelnehmen, da sie ihn offenbar besser kennt als Sie), dann versuchen Sie bitte, sie davon zu überzeugen, daß ich ihm eine so gute Frau sein werde, wie er es mir gestattet. Er ist sehr liebenswert, und wenn es dieser Brief auch nicht verrät, so bin ich doch von Natur aus eine liebevolle Frau. Mit freundlichen Grüßen, Rachel Craddock.»

Paul rang einen Augenblick nach Luft. Dann lachte er los. Er stand am Fenster, den Brief noch in der Hand, und genoß diesen Scherz.

Am Abend sagte er beim Zähneputzen zu Claire: «Jetzt fällt mir erst auf, daß du zu Simons Heirat eigentlich sehr wenig gesagt hast. Als das letzte Mal ein Familienmitglied die Tochter eines Pächters heiratete, warst du wochenlang eingeschnappt.»

Claire war längst immun gegen solche Sticheleien. «Das ist eine Verleumdung», sagte sie lachend, «und das weißt du auch. Das hatte damals ganz andere Gründe, und an die brauche ich dich wohl nicht zu erinnern.»

«Nein, keineswegs. Es war dein schlechtes Gewissen wegen dieses Schnösels aus dem Lager, wie hieß er doch gleich?»

«Du weißt den Namen noch ganz genau. Aber warum sollte ich mir Gedanken über Simons Heirat machen?»

«Claire», sagte er zögernd, «ich bekam heute einen Brief von Rachel, und ich war nicht sicher, ob ich ihn dir zeigen soll oder nicht. Aber ich gebe ihn dir doch. Du wirst dich darüber ebenso amüsieren wie ich.»

«Gib ihn sofort her!» sagte Claire, und als er erklärte, der Brief liege drunten im Büro, befahl sie ihm, ihn unverzüglich heraufzuholen.

Er holte den Brief und saß neben ihr auf der Bettkante, während sie ihn las. Alle seine Befürchtungen schwanden, als er sah, wie sie sich das Lachen verkneifen mußte.

«Meine Güte», sagte sie schließlich und legte den Brief auf den Nachttisch, «der arme Simon. Diese Ausdrücke! Die Unterstreichungen! Opposition! Arbeiterbildungsverein!»

«Ich finde es gut, daß Simon eine nüchterne Frau hat, sozusagen als Notanker. Aber ein bißchen Spaß wird doch da wohl mit inbegriffen sein?»

«Das ist alles Unfug», sagte Claire. «Sie verrät sich im letzten Satz. Nimm diese idealistischen Vorbemerkungen nicht so ernst, das ist nur ein Vernebelungsmanöver.»

«Meinst du, sie meint es nicht ernst mit ihrem Entschluß, aus dem Jungen etwas zu machen?»

«Doch, das meint sie sicher ernst. Aber es ist trotzdem ein Manöver, das könnte dir jede Frau bestätigen. Sieh mal: Sie ist gesund und vierunddreißig Jahre alt. Sie war zwölf Jahre ohne Mann, und wenn sie eine Eveleigh ist, dann ist sie nicht prüde. Und da kommt Simon daher, jung, gut aussehend und, was noch wichtiger ist, noch formbar. Es ist doch klar, daß sie ihn mehr braucht als er sie. Aber wegen des Altersunterschieds muß sie sich rechtfertigen. Was also tut sie? Sie überzeugt sich selbst davon, daß es eine fast platonische Heirat ist. Aber du kannst mir glauben, daß sie sich nicht ausschließlich der Aufgabe widmen wird, eine kranke und verkrüppelte Gesellschaft zu kurieren.»

Paul fand es stets erheiternd, wenn Claire eine ihrer nüchternen Prophezeiungen äußerte, und er lachte, als er das Licht ausknipste und ins Bett ging. «Du denkst eben eingleisig», sagte er. «Das hast du immer getan.»

«Glücklicherweise sind wir alt genug, um der Welt ihren Lauf zu lassen und uns aufs Wesentliche zu konzentrieren», sagte sie und umschlang ihn auf eine Art und Weise, die keinen Zweifel daran ließ, was sie für wesentlich hielt.

Schmerzliche Trennung

I

Dies war die Zeit von Patrick Palfreys Schande, die Zeit, als der geduldige Direktor von High Wood zu dem Schluß kam, daß eine weniger konventionelle Einrichtung nötig wäre, um dem rastlosen Humor des jungen Mannes ein Ziel zu setzen. Patrick befleckte nicht etwa die Familiengeschichte damit, daß er von der Schule flog. Aber seine dortige Laufbahn endete eben doch vorzeitig, nachdem der Direktor in einem Brief an Paul zu erkennen gegeben hatte, daß ein freiwilliges Ausscheiden allen Beteiligten viele Ungelegenheiten ersparen würde.

So kam Patrick mit siebzehn Jahren nach Hause, verwirrt, aber nicht entmutigt, weil die Welt seine Bemühungen, sie ein wenig aufzuheitern, abgelehnt hatte. Paul war über diese Wendung nicht erstaunt. Erstaunlich war eher, wie lange High Wood Patrick ertragen hatte.

Aber war das wirklich so erstaunlich? Seit seiner frühesten Kindheit hatte Patrick Palfrey es verstanden, seine Umwelt gleichzeitig zu bezaubern und in Wut zu versetzen. Niemand wußte das besser als Claire, die seit dem Tag, an dem sie ihn ins Herrenhaus gebracht hatte, von Patrick gefangengenommen war. Er hatte etwas Dämonisches an sich, wie Mary einmal feststellte, halb Engel und halb Poltergeist. Es war, als wäre ihm kurz vor seiner Geburt das seltene Vorrecht zuteil geworden, sich aus der Erbmasse beider Elternteile seine eigene Psyche zusammenzusetzen und dabei nur das Absonderliche zu übernehmen. Er hatte zum Beispiel eine deutliche Anlage zur Frechheit eines Gassenjungen – das Vermächtnis von Ikeys Ahnen vom Themseufer –, und damit verbunden war eine fröhliche Mißachtung jeglicher Autorität, die generationenlang ein Kennzeichen der Potter-Sippe gewesen war. Und dies war keineswegs alles. In seinem Charakter verwoben, fanden sich Fäden von Ikeys Objektivität, Mutter Megs Stolz, Tamers Boshaftigkeit und Onkel Smuts Unternehmungslust. Und dies alles äußerte sich so, als sei jeden Tag 1. April. Patrick war eine fesselnde Persönlichkeit, stellte aber diejenigen vor etliche Probleme, denen die Aufgabe zugefallen war, ihn auf einen vernünftigen Weg in dieser Welt zu bringen.

Paul hatte ihn aus Gewohnheit nach High Wood geschickt. Weder Ikey noch Simon waren von den dortigen Glaubensbekenntnissen angetan gewesen. Die Zwillinge hatten sich zwar im Sport hervorgetan, fielen aber dreimal nacheinander bei der Abschlußprüfung durch, nachdem sie sich in sechs Jahren von der zweiten zur fünften Klasse emporgequält hatten.

Als im Jahre 1926 Patrick in High Wood eintraf, stand die Schule vor einem gänzlich anderen Problem. Mit vierzehn Jahren hatte er ein Stadium erreicht, in dem sich seine explosive Energie in einer Salve von Streichen äußerte. Viele davon wären zweifellos in die Schulgeschichte eingegangen, aber zu der Zeit, in der sie stattfanden, trugen sie nicht zum Seelenfrieden des Lehrkörpers bei.

Es würde sich kaum lohnen, Patrick Palfreys Bemühungen, den Schulalltag zu beleben, im einzelnen zu schildern. Sie begannen mit herkömmlichem Schabernack – dem mysteriösen Emporschweben der Kreide, die an einem Faden hing, einer toten Ratte unter dem Lehrerpult, dem gespenstischen Knarren eines einsamen Klaviers, kurz ehe die Jahresschlußfeier begann, dem Grollen in verstopften Warmwasserrohren als Untermalung der Geographiestunde über Erdbeben und so weiter. Aber es wurde bald klar, daß Patrick sich auf die Mittelstufe vorbereitete. Mit fünfzehn Jahren überließ er diese Art Ulk den Anfängern und widmete sich der Planung und Ausführung anspruchsvollerer Zerstreuungen, und einige Inspirationen dazu mußte er von längst verstorbenen Vorfahren erhalten haben, vielleicht von Possenreißern und Gauklern aus dem mittelalterlichen Ungarn, die ihm durch seine eingewanderte Großmutter vermittelt worden sein mochten. Er war nicht nur ein ebenso guter Imitator, wie es sein Vater gewesen war, sondern zudem ein besserer Schauspieler und konnte mit einem Minimum an Aufwand die unterschiedlichsten Persönlichkeiten darstellen. Seine Stimme umfaßte einen großen Bereich, seine weichen, engelhaften Züge waren sehr beweglich, und vor allem verstand er es, seine komischen Einfälle mit großer Überzeugungskraft anderen schmackhaft zu machen. Nie war Bosheit in seinen Streichen. Sein Antrieb war eher eine ausgeprägte Neugier darauf, was geschehen würde, wenn seine Aktivitäten zu beunruhigenden Ergebnissen führten, so etwa, als er die Schleusen des Weihers von High Wood öffnete und eine Straße knietief unter Wasser setzte, oder als er einen Dekorateur dazu überredete, eine große Tafel zu malen und aufzustellen, auf der ein Teil des Schulgeländes zum Verkauf angeboten wurde. Manchmal trat er als Anführer einer Bande von Spaßvögeln auf, meist aber arbeitete er allein, so, als er den stellvertretenden Bahnhofsvorsteher mimte und die Schul-

Elf nach Cornwall fahren ließ, während sie in Somerset hätten spielen sollen. Er nahm seine unvermeidlichen Strafen heiter auf sich und betrachtete sie als angemessenen Preis für das gehabte Vergnügen.

Bei alldem brachte er es fertig, bei den Lehrern beliebt zu bleiben, selbst beim Direktor, der sein Ultimatum nur widerstrebend stellte, weil er wohl wußte, daß nach Patricks Abschied das Leben in High Wood zwar wieder ruhig, aber langweilig sein würde. In seinem Brief an Paul gab der Direktor zu verstehen, Patrick könnte – «richtig ausgebildet und gebändigt – sich und seiner Familie zur Ehre gereichen», aber die Aufrichtigkeit zwang ihn zu der Einschränkung, «es könnte ihm unter Umständen schwerfallen, sich in eine Gesellschaft einzufügen, in der die allgemeinen Verhaltensmuster bereits festgelegt sind». Paul faßte dies als einen Wink auf, er solle Patrick in irgendeinem entlegenen Teil des britischen Weltreichs verfrachten, wo seine Originalität bei den Wilden freies Spiel hätte.

Als Patrick ankam, sah Paul sofort, daß der Junge entschlossen war, die Dinge nicht unnötig zu erschweren, denn er kam mit Ikeys entwaffnendem Lächeln herein und erklärte ohne Einleitung: «Entschuldigung, Chef, daß ich dich blamiert habe, aber du brauchst dich nicht mehr mit der Sache zu befassen. Ich bin ja kein Kind mehr.»

Paul musterte ihn und konnte nicht umhin, ihn mit Ikey in seiner Schrottplatzzeit zu vergleichen. Er besaß Ikeys Gleichmut und seinen hübschen Kopf, aber die stämmige Figur hatte er von den Potters. Er machte den Eindruck, daß er sowohl kräftig als auch behende war. Was wohl Ikey von ihm gehalten hätte oder sein Großvater Tamer, überlegte Paul.

«Wie kommt es, Patrick, daß du am liebsten in Teufels Küche lebst, während die meisten Burschen in deinem Alter dort nur ab und zu einmal einen Besuch abstatten?»

«Die Welt ist so verquer, Chef. Alle rackern sich ab und suchen dauernd nach Antworten. Aber was sie finden, sind nur neue Fragen.»

«Heutzutage ist das Leben für alle Menschen ziemlich schwer, Patrick, und nicht alle haben deinen Schwung. Die Frage ist nur, was mache ich nun mit dir? Du kannst nicht deinen Lebensunterhalt damit verdienen, daß du andere Leute auf den Arm nimmst. Dein Vater war auch ein Original, aber schließlich schloß er einen Kompromiß und brachte es in der Armee zu etwas. Wie wäre es, wenn ich dich zu einem Privatlehrer schicke – versprichst du mir, einmal keine Kapriolen zu machen? Es wird nämlich höchste Zeit.»

Nun wurde der Junge auf einmal ernst. «Simon und die Zwillinge sind weg, Chef, und nur die Mädchen sind noch da. Es muß doch ziemlich niederdrückend für dich sein, Chef ... daß du keinen hast, der hier weitermacht.»

«Du meinst, du könntest Landwirt werden?»

«Ich möchte mich nicht hineindrängen, das wäre den anderen gegenüber nicht fair, nicht wahr?»

«Was dann?»

«Ich würde mir gern ein paar Jahre den Wind um die Ohren wehen lassen. Nicht so wie Simon, denn Politik ist entsetzlich langweilig, und auch nicht wie Steve und Andy. Im Geschäftsleben wäre ich eine Niete. Nein, ich meine richtig draußen – in Übersee.»

Da war es also wieder. Kein einziger besaß einen Funken Liebe zum Tal. Alle wollten hinaus wie aus einer Schlinge, die sonst ihre Lebensgeister abzuwürgen drohte. Sie betrachteten ihn im Grunde als einen Anachronismus, als den Vertreter einer Lebensweise, die schon im Jahre 1914 abzusterben begonnen hatte.

«Hast du schon etwas Bestimmtes im Sinn?»

«Ja», erklärte Patrick, «ich möchte zuerst nach Australien. Ich hatte einen Schulfreund namens McPherson, und dessen Vater besitzt eine Schafzucht in der Nähe von Brisbane. Er wollte immer, daß ich ihn einmal besuche.»

Paul warf einen Blick auf den Brief des Direktors und dachte an den Wink « ... Verhaltensmuster ...» Es würde Claire nicht recht sein, und Mary auch nicht. Von allen Kindern stand sie Patrick am nächsten. Und doch sprach vieles für diese Idee. Australien wurde vermutlich von konventionellen Menschen bewohnt, und jeder einzelne von den Australiern, denen Paul im Krieg begegnet war, wäre ohne weiteres in der Lage, dem Jungen mit der flachen Hand Vernunft einzubleuen. Vielleicht waren ein paar Jahre dort genau das, was er brauchte. Andererseits zögerte er, dazu beizutragen, daß die jungen Männer das Tal verließen, nachdem Simon und die Zwillinge bereits gegangen waren. Resigniert sagte er: «Vergewissere dich, wie es mit der Einladung steht. Inzwischen werde ich mir die Sache überlegen. Aber versuche inzwischen um Gottes willen, hier keinen Unfug zu machen, Patrick.»

Sofort war Patrick wieder er selbst. Der Übermut funkelte in seinen Augen, und Paul, der sich an Ikeys Frechheit erinnerte, wußte kaum, ob er lachen oder ihm eine Kopfnuß geben sollte, als er in die Halle rannte und nach Mary rief. Paul hörte seine Tochter vom oberen Stock aus fröhlich antworten, und als sie die Nachricht von Patricks Heimkehr an die anderen weitergegeben hatte, dröhnte das

Treppenhaus. Paul ging durch den Garten und zum Fluß hinab, um Maureen zu besuchen. Sie hatte immer großes Interesse an Patrick gezeigt, aber sie gab ihm nur den Rat, den er erwartet hatte.

«Gute Idee», sagte sie. «Schick ihn nach Australien und laß es dir nicht von Claire oder den Mädchen ausreden.»

Paul wandte ein, daß alle Jungen, die als Nachfolger in Frage kommen konnten, das Tal verließen.

«Der kommt wieder», versicherte Maureen. «Der wird immer wiederkommen. Er hat zu viel von seiner Mutter, um lange wegzubleiben.» Damit machte sie sich energisch an ihre Arbeit und überließ es ihm, verdrießlich darüber nachzudenken, daß sie keine große Hilfe mehr war, seit John gestorben und ihr eigener Sohn nach Dublin gegangen war, um dort Medizin zu studieren.

In jenen Tagen begann er, sich immer mehr ausgeschlossen zu fühlen, immer mehr auf sich selbst zurückgeworfen. Manchmal tat er sich selbst leid, und er wünschte, die Familie würde ihm die Muse lassen, sich auf seine eigenen Sorgen zu konzentrieren, aber zur Verfügung stehen, wenn er sie brauchte. Er ging eine gute Meile die Uferstraße entlang und bog dann zum Französischen Wald ab. Er schlug diese Richtung oft ein, wenn er niedergeschlagen war.

Am Rand der Anpflanzung blieb er plötzlich stehen. Mit dem Rücken zu ihm saß ein Mädchen vor Graces Kirschbaum. Es war seine Tochter Mary, und er brauchte nicht ihr Gesicht zu sehen, um zu wissen, daß sie weinte. Vor weniger als einer Stunde hatte er gehört, wie sie die Treppe herabgestürmt war, um Patrick zu begrüßen, und ihre freudige Erregung hatte ihm verraten, daß sie bis dahin von Patricks Rückkehr nichts geahnt hatte. Und jetzt saß sie hier allein, fast zwei Meilen vom Haus entfernt, und selbst einem Mann, dem nach zwei Ehen die weiblichen Anwandlungen ein Geheimnis geblieben waren, brauchte man nicht zu sagen weshalb. Patrick mußte mit seinem Plan herausgeplatzt sein, und ebenso offensichtlich war es, daß die Aussicht, Patrick auf der anderen Seite der Erde zu wissen, Mary umgeworfen hatte. Das war ein neuer Aspekt – Mary und Patrick in einer Weise miteinander verbunden, von der er sich nichts hatte träumen lassen. Er fragte sich, ob Claire etwas davon ahnte und wenn ja, ob es sie belustigte, verdroß oder gleichgültig ließ. Jedenfalls machte diese Enthüllung ein an sich schon schwieriges Problem noch verwikkelter. Verdammt, sagte er sich, ich sehe wahrscheinlich Gespenster. Er ist noch keine achtzehn und sie gerade zwei Jahre älter.

Da sie ihn nicht hatte kommen hören, schlich er wieder davon.

Aber er beschloß, sie beim Essen genau zu beobachten und, falls sie sich verriet, sofort mit Claire darüber zu sprechen. Doch dann kam ihm ein anderer und noch ausgefallenerer Gedanke, als wäre er ihm wie ein Stein durch die Bäume auf den Kopf gefallen. Wie, wenn der Sohn von Hazel Potter und Ikey Palfrey sein Nachfolger würde, das Tal also nicht an seine Söhne ging, wie er erwartet hatte, sondern an seine Enkel? Paul setzte sich auf einen Baumstumpf und dachte nach. Er wunderte sich, daß er die Ironie einer solchen Wendung ohne Groll betrachten konnte, daß er darin sogar etwas Unvermeidliches entdeckte, wenn er den Faden bis zu dem Schrottplatz an der Themse zurückverfolgte.

2

Paul machte seine Entdeckung eine Stunde früher als Mary selbst. Sie war die einzige unter seinen Kindern, die sich an Patricks Ankunft auf Shallowford erinnerte. Ihre Mutter hatte sie am gleichen Abend beiseite genommen und ihr gesagt, daß Patricks Mutter tot und sein Vater Ikey an der Front war und daß sie alles in ihren Kräften Stehende tun solle, damit sich Patrick im Herrenhaus wohl fühlte.

Dies war, wie sich zeigte, keine schwierige Aufgabe. Patrick fühlte sich bald zu Hause, und nach wenigen Wochen war es, als hätte er seine Mutter und das zurückgezogene Leben, das sie mit ihm im Mühlenhäuschen geführt hatte, völlig vergessen. Er gehörte bald zur Familie, schlief in Marys Zimmer, bis er sechs war, ritt auf ihren Ponies und bekam genau wie sie seinen Gute-Nacht-Kuß von Claire. Mary bemerkte, daß ihre Mutter ihm besonders viel Zärtlichkeit entgegenbrachte, und sie hätte es nicht für möglich gehalten, daß Patricks Existenz und die Kriegstrauung, die seiner Geburt folgte, die einzige schwere Verstimmung zwischen ihren Eltern ausgelöst hatte. Patrick wurde das Objekt von Marys ohnehin stark ausgeprägtem Mutterinstinkt – sie als einzige der Mädchen spielte mit Puppen –, und während ihre Schwestern ihre eigenen Interessen entwickelten und Mary immer weniger brauchten, begleitete sie Patrick auf seinen endlosen Streifzügen durch die Wälder und Täler, bei denen er sie mit seinen Kenntnissen von Pflanzen und Gewohnheiten unzähliger Lebewesen überraschte. Er behandelte Mary nie als Mädchen, wie Simon und die Zwillinge das taten, sondern erwartete von ihr, daß sie auf die gleichen Bäume stieg wie er, durch die gleichen Bäche watete und sich die Tränen verbiß, wenn Brombeerranken ihre bloßen Beine zerkratzten und Nesseln an ihren Handgelenken brannten. Er wollte nie reiten, sondern drang lieber in Bezirke ein, die für die Ponies unzugänglich waren. Mary gab es deshalb auf, mit Karen, der Reiterin, weiter zu konkurrieren, und verlor damit die Gunst ihrer Tante Rose, die manchmal alle auf ihr riesiges Anwesen in Glucestershire einlud. Doch dafür gab es Entschädigungen. Als sie zehn und Patrick achteinhalb Jahre alt war, kannten sie beide das Tal besser als Paul oder John Rudd. Unter den Pächtern konnte sich höchstens Smut Potter mit ihnen messen, der den Bäckerei-Lieferwagen für das Geschäft seiner französischen Ehefrau fuhr. Sie wußten, wohin die Kaninchenspuren im Shallowford-Wald führten oder wo an Sorrel und Teazel die Verstecke der Otter lagen.

Sie beide mochten Smut, der oft eine halbe Stunde mit ihnen plauderte und von seinen einstigen Wildererzügen berichtete. Sie hatten aber auch ihre Favoriten unter den anderen Pächtern und Landarbeitern. Sie liebten die alte Martha Pitts, die sie manchmal mit Kuchen fütterte wie einst Patricks Mutter, als diese noch in den Wäldern lebte. Sie schätzten und achteten Großmutter Meg, die sie an abgelegenen Stellen beim Kräutersammeln trafen und ihnen zuweilen mit einem Ernst, der Mary faszinierte, die Zukunft voraussagte. Mary würde einen Zigeuner heiraten und blauäugige Kinder bekommen, prophezeite sie – eine Aussicht, an der Mary heimlich zweifelte, denn sie konnte sich nicht vorstellen, daß sie einen anderen als Patrick heiraten würde, und dessen Augen waren braun. Sie mochten auch Henry Pitts mit seinem breiten Lächeln, vor allem aber die beiden Neuerwerbungen des Tals, die Franko-Kanadier «Jumbo» Bellchamber und Georges Brissot, die nun als Nachfolger Jem Pollocks in Low Coombe herrschten. Beide waren im letzten Kriegsjahr in Claires Lazarett gewesen, zwei unzertrennliche Spaßvögel, grundverschieden in ihrem Äußeren, denn Jumbo war fast nur halb so groß wie der riesige Brissot, und es war sehr passend, daß sie die beiden Unzertrennlichen des Tals, Cissie und Violet Potter, heirateten, als diese sich entschlossen, an die Zukunft zu denken und zuzugreifen, solange noch heiratsfähige Männer im Tal waren. Mary fand es fast unglaubhaft, daß Mrs. Brissot und Jumbos Frau Patricks Tanten waren. Beide kamen ihr so alt vor, und sie behandelten ihn mit dem gleichen Respekt wie die Kinder des Gutsherrn, obwohl Paul nie ein Geheimnis aus Patricks Herkunft gemacht hatte.

So zogen die beiden umher, suchten und fanden ihre kleinen Abenteuer, bis die Idylle im Jahre 1922 ein jähes Ende fand, als Patrick zur Vorschule geschickt wurde und Mary begann, sich das Haar hochzustecken und ihren Kleidern mehr Aufmerksamkeit zu schenken. Aber das geheime Band zwischen ihnen zerriß nie ganz, es dehnte sich höchstens, als die Jahre vergingen und viele Fremde ins Haus kamen, die Freunde ihrer Geschwister, und sich mit Hawaiigitarren, verrückten Tänzen und derben Scherzen die Zeit vertrieben. So kam es, daß die Erinnerung an ihr Kindheitsbündnis erst wieder in ihr lebendig wurde, als Patrick mit Schmach bedeckt nach Hause kam und beängstigende Reden führte, er wolle nach Australien auswandern und die Schafzucht erlernen.

Den ganzen Herbst, während Briefe und Telegramme zwischen Patrick und seinen künftigen Gastgebern hin und her gingen und sich sein großer Kabinenkoffer füllte, streifte der Junge durchs Haus, übte einen lächerlichen australischen Akzent und würzte seine Gespräche mit australischen Ausdrücken. Es war, als ob auch er wie Simon und die Zwillinge es kaum erwarten könnte, den Staub des Tals von den Schuhen zu schütteln. Aber während Mary die Ungeduld ihrer Brüder verstanden hatte, verwirrte und bedrückte sie Patricks Abkehr von seinem bisherigen Leben.

Erst am letzten Nachmittag vor seiner Abreise bekam sie eine Ahnung davon, was hinter seiner Abwendung von der gemeinsamen Vergangenheit stand. Es war schon fast Weihnachten, und es versprach, ein trauriges Fest zu werden. Es hatte wenig Sinn, das Haus für ein Familientreffen zu schmücken, da die Zwillinge in Tirol waren und Patricks Schiff am 22. Dezember auslaufen sollte.

Patrick und Mary gingen zusammen den Abhang zum Weiher hinunter. Das Wasser war im fahlen Sonnenlicht schiefergrau, und die immergrünen Sträucher auf der Insel hatten sich mit einem Glanz gegen den Winter gerüstet, der noch etwas von der Fülle des Juni barg. Sie bemerkte, daß Patrick einen Teil seines Schwungs eingebüßt hatte und sein frisches, kantiges Gesicht fast ausdruckslos wirkte. Er sprach nichts, bis sie die Höhe der alten, verfallenen Pagode erreicht hatten. Dann blieb er stehen, nahm ihren Arm und sagte mit ungewohntem Ernst: «Versprichst du mir eines, Mary? Gehst du manchmal hierher und . . . denkst ab und zu an mich?»

Mit belegter Stimme sagte sie: «Ja, natürlich. Bestimmt, Patrick. Aber – mein Gott, das klingt so schrecklich endgültig, als würden wir dich nie wiedersehen. Weshalb mußt du denn gehen? Es zwingt dich doch niemand dazu! Sogar jetzt noch könntest du alles abblasen. Ich glaube, Vater wäre erleichtert. Und Mama erst recht.»

Er dachte einen Augenblick darüber nach, und Hoffnung stieg in ihr auf. Aber dann sagte er: «Nein, das geht nicht. Ich habe ihn im Stich gelassen genau wie die anderen, aber ich weiß es wenigstens und kann es einmal ändern. Ich glaube, er versteht das oder wird es eines Tages verstehen.»

«Aber ich verstehe es nicht! Was hat er damit zu tun, daß du so weit fortgehst? Er hat dich nicht hinausgeworfen. Er war nicht einmal wütend, als du von der Schule geflogen bist.»

Er sah sie nachdenklich an und führte sie dann zu einem Baumstumpf, auf den sie sich setzten. «Seinetwegen mache ich das alles, Mary», sagte er. «Aber ich würde es dir nie verzeihen, wenn du ihm das weitersagst, auch nicht deiner Mutter oder Simon. Hast du nicht gemerkt, wie sehr ihn das alles mitgenommen hat? Daß die Zwillinge weggegangen sind und Simon nie den leisesten Wunsch hatte, hier weiterzumachen? Er hatte davon geträumt, daß wenigstens einer von ihnen das vollenden würde, was er begonnen hat. Sicher hat er deshalb überhaupt eine Familie gegründet.»

«Selbst wenn das alles stimmt», antwortete sie, «dann könntest du trotzdem auf die landwirtschaftliche Hochschule gehen und eines Tages das Herrschaftsgut übernehmen.»

Er schüttelte den Kopf. «Ich bin ja nicht sein Sohn, sondern nur der Sprößling eines Burschen, den er aus den Slums geholt hat, und der Verschrobensten aus der Potter-Sippe. Wir achten einander, und er ist mir mehr als ein Vater gewesen. Aber ich wäre undankbar, wenn ich es ihm dadurch vergelten würde, daß ich mich vor seinen eigenen Kindern hineindränge. Das verstehst du doch, Mary?»

«Eben nicht!» widersprach sie hartnäckig. «Du sagst doch selbst, daß weder Simon noch Steve oder Andy hierbleiben wollen. Keinem von ihnen hat das Tal je etwas bedeutet.»

«Vielleicht überlegt es sich einer davon noch anders», gab er zu bedenken. «Das könnten sie aber nicht, wenn ich mich vorher hereingesetzt hätte. Simon ist dafür zu selbstlos, und die Zwillinge würden mich glatt als Ausrede benutzen. Das siehst du doch ein, Mary.»

Sie sah es ein, und sein Scharfsinn beeindruckte sie. Das Gefühl eines persönlichen Verlustes war bei ihr bis dahin so vorherrschend gewesen, daß ihr nie der Gedanke gekommen war, er bringe vielleicht ein freiwilliges oder nicht ganz freiwilliges Opfer. Diese Erkenntnis machte ihn in ihren Augen sofort noch größer und edler. «Dann bist du im Grunde gar nicht so ... so versessen darauf zu gehen, Patrick?»

«Versessen?» rief er empört. «Es ist das Schwerste, was ich je getan habe und noch tun werde. Und es wird noch viel schlimmer, weil ich dich verlassen muß. Das Tal ist meine Heimat, und zwar deshalb, weil du da bist. Das war schon immer so, aber es ist mir erst vor ein oder zwei Wochen aufgegangen, als ich die Brücken schon abgebrochen hatte.»

Seine Erklärung klang süß und schmerzlich zugleich. Mary nahm seine Hand und hielt sie fest. Sie brachte kein Wort des Widerspruchs oder der Freude heraus, und so saßen sie auf dem Baumstumpf, weniger durch die körperliche Berührung miteinander verbunden als durch ihre Gefühle und durch viele Fäden, die bis in ihre Kindheit zurückreichten. Es war ein magischer Augenblick, für sie noch weniger vergänglich als für ihn, denn nun, da sie begriffen hatte, verstand sie auch, daß ein so einfallsreicher und unternehmungslustiger Mensch wie Patrick bis ans Ende der Welt reisen konnte und doch wieder zurückfinden würde, so daß dies vielleicht nicht das Ende, sondern ein Anfang war. «Ich liebe dich, Patrick», sagte sie ganz ruhig. «Ich möchte, daß du das weißt. Ich könnte mich nie von einem anderen anrühren lassen.»

Er sah sie an wie noch nie. In seinem Blick war Freude, aber auch Besorgnis, als wäre ihm ihr Versprechen zwar lieb, als zweifle er aber an ihrer Fähigkeit, es gegen die Macht der Zeit und der Entfernung zu halten. Dann streichelte er ihre Wangen. In dieser scheuen Geste lag alles, was sie wissen wollte, mindestens im Augenblick, bis sie Gelegenheit fand, diesen Moment der Stille zu überdenken. Er küßte sie so behutsam auf den Mund, daß sie sich fast fürchtete, den Kuß zu erwidern. Sie tat es aber doch, und mit kaum weniger Zurückhaltung.

Dies mußte ihn von seinem erstaunten Schweigen erlöst haben, denn er strich ihr übers Haar und sagte: «Ich habe das gehofft, Mary. Oft! Ich habe es mir vorgestellt... Es ist ziemlich spät für uns beide, aber jetzt ist es doch soweit. Ich glaube, das ist das wichtigste.» Dann gab er sich einen Ruck. «Aber das soll dich nicht binden, wenn ich weg bin, Mary.»

«Aber ich möchte, daß es mich bindet, Patrick», sagte sie. «So und nicht anders soll es sein, wenn ich daran denke. Und es ist mir gleich, für wie lange, verstehst du? Es ist nicht mehr wichtig, wie lange es dauert.»

So saßen sie die letzten Augenblicke des kurzen Winternachmittags, ohne noch viel zu sagen – zu scheu, um mehr zu sagen als kurze, abgebrochene Sätze, Gelöbnisse, Versprechungen. Aber die ganze Spannung der letzten Wochen war von Mary abgefallen. Während sie Hand in Hand den Abhang oberhalb des Hauses hinabgingen, überlegte sie, ob wohl jemand eine Veränderung an ihr wahrnehmen und etwas darüber sagen würde, wenn sie beim Abendessen säßen, kam aber zu dem Schluß, daß es ihr gleichgültig wäre.

Niemand erwähnte etwas Dergleichen. Alle waren viel zu sehr mit Patricks Abreise beschäftigt, und es sollte auf jeden Fall noch Tage dauern, bis die große Veränderung in ihr bemerkbar wurde. Ihre Augen wurden klarer, ihr Schritt leichter, und sie summte oft vor sich hin, statt eine der Herausforderungen Karens oder der jungen Claire anzunehmen. Inzwischen war Patrick fort, und sie hatte seine erste Postkarte erhalten, die in Lissabon aufgegeben war. Claire las sie laut vor, und Paul musterte dabei Mary, um seinen Verdacht bestätigt zu sehen. Doch was er sah, beruhigte ihn. Sie scheint sich mit seiner Abreise abgefunden zu haben, dachte er. Offenbar habe ich mir doch etwas eingebildet, was gar nicht vorhanden war.

Danach ging der Gedanke in einem Wust neuer Sorgen unter. Es sollte einige Zeit dauern, bis ihm aufging, daß er doch richtig vermutet hatte.

3

Norman Eveleigh starb und wurde nur einen Steinwurf weit vom alten Willoughby, Tamer Potter und Arthur Pitts begraben. Die Beerdigung führte die ganze Familie vorübergehend zusammen, und Paul sprach kurz mit Harold, dem zweiten Sohn Eveleighs, der jetzt Anfang Dreißig war und in einer Marmeladenfabrik in Manchester als Fürsorger – was immer das sein mochte – tätig war. Mit seinem tadellosen schwarzen Mantel, dem weichen Filzhut und der gestreiften Hose sah er aus, als gehöre er überhaupt nicht zu den Trauernden aus dem Tal. Paul fragte ihn, wie es ihm gehe, und er erwiderte gequält: «So einigermaßen, Mr. Craddock. Es gibt viele Arbeitslose dort oben, aber ich gehöre glücklicherweise zum festangestellten Personal. Ich nutzte 1919 den Helden-Willkommens-Rummel aus und hielt ihnen meine ‹Eignung zum Umgang mit Menschen› unter die Nase. Weiter hatte ich nichts vorzuweisen.»

Paul hatte auch Gelegenheit, seine Schwiegertochter Rachel zu begrüßen und sich ein anderes Bild von ihr zu machen. Zu seinem Entsetzen stellte er fest, daß Simon und dessen Frau ihn mit ihrem endlosen Geschwätz über die Diktatur des Proletariats und die verschiedenen Manifestationen des Klassenkampfes langweilten. «Können die denn überhaupt nicht von ihrer dummen Rednertribüne herunterkommen und sich wie normale Menschen benehmen?» sagte er entgeistert zu Claire, nachdem Simon und Rachel wieder nach Norden abgereist waren, um an irgendeiner Nachwahl teilzunehmen.

Aber Claire lachte. «Sie sprachen davon, daß sie ein Kind adoptieren wollen. Wir brauchen also nur zu warten, bis das Proletariat morgens um vier gefüttert werden muß.»

Als der März kam, wurde Paul selbst in den politischen Wirbel hineingezogen, denn Jimmy Grenfell, seit König Eduards Regierungszeit der liberale Abgeordnete des Wahlbezirks Paxtonbury, erklärte, er werde nicht wieder kandidieren, wenn das gegenwärtige Parlament aufgelöst werde, sondern wolle den Rest seines Lebens damit zubringen, eine Geschichte der Chartisten-Bewegung zu schreiben, weil ihm das lohnender scheine als eine Labour-Minderheit abzustützen. Paul, der abrupte Veränderungen aller Art haßte, erschrak über diese Entscheidung.

«Wen sollen wir denn auf deinen Platz stellen, zum Teufel?» schimpfte er. «Ich habe dich als unseren Sprecher betrachtet, seit ich hier bin.»

«Warum kandidierst du nicht selbst?» fragte Grenfell, doch nur im Scherz, denn er wußte, daß sein Gönner lieber in Hongkong leben würde als die meiste Zeit in London zu verbringen.

«Wir werden den Sitz verlieren, falls ein Sozialist kandidiert», sagte Paul.

Aber Grenfell erklärte trocken: «Wir verlieren ihn auf jeden Fall. Die Tories stellen einen Einheimischen auf, keinen Hereingeschmeckten wie früher.»

«Wen?»

«Einen jungen Spekulanten namens Codsall.»

«Sydney Codsall? Diesen Halunken? Keine faulen Witze, bitte.»

«Ich scherze nicht. Sie haben ihn dafür vorgesehen, seit er vor etwa einem Jahr in den Grafschaftsrat kam.»

«Dann müssen wir unbedingt jemanden finden, der eine Chance gegen ihn hat», ereiferte sich Paul, und der Nachdruck, mit dem er sprach, wunderte Grenfell, denn ihm war es so vorgekommen, als habe Paul das Interesse an der Politik verloren. «Der hat hier in allem seine Finger, was unsauber ist, und er kann unmöglich die Interessen einer ländlichen Wählerschaft vertreten. Er ist ein kleinstädtischer Winkeladvokat, der nur ans Geld denkt. Ich konnte ihn schon als Kind nicht leiden.»

«Ja, es heißt, er habe eine Menge Geld gemacht. Stimmt das?»

«Er hat jetzt einen Steinbruch drüben hinter High Coombe. Er hatte einmal gehofft, er könne aus Coombe Bay ‹etwas machen›. Aber ich habe ihm den Zugang zum Meer versperrt.»

«Vielleicht brachte ihn gerade das auf den Weg ins Parlament», lachte Grenfell. «Du würdest staunen, was die jetzt alles anstellen. Das ist einer der Gründe, weshalb ich aussteigen will.»

«Du bist also fest entschlossen, Jimmy?»

«Ja», sagte Grenfell und sah Paul mit schmalen Augen an. «Du hast einige Schläge einstecken müssen seit der Wirtschaftskrise und seit deine Söhne weggingen. Kannst du noch einen Hieb ertragen?»

«Du bist zu dem Schluß gekommen, daß es zu den Tories und den Sozialisten keine Alternative mehr gibt?»

«Nein, nichts so Dramatisches. Als ich das letzte Mal im Krankenhaus war, bat ich sie, mir reinen Wein einzuschenken. Das taten sie. Krebs. Ich möchte mich gern noch mit etwas Schöpferischem beschäftigen, ehe ich abgehe.»

Schon lange hatte sich Claire Sorgen um Grenfells Gesundheit und seine Krankenhausaufenthalte gemacht, doch Paul, der ihn als zierlichen Mann, aber harten Kämpfer betrachtete, hatte ihre Sorge nie geteilt, jedenfalls nicht in dem Maß, das angebracht gewesen wäre. Grenfell ließ ihm einen Augenblick Zeit, sich von dem Schlag zu erholen, und sagte dann gelassen: «Ich habe es Claire schon vor Monaten gesagt, sie aber gebeten, es für sich zu behalten. Ich hatte nicht geglaubt, daß sie tatsächlich schweigen würde, aber da habe ich sie falsch eingeschätzt. Nun komm, solch ein Schock ist es nun auch wieder nicht. Du wußtest doch, daß ich nicht alt werde, und ich bin ganz zufrieden mit dem, was ich für mein Geld bekommen habe.»

«Wie lange geben sie dir noch?» fragte Paul, der sich gegenüber Grenfells Selbstdisziplin wie ein Kind vorkam.

«Ach, sie reden von einer weiteren Operation, aber wer möchte an tausend Schnitten in der Klinik sterben? Ich bin wie dein alter Freund Eveleigh, ich sterbe lieber in den Sielen. Aber ich kann mir wenigstens den Platz aussuchen, und ich will meine letzten paar Monate nicht damit verbringen, den Berufslügnern im Parlament zuzuhören. Die Nachkriegsveränderungen finden nicht nur im Tal statt, Paul. Du stehst ihnen überall gegenüber, wohin du auch gehst.»

«Und was hast du für Pläne, Jimmy? Wartest du noch die nächste Wahl ab?»

«O ja, die wird meiner Schätzung nach im nächsten Herbst sein, und ich brauche Zugang zum Staatsarchiv und der Parlamentsbibliothek, um meine Nachforschungen abzuschließen. Dieses Buch bedeutet mir sehr viel, Paul. Ich arbeite schon seit zehn Jahren daran, mit Unterbrechungen. Danach suche ich mir ein ruhiges Plätzchen, wo ich den Sonnenuntergang betrachten kann.»

«Du wirst ihn von Shallowford aus betrachten», sagte Paul, «und bitte keine höflichen Ausreden. Claire würde das auch wünschen, Maureen wäre jederzeit zur Stelle, und das Haus steht ohnehin halb leer, seit die Jungen weg sind.»

Grenfells Gesicht leuchtete vor Freude auf. «Du meinst es ernst? Ist das nicht nur ein Mitleids-Reflex?» Paul knurrte nur ärgerlich. «Dann nehme ich das gern an», sagte Grenfell. Irgendwie hat ja alles in deiner Bibliothek angefangen, weißt du noch, damals, als ich unangemeldet zu dir kam? Ich bilde mir nicht ein, daß ich ohne deine Unterstützung jemals Abgeordneter geworden wäre. Ich hatte immer nur eine schwache Mehrheit, und die bestand aus Leuten, die dich schätzten und dir vertrauten. Schreibe mir, wenn du mit Claire gesprochen hast. Sie soll darüber entscheiden.»

Paul sprach noch am gleichen Abend mit Claire, erwartete ihre Zustimmung und bekam sie auch. Sie hatte von jeher verstanden, wie fest das Band zwischen den beiden Männern war, und wie die meisten Frauen im Tal war auch sie längst dem schüchternen Charme und der Rechtschaffenheit Jimmy Grenfells verfallen. «Er kann Simons Zimmer haben», sagte sie. «Es liegt nach Süden und ist auch als Arbeitszimmer groß genug. Da kann er schreiben und über die Gartentreppe kommen und gehen, wie es ihm beliebt. Wann zieht er ein?»

Paul sagte, nachdem sich das Parlament vor den Sommerferien aufgelöst habe. Aber bis dahin müsse er sich nach einem Gegner für Sydney Codsall umsehen.

«Gib dir nicht zuviel Mühe, Paul», meinte Claire gähnend. «Wenn Jimmy sagt, der schafft es, dann schafft er es auch.»

«Aber wir können doch dem Kerl nicht den Abgeordnetensitz auf dem Tablett servieren! Da lasse ich mich lieber selber aufstellen, ehe ich das zulasse!»

«Etwas derart Albernes wirst du nicht tun!» sagte sie nachdrücklich, und als er sie wie ein Schuljunge, dem man eine Bitte abgeschlagen hatte, nach dem Grund fragte, stand sie auf und sah halb mitleidig, halb ungeduldig auf ihn herunter.

«Warum? Weil ein Abgeordneter erstens mindestens die Hälfte seiner Zeit in London zubringen muß. Zweitens ist es dir doch völlig egal, was außerhalb des Tals vor sich geht. Und vor allem würdest du als Abgeordneter gerade das einbüßen, was dich für mich und für alle anderen hier so liebenswert macht.»

«Und was soll das sein, zum Teufel?»

«Dein Glaube an die Menschen und dein instinktives Vertrauen in sie. Das würde dir verlorengehen, wenn du dich mit diesen zungenfertigen Burschen abgeben müßtest. Nein, Paul, schlag dir das aus dem Kopf.»

Damit ging sie zu Bett und überließ es ihm, vor dem verlöschenden Feuer über ihren Rat nachzudenken. Sie hatte natürlich recht, und auf jeden Fall bezweifelte er, daß sein Stolz eine Niederlage gegen einen Mann wie Sydney Codsall verkraften könnte. Er überlegte freilich auch, daß Claire vielleicht mit ihrer Einschätzung der Menschen im allgemeinen und er der Talbewohner im besonderen etwas rückständig war. Dem eigentlichen Kern vertraute er immer noch, Männern wie Henry Pitts, Francis Willoughby, Sam und Smut Potter, Frauen wie Marian Eveleigh und Martha Pitts, selbst einigen der Zugereisten wie Brissot und dessen fidelem Partner Jumbo Bellchamber. Der jungen Leute war er nicht halb so sicher – seiner eigenen Söhne, der zweiten Potter-Generation und der jungen Gören, die sich die Gesichter anmalten und die meiste Zeit damit zubrachten, auf den Omnibus nach Paxtonbury und Whinmouth zu warten. Sydney selbst gehörte dieser Generation an, zu jung, um im Krieg gelitten zu haben, aber alt genug, um sich an dem Wettlauf nach dem Strandgut einer Zivilisation zu beteiligen, die einst jedem Menschen Sicherheit und Ruhe geboten hatte, der sich nicht über einen schmerzenden Rücken beklagte und nicht zu viele Wohltaten erwartete.

Ich glaube, sie hat recht, dachte er und beschloß, die Entscheidung so lange aufzuschieben, bis er wußte, ob er einen aussichtsreichen Kandidaten finden würde. Vielleicht sehen die meisten Sydney so wie ich? Vielleicht nehmen sie ihn gar nicht ernst?

Einige nahmen ihn ernst, wie ihm schon bald klarwerden sollte.

Der Wahlkampf

I

Wohl der erste im Tal, der von Sydney Codsall etwas hielt, war Hugh Derwent, Gutsbesitzer von High Coombe.

Im Grunde hatte niemand Hugh richtig gekannt. Im Alter von fünfzig Jahren war er noch ledig, er entfernte sich nur selten weiter als dreißig Meilen von seinem Gut und war in gewisser Hinsicht die Sphinx des Tals, ein Mann, der meist allein war und keinen richtigen Freund hatte, abgesehen von Francis Willoughby, seinem nächsten Nachbarn auf Deepdene. Francis wunderte sich oft genug über Hughs mürrische Gleichgültigkeit, aber er setzte sich für ihn ein, wenn im «Raben» oder auf dem Viehmarkt in Paxtonbury, diesen beiden Tauschzentralen für Klatsch, Hughs Name im Zusammenhang mit immer wiederkehrenden Mutmaßungen fiel.

Oft hatte Paul Claire gegenüber geäußert, daß er nicht wisse, was er von ihrem Bruder Hugh halten solle, wie Hughs Denken eigentlich beschaffen sei, und Claire erklärte, das sei nicht weiter verwunderlich, denn Hugh habe noch nie etwas gedacht, sondern komme allein mit seinem Instinkt sehr gut zurecht. Er war ein umsichtiger, wenn auch etwas phlegmatischer Landwirt, ohne den stachligen Stolz seines Vaters, die Liebenswürdigkeit seiner Schwester Rose und das hitzige Temperament von Claire. Die Kinder hielten ihn für noch bärbeißiger als den alten Derwent und machten einen Bogen um seine ordentlichen Felder. Francis Willoughby dagegen erklärte, Hugh sei weniger bärbeißig als vielmehr einsam. Niemand hatte sich gewundert, als er gegen Ende 1929 den Gutshof von seinem Schwager kaufte, denn alle wußten längst, daß die Derwents einen eigenen Besitz haben wollten. Als er Gutsbesitzer wurde und gleichzeitig das Gut von seinem Vater übernahm, der mit seiner Frau Lize nun in Coombe Bay wohnte, zog sich Hugh noch mehr von seinen Nachbarn zurück. Er entbot jedem den im Tal üblichen Gruß – eine kreisförmige Handbewegung, verbunden mit einem halb gegrunzten und halb gehusteten Laut –, aber er sprach selten etwas, sondern ging seiner Wege. Paul hätte schon immer gern mehr über ihn gewußt und fragte deshalb Claire gelegentlich über Hughs Jugend aus. Ob er je anders gewesen sei, ob er je ein Mädchen geliebt habe, wollte er wissen. Zu dieser Frage erklärte Claire, die ihr Gedächtnis strapazierte,

Hugh habe mit neunzehn Jahren auf einmal begonnen, seine Anzüge zu bürsten, eine Krawatte statt des Halstuchs zu tragen und sein Haar mit Pomade anzukleben. Dies waren Äußerungen seiner Schwärmerei für Queenie Pitts, einer Kusine Henrys, die ihre Sommerferien auf Hermitage verbrachte. Aber Queenie hatte dann einen Sergeant geehelicht, und danach war Hugh zu seinen früheren Gewohnheiten zurückgekehrt. Soweit sich Claire erinnerte, wirkte er danach eher erleichtert als gebrochen. Paul wollte mehr über Queenie wissen, und er erfuhr, sie sei ein molliges, vergnügtes Mädchen gewesen, mit vielen Sommersprossen, das sich bemühte, allen Leuten zuzustimmen und die Atmosphäre freundlich zu erhalten.

«Das klingt, als wäre sie genau die Richtige für ihn gewesen», fand Paul, und Claire pflichtete ihm bei. Sie fügte hinzu, die Derwents seien heißblütige Menschen, und Hughs Verdrießlichkeit komme wahrscheinlich daher, daß er noch nie mit einer Frau geschlafen habe. Sie war bereit zu schwören, daß er noch jungfräulich sei.

Ob jungfräulich oder nicht – Hugh gab im Sommer 1931 den Talbewohnern Gesprächsstoff.

Francis Willoughby war der erste, der ahnte, was vor sich ging. Er sah mehrmals einen eleganten Wagen in der Zufahrt nach High Coombe parken, und als er beim drittenmal Hugh und Sydney Codsall aus dem Hof kommen und sich zum Abschied die Hände schütteln sah, ging er hinüber und rief freundschaftlich: «Was will denn der Großkopf, Hugh?» Francis gebrauchte den Spitznamen, den die Talbewohner dem Sohn des alten Martin gegeben hatten, sobald dieser anfing, städtische Kleidung zu tragen. Hugh wurde verlegen, murmelte etwas Nichtssagendes und entfernte sich rasch.

Noch in derselben Woche erlebte Francis eine weitere Überraschung. Ein Bagger traf mit einem Trupp Erdarbeiter ein, riß Derwents nördliche Grenzhecke nieder und bahnte sich einen Weg durch zwei Äcker, wobei er Erde und Gebüsch wie ein hungriger Saurier verschlang, den man auf das Land losgelassen hatte.

Das war selbst einem so zurückhaltenden Mann wie Francis zuviel. Er ging nach High Coombe hinüber, suchte dessen Herrn auf und sagte mißmutig: «Was machen die denn da, zum Teufel? Legen die eine Wasserleitung, oder was?»

Hugh machte ein profitliches Gesicht. «Sie kommen hier durch, Francis. Alles schon unterschrieben und perfekt gemacht.» Und als Francis weiter drängte, gab Hugh zu, einen Streifen Land verkauft zu haben, der Codsalls Steinbruch mit der Hauptstraße verband.

Francis war verblüfft und äußerte sich dementsprechend, aber in einem Anfall von Derwentschem Temperament sagte Hugh: «Wen geht das etwas an? Das ist jetzt mein Land. Ich habe es bezahlt.» Damit ließ er Francis stehen.

Francis suchte sofort Claire auf und berichtete ihr, was sich auf High Coombe tat. Er war auf Unmut gefaßt, aber nicht auf eine solche Bestürzung. «Sind Sie sicher? Codsalls Leute arbeiten schon dort?»

Er bestätigte das und fügte hinzu, es sehe so aus, als werde die neue Straße keine hundert Fuß am Gutshaus entfernt vorbeiführen.

«Danke, Francis», sagte sie. «Sagen Sie es niemandem, vor allem nicht dem Herrn. Ich gehe sofort hinüber.»

Sie fuhr nach High Coombe, ehe eine Stunde vorüber war. Sie traf ihren Bruder am Küchentisch beim Frühstück. Er war ärgerlich, aber nicht überrascht, als sie hereinkam.

«Was ist denn hier los, Hugh?» fragte sie. «Hast du Codsall ein Wegerecht verpachtet, oder warst du so dumm, ihm einen Streifen Land zu verkaufen?»

«Er hat es gekauft», erklärte Hugh trotzig. «Hat einen irrsinnigen Preis dafür bezahlt. Es ist so, wie ich Francis schon sagte: Alles unterschrieben und perfekt gemacht. Und es geht keinen was an. Ich bin fertig mit der Landwirtschaft. Ich bin klüger als die anderen.»

Claire war so entsetzt, daß es eine Weile dauerte, bis ihr die volle Bedeutung seiner Worte aufging. «Fertig mit der Landwirtschaft? Was in aller Welt meinst du damit? Wie kannst du mit der Landwirtschaft fertig sein? Du bist doch noch hier, oder?»

«Ja, aber am nächsten Quartalstag nicht mehr. Da bin ich fort und höchstwahrscheinlich verheiratet.»

Zu jeder anderen Zeit hätte die bloße Möglichkeit, daß ihr Bruder eine Heirat erwog, jeden anderen Gedanken aus ihrem Kopf vertrieben. Aber nun schob sie diese Neuigkeit als nebensächlich beiseite und sagte außer sich: «Hör mal, Hugh! Paul hat das Gut an dich verkauft, weil er wußte, daß du und Vater es euch immer gewünscht habt. Und ich habe ihm noch zugeredet. Du kannst es nicht einfach verkaufen!»

Hugh stellte die Tasse hin und stand auf. Ihr war nie aufgefallen, wieviel Fett er seit dem Krieg angesetzt hatte. Heute wirkte er fast feist, aber seine Augen, die immer einen verwirrten, leicht bekümmerten Ausdruck gehabt hatten, waren so kalt wie ein Märzhimmel. «Was ist denn los, Hugh?» fragte sie unvermittelt. «Du bist doch nicht etwa krank? Wenn du krank bist . . .»

«Ich habe mich nie wohler gefühlt», sagte er kurz. «Codsall hat mir über ein Jahr lang zugesetzt. Er bot mir für zwei Äcker fast soviel wie ich für den ganzen Besitz bezahlt habe. Ich hielt ihn eine Zeitlang hin, bis ich Queenie wieder traf – die frühere Queenie Pitts. Sie ist seit zwölf Jahren Witwe. Wußtest du das?»

«Hör jetzt auf mit dieser Queenie Pitts! Wieviel hast du an Sydney verkauft?»

«Alles.»

«High Coombe? Das Haus? Dieses Haus?!»

«Anders tat er's nicht. Wir sind uns am Samstag einig geworden.»

«Ist das endgültig, Hugh?» flüsterte sie. «Es ist nicht mehr rückgängig zu machen?»

Es sei nichts mehr zu machen, erwiderte er, und er habe beschlossen, sein Leben zu ändern. Außerdem sei Codsalls Angebot der «verrückteste Preis», der je für einen Hof im Tal gezahlt worden sei, und werde es wahrscheinlich bis zum Jüngsten Gericht bleiben. Als er über das Geld sprach, lockerte er sich ein wenig, und er sagte grinsend: «Was soll denn das Theater, Mädchen? Ich habe nur verkauft, was mir gehört. Verdammt noch mal, zu dem Preis hätte dein Mann auch verkauft, wenn er davon gewußt hätte.»

«Das ist nicht wahr!» schrie Claire. «Paul hätte nie verkauft, ganz egal, was Sydney geboten hätte!»

«Also hör einmal, Claire», sagte Hugh freundlich, «was hast du dagegen, daß zur Abwechslung einmal ich fein heraus bin? Du bist fein heraus, seit du dir den jungen Herrn geangelt hast. Und Rose hat es dir bald genug nachgemacht. Dir gehört das ganze Tal, und Rose gibt für ihre Jagdgehilfen in einem Jahr mehr aus als ich in zweien verdiene. Ich bin jetzt fünfzig, und ich will mich hier nicht zu Tode schuften wie der alte Norman Eveleigh dort drüben. Außerdem habe ich, wie schon gesagt, Queenie wiedergetroffen, und sie ist so hübsch, daß du es nicht glauben würdest, obwohl sie kein Jahr jünger ist als du.»

Claire war fassungslos, daß er anscheinend gar nicht begriff, worin sein Verrat eigentlich bestand, denn als sie sich abwandte, packte er ihren Arm und heilt ihr eine Fotografie zur Begutachtung hin, als wäre er sicher, sie werde sein Verhalten billigen, sobald sie nur das Bild sah. Es war die Fotografie einer schlampigen, einfältig lächelnden Frau im Badeanzug, und obwohl Queenie Pitts darin eben noch zu erkennen war, hatte sie mit dem Mädchen, an das sich Claire aus ihrer Backfischzeit erinnerte, kaum noch etwas gemeinsam. Sie fand es unfaßbar, daß ein so phlegmatischer, phantasieloser Mann wie

Hugh darauf aus war, das Land, das er sein Leben lang bebaut hatte, gegen eine späte Verbindung mit einer dicken, recht gewöhnlich aussehenden Frau einzutauschen. Aber vielleicht sah er sie gar nicht so, wie sie war, sondern so, wie sie ihm vor dreißig Jahren erschienen war.

Sie machte einen letzten Versuch, ihn zu beschämen, falls er noch beschämt werden konnte. Hinter ihm hing ein großes Bild ihrer Mutter in einem ovalen Rahmen, rührend altmodisch, vor Gott weiß wie vielen Jahren in einem Atelier in Whinmouth aufgenommen. Es zeigte eine schöne, lächelnde Frau mit einem großen Fotografierhut und einer Bluse mit weiten Puffärmeln. Claire nahm das Bild von der Wand, klemmte es unter den Arm und eilte zur Tür.

Paul sprach gerade mit dem jungen Honeyman, als sie zurückkam. Sie nahm ihn beiseite und überfiel ihn mit ihrem Bericht. Er explodierte nicht, wie sie erwartet hatte, sondern hörte sie an und stellte nur einige knappe, sachliche Fragen nach der Überschreibung des Guts, dem vorgesehenen Verlauf der neuen Straße und anderen Einzelheiten, die sie nicht beantworten konnte. Seine Stimme klang ruhig, aber sie bemerkte, daß sein Gesicht unter der Sonnenbräune ein wenig blaß geworden war und daß seine Wangen zuckten, als sie wiederholte, was Hugh über sie selbst und Rose gesagt hatte. Dann wurde ihr plötzlich klar, daß er überhaupt nicht wütend war, sondern sie eher mitleidig ansah. Er nahm sie am Arm.

«Du gibst dir selbst die Schuld daran, nicht wahr? Aber das brauchst du nicht. Wie hättest du oder sonst jemand so etwas vorhersehen können? Das Unrecht Hughs besteht im Grunde nur darin, daß er mir keine Gelegenheit gab, das Gut zurückzukaufen. Ich hätte ihm das gleiche bezahlt wie Codsall, und wenn ich das ganze Tal hätte mit Hypotheken belasten müssen. Aber nun ist es geschehen, und ich glaube nicht, daß man daran etwas ändern kann. Das hängt von den Bedingungen ab, zu denen es dein Vater an Hugh übergeben hat. Ich fahre jetzt sofort hinüber.»

Edward Derwent war nicht zu Hause, als Paul in Coombe Bay eintraf und an Derwents Haustür klopfte. Lize sagte ihm, er habe am Morgen einen Brief von seinem Anwalt erhalten und sich sehr alteriert. Er hatte sein Frühstück stehen lassen und war weggegangen, und das war ungewöhnlich, da er seinen Speck mit Eiern sehr schätzte.

Paul verabschiedete sich und rief vom Büro des Hafenmeistes aus Snow und Pritchard an, die Anwaltsfirma, die Derwent bei den wenigen Gelegenheiten in Anspruch nahm, wenn er einen Rechtsbeistand brauchte. Er erfuhr, daß auch Derwent dort schon angerufen hatte und anschließend seinen Sohn aufsuchen wollte.

Diese Nachricht bereitete Paul Sorge. Er wußte, wie impulsiv Edward Derwent war, wenn man ihn in Harnisch brachte. Er setzte sich in den Wagen und trat den Gashebel durch.

Erst unterwegs stieg die Bitterkeit über Claires Nachricht in ihm auf wie Galle. Er hatte eine quälende Vision davon, wie die Karte von Shallowford aussehen würde, wenn Codsall erst seine Pläne mit High Coombe verwirklicht hatte, wenn seine Straße fertig war und er den ganzen Ostrand des Besitztums mit Bungalows, Steinbruchhütten und Gott weiß was verbaut hatte. Shallowford wäre dann zu einer häßlichen Acht zusammengedrückt, der «Fortschritt» würde bis an Low Coombe heranreichen und von dort aus hinunter zur Küste. Coombe Bay würde sich über Nacht verändern und zweifellos ein kleiner eleganter Badeort werden, mit einer Uferpromenade, Sonnenschirmen und allerlei Attraktionen. Und wen würde es anlocken? Nicht Männer, die ein Handwerk beherrschten wie der alte Tom Williams oder Abe Tozer, der Schmied, sondern Wagenladungen von Wochenendgästen, die Papiertüten und Zigarettenschachteln auf den Wegen verstreuten, und Städter, die in die Geschäfte strömten, in denen hinter großen Schaufenstern mit Chromrahmen Massenartikel ausgestellt waren. Kein lebender Mensch würde das zwar auf die Dauer gänzlich verhindern können. Aber es war Unfug, diese Entwicklung zu beschleunigen. Und genau das hatten Sydney und seinesgleichen im Sinn, und dies nur, um sich die Taschen zu füllen. Zum Teufel mit dem ganzen Pack, dachte er, vor allem mit dem Verräter Hugh Derwent. Er ließ den Wagen in eine Ausweichstelle rollen, um einen von zwei Pferden gezogenen Bauernwagen vorbeizulassen, der ihm entgegenkam.

Erst als der Wagen fast auf gleicher Höhe war, bemerkte er, daß Hugh Derwent selber auf dem Kutschbock saß. Paul wollte schon die Wagentür öffnen und aussteigen, hielt sich aber zurück, teils, weil sein Schwager einen sehr niedergeschlagenen Eindruck machte, hauptsächlich aber wegen eines blutigen Flecks auf seiner Wange. Paul wollte etwas sagen, aber Hugh warf nicht einmal einen Blick auf das Auto. Kurz darauf war der Wagen vorbeigefahren und ließ abgerissene Zweige und Blätter von der Hecke neben der Straße zurück. Einen Augenblick später war er hinter der nächsten Wegbiegung verschwunden.

Edward Derwent stand mitten im Hof neben der Pumpe, als hätte er Paul erwartet. Paul bemerkte, daß er sehr elegant aussah in seiner

Tweedhose, die er gern trug, seitdem er sich zur Ruhe gesetzt hatte. Eher wie ein pensionierter Offizier als wie ein Bauer, dachte Paul und mußte lächeln. Er wußte nicht, warum ihm plötzlich viel wohler war, obwohl er Codsalls Arbeiter schaufeln hörte.

«Hugh begegnete mir hinter der Straßenkreuzung», sagte Paul. «Er sah ziemlich mitgenommen aus. Hast du ihn verdroschen?»

«Ich gab ihm ein paar, bevor er ausriß», antwortete der Alte, ohne Pauls Lächeln zu erwidern. «Er kann von Glück sagen, daß ich nur den hier bei mir hatte und nicht meine Doppelflinte.» Er hob seinen schweren Spazierstock mit dem Messingknauf. «Ich wäre schon zu dir hinübergekommen, wenn du nicht erschienen wärst. Viel gibt es ja nicht zu sagen. Es läßt sich nichts mehr daran ändern.»

«Ich hatte ohnehin keine Hoffnung», sagte Paul. «Oder höchstens eine ganz schwache. Claire ist sehr erregt. Was ist eigentlich geschehen?»

«Ich habe ihn fortgeprügelt wie einen Dieb. Jawohl, rechtlich gehört das Gut ihm, wenigstens bis Codsall es am Quartalstag übernimmt. Aber ich habe ihm gesagt, wenn ich ihn bis dahin noch einmal hier sehe, erschieße ich ihn, und wenn ich dafür hängen muß. Und das ist kein Gerede.»

«Ist im Haus etwas zu trinken?» fragte Paul. «Wir könnten beide einen Schluck brauchen, Edward.»

Er ging voraus ins Haus und sah Anzeichen eines überstürzten Aufbruchs – offene Schubladen, zusammengeschobene Möbel. Derwent ging in die Küche und kam mit einer Flasche Gin in der einen und einer Orange in der anderen Hand zurück. Paul sah zu, wie er einschenkte, dann die Orange mit dem Taschenmesser durchschnitt und über jedem Glas eine Hälfte auspreßte. Das ist so ganz echt, dachte er. Der Alte hat wahrscheinlich noch nie etwas von Fruchtsaft in Flaschen gehört, von der Sorte, die bald in den Kiosken von Coombe Bay verkauft werden wird.

«Jemand muß sich um das Vieh kümmern, Edward», sagte Paul schließlich. «Soll ich deinem Vorarbeiter Gregory Bescheid sagen, damit er hier weitermacht?»

«Nein, ich spreche selbst mit Gregory. Ich bleibe hier bis zur letzten Minute. Ich hätte nie weggehen dürfen. Nie!» Sein Blick wanderte durch den Raum, bis er an dem ovalen Fleck auf der Tapete zwischen Fenster und Kamin haften blieb.

«Claire hat es mitgenommen», erklärte Paul. «Es sollte wohl eine Geste sein.»

Der Alte stand auf, stützte einen Arm auf den Kaminsims und

starrte auf den leeren Rost. Paul hatte ihn schon immer für einen vorzeitig gealterten Mann gehalten. An diesem Nachmittag sah er aus wie neunzig, obwohl er erst wenig über siebzig war.

«Sie war der Stolz des Tals», sagte Derwent. «Claire ist ihr im Aussehen ähnlich, Rose in ihrem Wesen, aber keine von beiden hätte ihr das Wasser reichen können. Ich werde nie begreifen, was sie in mir gesehen hat. Ich habe oft darüber nachgegrübelt und nie eine Antwort gefunden.»

Ich könnte ihm eine Antwort geben, dachte Paul, aber die würde ihn in Verlegenheit bringen. Die Entschlossenheit eines Mannes, der bereit ist, seinen einzigen Sohn dafür zu töten, daß er Land an einen Spekulanten verkauft hat, mochte damit zusammenhängen. Dazu sein Mut und seine Rechtschaffenheit. Mit fünf solchen Männern könnte ich das Tal gegen alle Eindringlinge halten. Aber es sind keine fünf – nur noch drei: Er, ich und Henry Pitts. Die Verstärkungen sind ausgeblieben. Also heißt es nun, sich einzugraben. Aber das geht nur eine Zeitlang.

«Hat sich Hugh eigentlich nicht gewehrt? Mit einer Hand hätte er dich vom Leib halten und dich auslachen können, Edward.»

«Er hat keinen Mumm», knurrte der Alte. «Ich verstehe nicht, wie Molly und ich einen Jungen wie Hugh hervorbringen konnten. Anscheinend ist unser ganzer Schwung in die Mädchen gegangen. Hugh wird sich jedenfalls nicht mehr im Tal blicken lassen, bis ich unter der Erde bin. Sag das auch Claire.»

«Sie wird deswegen keine schlaflosen Nächte haben», meinte Paul.

Doch Derwent schüttelte den Kopf. «Eine Familie sollte bis zum Schluß zusammenhalten. Ich habe versucht, ihnen das beizubringen, als ihre Mutter tot war. Aber irgend etwas muß ich falsch gemacht haben.»

«Du nicht», sagte Paul, «aber Hugh damals, als dieses Mädchen ihm den Rücken kehrte. Viele von uns hoffen, die Zeit zurückzuholen, und mir scheint, er glaubt, das tun zu können.» Als Paul dies sagte, empfand er einen befremdlichen Anflug von Mitleid für Hugh Derwent, weil er sich an seine eigene verzweifelte Einsamkeit erinnerte, nachdem Grace ihn verlassen und Claire noch nicht ihren Platz eingenommen hatte. Um Edward aufzumuntern, sagte er: «Ich finde, wir müssen für vieles dankbar sein. Ich könnte gegen einen Bruder von Claire nie auf die Dauer Feindschaft hegen. Und ich will dir noch etwas sagen. Was ich hier im letzten Vierteljahrhundert erreicht habe, hätte ich ohne Claire nicht leisten können, und somit hast auch du dazu beigetragen, Edward.»

Der Alte stieß sich vom Kaminsims ab und kam zum Tisch zurück. Sein Bart zuckte, als er nach seinem Glas griff. «Ich will dir etwas sagen, mein Junge. Als du damals im Tal aufgetaucht bist, hätte ich keine Flasche Apfelwein auf dich gesetzt. Ich habe mich in Hugh geirrt, und ich habe mich in dir geirrt. Solch ein Menschenkenner bin ich. Keiner hätte mehr für das Tal tun können als du, und die Art, wie du es getan hast, war genau richtig, von A bis Z. Also laß dir nicht von Martin Codsalls Jungen oder von meinem Jungen einreden, es sei falsch gewesen – heute nicht und morgen nicht! Auf dein Wohl, Sohn!» Er trank sein Glas aus und machte sich dann systematisch daran, Schubladen zu schließen und Möbel zurechtzurücken.

«Soll ich dir deine Sachen heute abend herüberbringen?» fragte Paul, und Edward nickte. Claire konnte den Hafenmeister anrufen und ihn bitten, Lize zu verständigen, damit sie packte und sich darauf vorbereitete, wieder aufs Gut zu ziehen.

«Wird sie denn das wollen – für die paar Wochen?»

«Sie wird tun, was ich sage», antwortete der Alte. «Meine zweite Frau hat mir noch nie widersprochen. Meine erste allerdings um so mehr.» Er hielt im Aufräumen inne und sah Paul an. «Sag mal, Sohn! Hast du jemals Scherereien mit meiner Tochter gehabt? Ich dachte immer, sie sei schwer zu lenken. Mußtest du sie ab und zu durchprügeln?»

«Nur einmal», gab Paul lächelnd zu, «und das ist lange her. Das eine Mal war vielleicht genug.»

Derwent sah ihn bewundernd an. «Ich habe immer zu Willoughby und Arthur Pitts gesagt, an dir ist mehr, als man dir ansieht. Also habe ich wenigstens in einem Punkt recht gehabt.»

Paul ging in den Hof. Die Sonnenhitze holte feuchten Dunst aus dem sauber aufgeschichteten Misthaufen. Der Hof wirkte schon halb verlassen. Bei der Pumpe schlief ein Hund, und zwischen dem Kuhstall und dem Haus bewegte sich eine graugefleckte Taube. Von jenseits der Hecke kam das stetige Klirren von Spaten und das Poltern einer Schubkarre, die über einen Bretterweg rollte. Paul blickte über die Mauer neben dem Haus und sah einen Streifen aufgerissene Erde ähnlich der Wunde auf Hugh Derwents Wange. Einige Arbeiter schaufelten Erde, und weiter hinten sah er einen Mann in städtischer Kleidung, der ein Vermessungsstativ aufstellte.

Paul ging zu seinem Wagen und fuhr nach Hause. Er dachte nicht mehr an die östliche Verteidigungslinie, die zusammengebrochen war, sondern an die Westlinie, an das verlassene Periwinkle und das herrenlose Four Winds. Es wäre an der Zeit, daß wir einmal ein wenig Glück hätten, fand er, aber ich fürchte, bis zur Wahl wird alles im Sinne Sydneys laufen. Und danach?

2

Am Quartalstag hatte Paul andere Dinge im Kopf, wie übrigens die meisten Menschen. Die Presse läutete Alarmglocken wegen eines drohenden Staatsbankrotts, und die sonst so ruhigen Stimmen der Rundfunksprecher klangen eindringlich, so daß selbst im Tal, wo man nicht zur Panik neigte, die Menschen sich der Krise bewußt wurden. Man sprach von Neuwahlen, damit «die Regierung die nötigen Vollmachten für die Wirtschaftspolitik» bekäme. In dieser Form serviert man es immer, dachte Paul. Man druckt es in Großbuchstaben und spricht hauptsächlich davon, was man von den Regierten erwartet, nicht von dem, was von den Regierenden erwartet werden kann. Das mußte auch Henry Pitts aufgefallen sein, denn als Paul ihm eines Morgens auf der Flußstraße begegnete, rief er ihm zu: «Haben Sie schon das Neueste gehört, Sir? Wir gehen pleite, weil Sie und ich seit der Demobilisierung zu sehr mit dem Geld um uns geworfen haben!»

So ungefähr sieht es jetzt aus, dachte Paul. Die Verantwortlichen ließen den Dingen ihren Lauf, sie zankten sich, probierten diesen und jenen Notbehelf aus, bis die Maschine stotternd zum Stillstand kam. Und dann verkündeten sie wie der unfähige Vorstand eines leichtsinnigen Haushalts, die Familienmitglieder müßten Opfer bringen und keiner könne mehr ein Taschengeld erhalten.

Die Skepsis gegenüber dieser Politik verstärkte sich noch nach der Ankunft Jimmy Grenfells, der dreißig Jahre Erfahrung mit Berufspolitikern mitbrachte. Das Todesurteil hatte Grenfells Humor mit einer neuen Schärfe versehen, und er vertrieb sich manche schlaflose Nacht vor dem Kaminfeuer in der Bibliothek, indem er für Paul eine Galerie lebendiger Porträts der Zwielichtigen, der Aufrichtigen und der Aufgeblasenen zeichnete, mit denen er umgeangen war, seit er in den «Club» eingetreten war, wie er es nannte, also etwa seit der Zeit, als die Flotte des Zaren britische Fischerboote unter Feuer nahm in der Meinung, es handle sich um japanische Kriegsschiffe. Wenn Paul ihm zuhörte, begann er an den Möglichkeiten der Demokratie zu zweifeln, aber wenn er diese Zweifel äußerte, sagte Grenfell achselzuckend: «Es gibt eigentlich nur zwei Möglichkeiten – entweder Demokratie und Unordnung oder Diktatur und Tyrannei. Ich habe mich, offen gestanden, auch schon manchmal gefragt, welches von beiden eigentlich vorzuziehen sei, habe aber stets die Unordnung vorgezogen, und sei es nur deshalb, weil sie ohne Blutvergießen vorübergehend behoben werden kann. Ich glaube, wir werden noch zehn Jahre so weiterstolpern. Aber die richtige Lösung zu finden, wie wir uns das 1906 zutrauten, das ist ein Hirngespinst. Der Heilige Gral ist längst verloren, und er wird nicht ausgerechnet in Westminster wieder auftauchen.»

Begleitet von Henry Pitts und Smut Potter ging Paul mit zu Sydney Codsalls Einführungsversammlung in der Stadhalle von Paxtonbury. Er fand das Ergebnis weniger demütigend als erwartet, vor allem wegen der munteren Kommentare seiner Begleiter. Die Aussicht, Sydney Codsall als Parlamentsmitglied zu sehen, kam Henry dermaßen lächerlich vor, daß alles Zischen der Saalordner ihn nicht daran hindern konnte, Meinungen zu äußern, für die er früher, als man in Paxtonbury die Politik noch ernst nahm, hinausgeworfen worden wäre.

«Es ist einfach ein Wunder», murmelte er. «Martin Codsalls Junge sitzt da wie eine Kleiderpuppe und mutet uns zu, ihn ins Parlament zu schicken. Weiß der Teufel, ich habe den alten Martin nie mit Schlips und Kragen gesehen, und von Politik verstand er nur eines – wieviel Wasser er seiner Milch zusetzen konnte.»

Als Henry lediglich aufgefordert wurde, sich ruhig zu verhalten, und nicht aus der Versammlung entfernt wurde, fiel auch Smut mit ein. Er meinte, man hätte Sydneys Mutter Arabella da vorn auf das Podium setzen sollen. «Die hatte die lauteste Stimme im Tal», fügte er hinzu, während Sydney gerade das persönliche Versprechen abgab, er werde den Völkerbund zu einem wirksamen Instrument des Friedens gestalten. «Arabella hättest du noch von der anderen Seite der Kirche her gehört, aber von dem Jungen verstehe ich höchstens jedes zweite Wort. Du, Henry?»

«Ich auch», erklärte Henry. «Aber eines weiß ich. Viel versäume ich nicht.»

Viele Leute drehten sich um, als Smut in schallendes Gelächter ausbrach.

Paul drängte die beiden hinaus und verlegte mit ihnen die Sitzung in die Bar nebenan.

Henry wurde plötzlich ernst und sagte: «Hören Sie, Sir, lassen wir das eigentlich zu? Solch ein Ekel will Bauern im Parlament vertreten! Können wir denn gar nichts dagegen tun?»

«Nicht viel», erklärte Paul. «Denn wir haben immer noch keinen Gegenkandidaten. Sydney wird zwar einen Konkurrenten haben, ein Labour-Mann ist aufgestellt worden – ein junger Mann frisch von der Universität, der hier Erfahrungen sammeln soll.»

Smut fluchte «Der verschwendet hier nur seine Zeit. Wenn Sie selbst sich bewerben würden, hätten wir jedenfalls eine gute Chance. Wir haben hier doch immer liberal gewählt, fast dreißig Jahre lang. Warum müssen wir jetzt so etwas zulassen? Ich habe mir nie viel aus Politik gemacht, abgesehen von dem Ulk, den wir früher angestellt haben. Aber daß Codsall kandidiert, macht mir Magengrimmen, kann ich euch sagen.»

«Ja, warum kandidieren Sie denn nicht, Sir?» fügte Henry hinzu. «Das würde jedenfalls Leben in den Laden bringen.»

Es war nicht das erste Mal, daß Paul dies hörte, seitdem Wochen vergangen waren, ohne daß sich ein annehmbarer Nachfolger für Grenfell gefunden hatte. Liberale Landwirte aus den Dörfern nördlich von Paxtonbury hatten Vorstöße unternommen, und einige von der alten Garde, die dazu beigetragen hatten, daß Jimmy Grenfell mehrmals nacheinander ins Parlament einzog, schienen sich über seine standhafte Weigerung, abermals zu kandidieren, einigermaßen zu ärgern. Er hielt sich weiterhin zurück, bis sich Mitte September die sozialistische Partei spaltete, wobei Premierminister Ramsey MacDonald und einige andere gemeinsame Sache mit der Opposition machten. Als Grenfell dies über Claires neues Radiogerät hörte, sagte er: «Das ist das Ende der liberalen Partei. Wir sind langsam verblutet, seit Lloyd George uns den Dolchstoß versetzte, damals im Dezember 1916. Jetzt können wir nur noch zwischen der Rechten und der Linken wählen.»

Es kam Paul hart an, beiseitezustehen und einen Mann, der jeden Landwirt als Tölpel betrachtete, als Vertreter des Tals in den parlamentarischen Ausschüssen zu sehen. Und doch wäre der Wahlvorschlagstermin vorübergegangen, ohne daß er etwas unternommen hätte, wäre nicht Claire in einer plötzlichen Kehrtwendung auf die Seite von Henry, Smut und all der anderen übergegangen, die ihn beschworen, die Herausforderung anzunehmen.

Sie saßen eines Abends vor dem Kamin in der Bibliothek und hörten gerade die Spätnachrichten, als sie ohne Vorwarnung sagte: «Tu es doch, Paul! Ich hatte unrecht. Du wirst zwar nicht durchkommen, aber tu es trotzdem. Als Geste!»

Es belustigte und beunruhigte ihn zugleich, daß sie darauf bestand. Er fürchtete die Niederlage nicht, wohl aber eine schmähliche

Niederlage. «Du hattest keineswegs unrecht, Claire. Alles, was du gegen meine Kandidatur vorgebracht hast, war richtig. Woher die plötzliche Sinnesänderung?»

«Ich glaube, Hugh hat etwas damit zu tun, Hugh und der Mann, der ihn kaufte. Ich war heute drüben und half Vater und Lize beim Packen.»

«Und?»

«Es war ein Jammer – nicht nur, daß die alten Leute hinaus mußten, sondern auch das Gut selbst, so leer und tot, das Vieh verkauft, nicht einmal eine Henne scharrte mehr in den Brennesseln. Es war wie . . . wie der Tod.»

«Ich sehe keinen Zusammenhang zwischen dem Abschied von High Coombe und meiner Kandidatur.»

«Doch», beharrte sie. «Ich bin nur nicht klug genug, es in Worte zu fassen. Es geht irgendwie darum, für unsere Lebensweise einzustehen. Jemand muß die Fahne aufnehmen und weitertragen, und wenn nur ein paar Schritte weit.»

Er dachte darüber nach, über die Probleme, von denen die meisten nichts mit dem täglichen Leben der paar hundert Menschen zwischen der Bahnlinie und dem Meer zu tun hatten – weit größere Probleme wie Tarifverträge, Devisenfragen, Kriegsschulden, Völkerbund, Deutschlands Kriegsschuld, Frankreichs Gehässigkeit –, zu denen er sich würde äußern müssen, obwohl sie ihn nicht sehr interessierten und nie interessiert hatten. Wenn er überhaupt kandidierte, dann würde er das in dem altmodischen Sinn tun müssen als ein Einheimischer, der lokale Interessen vertreten wollte. Das war eine Rolle, die nicht einmal Jimmy Grenfell während seiner Abgeordnetenzeit häufig spielen konnte. Und doch hatte Claire irgendwie recht, auch wenn sie sich nun in einen glatten Gegensatz zu sich selbst stellte. «Eine Fahne weitertragen, und wenn nur ein paar Schritte weit . . .»

«Also gut», sagte er schließlich, «wenn du mich unterstützt, will ich es versuchen, mag es ausgehen, wie es will! Wollen wir es gleich Jimmy sagen? Er ist sicher noch auf und liest.»

«Nein, das hat Zeit bis morgen», sagte Claire. Und dann tat sie etwas, das sie lange nicht getan hatte. Sie warf ihre Schuhe ab und setzte sich auf seine Knie. «Ich weiß, ich bin ein ganzes Stück schwerer geworden, aber das wirst du ertragen müssen. Schließlich ist das ein Anlaß.»

Es gab einen kurzen, heftigen Wahlkampf. Er fand meist bei Nieselregen statt, der nun schon seit Monaten vom Himmel kam, die Ernte vernichtete und die Sorrel in eine braune Flut verwandelte, die über die Ufer trat, Straßenabschnitte überschwemmte und die Fortbewegung behinderte. Wenn er sich an diese Herbstwahl zurückerinnerte, fand er sein Gedächtnis lückenhaft. Er erinnerte sich an eine Reihe eiliger Fahrten von einem zugigen Dorfsaal zum nächsten, an Sitzungszimmer, in denen Papier herumlag, an Versammlungen unter freiem Himmel, an triefende Regenmäntel, und dazwischen Gespräche und unzählige Tassen Tee in stickigen Küchen. Er erinnerte sich noch an Gerüche, nachdem er die Szenen längst vergessen hatte, an schalen Staub in den Ritzen irgendwelcher Podien, den Geruch von Schulzimmern und von frisch gedruckten Flugblättern. Seine Reden waren kurz und sachlich und handelten fast ausschließlich von dem schweren Rückgang der Landwirtschaft und dem allzu kurzen Aufschwung vor zehn Jahren. Er warnte gleichgültige städtische Zuhörer vor der ständigen Landflucht und betonte die Notwendigkeit einer gesunden Agrarpolitik, wenn das Land nicht völlig von Nahrungsmittelimporten abhängig werden sollte. Er hielt dies selbst für einen engstirnigen Wahlkampf, der die Wähler in den Vororten von Paxtonbury wenig ansprach, ebensowenig die älteren Ehepaare, die sich mit einem festen Einkommen in die Landhäuser von Nuns Bay zurückgezogen hatten. Er überzeugte freilich viele Landwirte, die ihr Leben lang die Tories gewählt hatten, und er zog von den Labour-Anhängern einige Arbeitslose herüber, die in besseren Zeiten in den örtlichen Handwerksbetrieben als Wagenbauer, Hufschmiede, Fischer, Dachdecker und Ziegelbrenner gearbeitet hatten. Er hatte sehr eifrige Wahlhelfer, ein Komitee, dem Henry Pitts, Sam und Smut Potter, Marian Eveleigh, Pastor Horsey und einige Getreue aus den Dörfern nördlich von Paxtonbury vorstanden. Er bekam auch einige unerwartete Verbündete, die er als zusätzliche Redner einsetzte, Männer wie den humorvollen Jumbo Bellchamber und Roses greisen Gatten, Major Barclay-Jones, der eigens von Gloucestershire kam und im Tal herumgaloppierte, weil er den Gebrauch von Autos des Komitees ablehnte. Mary, seine älteste Tochter, war mit Leib und Seele dabei, adressierte unzählige Umschläge, bediente das Telefon, erwartete ihn mit einer Thermosflasche zwischen den Versammlungen. Claires Begeisterung rührte ihn noch mehr, denn sie hatte immer erklärt, Politik langweile sie, als wollte sie den Kontrast zwischen sich und Grace betonen. Das ständige Umherfahren und der gewaltige Aufwand an Nervenkraft, den es kostete, die Nörgeleien der Wähler anzuhören und sich so viele Namen und Gesichter zu merken, ließen ihn sein Alter spüren. Aber als es nur noch wenige Tage bis zur Wahl waren, schätzte er unbewußt seine Aussichten weit besser ein als zu Beginn des Wahlkampfs. Er freundete sich mit dem Labour-Kandidaten an, einer etwas hilflosen Gestalt, die ihn ein wenig an Simon erinnerte, und er brachte es fertig, die Aufrichtigkeit des jungen Mannes zu bewundern, den seine entbehrungsreiche Jugend in einer Hafenstadt Nordostenglands zum Vertreter eines militanten Sozialismus gemacht hatte. Der sozialistische Kandidat hieß Hardcastle, und sein Erscheinen im Tal war ein aussichtsloses Unterfangen, aber er kämpfte sauber und verbissen, und Paul ging sogar so weit, ihn mit Simon und Rachel in Kontakt zu bringen, die gerade in einem walisischen Bergarbeiterbezirk einen Wahlkampf führten.

Zu Zusammenstößen mit Sydney Codsall kam es nicht. Erst als die Wahlurnen im Rathaus von Paxtonbury eingetroffen waren, sah er ihn – äußerlich blasiert, aber nervös, als die Auszählung begann, und er fragte sich, wie er sich verhalten würde, falls Sydney mit ihm sprechen sollte. Die Entscheidung wurde ihm erspart. Sydney und sein Manager hielten Abstand, während er zusammen mit dem jungen Hardcastle wartete und zusah, wie sich auf den langen Tischen die Stimmzettel stapelten, drei langsam wachsende Stöße – sein eigener und der Sydneys wurden etwa gleich schnell größer, während derjenige Hardcastles nicht der Rede wert war. Ihm war die gespannte Atmosphäre während des Auszählens vertraut, und er wunderte sich über seinen Gleichmut. Er hatte die Fahne aufgenommen und weitergetragen. Nur dies zählte.

Als Claire und Mary zu ihm traten, viel begieriger auf das Ergebnis als er selbst, sagte er breit grinsend: «Ihr braucht euch keine Sorgen zu machen, er bekommt keinen leichten Sieg.» Dann schob er sie weiter zu Hardcastle, der aussah, als könne er mütterlichen Trost gebrauchen.

Das Ergebnis fiel knapper aus als irgend jemand erwartet hatte, der die politische Entwicklung beobachtete. Man teilte ihm die Zwischenergebnisse mit, aber er war fast zu überrascht, um sie in sich aufzunehmen. Schließlicht trat der Wahlkommissar auf den Balkon. Vor dem Rathaus wartete eine kleine Menschenmenge im ewigen Nieselregen gespannt auf das Ergebnis. Erst im letzten Augenblick hatte Paul ein merkwürdiges Gefühl in der Magengrube und bekam einen trockenen Hals wie in den Nächten hinter Vimy, wenn er mit einer Wagenkolonne voll Munition oder Stacheldraht vor dem Aufbruch gestanden hatte. Dann hörte er die Stimme des Wahlkommissars:

«... Codsall, Sydney Algernon: dreizehntausend – einhundert – neunundvierzig.... Craddock, Paul: dreizehntausend ...» Die nächsten Worte gingen in Gebrüll unter, denn die Menge war über ein so knappes Rennen begeistert.

«... Craddock, Paul: dreizehntausend – einhundert – und eins!»

Sydney hatte gewonnen, aber mit einem so knappen Vorsprung, daß es darüber nichts zu frohlocken gab, um so weniger, wenn man die gewaltige Organisation berücksichtigte, die hinter ihm stand. Für Paul selbst war dies besser als ein Sieg, denn es bedeutete Rechtfertigung ohne die Notwendigkeit, dem Tal den Rücken kehren zu müssen. Er war so erleichtert, daß ihm sein Gegner fast leid tat, da er nun vor der Aussicht stand, seine Versprechungen einhalten zu müssen und zu entdecken, wie Grenfell vorhergesagt hatte, daß die Arbeit im Parlament viel mehr Zähigkeit erforderte als die geruhsamere Grafschafts- und Stadtpolitik in der Provinz, wo jeder jeden kannte. Vielleicht hatte Sydney das schon begriffen. Er hielt seine Dankansprache mit einer hohen, piepsigen Stimme, mehrfach unterbrochen durch ein schrilles Pfeifkonzert, das, so vermutete Paul, einige Unentwegte wie Henry oder Smut organisiert hatten.

«Du wirkst gar nicht wie ein geschlagener Kandidat!» meinte Claire, deren Wangen vor Erregung gerötet waren.

«Ich fühle mich auch nicht danach. Und verleite mich ja nicht noch einmal zu solch einer Gratwanderung!»

Er schüttelte einen Schwarm von Anhängern ab und drängte zum Aufbruch. «Gehen wir und machen wir da weiter, wo wir aufgehört haben! Codsall kann inzwischen den Sitz anwärmen, bis wir jemanden finden, der es schafft.»

Launische Natur

1

Auf die Wahl folgten einige unerwartete Veränderungen im Sorrel-Tal und in der Familie. Harold Eveleigh, den Paul seit Normans Beerdigung nicht mehr gesehen hatte, erschien in Pauls Büro. Er hatte seine Stellung in Manchester nun doch verloren und bat darum, das darniederliegende Four Winds als Pächter übernehmen zu dürfen. Paul war verblüfft und skeptisch, denn Harold war zwar auf dem Gut aufgewachsen, aber mit achtzehn Jahren Soldat geworden und nach dem Krieg sofort in die Industrie gegangen. Seine Rückkehr konnte entweder bedeuten, daß er außerordentlich selbstbewußt oder daß er verzweifelt war. Und wenn Paul auch Four Winds gern wieder in den Händen eines Eveleigh gesehen hätte, so war ihm das Gut doch zu schade als Zufluchtsort für ein verzweifeltes Opfer der Wirtschaftskrise, das nur notgedrungen in die Landwirtschaft zurückkehrte. Doch Harold erklärte, es ziehe ihn allen Ernstes wieder aufs Land, und Paul ging das Risiko ein, nachdem er Harolds patente Frau kennengelernt hatte, und übergab ihm Four Winds für drei Jahre.

Dann brach zwischen Frühjahr 1932 und Sommer 1933 eine Heiratsepidemie aus. Mark Codsall machte den Anfang. Er heiratete Liz, die älteste Tochter von Pansy Pascoe, geborene Potter. Dann nahm Prudence Pitts, zur Erleichterung ihrer Mutter Gloria, den jungen Honeyman zum Gemahl, und eines Tages verkündete Pauls Tochter Karen, sie sei mit dem Fliegerlieutenant Ian McClean verlobt, der auf dem Flugplatz der Royal Air Force eine Meile östlich von Paxtonbury stationiert war, und sie wolle heiraten, ehe Ian demnächst nach Indien versetzt werde.

Paul war darauf gänzlich unvorbereitet und daher etwas konsterniert, obwohl er sich über den Mangel an Kontakt zu seinen Kindern, abgesehen von Simon und Mary, keinerlei Illusionen hingab. Zumal zwischen ihm und Karen, aber auch der jungen Claire, erstreckte sich schon immer ein Niemandsland.

Auf Pauls bissige Bemerkung, ob er seinen Schwiegersohn wenigstens vor der Trauung sehen dürfe, brachte Karen einen uniformierten Schotten ins Haus, einen vorsichtigen, untersetzten jungen Mann mit sandblondem Haar, guten, wenn auch auf Distanz bedachten

Manieren und einer profunden Abneigung gegen Konversation. Paul verbrachte eine unbehagliche halbe Stunde mit ihm, aber keiner von beiden erwähnte Karen, und Paul erkannte, daß man von ihm keine Stellungnahme erwartete. Diese Generation traf ihre Entscheidungen selbst.

Die Hochzeit Mitte August 1932 war eine vergleichsweise bescheidene Angelegenheit im engeren Familien- und Freundeskreis. Mary und die junge Claire machten die Brautjungfern. Da McCleans Vater bei Loos gefallen und seine Mutter ein Jahr später gestorben war, wurde seine Familie von einer furchterregenden schottischen Tante vertreten, die jeden Engländer als ein Mittelding zwischen tyrannischem Unterdrücker und Bauernfänger betrachtete. Paul beging den Fehler, sie in ein Gespräch über schottische Geschichte verwickeln zu wollen, und wurde abgeschlagen, da Tante Elsbeth sich dessen nicht bewußt war, daß der letzte Waffengang zwischen Engländern und Schotten zweihundert Jahre zurücklag.

Die Zwillinge allerdings sorgten bei der Hochzeit für Turbulenz. In einem großen amerikanischen Wagen waren sie gekommen und hatten einen Schwarm Freunde von jener Art mitgebracht, die sich an die beiden hängten, wohin sie auch gingen. Sie hatten Paul etwa ein Dutzend junge Leute vorgestellt, doch er vergaß ihre Namen augenblicklich. Sie kamen ihm alle vor wie Kopien seiner eigenen Söhne. Er bemerkte, daß die jungen Männer eine eigene, lakonische Sprache hatten, die fast wie eine Fremdsprache klang, und daß sie viel trinken konnten, ohne daß ihnen schlecht wurde. Ihre Mädchen hatten onduliertes und blondiertes Haar, Puppengesichter und waren nicht darüber erhaben, sich von allen Leuten tätscheln zu lassen. Sie nahmen diese Aufmerksamkeiten freilich so geistesabwesend entgegen, als wären sie in Gedanken mit Wichtigerem beschäftigt, etwa mit dem nächsten Gang zum Friseur. Paul ertappte sich bei der Frage, wie viele von ihnen wohl noch Jungfrauen sein mochten und ob ihre dummen Redensarten vielleicht nur eine Reaktion auf das scheinheilige Gerede des viktorianischen Zeitalters waren. Als Henry Pitts die jungen Leute durcheinanderquirlen sah, sagte er: «Wir kommen nicht mehr mit, Sir, da hilft alles nichts. Zwischen uns und denen steht ein hoher Zaun, und während die Frauen anscheinend darüberspringen können, wenn sie wollen, traue ich mir das jedenfalls nicht zu. Ich habe keine Ahnung, wie es auf der anderen Seite aussieht.»

Solch ein Zaun war tatsächlich vorhanden, fand Paul, und die einzige Lücke in ihm stellte für ihn Mary dar, die ein Losungswort zu kennen schien, das es ihr ermöglichte, zwischen den Generationen hin und her zu pendeln, auch wenn sie es im Grunde vorzog, in der sicheren alten Welt zu bleiben, die sie gar nicht mehr gekannt haben konnte, da sie erst drei Jahre alt gewesen war, als 1914 die Tore zugeworfen wurden.

Eine große Überraschung für Paul brachte die Hochzeit insofern, als Stephen gänzlich unerwartet seiner früheren Flamme Monica Dearden den Hof machte, der Tochter des Pastors von Paxtonbury, die Paul völlig vergessen gehabt hatte. Stephen schien ernste Absichten zu haben. Paul konnte sich allerdings keinen der Zwillinge verheiratet vorstellen, denn sie wirkten so unabhängig und so zufrieden mit ihrem hektischen Leben, das aus Golfspiel, Spritztouren auf den Kontinent und Essen mit möglichen Schrottlieferanten im Norden und in Mittelengland bestand. Doch er täuschte sich.

Nach wenigen Wochen saß Paul wieder bei einer Hochzeitsfeier. Stephens Monica, die in sich die Rollen von Blaustrumpf und Playgirl zu vereinigen verstand, war Paul etwas unbehaglich, und die Frau des Pastors langweilte ihn entsetzlich, aber auch in diesem Fall hatte ihn niemand nach seinen Ansichten gefragt. Daß Claire diese Ehe eingefädelt hatte und ihr Zustandekommen als einen persönlichen Triumph betrachtete, erfuhr er erst nach der Trauung, nachdem Stevie mit seiner Frau nach Venedig abgereist war und Paul mit Claire über die Heide nach Hause fuhr.

«Ich finde, ich habe das sehr geschickt arrangiert», sagt Claire unvermittelt, «und mein Anteil daran wird genau das richtige Verhältnis zwischen Schwiegermutter und Schwiegertochter schaffen.»

«Wie meinst du das?»

«In manchen Dingen bist du wirklich auf den Kopf gefallen, Paul. Hast du nicht gemerkt, daß ich diese Hochzeit angesteuert habe?»

Paul hielt den Wagen an. «Wovon sprichst du eigentlich, Claire? Inwiefern hast du das angesteuert? Seit Jahren war Stevies Zuneigung zu dem Mädchen mal stärker, mal schwächer, aber mir scheint, es ist weiter nichts geschehen, als daß er sie auf Karens Hochzeit wiedergesehen und außergewöhnlich anziehend gefunden hat.»

«Also, zunächst einmal war ich es, die sie einlud, und zwar eben mit diesem Hintergedanken. Und dann habe ich außerdem noch ein wenig nachgeholfen.»

«Mein Gott! Und warum? Weshalb wolltest du Stevie unbedingt unter die Haube bekommen?»

«Ich sehe nicht ein, warum sich eine Mutter nicht mindestens ebenso sehr bemühen sollte, ihre Söhne gut zu verheiraten, wie man das bei Töchtern tut. Söhne haben es sogar noch nötiger, daß man nachhilft, und zumal unsere. In diesem Fall hatte ich allerdings einen besonderen Grund. Ich wollte das Zweigespann spalten. Nun muß Andy ebenfalls heiraten. Du wirst es sehen.»

«Denkst du schon an jemand Bestimmten?» fragte er, aber sein Sarkasmus war mit Bewunderung gemischt.

«Nein. Aber er wird eine finden, und zwar bald. Denn ohne Stevie als Zuhörer wird ihm alles nur noch halb soviel Spaß machen. Ist dir nicht klar, daß die meisten ihrer Schwierigkeiten daher kommen, daß sie wie Kletten aneinanderkleben, schon seit sie laufen lernten?»

Das war ihm allerdings klar, aber Claires Begabung für Intrigen verblüffte ihn doch. «Und was hast du nun getan? Ich meine außer der Einladung?»

«Ich hatte ein langes, freimütiges Gespräch mit Monica, sie schüttete mir ihr Herz aus, die Arme. Ich riet ihr, alles mir zu überlassen, und versprach ihr, binnen einer Woche würde Stevie sauber verschnürt in ihren Händen sein.»

«Ein risikoloses Versprechen. In Ehesachen läuft der Hase ja meistens so, wie du es willst. Und dann?»

«Dann erwähnte ich vor Stevie nur so ganz nebenbei, es werde davon gesprochen, Monica Dearden wolle den Sohn von Stadtrat Gratwick heiraten – du weißt, den Eisenhändler –, und dann empfahl ich Monica, den jungen Gratwick dazu zu bewegen, daß er sie zum Bezirksball führte, der kurz nach Karens Hochzeit stattfand. Ich wußte, auf den Köder würde Stevie anbeißen. Er war noch vor der Kapelle dort. Na, und jetzt fahren sie ja bald in einer Gondel.»

«Donnerwetter!» sagt Paul. «Hast du daran gedacht, daß du die Hauptschuldige bist, falls diese Ehe schiefgeht?»

«An so etwas denke ich nicht. Er hat das arme Mädchen lange genug auf die Folter gespannt. »

«Und schließlich wirst du dich also nun Andys Eheglück widmen?»

«Nein, das brauche ich gar nicht. Der wird sich jetzt selbst eine Frau suchen, nachdem er auf sich allein angewiesen ist. Stevie ging immer in allem voran.»

«Und wie steht es mit Mary?»

«Um die mußt du dich kümmern, das ist nicht meine Sorge.»

Flüchtig dachte er an Patrick, der in seinem letzten Brief angekündigt hatte, er wolle Queensland verlassen und nach Alberta in Kanada reisen. Er hatte Mary gefragt, was dieses kanadische Abenteuer zu bedeuten habe, ob Patrick der Schafzucht schon überdrüssig geworden sei und was er nun in petto habe. Mary war errötet, und Paul hatte seine Frage sofort bereut. «Er muß seinen Weg finden wie alle anderen auch!» hatte sie gesagt. «Mach dir um Patrick keine Gedanken. Er wird dir demnächst eine Überraschung bereiten.» Daraufhin war sie abrupt aus dem Zimmer gegangen, und Paul zweifelte nicht daran, daß sie Patricks Briefe künftig für sich behalten würde. Paul war sicher, daß Patrick noch immer Marys Herz besaß. Sie war in letzter Zeit sehr still gewesen, eine Insel der heiteren Ruhe im Strudel des Kommens und Gehens, bereit, über die Scherze ihrer Geschwister zu lächeln, aber nicht, sich an ihren Exzessen zu beteiligen. Wieweit ging eigentlich die Verantwortung eines Vaters? Sein ältester Sohn Simon war jetzt achtundzwanzig Jahre alt. Seine Jüngste, Claires Liebling, war fünfzehn und das zierlichste Geschöpf, das er je gesehen hatte. Drei seiner sechs Kinder waren verheiratet, und zwei weitere würden es binnen kurzem sein. Aber keiner der sechs hatte seine Liebe zum Tal geerbt oder wäre bereit gewesen, es in die Zukunft zu führen. Simon war bereits in die Probleme der großen Welt verstrickt, und vielleicht verachtete er insgeheim die Grenzen, die sich Paul auferlegt hatte, wie Simons Mutter. Die Zwillinge machten kein Geheimnis daraus, daß sie für seine Kirchturmpolitik nichts übrig hatten, und suchten sich ihren eigenen Lebensstil, wobei ihnen ein ausrangierter Dampfkessel mehr bedeutete als eine gute Ernte. Mary liebte das Schöne und schien damit zufrieden, es zu Hause zu suchen, doch wenn Patrick auftauchen und von den Verheißungen fremder Länder sprechen sollte, dann würde wohl auch sie ohne Zögern dem Tal den Rücken kehren und er würde sie nie wiedersehen. Von den beiden übrigen, Karen und der jungen Claire, erhoffte er sich gar nichts. Karen war ohnehin verheiratet, und ihr war das Tal nie mehr gewesen als das Gelände, durch das man auf einem temperamentvollen Pferd mit halsbrecherischer Geschwindigkeit dahinritt. Claire, das Küken, die von seiner Frau und fast allen anderen Menschen auf das Unverschämteste verwöhnt wurde, würde in einem Teich nichts Fesselnderes entdecken als ihr eigenes Spiegelbild. So waren sie alle miteinander eine einzige Enttäuschung.

Plötzlich sagte Claire: «Ich brauche keinen Penny für sie. Ich nehme an, du dachtest eben darüber nach, ob sie nun eigentlich eine gute Kapitalanlage waren?»

«So etwas Ähnliches. Aber wer von Fleisch und Blut Dividenden erhofft, ist ein Idiot. Ich suche meinen Profit in den Nebenerzeugnissen.»

«Zum Beispiel?»

«Es ist mir doch gelungen, fast mein ganzes Kapital festzuhalten, nicht wahr?» Und er machte eine umfassende Handbewegung. Claire verstand, daß er nicht das Geld meinte.

2

Claire hatte richtig kalkuliert. Drei Monate nach Stevies Hochzeit, der nun mit Monica in einem für Pauls Geschmack ziemlich vulgären Haus in einem Vorort von Birmingham wohnte, erschien Andy und stellte seine Auserwählte vor. Er machte dabei eine Geste wie ein Zauberkünstler, der den Vorhang beiseite zieht, um zu zeigen, daß die verschwundene Dame noch vorhanden ist. Claire sagte nicht: «Siehst du!» Aber ihr Blick deutete es an, als Andy an einem kalten Februarmorgen ins Haus gestürmt kam. Er war die Nacht durchgefahren, von den walisischen Tälern kommend, wohin er, wie er sagte, geeilt war, um seine Margaret zu retten und über die Grenze zu entführen wie ein Straßenräuber auf der Suche nach einer Braut.

Seine Erwählte gab Paul keine Rätsel auf. Wenn er Margaret ansah, hatte er den Eindruck, daß vielleicht doch wenigstens einer seiner Söhne etwas von ihm mitbekommen hatte, denn in Andys Alter hätte er sich von Margaret Hightons sofort angezogen gefühlt. Die Eignung dieses Mädchens als Braut eines extravertierten Mannes lag auf der Hand – ein unbeschwertes Temperament, eine hübsche, zierliche Figur, keltische Sinnlichkeit und ein offenkundiges Talent, die guten Seiten des Lebens zu genießen – gutes Essen, schönc Kleider, Gelächter und reichliche Bettfreuden. Sie war klein, hatte außerordentlich hübsche Beine und einen modischen Bubikopf, der ein frisches, rundliches Gesicht umrahmte. In ihrem braunen Haar spielten die Sonnenstrahlen wie auf der glänzenden Schale einer Kastanie. Sie hatte große braune Augen, eine Stupsnase und volle rote Lippen, die sich an den Mundwinkeln nach oben bogen und wohl auch so bleiben würden, wenn man sie oft genug küßte. Paul mochte sie sofort, und Claire, die ihn beobachtete, wußte weshalb.

Die Hochzeit im April war schlichter und intimer als die vorausgegangenen Feste. Margarets Vater, ein pensionierter Bergmann, entschuldigte sich nicht dafür, daß er nur eine bescheidene Feier in dem Stiftsgebäude neben der Kirche arrangieren konnte. Paul fand sowohl ihn als auch seine Frau erfrischende Gegensätze zu Ian McCleans schrecklicher Tante und der Patrizierwürde des Pastors und dessen Frau. Claire sah, wie sie miteinander sprachen und lachten, und war darüber erleichtert, denn obwohl sie sich selbst eingestand, daß sie etwas snobistisch war, hätte es ihr doch nicht gefallen, wenn ihr Mann und ihre Kinder Angeber gewesen wären. Dies waren genau die Leute, die Paul mochte und deren Gesellschaft er gesucht hatte, seit sie ihn kannte. Die Zwillinge dagegen besaßen die Gabe, sich auf allen gesellschaftlichen Ebenen frei zu bewegen. Sie bemerkte aber auch, daß Stevies Monica die Nase ein wenig hob, als sie an dem Tisch Platz nahm und in ihrem Salat stocherte. Flüchtig dachte sie, wie merkwürdig es war, daß die Zwillinge zeitlebens alles gemeinsam getan und doch zwei so grundverschiedene Frauen geheiratet hatten. Sie sah nach wie vor in Monica die absolut richtige Frau für Stevie, zweifelte aber andererseits nicht daran, daß die kleine Waliserin für Andy die Ideale war. Sollte dies die Weggabelung sein, an der die Zwillinge sich nach all den Jahren trennten? Als sie aufblickte, sah sie in Simons Augen. Er lächelte, und sie erkannte, daß er das gleiche dachte. Er kam zu ihr herüber und sagte: «Es ist schon richtig so, Claire, mach dir keine Sorgen. Wenn Monica versuchen sollte, sie verächtlich zu behandeln, wird Stevie ihr schon Bescheid sagen.»

«Wenn du da bist, Simon, sind nicht einmal die Gedanken mehr geheim. Manchmal glaube ich, du bist der wiederverkörperte Ikey.»

«Mindestens habe ich von Ikey gelernt. Danke deinem guten Stern, daß er den Chef nie in die edle Kunst des Gedankenlesens eingeweiht hat.»

Claire lachte. In Simons Gesellschaft fühlte sie sich immer gelokkert. Er schien reifer geworden zu sein, seit er von zu Hause weggegangen war und seine eifrige, aber ermüdend aktive Frau geheiratet hatte. Sie hielt an ihrer Auffassung fest und sagte: «Weshalb bist du so sicher ? Stevie ist vielleicht sogar der gleichen Meinung wie sie.»

«Nein», widersprach er. «Die Zwillinge sind zwar Aufschneider, aber sie sind gerecht. Sie werden Geld verdienen, viel Geld vermutlich, aber sie werden sich nie vom Geld zum Narren machen lassen. Wie könnten sie auch bei ihrer Erziehung?»

Das war eigentlich ein reizendes Kompliment für sie, denn es bedeutete, daß niemand, der auf Shallowford aufgewachsen war, so leicht die Klassenlosigkeit abstreifen konnte, die ein so wesentlicher Zug im Tal war, seit Paul hier regierte. Aber gegenüber Simon mußte sie einfach ehrlich sein: «Ich kann für mich keine Spur Verdienst daran in Anspruch nehmen, Simon. Ich war schon snobistisch, als ich deinen Vater heiratete.»

«Das glaube ich», erklärte er heiter. «Aber du warst bescheiden genug, von ihm zu lernen, und du liebtest ihn genug, das auch zu wollen. Gerade das, Claire, habe ich immer an euch beiden bewundert, daß ihr voneinander Toleranz annehmt, wenn ihr sie braucht. Wahrscheinlich ist deshalb eure Ehe so glücklich.»

«Hör auf damit. Du machst mich ganz verlegen.»

«Na und? Du brauchst dich dafür nicht zu entschuldigen. So etwas ist heutzutage selten genug.»

«Deine scheint aber auch ganz gut zu gehen.»

«Das schon, aber mit ‹ganz gut› gewinnt man keinen Preis, nicht wahr? Man darf nicht vergessen, daß der Verlust von Keith für Rachel ein schwerer Schlag war. Sie wird nie ganz darüber hinwegkommen.»

Sie hätte ihn gern gebeten, sich etwas deutlicher auszudrücken, aber in diesem Augenblick nahm das Brautpaar seinen Platz am oberen Ende der Tafel ein, und Stevie bat um Ruhe. Claire grübelte über Simons rätselhafte Worte, und das beschäftigte sie so sehr, daß sie den Spaß der Verabschiedung zur Hälfte verpaßte, als Margarets Nachbarn sich auf dem Gehweg drängten und gute Wünsche riefen, die wie keltische Schlachtrufe klangen. Erst während der allgemeinen Auflösung, als sie zum Hotel zurückkehrten, konnte sie ihn beiseite nehmen. «Ich habe darüber nachgedacht», sagte sie. «Schließlich war es Pauls zweite Ehe, und das gab mir einen fliegenden Start...» Sie brach ab, denn ihr fiel ein, daß sie mit dem Sohn von Grace Lovell sprach. Er bemerkte ihre Verlegenheit und rettete sie mit einem Lächeln.

«Da besteht ein großer Unterschied, Claire. Rachel hat die arme alte Bohnenstange Horsey wirklich geliebt. Aber du und der Chef – da war es von Anfang an drin. Ich war das Ergebnis von falsch gegebenen Karten.»

«Für mich ein glückliches Ergebnis», sagte sie und gab ihm einen Kuß. Dabei fiel ihr ein, daß sie sich einmal gedrängt gefühlt hatte, Ikey Palfrey aus einem ähnlichen Grund zu küssen. Merkwürdig, dachte sie, während sie Simon und Rachel zusah, die in ihrem klapprigen Morris davonfuhren, die Fetzen der letzten Wahlplakate noch an den Türen, merkwürdig und ein wenig unheimlich, wie sehr der Junge doch Ikey Palfrey glich, dessen Schüler er ja auch immer gewesen war.

3

Das Jahr der Hochzeiten endete mit einem Begräbnis. Paul und Claire kamen am 1. Mai wieder ins Tal und erfuhren, daß Jimmy Grenfell Mary dazu überredet hatte, ihn ins Krankenhaus von Paxtonbury überführen zu lassen. Er hatte erklärt, die Gastfreundschaft, die ein Mann vom anderen beanspruchen könne, habe ihre Grenzen, und es sei taktlos, im Bett eines alten Freundes zu sterben. Er wußte, daß Paul seinem Weggang niemals zugestimmt, sondern alles in seinen Kräften Stehende getan hätte, ihm eine neuerliche Operation auszureden.

Paul eilte nach Paxtonbury. Es war der Tag vor der Operation. Jimmy war sehr schwach, aber guter Dinge und in sein Schicksal ergeben.

Die Korrektur seiner Geschichte der Chartisten-Bewegung waren gelesen, wie er sagte. Paul brauchte sie nur an der Verleger zu schikken und ein Schriftstück zu unterzeichnen, das er in der Schreibtischschublade finden würde.

«Was für ein Schriftstück ist das, Jimmy?» wollte Paul wissen. «Ich kann nichts versprechen, wenn ich nicht weiß, was ich unterschreiben soll.»

«Nur so ein Hokuspokus, den der Agent aufgesetzt hat», erklärte Jimmy. «Die Honorare, falls es welche geben sollte, werden an dich gehen.»

«Menschenskind!» widersprach Paul. «Ich will doch nicht aus deinem Tod profitieren. Hast du denn keine Verwandten, denen du es vermachen kannst?»

Jimmy versicherte, alle seine Verwandten seien treue Tories und würden durch ein Buch über eine revolutionäre Bewegung nur in Verlegenheit gebracht. «Das Geld ist sowieso nicht einfach eine Hinterlassenschaft», erklärte er, «sondern eine Stiftung. Der Verleger hofft, das Buch gut zu verkaufen, hier und in Amerika, und ich dachte mir, daß ich dir mit der Sache ein Kompliment machen und zugleich über meinen Tod hinaus etwas tun kann. Im Laufe der Jahre sollte genug zusammenkommen, um einem Jungen oder meinetwegen einem Mädchen, eine anständige Ausbildung zu ermöglichen und ihn oder sie zur Universität zu schicken. In der Urkunde ist festgelegt, daß der oder die Betreffende Neuere Geschichte und Philosophie studieren muß. Ich überlasse es dir, dafür zu sorgen, daß diese Klausel befolgt wird.»

«Das ändert die Sache», sagte Paul, «und ich halte das für eine glänzende Idee. Welche geographischen Grenzen hattest du im Auge?»

«Es sollte das Kind eines deiner Pächter sein oder, falls es da niemand will, das Kind eines unserer alten Unentwegten aus der Wählerschaft, jemand, der mit uns durchs Feuer gegangen ist.»

«Wir wollen hoffen, daß du den Papierkrieg noch selber führen kannst», sagte Paul.

Aber Grenfell schüttelte den Kopf. «Das glaubst du selber nicht, Paul. Ich habe der Operation nur zugestimmt, weil ich weiß, daß dann der Vorhang zugeht. Es hat keinen Sinn, noch weiterzumachen und für alle Welt eine Plage zu werden. Ich habe ohnehin schon einige Jahre mehr gehabt als erhofft, und das verdanke ich dir, Claire und deiner reizenden Tochter. Ich fürchte, dies ist der Abschied, Paul.»

Paul antwortete nicht. Er war sich mehr als jeder andere klar über die Schmerzen, die Jimmy in den letzten Jahren ertragen hatte, und konnte seine Erlösung nicht mehr bedauern als den gnädigen Tod des alten John Rudd vor nicht allzu langer Zeit. Beide waren tüchtige Kämpfer gewesen, und es war ein Jammer, mitansehen zu müssen, wie sie immer mehr von anderen Menschen abhängig geworden waren.

«Wir hatten eine gute Zeit miteinander», sagte er schließlich, «seit du damals in dem gelben Gig die Einfahrt heraufkamst und mit deiner komischen Melone einem Gutsherrn ähnlicher warst als es mir je gelungen ist. Ich habe verdammt viel von dir gelernt. Nur durch dich blieb ich mit dem in Verbindung, was in der Außenwelt vor sich ging. Ich wäre sonst wohl gefährlich hinterwäldlerisch geworden.»

«Im großen und ganzen hattest du von Anfang an die richtige Vorstellung, Paul», sagte Grenfell. «Ich glaubte es manchmal nicht, aber heute weiß ich es.»

Paul ging in der Gewißheit, daß er Jimmy Grenfell nicht wiedersehen würde. Und so kam es dann auch. Binnen vierundzwanzig Stunden erhielten sie die Nachricht, daß der Patient in der Narkose gestorben war.

Paul traf die nötigen Anordnungen für die Beerdigung und ging dann ins Büro, um Grenfells Tod ins Gutstagebuch einzutragen. Doch Claire war ihm zuvorgekommen und hatte unter dem Datum vom Montag geschrieben: «Heute starb im Alter von fünfundsechzig Jahren James (Jimmy) Grenfell, Parlamentsabgeordneter für Paxtonbury von 1904 bis 1929 (mit einer kurzen Unterbrechung). Er verbrachte seine letzten Lebensjahre auf Shallowford, um seine *Ge-*

schichte der Englischen Chartisten zu schreiben. Er war ein guter Mensch, aufrichtig betrauert von allen im Tal, besonders vom Gutsherrn, dessen enger Freund er während der ganzen Zeit gewesen ist.» Die Eintragung rührte ihn. Claire hatte nie viel von Politik gehalten, und was sie geschrieben hatte, unterstrich die Achtung und die Neigung, die sie für Grenfell, den Menschen, empfand, nicht für den Politiker. Der Eintragung war nichts hinzuzufügen. Deshalb begab er sich nach oben in das Zimmer, das Jimmy bewohnt hatte.

Zu seiner Überraschung saß Mary am Schreibtisch und war so in die Korrekturfahnen vertieft, daß sie ihn nicht hereinkommen hörte. Er wußte, daß seine älteste Tochter eine begeisterte Verehrerin von Lyrik war – das einzige weibliche Familienmitglied, dessen geistige Interesse über Frauenzeitschriften hinausgingen. Aber er hatte sie noch nie ein politisches Buch lesen sehen.

Als sie ihn lächeln sah, sagte sie: «Das ist eben mal etwas anderes. Es ist eines der fesselnsten Bücher, die ich je gelesen habe. Kennst du es schon?»

«Das Manuskript. Was interessiert dich daran so sehr?»

«Wie die Menschen gelebt haben, die Arbeiter, und wie sie kämpfen mußten. In der Schule erfährt man davon nichts, jedenfalls ich nicht. Immer nur Könige, Schlachten und Verträge.»

«Du mußt einen recht altmodischen Geschichtsprofessor gehabt haben.»

«Nein, im Ernst», fuhr sie fort, wobei sie die Hände faltete und die Handgelenke umklammerte – diese Geste wirkte bei ihr immer so, als wenn sie die Hände in die Taschen steckte, «das Verblüffende daran für mich ist, daß dies alles ja noch gar nicht so lange her ist. Dein Vater und Großvater Derwent müssen damals schon gelebt haben, und das macht es so ... nun, so bedeutsam, auch für unsere Situation hier. Verstehst du, was ich meine?»

Er verstand es nicht, aber er wollte es verstehen. Er hatte noch nie mit einem Familienmitglied ein solches Gespräch geführt, außer mit Simon, und Simon zog sich immer auf Blaubücher und Parteiflugschriften zurück.

«Wie meinst du das mit unserer Situation hier?»

«Du weißt doch, wie wir dich immer aufgezogen haben, du hättest einen Vogel wegen des Tals ...»

«Du brauchst dich nicht zu entschuldigen. Was das anbetrifft, da ist mein Fell mehrere Zentimeter dick. Und was hat das nun mit dem Buch zu tun?»

«Es macht einem ganz klar, daß es zwei Arten von Menschen in verantwortlichen Positionen gegeben hat: Diejenigen, die nur auf ihren Vorteil aus waren, und diejenigen – ja, solche wie du.»

Das war eines der umständlichsten und doch annehmbarsten Komplimente, die er je erhalten hatte, zumal aus dem Mund eines seiner Kinder, und es bestätigte ihn in seiner Vorliebe für dieses schlanke, wortkarge, empfindsame Mädchen, das er immer seinen Brüdern und Schwestern vorgezogen hatte, obwohl er sich dessen schämte. Er setzte sich rittlings auf Jimmys Stuhl. «Ich verstehe. Anscheinend ist es endlich bis zu dir durchgedrungen. Heißt das, daß der Rest der Familie mich immer noch als einen Halbverrückten betrachtet?»

«Nein», versicherte sie aufrichtig, «nicht verrückt, nur . . . vielleicht nur ein wenig überspannt. Der erdverbundene Mann mit Lehm an den Stiefeln. Jedenfalls darfst du Mutter nicht mit in das Familiengericht einbeziehen. Dein Wort war für sie immer das Evangelium.»

«Ich fürchte, aus ganz anderen Gründen. Wie dem auch sei, lies erst einmal zu Ende. Wenn du dann mit mir darüber sprechen willst – jederzeit. Übrigens ist die ‹Erdverbundenheit› für mich wirklich ein Glaubensartikel und war es schon, als ich hierherkam.»

«Warum bist du überhaupt gekommen?»

«Warum?» Er mußte scharf nachdenken. Diese Frage hatte er sich seit über zwanzig Jahren nicht mehr gestellt. Schließlich sagte er: «Wahrscheinlich wegen eines Traums. Ich hatte ihn, als ich nach dem Burenkrieg im Lazarett lag, aber es ist zu verzwickt, um das jetzt zu erzählen. Ich muß mich um Onkel Jimmys Beerdigung kümmern.»

«Würdest du es mir ein andermal erklären?»

«Wenn du willst. Aber es wird dich nur davon überzeugen, daß ich besagten Vogel schon hatte, als ich auf die Welt kam. Jetzt kann man nicht mehr hoffen, daß er noch davonfliegt.»

«Ich werde dich daran erinnern», antwortete sie und wandte sich wieder den Korrekturfahnen zu, während er hinausging. Er hatte ganz vergessen, weshalb er heraufgekommen war.

4

Um diese Zeit hatte Claire Craddock einen ausgesprochenen Vogel, aber sie konnte nicht mit ihm einig werden wie Paul mit dem seinen. Einen Monat nach Jimmy Grenfells Tod aber bewog er sie dazu,

Maureen einen ihrer seltenen Besuche abzustatten.

Maureen lebte nun allein im Pförtnerhaus, das sie als Praxis benutzte. Claire sah sie fast täglich, aber es war lange her, seit sie Anlaß gehabt hatte, ihren ärztlichen Rat in Anspruch zu nehmen. Anders als die meisten von Maureens Patientinnen schämte sich Claire jeder Krankheit und hatte tatsächlich nie im Leben einen Arzt aufgesucht, außer während ihrer Schwangerschaften. Auch jetzt ging sie nur widerwillig, denn sie war überzeugt, daß ihre Beschwerden mit den gefürchteten Wechseljahren zusammenhingen. Sie war appetitlos und hatte morgens beim Aufstehen leichte Schwindelanfälle. Nichts Ernstes, sagte sie sich, aber genug, um sich Gedanken zu machen. Die Angst vor den Wechseljahren ging bis in ihre Kindheit zurück, denn sie hatte zufällig mitangehört, wie ein Arzt zu ihrem Vater sagte, dies habe wahrscheinlich zum Tod ihrer Mutter beigetragen, da es ihr Urteilsvermögen vor dem verhängnisvollen Sprung getrübt habe. Trotzdem war diese halb vergessene Episode nicht die Hauptursache ihrer Besorgnis. Sie war sich anderer Ursachen bewußt, die viel näher an der Oberfläche lagen und alle in einer fixen Idee bezüglich des fünfzigsten Lebensjahrs, in dem sie einen Meilenstein sah, wurzelten.

An ihrem fünfzigsten Geburtstag hatte sie sich lange und genau im Spiegel betrachtet, aber diese Musterung hatte sie nicht beruhigt. Sie sah Gesichtsmuskeln, die unleugbar ein wenig schlaff wurden, Augen, die ihrer Meinung nach viel von ihrem Glanz verloren hatten, Lippen, die etwas weniger voll zu sein schienen, und – dies jedenfalls war keine Einbildung – eine deutliche Gewichtszunahme, obwohl sie seit Jahren Diät hielt. Sie stellte sich im Badezimmer auf die Waage und bereute es sofort, denn die Nadel verkündete die unwahrscheinliche Zunahme von zwei Pfund innerhalb von knapp einer Woche. Das kann nicht sein, dachte sie. Die Waage muß einmal repariert werden. Einige Tage später kam sie auf die Idee, sie benötige ein Stärkungsmittel, vielleicht eine andere Diät. Und deshalb ging sie frühmorgens zu Maureen, bevor diese ihre Krankenbesuche machte, denn sie wußte, wenn Maureen keine Zeit hatte, würde sie sich mit ein paar Fragen und einem Rezept begnügen.

«Hallo!» rief Maureen. «Sag nur nicht, du kommst in die Sprechstunde. Ich bin gerade den letzten Simulanten losgeworden.»

«Ich möchte nur etwas fragen», sagte Claire.

«Etwas Medizinisches? Mach keine Witze!» Doch dann bemerkte sie Claires reizbare Stimmung und sagte: «Also geh mal hier hinein. Ich komme gleich.»

Claire trat in das Wartezimmer, sah sich angewidert in dem kleinen, unfreundlichen Raum um, sah den Kalender mit den umgebogenen Ecken, die Reihe harter Stühle, das schäbige Linoleum. Es lagen keine Zeitschriften da. Maureen ermutigte ihre Patienten nicht dazu, hier herumzusitzen.

«Du bist ein bißchen blaß», stellte Maureen fest, als sie Claire ins Sprechzimmer rief. «Es ist mir schon aufgefallen, aber da ich dich kenne, wollte ich nicht die erste sein, die es erwähnt.»

«Du hast es schon bemerkt?»

«Oh, es hat nichts zu bedeuten, das kann ich dir schon sagen. Wahrscheinlich hast du deine Diät übertrieben, dich vielleicht auch überanstrengt – dieser ganze Umtrieb in deiner Familie bei Salat und Zwieback. Aber ich habe dich gewarnt.»

«Ich glaube, es ist etwas anderes», widersprach Claire. «Ich vermute, es sind die Wechseljahre, und wenn es das ist, könntest du mir ein Mittel verschreiben.» Doch dann kehrte ihre Selbstsicherheit zurück. Sie waren nun seit über einem Vierteljahrhundert befreundet, und wenn es etwas gab, das Claire wußte, dann war es dies, daß sie von Maureen Rudd Offenheit erwarten konnte und kein besänftigendes Gerede. Sie erwähnte ihre gelegentlichen Schwindelanfälle, ihre Gewichtszunahme trotz Diät, ihren Appetitmangel und vor allem die immer wiederkehrenden Depressionen.

Maureen war so offen, wie sie erwartet hatte. «Ich denke, du hast recht, aber da kann ich nicht viel machen. Es gibt natürlich Tabletten dagegen, aber ich hielt noch nie etwas davon. Es ist eher eine seelische als eine körperliche Umstellung, und deren Auswirkung auf eine Frau wird oft von der Willenskraft bestimmt. Du solltest eigentlich leicht darüber hinwegkommen. Nur darf sich Paul nichts daraus machen, wenn du ab und zu mal in die Luft gehst.» Sie sah Claire mit belustigter Zuneigung an. «Also Kopf hoch! Viele Frauen in der Gegend sind froh, wenn es soweit ist. Das kann ich dir kostenlos sagen.»

«Du wirst es vielleicht nicht glauben», sagte Claire, «aber Paul und ich haben nie versucht, keine Kinder zu bekommen. Kein einziges Mal.»

Maureen lachte. «Und ob ich das glaube! Für was für eine Hausärztin hälst du mich denn? Jedenfalls brauchst du dich vor dem Altwerden im Familienkreis nicht zu fürchten. Allein alt zu werden – das ist das wirkliche Gespenst.»

Claire bedauerte es plötzlich, Maureen so vernachlässigt zu haben, und lud sie zum Abendessen ein, denn sie dachte, daß sie an den Abenden sehr einsam sein müsse, seit John nicht mehr da war und ihr Sohn nur selten ins Tal kam.

Eine Zeitlang blieb Claire heiter, doch dann begann ihre anhaltende Gewichtszunahme und ihre leichte Ermüdbarkeit sie abermals zu beunruhigen. Die Tabletten machten sie bei Tag schläfrig und bei Nacht unruhig, sie fand sich beim Erwachen verdrießlich, so daß sie vor ihrem zweiten Besuch bei Maureen weniger lange zögerte und sich einer Untersuchung unterzog, obwohl sie meinte, alles, was sie wirklich brauche, sei die Erlaubnis, «die verdammten Tabletten wegzuwerfen».

Maureen antwortete ungewohnt scharf: «Eine Sorte Patienten kann ich nicht leiden, und das sind sie, die mit ihrem eigenen Rezept herkommen und von mir nur noch erwarten, daß ich es unterschreibe. Zieh dich aus, damit ich dich mal unter die Lupe nehmen kann. Du hast nichts, außer deiner Einbildung, und ich muß sagen, daß mich das wundert. Demnächst wirst du dich der Prozession all der Frauen in mittleren Jahren anschließen, die zu mir kommen und darauf bestehen, Brustkrebs zu haben.»

Maureens derber Umgang mit ihren Patienten war bekannt, deshalb ließ Claire die Untersuchung mit Würde über sich ergehen und stellte mit Genugtuung fest, daß Maureen beim Bücken ein wenig schnaufte. «Das klingt, als könntest du selber ein wenig Diät gebrauchen», sagte sie, um ihr etwas heimzuzahlen. «Du mußt doch die Waage auf runde fünfundsiebzig Kilo treiben.»

«Siebenundsiebzigeinhalb», ächzte Maureen und richtete sich auf. «Aber ich bin nicht schwanger, im Gegensatz zu dir, meine Beste.»

Die Gewißheit, daß Maureen scherzte, ärgerte Claire, denn sie fand, das hieße den Scherz zu weit treiben. Sie setzte sich auf, schwang sich von dem kalten Ledersofa herunter und sagte: «Ich bitte dich, Maureen! Ich bin doch keine von deinen dummen hypochondrischen Weibern, die du schikanieren mußt, um ...» Sie brach ab. Etwas in Maureens Miene, die mit dem Rücken zum Fenster stand und die Hände in die Hüften stemmte, ließ sie aufmerken.

«Protestiere, soviel du willst», sagte Maureen achselzuckend, «aber es ist so. Also wollen wir nicht mehr über graue Haare jammern und die verlorene Jugend beweinen. Du bist im dritten Monat, basta! Ich weiß nur nicht, ob ich dir gratulieren oder Pastor Horsey die Kirchenglocken läuten lassen soll.»

Sie wartete. Ernst nach einer halben Minute war Claire zu einer Antwort fähig. Die Verwirrung, die dieser absurden Erklärung gefolgt war, lähmte ihr die Zunge. Schwanger, mit über fünfzig. Schwanger nach wie vielen Jahren seit der Geburt ihres jüngsten Kindes? 1918 – und jetzt schrieb man 1933, die kleine Claire wurde an ihrem nächsten Geburtstag sechzehn. Ihre Stimme klang so unsicher und gezwungen, daß sie nicht ihr zu gehören schien, als sie sagte: «Ist da kein Irrtum möglich? Bist du ganz sicher?» Aber sie zweifelte die Tatsache nicht ernstlich an, denn Maureen würde schwerlich einen solchen Irrtum begehen, nachdem sie sie während all ihrer früheren Schwangerschaften betreut hatte. «Was ist das, Maureen? Eine Art Naturwunder?»

Doch Maureen schien die Lage zu belustigen. «Herrgott, Weib! Natürlich nicht! Ich sage dir doch, daß du kerngesund bist, und es ist gar nicht so ungewöhnlich, zumal wenn eine Frau schon mehrere Kinder hatte. Das letzte Aufmucken der Natur, würde ich sagen, und es wird das letzte sein, falls dir das ein Trost ist.»

Claire saß auf dem Sofa und schüttelte den Kopf, als hätte man sie eben aus kaltem Wasser gefischt.

«Wirst du dich freuen, wenn du den Schreck überwunden hast?» fragte Maureen. «Und wird Paul sich freuen? Was meinst du?»

«Wie soll ich das wissen? Mir ist, als wäre ich ... nun, als wäre ich bei etwas Peinlichem ertappt worden. Wie ein geschmackloser Schabernack, über den niemand lacht.»

Maureen, die ihre Patientin besser zu kennen glaubte als sonst jemanden, war nicht nur erstaunt, sondern etwas besorgt. «Also hör einmal, Claire, ich dachte immer, du und ein ungeschlachter Mann, ihr wäret so wunderbar aufeinander abgestimmt, ein Paar, das vernünftig genug ist, auch einmal den Instinkt sprechen zu lassen, anstatt sich auf eines dieser dummen Bücher über Sex und Psychologie zu verlassen, die jetzt am laufenden Band erscheinen. Ich habe mich doch nicht getäuscht, oder?»

«Nein», sagte Claire leise, «du hast dich nicht getäuscht, Maureen. Ich habe in der körperlichen Seite unserer Ehe immer Freude und Erfüllung gefunden, und ich denke, er auch. Aber – wie soll ich es sagen? – wir brauchen das doch nicht in alle Welt hinauszuposaunen, nicht wahr?»

Claire traf Paul schon vor Maureens Haus, und Maureen hörte ihn laut auflachen, wie sie halb erwartet hatte. Doch Paul lachte zu früh. Claire nahm das Ereignis keineswegs mit Humor und blieb während der nächsten sechs Monate konsterniert.

Als es geschah – am 30. Januar 1934 –, war Paul wieder einmal nicht zu Hause. Henry Pitts' Frau Gloria war während eines Besuchs bei ihrer Schwester in Cornwall an einer Lungenentzündung gestorben, und Paul hielt es für seine Pflicht, der Beerdigung beizuwohnen. Als er von unterwegs zu Hause anrief, sagte Mary: «Das Baby ist da.

Es ist ein Junge! Komm sofort nach Hause, Papa! Wir brauchen dich!»

Es war wie in alten Zeiten. Claire lag im selben Zimmer und im selben Bett. Sie sah außerordentlich jung und frisch aus. Er entschuldigte sich für seine Abwesenheit, trat an die Wiege und bewunderte seinen Sohn. Aber eines war anders als früher: Claire reagierte nicht auf seine Scherze und erklärte sogar auf seine Frage, ob sie sich schon einen Namen ausgedacht habe, das sei seine Sache.

Er ging die Treppe hinab und stieß zu seiner Überraschung auf Thirza Tremlett, die vor einigen Jahren den Dienst bei Maureen quittiert und einen Seemann geheiratet hatte. Sie erklärte, sie sei zurückgekehrt, als sie erfahren habe, daß die Herrin wieder «guter Hoffnung» sei und kurz vor der Niederkunft stände, und sie habe sich ohnehin von ihrem Mann getrennt.

«Und was hälst du von der kleinen Überraschung, Thirza?»

Sie antwortete, der Junge werde zweifellos entsetzlich verwöhnt werden, und er könne sich darauf verlassen, daß sie ihr Möglichstes dagegen tun wolle. «Haben Sie ihm schon einen Namen gegeben?»

Paul sagte, darüber müsse er noch nachdenken, und da Thirza eher eine alte Vertraute als ein Dienstmädchen war, fügte er hinzu: «Meine Frau ist offenbar nicht sonderlich beglückt. Hast du eine Ahnung weshalb?»

«Mich wundert das nicht, Sir», sagte Thirza ohne zu lächeln. «Wahrscheinlich findet Mrs. Craddock, es wäre allmählich an der Zeit, daß dieser Unfug aufhört.» Und sie bedachte ihn mit einem sehr vorwurfsvollen Blick.

Paul ging in sein Büro und überlegte, ob der «Unfug» seitens des Seemanns vielleicht beim Scheitern von Thirzas Ehe mitgespielt haben konnte. Dann setzte er sich hin und dachte angestrengt über Namen nach. Es mußte ein sehr englischer Name sein, und möglichst einen Name für einen Landwirt. «John!» rief er plötzlich. «Das ist es! Es wird gut sein, wenn wir wieder einen John hier um uns herum haben.»

Gestundeter Tribut

I

Bis zum Frühjahr blieb Claire in einer merkwürdigen Stimmung. Sie kehrte nach dem Wochenbett nur zögernd in den Familienkreis zurück. Paul hatte keine offenen Differenzen mit ihr, aber die Familienharmonie war empfindlich gestört durch ihre Interesselosigkeit. Sie ging nicht auf seine Probleme ein, sie hatte ihre regelmäßigen Fahrten durch das Besitztum eingestellt und zeigte keine Lust, sich mit ihren eigenen Aufgaben auseinanderzusetzen. Was Paul am meisten beunruhigte, war ihre gleichgültige Haltung gegenüber dem Kind und ihre Neigung, der jungen Claire die Zügel schießen zu lassen, die nun, wie Mrs. Handcock es ausdrückte, zu alt für Ohrfeigen war und zu jung, um vernünftig zu sein. Das Baby stillte Claire zwar pflichtbewußt, wie sie alle ihre Kinder gestillt hatte, aber sie machte kein Hehl daraus, daß sie es als lästige Bürde betrachtete.

Als John etwa sechs Monate alt war, bat Paul Maureen um ihren Rat. Sie war mit psychologischen Erklärungen zur Hand, die so einleuchtend wie unbefriedigend waren. Als er ihr aber gestehen mußte, daß er seit Claires Schwangerschaft nicht mehr mit ihr geschlafen habe, bedachte sie ihn mit harten Ausdrücken und erklärte, es sei hohe Zeit, daß er von neuem um Claire werbe.

Da fiel ihm ein, daß demnächst in der Stadthalle von Paxtonbury ein großer Ball stattfinden werde. Er hatte es zwar bereits abgelehnt, seine Familie dorthin zu begleiten. Nun fand er aber, dies sei eine passende Gelegenheit, einen Neubeginn als Kavalier zu machen und so vielleicht das Gleichgewicht wiederzufinden.

Das Fest war in vollem Gang, als sie gegen neun Uhr eintrafen. Die beiden Mädchen verschwanden sofort, um ihre Freundinnen zu suchen, und ließen Paul und Claire allein, die den Abend mit einem Twostep begannen, einem jener Tänze, die den reiferen Jahrgängen vorbehalten waren. Nach den Maßstäben von Paxtonbury war der Ball ein großes Ereignis und galt als der bedeutendste der Saison, soweit man in Paxtonbury überhaupt von Saison sprechen konnte. Die meisten Grundbesitzer der Umgebung waren anwesend, darunter die Gilroys von Somerset, nahe Verwandte der Gilroys von Heronslea, die kürzlich ihren Besitz verpachtet hatten und nun in Frankreich lebten. Humphrey Gilroy forderte Claire zum Tanz auf, und so fand sich Paul in der Gesellschaft von Gilroys Frau, einer statuenhaften Erscheinung, die ihn nur wegen seiner Verwandtschaft mit Rose Barclay-Jones gelten zu lassen schien, der Initiatorin der bekannten zweitägigen Empfänge in Gloucester. Mrs. Gilroy nannte sie «ein tolles Mädchen». Paul fand das eine merkwürdige Beschreibung seiner hageren, neunundfünfzigjährigen Schwägerin.

Nachdem sie die Gilroys abgeschüttelt, einen Walzer getanzt und zugesehen hatten, wie Mary einen Tombolapreis entgegennahm – die junge Claire schien sich zum Parkplatz begeben zu haben, aber Paul, in nachsichtiger Stimmung, machte keine Bemerkung darüber –, setzten sie sich und aßen kalten Truthahn. Claire, die sich in einer gehobenen Stimmung befand, seit er darauf bestanden hatte, ihr jenes grünsamtene Abendkleid zu kaufen, das sie in einem Schaufenster so bewundert hatte, bemerkte: «Ich glaube, du weißt über die Wahl der Milchkönigin Bescheid? Heute abend ist die Vorwahl. Aber die ganzen Jahre ist noch nie eine von hier ins Finale gekommen.»

«Ja», sagte er. Er wußte Bescheid darüber. John Rudd hatte die Wahl der Milchkönigin immer als «Parade der Jungkühe» bezeichnet und behauptet, sie sei nicht etwa deshalb so beliebt, weil ihr Zweck darin bestand, den Verkauf der Erzeugnisse der britischen Landwirtschaft zu fördern, sondern weil sie den bäuerlichen Juroren überall aus den Provinzen Gelegenheit gab, junge Mädchen in Badeanzügen genau anzusehen. «Ich dachte aber nicht daran, daß das heute ist», gab er zu. Nachträglich fiel ihm nun auf, daß in der Familie eine eigenartige Aufregung entstanden war, als er verkündete, er werde doch an dem Ball teilnehmen.

«Ehrlich? Nimmst du uns nicht nur auf den Arm?» fragte Claire nun.

«Also hör einmal», sagte er. «Was ist eigentlich los? Warum habt ihr alle zu zappeln angefangen, als ich sagte, ich würde doch kommen?»

«Ach nichts», sagte Claire und lächelte. «Lehn dich nur schön bequem zurück und warte ab. Offen gestanden, ich hatte gedacht, du stellst dich nur ahnungslos, aber offenbar war das ein Irrtum.»

Ehe er weiterbohren konnte, wirbelten die Trommeln, der Tanzboden wurde geräumt, und der Stadtsyndikus von Paxtonbury trat auf die Bühne und verkündete im Tonfall eines Marktschreiers, es werde jetzt eine Pause gemacht, während welcher Mr. Humphrey Gilroy und drei weitere Juroren als Vertreter von vier westenglischen Grafschaften die Vertreterin Devons für das nationale Finale zur Wahl der britischen Milchkönigin 1934 wählen würden.

Und als sich der Vorhang öffnete und ein Dutzend Bewerberinnen freigab, die im Halbkreis auf dem Podium standen, erlebte Paul einen der härtesten Schocks seines Lebens. Die vierte von rechts, in ihrem leuchtend roten Badeanzug mit einem hermelinbesetzten Umhang wie eine junge Aphrodite anzusehen, war seine jüngste Tochter. Claire, die ihn unruhig beobachtete, sah, wie er anlief. «Meine Güte!» rief er. «Wessen Einfall war denn das? Warum hat mich niemand gefragt?»

«Psst, Paul! Nicht hier, bitte! Ich erkläre dir alles, aber mache bitte hier keine Szene. Sie würde es dir nie verzeihen.» Damit ließ sie ihn vor sich hinkochen, während das Publikum Entzückenslaute von sich gab. Die Kapelle spielte den Donauwalzer, und die Mädchen gingen auf der Bühne im Kreis herum. Ihre hohen Absätze klapperten, als sie vor den im Orchesterraum sitzenden Juroren auf und ab schritten.

Er mußte sich eingestehen, daß er noch nie ein so überwältigend hübsches Mädchen gesehen hatte wie seine Tochter. Es lag weniger an der klassischen Regelmäßigkeit ihrer Gesichtszüge oder der für ein so junges Mädchen ungewöhnlich reifen Figur, was ihr einen so deutlichen Vorsprung von ihren Konkurrentinnen sicherte. Das Besondere an ihr war ihre gelassene Haltung, ihre ungezwungene Überlegenheit, ganz im Gegensatz zu der nervösen Verlegenheit der anderen Mädchen. Wie eine Professionelle unter einem Schwarm draller Amateurinnen, dachte er erbittert.

Dann dachte er an seine eigene mißliche Lage. Wenn er sich nicht gewaltsam zurückhielt, würde er ihnen wegen ihrer Verschwörung einen saftigen Krach machen – wenn nicht hier, dann sofort nach ihrer Heimkehr. Wenn er andererseits erkennen ließ, daß er sich durch ihre Heimlichtuerei gekränkt fühlte, dann würde Claire natürlich die Partei ihrer Töchter ergreifen, und mit dem Wutausbruch, der sich daraus zwangsläufig ergab, wäre die Chance, die gestörte Eheharmonie wiederherzustellen, vielleicht für immer verloren. Er erkannte, daß er sich damit abfinden und einen Mittelweg suchen mußte, aber er hatte im Grunde keinerlei Spielraum für irgendwelche Schachzüge. Er kannte seine Jüngste zur Genüge und wußte, was dieser Abend für sie bedeutete, zumal wenn sie in die nationale Entscheidung kam – was allerdings in Anbetracht ihres Alters unwahrscheinlich war.

Er war so mit seinen persönlichen Überlegungen beschäftigt, daß er den Juroren wenig Aufmerksamkeit schenkte. Erst der vertraute Klang seines Namens aus dem Mund des Stadtsyndikus machte ihm bewußt, daß die Badeschönheiten jetzt die Bühne geräumt hatten und die Entscheidung gefallen war. Während ihm der kalte Schweiß ausbrach, dachte er: Warum soll ich wegen eines Vorurteils den Familienfrieden stören, zum Teufel? Jetzt heißt es, John Rudds Trick anzuwenden und der Angel viel Leine zu geben und erst wieder einzuziehen, wenn ich festeren Grund unter den Füßen habe als die letzten zwölf Monate. Auf den Sitzen hinter ihm riß die Spannung. Claire ergriff sein Handgelenk, als ein Tusch aus ungeübten Trompeten seine Jüngste auf die Bühne zurückbeorderte. Sie ging auf die Frau des Bürgermeisters zu, die von irgendwo aus den Kulissen aufgetaucht war und auf einem roten Samtkissen eine prunkvolle Krone trug. «Auch das noch!» rief er, aber als er in der Miene seiner Frau ein Leuchten bemerkte, das er seit langem nicht mehr gesehen hatte, fiel es ihm leicht, Gleichgültigkeit vorzutäuschen und sogar hinzuzufügen: «War ja auch nicht anders zu erwarten, was?»

Er bekam seine Belohnung auf der Stelle. Ihre Erleichterung brach förmlich hervor, und zum erstenmal seit fast einem Jahr sah sie ihn so an wie einst. «Du alter Gauner», flüsterte sie und umfaßte seine Hand fester. «Du hast mir tatsächlich einen Augenblick lang Angst gemacht.» Und dann war es ihm nicht wenig peinlich, daß sie und Mary ebenso wild zu klatschen begannen wie alle im Saal.

2

«Wer A sagt, muß auch B sagen», erinnerte sich Maureen, als sie die Neuigkeit erfuhr, und er befolgte ihren Rat. Im September fielen die Craddocks geschlossen im Park Lane Hotel in London ein, um die Versammlung von Provinzlern aus ganz England und Wales zu verstärken, die mit dem Finale der Milchköniginnenwahl zu tun hatten.

Die Bewerberinnen stellten die Geschicklichkeit der Presseleute auf eine harte Probe, denn die meisten Mädchen wurden rot und brachten kein Wort über die Lippen, wenn man die üblichen Fragen an sie richtete. Claire war die große Ausnahme und bald der erklärte Liebling der Journalisten – nicht nur, weil sie die jüngste Teilnehmerin war, sondern auch, weil sie offenbar wußte, was sie wollte und warum. Das verstanden die Presseleute nicht nur, sie billigten es auch.

Mary, die bei den meisten Interviews dabei war, sah mit Bewunderung, wie Claire zu parieren, zu scherzen und mit Männern zu flirten verstand, die mehr als doppelt so alt waren wie sie. Mit angeborenem Talent schien sie genau zu wissen, was für Äußerungen man von ihr erwartete, so daß ihre Ansichten, Erwartungen und sogar Vorhersagen zu so unterschiedlichen Themen wie Kleider, Liebe, Kühe und Käse in allen Zeitungen und Zeitschriften wiedergegeben wurden. Einmal trat sie sogar anläßlich der Eröffnung eines Krankenhauses kurz im Rundfunk auf.

Es war eine aufregende Woche und zugleich das erste Mal, daß London als Stadt einen gewissen Zauber auf Paul ausübte. Das Wetter war schön, ihre Unterkunft angenehm, und die allgemeine Erregung siegte über das bedrückende Gefühl der Anonymität, das er stets empfunden hatte, wenn er im Gedränge der Millionen mit den grauen Gesichtern gefangen gewesen war, die ihn immer irgendwie an die Kriegsgefangenen in den Lagern hinter Compiègne erinnert hatten.

Vielleicht trug auch das Gefühl der Familienzusammengehörigkeit dazu bei, denn am zweiten Tag kamen die Zwillinge mit ihren Frauen in großen, schimmernden Autos angedonnert – Monica und die fröhliche Margaret, beide mit Pelzen behangen und geneigt, mit Modeausdrücken um sich zu werfen. Ebenso wie Claire und einige der Journalisten waren auch die Zwillinge schon des Sieges sicher. Als die Bewerberinnen bei einem Tanztee zum erstenmal alle zusammenkamen, begann er zu fürchten, das Ergebnis werde für seine Familie eine Enttäuschung sein, denn er mußte erkennen, daß die Konkurrenz hier doch erheblich ernster zu nehmen war als in Paxtonbury. Die junge Claire war zwar einigen der plumpen Mädchen aus den entfernteren Grafschaften wie Cardigan und Cumberland überlegen – obwohl Paul selbst auf der Suche nach einer lebenden Rcklame für Butter und Sahne eher eines dieser Mädchen gewählt hätte –, aber es war offensichtlich, daß städtische Raffinesse auch die ländlichen Bezirke in Rufweite der großen Städte beeinflußt hatte und daß Miss Suffolk beispielsweise eher nach einem Filmstar als nach einem Milchmädchen aussah. Es bereitete ihm Vergnügen, mit Garstin Schroeder, dem Generalsekretär des britischen Molkereiverbandes, zu sprechen, der in landwirtschaftlichen Fragen außerordentlich gut unterrichtet war, und er fand Gemeinsamkeiten im Gespräch mit den Vätern von Mitbewerberinnen, deren schmerzliche Erfahrungen auf dem Land während der zwanziger Jahre sich mit den seinen deckten. Im allgemeinen aber hielt er sich zurück und ließ den Frauen ihr Vergnügen, dankbar dafür, daß sich Mary so aufmerksam um Claire kümmerte, noch dankbarer für die strahlende Miene seiner Frau. Er brauchte Maureens Rat nicht wörtlich zu befolgen. Er hatte der Angel sehr viel Leine gegeben, aber er war erleichtert, seine Frau wieder lachen zu hören, zu sehen, wie sie sich herausputzte und mit ihren eleganten Schwiegertöchtern Monica und Margaret zum Einkaufsbummel loszog. Keine von beiden schien besonders scharf darauf zu sein, ihr flottes Leben zu unterbrechen, um ihm einen Enkel zu bescheren. Dieses völlige Fehlen von Enkeln war der Schatten, der auf seine Freude an dem Familientreffen fiel. Seit zwei Jahren waren die Zwillinge nun verheiratet, und Simon, der am letzten Tag auftauchte, sogar vier Jahre, aber keine Ehe hatte eine männliche oder weibliche Dividende abgeworfen. Karen erwartete ein Kind, wie man hörte, doch sie und ihr Mann waren inzwischen in Singapur. Wenn das so weiterging, konnte es Jahre dauern, bis er ein Kind auf den Knopf seines Reitsattels haben und mit ihm über Codsalls Stoppelfelder reiten konnte, wie er das mit allen seinen Kindern früher oder später getan hatte. Er erwähnte dies gegenüber Claire, als sie von einem lärmenden Trinkgelage ins Hotel zurückkehrten, aber sie teilte seinen Kummer nicht.

«Oh, die haben noch Zeit», sagte sie sorglos. «Sie sind jung und gesund, und die heutigen Mädchen wollen zuerst etwas erleben, ehe sie häuslich werden. Und ich kann sie nicht einmal dafür tadeln. Seit dem Krieg ist sowieso alles durcheinandergeraten. Man kann höchstens für ein paar Wochen vorausplanen.»

So war es tatsächlich, und auch Simon wies ihn bald darauf hin, als sie sich am Morgen der Wahl während einer Auftrittsprobe zu einem ruhigen Gespräch zurückzogen. Der Junge war ein krasser Gegensatz zu seinen flotten Brüdern in seinem Konfektionsanzug und dem verwitterten weichen Filzhut. Er hatte eine Stellung als Redakteur einer sozialistischen Zeitung in Manchester, und Rachel, die nicht mit nach London gekommen war, verdiente zusätzlich als Lehrerin beim Arbeiterbildungsverein. Zusammen hatten sie bei drei Nachwahlen kandidiert und waren jedesmal jämmerlich unterlegen, aber es schien Simon weder zu bedrücken noch zu wundern, daß er nicht weiter als bis in die Randbezirke der Politik gelangte.

«Weißt du, Chef, ich führe die einzige Art Leben, die für mich möglich ist», erklärte er, als Paul ihm vorschlug, doch mit dem Strom zu schwimmen, bis sich ihm eine wirkliche Gelegenheit bot. «Wir leben doch alle von geborgter Zeit, auch wenn es den wenigsten klar ist. Denk nur daran, was in Deutschland vorgeht. Dort ist schon jeder Schein von Freiheit verschwunden, und wer anderer Meinung ist als dieser unmögliche Hitler, kommt in ein Konzentrationslager. Offenbar macht das bei uns niemandem etwas aus. Alle fragen nur danach, wie sie rasch zu Geld kommen oder wie sie die Anzahlung für die Traumvilla finanzieren. Irgendwann werden sie aufwachen – oder über Nacht zugrunde gehen.»

Zum erstenmal dachte Paul an Adolf Hitler als eine mögliche Gefahr, aber ihm schien, daß Simon in seiner einseitigen Parteinahme für die Unterdrückten doch zu schwarz sah. «Ich bin mit dir einig, Simon, wenn du sagst, daß die Dinge nicht so sind, wie sie sein sollten, und daß unsere Regierung die faulste und unaufrichtigste ist, die wir seit langem hatten. Aber wer wird denn solche Schaumschläger wie Hitler oder Mussolini ernst nehmen? Soweit ich sehe, ist das doch nichts als leeres Geschwätz.»

«Der Kaiser gab damals auch nur Geschwätz von sich», warf Simon ein, und nicht zum erstenmal hatte Paul den Eindruck, als habe sein Sohn in seiner ruhigen Art das gleiche politische Vorauswissen wie der alte Franz Zorndorff, der sich rühmte, Pulvergeruch um die halbe Erde herum riechen zu können.

«Wie beurteilst du die Aussichten für einen allgemeinen Umschwung bei der nächsten Wahl?» fragte er, denn seit dem Tod Jimmy Grenfells hatte er die Verbindung zur Politik verloren und sich auf die Lektüre von Leitartikeln beschränkt.

«Da sind gar keine Aussichten», sagte Simon. «Wir taumeln weiter, berauscht von Fußball, Kino, Hunderennen und solchen Zerstreuungen, wie sie sogar Männer aus der Milchwirtschaft heutzutage nicht verschmähen. Eines schönen Morgens werden wir aufwachen und die Faschisten nicht nur auf der Türschwelle, sondern bereits in unserem Bett vorfinden, während Burschen wie Mosley und seine Schwarzhemden eine Tafel ans Parlament hängen: Zu vermieten. Es sei denn, Hitler ginge auf Rußland los. Dann bekäme er natürlich vom Westen jede Unterstützung.»

Als Simon dies sagte, fragte sich Paul, wie weit sein Sohn in den Jahren seit der Wirtschaftskrise nach links gerückt sein mochte. Deshalb fragte er: «Siehst du denn immer noch mit verklärtem Blick nach Rußland, Simon? Ist das dort wirklich besser als der Faschismus?»

«Nein», antwortete Simon zu Pauls Überraschung. «Das ist nicht die Lösung, wenn alle Entscheidungen von oben kommen. Wir hätten hier die richtige Lösung, wenn nur die Massen sich der Mittel bedienen wollten, für die Männer wie Tom Paine gekämpft haben.» Er lächelte. «Siehst du, Chef, im Grunde bin ich so altmodisch wie du. Zumindest sagt Rachel das.»

«Du scheinst gut mit ihr auszukommen», sagte Paul, eher im Sinn einer Frage als einer Feststellung.

«Menschlich ja. Ich respektiere ihre Meinung, und sie läßt die meine gelten. Aber sie ist Marxistin, und der arme alte Karl hat leider nie das Lachen gelernt.»

Irgendwo in der Nähe kreischten Trompeten, und Saaldiener erschienen und baten alle auf ihre Plätze. Paul bedauerte die Unterbrechung. Er wußte, daß sich in dem Wirbel, der auf die Entscheidung folgte, keine Möglichkeit mehr bieten würde, das Gespräch fortzusetzen, und er hatte jetzt so selten Gelegenheit, mit dem einzigen seiner Kinder zu sprechen, dessen Intelligenz er anerkannte.

Aber bald hatte er Simon vergessen, denn ob er wollte oder nicht – er wurde in den Strudel mit hineingezogen, als die zwanzig Bewerberinnen auf zwölf reduziert wurden, dann auf sieben, auf vier – und Claire war immer noch dabei. Seine Frau, seine Tochter und die Schwiegertöchter schnatterten aufgeregt durcheinander, und der Sieg war noch hinter den rotgoldenen Vorhängen verborgen, hinter denen die übriggebliebenen Kandidatinnen auf die endgültige Entscheidung warteten. Paul fiel auf, daß die Zwillinge, obwohl sie frohlockten, wesentlich realistischer waren als ihre Frauen. Andy erklärte, Claire würde schon wegen ihrer Jugend den Titel nicht bekommen, und Stevie versuchte, seine Mutter zu trösten: «Sieh mal, sie hat es so weit geschafft, und den Titel für Devon behält sie ein ganzes Jahr. Das ist doch immerhin etwas, oder nicht?»

«Das reicht nicht», sagte Claire energisch. «Sie muß gewinnen! Sie muß einfach erste werden.»

«Warum eigentlich?» fragte Paul. «Was ist denn so schrecklich wichtig daran?»

Da traf ihn ein Blick, der ihn unangenehm an Claires Stimmung der letzten Monate erinnerte. «Für mich ist es nicht so wichtig, aber für sie. Weil es das einzige ist, was sie hat, verstehst du das nicht?»

Zu Pauls Verblüffung fand dieser seltsame Ausspruch die volle Unterstützung Monicas. «Das finde ich auch. Ich war genauso wie Claire, vielleicht nicht ganz so hübsch, aber auch ich hatte nichts zu bieten als ein Gesicht und Kurven an den richtigen Stellen. In einem Kleid vom vorigen Jahr hätte ich überhaupt kein Selbstvertrauen gehabt. Ich hatte keinen Grips, nichts gelernt, ich hatte nur mich selbst.»

«Und das Traurige ist, daß es vergänglich ist», fügte Claire hinzu. «Vom zwanzigsten Geburtstag an verliert man jeden Tag ein bißchen davon. Aber so etwas – öffentliche Anerkennung – kann man sein Leben lang in Erinnerung behalten, ohne sich mit dem Fotoalbum trösten zu müssen.»

Als sie das sagte, fast als spräche sie mit sich selbst, wurde ihm das

Krebsleiden des letzten Jahres plötzlich klar. Er wußte, wie stolz sie immer auf ihren Körper gewesen war, auf ihre Fähigkeit, mit der wechselnden Mode Schritt zu halten – angefangen von den Puffärmeln und Wagenradhüten über die Stirnbänder und kurzen Röcke der zwanziger Jahre bis zu der weiblicheren Mode der dreißiger Jahre. Offenbar hatte sie immer gemeint, ihre eheliche Gemeinschaft stütze sich weniger auf das gemeinsame Erleben in drei Jahrzehnten, sondern hinge von solchen Faktoren wie ihrem Gewicht, dem Umfang ihrer Schenkel, der Größe und Festigkeit ihrer Brüste und der Reinheit ihrer Haut ab. Da er dies zum erstenmal begriff, überkam ihn das undeutliche Verlangen, sie zu trösten.

Doch in diesem Augenblick ging der Vorhang auf, und der Zeremonienmeister erschien mit einem Zettel in der Hand und verkündete: «Die Entscheidung ist gefallen, meine Ladies und Gentlemen. Die Jury hat entschieden: Miss Cheshire auf dem vierten Platz, Miss Shropshire – dritter Platz ...» Paul sah, wie Claire, dann Mary und die anderen sich von ihren Sitzen erhoben, und hörte die Zwillinge toben. «Miss Kent auf den zweiten Platz. – Miss Devonshire – Milchkönigin von England und Wales 1934/35 ...»

Der Beifall brauste über ihre Köpfe. Er sah die anderen Teilnehmerinnen der Schlußrunde hereinkommen, bemerkte ihren Mißmut und ihre kläglichen Versuche zu lächeln, als Claire auf das mittlere Siegerpodest geführt wurde. Sie war äußerlich ganz ruhig, als ihr die Siegerin des Vorjahrs die alberne kleine Krone auf den Kopf setzte. «Na also», sagte Paul erleichtert, «jetzt hat sie ja etwas, woran sie sich später erinnern kann.» Doch dann fiel ihm ein, daß das Einpökeln von Erinnerungen im Alter von sechzehn Jahren ein reichlich unnatürlicher Drang war.

Am nächsten Tag waren alle wieder ihrer Wege gegangen. Die Zwillinge waren mit ihren Frauen nach Norden gebraust, Simon hatte sich in einer geheimnisvollen Angelegenheit in den Londoner Osten begeben und von dort zum Euston-Bahnhof, um wieder nach Manchester zu fahren. Paul und Mary fuhren mit dem Taxi zum Waterloo-Bahnhof, während Claire zurückblieb, um bis zum Dienstag bei ihrer Tochter zu bleiben. Der Generalsekretär Schroeder war in letzter Minute mit einem geänderten Terminplan gekommen. Die Siegerin sollte ihre erste öffentliche Aufgabe bereits gegen Ende der Woche auf einer Landwirtschaftsmesse in Den Haag erfüllen, mußte dafür aber noch präpariert werden. Paul hatte es eilig, nach Hause zu kommen. Die Ernte war in vollem Gang, außerdem wurde er zu einem Reitturnier erwartet, bei dem er als Bahnrichter fungieren sollte. Trotzdem hätte er alle Verpflichtungen im Tal zurückgestellt, wenn jemand ihn überzeugt hätte, daß Frau und Tochter seiner bedurften. Statt dessen hatte man ihn in dem Trubel, der dem Triumph folgte, fast vergessen. Und als Claire ihm erklärte, sie würde gern noch ein paar Tage in London bleiben und beim Auswählen der Kleider helfen, und die zweitägige Einkaufstour im Westend werde ihn bestimmt ohnehin langweilen, da verstand er den Wink und sagte: «Es macht dir doch sicher nichts aus, wenn ich mit Mary nach Hause fahre? In diesen Dingen ist mit mir sowieso nichts anzufangen.»

Sie neigte den Kopf zur Seite und musterte ihn. «Ich muß sagen, du warst viel geduldiger als ich zu hoffen wagte. Fahr nur mit Mary nach Hause. Ich kann Claire nicht allein lassen, bis sie abfliegt, und ich habe das Gefühl, sie hätte mich lieber dabei als Mary.»

«Das glaube ich auch», pflichtete Paul ihr bei. «Und ich bin überzeugt, es macht dir auch mehr Spaß als ihr.»

«Das gebe ich zu», sagte Claire. «In ihrem Alter hätte ich es mir allerdings nicht entgehen lassen.»

«Du wärst gar nicht erst hierhergekommen. Dein Vater hätte das keine Sekunde lang mitgemacht.»

«Und du in seiner Lage auch nicht. Ich kann mir dein Gesicht vorstellen, wenn ich als junges Mädchen vor all diesen George Lovells von heute im Badeanzug auf und ab scharwenzeln würde! Dachtest du an den alten Halunken, als die Juroren berieten?»

«Allerdings», gab er zu, überrascht und erfreut über dieses Anzeichen, daß sie wieder ihren früheren scherzhaften Ton fanden. «Aber ich hätte gedacht, das wäre das letzte, was dich beschäftigen würde.»

Ohne ihn anzusehen, sagte sie: «Es war eine schwierige Zeit für dich, Paul. Glaube ja nicht, ich wüßte das nicht. Aber jetzt sind wir über den Berg, das versichere ich dir. Das hat mir wieder Kraft gegeben. Möchtest du wissen warum?»

«Ja, unbedingt.»

«Ich glaube, bis zu dem Augenblick, in dem die kleine Claire die Vorentscheidung gewann, war ich einfach nur neidisch ... neidisch und ärgerlich auf die Jugend und ihre Begeisterung, ihre Freiheit, die wir nie hatten, ihr gutes Aussehen und ihre Lebenshoffnungen. Ich war sogar eifersüchtig auf Marys Gelassenheit. Aber jetzt ... nun, ich sehe die Dinge jetzt klarer, wahrscheinlich weil ich auch die Vorteile sehe, die wir genießen. Wir haben immer noch Geld und sind gesund, und Claire verdankt ihren Triumph der Gesundheit, die sie von uns geerbt hat. Aber das Wichtigste ist, daß ich dir immer noch etwas bedeute. Jedenfalls glaube ich das.»

«Hast du es je bezweifelt?»

«O ja, vor Johns Geburt und danach. Frage mich nicht warum, aber es ist so.»

«Ja, wo ist denn da der ganze gesunde Menschenverstand der Derwents geblieben?»

«Er muß sich in dem Augenblick verflüchtigt haben, in dem ich erfuhr, daß ich schwanger war. Maureen wollte mir alles erklären, aber es kam einfach nicht bei mir an.»

«Bei mir auch nicht», gab er zu.

«Zum Teil liegt es, glaube ich, an der körperlichen Veränderung. Ehe ich wegfuhr, sagte ich ihr, ich wolle versuchen, es gelegentlich einmal zu Papier zu bringen, damit sie darüber einen Artikel für eine ihrer medizinischen Zeitschriften schreiben kann.»

«Mach ja keinen solchen Blödsinn», antwortete er. «Es reicht mir, daß meine Tochter ihr gesamtes Geschirr vor der Öffentlichkeit zeigt. Da braucht sich nicht auch noch meine Frau für die Britische Medizinische Zeitschrift nackt auszuziehen! Ich gehe jetzt – mich von Claire verabschieden und ihr alles Gute wünschen.» Mit dem Gefühl ungeheurer Erleichterung drehte er sich um, doch an der Tür blieb er noch einmal stehen. «In Zukunft geht es nur noch um uns, Claire. Die kommen jetzt alle sehr gut allein zurecht. Eines, was Maureen mir sagte, ist nämlich doch bei mir angekommen: Daß die Zeit, die uns noch bleibt, die schönste unseres Lebens sein könnte. Hat sie dir das auch gesagt?»

«Ja. Ich glaubte es ihr nicht, aber sie hat doch recht. Und das ist das einzige, was zählt, nicht wahr?»

«Es ist das, was bei mir zählt», sagte er nachdrücklich und ging zu dem Zimmer, das die beiden Mädchen gemeinsam bewohnten.

Mary war im Foyer und kümmerte sich um das Gepäck, aber seine Jüngste war da, und er erschrak fast über ihre geistesabwesende Miene. Das war für ihn etwas gänzlich Neues, obwohl sie immer viel größere Selbstbeherrschung gezeigt hatte als irgendeines der anderen Kinder. Sie saß so still und in sich gekehrt am Fenster, daß sie nicht einmal zur Tür blickte, als er eintrat, und er spürte wieder die seltsame Verlegenheit, die ihre Beziehungen immer belastet hatte. Mit gekünsteltem Frohsinn sagte er: «Na, Kindchen, da hast du sie ja alle in die Ecke gestellt, und deine Mutter platzt vor Stolz. Sie bleibt bis zu deinem Abflug hier. Ich wünsche dir viel Glück. Ich fahre mit Mary nach Hause.»

Das Kind sah ihn an, als hätte es ihn nur halb verstanden, und wieder sah er den halb verwunderten, halb ängstlichen Blick. Ihre Augen waren noch ein wenig blauer als die ihrer Mutter und halb verdeckt durch lange goldene Wimpern. Verwundert dachte er: Das ist ja eine erstaunliche Entdeckung! Jetzt, nachdem sie es geschafft hat, ist sie gar nicht mehr so selbstbewußt. Und irgendwie fühlte er sich gedrängt, sie zu beschützen, obwohl sie von ihm nie Schutz erwartet hatte.

«Hast du jetzt noch Angst, Claire? Du brauchst dich deswegen nicht zu schämen, du kannst es mir ruhig sagen, wenn du willst.»

«Nein», antwortete sie fast flüsternd. «Ich habe keine Angst. Ich bin schrecklich aufgeregt, aber . . .» Sie schien den Tränen nahe, wozu er sie nie für fähig gehalten hatte.

Er legte ihr den Arm auf die Schulter. «Du kannst dich aus der Sache immer noch zurückziehen, wenn du willst. Niemand kann dich zwingen mitzumachen. Es ist ja doch nur eine Art Reklame, und abgesehen von den Spesen wirst du für diese Tätigkeit auch nicht bezahlt.»

«Nein, das möchte ich auf keinen Fall», antwortete sie. «Ich mache mit, was auch geschehen mag.»

«Aber was sollte denn geschehen, Kind, außer angenehmen Dingen?»

«Ich weiß nicht», sagte sie unsicher, «wahrscheinlich gar nichts. Es ist nur komisch – ich hatte das Gefühl, als . . . als hätte das alles so kommen müssen, wie es kam. Gerade eben, ehe du hereinkamst, war mir das irgendwie . . . unheimlich. Ist das dumm?»

«Überhaupt nicht. Du hast viele Aufregungen gehabt, und wenn du noch so erwachsen tust, bist du eben doch noch ein Kind. Es ist ganz klar, daß du nervös bist. Ich an deiner Stelle hätte regelrecht Angst.»

Sie lächelte plötzlich und machte den einzigen Scherz, den er je aus ihrem Mund gehört hatte. «Du würdest aber unter einer Krone ganz unmöglich aussehen, Papa!»

Dies war das erste Mal, daß sie sich wirklich verstanden. «Ihr habt noch nie den geringsten Respekt vor mir gehabt – weder du noch Karen, noch deine Brüder. Aber wenn du möchtest, daß ich hierbleibe und dich zum Flugplatz begleite, dann rufe ich zu Hause an. Henry Pitts kann mich als Bahnrichter bei dem Reitturnier vertreten. Soll ich das tun, Claire?»

«Nein. Ich weiß doch, daß du London nicht ausstehen kannst, und ich finde, du hast dich sowieso schon sehr anständig verhalten in der ganzen Sache. Du hast mich nicht einmal davor gewarnt, in ausländischen Städten mit fremden Männern zu sprechen. Fahr nur wieder in dein Tal und laß mich mein eigenes suchen, so wie Karen und die Zwillinge. Ich möchte nur, daß du weißt, daß ... nun, daß ich keineswegs alles für so selbstverständlich halte. Ich bin nur nicht besonders gut im Danke-Sagen.»

Sie nahm seine Hände, stellte sich auf die Zehenspitzen und küßte ihn vorsichtig auf beide Wangen. Das kam so unerwartet, daß er nichts weiter zu sagen wußte als: «Brauchst du Geld?»

Sie schüttelte den Kopf, hielt noch einen Augenblick seine Hände und ging dann wieder ans Fenster. Vielleicht bildete er es sich nur ein, aber er hatte das Gefühl, daß sie absichtlich das Gesicht abwandte.

Er verließ rasch das Zimmer. Nie hätte er gedacht, daß sie über die Aussicht, Heim und Familie zu verlassen, Tränen vergießen würde.

3

Es wurde eine recht melancholische Heimfahrt. Paul wurde ein gewisses Schuldgefühl nicht los. Es kam ihm so vor, als habe er seine Jüngste im Stich gelassen – gerade in dem Augenblick, als sie ihn zum erstenmal in ihrem Leben gebraucht hätte. Aber als er Claire und Mary zu erklären versuchte, was zwischen ihnen vorgegangen war, klang es trivial und unbedeutend, und es wunderte ihn nicht, als sie sagten, die kleine Claire habe sich einfach ein bißchen übernommen, und etwas Bescheidenheit könne ihr eher nützen als schaden. Als er erwog, doch in London zu bleiben und sie vielleicht sogar nach Holland zu begleiten, lachten sie ihn aus, weil er in seine «pflichtbewußte» Stimmung geraten sei – eine weitere altehrwürdige Quelle der Erheiterung für die Familie.

Trotzdem überlagerte Unbehagen seine Freude, als er das Tal unter der warmen Septembersonne liegen sah, die Felder mit goldenen Garben bedeckt, die Bäche nach dem nassen August ungewöhnlich hoch.

Den ganzen Tag und auch am nächsten fiel es ihm schwer, sich seiner Tagesarbeit zu widmen. Immer wieder sah er die kleine Claire vor Augen, wie sie am Hotelfenster saß, den Blick ins Leere gerichtet oder vielleicht auf etwas, das nur sie sah. Er dachte auch an ihre plötzliche Zuneigung zu ihm und fragte sich, welche instinktive Angst sie ausgelöst haben mochte. Das Gefühl war so stark, daß es ihn am zweiten Abend ans Telefon trieb. Es war der letzte Abend ihres Londoner Aufenthalts, doch er erfuhr von einer unpersönlichen Telefonistin, Mrs. und Miss Craddock seien ins Theater gegangen und würden erst nach Mitternacht zurückerwartet.

Wenn man auf Shallowford jemanden als Radionarren bezeichnen konnte, so hätte Mary diesen Titel bekommen, das einzige Familienmitglied, dessen musikalische Ansprüche über Strauß-Walzer und Jazz hinausgingen. Marys Zimmer war das femininste im ganzen Haus. Sie hatte Teppich und Vorhänge selbst ausgesucht und zwei Wandnischen in Bücherregale verwandelt. Ihre Möbel waren zierlich – eine Sammlung von Geburtstags- und Weihnachtsgeschenken über eine Reihe von Jahren hinweg. Sie hatte Paul gelegentlich zu Auktionen begleitet und einzelne Stücke Coalport- oder Rockingham-Porzellan ersteigert, meist Vasen und Schalen, die sie von Februar bis zum Spätherbst immer mit Wildblumen füllte. Diese kleinen Sträuße waren ihre Kalender. Im Vorfrühling standen gewöhnlich Schneeglöckchen und Scharbockskraut auf dem Kaminsims und in den unteren Fächern der Nischen. Im März und April gab es Schlüsselblumen und Hundsveilchen, dann – mit dem fortschreitenden Frühjahr – Arrangements von Zwergnarzissen und Osterblumen. Danach kamen gelbe und blaue Iris, und noch später war der Raum bunt von Fingerhut, Geißblatt, Lichtnelken und anderen seltenen Blüten, die sie in abgelegenen Teilen der Wälder sammelte und die ihr die alte Meg Potter zeigte, mit der sich Mary sehr gut verstand. Sie verbrachte einen guten Teil ihrer freien Zeit in diesem Zimmer, beschäftigte sich mit ihrem Tagebuch, versuchte Sonette zu verfassen und schrieb lange, weitschweifige Briefe an Patrick, mit dem sie seit über drei Jahren eine lebhafte Korrespondenz pflegte. Patricks Bild stand in einem silbernen Rahmen auf dem Nachttisch. Es war nicht mehr der Patrick mit dem rundlichen Gesicht, der damals, im Dezember 1930, nach Australien ausgewandert und seitdem um die halbe Welt gezogen war, sondern ein hagerer, fröhlich blickender junger Mann in einem kanadischen Trapperanzug mit Pelzmütze, gefranster Jacke und hohen Stiefeln. Auf dem Foto stand: «Immer Dein Patrick». Sie war glücklich darüber, während es sonst niemanden zu beeindrucken schien.

An dem Nachmittag, als Paul nach Paxtonbury fuhr, um Claire vom Bahnhof abzuholen, lehnte sie seine Aufforderung mitzukommen ab, weil sie Patrick über die Wahl der Milchkönigin berichten wollte. Sie setzte sich um halb sechs Uhr, gleich nachdem Paul weggefahren war, an ihren kleinen Rosenholzschreibtisch und begann die Fakten zu ordnen, wobei sie sich keine Mühe gab, den Stolz über den Familientriumph zu verbergen.

Etwa zehn Minuten vor sechs Uhr schaltete sie das Radio ein. Bei leichter Orchestermusik schrieb sie weiter. Sie achtete kaum auf die Melodien, doch als der Ansager die Nachrichten verlas, hörte sie mit halbem Ohr hin.

Dann, mitten in dem Wort «blendend», mit dem sie das weiße Satinkleid beschreiben wollte, das der Molkereiverband Claire für ihr erstes öffentliches Auftreten geschenkt hatte, brach sie ab. Das kleine Zimmer schien zu schwanken, als der Sprecher sagte: «... Wahrscheinlich gibt es keine Überlebenden der Flugzeugkatastrophe, von der die Abordnung der britischen Milchwirtschaft auf dem Flug nach Den Haag betroffen wurde. An Bord der Maschine, die etwa fünfzehn Meilen nordwestlich Hook van Holland abgestürzt ist, befand sich auch die erst sechzehnjährige britische Milchkönigin, Miss Claire Craddock. Rettungsschiffe, die sofort nach Empfang des ersten Notrufs ausliefen, haben zusammen mit mehreren Flugzeugen die Suche aufgenommen. Bisher wurde eine Leiche – vermutlich handelt es sich um ein Besatzungsmitglied – gefunden. Bis auf einige Wrackteile wurden bisher keine weiteren Spuren der Katastrophe entdeckt. Es befanden sich insgesamt sechzehn Menschen an Bord. Weitere Nachrichten hören Sie um neun Uhr und um Mitternacht ...»

Mary wartete, bis der Sprecher andere Nachrichten verlas. Dann schaltete sie ab und stand auf. Sie mußte sich an dem kleinen Messinggeländer des Schreibtisches festhalten, denn immer noch gingen die Zimmerwände auseinander und wieder zusammen.

Claire tot! Ertrunken, wahrscheinlich verstümmelt, irgendwo vor der holländischen Küste. Claire, die verwöhnte Schönheit der Familie, deren Bilder auf dem Schreibtisch verstreut lagen! Claire, die irgendwie den Erfolg und den Glanz und das Abenteuer der außerhalb des Tals liegenden Welt verkörpert hatte, nach der sich alle umwandten, wenn sie vorbeiging, die Männer jeden Alters veranlaßt hatte, zur Seite zu treten und ihrer strahlenden Anmut zu huldigen, als wäre sie eine klassische Statue, die sich für bestimmte Gelegenheiten in Fleisch und Blut verwandelte. Es war unglaubhaft, und doch wußte Mary, daß es die Wahrheit war und alle Hoffnung vergeblich wäre. Dem Ganzen haftete etwas Unabwendbares an, als wäre die kleine Claire in dem Augenblick, als man ihr die Krone aufsetzte, am Ende ihres Weges angekommen.

Dann zwang Mary sich, daran zu denken, was für eine Wirkung

die Nachricht auf die anderen haben mußte, auf die Mutter, die jetzt im Zug saß und daher von den Nachrichten abgeschnitten war, und auf den Vater, der auf dem Weg nach Paxtonbury war und ebenfalls nichts ahnen konnte und es möglicherweise, sie dachte schaudernd daran, in einer Zeitung lesen würde, während er auf den Zug wartete.

Sie ging zum Fenster, tastete dabei an Bett und Tisch nach Halt und warf eine kleine Blumenvase um. Schließlich setzte sie sich auf den Stuhl am Fenster und nahm ihre ganze Kraft zusammen, um nachdenken zu können. Sie mußte einen Weg finden, den Schlag zu mildern, falls Paul und Claire nach Hause kamen, ohne etwas von der Katastrophe zu ahnen. Irgendwie schien es ihr wichtig, sie vor der Brutalität einer direkten, unpersönlichen Radiomeldung zu schützen, ebenso vor dem berufsmäßigen Mitgefühl eines Polizeibeamten, der ihnen die Geschichte am Telefon erzählen würde.

Wie aus weiter Ferne hörte sie unten das Telefon läuten. Sie stand auf und ging hinaus und die Treppe hinunter. Thirza wollte eben den Hörer abnehmen, aber Mary schrie sie an: «Halt! Das ist für mich!» und rannte die Treppe vollends hinab, während Thirza achselzukkend durch die Flügeltür zur Küche marschierte.

Eine Stimme sagte leise, aber deutlich: «Haus Shallowford? Ist Mr. Craddock zu sprechen?»

Mary schluckte ihre Tränen hinunter. «Wer möchte ihn sprechen? Hier ist Mary Craddock, seine Tochter.»

«Miss Craddock, ist Ihr Vater in der Nähe?»

Nun erkannte sie, daß es Sergeant Beeworthy war, der Polizist, der in Whinmouth stationiert und für das Gebiet zuständig war. Mit übermenschlicher Anstrengung fragte sie:

«Ist es ... ist es wegen der Flugzeugkatastrophe? Wegen meiner Schwester Claire?»

«Ja, Miss Craddock. Sie wissen schon davon?»

«Ich habe es eben in den Nachrichten gehört.»

«Verstehe.» In seiner Stimme schwang Erleichterung mit. «Haben Sie es Ihrem Vater schon gesagt?»

Mary erklärte, er sei nach Paxtonbury gefahren, um ihre Mutter vom Zug abzuholen. «Aber hören Sie, Sergeant», sagte sie, als ihre Fähigkeit, zusammenhängend zu denken, wiederkehrte, «ich ... es wäre mir lieber, Sie würden das mir überlassen. Wenn er nicht am Bahnhof eine Zeitung gekauft hat, weiß er es nicht. Überlassen Sie das mir, bitte. Versuchen Sie nicht, ihn zu erreichen. Wollen Sie mir den Gefallen tun, bitte?»

«Gewiß, Miss Craddock», sagte Beeworthy dankbar. «Ich denke, das ist unter diesen Umständen das beste. Ich habe eben aus London Bescheid bekommen, und es wäre meine Aufgabe gewesen, ihn zu unterrichten.»

«Weiß man schon weitere Einzelheiten?»

«Nichts Gutes. Das Wrack ist gefunden worden, aber es besteht kaum Hoffnung auf Überlebende. Es heißt, es habe an einem Motorschaden gelegen. Es ... es tut mir furchtbar leid ... für Sie alle. Ich kannte sie ja gut.»

«Vielen Dank, Sergeant. Ich werde sagen, daß Sie angerufen haben.»

«Übrigens – unter diesen Umständen werden Sie bald die Presse auf dem Hals haben. Ich würde Ihnen raten, das Telefon zu blockieren.»

«Wie kann ich das tun?»

«Sie könnten einfach den Hörer neben dem Apparat liegen lassen. Es wäre aber vielleicht besser, die Vermittlung anzurufen und zu bitten, alle eingehenden Gespräche zu mir durchzuschalten. Ich könnte sie dann für Sie aussieben. Ich denke, daß ich Ihnen die Presse vom Leib halten kann.»

«Das wäre sehr freundlich von Ihnen, Sergeant.»

Sie gab den Auftrag an die Telefonvermittlung und sah dann auf die Uhr.

Es war zwanzig nach sechs. In wenigen Minuten würde Paul am Zug sein, und eine knappe Stunde später würden sie zu Hause eintreffen. Kurz vor acht mußten sie zur Tür hereinkommen, und sie würde ihnen gleich ansehen, ob sie es schon wußten. Sie ging nach oben ins Badezimmer. Wenn geweint werden mußte, dann jetzt.

Mary wartete, bis sie sich mit einer Tasse Tee gestärkt hatten. Sie hörte sie miteinander sprechen, hörte Claire lachen. Dann ging sie hinunter in die Bibliothek.

Paul sprang auf. «Ich dachte mir doch, daß du irgendwo auftauchen würdest, Mary ...» Er hielt inne und sah sie scharf an, wie sie dastand, den Rücken zur Tür, und nach Worten suchte.

«Was ist denn, Kind? Stimmt etwas nicht? Du hast doch geweint!» rief Claire, stellte ihre leere Tasse hin und wandte sich ihrer Tochter zu. Einen kurzen Augenblick war Mary dankbar, daß ihre Augen sie trotz unaufhörlichen Waschens verraten hatten. So wurden sie wenigstens nicht mitten aus dem Gefühl der Erleichterung, nun nach all den Aufregungen der letzten Tage wieder zu Hause zu sein, direkt ins tiefste Entsetzen geworfen. So waren sie doch irgendwie schon gewarnt.

Sie biß sich auf die Lippen. «Es ist etwas passiert – etwas Furchtbares! Laßt niemanden herein. Ich will es euch zuerst sagen.» Weiter kam sie nicht.

Mary hatte ihr ganzes Leben lang Paul in Krisenzeiten bewundert – ein großer, verläßlicher Mann, der zwar von kleinen, unwichtigen Ärgernissen viel Aufhebens machen konnte, etwa von einem gerissenen Geschirr-Riemen, der aber durch harte Schläge nie außer Fassung geriet. Und jetzt, da sie vor dieser schrecklichen Aufgabe stand, kam ihr der Gedanke, daß dies vielleicht das Geheimnis seines Ansehens im Tal war. Er trat auf sie zu, nahm sie an der Hand und führte sie zu einem Stuhl am Fenster. «Ist es wegen Patrick, Mary?»

Sie schüttelte den Kopf und schluckte. «Wegen Claire! Unserer Claire!»

Die Mutter hob rasch den Kopf. «Ist sie krank? Hat jemand von London angerufen?»

Jetzt wünschte sie, sie hätte es ihrem Vater zuerst allein sagen können. Es wäre viel leichter gewesen, es ihm zu sagen und es ihn weitergeben zu lassen, denn es war nie ein Geheimnis im Haus gewesen, daß Claire Mutters Liebling war, und der Schock mußte für sie zu stark sein, als daß sie ihn ertragen konnte, ohne zusammenzubrechen. «Es hat einen Unfall gegeben, einen schlimmen Unfall.»

«Wo?»

Das war Pauls Stimme, und sie klang eher müde als ängstlich.

«Auf dem Flug nach Holland. Es kam im Radio. Dann rief die Polizei an. Niemand wurde gerettet.» Mary senkte den Kopf und schwieg.

Es folgte kein entsetzter Aufschrei, überhaupt keine Reaktion. Die Bibliotheksuhr tickte. Claire, die ihr Taschentuch preßte, stand auf und fragte leise: «Ist keine Hoffnung mehr?»

Mary schüttelte den Kopf, und dann herrschte wieder Schweigen. Claire ging zum Büfett und nahm ein Cognacglas und eine Karaffe heraus. Sie schenkte vier Finger hoch ein und brachte das Glas Paul. «Trink das!»

«Und du?»

«Mir hilft es nicht, aber dir vielleicht.» Er nahm und trank, wie ein Kind seine Medizin schluckt. Während Claire die Karaffe wegstellte, sah sie Mary mit gesenktem Kopf dasitzen, die Hände schlaff auf dem Schoß. Sie ging zum Fenster und strich ihr leicht über den Kopf, und diese Geste löste eine Flut von Zärtlichkeit in ihr aus, die sie bisher für Mary nie empfunden hatte, denn diese schien weniger zu ihr zu gehören als der Sohn, den Paul von Grace Lovell hatte. «Ich werde dir nie vergessen, daß du dich dazu gezwungen hast, es uns zu sagen, Mary.» Dann ging sie hinaus und ließ die beiden allein, denn sie wußte, daß sie in dieser Situation das fünfte Rad am Wagen war.

In der Halle blieb sie stehen und wußte nicht, wohin sie zuerst gehen, was sie zuerst unternehmen sollte. Ihre eigene Ruhe setzte sie in Erstaunen. Dann faßte sie einen Entschluß und ging hinauf in Claires Zimmer. Überall lagen noch Überbleibsel von Claires Abreise herum, und einen Augenblick fragte sie sich, warum niemand aufgeräumt hatte, nachdem sie weggefahren waren. Dann fiel ihr ein, daß Claire die Jungfer Liederlich in der Familie gewesen war, weshalb Thirza und die übrigen schon vor langer Zeit angewiesen worden waren, sie nicht in ihrer Unordentlichkeit zu bestärken, indem man ihr nachlief und herumliegende Kleidungsstücke nachtrug.

Die Tränen begannen zu rinnen, als sie sich ans Aufräumen machte, und nun wußte sie, woher die seltsame, wie betäubte Ruhe kam. Es war nicht, wie sie zuerst gedacht hatte, das fast instinktive Denken an die herkömmlichen Verpflichtungen, an das Schreiben und Telefonieren und die Willenskraft, die nötig wäre, um der Flut des Beileids oder den Fragen der Presse standzuhalten. Das würde erst in ein paar Stunden kommen. Im Augenblick fand sie eine Kraftreserve in der tiefen Überzeugung, daß das Geschehen kein schrecklicher Zufall war, sondern das letzte Glied in einer Kette von Umständen, die alle unausweichlich gewesen waren und die niemand hätte ändern oder mildern können. Sie hatte immer gewußt, daß etwas Derartiges ihr Claire nehmen würde, plötzlich und vollständig, und eben deshalb hatte sie das Kind so schamlos verwöhnt. Sie war alles andere als abergläubisch. Aber was Claire anging, das Kind, das sie vor einem Hintergrund von Tod und Entbehrungen empfangen hatte, so hatte sie immer das Gefühl gehabt, es sei eine Art Handel mit dem Tod gewesen, der sich nicht nur auf das Kind bezog, sondern auch auf dessen Vater, den damals alle im Tal für tot gehalten hatten, sie selbst ausgenommen. Die ganze Zeit, während sie dieses Kind trug, hatte der Tod über dem Tal gehockt, auf den Schornsteinen dieses Hauses. Und doch war er am Ende besiegt worden oder vielleicht nicht besiegt, aber doch abgeschlagen. Und jetzt, nach einer Frist von sechzehn Jahren, war er wiedergekommen, um zu kassieren. Sie wußte nicht, warum eine solche Überlegung den entsetzlichen Schock zu dämpfen vermochte, aber es war so, und eine Art Versteinerung der Gefühle hemmte ihre Tränen und festigte sie für die Anforderungen, die Paul und Mary und alle anderen in den kommenden Wochen mit Sicherheit an sie stellen würden, Wochen der Trauer, denen auch noch der Sammelpunkt eines Begräbnisses fehlen würde.

Als das Zimmer aufgeräumt war, öffnete sie das Fenster, warf einen letzten Blick auf die Möbel und ging die Treppe hinunter zum Telefon, hob ab und verlangte den Polizeiposten von Whinmouth.

Es lagen keine weiteren Nachrichten vor, nur die Bestätigung der Katastrophe. Dann ging sie wieder nach oben ins Säuglingszimmer. Der kleine John war wach und schlug mit seinen dicken kleinen Fäusten um sich, als sie ihn ansah, und sie mußte lächeln. Warum habe ich ihn immer für ein häßliches Kind gehalten? dachte sie. Er ist gar nicht häßlich, nur . . . komisch. Sie nahm ihn auf, drückte ihn fest an sich und strich mit den Lippen über sein Köpfchen.

Vor der Sintflut

I

Es war seltsam, daß der Tod Claires, die nie so laut und energisch wie ihre Brüder und nicht einmal so gesellig wie ihre Schwester Karen gewesen war, im Haus eine derartige Leere hinterließ. Aber es war so, und es war Mary, die es stärker empfand als die anderen, da sie keine Beschäftigung hatte, in der sie aufgehen konnte. Manchmal, wenn es sie zu sehr niederdrückte, zog sie den Regenmantel und die Gummistiefel an und stieg durch den Obstgarten zum Waldrand hinauf und wanderte zum See. Oder sie ging zum «Französischen Wald» und von dort an Hermitage vorbei zum Bach hinunter, der hier in die Sorrel mündete und dann den langgestreckten Abhang zur Ruine von Periwinkle hinauf. Sie hatte Elinor Codsall immer gern gehabt, und ihre Niedergeschlagenheit wuchs, als sie den Regen durch das Dach tropfen und die Disteln sich ums Haus und den Abhang hinunter ausbreiten sah, den Will Codsall, an den sie sich noch dunkel erinnern konnte, dem Moor abgewonnen hatte, ehe er weggegangen und «in Stücke gerissen worden war», wie Martha Pitts sich auszudrücken pflegte.

Hier war sie an einem Oktobernachmittag etwa vierzehn Tage nach Claires Tod, als sie dort Schritte hörte oder zu hören glaubte, wo einst Elinors Küche gewesen war. Sie sagte sich bereits, daß sie sich verhört haben mußte, als sie leichten Rauch aus dem Schornstein aufsteigen sah und erriet, daß sich aller Wahrscheinlichkeit nach die alte Meg Potter im Haus aufhielt. Meg benutzte manchmal die Ruine, um ihre Kräuter zu kochen, die sie auf dieser Seite des Tals sammelte. Sie sparte sich dadurch die Mühe, sie den ganzen Weg bis nach Low Coombe zu schleppen, wo sie immer noch wohnte, wenn man bei ihr überhaupt von Wohnen sprechen konnte. Es wird tröstlich sein, mit Meg eine Tasse Tee zu trinken, dachte Mary. Vielleicht würde sie ihr wieder wahrsagen, wie sie es oft tat, wenn sie sich an abgelegenen Stellen trafen. Meg sagte nicht jedermann die Zukunft voraus, aber für Mary war sie immer dazu bereit und wollte nie Geld dafür nehmen. «Du wirst niemals viel Geld verdienen, aber lange in Frieden leben», sagte sie ihr würdevoll, «und dafür brauche ich kein Geld, wenn ich das einem Mann oder einem Mädchen sage.»

Mary ging über den schmutzigen Hof und stellte sich neben die

Regentonne. Sie wollte zuerst einmal durch das Fenster spähen für den Fall, daß es nicht Meg, sondern einer der Wanderer war, die hier manchmal übernachteten auf dem Weg zur Herberge von Paxtonbury. Dann glaubte sie, das Opfer einer Halluzination zu sein, denn drinnen war Patrick damit beschäftigt, den Raum mit einem Zollstock auszumessen.

Zumindest glaubte sie, daß es Patrick war, obwohl der junge Mann, ganz in seine Aufgabe vertieft, viel größer, breitschultriger und irgendwie hagerer erschien als der Patrick, der sie vor vielen Jahren am See geküßt hatte und dem sie in den letzten dreieinhalb Jahren mindestens zweihundertfünfzig Briefe geschrieben haben mußte. Er hatte auch ein wettergegerbtes und viel brauneres Gesicht, und sein dunkles Haar, das dicht und nie zu bändigen gewesen war, trug er jetzt kurz geschnitten, so daß seine abstehenden Ohren im Winkel von fünfundvierzig Grad angewachsen zu sein schienen. Seine Kleidung war fremdländisch. Er trug zweckmäßige Reithosen und eine Art Holzfällerjacke mit pelzgefütterter Kapuze, dazu feste Schnürstiefel, ähnlich denen, die ihre Mutter auf Vorkriegsfotografien trug, nur daß diese hier hohe, metallbeschlagene Absätze hatten, was seltsam unmännlich an den langen Beinen dieses breitschultrigen jungen Mannes aussah.

Sie blieb neben dem Fenster stehen und wollte rufen, aber die Zunge gehorchte ihr ebensowenig wie damals, als sie ihren Eltern die Nachricht von Claires Tod überbracht hatte. Sie konnte nur die Hand an die Scheibe heben und an das gesprungene Glas klopfen. Er drehte sich rasch um wie ein Hase, den man im hohen Gras überrascht hatte. Doch als er sie sah, lachte er breit und verbeugte sich, worauf sie über die Veranda lief und schon im nächsten Augenblick in seinen Armen lag und noch immer mit ihrer schweren Zunge kämpfte.

«Wahrscheinlich hat mich Sam Potter verraten, der Halunke, nicht wahr? Er war der einzige, der mich an der Bahnstation aus dem Zug springen sah. Ich wollte ihm noch sagen, daß er den Mund halten soll, mußte aber dann am Bahngleis entlang zurücklaufen und meinen Rucksack holen. Darüber vergaß ich es.»

Endlich konnte sie ihm sagen, daß sie nicht die leiseste Ahnung gehabt hatte und daß er ein Schuft war, ihr einen solchen Schrecken einzujagen, und daß er gar nicht von der Station Sorrel gekommen sein konnte, weil der erste Zug, der dort hielt, erst um halb fünf ankam, während es jetzt erst kurz vor vier war.

«Wer sagt, daß der Zug gehalten hat?» fragte er grinsend. «Er war nur etwas langsamer geworden, und ich sah nicht ein, weshalb ich noch bis Paxtonbury mitfahren und dort ein Taxi nehmen sollte. Deshalb bin ich einfach abgesprungen. Wir brauchen alle meine Ersparnisse dazu, um diese Bruchbude hier in Ordnung zu bringen. Was ist denn bloß in den Chef gefahren, daß er einen seiner Höfe dermaßen herunterkommen läßt? Noch ein Jahr, und nicht einmal ich hätte das wieder in Ordnung bringen können.»

«Willst du damit sagen, daß du hier bleiben und Periwinkle übernehmen möchtest? Willst du dann ... hier seßhaft werden?»

«Darauf kannst du dich verlassen», sagte er. «Es sei denn, es findet sich noch etwas Besseres, aber ich weiß ja aus deinen Briefen, daß dem nicht so ist. Die anderen sind doch in festen Händen, oder?»

Sie bestätigte ihm das und verhaspelte sich dabei vor Aufregung. Alle anderen Gehöfte im Tal waren verpachtet, und High Coombe war verkauft worden und jetzt Baugrund und Wohnwagenplatz geworden. Ihr Vater hatte Periwinkle zwischen Hermitage und Four Winds aufgeteilt, nachdem Elinor Codsall ihren deutschen Kriegsgefangenen geheiratet hatte.

Patrick machte ein nachdenkliches Gesicht, als er das hörte, und sie bemerkte, daß er seiner Großmutter Meg sehr ähnlich sah, wenn er sich konzentrierte. Er hatte Megs tiefliegende Augen und buschige Brauen und das gleiche eigensinnige Kinn.

«Das ist schlecht», sagte er, «denn ich glaube nicht, daß Pitts oder Harold Eveleigh nur freundlicherweise Land abgeben werden. Ich nehme an, daß man sie entschädigen könnte. Ich habe zweitausend Dollar für unvorhergesehene Fälle vorgemerkt.»

«Du lieber Himmel!» sagte sie. «Papa würde dir nicht erlauben, Geld dafür zu bezahlen. Er wird sich schon mit Henry und Harold einigen.»

«Wenn man sie dazu bringen kann, das Land wieder zurückzugeben, werde ich es bezahlen. Mein Ziel ist es, Grundbesitzer und nicht Pächter zu werden. Wenn ich es mir recht überlege, ist es vielleicht ganz gut, daß der Chef den Platz verlottern läßt. Vielleicht ist er froh, wenn er ihn loswird. Glaubst du, er würde das tun? Natürlich erst, wenn wir verheiratet sind.»

Diese beiläufige Schlußbemerkung ließ ihr den Atem stocken. «Verheiratet? Lieber Gott, Patrick, du hast mir doch noch nicht einmal einen Antrag gemacht! Ich hatte immer gehofft, daß du das in deinen Briefen tun würdest, aber auf jeden Absatz, der mir Hoffnungen machte, kamen fünfhundert, die von Desinfektionsbädern für Schafe handelten.»

Mit seinem verschmitzten Lächeln sagte er: «Du würdest dich wundern, wie oft ich deswegen an meiner Pfeife gekaut habe. Aber ich bringe so etwas einfach nicht zu Papier. Aber ich habe auch keiner einzigen Sheila nur einen Blick geschenkt.»

«Sheila?» fragte sie. «Wer ist Sheila?»

Er lachte schallend und erklärte ihr, «Sheila» sei niemand Besonderes, sondern nur die in Australien landesübliche Bezeichnung für eine Freundin.

Erleichtert sagte sie: «Du hast mir noch nicht einmal gesagt, wieso und warum du hier bist. Ich vermute, daß du dich auf meinen Brief mit der schrecklichen Nachricht über die arme Claire hin zum Kommen entschlossen hast.»

«Nein, ich wartete nicht auf deinen Brief. Ich las es schon am nächsten Tag in der Zeitung. Sie war doch erst ungefähr elf Jahre, als ich hier wegging. Aber schon damals hätte sie meine Stimme in jedem Schönheitswettbewerb bekommen. Wie hat es deine Mutter aufgenommen, Mary?»

«Seltsamerweise besser als mein Vater. Er ist furchtbar niedergeschlagen. Aber dein Hiersein wird ihn etwas aufheitern. Er hat immer nach dir gefragt, und ich mußte ihm alles vorlesen, was du über landwirtschaftliche Methoden schriebst. Ich glaube, er hält sehr viel von dir, Patrick.»

«Das hoffe ich, da ich es kommen sehe, daß er mit mir als Schwiegersohn geschlagen sein wird.» Plötzlich streckte er die Arme aus und packte sie mit einer so besitzergreifenden Geste, daß sie lachen mußte. Aber seine Umarmung war nicht lächerlich. Sie glaubte, sein Griff breche ihr die Rippen.

«Ach, Patrick», rief sie, als er sie hochhob und triumphierend in den Hof hinaustrug, «du kannst dir nicht vorstellen, wie mir zumute war, als ich dich durch das schmutzige Fenster im Haus stehen sah. Ich muß immer an Claire denken, und die anderen auch. Es kommt mir fast wie ein Unrecht vor, daß ich so glücklich bin, nach allem, was geschehen ist. Aber ich bin es! Ich bin schrecklich glücklich und ... und fühle mich irgendwie geborgen. Kannst du das verstehen? Nein, ich glaube nicht, weil du ja nicht hier warst, als es passierte, und du keinen von uns in den letzten Jahren gesehen hast.»

«Ob ich es verstehen kann oder nicht, es klingt jedenfalls sehr schmeichelhaft», antwortete er fröhlich, und als er sie über den Hof und zum Fahrweg tragen wollte, sagte sie: «Laß mich um Gottes willen herunter, Patrick. Wenn Henry Pitts oder sonst jemand gerade vom Hochmoor herunterkäme!»

«Sie würden mir die Freude gönnen», sagte er, «sogar in England, wo es noch so viele Anstandsregeln gibt.» Aber er ließ sie los, küßte sie auf den Mund wie ein Mann, der einen Handel abgeschlossen hat, und lief den Hang in einem solchen Tempo hinunter, daß sie in Trab fallen mußte, um an seiner Seite zu bleiben. Als sie jedoch die Parkmauer erreichten, wurde er plötzlich schüchtern und sagte: «Willst du nicht lieber vorausgehen und sie ein bißchen vorwärmen? Immerhin sind wir hier nicht im australischen Busch oder in den Rocky Mountains, wo man von jedem, der gerade vorbeikommt, sowieso erwartet, daß er vierzehn Tage bleibt.»

Aber sie nahm ihn an der Hand und sagte, ihre Eltern würden entzückt sein, ihn zu sehen, denn er sei genau derjenige, den man hier brauche. Sie gingen über die große Koppel, um das Herrschaftsgut herum und kamen an der letzten Kurve auf den Fahrweg. Mary rannte über den Vorhof voraus und rief: «Mama! Papa! Seht einmal, wer hier ist!»

2

Er hatte die Gabe seines Vaters, Schatten aufzuhellen, Lachen aus so widerspenstigen Typen wie der undurchdringlichen Thirza oder dem feierlichen Mark Codsall hervorzulocken. Von dem Augenblick an, als er seinen Rucksack in der Halle auf den Boden warf und von Mary in die Bibliothek gezogen wurde, verließ die Stille das Haus, und die Stimmen wurden wieder laut. Paul fand, daß er wie die Sonne und der Wind war und Lebensfreude ausstrahlte genau wie Ikey, wenn er gewollt hatte. Und es war erstaunlich, welche Wirkung er auf Mary ausübte, die kaum je den Blick von ihm abwandte, obwohl sie eine aufreizende Art hatte, ihn zu unterbrechen und aus der Fassung zu bringen, wenn er gerade etwas Interessantes erklärte wie zum Beispiel die neuesten Erntemethoden im amerikanischen Nordwesten. Doch bald fachsimpelten die beiden Männer, und Paul war, wie Mary es vorausgesagt hatte, mehr als bereit, Periwinkle wieder zu besetzen, und er versprach, sich darum zu bemühen, das Land zurückzubekommen, das an Four Winds und Hermitage verpachtet worden war. Harold Eveleigh, so meinte er, würde wahrscheinlich sogar froh sein, weniger Äcker bearbeiten zu müssen, da Four Winds ihn, seinen Landarbeiter und seinen Sohn gerade auslaste. Schwierigkeiten konnte es bei Henry Pitts' Sohn David geben, der sich weigern könnte, das Weideland bei den Klippen wieder abzutreten, da er in dieses Land viel Arbeit gesteckt hatte. Doch selbst wenn das geregelt werden konnte, so war Periwinkle immer noch ein verhältnismäßig kleines Gut und kaum rentabel in der augenblicklichen Zeit. Paul fragte, ob Patrick nicht besser beraten wäre, wenn er jenseits des Flusses eines von Gilroys heruntergewirtschafteten Gütern übernehmen würde. Ihm war bekannt, daß Heronslea in sehr schlechter Verfassung war und daß einige der kleineren Gehöfte zu größeren Einheiten zusammengefaßt worden und zwei oder drei im Augenblick ohne Pächter waren.

«Was ich von der Welt sehen wollte, habe ich gesehen», erklärte Patrick. «Wenn du mich von jetzt an nördlich der Bahnlinie oder östlich von Coombe Bay antriffst, soll mich der Teufel holen.» Ganz offensichtlich war dies sein Ernst, denn er begann sofort eine in alle Einzelheiten gehende Schilderung dessen, was er mit Will Codsalls altem Gut vorhabe. Er wolle den Hof zu einer solchen Blüte bringen, wie es Four Winds in Norman Eveleighs besten Tagen gewesen sei. «Zwei Drittel davon sind Südhänge», sagte er, «und die gute alte Elinor war so in ihrer Geflügelidee befangen, daß das weder ihr noch Will Codsall jemals aufgefallen ist. Wenn ich erst einmal den Moorstreifen urbar gemacht habe, dann gibt es nichts, was ich dort nicht anbauen könnte, und ich habe gelernt, was man in einem Klima wie dem unsrigen anbauen und was man nicht anbauen kann. Getreide können wir hier zum Beispiel billiger als in Kanada erzeugen. Voraussetzung dafür ist eine hundertprozentige Mechanisierung. Und die Keksfabriken ziehen den englischen Weizen immer noch jedem anderen vor.»

«Warum sind dann drei Millionen Morgen seit dem Krieg nicht mehr bebaut worden?» fragte Paul.

Patrick erwiderte, das sei größtenteils auf den Widerstand der englischen Bauern gegen neue Methoden zurückzuführen und auch auf ihre Weigerung, Kauf und Verkauf miteinander zu kombinieren. Paul, der seit 1911 versucht hatte, ein Genossenschaftssystem aufzubauen, mußte zugeben, daß Patrick recht hatte, und fragte, ob sich Periwinkle dann spezialisieren oder die schon seit Generationen von den Bauern des Tals angewandte Dreifelderwirtschaft beibehalten würde.

«Das hängt größtenteils von den zur Verfügung stehenden Märkten und der Höhe der öffentlichen Subventionen ab», antwortete Patrick. «Die Konservenindustrie wird sich vergrößern, und sobald das der Fall ist, wird es sich lohnen, auf der Ostseite Obst anzubauen.

Aber inzwischen werde ich mich nicht mit Rindern oder Schweinen abgeben, und wenn ich Elinors Beispiel hinsichtlich der Hühner folge, wirst du eine andere Geflügelhaltung erleben. Freier Auslauf ist überholt und auf einem so kleinen Gehöft die reine Verschwendung. Was willst du für Periwinkle haben, so wie es ist, Chef? Ich muß sofort anfangen, wenn ich im Frühjahr zur Aussaat fertig sein will. Nicht einmal ein Zaun ist dort repariert worden.»

«Was sollen wir sagen?» meinte Paul lächelnd. «Neunzig Morgen zu je einem halbem Shilling ...»

Patrick schob das Kinn vor und sagte kurz: «Ich spaße nicht, Chef. Wenn ich es nicht kaufen kann, will ich es nicht haben.»

«Dann nimm es als Hochzeitsgeschenk – vorausgesetzt, daß ich in Marys Augen richtig gelesen habe.» Dabei dachte Paul, daß sich die Zeiten doch sehr geändert hatten, denn hier nahm jeder als selbstverständlich an, daß Patrick und Mary sofort heiraten würden, aber noch niemand hatte dies ihm oder Claire gegenüber geäußert.

«So will ich es nicht haben», sagte Patrick eigensinnig. «Dann hätte ich nicht das Gefühl, daß es mir wirklich gehört. Und von Kindheit an wollte ich einen Teil des Tals selbst besitzen.»

«Tatsächlich?» fragte Paul überrascht und dachte, wie merkwürdig es doch war, daß keiner seiner Söhne diesen Gedanken gehabt hatte. «Ich verstehe, wie du es meinst. In deinem Alter dachte ich genauso. Aber das Haus ist baufällig, und es ist meine Pflicht, es in Ordnung zu bringen, ehe ich alles dir überschreibe. Ich werde Eph Morgan bitten, sich darum zu kümmern. Er wird mich gut beraten.»

«Ich habe mir schon alles angesehen», sagte Patrick, «und ich möchte nicht, daß jemand anderes darin herumpfuscht. Ich kann das alles in drei Monaten tadellos in Ordnung bringen, ich brauche nur einen Hilfsarbeiter dazu. Dort, wo ich gewesen bin, haben wir kein Geld für Baumeister, Installateure oder Elektriker ausgegeben. Wir machen das alles selbst. Ich will von dir nichts anderes als ein Preisangebot. Und deine Tochter.»

«Ich war schon gespannt, wie du zu diesem Thema überleiten würdest. Vorausgesetzt, du kannst Periwinkle bewohnbar machen, wann beabsichtigst du dann zu heiraten?»

«An dem Tag, an dem die letzte Schindel aufs Dach gelegt wird», antwortete Patrick. «Denn ich will nicht wieder ein Strohdach haben. Es sieht zwar schön aus, aber man wird damit nie fertig. Kann man hier kanadische Schindeln kaufen?»

«Ich bin sicher, daß *du* es kannst», antwortete Paul, und er erinnerte sich ganz genau daran, wie ihm selbst zumute gewesen war, als er es sich zum Ziel gesetzt hatte, dem Tal neues Leben zu geben. «Aber wenn du nicht willst, daß ich dir alles herrichten lasse, dann werde ich dir eine Zugmaschine als Hochzeitsgeschenk kaufen, und Claire wird die Möbel beisteuern. Bei Gott, es tut mir so gut, jemanden zu sehen, der für das Land noch Begeisterung aufbringt.»

3

Im Frühjahr 1936 starb Edward Derwent, und weder Paul, Claire noch sonst jemand, der dem Alten nahegestanden hatte, konnte sein Ableben beklagen. Er war fast das ganze Jahr über bettlägerig gewesen und hatte oft genug zugegeben, daß es für ihn eine Art Fegefeuer war, ins Schlafzimmer verbannt zu sein. Lize berichtete Paul, daß er ein reizbarer Kranker sei, und Paul glaubte es sofort. Derwent war immer ein sehr aktiver Mann gewesen, sogar in seinen späteren Jahren, und als Paul ihn das letzte Mal besuchte, erklärte Derwent, es sei der größte Fehler seines Lebens gewesen, als er sich mit siebzig Jahren zurückgezogen und das Land seinem «verdammten Sohn» übergeben habe.

«Ich hätte weiterarbeiten und auf meinem eigenen Land sterben sollen, genau wie Norman Eveleigh», sagte er. «Dann wäre High Coombe innnerhalb der Grenzen geblieben, und ich müßte jetzt nicht mit dem Bewußtsein hier liegen, daß rote Backsteinhäuser auf meinem Land stehen. Aber jetzt ist es zu spät.»

«Ich denke nie daran», beruhigte ihn Paul, «und auch Claire nicht. Als es damals geschah, blieb es mir schon in der Kehle stecken, aber mindestens war es eine Möglichkeit, die Küste offen zu halten. Wenn Sydney nicht durch dein Land direkten Zugang nach Coombe Bay bekommen hätte, dann hätte er bei den Behörden so lange gebohrt, bis er eine Straße vom Westen her über die Dünen bekommen hätte. Wir sind noch glimpflich davongekommen. Durch die Rückkehr des jungen Harold Eveleigh nach Four Winds ist der Erdrutsch einigermaßen aufgehalten worden.»

«Ich hätte mehr Söhne haben sollen», sagte Derwent, «und ich hätte sie gehabt, wenn ich meine Frau nicht so früh verloren hätte.»

«Mit deinen Töchtern war alles bestens, Edward», erinnerte ihn Paul, «und du kannst nicht erwarten, daß dein Brot auf beiden Seiten Butter hat. Ich fürchte, wenn du Söhne gehabt hättest, wären sie im Krieg gefallen.»

Darüber mußte der alte Mann schon nachgedacht haben, denn er sagte: «Ich glaube, da hast du recht. Und die Mädchen haben mir Ehre gemacht, wie du schon sagtest, obwohl ich es lieber gesehen hätte, wenn unsere Rose etwas früher geheiratet und Kinder bekommen hätte.»

«Du hast mir einen großen Gefallen getan, Edward, daß du Claire erzeugt hast. Es ist eine gute Ehe gewesen, schon von Anfang an.»

«Das brauchst du mir nicht zu sagen, Sohn», antwortete der alte Mann, «obwohl ich nicht daran zweifle, daß sie dir ab und zu Schwierigkeiten gemacht hat. Du kannst mir die Schuld daran geben, weil ich sie verwöhnt habe, seit ihre Mutter starb. Und manchmal denke ich, daß das auch für dich gilt. Die Zeiten waren gegen uns. Die Stellung des Mannes im Haus ist nicht mehr so wie in früheren Zeiten, das kann ich dir sagen. Sogar Lize behält das letzte Wort, wenn ihr gerade danach zumute ist.» Und als wolle er noch einen letzten Versuch machen, die männliche Vorherrschaft im Haus zu unterstreichen, hob er die Stimme und rief nach seiner Frau, die seine Beschwerden sofort zu einem Nichts zusammenschrumpfen ließ, denn sie lugte wie ein Kuckuck durch die Tür und fragte: «Was ist denn, Lieber? Brauchst du mich irgendwie?» Paul mußte sich dem Fenster zudrehen, um ein Lächeln zu verbergen.

Rose kam, als der Zustand des Alten schlimmer wurde, und sie und Claire waren bei ihm, als er starb. Er wurde im erweiterten Dorffriedhof begraben, und zwar in Fluchweite seines einstigen Nachbarn Tamer – wie Smut Potter respektlos bemerkte –, mit dem er früher lange Kämpfe um Wasserrechte und wegen der Raubzüge der Potter-Familie auf seinem wohlbestellten Land ausgefochten hatte. Bei der Beerdigung sagte Smut zu Paul: «Manchmal frage ich mich, was passiert wäre, wenn der Allmächtige in seiner unerforschlichen Weisheit nicht Prediger Willoughby zwischen den beiden hätte leben lassen. Ich glaube, Sie hätten ein blutiges Schlachtfeld vorgefunden, als Sie nach einem Besitztum Ausschau hielten.»

Paul bot Lize auf Shallowford ein Zuhause an, aber sie lehnte ab. Edward hatte ihr genügend hinterlassen, daß sie im Alter sorgenfrei leben konnte. Sie hatte sich viele Freunde in Coombe Bay erworben und zog es vor, den Rest ihres Lebens in dem am Kai gelegenen Häuschen zu verbringen. «Da kann ich die Leute beobachten», sagte sie und fügte unerwarteterweise hinzu: «Außerdem würde ich meine Whistpartien vermissen. Es ist wirklich nett von Claire, daß sie mich aufnehmen will, aber ich bleibe lieber hier, vielen Dank.»

4

Bald darauf konnte Paul eine erfreulichere Eintragung in sein Gutstagebuch machen. Im Tal war damals ein kleiner Bürgerkrieg entbrannt, in dem sich Paul auf verlorenem Posten befand. Er gestand dem neuen König das Recht zu, Mrs. Simpson zu heiraten, wer immer das sein mochte. Nur Henry Pitts und Smut Potter unterstützten die «Königspartei», während Menschen wie Marian Eveleigh, Thirza Tremlett und sogar die früheren Potter-Mädchen, die am ehesten Grund zur Toleranz gehabt hätten, sich auf die Seite des pharisäischen Erzbischofs von Canterbury stellten. Violet Bellchamber erklärte: «Unsereiner will doch nicht so eine als Königin, oder etwa? Die ist zweimal geschieden, und wenn ihm nichts anderes einfällt, soll er eben Junggeselle bleiben und sich anderswo trösten. So hat es der König Teddy auch gehalten.»

Paul fand diese Einstellung zuerst amüsant, aber als die Krise weiter schwelte, ärgerte ihn die Intoleranz, und Claire, die auf seine Stimmungen empfindlich reagierte, rief ihn zur Ordnung, als er zugeben mußte, Harold Eveleighs Frau wegen dieses Themas angepfiffen zu haben.

«Du verlierst die Maßstäbe, Paul», sagte Claire. «Wenn du nicht achtgibst, wirst du auf deine alten Tage wunderlich. Was kümmert es dich schon, ob der König nun Mrs. Simpson heiratet oder nicht? Du hast dir doch früher wirklich nie viel aus dem Königshaus gemacht?»

«Es macht mich einfach krank, wenn die Leute ihre Loyalität wie ein paar schmutzige Socken wegwerfen. Es gab eine Zeit, da war das der beliebteste Mann der Welt, und im Gegensatz zu den meisten von seiner Art verdiente er es auch. Ich erinnere mich noch genau daran, wie er sich in Frankreich verhalten hat. Er war nicht wie all die anderen hohen Tiere, die ihre fetten Hintern am Kamin im Großen Hauptquartier gewärmt haben. Er tat alles, um an die Front zu kommen, und die Soldaten liebten ihn. Jetzt spielt sich jeder als Sonntagsschulmeister auf, weil er sich mit einer reifen, intelligenten Frau verbinden will. Das dreht mir den Magen um, kann ich dir sagen.»

Er stürzte aus dem Haus und ließ seinen Unmut an dem Grauen aus, mit dem er in halsbrecherischem Galopp über die Dünen ritt. Dort stieß er auf Maureen Rudd, die gerade mit ihrem alten Morris von den Backstein-Bungalows in Nuns Head kam. Maureen hatte Neuigkeiten, die ihn sofort von den Gedanken an den König und Mrs. Simpson ablenkten.

«He!» rief sie. «Stehenbleiben! Ich habe eben ein Gerücht gehört, das die Zungen in Bewegung setzen wird. Sydney Codsall hat es den Hals gebrochen, er gibt seinen Unterhaussitz auf! Hast du schon davon gehört?»

Bald wußten alle zwischen Whin und Sorrel, wie es sich verhielt. Sydneys Geschäftspartner Tapscott hatte Bankrott gemacht, und zwar mit der für die Begriffe der Talbewohner astronomischen Summe von 28000 Pfund. Aber es sickerte bald durch, daß Sydney zwar teilweise davon betroffen war, sein Schäfchen aber vorher ins Trokkene gebracht hatte, indem er vor dem Zusammenbruch Kapital aus dem Unternehmen herauszog. Es stimmte, daß er seinen Unterhaussitz zur Verfügung stellte, aber dies war eher auf einen privaten Skandal als auf seine finanziellen Schwierigkeiten zurückzuführen, denn seine Frau hatte die Scheidung eingereicht, nachdem ein Privatdetektiv Material über ihn gesammelt hatte. Bald erschien das Tal wieder in den Boulevardblättern, zum erstenmal seit dem Schiffsunglück von 1906. Eines der Blätter brachte nebeneinander Bilder von Sydneys Freundin und seiner häßlichen Ehefrau, und man las fette Überschriften wie: «Abgeordneter flieht durch Notausgang» und «Nackte Frau schlägt Fotografen mit Tischlampe».

Von Paul fast unbemerkt verließen König Eduard VIII. und Mrs. Simpson das Land, und Paul sagte zu Claire: «Immerhin ist Sydney zwanzig Jahre lang hart am Wind gesegelt, einmal mußte er kentern. Ich frage mich, ob Tapscott das, was von High Coombe übrig ist, zurückverkaufen würde? Das wäre eine Trophäe, findest du nicht?»

«Was willst du mit einem halben Gut anfangen, wenn du es bekommst? Es ist kaum mehr als hundert Morgen groß.»

«Periwinkle hat kleiner angefangen», antwortete er und rieb sich so profitlich die Hände, daß Claire sich für ihn schämte. «Jedenfalls schadet es nichts, wenn ich einmal Fühler ausstrecke.»

Tapscott war sehr bereit zu verkaufen, und binnen kurzem waren die Reste von High Coombe dem Besitz wieder eingegliedert, bestehend aus dem Gutshaus, einigen zerfallenen Wirtschaftsgebäuden und etwa fünfundneunzig Morgen Land zwischen dem neuen Wohngebiet und dem Nordostrand des Shallowford-Waldes. Paul bekam es für einen Pfifferling, wie er Claire sagte, nämlich für weniger als die Hälfte dessen, was Sydney vor fünf Jahren Hugh Derwent bezahlt hatte und für nicht viel mehr als das, was Paul selbst wiederum zwei Jahre vorher von Hugh dafür bekommen hatte.

Paul fuhr nach Deepdene und bot dem jungen David Potter, den er für einen sehr tüchtigen Landwirt hielt und der jetzt für Francis

Willoughby arbeitete, das Überbleibsel von High Coombe an.

Danach fuhr er sehr zufrieden nach Hause. High Coombe war mindestens teilweise zurückerobert, und Periwinkle blühte unter den Händen von Patrick und Mary. Die Zukunft sah vielversprechender aus als seit langem. Er hatte es eilig, in sein Büro zu kommen und die Änderungen ins Gutstagebuch einzutragen. Die Erleichterung mußte sich in seiner Miene gezeigt haben, denn als er zum Mittagessen erschien, empfing ihn Claire mit den fröhlichen Worten: «Was ist denn los? Du siehst so selbstgefällig aus?»

«Bin ich auch», antwortete er, «und ich habe allen Grund dazu. Keiner in diesem Haus hat je mein außerordentliches Talent als Geschäftsmann zu würdigen gewußt.»

5

Franz Zorndorff stattete im September seinen letzten Besuch ab. Es war seine letzte Begegnung mit Paul, denn einige Monate später starb er im Alter von dreiundneunzig Jahren.

Er hatte im Mai geschrieben, er wolle nach Österreich in die Ferien fahren, worüber Paul sehr überrascht war. Nicht so sehr darüber, daß ein Mann in diesem hohen Alter plötzlich die Luft verspürte zu reisen, sondern weil Zorndorffs Wunsch, nach so vielen Jahren seine Heimat wiederzusehen, eine unerwartete, sentimentale Seite in ihm erkennen ließ. Nach Pauls Berechnungen hatte Franz vor siebzig Jahren fliehen müssen, als der Kaiser Franz Joseph seinen aus einem Völkergemisch zusammengewürfelten Staat regierte, in dem Franzens Volk, die Kroaten, eine verfolgte Minderheit waren. Nie hatte Paul ihn freundlich über Österreich-Ungarn sprechen hören. Er pflegte zu sagen, dort sei die Heimat der «Schlamperei», und für einen Mann, der sein ganzes Leben dem Geldverdienen gewidmet hatte, war Schlamperei eine unverzeihliche Sünde. Deshalb war Paul überrascht, dem Brief des Alten eine Art Beichte zu entnehmen, denn Franz hatte geschrieben: «... Mir war ein sehr langes Leben vergönnt, mein Junge, und ich kann nun mit nicht mehr als vielleicht noch einem Jahr rechnen. Ehe ich abtrete, möchte ich aber noch sehen, was sie inzwischen dort drüben zustande gebracht haben, seit das alte Kaiserreich zusammengebrochen ist und jeder seinen eigenen Weg in die Verdammnis gewählt hat. Es wird Dir schwerfallen, mir zu glauben, daß ich für den Alten –» damit meinte er vermutlich

Franz Joseph, der von 1848 bis 1916 regiert hatte – «immer eine kindliche Zuneigung empfunden habe. Und ich habe den lächerlichen Wunsch, vor meinem Tod noch einmal in einem Fiaker durch den Prater zu fahren und die Luft Siebenbürgens zu atmen. Ich vermute zwar, daß die Reise mich umbringen wird, aber wenn dem so sein sollte, werde ich darüber nicht klagen. Während London unzweifelhaft der einzige Ort auf dieser Erde ist, wo ein Mann ein Vermögen machen und gleichzeitig noch Fett ansetzen kann, so ist es doch nicht der Ort, an dem man seine Knochen zurücklassen möchte. Letzte Woche unternahm ich eine kürzere sentimentale Reise und besuchte Deines Vaters Grab auf dem Friedhof von Nunhead. Wahrscheinlich war der Anblick der grauen Äcker der Anlaß dieser rührseligen Epistel.»

Franz ließ seine alten Knochen nicht in Siebenbürgen. Wie aus den knallbunten Ansichtskarten, die er den Zwillingen, Claire und den anderen schickte, hervorging, hatte ihn die Rückkehr nach Wien nach fast fünfundsiebzig Jahren sogar belebt. Mitte September vernahm Paul Franzens klare Stimme am Telefon. Er teilte ihm mit, er sei an diesem Tag in Plymouth gelandet.

«Was tust du unruhiger Geist denn in Plymouth?» wollte Paul wissen, worauf ihm Franz erzählte, er habe die Rückreise über Triest per Schiff unternommen und komme nun in einer Stunde durch Paxtonbury. Wenn Paul Lust habe, dorthin zu kommen, würde er sich freuen. Es gab noch einen späteren Zug nach London, so daß sie einen Nachmittag zusammen verbringen könnten.

«Natürlich komme ich», sagte Paul und fragte sich, ob der Alte am Ende doch noch senil geworden war. «Aber warum in aller Welt unterbrichtst du deine Reise nicht und bleibst noch eine oder zwei Wochen bei uns? In deinem Alter kann man es doch nicht mehr so eilig haben, nach London zu kommen!»

«In Wirklichkeit sind sogar die Minuten ausschlaggebend», antwortete Franz unerwarteterweise. «Aber erwarte nicht von mir, daß ich dir das von einer öffentlichen Telefonzelle aus erkläre. Mein Zug kommt dort um ein Uhr fünfzehn an, falls du mich sehen willst. Solltest du nicht auf dem Bahnsteig sein, steige ich nicht einmal aus, verstanden?»

«Ich komme», sagte Paul resigniert und legte den Hörer auf, wobei ihm der Verdacht kam, daß die auffällige Eile des Onkels am Ende etwas mit den Zwillingen zu tun haben könnte, die während seiner Abwesenheit mit der Leitung der verschiedenen Unternehmen betraut gewesen waren. Diesen Verdacht äußerte er vor Claire. Aber diese erwiderte nur: «Du machst dir immer überflüssige Sorgen, Paul. Wie kommst du auf so etwas? Die Jungen können sehr wohl seine Interessen vertreten. Mehr oder weniger haben sie schon seit Jahren die Geschäfte für ihn geführt.»

«Onkel Franz führt seine Geschäfte selbst», sagte Paul. «Aber ich werde der Sache auf den Grund gehen. Es sollte mich nicht wundern, wenn die beiden während seiner Abwesenheit an der Börse spekuliert hätten.» Dann fuhr er über das Hochmoor davon. Wegen seiner Unruhe fuhr er schneller als sonst, so daß er viel zu früh in Paxtonbury ankam und eine halbe Stunde lang auf dem Bahnsteig auf und ab gehen mußte.

Franz schaute schon aus dem Fenster, ehe der Zug hielt. Paul sah mit Erleichterung, daß der Alte offensichtlich gut gelaunt war. Er war genauso geschniegelt wie immer, sein sonnengebräuntes Gesicht hatte die Farbe einer alten Walnuß, und sein Spitzbart war nach kontinentaler Art gestutzt, so daß er dem ältesten Mann in Rembrandts *Nachtwache* sehr ähnlich sah.

Paul ging zum Abteil und überwachte das Ausladen der Koffer, mit denen man einen Karren hätte füllen können. Mit nachsichtiger Ungeduld sagte er: «Du brauchst dich um das Zeug nicht zu kümmern. Ich nehme dich mit nach Hause, ob du willst oder nicht. Wir geben alles in die Gepäckaufbewahrung, essen hier zu Mittag und fahren dann zum Tee nach Hause. Claire erwartet dich.»

«Dann werde ich sie enttäuschen müssen», sagte Franz gleichgültig. «Ich fahre mit dem Zug am späten Nachmittag weiter, denn nur meine Verantwortung für dich hat mich dazu bewogen, in dieser gottverlassenen Gegend meine Fahrt zu unterbrechen. Ich werde Weihnachten mit euch verbringen, wenn ich noch leben sollte, aber in der Zwischenzeit muß ich retten, was noch zu retten ist.»

«Haben dich meine Jungen im Stich gelassen?» fragte Paul.

Zorndorffs buschige Augenbrauen schossen in die Höhe. «Du liebe Zeit, nein», sagte er. «Wie in aller Welt kommst du auf so etwas? Ich war dauernd mit ihnen in Verbindung, und sie haben sich glänzend bewährt. Ganz großartig! Ich kann mir einfach nicht vorstellen, wie du zu zwei so klugen Geschäftsleuten kommst. Weißt du bestimmt, daß Claire dir kein Kuckucksei ins Nest gelegt hat, während du auf den Feldern warst und deine Rüben zähltest?»

«Wozu dann diese Eile?» wollte Paul wissen. «Mit dreiundneunzig kannst du nicht mehr so unerhört wichtig fürs Geschäft sein.»

«Ich nehme auch nicht an, daß ich noch so wichtig bin», sagte Franz augenzwinkernd, «aber ich möchte mir selbst beweisen, daß ich es doch noch bin. Immerhin ist das noch das einzige, was mir das Leben lebenswert macht. Ich glaube, daß du mit dreiundneunzig in bezug auf deine komischen Felder und Wälder noch genauso denken wirst. Tatsächlich habe ich in den letzten paar Monaten sehr viel gelernt. Und vielleicht war es unser aller Glück, daß ich diese Reise unternommen habe. Ich hatte schon vorher etwas Ähnliches befürchtet, muß aber gestehen, daß ich wirklich Angst bekam, als ich es aus nächster Nähe sehen konnte.»

«Was hattest du gefürchtet? Du bist doch nur in Wien in Urlaub gewesen?»

«Um dorthin zu kommen, bin ich durch Deutschland gefahren», sagte Franz. «Und ich war so irregeleitet, die Nacht in München zu verbringen. Später blieb ich ein paar Tage in Nürnberg, und sogar in Österreich konnte ich mit gewissen Kollegen sprechen. Die Wahrheit, mein lieber Junge, ist die, daß der Ballon beinahe zum Aufsteigen bereit ist.»

«Verflixt, was für ein Ballon?» fragte Paul ungeduldig. Franz machte es sich im Wagen bequem, strich über seine tadellose Bügelfalte und antwortete: «Das dachte ich mir, daß du aus allen Wolken fallen wirst. Das kommt daher, daß du dein ganzes Leben lang die Nase im Misthaufen hattest. Ich nehme an, du hast schon einmal von Hitler gehört?»

«Natürlich», sagte Paul. «Er macht mehr Tamtam als damals der Kaiser. Aber was hat es damit auf sich?»

«Der Kaiser hat doch alles umgestürzt, nicht wahr? Wodurch du ein kleines Vermögen verdienen konntest.»

«Willst du etwa damit sagen, du glaubst schon wieder an einen Krieg?»

«Allerdings», sagte Franz. «Aber dieser Krieg wird völlig anders sein als alle bisherigen. In diesem Krieg wird in keiner Weise fair gekämpft werden.»

«Auch im letzten Krieg wurde nicht fair gekämpft», erwiderte Paul. «Frage nur jemanden, der bei Ypern oder an der Somme stand.»

«Ich spreche nicht über den eigentlichen Kampf», sagte Franz mit einer Sanftmut, die Paul aufreizend fand. «Ich spreche von den politischen Aspekten, von den Auswirkungen auf die westliche Zivilisation als Ganzes. Dieser Verrückte meint es ernst, und wenn wir nicht rechtzeitig aufwachen, wird bei uns die Hakenkreuzfahne wehen, vielleicht sogar auf dem Buckingham Palace. Lache darüber, aber wenn du gesehen hättest, was ich diesen Sommer gesehen habe, oder wenn du mit den Leuten gesprochen hättest, deren nächste Angehörige seine Vernichtungszentren bevölkern, würde dir das Lachen vergehen.»

Wie immer mußte Paul zugeben, daß er beeindruckt war, obwohl er fand, daß der alte Mann wohl übertrieb. Natürlich, Franz war Jude, und das beeinflußte sein Urteil wahrscheinlich. Sogar Henry Pitts hatte seiner Empörung über die Pogrome Ausdruck gegeben, die in Deutschland vorkamen, seit die Nazipartei die Macht ergriffen hatte. Und doch hatte die Aussicht, wieder zu den Waffen gerufen zu werden, um gegen Deutschland zu kämpfen, weder Paul noch sonst jemanden im Tal auch nur einen Augenblick um den Schlaf gebracht. «Was hast du nun eigentlich gesehen, Onkel Franz? Eine dieser idiotischen Versammlungen, bei denen alle Leute im Paradeschritt marschieren, phantastische Hemden tragen und ‹Heil Hitler› brüllen?»

«Ja», sagte Franz und verzichtete auf seinen sprichwörtlichen Zynismus. «Das habe ich gesehen. Ich sah aber auch alte Frauen und siebenjährige Kinder die Straßen fegen, von arroganten jungen Rowdies mit Hundepeitschen beaufsichtigt. Ich sah, wie jüdische Geschäfte geplündert und verwüstet wurden. In Wien zittern Männer vor Angst, von denen ich weiß, daß sie früher auf einen Schlag zwanzigtausend Pfund verspielen konnten und danach den Abend bei Schnaps und Volksmusik verbrachten und sich nicht einmal bemühten, mit ihrem Agenten zu telefonieren. Ich habe lange gelebt, mein Junge, und sehr viel gesehen. Ich habe weder den Kontakt noch meinen Geruchssinn verloren und kann immer noch Unheil lange im voraus wittern. Und wenn es mir auch schwerfällt, ohne Brille zu lesen, so kann ich noch immer einen Geier erkennen, wenn ich einen sehe.»

Während des Essens schien Zorndorff geistesabwesend zu sein und nicht auf das Thema zurückkommen zu wollen. Doch beim Kaffe, nachdem ihn Paul mit den Familienneuigkeiten versorgt hatte, sagte er plötzlich: «Ich hatte meine Gründe, auf dem Seeweg zurückzukehren. Ich konnte es nicht über mich bringen, noch einmal durch Deutschland zu fahren. Ich konnte es nicht einmal überfliegen.»

«Ich kann mir nicht helfen, aber ich glaube, daß du etwas übertreibst», sagte Paul, «weil ich mir nicht vorstellen kann, daß jemand, nicht einmal ein Deutscher, wieder einen Krieg anfangen will. Zwischenfälle und gelegentliches Geplänkel – zweifellos. Aber man wird es sich doch sehr überlegen, ehe man Ernst daraus macht. Vor allem diejenigen, die schon einmal an der Front standen, und Hitler kämpfte doch selbst an der Westfront.»

«Genau das konnte man auch 1914 sagen», meinte Zorndorff. «Wer wie ich fast ein Jahrhundert lang die Augen immer offengehalten hat, braucht keine Geschichtsbücher zu lesen, um zu erfahren, daß im August 1914 niemand, nicht einmal die Junker, tatsächlich den Krieg wollten. Es passierte einfach. Alle, bis auf ein paar Verrückte, waren entsetzt, als dann die Kanonen tatsächlich schossen.»

«Sind wir denn nicht genug, um es mit Hitler aufzunehmen?» wollte Paul wissen. «Wie steht es mit Rußland und Frankreich?»

«Frankreich kannst du von vornherein abschreiben. Ich habe kürzlich dort Geschäfte gemacht und schätze mich glücklich, daß ich fünfzig Prozent meiner Forderungen kassieren konnte. Was Rußland anbetrifft, so gibt es viele Neunmalkluge, die meinen, daß Hitler nach Osten marschiert. Wenn er das tun sollte, werden sie ihn sogar ermutigen und ihn ohne Zweifel finanzieren, womit sie sich einen schlechten Dienst erweisen würden. Der Mann ist auf die Weltherrschaft aus.»

Es war schwierig, sich von dem alten Mann nicht überzeugen zu lassen, vor allem, wenn man sich an seine richtigen Voraussagen der Jahre 1906, 1914 und 1929 erinnerte. Er hatte, außer kleineren Katastrophen, den deutschen Kampf um die Seeherrschaft, den Weltkrieg und die Wallstreet-Wirtschaftskrise vorausgesagt, während Leute wie James Grenfell, die in hohen Ämtern saßen, völlig daneben gegriffen hatte. «Gibt es eine Möglichkeit, das zu verhindern?» fragte Paul.

«Ja», sagte Franz, «aber ich zweifle stark daran, daß ihr Engländer realistisch oder rücksichtslos genug seid, um die Mittcl, die euch zur Verfügung stehen, einzusetzen. Hätte man statt der Sanktionen Mussolinis Seetransporte in die Luft gejagt, als er Abessinien verschlang. Das hätte die deutschen Finanziers und Chauvinisten wohl überzeugt, daß sie mit dem Feuer spielen. Selbstverständlich sind die Abessinier Barbaren, aber wir könnten die Barbarei wenigstens auf Afrika beschränken.» Seine Augen, die normalerweise blank waren wie die eines Spürhundes, schienen sich zu umwölken, und er beobachtete einen behäbigen, altväterlichen Kellner und zwei Geistliche, die mit ihrem Fischgericht kämpften. «Weißt du, Paul, es ist deine Welt, die in Gefahr ist, nicht meine. Wir Wucherer lernen, mit diesen Dingen fertig zu werden. Bei dir ist das anders. Ob ihr gewinnt oder verliert, du wirst auf jeden Fall das opfern, was du bis jetzt zu retten verstanden hast – ländlichen Frieden und anständiges Verhalten und Plätze wie diesen hier –, das sind die Symbole deiner überholten Zivilisation. Du wirst von Glück sagen können, wenn du nicht dein kostbares Tal verlierst.»

«Und wie kann ich mich davor bewahren?» fragte Paul erbittert, da ihm jetzt dämmerte, daß Zorndorffs Anruf und sein Entschluß, seine Reise zu unterbrechen, nur ein Manöver war, um wieder einmal den Behüter des Sohns seines alten Geschäftspartners zu spielen – ein Brauch, der ihre nun mehr als dreißig Jahre dauernde Freundschaft bestimmt hatte.

«Ich kann dir soviel sagen, mein Junge», sagte Zorndorff, plötzlich wieder fröhlicher, «daß du unabhängig von den Narren, die dich regieren, deinen Kurs zwischen jetzt und dem Jüngsten Gericht abstekken kannst.»

«Und zwar?»

«Kaufe!» sagte Zorndorff ernst. «Verwende die in den fetten Jahren angesammelten Schätze für die mageren Jahre. Kaufe alle Zuchttiere, die du dir leisten kannst, und die neuesten Maschinen. Baue in sicherer Entfernung vom Haus einen Tank für Reservetreibstoffe, denn der wird zuerst knapp werden. Sichere dich so gut und selbständig ab wie Noah, der seine Warnung aus einer weit unfehlbareren Quelle bekam. Und ignoriere vor allem das, was in den Zeitungen über Verträge und Beistandsabkommen steht, vor allem daß Deutschland zu arm sei, um einen Angriffskrieg zu führen. Sogar drüben gibt es viele Leute, die es eigentlich besser wissen müßten, und sich trotzdem darauf verlassen, und noch mehr verfallen dem Irrtum, sie hielten das Steuer fest in der Hand. Bis vor ungefähr einem Jahr saßen sie tatsächlich noch fest im Sattel, aber Leute wie Hitler verschwenden keine Zeit. Entweder ist man drinnen oder draußen, was für jeden Konkurrenzkampf zutrifft, und noch niemand scheint ihn als denjenigen erkannt zu haben, der er wirklich ist.»

«Wie meinst du das?»

Mit höhnischem Lächeln sagte Franz: «Einen Österreicher, der durch und durch frei von Schlamperei ist, kann man nicht einordnen. Ich bin so einer, und Hitler auch. Wir beide sind gefährliche Burschen. Wie ein Engländer, der keine Toleranz kennt, einer, der sogar beim Kricket mogelt, wenn genügend auf dem Spiel steht. Aber jetzt kommt bald mein Zug, glaube ich.» Er stand auf, nahm seine Brieftasche heraus und legte eine Fünf-Pfund-Note auf den Tisch.

«Laß mich das bezahlen, Onkel Franz», sagte Paul.

Aber Zorndorff winkte ab. «Ich zweifle, daß ich noch einmal das Vergnügen haben werde, mit dir zu Mittag zu essen.» Und zu dem wartenden Kellner gewandt: «Es war ausgezeichnet. Meine Verehrung für den Küchenchef, teilen Sie sich das Wechselgeld.» Er eilte hinaus, an den zwei Geistlichen und dem dankbaren Kellner vorbei, und Paul hatte den Eindruck, daß er trotz seiner Klugheit noch genauso eitel war wie einst, wie eine Promenadenmischung, die alle Schiedsrichter so verwirrte, daß sie ihr den ersten Preis zugestanden.

Paul fuhr sehr langsam nach Hause und dachte über die Worte Zorndorffs nach. Dabei stellte er sich die Frage, ob er vielleicht schon im nächsten Jahr seine Reserven, die er nach dem großen Börsenkrach erst jetzt wieder aufgefüllt hatte, dazu verwenden sollte, den Kraftstofftank zu bauen und sich auf der Landwirtschaftsmesse nach gutem Zuchtvieh und neuen Maschinen umzusehen. Vielleicht werde ich das tun, sagte er sich, der alte Halunke hatte bis jetzt immer recht, wenn ich auch trotz allem nicht so sehr beeindruckt bin. Als er aufblickte und die schlanke Silhouette des Französischen Waldes sich gegen den Himmel abheben sah, dachte er an seine Söhne und Schwiegersöhne, von denen der älteste einunddreißig und der jüngste noch ein kleines Kind war, und er sagte: Lieber Gott! Nicht noch einmal! Als er an der Parkmauer entlangfuhr und die Sonne auf dem Fluß glitzern sah, kam er zu einem Kompromiß: Ich werde kaufen, wie er es empfohlen hat. Aber als Investition auf eine heile Zukunft und nicht als Vorsorge gegen den Selbstmord.

Sechstes Buch

Überfälle

I

Sie kamen dicht über den Wellen heran und stießen aus dem Seenebel wie drei hungrige Habichte. Aber sie kreisten nicht wie Habichte über ihrer Beute, sondern schossen zwischen dem Kliff und dem Hochmoor in die Höhe, verschwanden alle drei in einer niedrigen Wolke und tauchten innerhalb weniger Sekunden wieder auf, wobei jeder getrennt Kurs aufs Meer nahm – vielleicht, um wieder zu ihrem Stützpunkt bei Le Mans oder Orléans zurückzukehren. In der Zwischenzeit hatten sie aus ungefähr zweihundert Meter Höhe sechs 250 Pfund schwere Bomben abgeworfen, die wie sechs kleine Vulkane explodierten. Vier davon waren auf Stoppelfelder oder ins Dickicht gefallen, und zwar zwei auf Land, das zum Herrschaftsgut gehörte, und zwei auf das Hochmoor. Jede hatte einen fünf Meter breiten Krater hinterlassen, wobei jeder Grashalm und jedes Farnkraut im Umkreis von fünfzehn Metern verbrannte. Dabei kam ein Kaninchen ums Leben, das unter einem mit Heidekraut bewachsenen Felsen Zuflucht genommen hatte, da es das Dröhnen der Motoren fälschlicherweise für den Traktor von Henry Pitts gehalten hatte.

Von den beiden anderen Bomben war eine direkt auf den Periwinklehof gefallen, und die andere riß Harold Eveleigh in Stücke, kurz nachdem er aus dem Entwässerungsgraben, den er gerade aushob, gestiegen war und sich an die Wand eines Heuschobers preßte.

Es war merkwürdig, daß Harold Eveleigh als erster Zivilist des Tals im Zweiten Weltkrieg getötet wurde, nachdem er im Alter von siebzehn Jahren die mörderischen Kämpfe an der Westfront im Ersten Weltkrieg überlebt hatte. Jetzt war er zweiundvierzig, Vater von zwei Jungen und einem Mädchen und der hingebungsvollste Bauer im Tal, obwohl er erst 1931 als Opfer der Wirtschaftskrise aufs Land zurückgekehrt war. Im Jahre 1916 war sein Bruder Gilbert gefallen, und nun hatte Harold fast den gleichen Tod wie sein Bruder gefunden, denn Gilbert war durch eine ungeschickt geworfene Handgranate ums Leben gekommen, noch ehe er Frankreich erreicht hatte. Ihre Mutter, die sich mit Spiritismus befaßt hatte, hätte darin wahrscheinlich eine höhere Fügung gesehen, doch sie war schon im ersten Winter des Zweiten Weltkriegs gestorben.

Es gab noch ein anderes seltsames Zusammentreffen bei diesem

Angriff vom 12. Februar 1941. Der zweite Todesfall im Tal, ebenfalls durch die Bomben ausgelöst, betraf ein weiteres Mitglied der Familie Eveleigh. Auf Periwinkle wurde Rachel Craddock geborene Eveleigh getötet. Simon hatte Rachel nach Hause geschickt, erstens aus Sicherheitsgründen, aber auch deshalb, damit sie beschäftigt wäre, solange der Krieg dauerte. Die Talbewohner fanden, Rachel habe ihre Intelligenz und ihr volkswirtschaftliches Studium schlecht genutzt, als sie ein ziemlich freudloses Leben damit zubrachte, in den grauen Industriestädten Nord- und Mittelenglands Wahlpropaganda zu treiben. Als sich dann diese wunderliche Tätigkeit als genauso nutzlos herausgestellt hatte, wie es die Existenz der Talbewohner in ihren Augen gewesen war, kam sie nach Hause und half Mary und Patrick auf dem Hof, wo sie sich der Geflügelzucht widmete.

Jetzt lag sie unter einem Schutthaufen eine Meile nördlich von der Stelle, wo der verstümmelte Leichnam ihres Bruders lag. Alle kamen gelaufen, überzeugt davon, daß die Bombe auch Mary, ihren Sohn Jerry und möglicherweise auch Patrick getötet hatte. Sie waren erleichtert, daß nur Rachel umgekommen war, die gerade in der Küche Eier sortiert hatte. Das stellte man bald fest, als man sich durch feinen Staubregen in den Hof kämpfte, denn Mary, die den fünfjährigen Jerry umklammert hielt, kam aus der Ruine der kleinen Scheune gekrochen, ihr dunkles Haar staubgepudert, die langen Hosen zerrissen. Sie und der Junge waren unverletzt, aber sie hatten einen Schock erlitten. David Pitts vom Hermitage-Hof und seine Frau schrien vor Freude, als Mutter und Kind auf sie zugetaumelt kamen. Doch Mary deutete nur fassungslos auf den Schutthaufen, der eben noch ihr Haus gewesen war.

Die Menschen kamen in Zweier- und Dreiergruppen an, alle erpicht darauf, über ihr eigenes wunderbares Entkommen zu berichten, bis sie die Verwüstung in Periwinkle sahen. Dann blieben sie stehen und vermieden es, Mary Palfrey ins Gesicht zu sehen. Sie gruben nicht nach Rachel, bis Paul mit Henry Pitts und ein paar ältere Arbeitern vom Herrschaftsgut kam. Mary war inzwischen zusammengebrochen. Man brachte sie und das Kind mit dem Geländewagen ins Herrschaftshaus.

Paul warf einen finsteren Blick auf den Schutt. Henry Pitts, der neben ihm stand, sagte: «Wo ist eigentlich der Junge?» Viele Talbewohner nannten Patrick immer noch «den Jungen», obwohl er nun achtundzwanzig Jahre alt und seit sieben Jahren Herr auf Periwinkle war.

Paul erwiderte, er sei nach Whinmouth gefahren, um Saatgut einzukaufen, und man müsse ihn sofort durch die Polizei verständigen lassen. Als er dies sagte, dachte er daran, wie Patricks Hände und vielleicht seine Liebe zu Mary diesen einst so kümmerlichen Hof verwandelt hatten. Der Gedanke an ihn beruhigte ihn etwas. Immerhin hat er Potter-Blut, dachte er, und die Potters sind nicht unterzukriegen. Er drehte sich um, stieg in den Kombiwagen, fuhr zur Brücke hinunter und bog dann auf den Fahrweg zum «Französischen Wald» ein, wo er ausstieg und sich auf einen Baumstumpf setzte.

Er war erstaunt über sich, daß er nun an die Zukunft denken konnte. Seit langem hatte es keine Zukunft mehr gegeben, nur eine bunte Vergangenheit und eine freudlose Gegenwart – Verdunkelung, Rationierung, Schwarzer Markt, Formulare, Kampfanzüge, Manöver der Bürgerwehr, Fliegeralarm und Panzersperren entlang der einstmals einsamen Küste bis zum Kliff hinauf. Das riesige Militärlager verkörperte alle diese Dinge, eine ständige Erinnerung daran, daß man freiwillig den Fetzen Papier, mit dem der wohlmeinende Narr Chamberlain nach der Münchner Katastrophe geprahlt hatte, zerrissen hatte. So sah es jetzt seit langem aus, und sogar die kampfeslustige Stimmung des Jahres 1940 war verschwunden.

Seine Familie war weit verstreut. Von seinen vier Söhnen und zwei Töchtern waren nur der kleine John, der Nachkömmling, und die jetzt obdachlose Mary im Tal geblieben. Stevie und Andy hatten im Schrottgeschäft ein Vermögen verdient und waren jetzt beide bei der Royal Air Force, der eine bei einem Bomberkommando in Yorkshire, der andere irgendwo in Nordafrika bei einer Kampftruppe. Simon befand sich in Schottland, wo er lernte, mit den bloßen Händen zu töten, obwohl er nun schon auf die Vierzig zuging. Karen und ihr Mann waren glücklicherweise in Indien. Ian hatte irgendeinen Kommandoposten, auf dem er wahrscheinlich überleben würde. Einige seiner Vorkriegsfreunde waren noch hier, aber die meisten Jüngeren hatten das Tal verlassen. Nur hier und da hatte ein Sohn den Vater abgelöst wie David Pitts, der nun das Hermitage-Gut bewirtschaftete. Die anderen waren in Kanada oder Australien oder kämpften im Dschungel von Burma oder in der nordafrikanischen Wüste. Es gab keine Stetigkeit mehr, nach der er vierzig Jahre lang, oft mit geringem Erfolg, gestrebt hatte. Ungewißheit breitete sich über alles im Tal aus, als warte man auf einen Frühling, der niemals kommen würde. Das Land wirkte leblos, und auf den Feldern und im Unterholz rührte sich nichts. Nur auf dem Exerzierplatz des Lagers in der Ferne bewegten sich ein paar Pünktchen.

Eine Hurricane kam über den Wald herangejagt, eines der in Paxtonbury stationierten Flugzeuge der polnischen Jagdstaffel, auf der verspäteten Verfolgung der Bomber. Paul hatte eine tiefe Abneigung gegen Flugzeuge. Grace war von einer Fliegerbombe hinter Ypern getötet worden; die kleine Claire war 1934 bei einem Flugzeugabsturz ums Leben gekommen; und jetzt bedrohten sie so abgelegene Gegenden wie das Sorrel-Tal. Verfluchte Narren, die sie erfunden haben, dachte er. Und dabei fiel ihm ein, wie er gegen alles Mechanische gewesen war, als noch der alte König Eduard über England geherrscht und man die Felder mit dem Pflug bestellt hatte.

Paul stand auf und klopfte sich die Reithose ab. Es hatte keinen Sinn, darüber zu brüten. Er hatte schon zu oft und in den gegensätzlichsten Stimmungen auf das Tal hinabgesehen, um sich von der Einsamkeit des Winters noch täuschen zu lassen, selbst eines Kriegswinters. Das Tal hatte im Sommer von Dünkirchen in trügerischer Heiterkeit vor ihm gelegen, doch damals hatten die Dinge weit hoffnungsloser ausgesehen, da alles auf die ersten deutschen Luftlandetruppen wartete, auf eine Invasion mit Panzern, denen man mit ein paar Vogelflinten hätte gegenübertreten müssen. Es hatte viele Rückschläge gegeben, und zweifellos würden noch weitere kommen. Aber zumindest war dieser Verrückte, der in seinen Wutanfällen in Teppiche biß, aufgehalten worden, und die Möglichkeiten einer Invasion lagen in weiter Ferne.

Claire erwartete ihn auf der Treppe.

«Wo in aller Welt bist du so lange gewesen?» fragte sie.

«Im Französischen Wald. Ich mußte mich zuerst wieder fangen.»

«Das hätte ich mir denken können. Hat es gewirkt?»

«Etwas. Wie geht es Mary und dem Kleinen?»

«Sie sind gebadet worden und schlafen jetzt tief. Maureen kam herauf und gab ihnen etwas gegen den Schock. Die Polizei von Whinmouth hat angerufen. Sie suchen überall nach Patrick und Harolds Jungen. Ich wußte gar nicht, was ich zu der armen Connie Eveleigh sagen sollte.»

«Die ist tapferer als alle Frauen hier in der Gegend», sagte er. «Die wird damit fertig werden, und nicht etwa deshalb, weil sie sich mit dem armen Harold nicht gut verstanden hätte.»

«Wenn es dich oder Mary getroffen hätte, ich weiß wirklich nicht, wie ich damit fertig geworden wäre.»

Sie ging in die Halle, und Paul fiel auf, daß sie es vermieden hatte, Rachels Tod zu erwähnen. Es war nicht die Furcht, sich vor ihm eine Blöße zu geben, und es war auch kein Mangel an Zuneigung zu der

Frau, die Simon geheiratet hatte. Das Ganze ging tiefer, und dies bekam er bestätigt, als sie in die Bibliothek hinüberging und ihm einen Whisky einschenkte.

«Ich muß Simon telegrafieren», sagte er, als er das Glas geleert hatte. «Sicher bekommt er Sonderurlaub.» Er wollte in die Halle hinübergehen, wo das altmodische Telefon an der Wand befestigt war, immer noch an der gleichen Stelle.

«Laß das lieber», sagte Claire. «Patrick wird das übernehmen. Immerhin stand er Rachel näher als wir anderen.»

«Ja, du hast recht», sagte Paul, denn zwischen Patrick und der kinderlosen Rachel, die bei seiner Geburt in der Höhle im Shallowford-Wald dabei gewesen war, hatte es starke Bande gegeben. Paul setzte sich, streckte die Beine aus und fühlte sich plötzlich so alt, wie er wirklich war.

«Was hatte dieser Überfall eigentlich für einen Sinn?» fragte Claire gereizt. «Gar keinen, nicht wahr? Eine Frau, die gerade Eier sortiert, und ein Mann, der einen Abflußgraben zieht, um Felder zu entwässern! Bringt denn so etwas irgend jemanden weiter? Das sieht nicht einmal nach einem Terrorangriff aus wie die dauernden Luftangriffe auf London und die Hafenstädte. Machen *wir* denn so etwas bei ihnen auch – Dörfer und einzelne Bauernhöfe zerstören?»

Paul erklärte, die Luftwaffe habe es wahrscheinlich auf das Militärlager abgesehen gehabt und einige noch ungeübte Flieger geschickt, damit sie Erfahrungen sammelten. Das Wort «Erfahrung» kam ihr in diesem Zusammenhang wie eine Gotteslästerung vor.

«Erfahrung!» sagte sie aufgebracht. «Ihr Männer seid doch alle gleich! Keiner von euch, ob Engländer, Franzose, Deutscher oder Japaner kann noch vernünftig denken. Erfahrung worin, um Gottes willen? Erfahrung im Morden, nur damit man sieht, wie diese blödsinnigen Maschinen funktionieren? Patrick hat das Haus mit seinen eigenen Händen aufgebaut, und Mary hatte es so hübsch eingerichtet. Es war wie ein Puppenhaus. Was für ein Sinn liegt darin, wenn man es zerstört?»

Diese Empörung war typisch für sie und der des alten Derwent so ähnlich, der keinen Augenblick für etwas hätte Verständnis aufbringen können, das er nicht anfassen, riechen, essen oder verkaufen konnte. Claire hatte für den Ersten Weltkrieg nichts übrig gehabt, worin er lange Zeit mit ihr übereinstimmte. Doch wegen dieses neuen Krieges hatte es schon viele Auseinandersetzungen zwischen ihnen gegeben, denn während er überzeugt war, daß es sich um einen gerechten Krieg handelte, schrieb sie ihn der Eitelkeit und Torheit der männlichen Raubtiere von Plymouth bis nach Tokio zu. Dieser Krieg hätte niemals zu kommen brauchen, sagte sie, und während sie mit ihm darin einig ging, daß er gewonnen werden mußte, so war sie keineswegs überzeugt davon, daß die Welt besser sein würde, wenn die Trümmer eines Tages weggeräumt wären.

«Ich hätte es mir denken können, daß die Zerstörung von Marys Chintzschlafzimmer dich mehr aufbringt als die Tatsache, daß heute früh zwei deutsche Schlachtschiffe entkommen konnten.»

«Zum Teufel mit den Schlachtschiffen und dem ganzen Krieg. Ich weiß noch genau, wie Periwinkle aussah, ehe du hierherkamst. Es war nichts weiter als ein alter Schuppen voller Ratten. Patrick und Mary haben etwas daraus gemacht. Von jetzt an wird es immer das Haus sein, in dem jemand getötet wurde.»

«Hier, nimm auch einen Whisky, altes Mädchen», sagte er nachsichtig und wollte gerade nach der Karaffe greifen, als Patrick hereinkam. Er wußte bereits, was geschehen war. Paul wunderte sich über seine Gelassenheit. Als er ihm berichtete, wie man Rachel aus den Trümmern gezogen hatte, zuckte er die Achseln. «Mir tut Harold Eveleigh viel mehr leid. Er hielt das Leben noch für lebenswert.»

«Rachel nicht?»

«Nein, sie hatte es satt. Schon seit dem Tag, an dem Simon sie hierherbrachte.»

«Hat sie ihn so sehr vermißt?»

Patrick sah ihn abwägend an, zog die Brauen auf die gleiche Art zusammen, wie es sein Vater Ikey manchmal getan hatte. Paul konnte sich noch gut an seinen Gesichtsausdruck bei den wenigen Gelegenheiten erinnern, wenn Ikey etwas Ernstes sagen wollte.

«Was weißt du von Simon und Rachel, Chef?»

«Praktisch nichts», gab Paul zu. «Aber ich hatte immer den Eindruck, daß sie sich gut verstanden.»

«Das allerdings. Wie zwei ältere Arbeiter, die zusammen einen Graben aushoben. Schon lange haben sie nicht mehr miteinander geschlafen. Rachel hat es mir selbst gesagt. Aber ich vermutete es schon, als Simon das letzte Mal auf Urlaub hier war.»

«Willst du damit sagen, daß sie sich auseinandergelebt hatten?»

«Eigentlich nicht. Aber Rachel war Pazifistin.»

«Ich weiß. Aber Simon war doch selbst immer gegen den Krieg.»

«Seit er im spanischen Bürgerkrieg kämpfte, nicht mehr. Er hätte jeden Faschisten, der ihm über den Weg lief, mit dem erstbesten Werkzeug umgebracht, und sei es mit einem Schraubenschlüssel. Rachel dagegen glaubte an Gandhis Theorie vom passiven Widerstand.

Die meisten Menschen hätten die Ansichten des Ehepartners in bezug auf ein so abstraktes Thema toleriert, aber die beiden waren politische Fanatiker. Sie verbrachten ja ihr ganzes Leben mit Broschüren, Reden und Idealen, die armen Teufel. Bei Simon kann ich es verstehen, wahrscheinlich hat er es von seiner Mutter geerbt. Aber Rachel war eine Bauerntochter. Es ist schwer zu begreifen, warum sie so überspannt war.»

Paul, der an andere Zeiten dachte, glaubte es zu wissen, aber er war zu müde, um diesen Punkt zu diskutieren. «Du kannst eine Genehmigung für den Wiederaufbau von Periwinkle bekommen. Es fällt unter kriegswichtige Arbeiten.»

«Das hat Zeit», sagte Patrick leichthin. «Mary und der Kleine können doch einstweilen hierbleiben, nicht wahr?»

«So lange du willst», antwortete Paul. «Du wirst doch nicht etwa weggehen und . . .»

Aber Patrick lächelte. «Bestimmt nicht mehr heute abend, Chef», sagte er und war draußen. Paul hörte ihn die Treppe hinaufstürmen, den Gang entlang und die Tür zu dem Zimmer öffnen, das Mary bis zu ihrer Heirat bewohnt hatte. Die beiden waren Paul bei weitem die liebsten von allen seinen Kindern und Schwiegerkindern. Sie ergänzten einander hervorragend – Patrick, der laute, unbekümmerte Extrovertierte, und Mary, die sanfte, zärtliche Introvertierte. Die Ehe dieser beiden war die einzige im engeren Familienkreis, die völlig sicher und vorhersehbar war. Keiner von ihnen – Paul hätte das beschwören können – hatte jemals einen anderen Mann oder eine andere Frau im Arm gehalten, und in diesem Augenblick konnte er durch Decken und Türen in ihr kleines Zimmer sehen und wußte, daß Patrick sie schon tröstete. Es ist merkwürdig und auch ein bißchen unanständig, sagte er sich, daß ein Mann Beruhigung finden kann in dem Bewußtsein, daß ein Mann im Bett seiner Tochter liegt. Aber er erklärte es sich damit, daß er selbst am Körper der Mutter seiner Tochter immer ein so außergewöhnliches Vergnügen gehabt hatte.

2

Manchmal gingen die Träumereien der im Tal verwurzelten Menschen wie Paul telepathische Wege, und sie breiteten sich wie Schallwellen um die halbe Erde aus, wo sie in Unterkünften und Biwaken empfangen wurden, teils mit sentimentalen oder unsentimentalen Gedanken, je nach dem, wie stark die Vorkriegsbindungen derjenigen waren, die sie empfingen. Die Entfernung spielte dabei keine Rolle. Jene, die mit ihrer Jagd nach dem Glück oder mit ihrer Umgebung beschäftigt waren, konnten sie ignorieren. Es gab jedoch andere, die im Frieden Shallowford als einen Hort der Rückständigkeit angesehen hatten, jetzt aber anders darüber dachten.

Paul Craddocks Söhne und seine ferne Tochter Karen gehörten nicht zu dieser Gruppe. Für sie alle war das Tal nur ein Sprungbrett gewesen, wo sie vor vielen Jahren gegessen, geschlafen und sich im stillen über die Hingabe ihres Vaters an das Land amüsiert hatten, ebenso wie über die viktorianische Haltung ihrer Mutter dem Vater gegenüber.

Simon war nach verschiedenen Fehlstarts in den Industriestädten des Nordens verschwunden. Die Zwillinge waren ihm gefolgt, doch im Gegensatz zu ihm hatten sie aus ihrem Abgang einen Erfolg gemacht. Karen kehrte dem Tal am Tag ihrer Hochzeit den Rücken und hatte es seither nur selten besucht. Die Armee war jetzt ihre Heimat geworden. Das Tal war für sie so tot wie Atlantis. Wie Stevie und Andy hatte sie immer nur für die Gegenwart gelebt.

Wieder anders stand es mit Simon. Er hielt die patriarchalischen Ansprüche seines Vaters nicht für lächerlich, die Hingabe seiner Stiefmutter nicht für naiv, aber für ihn hatten weder er noch sie einen Platz in der westlichen Gesellschaftsordnung. Sie waren liebenswürdige Anachronismen. Sie hatten sich nicht den Interessen seiner eigenen Generation anpassen können, die der unheilvollsten Bedrohung seit Attilas Zug nach dem Westen gegenüberstand. Vielleicht konnte er deshalb das Telegramm ohne großes Entsetzen lesen, durch das er vom Tod seiner Frau erfuhr. Es überraschte ihn nicht besonders, daß hier und dort ein Zivilist in einem abgelegenen Agrargebiet getötet werden konnte. Er hatte in Spanien gekämpft, er hatte in Frankreich gekämpft, und in jedem Feldzug hatte er Wohnhäuser zu Schutt und Asche werden und Frauen und Kinder sterben sehen. Solche Dinge erschütterten ihn nicht mehr, sie schürten nur seinen Haß gegen ein System, das sich in den dreißiger Jahren für eine Politik der Beschwichtigung entschieden hatte und sich erst dann wieder auf seine Kraft besann, als es fast zu spät war. Er hatte schon in seiner Jugend einen starken Haß gegen Machtansprüche aller Art entwickelt und haßte jetzt den Faschismus, wodurch er sich als zeitweiligen Verbündeten von Bankiers, Kaufleuten und anderen ehemaligen Feinden wiederfand. Er besaß Menschenliebe, vielleicht zuviel, aber er konnte sie nicht mehr an einen einzelnen verschwenden, nicht einmal dann, wenn dieser einzelne in dem langen Vorspiel zu dieser Kakophonie seine Frau gewesen war.

So konnte er den Schock überstehen, als man ihm die Nachricht brachte, und wer ihn an jenem Winternachmittag in dem vor Nässe triefenden Schießstand beobachtete, hätte meinen können, er habe von seiner Versetzung erfahren. Seine Reaktionen beschränkten sich darauf, daß er tief Atem holte und schluckte.

3

Ungefähr eine Stunde nach dem Begräbnis läutete in der Halle das Telefon. Claire nahm den Hörer ab und erwartete, daß es Simon wäre, der frage, wer an der Beerdigung teilgenommen und wer Kränze geschickt habe. Sie war über seine Weigerung, um Sonderurlaub zu bitten, anfangs entsetzt gewesen, doch auf seinen Brief hin hatte sie ihn besser verstanden als jeder andere. Sie hatte seine Ehe mit Rachel nie sehr ernst genommen und als das erkannt, was sie war, nämlich als den Versuch einer jungen Kriegerwitwe, wieder am Leben teilzunehmen. Doch sie hatte die Frau immer respektiert. Wenn sie auch wenig liebesfähig gewesen war, so hatte sie doch viel Loyalitätsgefühl besessen und Simon über viele Schwierigkeiten hinweggeholfen, hauptsächlich damals, als er aus Francos Gefängnissen heimgekehrt war und nicht einmal mehr einen Zentner wog.

Der Anruf war jedoch keine konventionelle Nachfrage Simons, sondern eine knappe Bitte Stephens, der genaugenommen der ältere der Zwillinge war. Er rief aus Yorkshire an und wollte die neueste Adresse seiner Schwägerin haben. Claire wußte sofort, daß er damit Margaret meinte und daß sein Anruf nichts mit dem Begräbnis seiner anderen Schwägerin Rachel zu tun hatte. Die Zwillinge und deren Frauen waren immer zu viert aufgetreten, seit sie Anfang der dreißiger Jahre geheiratet hatten. Sie waren auch zusammen wohlhabend geworden und hatten, wie Claire vermutete, viel Geld verdient, ehe sie bei Kriegsausbruch zur Royal Air Force gegangen waren. Sie hatte sie deshalb bewundert, trotz Pauls Groll. Die Royal Air Force erschien wie geschaffen für sie, da sie hinter einem Schreibtisch nur Trübsal geblasen hätten, obwohl sie die modernen Geschäftspraktiken beherrschten und unzählige anrüchige Beziehungen zur Welt der Schrottindustrie besaßen. Jetzt endlich hatte man sie getrennt.

Stevie wurde in Yorkshire auf größere Flugzeuge umgeschult, und Andy, vielleicht der schneidigere von beiden, war mit seiner Jägereinheit in Ägypten, von wo er unleserliche Briefe schrieb, die Claire an jene erinnerten, die er ihr einst aus dem Internat geschrieben hatte.

Irgendwie klang Stevies Stimme merkwürdig dringlich. Außerdem war er ungewöhnlich abgeneigt, eine kleine Unterhaltung anzufangen. Er sei in bester Verfassung, sagte er, und werde noch monatelang nicht zum Einsatz kommen. Er vermisse auch Andy, aber was er jetzt haben wolle, sei nichts anderes als die Londoner Adresse seiner Schwägerin Margaret. Er sagte nicht warum, und Claire fragte auch nicht danach, weil ihr die Frage überflüssig vorkam. Sie gab ihm die Telefonnummer. Dann erkundigte sich Stevie, wie es zu Hause stände und ob man Patricks Hof wieder aufbauen werde. Claire begann zu erzählen, aber das Besetztzeichen kam, und die Verbindung war unterbrochen.

Leicht befremdet legte sie den Hörer auf. Er hatte nichts von Rachels Tod erwähnt, sondern sich nur nach dem Hof erkundigt, und obwohl seine Stimme frisch und munter geklungen hatte wie immer, hatte sie doch eine gewisse Anspannung gespürt, die sie ein wenig beunruhigte. So nahm sie an, daß er vielleicht über seine Aussichten, wieder in den Kampfeinsatz zu kommen, gelogen hatte. Doch Claire war sicher, daß die Zwillinge überleben würden. Sie hatten mehrere Autounfälle gut überstanden, zwei leichtere Flugzeugabstürze überlebt und waren nicht ertrunken, als ihr selbstgebasteltes Boot in der Bucht kenterte. Um die Zwillinge umzubringen, sagte sie sich, mußte ein anderer als Hitler kommen.

In einer Hinsicht hatte Claire recht. In anderer Hinsicht jedoch tippte sie völlig daneben. Stevie hatte ihr in bezug auf seinen Kampfeinsatz die Wahrheit gesagt. Sein Umschulungskurs erlaubte ihm noch auf Wochen hinaus nur Übungsflüge. Und doch hatte Claires Gefühl sie nicht getrogen. Die Anspannung, die zu spüren gewesen war, hatte nichts mit dem Fliegen oder der erzwungenen Trennung von Andy zu tun. Sie war das Ergebnis eines heftigen Schocks, der durch seine Frau ausgelöst worden war. Sie hatte ihn gerade verlassen und gedroht, nie wiederzukommen.

Der Riß zwischen ihnen hatte sich im Laufe von achtzehn Monaten vergrößert. Der erste Knacks hatte sich bald gezeigt, als die Zwillinge sich vom Geldverdienen abgewandt und sich zu einer Sperrballoneinheit gemeldet hatten, von wo sie mit Hilfe einiger Beziehungen zu einem Jagdfliegerkurs abkommandiert wurden. Diesen hatten sie gerade noch rechtzeitig beendet, um in der Endphase der Schlacht um England der deutschen Luftwaffe zusetzen zu können. Die Aufgabe ihres Zivillebens und ihres kleinen Schrottimperiums war kein wirkliches Opfer für sie gewesen. Geld als solches hatte sie nie interessiert, zumindest nicht seit ihrer Volljährigkeit, als der alte Franz Zorndorff sie aus dem Tal gelockt und zu seinen Gehilfen ausgebildet hatte. Was sie am Leben lebenswert fanden, war die dauernde Bewegung und das mit dem Schrottmarkt verbundene Risiko. Doch als sich etwas noch Aufregenderes bot, waren sie gern bereit, den Schrott für einige Zeit aufzugeben und sich dafür am Himmel über dem südöstlichen England auszutoben.

Margaret hatte sich mit der neuen Lage abgefunden. Nicht so Monica, die Frau von Stevie. Diese hatte den Krieg immer als eine Verschwörung angesehen, die darauf abzielte, ihre persönlichen Zukunftspläne zu vereiteln. Sie hatte verbissen versucht, ihnen den Militärdienst auszureden, und als ihr das nicht gelungen war, hatte sie während des ersten Kriegsjahres geschmollt. Nachdem sie nun fast zwei Jahre ihrem Mann von Flugplatz zu Flugplatz gefolgt war, konnte sie sich nicht mehr beherrschen, und der daraus resultierende Wutausbruch trieb einen Keil zwischen sie, der bleiben sollte. Und diese Gewißheit hatte Stevies Stimme so dringlich klingen lassen, als er auf der verzweifelten Suche nach einem Vermittler an Margaret dachte und um deren Adresse bat.

Er hatte keine große Hoffnung, daß Margaret einen Gesinnungswandel in seiner Frau bewirken könnte. Die beiden waren niemals enge Freundinnen gewesen, auch wenn sie auf Auslandsreisen, Einkaufsfahrten, beim Kauf und Verkauf von Häusern und ähnlichen Aktionen ihre beiden Männer mehr oder weniger davon überzeugt hatten, daß ihr Verhältnis herzlich war. In Wahrheit hatte Monica niemanden in ihre privaten Pläne eingeweiht, die sie für sich selbst, ihren Mann und in gewisser Weise auch für die beiden anderen hatte.

Die verwöhnte Tochter des sehr bischöflich aussehenden Pastors hatte niemals, oder zumindest nicht bis zu diesem Zeitpunkt, ihre Verbindung mit dem flatterhaften Sohn eines Grundbesitzers bereut. Schon am ersten Abend, als sie sich alle auf einem Ball trafen, hatte sie sich gesagt, daß sie aus Stephen Craddock etwas machen könnte, wenn man ihr die Gelegenheit dazu bot. In gewisser Hinsicht hatte sie damit recht gehabt, und sie hatte auch Andy und dessen Frau in ihrem Kielwasser mitgezogen. Unter ihrem Einfluß hatten sie aufgehört, in Sportwagen, die wie wütende rote Käfer aussahen, über die

Landstraßen zu rasen, und hatten sich dafür etwas seriösere Transportmittel zugelegt. Monica hatte auch alle drei neu eingekleidet und die Jungen dazu überredet, ihre auffällige Sportkleidung und die meterlangen gestrickten Schals abzulegen. Ihr gesellschaftliches Leben hatte Monica dahingehend verändert, daß die beiden nur noch die Geschäftsstunden mit Analphabeten verbrachten, die keine Bankkonten unterhielten, dafür aber in kürzester Zeit ein halbes Schlachtschiff oder zehn Meilen einer ausgedienten Eisenbahnlinie liefern konnten. Dafür hatte sie um das Quartett eine Gruppe von Scheinintellektuellen gesammelt und den Umgang mit dem gepflegt, was man Mitte der dreißiger Jahre für Kunst hielt. Sie besuchten Schauspiele unbekannter Dramatiker, sprachen über die Arbeiten moderner Autoren und begönnerten eine Reihe von Künstlern, mit deren Bildern – die gewöhnlich Uhren, Gräten, lose Glieder, Dreiecke und einzelne Augen zeigten – Stevie zwar nichts anfangen konnte, über die aber Monicas Freunde lautstark diskutierten.

Doch es war nicht Stevies Banausentum, das die Erbitterung seiner Frau in wütenden Groll umschlagen ließ, und es hatte auch nichts mit ihrer Weigerung zu tun, Kinder zu bekommen, worüber es etliche Meinungsverschiedenheiten gegeben hatte. Stevie gab zu, daß sie recht haben könnte, wenn sie erklärte, er eigne sich nicht dazu, Vater zu sein. Der Riß in ihrer Ehe hatte die gleiche Ursache wie der, mit dem Simon und Rachel sich hatten abfinden müssen. Keiner konnte den Krieg von einem nüchternen Standpunkt aus betrachten. Stevie sah in ihm eine Art Rugbyspiel zwischen einem fairen und einem unfairen Team. Monica sah ihn als den vollendetsten Stumpfsinn an, der je ersonnen wurde. Für sie war es schon schlimm genug, daß sie ihre gesellschaftlichen Kontakte abbrechen mußte, weil alles, zum Beispiel Lebensmittel, Kleidung und Benzin rationiert war, daß sie in kleinen Marktflecken herumstolpern mußte, in denen die Straßenbeleuchtung noch nie ausgereicht hatte und jetzt sogar überhaupt nicht mehr existierte. Noch schlimmer war in ihren Augen, daß sie die Rolle einer Marketenderin des 20. Jahrhunderts in allen möglichen tristen Heerlagern spielen und dazu da sein mußte, nachts einen der bulligsten Spieler der britischen Mannschaft zu umarmen. Denn Monica Craddock sah ihren Mann und seine Kameraden nicht als Helden, sondern als eine Horde bärtiger Schüler an. In ihren Augen waren das nicht die Verteidiger der Demokratie, sondern Tunichtgute, die sich vor ernster Arbeit drückten und einen unverhofften Jux genossen. Als sie während der Schlacht um England dem Chef der Zwillinge vorgestellt wurde, fand sie ihn unmöglich dumm, unmöglich eingebildet und selbstgefällig, und im Laufe der Zeit begann sie alles zu hassen, was mit der Royal Air Force zusammenhing. Sie haßte deren einfältigen Jargon. Sie haßte die jungenhafte Begeisterung für Maschinen, die betonte Nachlässigkeit der Kleidung und des Benehmens. Geboren und aufgewachsen in der Umgebung eines Doms, wo ihr Leben durch Glockengeläut und Schicklichkeit bestimmt worden war, hatte sie sich einst nach Abenteuern gesehnt, nach dem Bizarren und Unberechenbaren. In den Jahren zwischen ihrer Heirat und dem Ausbruch des Krieges hatte sie alles, wonach sie sich gesehnt hatte, in der Gesellschaft Stephens und seines Bruders gefunden. Und dann waren diese völlig unerwartet der Kumpanei der Patrioten beigetreten.

Monat für Monat hatte sie das ausgehalten in der Hoffnung, daß irgend etwas geschehen würde, wodurch das Leben wieder lebenswert wurde. Doch dann verlor sie in einem bedrückenden Hotelzimmer in der Nähe von Stevies Stützpunkt in Yorkshire plötzlich die Geduld.

Entweder Stephen akzeptierte die Gelegenheit, die sie für ihn gefunden hatte, diesem Leben zu entkommen und wieder in eine Welt einzutreten, in der man sich die Zeit auf zivilisierte Weise vertrieb, oder sie würde einstweilen in ihrer Ehe Waffenruhe eintreten lassen, vielleicht sogar für immer.

Die Entscheidung war ihr nicht leichtgefallen. Sie spürte, daß er sie brauchte, um aus diesem Zauberkreis herausgeholt zu werden, und sie wußte auch oder glaubte zu wissen, wie das erreicht werden konnte. Unter dem Vorwand, ihre Eltern besuchen zu wollen, war sie zu einigen Vorkriegsbekannten gereist, hatte zwei Oberhausmitglieder (beide waren ehemalige Schrotthändler), einen Kabinettsminister und einen obskuren Millionär aufgesucht, der für die Aluminiumlieferungen an alle Flugzeugfabriken des Landes verantwortlich war. Das Ergebnis war ermutigender, als sie gehofft hatte. Durch einen Federstrich war es möglich, daß Stephen den Stützpunkt der Royal Air Force verließ und wieder Zivilist wurde, und dies mit der Aussicht, nicht nur Geld zu verdienen, sondern auch noch Verdienste um das Vaterland einzuheimsen. Als sie alles hübsch arrangiert hatte, unterbreitete sie ihm ihren Plan.

Zu ihrer Verblüffung lehnte er rundweg ab und lachte sie sogar aus, weil sie ihm einen so grotesken Vorschlag gemacht hatte.

Er hätte sich nie träumen lassen, daß die sonst mit so ruhiger Stimme sprechende Pastorentochter derart schnell reden konnte, nachdem sie sich von dem Schock erholt hatte – wie ein Kind, das seinem bankrotten Vater seine Sparbüchse angeboten hatte und abgewiesen worden war.

Stevie war von einer Flugübung zurückgekehrt und hatte seine Aufgabe offenbar gut gemacht, denn er grölte unanständige Air Force-Lieder, während er sich im Bad einseifte. Sie ging hinein und setzte sich auf einen Korbstuhl und sah ihn wieder einmal als den Führer einer Fußballmannschaft vor sich, der sich nach einem siegreichen Kampf badete. Er sah nicht so alt aus wie er war. Man konnte sein Alter sehr unterschätzen.

«Tag, altes Mädchen!» sagte er. «Mach dich hübsch! Große Sache heute abend! Kameraden von der Vier-eins-elf kommen herüber zu einer Sauferei. Das Goldstück hinter der Bar hat eine Riesenextraration beiseite getan.»

«Du wirst dafür keine Zeit haben», erklärte sie und gab ihm ein Handtuch und zwei Briefe. Der eine trug den Briefkopf des Unterhauses. Er warf nur einen flüchtigen Blick darauf. Doch dann richtete er sich im Wasser halb auf. Aus seinem bestürzten Blick war klar zu erkennen, daß er die Bedeutung der Schriftstücke nur halb erfaßte.

«Was ist denn das, altes Mädchen? Setz mich bitte ins Bild, ja?» sagte er schließlich.

Diese Briefe, erläuterte sie, an der richtigen Stelle vorgelegt, würden seine sofortige Entlassung in die Industrie zur Folge haben.

Er sah sie an, als hätte sie etwas Unanständiges gesagt. «Versuch's noch mal!» sagte er, und als sie nur die Achseln zuckte: «Wo hast du die her? Wann sind die gekommen?»

Noch immer geduldig antwortete sie: «Sie sind nicht gekommen, Stevie. Ich habe sie besorgt.»

Stevie war außerordentlich auf den Kopf gefallen, fand sie. Noch einmal sah er die Papiere an und sagte dann: «Aber das ist doch irr! Wie kommst du darauf, daß ich da mitmache?»

Er sah sehr töricht aus, als er nackt dahockte, mit halb offenem Mund, und der Schnurrbart sein sonnenverbranntes Gesicht in zwei Hälften teilte. Sie kam sich wie eine Mutter vor, die ihren dreizehnjährigen Sohn gerade über die Folgen einer Jugendtorheit aufklärte. «Es ist nun einmal geschehen», sagte sie, «und du wirst mir letzten Endes dafür dankbar sein, denn zumindest bleibst du dadurch am Leben. Es ist schade, daß die anderen Ehefrauen nicht auch die nötigen Schritte zu ergreifen wissen.»

Stevie legte die Briefe weg. «Aber du bist doch nicht ganz bei Trost, altes Mädchen! Das ist die einzige Erklärung. Komm wieder zu dir!»

«Höre um Gottes willen auf, mich ‹altes Mädchen› zu nennen. Wie oft soll ich dir das noch sagen? Zieh dich endlich an und geh zu deinem sonnigen Kommandeur. Sag ihm, was geschehen ist.»

«Aber gar nichts ist geschehen!» protestierte er so kläglich wie ein Junge, den man fälschlicherweise eines Betrugs bezichtigt. «Nichts ist geschehen, und es wird auch nicht das geringste geschehen. Glaubst du denn, ich könnte mich zur Hintertür hinausschleichen, solange das Theater noch in vollem Gang ist? Du lieber Gott im Himmel, lieber will ich ... lieber will ich abstürzen! Du hast vielleicht Nerven, altes Mädchen. Hinter meinem Rücken! Jetzt will ich dir mal sagen, was du übersehen hast. Diese Briefe sind keinen Pfifferling wert, solange ich nicht um meine Entlassung bitte. Niemand kann mich ohne meine Unterschrift ins Zivilleben zurückzwingen. Und darauf lasse ich mich nicht ein.»

«Auf was willst du dich nicht einlassen? Auf wirkliche Arbeit in anständigen Verhältnissen? Auf ein zivilisiertes Leben unter zivilisierten Menschen? Es ist doch nicht anrüchiger, Waffen herzustellen, als sie anzuwenden, oder? Was du heutzutage als Zivilist anfangen könntest, noch dazu in deinem Metier? Denk einmal einen Augenblick darüber nach. Du mußt doch in der Lage sein, das Geld, das du hier bekommst, und das Risiko, das du eingehst, gegen das abzuwägen, was dir diese beiden Briefe bringen würden.»

Plötzlich fiel ihm ein, daß er nackt und schon deshalb im Nachteil war. Er schlang sich ein Handtuch um die Hüften und folgte ihr ins Schlafzimmer. Draußen, in dem Stück Himmel, das man durch die geblümten Vorhänge sah, zog ein Flugzeug seine Kreise. Er sah ihm nach, und als es verschwunden war, setzte er sich auf einen falschen antiken Stuhl, der zu niedrig für ihn war.

«Jetzt wollen wir die Sache einmal klarstellen, Monica», sagte er langsam und deutlich wie ein Mann, der den Eindruck äußerster Nüchternheit erwecken möchte. «Ich bleibe bis Kriegsende dabei und fliege, solange ich es schaukeln kann. Mit über dreißig hatte ich es wirklich schwer, so weit zu kommen, und ich ziehe nicht eher wieder Zivilkleider an, als bis das alles vorüber ist. Du kannst alle möglichen Fäden spinnen, aber du kriegst mich nicht von der Stelle. Ein ausgebildeter Pilot ist wahrhaftig ein besserer Anblick als ein ausgebildeter Zivilist, ganz egal, was du von den Zivilisten gehört hast, die dir den Tip gegeben haben.»

«Willst du damit sagen, daß dieses Leben auf unbestimmte Zeit so weitergehen soll? Für uns beide?»

«Was stimmt damit nicht? Was ist plötzlich in dich gefahren?»

«Plötzlich? Glaubst du im Ernst, daß das so plötzlich gekommen ist?»

Er sah sie betont geduldig an. Dabei fiel ihm die Härte ihrer blauen Augen auf, und er sagte sich, daß sie ein wenig zu blau waren, wie der Kern einer Sauerstoff-Azetylen-Flamme. Da traf ihn wie ein Schlag die Erkenntnis, daß sie ihren eigenen Weg gehen werde und schon immer gegangen war, ungeachtet aller Bindungen und Zugehörigkeitsgefühle. Und gleichzeitig machte er eine andere beunruhigende Feststellung. Sie hatte jede Minute der Zeit gehaßt, die sie damit zugebracht hatte, ihm von Lager zu Lager zu folgen, und er mußte blind gewesen sein, daß er das nicht schon vor Monaten erkannt hatte, als er, Andy und Margaret sich in ländlichen Restaurants vergnügt und mit schwarz gekauftem Benzin zwischen den Dienststunden und Lehrgängen Spritztouren unternommen hatten.

«Könntest du einmal versuchen, die Sache mit meinen Augen zu sehen?» fragte er ruhig.

«Nein. Entweder du nutzt jetzt die Gelegenheit, oder ich gehe sofort.»

«Du meinst, wir sollten uns trennen?»

«Wenn nötig, ja. Mit deinen eigenen dämlichen Worten ausgedrückt: Ich habe es satt! Es steht mir bis hier!» Und sie brachte ihre manikürten Finger in Kinnhöhe.

«In Ordnung, Monica. Lassen wir es dabei, bis du wieder bei dir bist.»

Nun endlich schien er sie überrascht zu haben, denn sie wurde blaß und ballte die Fäuste, als ob sie ihm Vernunft einbleuen wolle. Doch dann ging sie zum Angriff über: «Ich bei mir?» schrie sie. «Wer ist denn hier nicht bei sich? Du bist ein erwachsener Mann, oder wenigstens hielt ich dich dafür! Glaubst du vielleicht, das Leben, das wir seit 1939 führen, leuchtet mir ein? Oder irgendeinem anderen vernünftigen Menschen, mit Ausnahme dieser verdammten Narren in den schicken Uniformen, die für ein Hirngespinst jeden Tag ihr Leben aufs Spiel setzen? Die größten Hochstapler, die ich je gesehen habe, die so tun, als brächten sie die größten Opfer, während die wirklichen Opfer von überarbeiteten kleinen Angestellten gebracht werden, die den ganzen Tag schwer arbeiten und von einer Scheibe Brot und einer Dose Sardinen leben müssen. Bei Gott, mir wird schlecht, wenn ich euren ganzen verdammten Haufen sehe, die Abschußtafeln und all den Humbug, mit dem ihr euch gegenseitig davon überzeugen müßt, daß ihr eine besondere Sorte Menschen seid.

Ihr spottet über die Deutschen, die sich für eine Herrenrasse halten! Dabei seid ihr selber noch viel schlimmer! Bei neunzehnjährigen Schnöseln könnte ich es noch verstehen, aber du und Andy und alle die anderen verheirateten Männer, ihr seid wahrhaftig alt genug und müßtet es als das sehen, was es ist. Nach dem Krieg wird das nur noch ein Stoff für Lustspieldichter sein. Wenn du das in deinem Alter nicht siehst, wirst du es nie begreifen. Ich gebe dir jetzt fünf Minuten Zeit, um dich anzuziehen und mit diesen Briefen zu deinem ulkigen Kommandeur zu gehen. Wenn du das nicht tust, dann gehe ich, und sofern du dann noch etwas von mir willst, kannst du dich an meinen Rechtsanwalt wenden!»

Jetzt sah er nicht mehr töricht aus, eher wie betrunken und jeder Entschlußkraft beraubt. Er beobachtete, wie sie ihren kleinen Koffer und die Kosmetiktasche aus dem Schrank holte und dann ihren Leopardenmantel anzog. Draußen zischten Flugzeuge zur Rollbahn, und unten im Haus ertönte der Gong zum Abendessen. Für Monica war es wie das Grabgeläute ihrer Vergangenheit und Zukunft. Sie setzte sich den Hut auf. «Nun, wie steht's? Glaubst du immer noch, ich bluffe?»

«Du hast viel Blödsinn geredet, seit du mit diesen idiotischen Briefen hereingekommen bist. Ich habe mich nie für besonders klug gehalten, aber so dumm bin ich doch nicht, daß ich das tun würde, was du mir sagst. Also gehen wir jetzt zusammen einen trinken und dann . . .»

Er hielt inne, weil sie hinausgegangen war. Er ging ihr nach, ohne daran zu denken, daß er nackt war, bis er auf dem oberen Treppenabsatz stand und sie unten im armseligen Licht einer 25-Watt-Birne zur Tür gehen sah. Er kam sich kleiner und häßlicher vor als je in seinem Leben.

Im Schlafzimmer schenkte er sich einen großen Gin ein und dachte nach. Obwohl er sich an manche Begebenheit erinnerte, als ihr einmal eine Party nicht gefallen oder sie sich nach einem eigenen Haus gesehnt hatte, konnte er sich tatsächlich an nichts erinnern, das ihn hätte warnen können, daß er auf einer Mine säße. Und er hatte noch immer nicht die leiseste Ahnung, was er tun sollte, nachdem sie nun hochgegangen war. Normalerweise wäre er mit seinen Sorgen zu Andy gelaufen, aber der war Tausende von Meilen entfernt, irgendwo in Nordafrika. Und dann fiel ihm ein, daß Andys Frau in London als Krankenschwester arbeitete, seit sein Zwillingsbruder versetzt worden war, und daß Margaret vielleicht Rat wußte. Er war ein Mann rascher Entschlüsse, sowohl auf der Erde als auch am

Himmel, und wenige Minuten, nachdem er ihre Telefonnummer bekommen hatte, rief er sie an.

Das Telefon läutete eine Weile, ehe er Margarets Stimme hörte: «Wer ist dort?»

«Margy? Hier ist Steve! Ich muß mit dir sprechen. Nein, es hat nichts mit Andy zu tun, sondern mit mir und Monica. Sie ist abgehauen. Glatt in die Luft gegangen. Hat mich völlig fertiggemacht. Muß übergeschnappt sein. Die hatte Oberhausmitglieder und Gott weiß wen alles mobilisiert, damit ich wieder ins Geschäft einsteige. Als ich ihr sagte, daß sie spinnt, stellte sie mich vor die Alternative: Entweder Zivilist oder Junggeselle.»

Er wartete, weil er glaubte, ihr Zeit lassen zu müssen, sich von diesem Schock zu erholen. Doch sie reagierte sofort, und ihre Stimme klang keineswegs überrascht, eher sogar ein wenig amüsiert. «Wo ist sie denn hin? Heim zu Mutter?»

«Wie soll ich das wissen? Aber daß sie nach Hause ist, glaube ich nicht. Ihr Vater ist ein geistlicher Militarist und würde sie wegschikken, wenn sie ihm das gleiche erzählt wie mir. Ich frage mich nur warum? Was in aller Welt habe ich getan? Nein, es ist keine andere im Spiel, Ehrenwort! Dann könnte ich das Ganze ja verstehen. Idiotische Frage. Natürlich will ich sie wiederhaben. Schlimm genug, daß ich in dieser Einöde hier festsitze.»

«Wann bekommst du Urlaub, Stevie?»

«Erst wenn der Lehrgang zu Ende ist. Aber ich könnte einen Kurzurlaub bekommen, wenn ich einen Dreh finde.»

Margaret lachte. «Also, dann laß dir einen Dreh einfallen. Komm in die Stadt und hole dir Trost und Rat bei Tante Margaret. Du kannst mich zum Dinner ausführen, und danach gehen wir ins Kabarett. Ich habe schon seit Monaten keinen männlichen Begleiter mehr gehabt außer einem alten Amerikaner von der Botschaft. Und die verstehen überhaupt nichts. Die kugeln sich fast den Arm aus, um ein bißchen männlich zu erscheinen.»

«Ich reiche morgen Kurzurlaub ein. Und jetzt gehe ich mich betrinken. Aber sag mir vorher noch, ob dir je der Gedanke gekommen ist, daß sie dermaßen die Selbstbeherrschung verlieren könnte.»

«Ja», antwortete Margaret, «den Gedanken hatte ich, Stevie. Aber darüber kann man nicht am Telefon reden. Warte – morgen ist Mittwoch. Rufe mich am Freitag um die Mittagszeit an. Ich will sehen, daß ich am Bahnhof sein kann.»

Als Stevie den Hörer auflegte, war ihm wesentlich wohler. Er stritt nicht gern. Schwierigkeiten dieser Art hatte früher immer Andy geschlichtet, der Aggressivere von beiden. Aber nachdem er sich nun jemandem mitgeteilt hatte, konnte er versuchen, sich mit Monicas außergewöhnlichem Benehmen abzufinden. Er zog sich an und ging in die verdunkelte Stadt.

Als er am nächsten Morgen um sieben Uhr geweckt wurde, hatte er auf nichts anderes Appetit als auf Rollmops mit Worcester-Sauce.

4

Er sah sie nicht im Gedränge an der Sperre und stellte sich deshalb an die Schlange vor einer Telefonzelle. Doch plötzlich verzog sich eine Gruppe Matrosen, die gewaltige Seesäcke schleppten – und da stand sie allein vor dem Büfett, mit gespreizten Beinen, die Arme hinter dem Rücken verschränkt, mit einem Lächeln, das ihn aufforderte, mit ihr über das militärische Gewühl auf dem Bahnsteig zu spotten, über diesen Wirbel von Blau, Marineblau und Khaki. Auf Stevie wirkte sie wie die letzte übriggebliebene Vorkriegsfrau.

Sie gab ihm einige schwesterliche Küsse, aber die Art, wie sie seine Hand hielt und an ihre Brust drückte, verriet ihm, wie sehr sie Andy vermißte und wie sie sich freute, ihn zu sehen. Stevie besaß nicht viel Phantasie, aber es gab nicht viel, was er über liebebedürftige Frauen noch lernen mußte. Es schmeichelte ihm, daß sie sich für ihn schick gemacht hatte, denn er hatte damit gerechnet, sie werde eine Schwesternhaube und einen dieser dramatischen Umhänge tragen, die Krankenschwestern meistens anhatten, wenn sie sich für eine Stunde frei nahmen. Margaret hatte nie Monicas guten Geschmack gehabt, aber heute war er froh darüber. Sie war ganz wie früher.

«Donnerwetter, Margy», sagte er. «Das ist eine Freude! Außer Monica sahen alle Frauen, denen ich in den letzten drei Monaten begegnet bin, wie Gefängniswärterinnen aus. Wohin gehen wir feiern?»

«Ich habe frei bis morgen früh um sechs», erklärte sie. «Ich habe meinen Dienst mit einer anderen getauscht. Hat mich dreißig Shilling gekostet. Es mußte erst ein Weltkrieg kommen, ehe ich den Wert des Geldes richtig schätzen lernte.»

«Weshalb bist du überhaupt wieder Krankenschwester geworden? Hattest du doch überhaupt nicht nötig. Andy sagte dir doch, du sollst die Wohnung in Birmingham hüten. Wegen der Fliegerangriffe kannst du nicht dort weggezogen sein, sonst wärst du nicht nach London gekommen.»

«Ich hatte Langeweile, und Krankenpflege ist das einzige, was ich kann.» Sie winkte ein Taxi heran. – «Warten wir mit dem Erzählen, bis wir etwas gegessen haben, Stevie. Ich führe dich in ein Lokal in Soho, wo die Amerikaner hingehen. Die anderen, die du kennst, sind alle entweder ausgebombt oder geschlossen. Es ist gar nicht so einfach, in der Stadt essen zu gehen. Man muß die richtigen Leute kennen.»

Ihre neuerworbene Weltgewandtheit überraschte ihn, und er fragte sich, woher sie die wohl hatte. War es die Gesellschaft von Zivilisten, die sie gefunden hatte, nachdem Andy versetzt worden war, und wenn ja, waren diese Bekanntschaften mehr als bloße Flirts? Doch er fand, daß ihn dies nichts anginge. Schließlich hatte sie das Recht, aus ihrer häßlichen Arbeit hier in dieser düsteren Ruine von einer Stadt das Beste zu machen.

Er hatte vergessen gehabt, wie schwer die deutsche Luftwaffe im Winter 1940/41 London mitgenommen hatte, und beim Anblick von Weidengestrüpp, das in den Trümmern wuchs, überlegte er, ob wohl das britische Bomberkommando in Hamburg, Düsseldorf und Köln dasselbe leistete.

«Ihr habt lange keine Angriffe mehr gehabt, nicht wahr?»

Sie sagte, nicht mehr seit dem schweren Angriff vom Mai des vorigen Jahres, auf Grund dessen die Londoner ziemlich rußlandfreundlich geworden seien. «Aber reden wir nicht von dem dummen Krieg, Stevie. Ich kann Monicas Standpunkt verstehen. Sie findet ihn furchtbar langweilig. Aber ich sehe nicht ein, warum sie das an dir auslassen mußte.» Sie beugte sich vor und rief durch die Glasscheibe: «Biegen Sie hier rechts ab, dann die erste Straße links.» Und zu Stevie gewandt: «Es nennt sich ‹Lune de Paris›, Gott weiß warum. Es wird von ein paar gerissenen Zyprioten geführt.» Dann ließ sie sich in den Sitz zurückfallen, wobei es ihr gelang, halb auf seinem Knie zu sitzen, so daß er im stillen lachen mußte. Ziemlich sinnlich, die kleine Hexe, dachte er. Ob sie mir einen Sack voll Lügen darüber auftischen wird, was sie in ihrer Freizeit treibt?

Sie stiegen aus und betraten ein Restaurant, wo die Tische schon zum Abendessen gedeckt waren.

Das Essen war für Kriegsverhältnisse gut, und Margaret erzählte, der Besitzer verfüge über gute Verbindungen auf dem Schwarzmarkt, und er habe auch recht, wenn er sich ihrer bediene. Alle müßten essen, und man könne schließlich nicht dauernd von Magermilch leben. «Du kannst dich darauf verlassen, daß sie das draußen auf dem Land auch nicht tun», fügte sie heiter hinzu. «Ich wette, deine

Eltern und die anderen Leute im Tal brauchen nicht mit Eipulver und trockenem Käse schlafen zu gehen.»

«Die anderen vielleicht nicht», überlegte er, «aber ich kann mir den Chef nicht bei Schwarzmarktgeschäften vorstellen. Dazu ist er viel zu ehrlich.»

«Ich kann ihn gut leiden», sagte Margaret zu seiner Überraschung. «Schon von Anfang an, seit Andy mich dort vorstellte. Wußtest du das eigentlich?»

«Nein», sagte er. Das Geständnis freute ihn. «Ich dachte, du nimmst ihn einfach als gegeben hin wie wir alle. Was gefällt dir an ihm?»

Sie überlegte. «Er ist so aufrichtig. Er weiß genau, was er will. Das ist heutzutage selten, Stevie.»

Es war seltsam, sie so von seinem Vater sprechen zu hören, denn er selbst dachte kaum einmal an seine Eltern, höchstens sah er im Geist zwei nette, rückständige alte Leutchen, weit hinten in der Provinz, umgeben von Bauerntölpeln, die einen komischen Dialekt sprachen.

«Warum gehst du eigentlich nicht dorthin, Margy? Sie würden sich freuen, wenn du zu ihnen ziehen würdest.»

Aber Margaret schüttelte lebhaft den Kopf. «Nein, ausgeschlossen! Du und Andy und Monica, ihr habt mich für so etwas völlig verdorben. Da gibt es kein Zurück.» Ehe er sie bitten konnte, ihm diese merkwürdige Äußerung zu erklären, prostete sie ihm mit dem Cognac zu. Er mußte daran denken, wie man sie vor dem Krieg hatte drängen müssen, damit sie ein zweites Glas Gin mit Vermouth nahm. «Gehen wir nachher ins Kabarett? Gaspard kann uns Karten besorgen. Hintenherum natürlich. Bist du bei Kasse?»

Er fragte, ob er mit einem Scheck bezahlen könne, und sie erklärte, das sei möglich. Gaspard, der Kellner, schlich davon wie ein südländischer Zuhälter und kam nach zehn Minuten mit der Nachricht wieder, es seien zwei Logenplätze reserviert.

«Du hast dich aber doch hier ganz schön zurechtgefunden, Margy», sagte Stevie. «Andy wäre stolz auf dich.» Dann sah er auf die Uhr. Es war schon beinahe sieben, und er dachte daran, daß er sich noch im Offiziers-Club in Piccadilly einquartieren mußte. «Ich habe dir überhaupt noch nichts von Monicas Blitzkrieg erzählt.»

«Das hat Zeit», wehrte sie ab. «Wir sind hier, um uns zu entspannen. Du brauchst auch nicht lange nach einem Bett zu suchen. Ich habe eine sehr bequeme Couch in der Wohnung. Ich wohne mit einer Freundin zusammen. Henrietta arbeitet in der amerikanischen

Botschaft. Die Couch steht dir immer zur Verfügung, wenn du in London bist. Jetzt laß mir mal eine Minute Zeit, ich will mich noch herrichten. Gaspard kann inzwischen ein Taxi besorgen. Man geht nicht zu Fuß, wenn man fahren kann. Einer von Andys Sprüchen, weißt du noch?»

Während er auf ihre Rückkehr wartete, dachte er über sie nach, über ihre plötzlichen Stimmungswechsel vom leichten Geplänkel zu Heimwehanfällen, in die Andy, seine Eltern und sogar das Tal zu Hause einbezogen waren, fast so, als wäre das alles nur Fassade, damit ihre wirkliche Stimmung nicht sichtbar würde. Es gab kaum einen Zweifel, daß sie aufs äußerste angespannt war und daß die lange Trennung von Andy ihre Nerven, die schon durch die Schlacht um England angeknackst gewesen waren, sehr in Mitleidenschaft zog.

Als sie zurückkam, war sie noch hübscher als zuvor. Ihre lebhafte Stimmung hielt den ganzen Abend an und auch dann noch, als sie durch die finsteren Straßen gingen und nach einem Taxi suchten, das sie zu ihrer Wohnung bringen sollte. Sie wohnte im zweiten Stock eines großen viktorianischen Hauses. «Es liegt in der Nähe des Krankenhauses», erklärte sie, während sie nach dem Schlüssel suchte. «Wenn ich einmal kurz dienstfrei habe, kann ich immer nach Hause gehen. Wir waren ursprünglich zu dritt, aber Vera wurde versetzt, und jetzt wohne ich nur noch mit Henrietta zusammen. Es kostet uns glatte fünf Pfund die Woche. Dumm, nicht wahr? Ich verdiene nur halb soviel, und das bei zehn Stunden Dienst am Tag.»

Im Licht der bläulichen Treppenhausbirne tasteten sie sich die Treppe hinauf. Dann ließ sie ihn auf dem Treppenabsatz warten, während sie die Verdunkelung herrichtete. «Wir haben einen richtigen Nazi-Luftschutzwart hier. Der ruft sofort das Überfallkommando, wenn er auch nur zwei Fuß Lichtstreifen sieht. So, jetzt stimmt's. Was trinkst du? Ich habe fast alles da. Henrietta besorgt es irgendwo, und ich frage nicht, ob sie es geschenkt bekommt, kauft oder erarbeitet.»

Sie brachte ihm einen großen Cognac und einen zweiten für sich selbst. Die Wohnung war gut eingerichtet mit großen, schweren Möbelstücken von der Art, wie man sie in einem Haus erwarten würde, das den Forsytes gehörte. Außer einem großen Wohnraum und einer unaufgeräumten Küche war ein Zimmer mit zwei Betten vorhanden, in dem allerlei weiblicher Kram herumlag.

«Viel Hausarbeit machen wir hier nicht, wie du siehst», sagte sie. «Wir haben eine Putzfrau, die kommt einmal die Woche, aber sie ist eine Schlampe und die meiste Zeit angesäuselt.»

«Hat denn Henrietta nichts dagegen, wenn ich es mir hier gemütlich mache?» fragte er, als sie Leintücher und Decken brachte und sie auf der Couch im Wohnzimmer ausbreitete.

«Die nicht! Das ist kein konventioneller Typ. Jede Woche ist der eine oder andere von ihren Freunden hier. Wenn sie heute einen mitbringt, wird er sich eben in die Küche legen müssen.» Sie stellte die Gasheizung an und ließ sich dann in einen Sessel fallen. «Das ist der netteste Abend seit Andys letztem Urlaub vor seiner Versetzung. Ich bin froh, daß Monica dir weggelaufen ist.» Sie streckte die Beine dem roten Schimmer der Gasheizung entgegen. «Und nun erzähl mir von deinem Kummer.»

Er berichtete ihr die Wahrheit, so wie er sie sah, beschrieb die Szene im Hotelzimmer in allen Einzelheiten sowie sein ganzes Verhältnis zu Monica während der letzten Monate.

«Das kommt mir alles so belanglos vor», sagte sie stirnrunzelnd. «Man benutzt einander, mehr nicht. Zwischen mir und Andy war es nie so, von Anfang an nicht.» Aber ehe er auf diese offenherzige Erklärung eingehen konnte, fuhr sie fort: «Könnte da vielleicht noch jemand im Spiel sein?»

«Mensch, Margy, ich sagte dir doch schon am Telefon . . .»

«Idiot! Ich meine doch nicht eine andere Frau! Ich meine einen anderen Mann!»

Das war eine Möglichkeit, die ihm überhaupt noch nicht in den Sinn gekommen war. Es kam ihm fast wie eine Beleidigung vor, sich auszumalen, wie die wählerische Monica mit einem Fremden ins Bett stieg.

«Nein», sagte er. «Das ist weit danebengegriffen. Wenn du nur eine Minute darüber nachdenkst, ist dir das klar. Ich war zwar kein hundertprozentiger Engel, aber ich wette die ganze Bank von England, daß sie einer war. Nicht unbedingt aus Liebe zu mir, sondern weil sie so verdammt hygienisch ist.»

«Das stimmt», gab Margaret fast bereitwillig zu, «außerdem würde sie das nie wagen. Wahrscheinlich meint sie es ernst von wegen wegbleiben, bis du deine Ansichten geändert hast. Und wirst du das überhaupt tun?»

«Kann ich ja nicht! Wie stehe ich denn vor meinen Vorgesetzten da? Noch ein Feigling, der sich durch die Hintertür davonmacht. Schließlich kommt das gerade beim Bomberkommando oft genug vor. Da bricht ab und zu einer zusammen.» Er stand auf und ging im Zimmer auf und ab. «Andy fehlt dir sehr, nicht wahr, Margy?»

«Und wie!»

«Mir auch. Das ist das erste Mal, daß wir getrennt worden sind. Wir haben immer dasselbe gewollt, und zwar immer zur gleichen Zeit. Es war doch immer sehr fidel, damals mit uns vieren.» Er blieb stehen und sah sie an. «War dir Monica eigentlich sympathisch?»

«Nein. Und ich ihr auch nicht, aber ich habe sie deinetwegen ertragen.» Sie sah ihn forschend an. «Und dir? Warst du denn so ganz hingerissen von ihr? Mir kam es immer so vor, als hätte sie dich geheiratet und dann erst entdeckt, daß sie zwei Männer hatte statt einem.»

Er fand diese Sicht der Dinge ganz einleuchtend, war aber nicht bereit, es zuzugeben, jedenfalls noch nicht. «Das ist Quatsch! Monica und ich haben uns prima verstanden, bis sie das Soldatenleben über bekam. Im Bett war sie nicht so hochnäsig.»

«Das glaube ich gern. Diese eingebildeten Typen sind im Bett meistens ganz anders. Aber man lebt ja nicht im Bett, nicht wahr?»

Sie schaltete das Radio ein. Leichte Musik kam aus dem Apparat. Sie schleuderte die Schuhe von den Füßen. «Ich bin ein bißchen blau, Stevie. Ich könnte dauernd kichern und dann wieder weinen. Außerdem muß ich morgen früh um halb sechs schon weg. Ich gehe lieber schlafen. Morgen früh mache ich dir Tee und gebe dir den Abschiedskuß.»

«Gib mir den Kuß jetzt gleich», bat er und war ihr aus irgendeinem Grund ungeheuer dankbar.

«Lieber nicht», sagte sie. «Ich habe eine halbe Flasche Burgunder und drei Cognac intus, und ich vertrage nicht soviel wie du und Andy. Wenn ich einmal deine Arme spüre, bringst du mich nur noch in der Zwangsjacke in mein Bett.» Sie hob die Hand und ging betont sicheren Schritts ins Schlafzimmer. Durch die offene Tür sprach sie weiter, während er seine Couch zurechtmachte. «Laß nur die Fenster zu, und wenn es noch so stickig ist. Du müßtest die Verdunkelung herunternehmen, und binnen fünf Sekunden würde der Luftschutzwart an die Tür hämmern.» Er hörte sie gähnen. Er machte sein Lager fertig und sah dann durch die offene Tür. Ihre Wäsche war auf dem Boden verstreut, die Nachttischlampe brannte noch, aber sie schlief schon. Er ging hinüber, um das Licht auszuschalten, und betrachtete sie, ihr freundliches, volles Gesicht, den frischen Teint, die absurde Frisur, die fast ihre Augen verdeckte. Finster dachte er: Andy wußte doch immer, was er tat, der Saukerl.

Er schreckte auf, zwinkerte, sah aber nichts in dem verdunkelten Zimmer. Ganz in der Nähe hörte er ein regelmäßiges Schnüffeln, wie von jemandem, der von einem Laufschnupfen geplagt wurde. Die Couch war zwar groß, bot ihm aber trotzdem nicht genug Platz, und er hatte einen Krampf im linken Bein. Er richtete sich auf und zog sich die Decke um die Schulter.

«Bist du das, Margy? Warte, ich mache Licht.»

«Nein, Stevie!» sagte sie eindringlich. «Kein Licht!»

Er wartete verdutzt. «Was ist denn los? Ist dir nicht gut?» Das Schnüffeln hörte auf. «Ist es wegen Andy? Wirst du nicht damit fertig?»

Dann war sie neben ihm, und er spürte ihre bloßen Schultern. Sie trug keinen Morgenrock, nur ein ganz leichtes Seidennachthemd, und er hatte plötzlich schreckliches Mitleid mit ihr, wie er es etwa für ein Kind empfunden hätte, das allein in Nacht und Regen herumirrte.

Er zerrte eine Decke von der Couch und warf sie ihr über die Schultern. «Wenn du die ganze Nacht schnüffeln willst, dann schnüffle nur.» Ihre Hilflosigkeit rührte ihn, und nebenbei fragte er sich, wo wohl ihre Zimmergefährtin sein mochte und was sie von ihnen beiden denken mußte, wenn sie hier eines Wintermorgens um drei unter einer Decke zusammenkrochen.

Das Schnüffeln war nun völlig verstummt, aber Margy zog sich nicht in ihr eigenes Bett zurück. Ihr Parfum erinnerte ihn ausgerechnet an einen Sommer im Tal, als er noch ein Junge gewesen war und auf seinem Pony den Shallowford-Wald durchquert hatte. Sie war eben solch ein Mensch, fand er, und war nie anders gewesen, trotz all der Jahre, die sie in mondänen Kurorten auf dem Kontinent und in den nord- und mittelenglischen Städten herumgetobt waren. Sie gehörte im Grunde nicht in die großen Städte. Sie ähnelte eher seiner Mutter als Monica – ein Mensch, der das freie Land brauchte, Landluft, reichlich gutes Essen und einen guten, herzhaften Ehemann, der ihre primitiven Instinkte teilte. Sie war in ihrem Quartett immer die Außenseiterin gewesen, die nur um seinetwillen und Andys wegen mitmachte, denn sie spürte, wie stark das Band zwischen den beiden Brüdern war. Sie war im Grunde soviel wert wie zehn Monicas.

«Ich mache uns Kaffee», sagte er, doch sie streckte die Arme aus und hielt ihn zurück, indem sie die Decke so fest um sie beide zog, daß er sich gewaltsam hätte losmachen müssen.

«Du hast mir von dir und Monica erzählt», sagte sie plötzlich. «Aber du weißt nichts über mich. Ich wachte vorhin auf und hatte Angst, Stevie! Vor allem möglichen. Du mußt mir helfen! Ich kann nicht so weitermachen, und besser du als irgendeiner, verstehst du?»

Er verstand nicht, und wenn er verstand, dann wagte er nicht zu glauben, was ihre Bitte bedeutete. «Sprich nur», sagte er, «du kannst mir alles erzählen, wenn du meinst, es tut dir gut.»

«Es wird mir guttun», bestätigte sie, «mehr als du denkst. Es ist einfach zu viel für mich, daß ich schon so lange niemanden habe. Ich wußte, daß ich es nicht aushalten konnte, schon ein paar Tage nachdem Andy weg war. Aber ich hielt durch, solange ich konnte, länger als ich konnte, verstehst du jetzt? Dann fing ich an zu trinken. Es half eine Weile, aber dann wurde dadurch alles nur noch viel schlimmer. Letzte Weihnachten hatte ich Johnny, einen Medizinstudenten. Und nach ihm kam ein Amerikaner von der Botschaft, den Henrietta mitgebracht hatte. Hinterher fühlte ich mich immer ganz furchtbar und hätte mich am liebsten umgebracht. Kannst du das verstehen? Ich wollte die Fenster und Türen abdichten und die Gasheizung anstellen. Neulich abends, kurz ehe du anriefst, war ich wieder einmal so weit. Entweder mußte ich das tun oder hinausgehen und mir einen Mann suchen, irgendeinen Mann. Ich weiß nicht, wie die anderen Ehefrauen damit fertig werden. Vielleicht sind sie anders veranlagt als ich, oder vielleicht sind sie nicht jede Nacht von einem so kräftigen Mann wie Andy umarmt worden. Aber so liegt die Sache, und wenn du mich jetzt mannstoll nennst, kann ich es dir nicht verdenken. Das bin ich anscheinend tatsächlich, nur wäre alles nicht so schlimm gewesen, wenn ich diese Männer nicht gebraucht hätte – ich meine, wenn Johnny oder der Yankee mir nicht nur im Bett etwas bedeutet hätten.» Sie schwieg einen Augenblick. «Willst du mich jetzt ins Gesicht schlagen, Stevie?»

Sie hatte ihn um sein Urteil gebeten, aber er wußte nichts Sinnvolles zu sagen. Sie hatte es nur zu klargemacht, daß sie einen aussichtslosen Kampf gegen sich selbst geführt hatte, von dem Augenblick an, als Andys Truppentransporter mit unbekanntem Ziel abgefahren war. Die Männer im Nahen Osten bekamen keinen Urlaub, und es konnte Jahre dauern, ehe sie wieder in seinen Armen lag, vielleicht würde es nie sein. Sie war einfach nicht der Mensch, der zu Hause sitzen konnte und hoffen, sich erinnern, nachdenken oder seine Gefühle auf Briefpapier ergießen. Dann fiel ihm noch etwas anderes ein, und es beunruhigte ihn noch mehr als ihr Geständnis. Sie hatte am Abend eindeutig etwas von ihm erwartet, und ebenso eindeutig war es, daß ihre Zimmergenossin Henrietta nicht erscheinen würde. Es fiel ihm ein, wie zwangslos sie ihn eingeladen und wie sie sich schon im Taxi halb auf seinem Knie niedergelassen hatte. Er erinnerte sich auch an die impulsive Geste im Bahnhof, wo sie seine Hand an ihre

Brust gepreßt hatte. Danach hatte sie dem Cognac und dem Wein zugesprochen und war dann plötzlich ins Bett gewankt, ehe sie sich verraten hatte. Und nun war da ihr Geständnis, daß sie schon mit zwei anderen Männern geschlafen hatte, und sie gab zu, daß sie die beiden gebraucht hatte. «Besser du als irgendeiner», hatte sie gesagt, und damit schien der letzte Beweis geliefert – schlimmer noch, damit war die Entscheidung ihm überlassen. Es schien fast, als wäre er für sie ein Teil von Andy, einer, an den sie sich wenden konnte, ohne untreu zu werden, nicht nur, weil er Andys Zwillingsbruder war, sondern weil sie die ganze Zeit zusammen gelebt hatten, überall zusammen hingegangen waren und alles gemeinsam getan hatten. Aber konnte man darauf eine Rechtfertigung bauen? Und war es von seiner oder ihrer Seite aus ein kleinerer oder gerade ein schlimmerer Betrug?

«Als wir gestern abend hier hereinkamen – was hast du da eigentlich erwartet, Margy?»

«Ich weiß nicht», antwortete sie. «Ich wußte nur, daß Henrietta nicht nach Hause kommen würde, und ich hoffte einfach nur. So konnte ich mir immer einreden, es wäre nur halb meine Schuld, wenn etwas geschehen würde. Außerdem ist es keine Ausrede, wenn ich sage, daß ihr zwei für mich immer einer gewesen seid. Das seid ihr doch auch. So kam es, daß ich in dem Augenblick, als ich aufwachte und daran dachte, daß du hier im Zimmer bist, einfach hereinkommen und mit allem herausplatzen mußte.»

«Und ist dir jetzt wohler, nachdem ich davon weiß?»

«In einer Hinsicht schon. Ich wäre verrückt geworden, wenn ich es noch länger hätte für mich behalten müssen. Aber dich nur zu sehen und deine Stimme zu hören, ist für mich eine Qual. Ohne den Alkohol hätte ich den Abend nicht durchgestanden.»

«Margy, das ist verrückt!» sagte er. «Ich habe dich weiß Gott sehr gern, aber du und ich – was würde das nützen? Wenn ich morgen weg bin, würdest du dich noch viel elender fühlen. Und ich – ich käme mir wie der größte Schuft vor, jedesmal wenn ich an dich oder an Andy denke. Dir würde es doch genauso gehen, oder nicht?»

«Nein», erklärte sie, und die Festigkeit ihrer Stimme schockierte ihn. «Mir nicht. Ich wäre nur froh, weil du es wärst und nicht irgendeiner, der gerade eine Frau sucht, die leicht zu haben ist.»

Jetzt wäre er am liebsten geflüchtet und hätte sie mit einer konventionellen Geste abgewiesen. Aber sein Verlangen nach ihr wurde dadurch nicht geringer, daß sein Zorn gleichzeitig mit seinem Mitleid wuchs. Sie wußte genau, wie ihm zumute war, aber sie half ihm nicht. Er wußte, das war kein Mangel an Mitgefühl ihrerseits, sondern kam daher, daß die beiden vergangenen Monate ihr die Kraft zu eigenen Entscheidungen in Gefühlsdingen genommen hatten.

Er wußte nicht, wie lange sie dasaßen, ihr Kopf an seiner Schulter, ihr Körper an ihn gelehnt. Dann sagte sie mit der gleichen leeren Stimme: «Außerdem kommt Andy sowieso nicht zurück. Ich wußte es schon an dem Tag, an dem wir uns auf dem Bahnhof in Chester verabschiedet haben. Vielleicht habe ich nur deshalb so gehandelt, ich weiß es nicht. Ich weiß überhaupt nichts mehr, nur daß alles kaputtgeht und ich nur deshalb kein Bedürfnis habe, Schluß zu machen, weil du da bist.»

Daß sie sich so fatalistisch mit Andys möglichem Tod abfand und daß in ihrer Stimme eine solche Verzweiflung mitschwang, versetzte ihn in eine Angst, wie er sie niemals in den Gefahren erlebt hatte, denen er fast tagtäglich gegenüberstand. Hilflos sagte er: «Um Himmels willen, Margy, rede doch nicht so . . .»

Da schleuderte sie die Decke von der Couch. Er dachte, sie wolle ihm jetzt endlich den Schnaps bringen, den er so dringend brauchte. Aber sie ging ins Schlafzimmer, ließ die Tür offen und schaltete die Nachttischlampe an. «Zieh endlich was an, und dann trinken wir einen Schluck!» rief er wütend.

«Ich trinke nichts mehr», sagte sie ruhig. «Wenn du etwas willst, dann bediene dich.»

Einen Augenblick herrschte Schweigen. Er nahm alle Kraft zusammen, wollte aufstehen, sich einen Cognac einschenken und sich dann davonmachen, ehe sie wieder in Reichweite kam. Doch da erschien sie schon wieder in der Tür. Das Licht war hinter ihr und machte ihr Nachthemd durchsichtig. Jetzt sah sie genauso aus, wie er sie sich gerade ohne Kleider vorgestellt hatte, ihre Gliedmaßen rundlich und wohlgeformt, so daß er plötzlich an die Figur seiner Frau denken mußte: eckig und überhaupt nicht verheißungsvoll. Sie stand ganz still und sah ihn an, ohne eine Spur von Verlegenheit oder Schuldgefühl. Dann sagte sie ganz ruhig: «Wer A sagt, muß auch B sagen! Das war auch einer von Andys Sprüchen, nicht wahr? Also nun komm endlich her und mach die verdammte Tür hinter dir zu!» Damit ließ sie das Nachthemd fallen und legte sich langsam ins Bett.

Sie mußte ihn wachrütteln, als sie den Tee brachte, und als er die Augen öffnete, stand sie in genau dem rot gefütterten Umhang da, den er am Bahnhof an ihr zu sehen erwartet hatte. In ihrem Verhalten und ihrer Miene war keine Spur von Hysterie mehr zu finden, und als sie mit ihm sprach, hätte es ebensogut am Strand von Deauville sein können, wo er und Andy und Monica in der Sonne lagen, während sie wegging, um mit einem der idiotischen kleinen Automaten zu spielen, aus denen sie ihr vieles Kleingeld bezog.

«Ich muß jetzt gehen, Stevie. Laß dir Zeit! Du hast es ja nicht eilig, nicht wahr?»

«Nein, absolut nicht.» Als er die Tasse nahm, übertrug sich etwas von ihrer Gelassenheit auf ihn, und er betrachtete sie mit einer gewissen Hochachtung. Sie löste ihre Probleme rasch und entschlossen.

Er wollte etwas sagen, aber sie legte ihm einen Fingern auf die Lippen. «Kein Verhör», sagte sie. «Wann mußt du wieder im Lager sein?»

«Morgen früh um acht. Das heißt, ich muß den Zug um ein Uhr dreißig erreichen. Kommst du vorher zurück?»

«Das wird schon gehen», sagte sie. «Und mache dir keine Sorgen wegen Henrietta. Sie verbringt selbst ein kleines schmutziges Wochenende in Kings Lynn, glaube ich. Sie kommt nicht vor morgen abend zurück. Also, bis später! Im Kühlschrank sind Cornflakes und ein paar Scheiben Speck. Milch auch, falls du Kaffee machen willst.» Sie küßte ihn auf den Mund, und danach lachte sie leise auf. «Du bist ganz voller Lippenstift. Und du siehst aus wie ein Clown mit gebrochenem Herzen. Mach dir keine Gedanken. Es ist geschehen, und es bleibt geschehen. Mach das Beste daraus, bevor alles kaputtgeht.»

Das Herz des Tals

I

An einem Abend Anfang April 1942, als die Abenddämmerung über die Pferdekoppel heranschlich, sah Paul, wie der arg mitgenommene Familien-Austin über den lockeren Kies der Einfahrt heraufkam und ihm ein Schwarm trockener Kastanienblätter wie geschäftige Vorreiter vorauseilte. Er stand am Bibliotheksfenster, und sein schmales Gesicht trug den sogenannten «elisabethanischen Ausdruck», was besagte, daß er über einem Problem brütete, das zwar verwickelt, aber nicht unbedingt unlösbar war.

Ein solches Problem verfolgte ihn schon, seitdem Patrick, freier Gutsbesitzer und zur Zeit ohne Gutshaus, davon gesprochen hatte, er wolle sich freiwillig melden, worauf ein lange anhaltender Streit im Herrenhaus ausgebrochen war. Am Morgen hatte Paul gesehen, wie Patrick einen zusätzlichen Kanister gehorteten Benzins im Kofferraum des Austin verstaute, obwohl er mit dem Benzin, das noch im Tank war, sehr gut zu seinem angeblichen Ziel und wieder zurück hätte kommen können. Pauls Unruhe hinsichtlich der Pläne Patricks steigerte sich noch, als dieser den ganzen Tag wegblieb, zumal beim Mittagessen Mary eine geistesabwesende Miene gezeigt hatte. Ärgerlich hatte er daraufhin zu Claire gesagt: «Wenn er losgezogen ist, um sich freiwillig zu melden, werde ich seinen Tatendrang irgendwie hemmen, und wenn ich mich an den Landwirtschafts-Ausschuß wenden muß. Das ist einfach idiotisch, und das weiß er selbst. Hergott, wir haben schon drei Söhne und einen Schwiegersohn in Uniform, während die meisten Leute hier sich an ihre Freistellung klammern wie an einen Rettungsring.»

Das stimmte nicht ganz. Es waren nur noch zwei junge Landwirte im Tal, David Pitts von Hermitage und Bob Eveleigh von Four Winds, aber Paul sagte es, um sich selbst zu rechtfertigen. Er fand tatsächlich, daß Patricks Dienst für die Nation hier im Tal viel wertvoller war als in einer Kampfeinheit. Aber das war nicht der wahre Grund, weshalb er sich dem Eintritt seines Schwiegersohns in den Militärdienst so heftig widersetzte. Sein Widerstand entsprang gleichzeitig sehr persönlichen und sehr instinktiven Beweggründen, denn er beruhte auf dem Glauben, daß die ganze Zukunft in Frage gestellt sei, wenn Patrick in den Krieg verwickelt wurde, nicht nur die Zukunft seiner Tochter, sondern die des Tals. Er sah den Zweiten Weltkrieg als einen Zweikampf zwischen einer Horde von Sadisten und seiner privaten Ecke der englischen Provinz an. Es schien ihm absurd, so viel für so wenig aufs Spiel zu setzen, den Fortbestand einer Lebensweise für einen einzigen ausgebildeten Soldaten im Feld. Es machte ihn wütend, daß niemand, nicht einmal seine eigene Tochter, die Gefahr lief, ihr ganzes persönliches Glück zu verlieren, seinen Standpunkt teilte.

Er wandte sich vom Fenster ab und schlenderte in sein Büro. Über dem Zeichentisch hing der Gutsplan an der Wand mit den Markierungen von vierzig Jahren. Er studierte sie trübsinnig und stellte jene Art von Berechnungen an, die er schon immer angestellt hatte, seit er als dreiundzwanzigjähriger Anfänger hierhergekommen war. Er fand die Ergebnisse verdächtig ähnlich jenen, zu denen er 1915 und 1916 gelangt war.

Im Westen war die Verteidigungslinie noch beeindruckend. Bob Eveleigh war nicht nur ein vernünftiger Junge, sondern auch ein guter Sohn, der seine verwitwete Mutter nicht ihrem Schicksal überlassen würde. Das war ein kleiner Trost, der aus dem idiotischen Luftangriff herauszuklauben war, denn Harold Eveleigh war nie der Bauer gewesen, der sein Sohn zu werden versprach. Die dreihundert Morgen von Hermitage nordöstlich von Four Winds waren in den Händen des nüchternen David Pitts, des Sohns von Pauls ältestem Freund im Tal, und Henry Pitts selbst war immer noch imstande, ein gutes Tagewerk zu leisten, wenn er nicht gerade wieder einmal ein Verbrechen beging, indem er ein überzähliges Schwein schwarz verkaufte. Periwinkle, das Gut ohne Gutshaus, war jetzt dem Herrschaftsgut zugeschlagen worden, und der breite Waldstreifen hinter Hermitage war im Augenblick nicht gefährdet. 1916 hatte Paul die größte Mühe gehabt, das Holz vor den gierigen Handlangern der Regierung zu bewahren. Bisher hatten sich in diesem Krieg keine derartigen Forderungen ergeben, denn zur allgemeinen Überraschung gab es keine Grabensysteme und daher auch keinen Bedarf an Grabenholz.

Weiter östlich allerdings gab es reichlich Grund zur Sorge. Hier lagen der einstige Hof der Derwents, High Coombe, Francis Willoughbys Domäne Deepdene und schließlich der alte Potter-Besitz, der jetzt von Brissot und Jumbo Bellchamber bewirtschaftet wurde, und jede dieser Bastionen war auf ihre Weise schwach. High Coombe, ein gesundes Gut, bis Dick Potter den törichten Einfall gehabt hatte, sich zum Kriegsdienst zu melden, wurde von einem launischen

Amateurlandwirt verpfuscht, dem Paul noch nie getraut hatte trotz seines akademischen Grads und seiner pseudowissenschaftlichen Methoden. Er argwöhnte, daß der neue Pächter, ein Städter namens Archer-Forbes, im Jahre 1940 Landwirt geworden war, um sich vom Militärdienst zu drücken und um sich, seiner Frau, die angeblich Künstlerin war, und seinen zahllosen Kindern die Mägen zu füllen. Die Kinder hatten hochtrabende Namen wie Peregrina, Orela und Rhoda, und wer seinen Kindern solche Namen gab, war ganz sicher kein zuverlässiger Mann. Es schien Paul, als ob die Sippe Archer-Forbes sein Mißtrauen nicht nur erwiderte, sondern ihn und seine ganze Lebenshaltung für so anachronistisch hielt wie den Feudalismus.

Weiter hangabwärts, auf Deepdene, wirtschaftete zwar Francis Willoughby weiter, aber die Willoughbys waren niemals robuste Leute gewesen, und der asthmatische Francis, ein überzeugter Junggeselle, bot keine Hoffnungen auf einen Nachfolger. Südlich davon, auf Low Coombe, machten die zweihundert Morgen, die einst die Familie Potter mit wechselndem Erfolg beackert hatte, eine ihrer immer wiederkehrenden Krisen durch. Paul argwöhnte, das dortige Gutshaus diene als Verrechnungsstelle des örtlichen Schwarzhandels, die von dem einstigen Wilddieb und Scharfschützen des Ersten Weltkriegs und dessen französischer Frau Marie überwacht wurde. Er hatte keine Beweise dafür. Aber Jumbo benahm sich, als wäre er eher hinter einem Londoner Marktstand zu Hause als in Ackerbau und Viehzucht in einer abgelegenen englischen Grafschaft. Paul hatte Smut und Jumbo im Nebenzimmer des «Raben» zusammen tuscheln sehen, und damit war bewiesen, daß sie etwas im Schilde führten, denn bis vor kurzem hatten sie in der allgemeinen Gaststube verkehrt, wo ein vertrauliches Gespräch unmöglich war. Bei Smut konnte man sich zwar darauf verlassen, daß er das Tal nicht in den Gerichtssaal zerren werde, und wenn nur, um seines Gutsherrn willen. Die beiden hatten immer noch ein herzliches, persönliches Verhältnis zueinander. Jumbo Bellchamber aber hatte keine emotionalen Bindungen zum Tal oder zum Gutsherrn. Der einzige Grund seiner Anwesenheit war der Umstand, daß er eine der Potter-Töchter geheiratet hatte.

Im Verhalten dieser beiden Männer bemerkte Paul die ersten Anzeichen von Trockenfäule im System seines gütigen Despotismus, das solange im Sorrel-Tal geherrscht hatte. Keiner von beiden war je unterwürfig gewesen, und er hatte sie immer als Freunde betrachtet, die ihm jene Art von Treue schuldeten, wie sie ihm etwa Henry Pitts und andere Pächter immer noch zollten. Diese Leute zogen ihn bei größeren Änderungen in den Verfahrensweisen stets zu Rate. Seit dem Sommer von Dünkirchen und nachdem die unmittelbare Gefahr einer Invasion vorüber war, hatten Smut und Jumbo begonnen, eigene Wege zu gehen, als wären sie unabhängige Landeigentümer, und das war ein zu klarer Bruch mit der Tradition, als daß er ihn nicht bemerkt hätte. Er hatte nichts gesagt, nicht einmal zu Claire, aber über die möglichen Folgen nachgedacht, die diese neue Haltung auf die Nachkriegsentwicklung haben könnte. Es änderte sich so vieles und so rasch, noch viel rascher als unter den Anspannungen des letzten Krieges. Noch im Jahre 1940 war der Zusammenhalt der Talbewohner so unzerstörbar erschienen wie in jenen Tagen, als Paul sich hier niedergelassen hatte. Aber nachdem einmal die Angst, die Nation könnte ausgelöscht werden, vorüber war, hatte sich eine seltsame Reaktion eingestellt, die sich auf verschiedene Weise äußerte. Er sah es in der zynischen Einstellung von Leuten wie Smut gegenüber den Rationierungsvorschriften und an den Preisen, die Smuts Frau den Marinesoldaten abverlangte, die bei ihr einkauften. Es machte sich bemerkbar in dem platten, ultralinken Geschwätz von Archer-Forbes' Frau auf High Coombe, und wie eine Epidemie breitete sich eine Mentalität aus, die sich etwa in den Worten ausdrückte: «Wollen mal sehen, was wir aus dem verdammten Krieg herausschlagen können.» Sie wurde nie allesbeherrschend, kam aber in allen möglichen Ecken des Besitzes zum Ausbruch, so in den Schweineställen von Henry Pitts, und sogar Claire selbst war nicht frei davon. Es war im Grunde nicht so schlimm, und er gestand sich ein, daß seine Liebe zum Tal ihn oft pedantisch werden ließ. Aber es war vorhanden, es war versteckt in dem überlegenen Grinsen von Mrs. Archer-Forbes oder in der gleichgültigen Bemerkung von Smut Potter: «Nun ja, Sir, wir müssen eben auch leben, nicht wahr?», wenn Paul ihn darauf hinwies, daß er angezeigt werden könnte, weil er Eier hortete, die eigentlich abgeliefert werden mußten. Und nun stand das Übel plötzlich auf seiner eigenen Türschwelle, seit Patrick davon sprach, er wolle seine Felder für einige Zeit verlassen und das wählen, was trotz aller Phrasendrescherei das weit weniger anstrengende Leben war – das eines Soldaten.

Paul wandte sich von der Gutskarte ab und ging, die Hände tief in den Hosentaschen, in die Bibliothek hinüber. Sein Blick wanderte an dem Regal mit den braunen Lederrücken entlang, als suche er nach einem Thema, das ihn von seinen unmittelbaren Problemen ablenken könnte. Aber er griff nicht nach einem Buch, sondern horchte auf die

Geräusche aus der Halle, und plötzlich sagten ihm diese, was er wissen wollte: Patrick war oben gewesen bei Mary, stand jetzt in dem Korridor, der zur Bibliothek führte, und sprach mit Claire – offenbar um sich zu vergewissern, daß dies der günstigste Augenblick wäre, um zu erklären, wo er den ganzen Tag gewesen war und wozu er den Extrakanister Benzin gebraucht hatte. Er hörte Claire sagen: «Ja, Patrick, er ist drin . . .» Und dann, mit etwas unsicherer Stimme: «Nun, das überlasse ich dir. Ich nehme da nicht Partei, also zähle nicht auf mich.»

Das war es also. Wieder eine Lücke in den Verteidigungslinien des Tals, durch die Gott weiß was für Probleme eindringen würden. Günstigstenfalls mehr Arbeit und mehr Wirrwarr. Schlimmstenfalls eine verwitwete Tochter, die zu einem Schattendasein verurteilt wäre wie so viele Frauen in dem Jahrzehnt, das dem Waffenstillstand von 1918 gefolgt war.

Patrick trat ein, ohne anzuklopfen – heiter, mit zerzaustem Haar und, wie Paul fand, ein wenig zu forsch in seinem Auftreten. Der Anblick erinnerte ihn an jenes Gespräch vor vielen Jahren, als Patrick von der Schule verwiesen worden war und Paul ihm anbot, ihn auf die Landwirtschaftsschule zu schicken, worauf er erklärte, sein Glück in Australien versuchen zu wollen. Nun stand er wieder vor derselben Dickköpfigkeit wie damals, und Paul konnte sie einen Augenblick sachlich studieren.

«Du brauchst nicht nach einer schonenden Vorbereitung zu suchen», sagte er, ohne ihn anzusehen. «Ich weiß, wo du warst und was du im Sinn hast. Ich möchte nur wissen warum.»

«So aus dem Steigreif könnte ich dir das gar nicht sagen, Chef. Aber ich denke, wir bringen es gemeinsam zustande. Vorausgesetzt, daß du es versuchen würdest.»

Jetzt sah Paul ihn an und erwartete, jenes flüchtige, halb spöttische Lächeln zu sehen, das Patrick von seinem Vater geerbt hatte. Aber Patrick lächelte nicht. Er wirkte so gequält, daß Paul achselzuckend sagte: «Ich dachte, du seist vernünftiger als die anderen, aber ich irre mich offenbar. Eine Bombe, und du gehst über Bord und suchst mit dem Messer zwischen den Zähnen nach Haien.»

Nun lächelte Patrick doch, und er griff nach der Karaffe. «Wie wär's mit einem Whisky, Chef?»

«Bediene dich, und schenke mir einen großen ein.»

«Sieh mal, du warst doch 1917 genau in der gleichen Lage wie ich, nur warst du älter und hattest ein steifes Bein. Aber du bist trotzdem gegangen. Wie wäre es, wenn du mir das erklären würdest?»

Das war ein niederträchtiger Hieb, dachte Paul, aber er nahm es nicht übel. Es war auch gar nicht so leicht, eine ehrliche Antwort zu geben, ohne Patrick mit weiterer Munition zu versorgen. «Das war ein anderer Krieg», sagte er. «Die ganze Einstellung der Menschen war anders, denn der Kampf war ausschließlich Sache von Männern zwischen achtzehn und fünfzig Jahren. Niemand sonst hatte damit zu tun.»

«Aber wahrscheinlich brauchten die Menschen trotzdem etwas zu essen, und die U-Boote waren ganz wirksam, nicht wahr?»

«Ja, allerdings, und die Landwirtschaft war genauso lebenswichtig wie heute. Und wenn ich dir nun gestehe, daß ich heute rückblickend erkenne, was für ein blödsinniger Narr ich damals war? Ich hätte hier wesentlich mehr leisten können und mir obendrein ein Loch im Kopf erspart.»

«Dann habe ich es also bereits besser gemacht», sagte Patrick. «Ich melde mich nämlich nicht zur Armee, nicht zur Royal Air Force, nicht einmal zur Marine. Ich trete in die Handelsmarine ein.»

Das konnte nun eine Erklärung sein, denn Patrick hatte in seinen Wanderjahren an den abgelegenen Winkeln der Erde Geschmack gefunden und an den Meeren, die sie miteinander verbanden. War da nicht vielleicht eine gute Portion Eigennutz in seiner Ablehnung des Angebots, den Rest des Krieges im Herrenhaus zu wohnen, während sein kleines Gut an eine der größeren Einheiten angeschlossen wurde? Es konnte sogar sein, daß die unablässige harte Arbeit der letzten zweieinhalb Jahre ihn zu langweilen begann, zumal sie nicht von einer einzigen jener Vergnügungen unterbrochen worden war, an denen man sich vor dem Krieg gelegentlich aufzuheitern pflegte. Er glaubte Patrick gut genug zu kennen, um eine direkte Frage stellen zu können.

«Du freust dich doch nicht etwa darauf wegzugehen? Als Abwechslung vielleicht?»

«Einesteils schon», gab Patrick zu. «Ich habe jeden Augenblick der Zeit zwischen 1930 und 1934 genossen, die ich auf See verbrachte. Aber es ist noch etwas anderes, Chef.»

Pauls Ärger ließ rascher nach, als er sich eingestehen mochte. «Also gut, dann sage, was das ist. Hängt es damit zusammen, daß dein Vater im vorigen Krieg ums Leben kam?»

«Nicht im geringsten. Mein Vater war Berufssoldat, und der Krieg war sein Handwerk. Ich glaube, es hat mehr mit meiner Mutter zu tun.»

«Du kannst dich doch an deine Mutter überhaupt nicht erinnern.»

«Ich kann mir trotzdem ein ziemlich genaues Bild von ihr machen, und ich weiß, was mit ihr los war. Sie galt als schwachsinnig, nicht wahr?»

«Nur bei Toren. Manchmal dachte ich, sie sei klüger als wir alle. Sie wollte in Freiheit leben, sie wollte gehen, wohin sie wollte und wann sie wollte, das war die einzige Art zu leben, die ihr etwas bedeutete.»

«Jetzt verstehen wir uns schon besser.» Patrick leerte mit einem Schluck sein Glas.

«Was willst du damit sagen?»

«Etwas, das ich nicht sagen kann, solange du nicht von deinem Richterstuhl herunterkommst. Du hast viel von meiner Mutter gelernt. Ich habe selber gehört, wie du das zugegeben hast. Ebensoviel hast du von meiner Großmutter Meg gelernt. Deshalb sage ich ja, wir können das nur gemeinsam verständlich machen.»

«Was hat dein Weggehen damit zu tun, was ich von deiner Mutter und deiner Großmutter gelernt habe?»

«Einiges. Wir waren nur vier, die aus diesem Tal einen Kult gemacht haben, und zwei davon sind tot. Bleiben nur du und ich.»

«Wäre das nicht eher ein Grund hierzubleiben?»

«Nein», erklärte Patrick nachdrücklich. «Das Tal wird weiterleben, solange du lebst und Claire und Mary dir beistehen. Aber die Idee – alles, was es gewesen ist und einmal sein wird –, dafür muß man kämpfen. Und unter Kämpfen verstehe ich nicht, Kanonen zu laden, die andere Leute dann abfeuern. Für mich ist das nicht ein einziger Krieg. Es sind drei Kriege. Der eine soll den blutrünstigen Wahnsinnigen aufhalten, der die Uhr zurückdrehen möchte. Der andere soll die nationale Unabhängigkeit sichern. Der dritte – und das ist der, auf den es dir und mir ankommt – wird ausgetragen, damit sich das Leben hier nicht so drastisch ändert, daß es nicht einmal dann mehr der gleiche Ort ist, wenn wir die Deutschen besiegt haben. Gewiß könnte ich als dein Mieter hierbleiben und wieder nach Periwinkle ziehen, sobald es wieder ein Dach hat. Aber danach wäre es nicht mehr dasselbe, verstehst du? Es würde Leuten wie Simon und Andy und Stevie gehören und den Marinesoldaten oben im Lager – Leuten, die ihr Leben einsetzen, um es zu verteidigen. Ich? Ich hätte es verpfändet und bekäme es dann als eine Geste wieder zurück. Nein, Chef, das geht nicht, nicht bei mir, und bei dir eigentlich auch nicht, wenn du ehrlich bist.»

Er wußte, daß er geschlagen war. Unter allen Kindern, die seit Simons Geburt in diesem Haus gelebt hatten, war Patrick der einzige, der seine Liebe zum Tal verstand und teilte, nun hatte er sie in Worte gekleidet, die Paul selbst nie gefunden hätte. In einer Hinsicht war damit seine Niederlage besiegelt, aber in anderer Hinsicht war es etwas wie ein Sieg. Irgendwie hatte er ein Band zwischen sich und Patrick zu knüpfen vermocht, das bei seinen leiblichen Kindern einfach nicht zustande kommen wollte. Er hielt sein leeres Glas hin, und Patrick füllte es, froh über einen Vorwand, ihm den Rücken zu kehren.

«Was sagt eigentlich Mary dazu?» fragte Paul. «Hast du es mit ihr besprochen oder sie einfach vor die Tatsache gestellt?»

«Ich brauchte nichts zu besprechen. Ich glaube, in dem Augenblick, als unser Haus in Trümmern lag, wußte sie, was geschehen würde. Außerdem hat bei uns der Mann die Hosen an. Das ist etwas, das ich von dir gelernt habe, Chef.»

Paul sah Patrick an und fragte sich, wieviel dieser über seine Herkunft erraten haben mochte und wieviel Unsinn ihm durch den Klatsch im Tal zu Ohren gekommen war.

«Ich habe dir nie viel darüber erzählt, auf welche Weise du hier auf der Bildfläche erschienen bist, Patrick», sagte er. «Vielleicht hätte ich das tun sollen. Aber Claire und ich meinten immer, es würde dich von den anderen absondern.»

«Ich habe herumgefragt und mir das Fehlende dazugedacht. Rachel Eveleigh zeigte mir im Wald die Höhle, in der ich zur Welt kam.» Er lächelte breit, und irgendwie fühlte sich Paul durch seine Heiterkeit erleichtert.

«Wußtest du, daß dein Vater von deiner Existenz keine Ahnung hatte, bis du zwei Jahre alt warst? Und daß ich meinen einzigen großen Streit mit Claire hatte, als sie sich der Heirat deines Vaters mit Hazel Potter widersetzte?»

«Nein, das wußte ich nicht. Aber du wärst überrascht über die Andeutungen, die manche von deinen kirchentreuen Pächtern gemacht haben.»

«Du meinst, daß ich dein richtiger Vater wäre?»

«Nun, in gewissem Sinn bist du es ja», sagte Patrick. «Du hast nicht nur meinen Vater aus den Slums geholt und ihm alles gegeben, was du deinen eigenen Söhnen gegeben hast, sondern du hast auch für mich das gleiche getan.»

«Wohin gehst du nun, und was für eine Aufgabe hast du dort?»

«Ich habe mich auf ein kanadisches Schiff als Flak-Kanonier gemeldet. Es läuft nächsten Freitag in einem Geleitzug von Plymouth aus. Vielleicht erwische ich den Idioten, der das Ei auf Periwinkle fallen ließ.»

«Weißt du, wohin ihr fahrt?»

«Natürlich nicht! Sie wollten mir nicht einmal eine Andeutung machen. Aber ich kann mir schon etwas denken, nach der Fracht, die sie an Bord nehmen.»

«Auf jeden Fall wird das keine Kahnpartie. Aber ich denke, du hast dir das überlegt.» Einen Augenblick lang quälte ihn die Vorstellung, wie Patrick in arktischen Gewässern mit dem Ertrinken rang oder auf der Fahrt nach Malta sich unter einem Hagel von Granaten duckte.

Patrick, hellsichtig wie gewöhnlich, ahnte dies vielleicht, denn er sagte: «Eines verspreche ich dir, Chef. Ich komme unbeschädigt zurück.»

Paul war versucht zu sagen, er habe solche Sprüche schon von Leuten gehört, die jetzt in Südafrika auf dem Veldt vermoderten oder hinter Ypern auf einem der wohlgeordneten Friedhöfe lagen, aber er schwieg, denn er dachte daran, daß Mary in den nächsten Monaten alle Zuversicht brauchen würde, die ihr die beiden Männer geben konnten. Deshalb sagte er: «Ist es dir recht, wenn ich dich nach Plymouth fahre?»

«Nein, Chef», antwortete Patrick nachdenklich. «Aber ich möchte dich um etwas anderes bitten. Du könntest Mary und mich nach Paxtonbury fahren, ich kann dort den Zug nehmen. Und auf dem Rückweg könntest du mit ihr durch den Wald gehen und ihr die Stelle zeigen.»

«Was für eine Stelle?»

«Die Höhle. Das klingt vielleicht sentimental, aber es wird bestimmt helfen. Als Zigeunermedizin meinetwegen.»

Die sonderbare Bitte und das, was sie verriet, rührte Paul so sehr, daß er sich abwandte und in die Dunkelheit hinaussah, die jetzt die Koppel einhüllte.

«Ich führe sie hin», sagte er kurz. «War sie noch nie dort?»

«Nein, aber das hat mit einem Pakt zu tun, den wir vor langer Zeit geschlossen haben, als wir noch Kinder waren.»

Paul konnte lächeln, als er sich plötzlich sehr deutlich an diesen Jungen und seine Tochter erinnerte, wie sie den grünen Hang hinter dem Haus hinaufstiegen auf ihren Streifzügen durch das Tal. «Du und Mary», sagte er, «ihr wart euch von Anfang an einig, nicht wahr?»

«Das kann man schon sagen», gab Patrick zu, und dann war er plötzlich weg, und Paul hörte, wie er nach oben eilte und dabei zwei Stufen auf einmal nahm.

2

Auf der Rückfahrt von Paxtonbury sprachen sie über belanglose Dinge. Mary schien sehr gefaßt. Als Patrick das letzte Mal davongesegelt war, war sie wochenlang niedergeschlagen gewesen und hatte nur für seine Briefe gelebt. Paul fragte sich, ob sie wohl in der Mutterschaft Erfüllung gefunden habe und nun weniger von der Gegenwart des Mannes abhängig war, den sie eben am Zug nach Plymouth verabschiedet hatte. Das wäre möglich, denn sie war immer die Mütterlichste der Familie gewesen, der lärmende Geselligkeiten am wenigsten gelegen hatten. Er hatte Claire eingeladen, sie auf dieser feierlichen Abschiedsfahrt zu begleiten, doch Claire hatte abgelehnt.

«Die einzigen Stützen, die Mary je gebraucht hat, sind dieser Tunichtgut Patrick und du selbst», sagte sie. «Ich denke, sie wird ein bißchen weinen, aber damit mußt du dich abfinden. Es ist lange her, daß ich deine Schulter naßgetröpfelt habe.»

«Ich kann mich auch an keinen Fall erinnern, seit du erfahren hattest, daß du mit fünfzig schwanger warst.» Nachträglich konnte sie darüber lachen, wenn sie an die sinnlose Panik dachte, in die sie damals geraten war. Sie ging wieder an ihre Arbeit und erinnerte ihn damit daran, wie mühelos sie diese neue Krise meisterte, als ob der Krieg nichts Schlimmeres wäre als eine nasse Ernte und ebenso unvermeidlich.

Als sie die Stelle erreichten, wo der Weg nach Hermitage von der Heide her in die Landstraße einmündete, hielt er an und sagte: «Patrick bat mich, dir auf dem Heimweg etwas zu zeigen. Sollen wir es bis nach dem Essen aufsparen und dann noch einmal herfahren?»

Aber Mary sagte, sie wolle gleich hingeführt werden. Patrick, der kein Geheimnis für sich behalten konnte, hatte so ausführliche Andeutungen über die Darbietung gemacht, die sie erwartete, daß sie wußte, es hatte mit Hazels Höhle im Wald zu tun.

«Dann weißt du davon?» fragte er ein wenig enttäuscht. «Ich dachte, es sollte eine Überraschung sein.»

«Wir haben schon ein paarmal danach gesucht, aber er tat immer so, als könnte er sie nicht finden. Er wollte das offenbar für eine besondere Gelegenheit aufsparen.»

Sie ließen den Wagen an der Stelle stehen, wo sich zwischen dem Obstgarten des Herrenhauses und dem Waldrand der Fahrweg verengte, und gingen dann zum See hinab. Sie kamen an einen moosbedeckten Baumstamm, der gegenüber der Pagode auf der kleinen Insel am Ufer lag. Hier blieben sie stehen.

«Ich will dir noch etwas verraten, was du nicht wußtest. Hier hat mir Patrick seinen Heiratsantrag gemacht, kurz ehe er nach Australien abreiste.» Sie lachte über sein verdutztes Gesicht.

«Meine Güte! Damals kann er doch höchstens sechzehn gewesen sein! War das sein Ernst?»

«Nun, soweit er eben im Ernst sprechen kann. Und er muß wohl gewußt haben, was er tat, denn kaum war er vier Jahre später wieder hier, löste er die Option ein. Außerdem war er siebzehn, und von da an fühlte ich mich nicht mehr drei Jahre älter. Ich hatte übrigens nie einen anderen, aber ich glaube, das wußtest du.»

«Ja, ich wußte es immer. Deiner Mutter hat es ein wenig Sorgen gemacht. Mir nicht.»

Sie gingen nach Nordwesten auf dem Pfad, der am See entlanglief, kamen an Sam Potters Hütte vorbei, überquerten einen flachen Bach und wandten sich dann zwischen Baumstümpfen durch zu einem Kaninchenwechsel, der auf eine freie Fläche führte, die von einer mächtigen Sandsteinplatte gekrönt war. Die Stelle war mit dem Pferd schwer zu erreichen, deshalb ritt Paul selten hierher, aber er hatte immer gewußt, daß Hazel Potter hier vom April bis zum Spätherbst gelebt hatte.

Er hatte vergessen, wie einsam und auf melancholische Weise anziehend die Gegend war. Auf dem Abhang wuchsen Zwergkiefern, und ein Meer von Rhododendron verdeckte das Seeufer. Der Frühling schien in diesem Jahr spät zu kommen. Die Schlüsselblumen blühten, und weiter unten waren Sumpfdotterblumen, auch ein paar wilde Narzissen, aber es zeigten sich noch keine Sternhyazinthen, von denen im April dieser Südhang sonst immer überzogen war. Es war ein grauer Tag ohne Sonne. Wolkenfetzen zogen langsam ostwärts, und dem Wind fehlte der gewohnte Meeresgeruch. Wie zu sich selbst sagte er: «Seltsam, Kriege verschieben offenbar immer die Jahreszeiten. Der Rhythmus verändert sich, wenn ein Krieg im Gang ist. Aber ich verspreche dir etwas Erfreuliches. Der Sommer danach wird heiß und trocken. Während des ganzen Burenkriegs und im Ersten Weltkrieg waren die Sommer naß. Aber 1902, als ich hierherkam, und dann 1919 gab es Heidebrände, und alle Bäche trockneten ein.»

«Und wie steht es mit dem Sommer von Dünkirchen?» fragte sie und lächelte über seine Neigung, über die Jahre hinweg in die Vergangenheit zu lauschen, sobald sie unter sich waren. Aber er erklärte, das passe ebenfalls in das Muster, denn es zeige das Wetterglück der Deutschen. «Sie haben immer schönes Wetter für ihre Offensiven, während alles in Schlamm versinkt, wenn wir eine starten.»

Sie erreichten die Wegbiegung gegenüber der vorspringenden Steinplatte, und da fiel ihm ein, daß die Höhle hier in nächster Nähe sein mußte. Er suchte im Stechginstergestrüpp unter dem Felsen. Er beglückwünschte sich zu seinem Gedächtnis, als er einen winzigen Tunnel fand, der nördlich auf einen kurzen Geröllhang zulief, und rief über die Schulter zurück: «Hier, Mary! Ich wußte doch, daß ich es wiederfinden würde! Ich war mindestens zehn Jahre nicht hier, aber da ist sie!»

Er machte ihr Platz, damit sie an ihm vorbei vordringen konnte, und folgte ihr dann in die niedere Aushöhlung unter dem Felsvorsprung. Er dachte daran, daß er jetzt genau an der Stelle stand, wo Rachel Eveleigh damals Hazel Potter von dem Kind entbunden hatte, das ihm seinen ersten Enkel zeugen sollte. Er brachte ihm die Vergangenheit wieder sehr nahe, und er glaubte, Ikey Palfreys Grinsen zu sehen und Hazel Potters blühende Wangen. «Jetzt möchte ich aber wissen, warum uns Patrick auf diesen nutzlosen Spaziergang geschickt hat», sagte er, als er sich in der leeren Höhle umsah und die feuchte Luft einatmete. Dann bemerkte er, daß sie lächelte. Ihre Augen glänzten vor Erregung, als sie die trockenen Erdwände berührte, wo eine Wurzel durch die Wand gebrochen war und sich zu einem Fragezeichen zusammengerollt hatte.

«Es ist genauso, wie ich es mir immer vorgestellt habe», sagte sie. «Es ist so herrlich abgeschieden, als wäre es das Herz des Tals. Spürst du das auch?»

«Nein, ich nicht. Aber ich kann mir denken, daß Hazel und Ikey es so erlebten. Niemand hat sie zusammen gesehen, bis er sie heiratete. Also müssen sie wohl außergewöhnlich scheue Leute gewesen sein. Ich liebe mehr die Sonne und einen weiten Horizont. Für mich ist der Mittelpunkt der Französische Wald, wo man nach Süden blickt. Was war das für ein Pakt, von dem Patrick sprach? Willst du mir das erzählen?»

«Es hat damit zu tun, daß er am Leben bleibt», sagte sie. «Und es mag noch so lächerlich klingen, mir leuchtet es ein. Hier ist er zur Welt gekommen, und dies ist der Mittelpunkt dessen, wo er endigen wird. Das ist der Zigeuner in ihm. Er weiß es einfach, verstehst du? Und er möchte mich überzeugen, damit ich nicht die ganze Zeit, die er weg ist, in Ängsten schwebe.» Sie sah ihren Vater fragend an. «Ist das sentimentaler Quatsch?»

«Für alle außer dir, mir und Patrick», sagte er, und er sah ein, daß er ihr jahrelang unrecht getan hatte, als er sich einbildete, selbst sie, die schwärmerischste der ganzen Sippschaft, teile nicht seine enge Verbindung zum Tal.

«Willst du eine Weile hierbleiben?»

«Ein paar Minuten schon, aber zuerst möchte ich dir etwas sagen, was Patrick noch nicht weiß. Du wirst noch vor Weihnachten ein zweites Enkelkind bekommen.»

«Und da hast du ihn gehen lassen? Ohne es ihm zu sagen. Aber das ist doch verrückt! Er wäre doch . . .»

«Hiergeblieben? Ja, ich glaube schon. Eben deshalb habe ich es ihm ja nicht gesagt! Niemand fesselt Patrick die Füße, auch ich nicht! Er hatte seinen Entschluß gefaßt, und ich wollte nicht diejenige sein, die ihn noch mehr unter Druck setzt. Das hattest du schon zur Genüge getan. Glaubst du, ich kenne ihn noch nicht?»

Er stand am Höhleneingang und kam sich ziemlich töricht vor. Sie sah es ihm an und lachte über seine niedergeschlagene Miene. «Geh nur nach Hause, Papa. Ich finde schon den Rückweg. Und mach dir keine Sorgen. Ich habe noch sieben Monate vor mir, und ich hoffe, es wird wieder ein Junge. Das gibt dir dann mehr Sicherheit, nicht wahr?»

Er nahm ihre Hand, drückte sie und stolperte dann durch den Ginstertunnel zurück ins Freie. Die Last, die während des ganzen Tumults um Patricks Aufbruch auf ihm gelegen hatte, war verschwunden – aber nicht nur wegen der Neuigkeit, die sie ihm so beiläufig mitgeteilt hatte, sondern weil sie sein Bedürfnis nach irgendeiner Beruhigung, was die Zukunft anbetraf, verstand. Sie mußten wohl oft davon gesprochen haben, wie sehr er von diesen Wäldern, Feldern und Bächen besessen war, und daraus folgte, daß er und seine Verbundenheit mit dem Land für diese beiden nicht die Marotte war wie für die anderen. Es war tröstlich, soviel Verständnis zu finden, und geradezu beschwingt stieg er zur Lichtung hinab.

Gefangennahme

1

Paul wußte, weshalb ihn der Brief Simons so ausnehmend freute, in dem dieser einen neuntägigen Urlaub ankündigte. Es war nicht nur die Aussicht, seinen ältesten Sohn nach langer Zeit wiederzusehen, sondern auch dessen Bitte, ihn mit dem Pferd von der Bahnstation Sorrel abzuholen, denn dies bewies, daß er seinen Vater besser kannte als jedes andere Familienmitglied.

An einem Julitag des Jahres 1943, der sehr warm zu werden versprach, ritt Paul gegen sieben Uhr morgens auf seinem Grauen, Snowdrop II, los und nahm das kleine Reitpferd mit, auf dem Mary manchmal ausritt, das einzig verfügbare im Tal, abgesehen von ein paar bejahrten Jagdpferden auf der Weide. Paul war ruhiger als seit langer Zeit. Er war zwar immer noch verblüfft über die Teilnahmslosigkeit, mit der Claire im Mai die Nachricht aufgenommen hatte, daß Andy in Nordafrika von einem Flug nicht zurückgekehrt und als vermißt gemeldet worden war. Doch sie hatte sich niemals wie eine Glucke um ihre Kinder gesorgt, außer um ihre jüngste Tochter Claire, und Simon, die Zwillinge und Karen ihrer Wege gehen und Paul sich um Mary kümmern lassen. Inzwischen war Andy aus dem Kriegsnebel wieder aufgetaucht. Beduinen hatte ihn aus dem Wrack seiner Maschine gezogen und auf einem Kamel nach Tunis gebracht, wo er nun im Lazarett lag, und Paul war froh darüber, auch wenn Andy die linke Hand verloren und eine Gesichtsverletzung davongetragen hatte. Er war auch darüber erleichtert, daß Stevie für einige Zeit zum Bodendienst abgestellt war. Und Simon als erfahrener Ausbilder würde wahrscheinlich nicht mehr an die Front kommen, da er jetzt im neununddreißigsten Lebensjahr stand und der Krieg etwas für junge Männer war. Um seine Tochter Karen hatte er sich seit ihrer Heirat mit dem sturen Schotten keine Gedanken mehr gemacht, und Mary schien trotz der langen Abwesenheit Patricks zufrieden und ging in der Sorge für ihren Sohn Jerry und die neugeborene Tochter auf, die Sorrel getauft worden war nach dem Fluß, der hinter der Tür vorbeifloß.

Das Tal war in gutem Zustand und produzierte mehr als je zuvor, mehr noch als im letzten Jahr des Ersten Weltkriegs. Four Winds, wo er nun vorbeiritt, gedieh unter der Hand von Connie Eveleighs

Jungen. Weizenfelder wogten im Osten bis zum Rand des Hochmoors und im Süden bis zu den Dünen. Die Felder des Hermitage-Hofs, vom alten Henry Pitts und seinem Sohn David bestellt, versprachen eine ebenso gute Ernte, wenn das Wetter anhielt. In der großen Senke zwischen dem Moor und dem Kliff wuchsen Weizen, Gerste, Grünkohl, Kartoffeln, und auf den Weiden der sieben Gehöfte gab es fünf Rinderherden, Hunderte von Schweinen und zehntausend Hühner. Man verwendete nun überall Kunstdünger, der zu einer Selbstverständlichkeit geworden war, aber Paul konnte sich noch an die Zeit erinnern, als er jeden einzelnen dazu zwingen mußte, moderne Methoden einzuführen, und nur durch alle möglichen Druckmittel bei Leuten wie Henry erreichte, daß sie ihre Ackerpferde gegen Zugmaschinen eintauschten. Jetzt gab es keine Ackergäule mehr. Alle Pächter hatten Traktoren, und die meisten besaßen noch andere landwirtschaftliche Maschinen, auch wenn sie nie lernten, sie anständig zu reparieren, und er immer Mechaniker aus Paxtonbury kommen lassen mußte, damit sie Verschleißteile ersetzten oder Schweißarbeiten vornahmen.

Er bog hinter der Brücke von der Flußstraße ab und ritt den langgezogenen Hang zum Hochmoor hinauf. Wie immer, wenn er diesen Weg einschlug, sah er zu den Wipfeln des Französischen Waldes hinauf. Die Bäume gediehen. Sie waren nun vierundzwanzig Jahre alt, und der Hügel über Hermitage hätte seltsam ausgesehen ohne sie, genauso seltsam wie das Weideland zwischen dem Fluß und dem Meer links vor ihm, wenn er es mit Weichholz bepflanzt hätte, wie der alte Eveleigh einmal vorgeschlagen hatte. Sonst gab es keine bedeutenden Änderungen in der Landschaft seit dem Tag, an dem er das erste Mal neben dem alten John Rudd diese Straße entlanggeritten war. Bei dem Gedanken an jenen sonnigen Nachmittag vor fast einem halben Jahrhundert mußte er lächeln, denn er erinnerte sich daran, daß sie über den Zulukrieg gesprochen hatten, der jetzt in so weiter Vergangenheit lag wie Waterloo. Und nun tat er für Simon das gleiche, was damals John Rudd für ihn getan hatte: Er führte ein Pferd zur Bahnstation, um dort einen Passagier aus London abzuholen. Es war für Simon keineswegs typisch, eine solche Fortbewegungsmöglichkeit vorzuschlagen, und als er an Simons Entschluß dachte, nun doch noch Offizier zu werden, fragte er sich, ob sich die Einstellung des Jungen wohl geändert hatte oder ob er noch immer jeden, der mehr als ein eigenes Haus in einem Großstadtvorort besaß, als Adressaten für einen Berg von Broschüren, leidenschaftliche Reden und Vergleichsstatistiken ansah.

Paul hatte Simon noch nie in so guter Verfassung gesehen. Mit seiner Kampferfahrung, überlegte sich Paul, hätte man ihm schon längst ein Offizierspatent antragen müssen, aber wahrscheinlich war dem Simons Verbindung mit der militanten Linken im Wege gestanden. Seitdem Rußland aber in den Krieg verwickelt war, neigte auf einmal alles ein wenig nach links. Diese Ironie war Simon nicht entgangen, denn als Paul das Gespräch auf die Pferde brachte, sagte er lächelnd: «Ich muß mich wieder an den Sattel gewöhnen, Chef. Ich bin Offizier und somit ein respektabler Mann.»

«Wie war der Offizierslehrgang? War das für dich in deinem Alter nicht schwierig?»

«Kleinigkeit», sagte Simon. «Wahrscheinlich, weil ich so lange im Training war. Nur auf die Feinheiten mußte ich ein wenig achten. Es ist noch immer nicht gut, wenn man *Die rote Fahne* pfeift oder Erbsen mit dem Messer ißt.»

Der Humor des Jungen gefiel Paul, weil er dahinter eine wachsende Toleranz erkannte. Er bemerkte auch, daß Simon sich interessiert umsah und intelligente Fragen über den Beitrag des Tals zum Krieg stellte. Wie verhielten sich die Bauern zu den Aufrufen der Regierung, mehr anzubauen und dadurch die durch den U-Boot-Krieg gefährdete Lebensmittelversorgung zu sichern? Was bekamen sie für ihre Erzeugnisse? Wieviel davon waren Subventionen? Wie entwickelte sich High Coombe unter den neuen unpraktischen Leuten, von denen Paul geschrieben hatte? Was war aus Patricks Feldern geworden, nachdem der Narr zur See gegangen war? Paul beantwortete alle Fragen und überlegte dabei, daß dies das erste Mal war, daß einer seiner Söhne mehr als ein flüchtiges Interesse an seinem Lebenswerk zeigte. Und dann sprach Simon selbst dieses Thema an. «An und für sich haben wir alle uns über dich und deine mittelalterlichen Untertanen hier lustig gemacht, Chef. Aber ich werde dich von jetzt an ernster nehmen.»

«Aber du möchtest trotzdem, daß man das Land nach dem Krieg verstaatlicht und Burschen wie mich hinauswirft?»

«Nein, das will ich nicht», sagte Simon. «Ich werde mürbe. Wir alle haben in den zwanziger und dreißiger Jahren Zeit und Energie dazu verschwendet, uns gegenseitig zu beschimpfen. Und was ist dabei herausgekommen? Wir mußten eine Koalition bilden, die viel besser arbeitete als ich erwartet hatte. Ich glaube tatsächlich, daß wir diesem kleinen Lumpen und seiner Bande von Psychopathen dankbar sein müssen. Mindestens ist es ihm gelungen, die Linke, die Rechte und die Mitte zusammenzubringen.»

«Hier unten verliert man leicht den Überblick über die Verordnungen, mit denen man uns bombardiert. Was wird danach kommen?»

«Wir können überhaupt nichts tun, solange die Bande nicht hinter Gittern ist. Danach wird es irgendeine Art Weltföderation geben müssen, aber keine so dürftige Angelegenheit wie den armen alten Völkerbund. Jeder wird einige Hoheitsrechte aufgeben müssen. Das Empire wird als erstes daran glauben müssen, stelle ich mir vor.»

«Das wird mir keine schlaflosen Nächte bereiten», sagte Paul. «Wahrscheinlich halten du und deine Brüder mich für einen Patrioten. Aber ich habe noch nie eine andere Fahne hochgehalten als die dieses Tals.» Er zog die Augenbrauen zusammen. «Ich dachte vorhin an die Deutschen zu Kaisers Zeiten. Natürlich waren sie Dummköpfe mit ihren Blechkapellen und dem Uniformfimmel. Aber sie waren keine Mörder, zumindest nicht diejenigen, mit denen ich zu tun hatte. Was meinst du, was in die plötzlich gefahren ist?»

«Sie saßen in der Klemme und wollten die Sache abkürzen. Dadurch landeten sie in einem Schlachthaus. Das ist in früheren Zeiten auch passiert, und nicht nur ihnen.»

«Als du das letzte Mal hier warst, kurz vor Rachels Tod, kam dir der Haß aus allen Poren. Ich stellte das nicht in Frage, denn du hattest gesehen, wozu die Faschisten in Frankreich und Spanien fähig waren. Aber jetzt – es kommt mir so vor, als wärst du darüber hinaus. Vielleicht weil es jetzt mehr oder weniger dein Beruf geworden ist? Könnte das sein?»

Simon ließ sich Zeit mit der Antwort, und aus seiner Reaktion auf die Frage entnahm Paul, daß er seine frühere Verschlossenheit abgelegt hatte.

«Hast du schon einmal Orwell gelesen?» fragte Simon.

«*Die Straße von Wigan Pier*? Ja, es hat mir gefallen. Er hat mehr Herz als die meisten Autoren, die du früher gelesen hast.»

«Ich habe ihn kennengelernt und mit ihm gesprochen. Er ist nicht sehr optimistisch in bezug auf das, was aus dieser Kraftprobe herauskommt. Es könnte ein Roboterstaat entstehen. Wells hatte die gleiche Idee, erinnerst du dich?»

«Und unter welches Banner würdest du dich stellen?» fragte Paul lächelnd, weil er die Geringschätzung jedes Landbewohners für Theoretiker teilte.

«Neben alle wohlmeinenden Reaktionäre wie dich, Chef. Immerhin, wenn ich mich umsehe, muß ich zugeben, daß du bessere Arbeit geleistet hast als diese verdammten Politiker. Und ich meine sowohl die Politiker mit roten als auch mit blauen Halsbinden.»

Für Paul waren Komplimente dieser Art und aus dem Mund eines seiner Familienangehörigen so ungewohnt, daß er in leichte Verlegenheit geriet. «Ich habe nur getan, was ich tun wollte. Ich habe im Freien gelebt und gearbeitet und eine Familie in frischer Luft und bei gutem Essen aufgezogen. Bei größeren Schwierigkeiten habe ich immer instinktiv gehandelt und mich dabei nie besonders hervorgewagt. Mich kümmert es herzlich wenig, was auf der anderen Seite des Kanals passiert, wenn einmal dieser Hitler abserviert ist, aber ich glaube, mein eigenes Volk zu kennen. Es wird sich nie herumkommandieren lassen. Das hat es bisher noch nicht gegeben, und das wird es künftig nicht geben. Wenn das wie ein vaterländisches Lied aus dem Burenkrieg klingt, kann ich es nicht ändern. Das ist das, was mich das Leben in den letzten vierzig Jahren gelehrt hat.»

Er hatte damit Simon nicht belustigen wollen, und doch hatte er dies getan. Paul lachte mit, denn in Simons Gelächter klang wieder etwas vom Wesen seiner Mutter mit, und er kam sich einen Augenblick wieder unsinnig jung vor.

Danach unterhielten sie sich über dies und jenes, und Paul freute sich darüber, mit welchem Eifer Simon sich umsah, als sie auf die Flußstraße kamen und die von Fliegen geplagten Pferde sich dem Tor neben dem Pförtnerhaus näherten. Plötzlich sagte Simon: «Es hat einen Zauber, das muß ich dir zugestehen.» Und als Paul sagte, daß dieser Zauber dahinschwinde wie anderswo auch, antwortete Simon ernst: «Diesen Zauber wird es so lange geben, wie du da bist, Papa. Und das zählt für mich.»

Es war nicht so sehr die Gemütsregung als die Anrede, die Paul aufhorchen ließ. Seit bald dreißig Jahren redete Simon ihn mit «Chef» an – ein etwas ironischer Ausdruck, den alle, bis auf Mary, gebrauchten. Es muß etwas in ihm vorgegangen sein, dachte er, als sie in den Hof einritten und Claire und Mary herausgerannt kamen und Simon lautstark begrüßten. Aber man müßte eine Frau sein, um das herauszufinden.

2

Am vierten Tag seines Urlaubs sattelte Simon Pauls Grauen und ritt nach Coombe Bay hinunter in der Hoffnung, im ruhigen Wasser zwischen der Sandbank und dem Kliff schwimmen zu können. Es war ein warmer, freundlicher Tag. Er hatte vor, später Rachels Grab auf dem neuen Friedhof zu besuchen, wo jetzt die meisten Toten lagen, die seit den dreißiger Jahren gestorben waren. Doch zuerst nutzte er den Vorteil, den ihm sein Kampfanzug bot, um an den Geschützstellungen vorbei zum verbotenen Strand zu kommen. Er bemerkte, daß das Meer sein Bestes tat, um die häßlichen, kreuz und quer verlaufenden Verteidigungsanlagen zu einem Teil der Landschaft zu machen. An diesem Strand hatte Claire ihm das Schwimmen beigebracht. Und wenn dem nicht so gewesen wäre, dann hätte er die letzten drei Jahre als Kriegsgefangener verbracht, nachdem seine Einheit sich bei Calais ergeben hatte. Diese Überlegung vergrößerte noch seine Freude über diese Gelegenheit, als er die kurze Strecke durchschwamm, die den Strand vom nächsten Hindernis innerhalb der Sandbank trennten. Und hier, in einem Rechteck aus rostigem Eisen und schwimmenden Wasserpflanzen, glaubte er eine Nixe zu sehen.

Sie tauchte plötzlich hinter einem starken, rostigen Querbalken auf, und sie machte ein so überraschtes Gesicht, wie man es von einer Nixe erwarten konnte, die man eine Meile vor der Küste antraf. Er war so verblüfft, daß er den Mund aufmachte, wobei er viel Salzwasser schluckte und husten mußte. Als er sich wieder erholt hatte, war sie verschwunden.

«Hallo! Träume ich etwas?» rief er, und da tauchte sie plötzlich wieder auf – ein gutaussehendes, lächelndes Mädchen Anfang Zwanzig mit einem weichen, ovalen Gesicht und Augen, die in dem starken Sonnenlicht so grün aussahen wie die Pflanzen, die an den Querbalken hingen. Dann sah er etwas genauer hin und erkannte, daß die Augen nicht grün waren, sondern braun, und daß dazu ein Mund gehörte, der gern lachte und auf dessen Unterlippe noch Spuren von Lippenstift zu sehen waren.

«Sollten wir uns nicht bekannt machen?» sagte er. «Auf den ersten Blick hätte ich schwören können, daß Sie einen Fischschwanz hätten.»

«Ich wußte, daß Sie keinen haben», sagte sie. «Ich sah, wie Sie herausgeschwommen kamen, und dachte, Sie hätten vielleicht einen Haftbefehl und Handschellen dabei. Es ist doch verboten, hier zu schwimmen. Aber ich nehme an, Sie haben hier Sonderrechte.»

«Gewissermaßen», sagte er. «Weil ich in Uniform angekommen bin. Wie dem auch sei, man hat mich an der Geschützstellung angehalten und meine Papiere sehen wollen. Warum hat man Sie nicht belästigt?»

«Weil ich mit dem Boot kam.» Sie deutete zur Seeseite der Sandbank, wo ein Boot unter dem überhängenden Eisengerüst festgemacht war. «Das ist natürlich noch verbotener, aber man paßt nicht sehr auf, nicht wahr? Ich könnte ein Hitler-Mädchen sein, das in Küstennähe kreuzt und nach einer Gelegenheit zur Sabotage sucht.»

«Wenn Sie eines sind, haben Sie jedenfalls einen erstklassigen ostenglischen Dialekt gelernt.»

«Sie sind ein kluger Kopf», sagte sie. «Ich komme von Norwich und habe immer gedacht, man merkt es nicht, außer auf einem Tonband.»

«Ich interessiere mich sehr für lokale Akzente», sagte er. «Sind Sie in Ferien hier?»

«Nein, für länger. Wir wurden ausgebombt, und ich führe jetzt Pastor Horsey den Haushalt. Aber ehe wir in weitere Einzelheiten gehen, muß ich Ihnen gestehen, daß ich weiß, wer Sie sind. Sie sind einer der Söhne des Gutsherrn Craddock, nicht wahr? Und zwar derjenige, der bei der Armee ist.»

«Der älteste», sagte er, «und auf dem Weg in den Ruhestand. Ich bin das erste Mal seit zwei Jahren auf Urlaub hier.»

«Ah, jetzt weiß ich. Sie sind Simon, nicht wahr? Mein Onkel spricht von Ihnen nämlich als von einem Stamm. Er ist ein Craddock-Verehrer, wußten Sie das?»

Simon gefiel ihre Stimme und ihre Freundlichkeit. Ihm gefiel auch das glitzernde Wasser auf ihrem weichen, blassen Gesicht, wie Regentropfen auf einem makellosen Apfel, der im Sonnenschein hing. «Sehen wir uns doch einmal Ihr Boot an», sagte er.

Sie wateten auf die Sandbank und rannten geduckt zum Boot. Das Mädchen war größer, als er gedacht hatte, und schmal gebaut, und außerhalb des Wassers wirkte sie jünger, als er geschätzt hatte. Sie hatte kleine, hohe Brüste und fallende Schultern, eine schmale Taille und lange Beine. Als sie auf dem Bootsrand saß, erinnerte sie ihn undeutlich an irgendeine Gemäldefigur aus dem 15. Jahrhundert von einem Maler wie Baldung oder Memling. Das beste an ihr, fand er, war ihr schwarzes, volles Haar, das dunkler und viel lockiger war als das seiner Schwester Mary. Es war weniger ihr Gesicht oder ihre Figur, die ihn anzogen, als vielmehr der völlige Mangel an Affektiertheit. Sie versuchte nicht, Eindruck zu machen, so daß er das seltsame Gefühl hatte, sie kennten sich schon lange und hätten sich nach langer Zeit zufällig wiedergetroffen. Er setzte sich neben sie auf den Bootsrand und sagte: «Der alte Horsey muß schon über achtzig sein. Er kann nicht Ihr richtiger Onkel sein, oder?»

«Er könnte schon», sagte sie lächelnd, «denn ich bin achtundzwanzig. Aber er ist nicht mein Onkel, sondern ein Vetter um einige Ecken herum. Mein Vater ist Pastor wie er. Bei uns liegt der Beruf in der Familie. Unter den Horseys gibt es in drei Generationen ungefähr ein Dutzend Pastoren. Kannten Sie den Sohn von Onkel Horace, der im Ersten Weltkrieg gefallen ist?»

«Ja. Ich habe seine Witwe geheiratet.» Er lächelte, als ihre Hand erschrocken zum Mund fuhr.

«Ja, natürlich! Das war eine dumme Frage. Sie kam doch bei einem Bombenangriff um, nicht wahr? Onkel Horace schrieb damals darüber. Entschuldigen Sie vielmals, ich bin in solchen Sachen nicht besonders klug.»

«Sie brauchen sich nicht zu entschuldigen», sagte er und malte mit dem großen Zeh einen Kreis in den Sand. «Es ist eben geschehen, und man kann nichts weiter dazu sagen. Wenn Sie in Norwich ausgebombt wurden, haben Sie sicher Menschen auf die gleiche Art verloren.»

«Freunde», antwortete sie. «Ungefähr ein halbes Dutzend. Wir hatten Glück, nur das Pfarrhaus brannte nieder. Sie sind bei einer Kommandotruppe, nicht wahr?»

«Ich war Ausbilder. Aber vor einer Woche bekam ich mein Offizierspatent und weiß jetzt nicht, wo man mich einsetzen wird.»

«Ich wollte mich auch melden», erklärte sie. «Aber meine Mutter redete mir das aus. Ich glaube, sie ist davon überzeugt, daß die Armeehelferinnen Tisch und Bett mit den Männern teilen. Ich wollte, ich hätte mich nicht davon abbringen lassen. In Norwich leitete ich eine Schulkantine und werde jetzt in der Truppenbetreuung im Lager arbeiten.»

«Sie werden dort sehr gefragt sein», sagte er. «Alle sechs Wochen kommen dort etwa tausend Mann an, und es gibt nur ungefähr ein Dutzend Frauen, die sich innerhalb des Stacheldrahts aufhalten dürfen.»

«Das ist genau das, was ich hoffte!» lachte sie und trocknete sich mit einem Hemd die Haare.

«Sind Sie noch frei und ledig?»

«Noch frei und ledig! Ich war einmal verlobt, aber er verliebte sich in eine Armeehelferin. Er brachte sie nach einer Anstandspause ins Pfarrhaus und holte meine Genehmigung ein. Sie war viel eher sein Typ als ich, sehr blond und weich und über die neuesten Schlager informiert. Sie spielte einen Boogie-Woogie auf der Kirchenorgel. Vater hat das nie ganz verwinden können, aber ich bin darüber hinweg.»

«Sobald Sie sich angezogen haben und um den Wellenbrecher herumgeschlichen sind, würden Sie dann auf mich warten, droben am Friedhofstor? Ich habe den Grauen meines Vaters am Strand zurückgelassen und komme in einer halben Stunde über die Dünen zurück. Natürlich nur, wenn Sie nicht noch länger hier außen bleiben wollen.»

«Ich muß dem Onkel das Mittagessen richten», sagte sie, «aber er weiß nie, wieviel Uhr es ist. Gut, ich warte dort auf Sie. Aber warum am Friedhofstor?»

Er zögerte einen Augenblick, aber als er ihren offenen Blick bemerkte, sagte er: «Ich wollte sehen, wo Rachel begraben liegt. Ich bin noch nie dort gewesen und gehe lieber in Begleitung hin. Wenigstens in Ihrer Begleitung.»

Er winkte ihr im Weggehen zu, ging über die Sandbank zurück und schwamm ans Ufer. Er war nun noch entspannter als vier Tage zuvor, als er mit seinem Vater über das Hochmoor geritten war. Die Heiterkeit des Mädchens war ansteckend. Er mußte wieder an die Zeit denken, als er mit Claire hierhergekommen war, um schwimmen zu lernen. Und selbst das Wetter trug das Seine dazu bei, denn in jenen Tagen hatte in seiner Erinnerung immer die Sonne geschienen, und der Sand hatte unter seinen Füßen gebrannt. Und nun wußte er auf einmal, weshalb er den Pflichtbesuch an Rachels Grab immer aufgeschoben hatte. Aber in der Gesellschaft einer Fremden wie diesem Mädchen, schien es nicht mehr als eine höfliche Geste zu sein, mit der er Claires konventionelle Auffassung in solchen Dingen zufriedenstellte, die ihn erst heute früh gefragt hatte, ob er dort gewesen sei. Er zog seinen Kampfanzug an und ritt die Dünen hinauf, und von hier konnte er sehen, was die Männer auf der Mole nicht sehen konnten, nämlich ihr kleines schwarzes Boot, das im Schutz des Wellenbrechers dahinkroch.

Sie wartete schon, als er beim Friedhof ankam und den Grauen am Geländer anband. Er folgte ihr zwischen den Grabsteinen hindurch, in die Namen eingemeißelt waren, die für jeden, der im Tal aufgewachsen war, eine Art Alphabet darstellten: Willoughby, Codsall, Potter und Derwent, Morgan und Tozer – die meisten hatte er in seiner Kindheit gekannt und konnte sich noch an die Gesichter ihrer Kinder und Enkel erinnern.

«Gefällt es Ihnen hier eigentlich?» fragte er plötzlich. «Kommt es Ihnen nach einer Stadt wie Norwich nicht langweilig vor?»

Sie antwortete, sie finde es überhaupt nicht langweilig und sie fühle sich sehr wohl in dieser Umgebung.

«Mein alter Herr findet, daß sich hier sehr viel verändert hat. Ich finde das gar nicht. Ich bin schon 1929 hier weggegangen, kurz vor meiner Heirat. Seither bin ich nur hin und wieder zu Familienfesten hergekommen.»

«Sie haben keine Kinder, nicht wahr?»

«Nein, dazu waren wir zu borniert. Wir redeten uns immer ein, in diese Welt dürfe man keine Kinder setzen. Aber ich sehe jetzt, daß wir damit uns und andere zum Narren gehalten haben.»

«Inwiefern?»

«Wer kann sich in einer so grundlegenden Sache für unfehlbar halten? Alle diese Menschen hier – ich kannte die meisten davon – hatten scharenweise Kinder, und sie hatten weiß Gott ihre Probleme. Jede Generation hat ihre Probleme, und wie soll man sie lösen, wenn man die Bevölkerungszahl senkt? Wir wären jetzt ziemlich übel daran, wenn wir nicht genügend Leute hätte, um eine zweite Front aufzubauen, und statt dessen gezwungen wären, auf unbestimmte Zeit in der Defensive zu bleiben?»

«Da haben Sie recht», sagte sie.

«Warum erzähle ich Ihnen das eigentlich? Ich weiß nicht einmal Ihren Namen. Heißen Sie Horsey?»

«Ja», antwortete sie gleichmütig, «Evelyn Horsey, aber bis auf meine Mutter nennen mich alle Evie. Meine Mutter ist ein bißchen pingelig. Das kommt wahrscheinlich daher, daß sie den Vorsitz über Hunderte von Nähzirkeln führt. Wissen Sie, wo das Grab ist? Ich weiß es nämlich. Es ist dort drüben bei der Eibe im neuen Teil. Dort liegen die Eveleighs. Ich habe erst letzte Woche dort das Gras geschnitten.»

Sie ging voraus zum neuen Friedhofsteil. Dann stand er neben einem grauen Grabstein, der die verwitterten Namen von Norman und seinem Sohn Gilbert trug, sowie die spätere Inschrift für Marian, seine Schwiegermutter, und die letzte – «Rachel Craddock» – mit den Jahreszahlen 1896–1942, «getötet bei einem Fliegerangriff». Bis jetzt gab es noch kein Familiengrab für die Craddocks, da man die Leiche seiner Schwester Claire nie gefunden hatte. Und dies, so vermutete er, war der Grund, weshalb sein Vater Rachel hierher zu ihrer Familie hatte legen lassen.

«Ich bin zum Begräbnis nicht nach Hause gekommen», sagte er.

«Konnten Sie nicht?»

«Ich wollte nicht. Ich stand mitten in einem Lehrgang. Einige meiner Kameraden waren darüber entsetzt, und ich denke, mein Vater und meine Stiefmutter auch. Wie denken Sie darüber?»

Merkwürdig, dachte er, ihr eine solche Frage zu stellen nach einer einstündigen Bekanntschaft. Aber er wartete begierig auf ihre Antwort, da diese, das wußte er, ehrlich sein würde.

«Niemand hat das Recht, darüber ein Urteil abzugeben, so oder so», sagte sie. «Das war Ihre Sache, die niemanden etwas anging, auch Ihre Familie nicht.»

Sie nahm seine Hand. Es war genau die Art Händedruck, die er von jemandem erwartet hätte, der seiner selbst so sicher war, vernünftig und dabei doch auf eine andere Art genauso leichtsinnig wie die Zwillinge mit siebzehn Jahren.

Er sah, daß sie lächelte. Deshalb lächelte er auch. «Vielen Dank, daß Sie mitgekommen sind. Gehen wir und sagen dem Pastor guten Tag. Dann muß ich nach Hause. Es ist Essenszeit.»

«Bleiben Sie doch hier und essen Sie mit uns», schlug sie vor. «Sie können das Pferd bei uns einstellen und zu Hause anrufen. Onkel Horace würde gern einmal mit jemandem sprechen, der aktiv am Krieg teilnimmt. Die einzigen Soldaten, die wir hier zu sehen bekommen, sind die von der Bürgerwehr und die bejahrten Besatzungen der Stellung drunten am Hafen. Ich fürchte, die Unterhaltung lockt Sie nicht sehr, aber zumindesten gibt es bei uns nicht eins von diesen schrecklichen Gerichten, von denen es im Radio immer heißt, sie seien gesünder als richtige Nahrung. Es gibt eine von Bellchambers Enten.»

Sie führten den Grauen um den Friedhof herum in den Hof des Pfarrhauses, wo ein unbenutzter Stall lag. Simon sattelte das Pferd ab, während Evie in der großen altmodischen Küche hantierte und dabei ihrem Onkel mitteilte, sie habe einen Gast mitgebracht. Simon blieb noch einen Augenblick stehen, die Hand auf Snowdrops Rükken, und genoß die Stimmung, die immer stärker geworden war, seit er an der Bahnstation Sorrel aus dem Abteilfenster gesehen hatte und sein Vater mit den Zügeln der beiden Pferde über dem Arm dagestanden war. Merkwürdig, dachte er, wie ruhig ich seither geworden bin, fast als könne man noch einmal von vorn anfangen. Dabei habe ich den Vorteil, die Zukunft zu kennen. Aber das hat im Grunde nichts mit dem Mädchen oder dem Chef zu tun. Es liegt einfach daran, daß das Tal immer das gleiche geblieben ist.

3

Wenn er später auf diese Zeit zurückblickte, schien es Simon, daß die Saat ihrer Verbindung über Nacht aufgegangen war wie eine Puffbohne. Er hatte nur neun Tage, von denen schon drei vergangen waren, als sie sich begegneten. Aber sie nutzten die restliche Zeit. Nach dem Mittagessen im Pfarrhaus nahm er sie mit nach Hause, und am darauffolgenden Tag wanderten sie nach Whinmouth und kehrten in einem kleinen Café am Kai ein. Am vierten Tag lieh er sich Smut Potters ausgedientes Motorrad und fuhr mit ihr nach Paxtonbury, wo sie sich einen Film ansahen. Anschließend saßen sie beim Tee, und er erzählte ihr von den Vorkriegsstreichen der Zwillinge. Am Abend aßen sie im Herrenhaus. Claire, die sie beobachtete, wünschte Simon inbrünstig Glück. Er verdient diesmal wirklich etwas Gutes, dachte sie, und sie fand es seltsam, daß er das gerade jetzt zu bekommen schien, im gleichen Augenblick, in dem der unaufhörliche Aufstieg der Zwillinge einem Eklat zusteuerte.

Claire stand dem widerwärtigsten Problem gegenüber, und sie schauderte davor zurück wie früher vor keinem, wenn sie nur am Rand in die Streiche der Zwillinge und ihrer Frauen verwickelt gewesen war. Sie wußte, diesmal handelte es sich nicht um einen Streich, sondern um eine verzweifelt ernste Angelegenheit, besonders jetzt, nachdem Andy wieder aufgetaucht war. Stevie und Margaret hatten sich in Wales ein abgeschiedenes Häuschen gemietet, in dem Margaret nun wohnte und wo Stevie sie besuchte, sooft es ihm möglich war. Und wenn Claire über Andy wunderbares Wiederkommen nachdachte, dann war sie bar jeder angemessenen Regung, weil sie den unbequemen Gedanken nicht loswerden konnte, daß es vielleicht für alle besser gewesen wäre, Andy wäre vermißt geblieben.

Da sie wußte, daß Margaret das gleiche dachte, tat ihr sowohl diese als auch dieser idiotische Stevie entsetzlich leid. Sie kannte ihre Söhne nicht sehr gut. Sie hatten immer ein beängstigend schnelles Leben geführt, meistens weit weg von zu Hause, und schienen es immer so gut verstanden zu haben, auf sich selbst aufzupassen. Doch jetzt begann sie zu verstehen, daß dies nur eine Fiktion war und daß beide immer nur geblufft hatten, und am Ende war ein Skandal entstanden, der Paul zwanzig Jahre älter machen könnte.

Man konnte sich nur immer wieder sagen, daß man es vor ihm so lange wie möglich geheimhalten mußte, vielleicht für immer. Aber wie war das möglich, wenn Andy nach Hause kam und seine Frau im sechsten Monat schwanger fand, mit dem Kind seines Bruders? Sie überlegte, ob es nicht besser wäre, Andy glauben zu lassen, es sei das Kind eines Fremden. Er war der Mensch, der nach über zweijähriger Abwesenheit ein Auge zudrücken könnte. Aber wie würde er reagieren, wenn er erfuhr, daß Margaret ihn ausgerechnet mit Stevie betrogen hatte, der nun seinerseits unter den Anforderungen des Krieges ebenso verwundbar geworden war wie Simon? Margaret war schokkierend offen gewesen, aber daß sie Stevie mit Andy identifizierte, schien Claire – selbst eine sinnliche Frau, die seit ihrem neunzehnten Lebensjahr nur für die Umarmungen ihres Mannes gelebt hatte – kein plausibler Gund zu sein. Claire hatte zwischen ihrer eigenen Ehe und der Andys und Margarets eine Parallele gesehen, nämlich eine Partnerschaft auf starker körperlicher Basis, in der sonst wenig eine Rolle spielte. Jetzt schien es, daß das Mädchen etwas anderes gefunden hatte, und zwar dort, wo sie es am wenigsten erwartet hätte.

Dadurch, daß Claire sich niemandem anvertrauen oder dieses Malheur mit den betroffenen Parteien erörtern konnte, war sie oft bedrückt, so daß sogar Paul, der normalerweise ihren Launen gegenüber unempfindlich war, es bemerkte und ihre Niedergeschlagenheit sowohl der Sorge um Andys Verwundung wie auch Stevies Entschluß, nach seiner Ruhepause sofort wieder zu fliegen, zuschrieb. Sie hätte sich gern Simon anvertraut, wenn seine neue Seelenruhe sie nicht aus dem Gleichgewicht gebracht hätte. So wie die Sache jetzt stand, wäre es schäbig von ihr gewesen, ihm das anzutun, da er nach so langer Zeit das erste Mal wieder auf beiden Beinen zu stehen schien. Deshalb sagte sie nichts und schöpfte aus seiner unerwartet blendenen Laune und der Freude, die er ganz offensichtlich seinem Vater machte, einigen Trost.

Paul Craddock, von solchen düsteren Gedankengängen nicht geplagt, konnte dasitzen und sich an dem, was viktorianische Romanautorinnen «Liebe auf den ersten Blick» genannt hätten, freuen. Eine der vergnüglichen Seiten des Familienlebens war für ihn immer die Gelegenheit gewesen zu beobachten, welche Partner sich seine Kinder wählten. Und dieses Vergnügen war mit den Jahren noch gewachsen, denn er war jetzt in einem Alter, in dem es ihm gleichgültig war, ob seine Kinder sich zu Narren machten oder nicht. Das war nicht immer so gewesen. Er war über die Sturheit des Schotten, den Karen mit nach Hause gebracht hatte, verwirrt gewesen und über die Unnahbarkeit der Pastorentochter Monica und ihrer Mutter erschrocken. Margaret hatte er vom ersten Augenblick an gemocht, da sie das versprach, was er von einer Frau immer erwartet hatte. Auch für Rachel hatte er Sympathie empfunden. Das kostbarste Stück unter seinen Schwiegerkindern war natürlich Patrick, der schon von Anfang an der Richtige für Mary gewesen war. Doch jetzt merkte er, wie er sich für dieses dunkelhaarige, langbeinige Mädchen erwärmte, das Simon so unerwarteterweise ins Haus gebracht hatte. Er fragte sich, ob der Junge von ihr tatsächlich so angetan war wie es schien, oder ob das nur eine Art Erwachen aus der Trostlosigkeit seiner ersten Ehe war. Er wußte es nicht und hätte keine Wette darauf abgeschlossen, aber wie Claire wünschte er Simon alles Glück der Welt und hoffte, das Mädchen würde seine geistliche Herkunft vergessen und daran denken, daß Krieg war.

An seinem letzten Urlaubstag zogen Simon und Evie los, um den Oberlauf der Sorrel zu besichtigen, wo die Quelle in die Sandsteinschlucht floß, die diagonal durch das Hochmoor lief. Simon hatte eine Entscheidung getroffen von der Art, mit der er so viele Rekruten beeindruckt hatte, die er mit der Todesrutsche bekannt machte oder denen er zeigte, wie man eine fast sieben Meter hohe Mauer bewältigte. Als er auf sie hinuntersah, während sie die Hand in die Sorrel hielt, sagte er: «Ich kann mich nicht erinnern, je eine Woche so schön gefunden zu haben wie diese, Evie. In meinem ganzen Leben nicht. Das fing schon an, ehe ich dir im Wasser begegnet bin. Aber eines weiß ich genau: Diese Stimmung wäre wieder vorübergegangen, wenn ich dich nicht getroffen hätte.» Er hielt einen Augenblick inne, als sammle er sich vor dem Sprung. «Ich muß morgen in aller Frühe weg. Ich werde natürlich schreiben, aber warum soll ich das einzig Wichtige, was ich zu sagen habe, aufs Papier bringen? Willst du mich heiraten?»

Er hielt diesen Antrag selbst für ziemlich stümperhaft, aber er merkte, daß er nicht ganz unerwartet kam. Nur der Zeitpunkt überraschte sie, denn sie hielt ihn für einen Mann, der sich den mittleren Jahren näherte und daher alle möglichen Faktoren abwog, die für einen jüngeren Mann keine Rolle spielten. Als sie nicht sofort antwortete, sondern am Bach sitzen blieb und weiter das Wasser durch ihre Finger rinnen ließ, sagte er ruhig: «Gut, denke darüber nach. Ich bin elf Jahre älter als du und habe immer noch keine Ahnung, was ich nach dem Krieg anfangen werde. Ich habe die meisten Entscheidungen in meinem Leben impulsiv getroffen und genau das tue ich auch jetzt.»

Als sie noch immer nicht antwortete, wurde er ein wenig nervös. «Sag wenigstens etwas! Sag mir, ich sei verrückt oder ich solle aufhören, mich zum Narren zu machen, oder ich solle mich so benehmen, wie es meinem Alter entspricht, sag irgend etwas!»

Da stand sie auf, nahm sein Gesicht zwischen die Hände und sagte mit der ihm schon vertrauten Mischung aus Fröhlichkeit und Ernst: «Natürlich will ich dich heiraten, falls du es dir nicht anders überlegst, bis du wieder nach Hause kommst, was ich aber wirklich nicht hoffe. Ich verlasse mich da auf meinen Instinkt. Jedes Mädchen mit ein bißchen Verstand würde das tun.» Und sie küßte ihn sehr sanft auf den Mund.

So einfach war das, das Einfachste und Befriedigendste, was ihm jemals widerfahren war. Und noch lange dachte er über die Einfachheit nach, erinnerte sich nicht nur, wie sie seinen Antrag so spontan angenommen hatte, sondern dachte auch an die Szenerie mit dem hohen Farnkraut und dem plätschernden Bach, den Vögeln in den Büschen und den Sonnenstrahlen, die auf das Ufer fielen, wo sie standen. Und dies alles mußte sich ihm schon damals mitgeteilt haben, denn er sagte dankbar: «Ich bin froh, daß ich es sagen konnte, statt es zu schreiben. Ich hatte fast erwartet, daß ich nichts sagen würde, und dann hätte ich mir die Haare gerauft, wenn ich es hätte niederschreiben müssen. Ich habe darin keine Praxis, Evie, was du wohl inzwischen gemerkt haben wirst.»

«Allerdings», sagte sie, «und es ist ein Pluspunkt für dich. Wirst du später hierher zurückkommen? Und dich hier niederlassen?»

«Das weiß der Himmel. Ich bin kein Landwirt, und was könnte ich hier tun?»

Sie nahm seine Hand, öffnete sie und sah sie aufmerksam an. «Du kannst alles sehr gut tun, solange du daran glaubst. Aber du möchtest dich nicht mit persönlichen Problemen befassen, solange die Zukunft noch unsicher ist. Wenn du anders wärst, dann wärst du der übliche Witwer, der einen neuen Anfang sucht. Wie lange glaubst du, daß es noch dauern kann, Simon?»

Darüber hatte er schon oft nachgedacht, manchmal optimistisch, häufiger düster, wenn der Krieg nach einem Belagerungszustand ausgesehen hatte, der ein Leben lang anhalten konnte. Doch nun sah er freudiger in die Zukunft. «Schlimmstenfalls zwei oder drei Jahre, günstigstenfalls achtzehn Monate. Aber du willst damit doch nicht etwa sagen, daß du mich so lange warten lassen willst? In drei Monaten müßte ich wieder Urlaub bekommen, zumal wenn ich an die Front geschickt werden sollte. Jetzt haben wir Juli. August, September, Oktober . . .» Da hielt er inne, weil er sah, daß sie lachte.

«Du hast recht», sagte sie, «du hast wirklich keine Praxis.» Dann umarmte sie ihn und küßte ihn auf eine Art, wie Rachel ihn nie geküßt hatte.

4

In der Nacht nach seiner Abreise schlief Claire tiefer als seit Wochen, vielleicht weil sie über die Neuigkeit froh war. Simons Mitteilung, daß er und Evie sofort heiraten wollten, hatte ihre quälenden Sorgen für ein paar Stunden in den Hintergrund gedrängt, so daß das ständige Dröhnen der Flugzeuge am Himmel sie nicht weckte, wie das bei Paul der Fall war, den der massierte Anflug der Maschinen aus dem Schlaf gerissen hatte. Inzwischen konnte er die verschiedenen Flugzeugtypen nach dem Klang ihrer Motoren unterscheiden, und er wußte sofort, daß es sich diesmal um schwere Bomber handelte, die die Küste in der Nähe von Whinmouth überflogen, und zwar in weit größerer Zahl als irgendwann seit dem Angriff auf Plymouth im Jahre 1940.

Er schaltete die Nachttischlampe an und sah automatisch zu den Fenstern, ob die Verdunkelungsrollos heruntergezogen waren. In diesem Augenblick fielen die ersten Bomben. Das alte Haus bebte, und der Putz um die Deckenbeleuchtung rieselte herunter. Als Claire aufschrie, sagte er: «Das gilt Paxtonbury. Ich dachte, das hätten wir hinter uns gebracht.»

Und dann fiel die zweite Bombenladung, und im Norden brach die Hölle los.

«Ich hole die Kinder...» rief er, aber Claire klammerte sich an ihm fest. Er war über ihr Entsetzen überrascht, selbst wenn man ihr zugestehen mußte, daß sie buchstäblich aus dem Schlaf gebombt worden war. Ehe er sich von ihrer Umklammerung freimachen konnte, wurde die Tür aufgerissen, und die anderen kamen herein. John hielt den kleinen Jerry an der Hand, Mary hatte die kleine Sorrel auf dem Arm. Mary öffnete den Mund, als ob sie schreien wollte, aber er verstand, daß sie ihn nur drängte, unter der Treppe Schutz zu suchen, wie sie das schon 1940 getan hatten. Er zog eine Decke vom Bett, warf sie Claire über die Schultern und griff dann nach seinem Morgenmantel. Es war zwanzig Minuten nach zwei Uhr in der Nacht.

Landeinwärts hielt das Inferno an. Nach dem anhaltenden Krachen der ersten Bombenladung konnte man nun in Abständen die einzelnen Detonationen unterscheiden, das anhaltende Dröhnen der Nachtjäger und das Ballern der Flakgeschütze, die am Rand des Flugplatzes feuerten. Bei jeder schwereren Detonation bröckelte ein Stück Decke ab. Die Küche war im Sommer nicht verdunkelt, und durch die Füllung der Außentür sahen sie die weißen Blitze am Himmel und dann ein rosarotes Leuchten, das sich über den See auszubreiten schien, aber nur eine Spiegelung der Brände in Paxtonbury war. Zwanzig Minuten lang hielt das Inferno an und ging dann in ein Donnern über, das noch einmal fünf Minuten dauerte. In der Stille danach war das Flakfeuer genauer zu hören, und wenige Augenblicke später das Dröhnen der Bomber, die nun wieder die Küste überflogen.

«Ist es vorbei?» fragte Claire. «Fliegen sie wieder zurück?»

Ehe er antworten konnte, hörten sie einen Ton, der in allernächster Nähe herunterzustürzen schien – ein langes, pfeifendes Heulen. Paul meinte, Claire schreien zu hören, aber das konnte ebensogut auch ein Teil des Tons selbst gewesen sein. Und ehe er Mary und das Baby umarmen konnte, schien eine gewaltige Explosion sie hochzuheben. Und dann war Ruhe, als hätten plötzlich tausend Glocken aufgehört zu läuten.

Minuten verstrichen. Endlich knipste Paul seine Taschenlampe an, stand auf und nahm den Telefonhörer ab, legte ihn jedoch gleich wieder auf, da die Leitung tot war. Sie blieben noch sitzen, wo sie waren, bis aus der Ferne die Entwarnungssirene aufheulte, dann eine zweite, wahrscheinlich die von Whinmouth, und schließlich eine dritte in Coombe Bay.

«Das war ein scheußlicher Angriff», sagte Paul mit einer so dünnen Stimme, daß er selbst darüber erschrak. «Aber die polnischen Jäger waren sehr schnell da. Es sollte mich nicht wundern, wenn sie ein paar heruntergeholt hätten.»

Nun sprach unerwarteterweise John, und so wie Paul sich über das Zittern seiner eigenen Stimme schämte, so stolz war er auf die Festigkeit der Stimme seines Jungen. «Im Wald ist ein Bomber abgestürzt.» Und als Paul ihm antwortete, dies sei Unsinn, beharrte er darauf. «Doch! Ich weiß es bestimmt. Nach dem Krach gab es noch ein langes, knisterndes Geräusch, und zwar ganz in der Nähe.»

Paul hämmerte verzweifelt auf die Telefongabel. Doch nun schien Claire etwas ruhiger geworden zu sein.

«Bring das Baby wieder ins Bett, Mary. Ich behalte Jerry in der Küche und mache Tee.» Sie warf dem Kind eine Decke über und führte es hinaus. Paul und John gingen zur Vordertür und öffneten sie weit. Im Süden war es immer noch dunkel, aber hinter dem Haus war der Himmel rot wie bei einem Sonnenuntergang. Und immer noch dröhnten die Jäger über ihren Köpfen.

«Ob sie wohl diesmal die Kathedrale getroffen haben?» fragte John. «Das letzte Mal trafen sie daneben, weißt du noch?»

«Beim letztenmal handelte es sich um ein paar Notabwürfe», sagte Paul. «Aber diesmal war es beabsichtigt. Bist du ganz sicher wegen des knisternden Geräuschs?»

«Ja, ganz sicher.»

«Als ob etwas durch die Bäume gekracht wäre?»

«Ja. Sollen wir nachsehen?»

«Sobald es hell ist.»

«Kann ich dann mitkommen?»

«Ja. Und noch etwas muß ich dir sagen, mein Sohn. Du hast verdammt gute Nerven. Bessere als ich, bessere als deine Mutter, und genauso gute wie deine Brüder.»

Der Junge sagte nichts, da er die Bescheidenheit in den Worten des großen, grauhaarigen Vaters spürte. Er folgte ihm in die Küche, wo seine Mutter sich gerade in den Ausguß erbrach.

«Entschuldigung», sagte sie hilflos, «ich kann nicht mehr viel vertragen.»

«Setz dich hin, ich mache den Tee», sagte John, führte sie sanft zum Stuhl, nahm den großen Eisenkessel und hielt ihn unter den Wasserhahn.

«Du brauchst dich nicht zu entschuldigen, Claire», sagte Paul. «Das konnte wirklich jeden normalen Menschen zu Tode ängstigen. Trinkst du einen Schluck?»

«Nein, danke, nur Tee. Einen starken.»

«Komm schon», sagte John, und Paul dachte: Großer Gott, und er ist erst neun. Er benimmt sich eher wie einer der alten Hasen in der ersten Ypern-Schlacht. Dann drehte er sich um, den kleinen Jerry zu beruhigen. «Das ist jetzt schon das zweite Mal, daß sie dich aufs Korn genommen haben, nicht wahr?» Claire machte einen schwachen Versuch, zu dieser Bemerkung zu lächeln.

Als die Teekanne leer war, war es schon fast hell geworden. Jerry gähnte, und Mary brachte ihn zu Bett. John ging hinaus und kam bald darauf mit Regenmantel und Gummistiefeln wieder.

«Wo willst du denn hin?» fragte Claire.

«Ich will sehen, ob das ein Bomber war. Papa sagte, daß ich mitkommen kann, nicht wahr?»

«Ja», sagte Paul. «Es ist ungefährlich, und ich könnte ihn vielleicht als Boten brauchen. Du kannst doch einmal eine halbe Stunde allein sein, nicht wahr?»

«Ja, aber bitte komm danach sofort zurück. Das nächste Mal greifen sie vielleicht das Lager an.»

Sie stand auf und fühlte sich sehr alt. Es war schlimm genug gewesen, den letzten Krieg mitgemacht zu haben, während Paul in Frankreich war und die Hälfte der Männer aus dem Tal fielen, aber wenigstens hatte man damals nicht gegen Kinder gekämpft.

Paul schnallte sich den Revolver um, mehr aus Gewohnheit als mit Bedacht, und dann gingen sie durch die Hintertür durch den taunassen Obstgarten. Wenn man die gespenstische Farbe des Himmels übersehen konnte, dann war dies ein ruhiger, angenehmer Morgen. Aber das Vorhandensein zweier Dämmerungen, einer im Osten, der anderen im Westen, machte es schwer, den Duft der Heckenrosen zu würdigen. Sie gingen bis zum Tor, das vom Obstgarten auf die langgestreckte Wiese am Hang führte.

Sie waren ungefähr ein Drittel der Strecke bis zum Waldrand hinaufgegangen, als John plötzlich stehenblieb. «Sieh mal! Dort drüben!» Paul drehte sich um und sah einen aufgeblähten Fallschirm, der sich an einer Hecke verfangen hatte und in der Morgenbrise flatterte.

«Daran hatte ich nicht gedacht», sagte er und nahm den Revolver aus dem Halfter. «Hinter mich, John, und die Augen auf! Wenn ich sage, du sollst zurückgehen, dann geh und fange keine Diskussion an.»

Der Fallschirm sagte ihnen nicht viel. Nichts verriet, ob er deutscher oder britischer Herkunft war. Als sie den bewaldeten Abhang zum See hinunterkletterten, sah Paul, daß John recht gehabt hatte. Unten am See lag ein Chaos aus geschmolzenem Metall. Ein einziger Flügel zeigte senkrecht zum Himmel. Er wirkte unter den zersplitterten Eichen sehr fremdartig. Ungläubig starrten sie auf das Wrack. Immer noch stieg leichter Rauch aus ihm auf.

«Lieber Gott», sagte Paul leise. «Jetzt habe ich genug gesehen.» Er rannte mit John auf die Trümmer zu. Doch dann, als ihm der Fallschirm einfiel, zog er den Revolver. «Warte hier! Wenn noch andere abgesprungen sind, hängen sie hier irgendwo in den Bäumen.»

Doch sie konnten niemanden sehen. Paul überlegte, daß in dem Flugzeugwrack vielleicht verkohlte Leichen liegen konnten.

«Geh nicht zu nahe heran, John!» rief er. «Wir sehen uns das alles mal kurz an und setzen uns dann mit dem Lager und dem Flugmeldedienst in Verbindung.»

In diesem Augenblick sah er den deutschen Flieger. Er stand bei einer Zwergbuche nicht weit neben dem Wrack.

Paul schätzte ihn auf nicht älter als vielleicht neunzehn oder zwanzig Jahre. Er zitterte noch immer vor Entsetzen oder Angst, denn die erhobenen Hände flatterten, und Paul sah seine Halsmuskeln arbeiten. Er hörte John durch die Zähne pfeifen, wandte aber keinen Blick von dem Deutschen und hob den Revolver.

«Hände hoch!» rief er, doch das war eine dumme Aufforderung, denn der Mann hatte schon die Hände erhoben und kam aus dem Gebüsch auf ihn zugestolpert, wobei ihn seine schweren Fliegerstiefel behinderten.

Der Deutsche erwartete offensichtlich, erschossen zu werden. Paul war über sich selbst überrascht, denn er empfand keinen Zorn. Der Flieger war eindeutig am Ende seiner Kräfte. Wütend dachte er: Das Ganze ist völliger Wahnsinn. Vor ein paar Stunden hat er alles getan, um uns in die Luft zu sprengen, und jetzt steht er hier in meinem Wald und fragt sich, ob ich ihm eine Kugel durch den Kopf jage. Er winkte ihn heran und ließ den Revolver sinken. Paul fiel ein, daß die meisten Deutschen etwas Englisch sprachen. Er deutete auf das Wrack und fragte: «Wie viele?»

«Vier», sagte der Deutsche und hob vier Finger hoch. «Alle tot!»

John hatte sich inzwischen dem Trümmerhaufen genähert. «Komm sofort zurück, John!» rief Paul.

John drehte sich um und kam vorsichtig den Hang herauf. «Er hat recht», sagte er beiläufig. «Die anderen liegen drinnen, das heißt drei, einer liegt darunter.»

Wieder wunderte sich Paul über Johns Nerven. «Lauf jetzt nach Hause und sage es den anderen. Falls das Telefon noch nicht funktioniert, versuche es von Honeymans aus. Jedenfalls muß man das Lager informieren. Sag ihnen, sie sollen einen Gefangenen abholen und das hier untersuchen.»

John sah ihn abschätzend an. «Kommst du hier allein zurecht?»

«Ich habe doch den Revolver, oder? Außerdem ist in dem Mann nicht mehr viel Kampfgeist. Also rasch! Tue jetzt, was ich dir sage!»

Widerstrebend ging der Junge den Hang hinauf, und Paul sah ihn unter den Bäumen auf dem Kamm verschwinden.

«Vorwärts!» sagte er zu dem Flieger. «Gehen Sie vor mir her.» Was rede ich da eigentlich, dachte er dabei. Meine Jungen haben drüben genau das gleiche getan. Wir sind alle wahnsinnig, die ganze Welt ist übergeschnappt. Und diese Überlegung ließ seine Arroganz wie eine Seifenblase platzen, und als sie offenes Gelände erreichten, fragte er: «Wollen Sie eine Zigarette?» Er steckte den Revolver weg und zog eine angebrochene Packung Zigaretten aus der Tasche.

Der Deutsche zog ein seltsam geformtes Messingfeuerzeug heraus. Auch Paul steckte sich eine Zigarette an, und beide blieben stehen und starrten auf den Fallschirm.

«Wie heißen Sie?» knurrte Paul.

«Weber», antwortete der Mann höflich. «Sind Sie Soldat?»

«Nein, aber dort unten ist mein Haus. Ich war Soldat und habe wahrscheinlich in Frankreich gegen Ihren Vater gekämpft.»

«Das war damals ein anderer Krieg.»

«Ganz anders», sagte Paul mürrisch. «Wir haben keine Frauen und Kinder getötet – keiner!»

Der junge Mann sah nachdenklich aus. Dann sagte er ganz unsentimental: «Meine Mutter und meine Tante kamen auch durch Bomben um. In Stuttgart. Dieses Jahr.»

Da ebbte Pauls letzter Groll ab, und mit ihm verschwand die Freude über die Gefangennahme. Er hatte das absurde Verlangen, seinen Revolvergurt aufzumachen und den Inhalt in den Wald zu werfen. Ganz in der Nähe stand der Baum, auf dem einst graue Eichhörnchen lebten, die Hazel Potter so gern gehabt hatte. Flüchtig dachte er an Patrick, an Stevie, Andy und Simon und verglich sie mit diesem großen, gutaussehenden Jungen, der durch ein Wunder der Katastrophe im Wald entkommen war. «Wir sind krank», sagte er, aber nicht zu dem Deutschen. «Die ganze verdammte Welt ist krank. Wir müssen krank sein.»

«Wie bitte?» fragte der Deutsche.

Paul gab darauf keine Antwort. Sie gingen die Wiese hinunter und kamen in einen aufgewühlten Haushalt. John, nun wieder ein Kind, tollte herum und schrie, ein Jeep sei schon gekommen mit einem Offizier und zwei Männern aus dem Lager. Sie hatten Befehl, die Wälder durchzukämmen, denn ihnen war gemeldet worden, daß ein Bomber in der Nähe der Küste abgestürzt war. «Paxtonbury brennt immer noch», sagte er, als ob dies ein Grund zum Frohlocken wäre. «Aber hier in der Gegend ist niemand getroffen worden.»

Sie gingen in die Küche. Dort gab sich der Deutsche große Mühe, würdevoll auszusehen, und der Colonel aus dem Lager sagte: «Lieber Himmel! Der Junge hatte recht! Wir hatten es ihm nämlich nicht geglaubt.»

«Er ist der einzige Überlebende», sagte Paul. «Die anderen sind tot.» Und zu dem Gefangenen: «Man wird Sie bald abholen. Tee?»

Der Mann nickte, und seine Blicke wanderten in dem großen Raum umher. Als Paul die Tassen holte, fragte der Gefangene: «Sind Sie der Graf?»

«Der ‹Graf›?» Paul durchforschte sein Gedächtnis nach dem passenden englischen Wort und sagte dann: «Ich weiß nicht recht. Für die Leute hier bin ich der ‹Herr›.»

Hiobsbotschaft

I

Das Dorf in der Nähe des Flugplatzes hatte nur einen Gasthof, den «Prinz Rupert», wahrscheinlich benannt zu Ehren einer Schlacht, die hier im englischen Bürgerkrieg geschlagen worden war. Paul hätte sich wahrscheinlich dafür interessiert, aber er durfte nie erfahren, daß Claire zweihundert Meilen über das angegebene Ziel hinausgefahren war.

Für Paul war sie nur bis London gereist, und Maureen Rudd war die Urheberin dieses Komplotts.

Maureen wohnte seit ihrem siebzigsten Lebensjahr bei ihrem Sohn in Edinburgh. Sie war zu Simons Hochzeit nach Shallowford gekommen, und ihr hatte Claire ihr Herz ausschütten können. Das war nicht vergeblich gewesen. Maureen hatte erklärt, es habe nun keinen Zweck, sich über das Geschehene zu entsetzen, sondern Claire müsse versuchen, für alle Beteiligten – für Stevie, Andy und Margaret – das Beste aus der verworrenen Situation herauszuholen und zunächst einmal mit Stevie zu sprechen. Maureen hatte auch einen Reisegrund erfunden, indem sie Paul davon überzeugte, es würde ihr guttun, wenn Claire sie bis nach London begleiten könnte. Dort würden sie gemeinsam einige Tage verbringen, ehe Maureen nach Edinburgh weiterfuhr und Claire nach Shallowford zurückkehrte.

Maureen quartierte sich in einem Londoner Hotel ein, während Claire sofort bis in die Nähe von York weiterfuhr. Nun, da sie hier war und es bereits dämmerte, war sie unsicher, was sie als nächstes unternehmen sollte.

Sie hatte von Margaret eine Telefonnummer bekommen, aber sie wußte nicht, ob es erlaubt war, einen Einsatzflughafen einfach anzurufen.

Sie nahm ein Zimmer, erfrischte sich und ging dann zur Telefonzelle, einem kleinen Glaskasten am Fuß der Treppe.

Niemand beanstandete ihren Anruf. «Wer ist dort? Wen möchten Sie sprechen?» fragte eine Frauenstimme.

Plötzlich konnte sie wieder klar denken. «Ich bin die Mutter eines Ihrer Piloten. Ich bin gerade hier in der Gegend und hätte gern gewußt, ob ich ihn besuchen kann. Er heißt Craddock. Lieutenant Stephen Craddock.»

«Augenblick, bitte», sagte die Telefonistin. «Ich verbinde Sie mit dem Offizierskasino.»

Es knackte in der Leitunq, und dann sagte eine Männerstimme: «Offizierskasino. Sie wollen Lieutenant Craddock sprechen?»

Claire glaubte eine Spur von Überraschung herauszuhören, aber das war verständlich. Wahrscheinlich kam es nicht oft vor, daß eine besorgte Mama im Lager anrief, als wäre es ein Internat. «Hoffentlich störe ich nicht», sagte sie. «Ich bin Mrs. Craddock, seine Mutter. Ich bin gerade hier in der Gegend . . .»

Vorsichtig unterbrach sie die Männerstimme: «Bitte, warten Sie einen Augenblick. Ich suche jemanden, der Ihnen Auskunft geben kann.»

Die sind ja alle sehr freundlich und höflich, fand Claire, und sie wartete geduldig, bis sich eine ziemlich rauhe Stimme meldete und ungläubig fragte: «*Mrs.* Craddock? Crads *Mutter*?»

Sie sagte, ja, und ob er vielleicht gerade dienstfrei habe, oder vielleicht in den nächsten Stunden. Sie fügte hinzu, daß sie die Nacht im «Prinz Rupert» im Dorf wohne und es nett wäre, wenn er zum Essen herüberkommen könnte.

Die Stimme zögerte. «Er ist . . . äh . . . er ist gerade nicht in der Nähe, Mrs. Craddock. Hier spricht Sergeant Wiley. Ich bin sein Funker. Dürfte *ich* vielleicht gleich einmal hinüberkommen? Ich könnte in zehn Minuten da sein . . .»

Es klang, als wäre er verlegen, weil er Stevie nicht aus dem Zylinder zaubern konnte. «Ja, sehr gern», sagte Claire. «Vielleicht können Sie ihm eine Nachricht hinterlassen, damit er später nachkommt. Ich würde Sie gern kennenlernen, Mr. Wiley.»

Das wenigstens konnte sie tun. Es klang, als läge ihm sehr viel daran zu kommen. Vielleicht war das Lager doch einem Internat ähnlich, wo man sich freute, wenn man gelegentlich mit den Eltern eines Freundes ausgehen durfte. Sie war aber doch enttäuscht, daß Stevie nicht da war, und vermutete, daß sie eben warten müsse, bis er zurückkäme. Vielleicht würde Mr. Wiley einiges erzählen, so daß sie sich ein Bild von Stevies Leben hier machen konnte. Immerhin hatte sie ihn aufgestöbert, und das war nach einer solchen Reise schon ein Erfolg.

Schon nach weniger als zehn Minuten kam er in die Hotelhalle gestürmt. Das Lager war anscheinend ganz in der Nähe. Wiley war ein hagerer, gutaussehender junger Mann mit schmaler Nase und spitzem Kinn, und er hatte einen langen Streifen Heftpflaster auf der Wange. Er begrüßte sie ziemlich schüchtern und fragte sie dann, ob sie mit ihm etwas trinken wolle. Sie sagte, sie hätte gern einen Sherry, falls es welchen gäbe.

«Hier gibt es alles», sagte er. «Dafür sorgen wir.» Und er verschwand bereitwillig in Richtung Theke. Sie streifte ihre Handschuhe ab, öffnete ihre Handtasche und sah in den Spiegel. Das Gefühl, daß sie einem Internat einen Besuch abstattete, verstärkte sich. Es hätte sie nicht überrascht, wenn eine Gruppe älterer Herren in Talaren erschienen wäre und sie angesprochen hätte, in jener entschiedenen Art, in der Lehrer gewöhnlich Eltern ansprechen.

Wiley kam zurück, er trug einen Krug Bier und ein Sherryglas. «Wegen Crad ...» begann er hilflos, «äh ... Sie waren heute unterwegs, Mrs. Craddock? Ich meine – Sie sind erst heute von zu Hause weggefahren?»

«Nein, gestern», erklärte sie, verwundert über sein verstörtes Benehmen. «Ich war vergangene Nacht in London. Stevie hat keine Ahnung, daß ich komme.» Wiley blickte rasch zur Seite. «Es ist doch alles in Ordnung, oder? Er ist doch nicht etwa krank, oder ... versetzt?» Sie hatte sagen wollen – verletzt. Das Wort war ihr durch Wileys Heftpflaster eingegeben worden, aber sie sprach es nicht aus, denn sie wollte nicht wie eine überängstliche Mutter erscheinen und Stevie kompromittieren. Es wäre absurd, sich wegen eines Sohns so anzustellen, der seit neun Jahren verheiratet war, in Scheidung lebte und das Kind der Frau seines Bruders als seines anerkannte. Aber sie machte sich eben Sorgen.

Wiley erschreckte sie durch einen merkwürdigen Laut, als wäre das Bier in seinem Krug eine besonders bittere Medizin. Dann riß er sich zusammen. «Es tut mir sehr leid, Mrs. Craddock, aber vorletzte Nacht ... weiter im Süden ... Wir wurden von einem Flakschiff getroffen, als wir die Küste überflogen. Fünf von uns konnten mit dem Fallschirm abspringen, ein paar Kilometer landeinwärts. Aber Crad blieb in der Maschine, weil der Heckschütze verwundet war. Er brachte die Maschine auf einem ziemlich miesen Ausweichflugplatz herunter. Den Heckschützen bekamen sie heraus, er liegt jetzt im Lazarett. Aber Crad ...»

Er blieb stecken, sah weg, und durch den Vorhang des jähen Schreckens erkannte sie seine Verlegenheit und seinen Kummer, und das gab ihr seltsamerweise im Augenblick Halt, so daß sie die Hand über den kleinen runden Tisch strecken und die seine umfassen konnte. Sie fühlte sich kalt und feucht an.

So saßen sie eine Weile, ohne sich zu rühren. Dann kam seine freie Hand herüber und legte sich auf die ihre, und sie empfand das als wunderbar tröstlich. Schließlich fragte sie, und gab sich große Mühe, normal zu sprechen: «Kannten Sie ihn gut? Sind Sie schon lange zusammen mit ihm geflogen?»

«Ja. Wir standen uns sehr nahe, Mrs. Craddock. Er war ein Kerl. Keiner von uns wäre zurückgekommen, wenn er die Kiste nicht so lange oben gehalten hätte, bis wir alle eine Chance zum Aussteigen hatten. Der kleine Pidgeon, der Heckschütze, hätte niemals abspringen können. Deshalb machte Crad weiter und versuchte eine Bruchlandung. Er hätte es fast geschafft. Eigentlich war es auch so schon ein Wunder. Ich bin erst heute zurückgekommen.»

«Sie haben sich im Gesicht verletzt.»

Er berührte seine Wange und schien überrascht, da ein Pflaster zu fühlen. «Nur ein Schnitt. Ich bin in einem Drahtzaun gelandet. Aber von uns vieren ist keinem etwas Ernstes passiert. Nur der Heckschütze liegt im Lazarett. – Mrs. Craddock, ich glaube, der Staffelkapitän würde gern Bescheid wissen, daß Sie hier sind. Man hat gestern vormittag ein Telegramm an Sie abgeschickt. Nun wird man bestimmt bei Ihnen zu Hause versuchen, Sie zu erreichen. Soll ich den Staffelkapitän suchen? Er sitzt wahrscheinlich beim Geschwaderkommandeur.»

«Nein, ich möchte lieber nur mit Ihnen sprechen, wenn es Ihnen nichts ausmacht. Seltsam, ich habe drei Söhne und zwei Schwiegersöhne im aktiven Kriegsdienst, aber Stevie ist der einzige, um den ich mir nie Sorgen gemacht habe. Er kam immer im letzten Augenblick noch heraus.»

«Beinahe wäre er auch diesmal herausgekommen.» Wiley schwieg eine Weile. «Wollen Sie nicht Ihren Sherry austrinken? Möchten Sie vielleicht etwas Stärkeres?»

«Nein, danke. Sie waren sehr freundlich, Mr. Wiley. Ich bin froh, daß gerade Sie es waren, der es mir sagte. Es muß für Sie furchtbar gewesen sein.» Sie spürte, wie ihr die Tränen in die Augen stiegen. «Verzeihen Sie. Bitte, gehen Sie noch nicht.» Sie wandte sich zur Seite und öffnete ihre Handtasche, während er wartete, nun nicht mehr verlegen, sondern geduldig und resigniert.

«Wußten Sie, daß er sich scheiden lassen wollte?»

«Ja, das hat er mir gesagt. Aber da war noch jemand, nicht wahr? Ein Mädchen aus Wales. Er hat einen Brief hinterlassen. Das tun wir alle, oder vielmehr die meisten, für alle Fälle . . . Ich habe ihn mitgebracht. Aber es ist nur der eine Brief, und er scheint an seine Frau gerichtet zu sein, nicht an das Mädchen.»

Er griff in seine Tasche und gab ihr einen frankierten Briefumschlag. Die Adresse lautete: «Mrs. Margaret Craddock, Ty-Bach, Llanstynwdd, Merionethshire, Wales», und darunter in Klammern «Falls nicht zustellbar bitte nachsenden an: Klinik St. Just, Criccieth, Nord-Wales.»

«Ich hätte ihn heute abend eingeworfen», sagte Wiley. «Aber vielleicht möchten Sie ihn lieber mitnehmen?»

«Ja», sagte Claire, «ich gebe ihn persönlich ab. Es ist besser so.»

Der Brief mit den beiden Adressen gab ihr überraschend neue Kraft. «Jetzt möchte ich doch gern etwas Stärkeres, Mr. Wiley. Einen Cognac. Aber ich will ihn selbst bezahlen.»

«Nein, bitte überlassen Sie das mir, Mrs. Craddock. Ich wäre sehr glücklich darüber.»

Als er mit den vollen Gläsern zurückkam, sagte sie: «Ich möchte gern noch heute abend fahren. Es hat keinen Sinn, hierzubleiben, und ich will nicht, daß sie es von jemand anderem erfährt. Kann man hier ein Auto mieten? Ich meine nicht zum Bahnhof. Gibt es hier jemanden, der mich bis nach Criccieth fahren würde?»

«Das würde aber eine Stange kosten, selbst wenn es sich arrangieren ließe. Wollen Sie nicht doch lieber die Nacht hierbleiben und morgen früh mit dem Zug weiterfahren?»

«Ich könnte sowieso nicht schlafen. Da möchte ich lieber etwas Nützliches tun.»

Wiley nickte und ging weg. Nach fünf Minuten war er wieder da. «Eine Mietwagenfirma in Flaxton macht es. Wer weiß, wo die heutzutage das Benzin herkriegen. Vielleicht kommt es daher, daß sie auch ein Bestattungsinstitut haben. Es kostet fünfzehn Pfund. Ich denke, man wird hier einen Scheck von Ihnen annehmen. Ich könnte für Sie bürgen, Mrs. Craddock.»

«Das ist nicht nötig. Ich habe genug Bargeld dabei, und wenn ich mehr brauche, kann ich einen Scheck einlösen, wenn ich dort bin. Haben Sie den Wagen für mich bestellt?»

«Er ist in ungefähr zwanzig Minuten hier.»

Sie saßen da und sprachen wenig, bis der Wirt erschien und mitteilte, der Wagen warte draußen. Er sah sie mitleidig an, und sie vermutete, daß Wiley ihm gesagt hatte, wer sie war.

«Ich hole Ihre Tasche aus dem Zimmer», erklärte der Wirt.

«Darf ich Ihnen noch etwas sagen, Mrs. Craddock?» begann Wiley, und als sie nickte, wurde er rot. «Ich finde Sie großartig! Ich hätte nie gedacht, daß jemand so großartig sein kann. Aber da ich den alten Crad kannte, wundert es mich doch wieder nicht so sehr. Ich wollte, Sie wären meine Mutter.»

«Ich auch», sagte sie, beugte sich vor und küßte ihn auf die Wanqe, die kein Heftpflaster trug. Im Gegensatz zu seiner Hand war sein Gesicht sehr warm.

2

Die Strandpromenade der kleinen Stadt war um diese Jahreszeit wenig einladend. Alles war schiefergrau – das Meer, die viktorianischen Steinhäuser, der Himmel. Claire hatte doch etwas geschlafen, unter der Reisedecke, die der Fahrer ihr gegeben hatte. Er war vermutlich ein Leichenwagenfahrer, denn seine Bewegungen waren übermäßig würdevoll, und es kam ihr so vor, als wäre er die ganze Strecke gleichmäßig mit fünfzig gefahren. Sie hatte beschlossen, es zuerst in Criccieth zu versuchen und ihn zu entlassen, wenn sie Margaret gefunden hatte. Danach konnte sie ein Hotelzimmer suchen, falls um diese Jahreszeit eines zu bekommen war, und Kräfte sammeln für das, was getan werden mußte.

Die Privatklinik lag am Ende einer langen Straße, ein hohes, schmales Gebäude aus großen Steinquadern. Sie bat den Fahrer zu warten, während sie sich erkundigte. Es war einige Minuten vor acht. Hinter der verschlossenen Glastür scheuerte ein Mädchen den Fußboden der Eingangshalle. Durch Handbewegungen bat sie um Einlaß. Das Mädchen blickte erstaunt auf, zog aber den Riegel zurück, und als Claire sie bat, Erkundigungen nach einer Patientin einzuholen, sagte sie im schwersten walisischen Dialekt, da müsse sie Schwester Pritchard holen, die gerade beim Frühstück sei.

Schwester Pritchard eilte herbei. Sie war ein wenig ungehalten. «Es ist noch viel zu früh für Besuche», erklärte sie und tupfte sich mit einer Serviette den Mund ab. «Besuchszeit ist erst am Nachmittag. Zu wem wollen Sie denn?»

«Ich weiß nicht einmal genau, ob sie schon hier ist», sagte Claire, «aber sie ist bei Ihnen angemeldet – Mrs. Margaret Craddock.»

Da wurde die Schwester freundlich. «O ja, natürlich! Das Kind kam letzten Donnerstag zur Welt. Wir haben uns schon gewundert, warum niemand nach ihr fragt.» Sie schlug ein Registerbuch auf, das auf dem Empfangstisch lag. «Stimmt, Donnerstag war es. Mrs. Craddock kam schon am Dienstag, aber das war blinder Alarm. Beiden geht es gut. Aber . . .» Nun versteifte sich ihr Gesicht wieder, «ich fürchte, Sie können sie jetzt nicht besuchen. Sie hat noch nicht gefrühstückt, und der Arzt muß noch Visite machen. Ich kann ihr natürlich sagen, daß Sie hier sind. Es wird sie sicher freuen. Sie hat keinerlei Nachrichten bekommen. Nicht einmal einen Anruf oder einen Brief», fügte sie etwas vorwurfsvoll hinzu.

«Es war schwierig, hierherzukommen. Außerdem wußte ich nicht genau, wann es soweit sein würde. Ist es ein Junge oder ein Mädchen?»

«Ein Mädchen!» Sie bedachte Claire mit einem Blick, als wäre sie erstaunt, daß sie nicht einmal das wußte. «Kommt ihr Mann auch oder ist er im Einsatz? Mrs. Craddock hat nichts darüber gesagt. Wir hätten nicht einmal gewußt, wen wir verständigen sollen, wenn es Komplikationen gegeben hätte.»

Claire, die schon immer etwas gegen Mediziner gehabt hatte, mit der einzigen Ausnahme von Maureen, die ihre Abneigung aber selbst teilte, beschloß nichts zu verraten. «Sagen Sie ihr nicht, daß ich da bin. Ich möchte sie überraschen. Ich kaufe ein paar Blumen und komme nach dem Essen wieder.» Als sie sich schon zur Tür wandte, fragte sie: «Ein Mädchen? Wie schwer?»

Die Frage überraschte die Schwester. «Sechs Pfund und sechzig Gramm. Sie können sie gern einmal sehen . . .»

«Danke, das hat Zeit», antwortete Claire. «Ich hatte selbst sechs Kinder, und ich bin die ganze Nacht gefahren.»

Sie verließ die Schwester mit dem Gefühl, einen Sieg errungen zu haben, aber er brachte ihr keine Befriedigung. Ihre Müdigkeit und Trauer paßten zu den grauen Steinhäusern und dem schieferfarbenen Meer. Sie fand ein kleines, düsteres Hotel, das noch geöffnet hatte. Daraufhin entließ sie den Fahrer und gab ihm ein Trinkgeld von dreißig Shilling, denn er wirkte so erschöpft, wie sie sich fühlte.

3

Das Prasseln von Kohlen weckte sie auf, und sie sah auf die Uhr. Es war kurz vor halb zwei. Sie zog sich an, legte einen Hauch Lippenstift auf und ging zum Essen hinunter, das mit einem doppelten Gin serviert wurde. Dann zog sie den Mantel an, setzte den Hut auf und ging die lange graue Straße entlang, entschlossen, es notfalls mit dem Teufel aufzunehmen.

Es war alles andere als leicht, aber doch leichter, als sie es sich vorgestellt hatte. Sie hatte in ihrer Schwiegertochter immer ein sorgloses kleines Ding gesehen, das wie ihr Ehemann vor dem Krieg von einer Stunde auf die andere gelebt hatte und nie so recht fähig gewesen war, sich zu überlegen, wohin ihre ununterbrochenen Lustbarkeiten führten, falls sie überhaupt irgendwohin führten. Claire hatte dabei jenes walisische Gefühl für das Verhängnis außer acht gelassen, das mit dieser Sorglosigkeit einherging und mit einer Sinnlichkeit, die ihrer eigenen verwandt war, und als die erste Erschütterung abgeklungen war, konnte sie beobachten, wie Margaret in der Erkenntnis der Kelten Zuflucht suchte, daß sie jeden Kampf am Ende verloren, sei es gegen die Angelsachsen, sei es gegen die Berge, das Wetter, den steinigen Boden der Bergbauernhöfe oder die unablässige Gier der Industriellen.

«Du mußt an diese Möglichkeit schon lange gedacht haben», sagte sie plötzlich.

«Ich hatte sie beiseite geschoben», antwortete Margaret langsam. «Das tut doch jeder, nicht wahr? Wir hatten viele glückliche Stunden zusammen. Ich war vorher noch nie so glücklich gewesen.»

Die Überzeugung, mit der sie dies äußerte, verblüffte Claire. Ihr war es immer so vorgekommen, als wäre Margarets Ehe verhältnismäßig glücklich gewesen, jedenfalls besser als die Ehe Stevies und Monicas. «Du und Andy», sagte sie, «ihr habt euch einmal sehr gut vertragen. Ihr könntet es noch einmal versuchen, nicht wahr? Er wird jemanden brauchen, der viel Geduld hat, und du hast mehr, als ich dachte.»

«Und was ist mit Vanessa?» wandte Margaret ein.

«Vanessa?»

«Stevies Kind. Das ist der Name, auf den wir uns geeinigt haben. Wir fanden das einen schönen Namen.»

«Du willst das Kind also behalten?»

«Was sonst? Ich wollte schon immer ein Kind haben. Es kam mir nicht richtig vor, verheiratet zu sein und mit dreißig Jahren noch kein Kind zu haben. Aber selbst als ich Andy dazu bekehrt hatte, geschah nichts. Ich weiß nicht warum. Vanessa kam praktisch sofort.»

Margaret wurde Claire immer sympathischer. «Wenn nun Andy das Kind akzeptieren würde? Hast du daran schon einmal gedacht?»

«Bisher brauchte ich daran nicht zu denken, nicht wahr?»

«Nein», gab Claire zu. «Aber nun ist alles anders. Du mußt die Sache mehr vom allgemeinen Standpunkt aus betrachten als von deinem eigenen. Andy ist darin verwickelt, und ich übrigens auch, und Paul desgleichen. Er weiß nicht einmal, daß ich hier bin.»

«Du meinst, das sei alles sehr unrecht von mir gewesen?» fragte

Margaret hastig. «Du meinst, ich hätte das nur getan, weil ich einen Mann brauchte? Ja, das stimmt, ich brauchte einen, wenigstens am Anfang. Aber dann änderte sich alles, und ich war froh darüber. Wenn Vanessa nicht Stevies Kind wäre, dann hätte ich sie wohl von irgendeinem anderen, und das wäre noch viel schlimmer. Aber so wirst du es wohl nicht sehen können, da du die Mutter von allen beiden bist.»

«Nun mache dir einmal darüber keine Sorgen», sagte Claire. «Das ist nämlich etwas, das ich verstehe. Als ich erfuhr, daß Stevie tot ist, freute ich mich über das Kind. Frage mich nicht warum. Es hat wohl etwas mit Fortbestand zu tun, jedenfalls war ich froh darüber. Und das hat mich auch dazu bewogen, hierherzukommen. Es war kein leichter Entschluß. Paul ist überhaupt der einzige Mensch, der mir wichtig ist, und er ist allein zu Hause und ruft jetzt wahrscheinlich dauernd in London an und macht sich Sorgen, weil ich nicht erreichbar bin.»

«Wirst du es ihm sagen?» fragte Margaret.

«Erst wenn ich den Eindruck habe, daß er es verkraften kann. Ich bin ganz ohne Plan hierhergekommen, aber es betrifft schließlich uns alle, nicht nur dich und Andy und das Kind. In gewisser Hinsicht hat Andy ebensoviel Schuld an diesem ganzen Durcheinander wie du. Man kann eben Disziplin und Verantwortungsgefühl nicht einfach zum Fenster hinauswerfen, wie es die beiden ihr Leben lang getan haben. Stevie scheint das am Ende begriffen zu haben. Er muß sich doch sehr geändert haben, daß er so sterben konnte – eine Bruchlandung in der schwachen Hoffnung, einem anderen das Leben zu retten.»

«Aber was kommt dabei zum Schluß heraus?» fragte Margaret tonlos. «Vielleicht hatte Monica ganz recht in bezug auf diesen Heldenrummel. Jetzt muß ich allein damit fertig werden.»

«Das brauchst du nicht. Ich bin ja hier, und ich werde alles tun, was ich kann, um dir zu helfen. Ganz schuldlos bin ich ja auch nicht. Die ganze Zeit, als sie im Tal aufwuchsen, redete ich mir ein, ihre Selbstsucht sei nur Fröhlichkeit, und ließ es dabei bewenden. Wie stehst du zu Andy? Und wie wird er auf Vanessa reagieren?»

«Ich habe ihn irgendwie vergessen», sagte sie nachdenklich. «Ich kann mich nicht einmal an seine Stimme erinnern. Du bringst die beiden in Gedanken immer noch miteinander in Verbindung. Aber du hast Stevie nicht erlebt, als er begann, erwachsen zu werden.»

«Vergiß nicht, daß sich auch Andy geändert haben dürfte. Er ist wahrscheinlich ganz anders als früher.»

«Aber du erwartest doch sicher nicht, daß er über Vanessa begeistert ist? Oder wie hätte sich dein Mann nach dem vorigen Krieg verhalten?»

Darauf wußte Claire keine Antwort. Paul und Andy, und natürlich auch Paul und Stevie hatten sehr wenig gemeinsam, abgesehen vielleicht von ihrer Männlichkeit. Paul hatte sich vom Tal losgerissen, um zu kämpfen, während die Zwillinge, besessen vom Lärm und von technischen Spielereien, mit lautem Gebrüll in den Krieg gezogen waren. Es war unwahrscheinlich, daß einer von beiden im Jahre 1939 auch nur einen Gedanken an seine Frau verschwendet hatte. Und was hatte Andy je getan, um sich im Herzen dieses hübschen, empfindsamen Wesens ein gutes Andenken zu sichern, einer Frau, die nach ihm verlangt haben mußte, so wie sie selbst sich im letzten Krieg nach Paul gesehnt hatte? Hatte er denn die Hörner nicht verdient?

Dann dachte sie an Paul und dessen starkes Streben nach Form, Ordnung und Stabilität, und sie entdeckte, daß sie gar nicht das Anliegen ihres Sohnes vertrat, sondern das ihres Mannes. Wenn es gelang, die Scherben irgendwie wieder zusammenzuflicken, dann konnte mit der Zeit vielleicht eine Art Familiensolidarität entstehen und dadurch verhindert werden, daß Paul sich grollend zurückzog. Aber sie allein konnte das nicht verhindern. «Ich habe lange darüber nachgedacht, Margaret», sagte sie. «Zuletzt habe ich kaum noch an etwas anderes gedacht. Mir scheint, die einzige Hoffnung besteht darin, die Wahrheit zu sagen. Andy ist kein Puritaner, und ich möchte wetten, er hat auch nicht gelebt wie ein Puritaner. Ich weiß noch, wie er damals mit dieser dummen kleinen Schauspielerin umging, über die alle redeten. Das war ein paar Jahre nachdem ihr geheiratet hattet. Bist du sicher, daß er dich nie betrogen hat?»

«Das kam uns damals irgendwie unwichtig vor», sagte Margaret geistesabwesend. «Stevie und Andy hatten beide ein paar Affären. Aber das war für unsere Clique nicht weltbewegend, wir konnten darüber lachen. Mir gefiel kein anderer als Andy, aber wenn mir einer gefallen hätte, ich glaube, ich hätte mich auch nicht zurückgehalten. Das hatte alles keine Tiefe, es blieb alles an der Oberfläche. Das ganze Leben war damals eher ein Jux. Wir waren nie lange genug am gleichen Ort, um daran zu denken, daß wir verheiratet waren in dem Sinn wie du und Paul oder meine Eltern. Bei ihnen hatte es wohl etwas damit zu tun, daß sie wenig Geld hatten, und bei euch damit, daß ihr in euer Tal gehört und dort verwurzelt seid. Unsere Täler sind nicht so wesentlich anders, nur häßlicher mit den Kohlenhalden und dem Ruß. Damals war es wunderbar, da herausgeholt zu werden und ein Scheckbuch in die Hand gedrückt zu bekommen. Aber irgendwann bekommt man die Rechnung vorgelegt, nicht wahr?»

«Die Frage ist nur, ob du bereit bist, sie zu bezahlen, wenn ich mich hinter dich stelle?»

«Du meinst, ich soll zu Andy zurückkehren, falls er das möchte?»

«Ja, das meine ich.»

Margaret überlegte lange. Graupelregen prasselte an das Fenster. Claire sah für einen Augenblick deutlich Paul in der zugigen Eingangshalle stehen und sich Gedanken machen über Maureen Rudds Ausweichmanöver in bezug auf Claires Aufenthaltsort.

«Ich kann nicht bleiben», sagte sie. «Ich muß in London anrufen, muß mit Maureen sprechen und erfahren, was sie Paul gesagt hat. Und dann muß ich nach Hause. Nur eines möchte ich jetzt wissen: Kommst du nach? Wir würden uns freuen, wenn ihr beide bei uns wohnt, du und Vanessa, solange ihr wollt, ganz gleich, was geschieht, wenn Andy nach Hause kommt.»

«Ich will es versuchen», antwortete Margaret, «aber mehr um deinetwillen und Pauls wegen als meinetwegen. Du hast recht, wir haben uns einmal sehr gut verstanden, und wenn Andy Vanessa akzeptiert, könnte es gehen. Noch etwas! Ich möchte nicht, daß du mir das abnimmst. Du hast schon genug für mich getan, indem du gekommen bist. Allein hätte ich das nicht durchgestanden, denn ich habe kein so dickes Fell, obwohl sie mich wahrhaftig abgehärtet haben.»

Claire gab ihr einen Kuß und ging, während Margaret zur Decke starrte. Schwester Pritchard zeigte ihr noch das Baby, und Claire sagte: «Sie hatten recht. Sie ist hübscher als meine Kinder in dem Alter.»

Darauf antwortete Schwester Pritchard herzlich: «Das wird für Mr. Craddock aber eine Überraschung sein, wenn er nach Hause kommt! Und erst für den Opa!»

4

Die wenigsten Männer hätten sich wohl so leicht täuschen lassen wie Paul bei Claires Rückkehr. Er hatte Maureens Geschichte geglaubt, wonach Claire plötzlich beschlossen hatte, nach Sevenoaks zu fahren und ihre Cousine zu besuchen, mit der sie vor ihrer Ehe eine Teestube betrieben hatte. Maureen hatte auch behauptet, Claire die Nachricht von Stevies Tod übermittelt zu haben. Sie sagte, Paul selbst habe es gefaßt aufgenommen, so als habe er täglich mit einer solchen Nachricht gerechnet, seitdem jeden Tag im Rundfunk über den pausenlosen Einsatz des Bomberkommandos berichtet wurde. Doch als Claire nach Hause kam, stellte sie fest, daß es nicht Fatalismus oder Stärke war, was ihn aufrechthielt, sondern eine Art Stolz, der ihn befähigte, Stevies Opfer als ein Symbol alles dessen zu sehen, was ihm dieser Kampf ums Überleben bedeutete. «Ich erwarte nicht, daß du das verstehst», sagte er, als wolle er sich dafür entschuldigen. «Du konntest diesen Krieg immer nur als eine Fortsetzung des vorigen sehen, aber mir hat das mehr geholfen, als ich sagen kann. Ich will damit sagen, daß es für mich überhaupt keine Beziehung zwischen diesen beiden Kriegen gibt. Der vorige war Mord, vollkommen überflüssig. Bei diesem ist es ganz anders. Es ist der einzige Krieg, von dem ich je gehört habe, der es wert ist, daß man ihn führt, denn hier geht es eindeutig um Zivilisation oder Barbarei. Ich will dir etwas sagen, was du im Laufe der Jahre schon gespürt haben wirst. Ich hatte für die Zwillinge nie viel Zeit. Sie hatten weit bessere Chancen als die meisten jungen Männer ihrer Generation, da sie an einem Ort wie diesem hier aufgewachsen sind, aus einer intakten Familie stammen, eine gute Schulbildung geboten bekamen, wenn sie sie sich nur hätten aneignen wollen, und nie an Geldmangel litten. Aber sie wußten das alles nicht zu schätzen. Sie führten offenbar ein seichtes, törichtes Leben und rissen ihre Frauen mit hinein. Sie hatten keine Kinder und haben nie etwas Konstruktives geleistet, außer daß sie auf die Weise Geld machten wie einst mein Vater und Franz Zorndorff, die aber damals eher einen Grund hatten, dem Geld nachzujagen. Ich habe mich trotzdem in ihnen geirrt. Sie haben zum Schluß doch noch ihren Mann gestanden.»

Er sah sie an, als erwarte er, daß sie seine Gedankengänge rundweg zurückweisen würde. Aber sie sagte nur: «Sprich weiter, Paul.»

«Ich habe mit dem Staffelkapitän telefoniert, und er hatte eine ziemlich hohe Meinung von Stevie. Diese Burschen reden einem nicht nach dem Mund, und er sagte keineswegs nur Freundlichkeiten. Du brauchst es nicht so zu sehen, aber du sollst wissen, was mich über den toten Punkt gebracht hat.»

Eine solche Reaktion war von ihm fast zu erwarten gewesen, und sei es nur deshalb, weil er seine eigene Familie immer als ein Stück des Tals betrachtet hatte, und alle Leute hier als Teil eines Volksstamms, den er allen Ernstes für einen den anderen überlegenen hielt. Das war vielleicht eine altmodische Vorstellung, mindestens dreißig

Jahre überholt, trotzdem war Paul kein Patriot im üblichen Sinn. Sein Patriotismus war mehr lokaler Natur und stand doch gleichzeitig auf einer breiteren Grundlage. Er hing mit den Erwerbszweigen im Tal zusammen und mit der Treue zum Tal, mit den Nahrungsmitteln, die hier erzeugt wurden, und mit dem Dialekt, den man hier sprach. Er reichte zurück bis in die geschichtliche Vergangenheit, der die meisten Menschen, Claire eingeschlossen, keine größere Realität beimaßen als den Geschichten des Alten Testaments, die für Paul aber eine Bedeutung hatte, an der sich sein ganzes Leben ausrichtete, seit sie ihn kannte. Wenn er jetzt daraus Trost bezog – warum sollte sie es dann in Frage stellen? Ihr selbst half es überhaupt nichts.

In den folgenden Tagen sah sie, daß er mit dem Schlag, den er hatte hinnehmen müssen, fertig wurde. Und als sie drei Wochen nach ihrer Rückkehr erfuhren, daß Stevie der Balken zu seinem Verdienstkreuz verliehen worden war, bedeutete ihm das sehr viel, während sie es für eine weitere Manifestation der wunderlichen Fähigkeit der Männer hielt, aus dem organisierten Totschlag ein Mysterium zu machen. Die Craddocks sammelten eben Orden. Paul hatte 1918 einen britischen und einen französischen Orden bekommen, Simon hatte in Calais das Tapferkeitskreuz erhalten und sowohl Stevie als auch Andy hatten das Fliegerverdienstkreuz. Aber nur Paul legte großen Wert auf Auszeichnungen, und er trug sie stets bei dem alljährlichen Sieges-Gedenkgottesdienst, ebenso wie seine Kameraden Henry Pitts und Smut Potter.

Etwa eine Woche später fand sie, daß er nun in der Lage sei, einen weiteren Schlag zu verkraften. Der Entschluß wurde ihr allerdings durch einen Anruf Margarets aufgezwungen, die ankündigte, sie werde am Samstag mit dem Zug ankommen. Das war nur etwa eine Woche, ehe Andy zu Hause erwartet wurde. Er sollte sich in der Klinik von Roehampton einer Nachbehandlung unterziehen.

Claire wartete die übliche Stunde für Familienprobleme ab, die Zeit, als sie schon im Bett lag, während er noch am Fenster hantierte und seine Schlüssel und das Kleingeld auf dem Toilettentisch ablegte.

Während ihrer ganzen Ehe hatte sie diesen Zeitpunkt für ausgleichende Gespräche gewählt, wenn sie unter sich waren und er dem Tal den Rücken gekehrt hatte und sich stillschweigend ihr zuwandte, vielleicht auch seinen Büchern oder beidem. Die Wahl dieses Zeitpunkts war in früheren Tagen wohlüberlegt gewesen, denn sie hatten es sich zur Gewohnheit gemacht, gelegentliche Schwierigkeiten oder Streitigkeiten sofort beizulegen. Claire hatte immer die Fähigkeit besessen, ihn von allen möglichen großen und kleinen Sorgen einfach dadurch abzulenken, daß sie ihm ihren Körper darbot, und danach waren die Dinge, die ihn beschäftigten, in eine heilsame Entfernung gerückt. Nun, mit vierundsechzig Jahren, waren seine Ansprüche gemäßigt, und ihre eigenen Bedürfnisse hatten sich in den langsamen Rhythmus ihres Lebens eingefügt.

Während sie ihm zusah, wie er das Hemd auszog und nach der Schlafanzugjacke griff, sagte sie: «Für Anfang Sechzig bist du noch gut in Form. Habe ich dir das schon einmal gesagt?»

«In letzter Zeit nicht, außer wenn du einen Hintergedanken dabei hattest.»

«Jetzt habe ich auch wieder einen.»

Er hatte nie gelernt, sie zu durchschauen. Er war wirklich der argloseste Mann, der seit Adam erschaffen worden war. Wie üblich hatte er auch diesmal nicht bemerkt, daß sie sich für den entscheidenden Augenblick gerüstet hatte. Sie war nach Whinmouth zum Friseur gefahren, sie hatte ein paar Spritzer aus der kleinen Parfumflasche genommen, die Patrick ihr aus dem Ausland mitgebracht und die sie monatelang aufgehoben hatte. Er hatte lediglich gelernt, aus ihrem Schlafzimmergeplauder eine Art Einladung zu entnehmen, wenn es zu seiner eigenen Stimmung paßte, und auch das entsprang eher der männlichen Eitelkeit als der instinktiven Erkenntnis, daß sie etwas Wichtiges zu besprechen hatte. Es hatte keinen Sinn, sich solche Dinge vorher zurechtzulegen. Man mußte einen Augenblick wie diesen ergreifen, wenn er entspannt war. «Setz dich einen Augenblick zu mir», sagte sie. «Ich muß dir etwas Wichtiges sagen. Es wird ein Schlag für dich sein, aber du wirst darüber hinwegkommen, wenn du es versuchst.»

Er sah sie erschrocken an. Dann grinste er breit: «Nun sag nur nicht, du wärst wieder schwanger, wie gewöhnlich, wenn du so redest.»

Sofort entschloß sie sich, die Taktik zu ändern und diese unerwartete Gelegenheit zu nutzen, um ihm die Medizin mit einem einzigen großen Schluck zu geben, statt sie ihm in kleinen, bitteren Dosen einzuflößen. Gelassen sagte sie: «Ich nicht, aber deine Schwiegertochter Margaret.»

«Margaret?»

Er war gerade im Begriff, sich auf ihre Bettkante zu setzen, aber da fuhr er so rasch auf, daß er sich fast den Kopf am Deckenbalken angestoßen hätte. «Aber das ist doch unmöglich! Andy ist doch seit . . .» Da hielt er inne und starrte sie an, so daß sie ihren ganzen

Mut zusammennehmen mußte und tief Luft holte, damit ihre Stimme nicht zitterte.

«Sie hat das Kind schon», sagte sie. Dann sah sie eine Möglichkeit, ihn einen Augenblick von der Ungeheuerlichkeit abzulenken. «Ich war nämlich dort, als du mich in London nicht erreichen konntest. Ich war in Wales, und davor war ich in Stevies Lager. Ich war hingefahren, um die ganze Sache mit ihm zu besprechen, aber als ich hinkam ... Nun, du weißt ja, was ich da vorfand.»

«Das hast du getan? Du bist hingefahren, nur um mit Stevie über Margarets Baby zu reden? Der ganze Quatsch, den mir Maureen am Telefon aufgetischt hat ... Du hast die Sache mit Stevie gar nicht von ihr erfahren, sondern im Lager!»

«Ja, aber darauf war ich nicht gefaßt gewesen. Ein Freund von ihm hat es mir gesagt.»

«Großer Gott!» stöhnte er und strich sich über die Bartstoppeln an seinem Kinn. «Aber warum wolltest du mit Stevie darüber sprechen? Warum nicht mit mir?»

Sie nahm seine Hand und hielt sie so fest, daß der Druck ihres Daumens die braunen Flecken auf seinen Knöcheln auslöschte. «Das hatte seinen Grund. Die beiden waren in letzter Zeit ziemlich viel zusammen. Das Kind ist nicht von irgendeinem, Paul. Es ist von Stevie.»

Sie ließ ihm Zeit, das in sich aufzunehmen, aber nicht so viel, daß er das aussprechen konnte, was ihm auf der Zunge lag. «Warte noch, Paul! Du mußt erst alles anhören. Du mußt mir glauben, daß ich weiß, was ich tue oder vielmehr bereits getan habe. Du mußt mir zuhören und überlegen. Wut und Abscheu helfen keinem von uns weiter. Es ist sehr wichtig, daß du mich das alles erklären läßt.»

«Sprich nur! Sag alles, was du zu sagen hast, nur vergiß nicht, daß Stevie tot ist und wir Andy in einer Woche hier erwarten.»

«Glaubst du, ich könnte das vergessen?»

«Entschuldige, daß ich das gesagt habe, aber ich habe das Recht, alles zu wissen, was es zu wissen gibt, ehe Andy kommt und erfährt, daß Stevie und Margaret sich dir anvertraut haben.»

«Stevie nicht. Aber wenn Stevie nicht gefallen wäre, hätte Margaret Andy gebeten, sich von ihr scheiden zu lassen. Dann hätten sie und Stevie geheiratet, vorausgesetzt, daß seine eigene Scheidung durchgegangen wäre.»

Das war zuviel für ihn. «Die sind ja wie die Tiere auf dem Hof!»

«Du hast versprochen, mich anzuhören, Paul. Margaret wird Andy sagen, daß es Stevies Kind ist. Es war nicht schwer, sie dazu zu überreden. Viel schwieriger war es, sie daran zu hindern, sich gänzlich zurückzuziehen. Jetzt liegt alles bei Andy. Ich bin nur hingefahren, weil ich sicher sein wollte, daß sie ihm eine Chance gibt, wenn er sie ergreifen will. Das schuldet sie ihm. Wir alle schulden es ihm. Ich wollte ganz sicher sein, daß Stevie sich zurückhält, bis Andy mit sich einig geworden wäre. Das war der einzige Grund, weshalb ich hingefahren bin. Als mir die Dinge aus der Hand genommen wurden, tat ich, was ich für das Zweitbeste hielt.»

«Und was war das?»

«Ich mietete noch am Abend einen Wagen und fuhr durch halb England, um Margaret das zu sagen, was ich ihm hatte sagen wollen.»

Er begann zu verstehen, und mit dem Verstehen kam die Fähigkeit, ihre Besonnenheit zu würdigen. Er wußte, daß es sie von Anfang an so angewidert haben mußte, wie es jetzt ihn anwiderte, und doch hatte sie die ganze Zeit damit leben können und schließlich versucht, die Dinge zu ordnen. Und sie hatte den Mut und die Entschlossenheit aufgebracht, ihr Ziel unter Bedingungen weiterzuverfolgen, unter denen die meisten anderen Frauen zusammengebrochen wären. Das war etwas, das man vielleicht einmal im Leben erfuhr, aber bestimmt kein zweites Mal. Bei dieser Erkenntnis schämte er sich über seine eigene heftige Reaktion. Er erwiderte ihren Händedruck. «Gut, ich höre weiter zu. Und ich werde nicht Andy die Arbeit abnehmen, indem ich mit dir zanke. Ich habe immer gesagt, daß du mehr Verstand hast als die meisten Menschen, aber ich wußte nicht, daß du zehnmal soviel Mut hast. Also erzähle, wie die Sache von deiner Warte aussieht, und ich hoffe zu Gott, daß ich denselben Standpunkt finden kann.»

Nun erzählte sie ihm alles, was sie wußte, und viel von dem, was sie erraten hatte. Sie schonte keinen von beiden, denn obwohl es ihr gefährlich bequem erschien, all jene Worte zu benutzen, die auf eine solche Situation anwendbar waren, so gab es doch keinen unter ihnen, Monica eingeschlossen, der nicht zu dem, was geschehen war, irgendwie beigetragen hatte. Andy hatte die Erfüllung seines Lebens in Luftakrobatik gefunden, und Monica hatte ihre Pflichten so leichten Herzens abgeschüttelt, wie sie es alle in der Vergangenheit getan hatten. Es war gar nicht so unvorstellbar, daß Stevie und Margaret beieinander Trost suchten und fanden. Claire erwartete nicht, daß Paul ihr bis dahin folgte, und das tat er auch nicht. Zumindest aber konnte er jetzt alles aus einer Sicht betrachten, die ihm noch vor einer halben Stunde völlig unzugänglich gewesen wäre.

Als sie ihm sagte, daß Stevie und Margaret in den vergangenen Monaten ein unsicheres Glück gefunden hatten, sagte er: «Das kann ich mir denken, nachdem sie einmal miteinander verbunden waren. Aber ich kann nicht verstehen, wie sie überhaupt so weit kommen konnten, miteinander ins Bett zu gehen. Mit Fremden vielleicht, aber doch nicht miteinander!»

Sie war ihm die volle Wahrheit schuldig. «Margaret hat es ja mit Fremden versucht. Von Stevie weiß ich es nicht. Sie sagte mir, dadurch sei es nur noch schlimmer geworden, denn es war keine Liebe dabei.»

«Was versteht sie denn von Liebe?»

«Soviel wie wir», antwortete sie.

«Nun hör einmal. Ich war zwanzig Monate in Frankreich, und du bist auch nicht im Tal herumgelaufen und hast nach einem geschrien, der mich nachts vertreten sollte.»

«Dafür gab es zwei gute Gründe. Erstens hatte ich dieses ganze Gut zu verwalten, und ich hatte eine Menge Freunde. Zweitens hast du dir die Mühe gemacht, mir liebevolle Briefe zu schreiben, die ich noch immer aufbewahre und manchmal lese, wenn ich eine Stärkung nötig habe. Margaret hat mir Andys letzten Brief gezeigt. Der war eher wie ein Zettel, den man für den Bäcker oder den Milchmann an der Hintertür anheftet.»

Paul dachte darüber nach, und es dämpfte seine Verachtung bis zu einem gewissen Grad. Und es machte ihn noch weniger geneigt, mit ihr zu streiten, denn es stand fest, daß sie sich gut vorbereitet hatte.

«Was ist es?» fragte er plötzlich. «Ein Junge oder Mädchen?»

«Ein Mädchen. Sehr dunkel. Sie sieht so aus, wie du in dem Alter ausgesehen haben mußt.»

Das rührte keine Saite in ihm an. Er stand auf und schlenderte zum Fenster.

«Und was hast du nun vor?»

«Nichts. Ich werde ihr vorerst ein Heim bieten. Andy wird noch wochenlang in der Klinik bleiben müssen. Ich habe ihr geraten, das Kind herzubringen und so bald wie möglich Andy zu besuchen. Alles andere liegt dann bei ihr.»

«Was wird er tun? Hast du eine Ahnung?»

«Ich habe nur meine Vermutungen.»

«Nämlich?»

«Ich denke mir, Stevies Kind wird ihm mehr liegen als das Kind von irgendeinem anderen. Das ist nur ein Gefühl. Jedenfalls scheint mir dies das Beste zu sein, worauf wir hoffen können.»

Paul zog sich vollends aus und kam zum Bett zurück. Er dachte angestrengt nach, kam damit aber nicht weit. «Ich habe immer die allgemeine Auffassung geteilt, daß Männer mit größerer sexueller Energie versehen seien als Frauen.»

«Habe ich diesen Eindruck erweckt?»

Er sah sie mit sachlicher Neugier an. «Nein», sagte er und lächelte ein wenig. «Das könnte ich ehrlicherweise nicht behaupten. Aber ich habe dich in dieser Hinsicht immer für eine Ausnahme gehalten. Ist diese Vorstellung ein Relikt aus viktorianischer Zeit?»

«Nicht ganz. Es ist nur so, daß Frauen im allgemeinen mehr hineinlegen als Männer. Einfach ein Mann, irgendein Mann nützt der normalen Frau nicht viel. Es muß schon ein bestimmter Mann sein. In diesem Sinn ist die allgemeine Meinung nicht unbegründet, egal, für wie emanzipiert sich die Frauen heutzutage halten. Margaret hat das erfahren.»

«Sie hat aber nicht danach gehandelt.»

«In gewisser Weise schon.»

Er strich ihr leicht über das Haar. «Bei Gott, Claire, wir beide haben doch Glück miteinander gehabt. Ich denke nicht sehr oft daran, aber wenn ich daran denke, dann trifft es mich wie ein Keulenschlag.» Er legte die Hand auf ihre Brust und streichelte sie geistesabwesend, und dann stützte er sich auf die Ellbogen, nahm ihr Gesicht zwischen die Hände und küßte sie auf den Mund. «Komisch. Lange Zeit warst du für mich eine, die mir in horizontaler Lage viel Spaß machte, aber erst später, in der Vertikalen, hast du mir imponiert. Wußtest du das?»

«Ich wußte es», sagte sie gelassen. «Doch es war mir egal. Aber in meinem Alter muß man langsam nach neuem Kapital suchen. Das habe ich in letzter Zeit getan, glaube ich.»

«Meinetwegen hättest du dir die Mühe nicht zu machen brauchen. Im Augenblick bin ich beispielsweise so erotisch wie Honeymans Preisbulle.»

Das war ein alter Scherz. Sie konnte sich nicht erinnern, vor wie vielen Jahren sie das erste Mal diesen Vergleich angestellt hatte, aber es mußten mehr als dreißig Jahre sein. Die Kinder, über die sie eben gesprochen hatten, waren damals noch klein gewesen. An diesem Abend verriet ihr dieser Scherz, daß Paul eine Lage akzeptierte, die sich nicht ändern ließ, es sei denn zum Besseren, und daß im Grunde für ihn nicht viel zählte außer ihrer Gemeinsamkeit.

«Was stehe ich eigentlich hier im Kalten herum?» fragte er und schaltete die Nachttischlampe aus. Er hob sich über sie hinweg auf seine eigene Seite des Betts. Er umarmte sie mit der Kraft eines wesentlich jüngeren Mannes, und sie erkannte, daß seine Anspielung auf Honeymans Stier keineswegs die Prahlerei eines alternden Mannes gewesen war.

Siebentes Buch

Die Familiengesellschaft

I

Pauls Siegesbrief – wie man ihn in späteren Jahren nannte – war die Frucht langen Nachdenkens, und er fiel wesentlich ausführlicher aus als die knappe Schenkungsurkunde, die Edgar Wonnacott für ihn aufgesetzt hatte, der seit dem Tod Franz Zorndorffs seine Rechtsgeschäfte betreute.

Paul hatte im Laufe seines Lebens nur wenig mit Rechtsanwälten zu tun gehabt, da er die blutleere Art und Weise, in der sie alle menschlichen Probleme angingen, nicht schätzte. Solange Zorndorff lebte, hatte dieser die Finanzen des Tals in seinem väterlichen Auge behalten. Franz hatte Paul zuweilen gute Ratschläge gegeben, und wenn Paul sie an einigen Wendepunkten seines Lebens befolgt hätte, so hätte er ansehnliche finanzielle Vorteile gehabt. Aber ebenso wie er vor Anwälten zurückschreckte, so mißtraute er Finanzberatern und dem, was er für ihr Engrosgeschäft hielt – der Börse. In dieser Hinsicht glichen seine Ansichten denen eines Bolschewiken.

Er besaß nur wenige Aktien und hatte nie in seinem Leben auch nur fünf Minuten lang die *Financial Times* studiert. Trotzdem hätte man seine Einstellung zum Geld und zum Geldverdienen nicht puritanisch nennen können, denn die meisten Puritaner fühlten sich in der Buchhalterei äußerst wohl. Vielleicht lag es an der Herkunft seines Besitzes, als könne er den Makel auf dem ursprünglichen Vermögen nicht ganz verwinden, das sein Vater und Zorndorff im Burenkrieg verdient hatten. Er war sich dessen stets bewußt geblieben, daß er aus dem Tod von Burenkindern in den Konzentrationslagern auf dem Veldt profitiert hatte und von dem Mord an seiner eigenen Generation auf den flandrischen Schlachtfeldern. Aus diesem Grund war es eine seiner ersten Handlungen nach seiner Rückkehr im Jahre 1918 gewesen, seinen gesamten Kriegsgewinn in das Tal zu investieren. Das meiste davon sah er dann während der Wirtschaftskrise der zwanziger und frühen dreißiger Jahre wieder dahinschmelzen.

Zorndorff hatte ihm daraufhin gesagt, er habe sich wie ein Trottel benommen, und seine paar tausend Pfund seien nicht mehr gewesen als die sprichwörtliche einzige Eichel, die man an einen Esel verfüttere. Aber Paul war uneinsichtig geblieben, und Claire hatte ihn darin unterstützt. Das sei vielleicht nicht kaufmännisch gewesen, sagte sie zu Zorndorff und ihren Söhnen, aber es entspreche Paul Craddocks Charakter und sie wäre niemals gegen seine Instinkte angegangen.

Er mußte für seine Prinzipientreue Opfer bringen oder für seine Bockigkeit, wie manche es nennen mochten, denn sobald die Landwirtschaft sich erholte, hielten die Steuersätze mit der Gesundung Schritt. Am Ende des Zweiten Weltkriegs galoppierten sie davon, und Paul fand sich oft in der Lage eines reichen Mannes, dem es schwerfiel, eine Fünf-Pfund-Note wechseln zu lassen. Der Bankdirektor in Whinmouth, der ihn gut kannte, drängte ihn nie, seine Kontoüberziehunqen zu reduzieren, und wenn der Fiskus Summen verlangte, bei denen Paul schwindlig wurde, gewährte er ihm bereitwillig Hypotheken und andere Darlehen. Als der Krieg zu Ende ging, erkannte Paul jedoch, daß er etwas unternehmen mußte, damit der Besitz nicht durch die hohen Zinssätze ausblutete.

Das konnte nur geschehen, indem man das Land schon jetzt unter die künftigen Erben aufteilte, und jede solche Regelung mußte auf der Grundlage einer gleichmäßigen Teilung erfolgen. Paul hatte zu viele Familienzwiste im Tal damit beginnen sehen, daß ein Vater eines seiner Kinder bevorzugte, selbst wenn ein Familienmitglied ein größeres Stück von dem Kuchen verdiente als die anderen. Und hier ergaben sich etliche Probleme. Der Anteil des junqen John konnte bis zu seiner Volljährigkeit auf Eis liegen bleiben, und bis dahin würde noch ein Jahrzehnt verstreichen. Patrick könnte von Mary dazu überredet werden, das Herrschaftsgut als Geschenk anzunehmen und es mit Periwinkle zusammenzulegen. Aber nichts würde Simon, Andy oder Ian dazu bewegen können, Landwirtschaft zu betreiben, der eine oder andere von ihnen würde vielleicht höchstens gern ein Stück Land und ein Haus im Tal besitzen. Und wie konnte man eine Teilung vornehmen, ohne den Besitz in kleine, unrentable Einheiten aufzusplittern?

Das waren Fragen, die man Wonnacott so bald wie möglich vorlegen mußte. Deshalb verabredete Paul mit dem Anwalt eine Besprechung, und zwar für den Tag, der sich als der letzte Kriegstag herausstellen sollte.

2

Diesmal machte ihm Wonnacott ein mürrisches Kompliment. Er äußerte seine Überraschung darüber, daß sich Paul endlich zu Gedankengängen durchgerungen hatte, zu denen die meisten Geschäftsleute schon im Alter von vierzig Jahren gelangten.

Paul ließ sich von dem alten Fuchs nicht irremachen. «Verdammt, Edgar, ich wollte doch nur mein Testament machen, oder nicht?»

«Ja, und es ist um Jahre überholt», sagte der Anwalt und lächelte säuerlich. «Wenn Sie auf dieser Schenkung bestehen – und ich bin keineswegs dagegen, denn sie ist ein Schutz gegen ruinöse Erbschaftsteuern –, werden Sie dieses Testament noch zerreißen und ein neues aufstellen müssen. Aber bevor wir in die Details gehen – können Sie Ihrer Familie vertrauen?»

«Blödsinnige Frage», knurrte Paul. «Wenn ich das nicht könnte, wäre ich schließlich nicht hier.»

«Das kann ich nicht beurteilen», antwortete Wonnacott. «Ich muß es annehmen, aber ich bringe das grundsätzlich zur Sprache. Sie würden sich wundern, wie manche Söhne und Töchter auf einen solchen Vertrag reagieren. Ich kenne mehr als einen Fall, in dem ein gutmütiger Vater sich freiwillig von jedem Besitz entblößt hat und dem man nachher die Tür wies.»

«Solch ein Narr bin ich nicht, und solch eine Familie habe ich nicht», erklärte Paul. «Ich lasse das Haus, den Grund und Boden, auf dem es steht, und den Shallowford-Wald auf meinen eigenen Namen eingetragen. Was den Rest anbetrifft, so dachte ich daran, ihn nach den Erträgnissen aufzuteilen, und zwar unter der Bedingung, daß zu meinen Lebzeiten nichts davon verkauft wird.»

«Sie können nicht etwas wegschenken und dann dem neuen Besitzer alle möglichen Auflagen machen», erklärte Wonnacott. «Aber Sie könnten eine Gesellschaft gründen, selbst einige Anteile behalten und den Rest zu gleichen Teilen an ihre Söhne und Töchter geben. Die Gesellschaft müßte natürlich einen Vorstand haben und ordnunsgemäß registriert werden.»

«Gut, Sie können das sofort in die Wege leiten.»

«Augenblick, Mr. Craddock. Der Besitz ist bereits schwer mit Hypotheken belastet, und wenn ich Ihnen einen Rat geben darf, dann würde ich die zuerst tilgen, ehe ich andere Anteilseigner hereinnehme, selbst wenn diese Anteilseigner Ihre eigenen Söhne und Töchter sind. Dann tritt die Gesellschaft nicht mit einem Mühlstein am Hals ins Leben.»

Das schien ein vernünftiger Gesichtspunkt zu sein. «Wie hoch ist eigentlich die Belastung?» fragte er.

Wonnacott antwortete, es seien zusammen über neuntausend Pfund.

«Großer Gott! Soviel?»

«Sie haben in letzter Zeit sehr viele Steuern bezahlt und dabei die Pachten nicht erhöht. Früher oder später werden Sie sie heraufsetzen müssen. Seit ich Sie kenne, haben Sie ebensoviel ausgegeben wie eingenommen, wobei ich zugeben muß, daß Sie nie besonders viel für sich persönlich verbraucht haben. Es ist alles wieder in den Besitz zurückgeflossen. Wenn die Restriktionen und die Besteuerung Sie nicht daran gehindert hätten, damit während des ganzen Krieges fortzufahren, wären Sie jetzt noch stärker verschuldet.»

Paul, durch die Zahl ernüchtert, fragte: «Und was schlagen Sie vor?»

«Warum trennen Sie sich nicht von den drei Gütern im Osten, die an Coombe Bay grenzen?» sagte Wonnacott. «Mit dem Erlös könnten Sie die Hypotheken tilgen. Dann setzen Sie die Pachtgelder herauf. Sagen Sie nicht, Ihre Pächter könnten nicht mehr bezahlen als jetzt, nachdem sie in letzter Zeit soviel verdient haben. Und dann gründen Sie Ihre Gesellschaft und lassen sich ein gewisses Einkommen auf Lebenszeit garantieren. Besitzen Sie irgendwelche privaten Mittel, von denen ich nichts weiß?»

«Zwei- oder dreitausend Pfund in Staatsanleihen», sagte Paul. «Und meine Frau erbte ungefähr ebensoviel von ihrem Vater. Wir kämen gut damit aus.» Paul stand auf und strich sich über das Kinn. «Aber die Idee, den ganzen Ostteil abzutrennen, gefällt mir nicht. Könnte ich statt dessen vielleicht den Streubesitz in Coombe Bay verkaufen?»

«Natürlich. Das kommt auf das gleiche heraus. Ich wollte damit nur sagen, daß Sie nicht mehr jünger werden, und abgesehen davon, daß Sie die Hypotheken loswerden, würden Sie auch Ihren Verantwortungsbereich verkleinern.»

«Ich trage gern Verantwortung», sagte Paul. «Das hat mich all die Jahre aufrechterhalten. Also leiten Sie das mit der Gesellschaft in die Wege. Ich schicke Ihnen eine genaue Aufstellung aller Grundstücke in Coombe Bay herüber, dann können wir weitersehen.»

So geschah es innerhalb kurzer Zeit, und zwar für Pauls Vorstellung völlig zufriedenstellend. Er war erstaunt über den Betrag, den die Grundstücke einbrachten. Er hatte mit zwölftausend Pfund gerechnet und erhielt neunzehntausend, und dennoch sagte Wonna-

Seit ich Sie kenne . . .

. . . haben Sie ebensoviel Geld ausgegeben wie eingenommen, sagte Mr. Wonnacott. Und das ist nicht der schnellste Weg zum Wohlstand.

Reich wird man nicht von dem Geld, das man einnimmt, sondern von dem, das man nicht ausgibt.

cott, er habe einige zu billig verkauft. Weder Paul noch sein Anwalt lernten die Käufer kennen. Sie waren, so schien es, Zwischenhändler, die Grundstücke kauften und sofort weiterveräußerten. Wonnacott, der an den gemächlichen Geschäftsgang in der Provinz gewohnt war, drückte seinen Widerwillen gegen das aus, was nun vor sich ging, nachdem der Krieg vorüber war und die heimkehrenden Soldaten Wohnraum brauchten.

«Manche Grundstücke hier haben in fünf Monaten fünfmal den Besitzer gewechselt», knurrte er. «Zuerst kosten sie ungefähr fünfzehnhundert Pfund und am Ende etwas um die viertausend.» Er sah Paul prüfend an und meinte dann: «Wenn Sie Geschäftsmann wären, Mr. Craddock, könnte ich Ihnen sagen, wie Sie ein Vermögen machen.»

«Auf Kosten der Jungen, die uns diesen Hitler und seine Bande vom Leib gehalten haben? Nein, danke!»

«Nicht unbedingt auf deren Kosten», sagte Wonnacott. «Sie könnten beispielsweise einen Teil des Shallowford-Waldes, wo er an Ihrer Nordgrenze die Hauptstraße berührt, in Baugrund verwandeln.»

Paul sah ihn nur fassungslos an.

«Also schön, vergessen wir das», sagte der Anwalt. «Es gehört eben zu meinen Berufspflichten, solche Dinge vorzuschlagen. Aber Sie würden so etwas ja nicht dulden.»

«Nur über meine Leiche», sagte Paul, «und nicht einmal nach meinem Tod, weil ich sonst nicht ruhig liegen würde. Als nächstes schlagen Sie mir vor, daß wir am Teich ein Standbad eröffnen und auf dem Hochmoor einen Golfplatz anlegen.»

«Es wird soweit kommen, denke ich», sagte Wonnacott ernst. «Aber nicht mehr zu unseren Lebzeiten. Also hören Sie sich den Vertragsentwurf an. Ich habe die Gesellschaft ‹Shallowford Estates Ltd.› genannt. Gefällt Ihnen das?»

«Ja», sagte Paul, dessen Humor wiederhergestellt war, weil der Mann offensichtlich seine Ansichten teilte, «das klingt nach einer Dynastie, und meine Frau wird sich darüber amüsieren. Sie sagt immer, ich hielte mich für einen biblischen Patriarchen.»

Er setzte sich und hörte sich den Sermon des Anwalts an. Shallowford Estates Ltd. wurde, zumindest nominell, von einem Verwaltungsrat geleitet, bestehend aus ihm selbst, Simon, Andy, Patrick (als Vertreter Marys) und Karen. Es gab insgesamt zehntausend Anteile, von denen Paul dreitausend besaß, während der Rest zu gleichen Teilen unter die anderen vier aufgeteilt wurde. Claire erhielt ein Gehalt als Geschäftsführerin, und John, noch zu jung, um Anteile zu besitzen, wurde testamentarisch zum Erben dessen erklärt, was Paul für sich selbst behalten hatte. Paul verließ das Anwaltsbüro mit dem Gefühl, etwas Dauerhaftes erreicht zu haben, besonders als Wonnacott den Betrag nannte, den er an Steuern einsparen würde. Er eilte nach Hause, um seine Sieges-Briefe zu schreiben.

3

Die Reaktionen waren interessant, denn in ihnen zeigten sich die unterschiedlichen Charaktere seiner Kinder.

Karen schrieb in ihrer nüchternen Prosa einen höflichen Dank, auch im Namen Ians, und meinte, nach Ians Pensionierung würden sie «sicherlich irgendwo im Tal ein nettes Landhaus bauen und ein paar Jagdpferde halten». Das war alles. Nichts über die Gehöfte, nichts über Ernten und Maschinen. Aus ihrem Brief ging klar hervor, daß weder sie noch ihr Mann sich als etwas anderes als stille Teilhaber des Unternehmens betrachteten.

Simons Brief überraschte ihn durch seine Wärme. Und noch mehr überraschte ihn die Neuigkeit, die Evie ihm zusammen mit diesem Brief überbrachte, der einem Brief an sie selbst beigelegen hatte. Simon, der in Deutschland stationiert war, sollte in einem Monat entlassen werden, und er hatte beschlossen, sofort danach eine Lehrerausbildung zu absolvieren. Als Paul fragte, was für einen Posten er danach anstrebe, antwortete Evie, er wolle sich um eine Stelle an einer Elementarschule bewerben, vielleicht in Paxtonbury oder in Whinmouth.

«Das ist nicht sehr ehrgeizig, nicht wahr?» sagte Paul, und sie berichtete ihm, daß Simon das Interesse an der Parteipolitik verloren habe, trotz des jünpsten Triumphs der Linken. Er wollte nun nichts anderes als auf dem Land leben oder am Meer, etwas Nützliches tun und in den Ferien vielleicht schreiben.

«Du findest doch auch, daß dies das Richtige für ihn ist, nicht wahr?» fragte Evie, offensichtlich begierig darauf, Pauls Zustimmung zu hören.

«Ich glaube, Simon wird ein hervorragender Schulmeister sein. Das Einkommen aus der Gesellschaft wird euch guttun, vorausgesetzt natürlich, daß ihr keine Familie von der Größe gründet, wie ich das getan habe.»

Evie sah befriedigt an ihrem sich rundenden Leib hinab, und Paul dachte wieder einmal, wie glücklich Simon doch gewesen war, ein Mädchen wie sie zu treffen, als er müde, desillusioniert und schon nahe an vierzig gewesen war.

«Das glaube ich kaum», sagte sie. «Dazu haben wir zu spät angefangen. Aber mit einem oder zweien kannst du noch rechnen. Jedenfalls werde ich es versuchen. Simon kann sehr gut mit Kindern umgehen. Was wäre dir diesmal am liebsten?»

«Ein Mädchen», sagte Paul mit Nachdruck. «Eines wie dich, wenn möglich.»

Sie küßte ihn und ließ ihn Simons Kommentar über die Gründung der Gesellschaft lesen. Er war ausführlicher als der seiner Tochter Karen, aber auch hier war zu erwarten, daß Simon nur eine passive Rolle im Verwaltungsrat spielen würde.

Andy schrieb begeistert aus London. Er hatte inzwischen ins Privat- und Geschäftsleben zurückgefunden. Über die Nachricht, daß sein Bruder seine Frau verführt hatte, war er nicht erschüttert gewesen, wie Claire es vorausgesagt hatte. Er war erstaunt und anfangs ärgerlich darüber, daß dies einen weiteren Anpassungsprozeß von ihm erforderte, da er schon mit seiner Verwundung fertig werden mußte und im Schrottgeschäft keine große Zukunft mehr sah. Aber sein Verhältnis zu Margaret, das bis zu einem gewissen Grad angeschlagen war, wurde nicht zerstört, wie es bei einem weniger toleranten Mann der Fall gewesen wäre. Inzwischen hatte sein untrüglicher Geschäftssinn eines der zukunftsträchtigsten Metiers aufgespürt – er befaßte sich mit Immobiliengeschäften. Andy schrieb über die Gesellschaftsgründung, jemand habe da eine erstklassige Idee gehabt (daß sie von Paul selbst stammen könnte, kam ihm offensichtlich nicht in den Sinn), und das werde ihm «auf lange Sicht einen Sack voll Geld» sparen. Er habe ein paar Ideen, wie man die Einkünfte der Gesellschaft vergrößern könnte, aber er wolle darüber erst sprechen, wenn er die anderen dazu gehört habe.

Paul lächelte grimmig. Er hatte keine großen Zweifel daran, worauf diese Ideen hinausliefen. «Es würde mich nicht wundern, wenn er auf den Dünen ein bombastisches Hotel bauen wollte», sagte er zu Patrick. «Aber da wird er ein paar Jahre warten müssen, ehe er mich klein kriegt. Ich habe nichts dagegen, die Erträgnisse zu teilen. Aber jede Änderung, die wir vornehmen, darf ausschließlich die Landwirtschaft betreffen. Und es werden möglichst wenige sein, wenn es nach mir geht.»

Die einzige unmittelbare Änderung, die sich aus der Gesellschaftsgründung ergab, betraf das Herrschaftsgut. Patrick und Mary zogen in das Gutshaus, gliederten das viel kleinere Periwinkle dem Herrschaftsgut ein und rissen die Ruine des Periwinkle-Gehöfts nieder, die schon wie das Denkmal einer versunkenen Generation aussah. Paul und Patrick gingen hinüber und sahen dem Bagger zu, und Patrick verzog das Gesicht, als die große Maschine das Haus zermalmte.

«Du wirst das Gutshaus drüben bald ebenso in Schuß haben wie das hier, als ihr eingezogen seid», sagte Paul.

«Klar, und es ist sowieso das bessere Gut. Aber ich habe das dort drüben nicht selbst gebaut, Chef. Das steht schon seit zweihundert Jahren dort.»

«Ich weiß genau, was du meinst. Aber du kannst es auch anders sehen.»

«Wie, Chef?»

«Man sollte es lernen, die leblosen Dinge als solche zu erkennen. Die Erde ist noch da, und jedes Partikelchen davon lebt. Backsteine, Mörtel, Werkzeuge, Kies – das alles ist totes Material. Selbst wenn sie ein Leben lang ihren Dienst tun, sind sie nur geliehen, wie die Bilder und das chinesische Porzellan, das ich zusammengetragen habe. Was geschieht am Ende damit? Ein Fremder kommt und schafft es weg. Aber mit dem da geht das nicht!» Paul bückte sich und nahm eine Handvoll Erde und ließ sie durch die Finger rinnen.

Patrick lächelte. «Die Gesellschaft, die du da gegründet hast – ich weiß nicht recht, wie die funktionieren soll. Da sind doch die Schwierigkeiten schon von vornherein eingebaut. Wir beide sind zwei Provinzler. Andy und Karen sehen im Tal eher einen Platz für eventuelle Landsitze als ein Agrargebiet. Und Simon schlägt sich seit Jahren mit abstrakten Dingen herum. Werden wir uns nicht über die einfachsten Dinge zerstreiten?»

«Das ist bei den meisten Familienkonzernen der Fall, glaube ich. Aber sie gedeihen, was andere Unternehmen nicht tun. Blut ist immer noch dicker als all der Champagner, den sie bei ihren Geschäftsparties trinken.»

«Lang lebe das Feudalsystem!» lachte Patrick und ging den Hang hinab, um die Arbeit des Baggers aus der Nähe zu beobachten, während Paul noch die letzten Erdkrümel in der Hand hielt.

Ausverkauf

I

Am ersten Samstag im August 1947 sattelte Paul seinen bejahrten Grauen und machte seinen ersten Rundritt seit fast einem Jahr. Den größten Teil der verflossenen Zeit hatte er nicht zu Hause verbracht, und dies an sich war während des langen und sehr strengen Winters das Gesprächsthema im Tal gewesen, denn die alte Garde von Shallowford konnte sich nicht entsinnen, daß der Gutsherr seit 1918 länger als vierzehn Tage ihren Blicken entschwunden war. Paul hatte zu seiner eigenen Überraschung im Februar den Rat seines Arztes befolgt und zusammen mit Claire eine Weltreise unternommen. Sie waren über Gibraltar und durch den Suezkanal nach Tasmanien gefahren, dann über den Pazifik nach San Francisco und Vancouver, hatten die Rocky Mountains überquert und waren mit der «Queen Elizabeth» nach Southampton zurückgekehrt.

Nun genoß er seinen Ritt. Das Wetter versprach wieder einmal eine Rekordernte. Er sprach darüber mit Bob Eveleigh, er sah Patrick mit dem Traktor arbeiten. Er traf auf High Coombe Dick Potter und war erleichtert, wieder einen Einheimischen das Gut bewirtschaften zu sehen. Archer-Forbes war, mit einer Quartalspacht im Rückstand, abgezogen, nachdem seine Frau mit einem Amerikaner durchgebrannt war und ihn mit seinen vielen Kindern hatte sitzenlassen. Niemand wußte, wo er jetzt war.

Paul traf auch Henry Pitts, und dieser hatte die erste von einer Serie unangenehmer Überraschungen für ihn bereit, die ihm die Freude an seinem Erkundungsritt vergällen sollten.

«Wir dachten schon, Sie kommen überhaupt nicht wieder», sagte Henry, und dann fror sein Lächeln plötzlich ein. «Sie wissen sicher noch nicht das Neueste über meinen David. Na, jetzt wird er Ihnen bald in den Ohren liegen, nachdem Sie wieder da sind.»

Paul fiel ein, daß David schon vor einiger Zeit erklärt hatte, er würde gern das Hermitage-Gut, das er bewirtschaftete, kaufen. Paul hatte nicht mehr daran gedacht, da er meinte, der Fall habe Zeit, bis er ihn auf der nächsten Vorstandssitzung zur Sprache bringen könnte. Aber nun erfuhr er, daß sich David in Pauls Abwesenheit an Andy gewandt hatte.

«Aber das eilt doch nicht, oder? Ich werde mir das gern überlegen. An einen Fremden würde ich es nicht verkaufen, aber bei David ist es etwas anderes. Hat Andy ihm gesagt, er soll warten, bis ich wieder da bin?»

«Nein», antwortete Henry, «er wies ihm die Tür und sagte, er soll sich das aus dem Kopf schlagen.»

«Die beiden hatten Streit miteinander?»

Henry bestätigte das, und David wolle nun nach Australien auswandern, wo ein Mann noch hoffen konnte, das Land zu besitzen, das er sein Leben lang bewirtschaftete.

Der Morgen verlor für Paul etwas von seinem Glanz. «Aber das ist doch nicht sein Ernst, Henry?»

«Ich sagte ihm auch, er soll sich zusammenreißen, bis Sie wieder da sind. Aber er hat schon Broschüren über Australien.»

«Er soll diese verdammten Broschüren ins Feuer werfen», sagte Paul. «Er kann sich darauf verlassen, daß ich ihn bei der nächsten Vorstandssitzung unterstütze. Ich kann mir nicht denken, warum Andy so hartnäckig ist. Der hat doch viel dickere Fische zu braten.»

Eine weitere Überraschung stand Paul in Low Coombe bevor, dem Sorgen-Gut seit Tamer Potters Zeiten. Brissot, der Kanadier, war ein guter Landwirt gewesen, aber Jumbo Bellchamber hatte darin nie etwas anderes gesehen als einen nach dem Ersten Weltkrieg willkommen gewesenen Unterschlupf. Nun hatte sich Brissot zur Ruhe gesetzt und war in seine Heimat zurückgekehrt, und Paul konnte sich nicht vorstellen, wie Jumbo allein zurechtkommen wollte, zumal mit einer Frau wie Violet Potter. Paul wußte, daß sie alle während des Krieges mit Schwarzmarktgeschäften Geld gescheffelt hatten. Beide besaßen riesige Wagen und fuhren hin und wieder nach London, und das Gut machte einen desolaten Eindruck.

Paul ritt in die Mulde von Low Coombe hinab, und als er näher kam, hörte er einen starken Motor aufheulen und sah kurz darauf einen langen blauen Wagen den Weg hinunterfahren. Jumbo, der auf der Veranda des Gutshauses stand, machte ein betretenes Gesicht, als erwarte er, nach seinem Besucher gefragt zu werden. Doch Paul gab keinen Kommentar dazu ab. Die Lebensmittel waren immer noch rationiert, und wenn Jumbo noch im Schwarzen Markt tätig war, dann hatte es ohnehin keinen Zweck, ihm Vorträge zu halten.

Paul wechselte mit ihm ein paar belanglose Worte und ritt dann zum Mühlenhäuschen hinunter, in dem einst Hazel Potter mit dem kleinen Patrick gewohnt hatte. Es bedurfte dringend einer Renovierung, wenn man es überhaupt erhalten wollte. Paul nahm sich vor, sich gelegentlich darum zu kümmern, und ritt weiter über die vor Hitze flimmernden Felder nach Coombe Bay.

Hier änderte sich das Bild Monat für Monat. Das Dorf verwandelte sich in einen Ausflugsort. Alte Häuser wurden abgerissen und durch Läden mit flachen Dächern ersetzt, die wie die Blockhäuser aussahen, wie man sie einst an der Transvaal-Eisenbahnlinie gebaut hatte, nur daß diese hier große Fenster mit Aluminiumrahmen hatten und mit bunten Plakaten und schimmernden goldenen Buchstaben verziert waren. Mehrere Cafés waren entstanden, Souvenirgeschäfte mit Aschenbechern aus Baumwurzeln und angemalten Muscheln. Das Lokal «Zum Raben» sah nun so aus, als habe ein Kind versucht, aus geschwärztem Holz und Pappe eine alte Scheune zu bauen, und das Ganze roch nach Fisch, Lack und verbranntem Gummi.

Paul blieb vor Potters Bäckerei stehen und entdeckte zu seinem Erstaunen, daß es keine Bäckerei mehr war, sondern gerade zu einem Café umgebaut wurde. Eisentische standen bereits in einer Ecke aufeinandergetürmt, und ein Teil des Hauses war abgerissen worden, damit es Raum für einen Parkplatz gab. Das ging Paul nichts mehr an, er hatte das Grundstück verkauft, als die Gesellschaft gegründet worden war, aber es überraschte ihn trotzdem. Er hatte Smut und seine Frau Marie immer für echte Talbewohner gehalten.

Dann kam Smut heraus und begrüßte ihn. «Wir haben schon gehört, daß Sie wieder da sind! Haben Sie den Jungen schon gesehen?»

«Was für einen Jungen?»

«Na, Ihren eigenen. Andy.»

«Wieso?»

«Er war eben hier», sagte Smut. «Er wollte sehen, wie wir mit dem Umbau zurechtkommen.»

«War er mit einem großen blauen Wagen da?»

«Und was für ein Ding! Muß viel gekostet haben.»

«Smut, was geht hier eigentlich vor? Der Ort verändert sich sozusagen über Nacht, und etwas daran gefällt mir nicht. Gehört das Haus jetzt eigentlich Ihnen?»

«Nein, ich habe es nur gemietet, genau wie früher von Ihnen. Das mit dem Café war Maries Idee, aber der neue Besitzer unterstützt sie darin. Nicht als ob ich was dagegen hätte. In der Saison ist damit ein Haufen Geld zu machen.»

«Und wer ist der neue Besitzer?»

«Eine Firma. Ihr Junge kann Ihnen mehr darüber sagen. Der Geschäftsführer ist ein einbeiniger Kerl namens Shawcrosse. Er hat jetzt alles in der Hand, was Sie letztes Jahr verkauft haben.»

Der Name kam Paul bekannt vor, und dann fiel ihm ein, wer Shawcrosse war – ein glatter, allzu liebenswürdiger Typ mit glattgekämmtem Haar, den Andy ihm einmal vorgestellt hatte. Die beiden hatten sich in Tunis im Lazarett kennengelernt und sich nach dem Krieg offenbar geschäftlich zusammengetan.

«Und was hat dieser Shawcrosse vor, zum Teufel? Er wird doch aus Coombe Bay niemals ein Seebad machen können! Es liegt viel zu weit ab von der Hauptstraße. Außerdem blockiert das Kliff jede Ausdehnung nach Osten. Und landeinwärts kann er sich auch nicht ausdehnen, denn da kommt er sofort an meine Grenze! Haben Sie ihn kennengelernt?»

«Ich selber nicht. Der verplempert seine Zeit nicht mit unsereinem. Aber wie gesagt, Ihr Andy weiß darüber besser Bescheid.»

2

Die Krise kam einige Wochen später. Andy rief an und fragte, ob man den Vorstand zu einer Sondersitzung einberufen könne, denn er habe einen Vorschlag zu machen. Er wollte nicht sagen, worum es ging, sondern versicherte nur, es sei wichtig genug, um eine allgemeine Diskussion zu rechtfertigen.

Paul vereinbarte ein Datum für den 1. Oktober. Karen, deren Mann inzwischen nach England versetzt worden war, schrieb, sie könne leider nicht kommen, aber sie habe Andy ihr Stimmrecht im Vorstand übertragen.

«Du wirst mich wahrscheinlich zerreißen, Chef», sagte Andy gleich zu Beginn der Sitzung. «Aber denk daran, daß ich nur sichergehen will, daß alles Geld, das ins Tal fließt, den Weg zu uns findet und nicht zu anderen Leuten.»

«Sooft du das Wort ‹Geld› aussprichst, wird mir übel. Aber fahre fort, und ich will versuchen, die Dinge unvoreingenommen zu sehen.»

«Es geht um diesen Bellchamber in Low Coombe», sagte Andy und zog es aus irgendeinem Grund vor, dabei Patrick anzusehen. «Er möchte Low Coombe kaufen.»

Alle waren überrascht, aber niemand so sehr wie Paul, der in Bellchamber nie etwas anderes als ein Strandgut des Ersten Weltkriegs gesehen hatte. «Bellchamber? Und er hat sich an dich gewandt?»

«Indirekt.»

«Warum? Ich war vor ungefähr einem Monat bei ihm, und er hat nichts Dergleichen erwähnt.»

«Kein Wunder. Wahrscheinlich dachte er, du schlägst Krach, wenn er das vorzuschlagen wagt.»

«Hast du selbst mit ihm gesprochen?» fragte Paul.

«Ja.»

«Wann war das genau?»

«Spielt das eine Rolle?»

«War es am Tag nach unserer Rückkehr von der Reise?»

«Kann sein.»

«Ich habe deinen Wagen gesehen. Du bist auf und davon wie ein angeschossener Fuchs, als ich die Mulde heruntergeritten kam.»

Wenn Andy verlegen war, so zeigte er es nicht. «Ja, das war ich», erklärte er gelassen. «Ich wollte nur genau wissen, was eigentlich vorging, und ich fand es heraus. Ich war inzwischen noch einmal dort.»

«Und was geht dort vor?»

«Nun hör einmal zu, Chef. Ich bin nicht mehr fünfzehn Jahre alt, und ich war nicht heimlich an deiner Zigarrenkiste. Das soll doch eine Gesellschaft sein, nicht wahr? Ich will doch nur das Beste für uns herausholen.»

«Zur Sache, Andy!» Das kam von Claire, die erregt war wie gewöhnlich, wenn sie von ihrer neutralen Position als Geschäftsführerin aus einen Familienzwist mitansehen mußte.

«Ich komme ja zur Sache, wenn er mich läßt. Jumbo Bellchamber möchte Low Coombe kaufen, das mieseste Gut im ganzen Tal, und zwar für das Anderthalbfache dessen, was David Pitts für Hermitage bezahlt hat.»

Patrick war konsterniert, und das mit Recht, fand Paul, denn er hatte seit seiner Kindheit schwer gearbeitet und nicht die Hälfte dieser Summe zusammenbekommen. David Pitts hatte für Hermitage achttausend Pfund angeboten, und nach einigem Feilschen auf der letzten Vorstandssitzung hatte auch Andy dem Verkauf zugestimmt.

«Zwölftausend?» sagte Patrick. «Wie kommt Jumbo Bellchamber zu soviel Geld? Hat er in der Lotterie gewonnen? Oder hat er einen vergrabenen Schatz gefunden?»

«Das war eines der Dinge, nach denen ich sehen wollte», erklärte Andy. «Er kann bezahlen. Das und sogar noch mehr, wenn notwendig.»

«Aber warum? Das möchte ich wissen? Warum?» fragte Patrick.

«Ja, das wollen wir alle wissen, Andy. Warum?» fragte Paul.

«Manche Leute hier unterstützen seine Idee, daß man sehr viel leichter und rascher Geld verdienen kann als mit der Landwirtschaft. Es hat mit der Expansion von Coombe Bay zu tun, und wenn wir die im Nordwesten blockieren, wird sie im Osten über das Kliff hinausgreifen, und dort ist auch ein Platz, so gut wie der von Jumbo und dabei noch näher am Meer.»

«Ein Platz wofür? Ein Bauplatz für Wohnhäuser?» Simon stellte diese Frage, und Claire sah, daß er nicht ärgerlich, sondern besorgt war, und zwar um Pauls willen.

«Nein», sagte Andy, «ein Campingplatz für etwa fünfzig Wohnwagen und vielleicht doppelt so viele Zelte. Jumbo will Latrinen bauen, eine Müllverbrennungsanlage und vielleicht ein oder zwei Läden für Milchprodukte und Konserven. Die Situation ist sehr einfach. Entweder wir verkaufen und stecken mehr als dreimal soviel ein wie der Platz wert ist. Oder wir verkaufen nicht, und ein Campingplatz entsteht eine Meile weiter östlich am Kliff. Überlegt es euch.»

«Das ist eine Unverschämtheit!» brülle Paul. «Ich habe noch nie etwas von einem Campingplatz hier in der Gegend gehört. Ich dachte immer, so etwas müßte erst durch den Grafschaftsrat gehen!»

«Es ist schon durch den Grafschaftsrat gegangen, Chef, allerdings hinter verschlossenen Türen. Die Interessenten haben da schon ihre Leute in den richtigen Gremien sitzen, und sie haben ihre Strohmänner wie Jumbo auf dem Land. Das geht heutzutage so unter der Hand. Aber vielleicht war das immer so.»

«Das war nicht immer so!» sagte Paul erregt. «Es gab eine Zeit, da fragte man die Grundbesitzer noch, ehe man ihnen so etwas zumutete!»

«Beruhige dich, Paul», sagte Claire. «Schließlich hättest du dich seit vierzig Jahren in den Grafschaftsrat wählen lassen können. Aber du wolltest ja nicht.» Sie wandte sich an Andy – milde genug, daß dieser sie fälschlich für eine Verbündete halten konnte. «Du weißt offenbar eine Menge davon, Andy. Du hast dir dankenswerterweise die Mühe gemacht, vorher Informationen einzuholen. Aber kennst du die Leute, die hinter Jumbo stehen?»

«Nicht gut genug, um ihnen Einhalt zu gebieten. Aber gut genug, um zu wissen, daß sie keine unsicheren Geschäfte machen.»

«Sehr schön. Nun sage uns genau, wie du die Sache siehst. Und du, Paul, unterbrich ihn nicht, bis er fertig ist.»

«Es ist ganz einfach», sagte Andy. «Früher oder später haben wir an der Ostgrenze entweder Wohnhäuser stehen oder einen Campingplatz. Wenn alles nach Wohnraum schreit, wenn andererseits die

Jungendclubs gefördert werden, wenn man die Freizeitgestaltung propagiert, die wiederum neue Industrien ins Leben ruft, werden sich Gegenden wie diese hier ändern müssen, und sie werden sich ändern, egal, wie stark Menschen wie der Chef darin verwurzelt sind. Das sind auch keine Änderungen um des Änderns willen. Sie werden unvermeidlich durch Faktoren wie Bevölkerungsexplosion, steigende Löhne, bezahlten Urlaub – besonders das letztere. Gegenden wie diese hier können nicht mehr ausschließlich von der Landwirtschaft leben. Sie müssen sich zu Feriengebieten entwickeln, ob sie wollen oder nicht, und sie können sogar noch von Glück sagen, wenn sie sich die Industrie vom Leib halten können. Wir haben die Wahl: Entweder Wohnhäuser oder etwas weniger Beständiges, mehr Saisonbedingtes wie einen Campingplatz. Zweitens: Wer macht den Profit: Wir könnten den Campingplatz natürlich selbst einrichten, aber der Chef würde das in einer Million Jahren nicht dulden, und in dieser Hinsicht bin ich auf seiner Seite. Denn Bellchamber weiß noch gar nicht, was ihm bevorsteht mit all den Bestimmungen und Regulationen über die sanitären Einrichtungen, mit denen er sich wird herumschlagen müssen. Mein Rat ist der, den letzten Penny aus ihm herauszupressen, solange er bezahlen kann.»

Darauf folgte ein unbehagliches Schweigen. Vielleicht warteten alle darauf, daß Paul das Wort ergriff, aber er schwieg, weil er den Eindruck hatte, daß nun zuerst die Jüngeren an der Reihe waren.

«Schön, das war deutlich», sagte Patrick, «und es klingt plausibel, wenigstens das meiste davon. Und obwohl bestimmt keiner von uns scharf darauf ist mitanzusehen, daß selbst ein drittrangiges Gut wie Low Coombe von Touristen lebt, so könnten wir mit den zwölftausend Pfund doch verhindern, daß das gleiche mit den anderen Gütern passiert. Wenn wir die zwölftausend richtig investieren, könnten unsere Güter die rentabelsten und produktivsten in der Grafschaft werden.»

Damit hatte Andy, der auch Karens Stimme besaß, bereits die Mehrheit für sich. «Simon?» fragte Paul. «Hast du dem etwas hinzuzufügen?»

Simon erklärte, er werde auf jeden Fall wie Paul stimmen.

Dies war nun wieder das Stichwort für Claire. «Nun zerstreitet euch doch nicht wegen so etwas, um Himmels willen! Das möchte auch Andy nicht. Ich sehe mir das nicht an, wie ihr eure Stimmen gegeneinander ausspielt. Wir sind doch schließlich eine Familie. Entscheidet euch für das eine oder das andere, aber macht es einmütig. Andy hatte ganz recht, uns den Vorschlag zu unterbreiten. Schließlich hatten wir schon zweimal riesige Militärlager hier und bekamen auch nicht die Platzangst davon.»

Paul stand auf. «Jawohl, das gebe ich zu. Und ich gebe auch zu, daß wir mit den zwölftausend Pfund etwas anfangen können. Aber ich kann nicht so tun, als ob ich es mit Gelassenheit trüge. Das ist doch nur die Spitze des Keils! Zum erstenmal in meinem Leben werde ich um das, was von meinem Grund und Boden übrig ist, einen Zaun ziehen und Verbotstafeln aufstellen! Ihr könnt an Bellchamber verkaufen. Aber erwartet nicht, daß ich hier sitze und mit euch den Verkaufsvertrag ausknoble!»

Er schob seinen Stuhl zurück und ging durch die Gartentür hinaus.

4

Ungefähr einen Monat später machte Margaret eine Entdeckung. Sie ging in Andys Arbeitszimmer, um Löschpapier zu holen. Sie hatten ein großes Haus in einem Vorort von Whinmouth gemietet, eines der vielen gemieteten Häuser, die sie mit ihm in den letzten dreizehn Jahren bewohnt hatte. Wie alle anderen war es kein Heim, sondern eine Plüschresidenz. Er hatte einen riesigen Schreibtisch mit unzähligen Schubladen, die alle bis auf eine verschlossen waren. Sie öffnete die mittlere und hoffte, hier das Löschpapier zu finden. Als sie es herausnahm, lag darunter eine Landkarte.

Sie erkannte sie sofort. Es war ein Duplikat jener großen Karte von Shallowford, die Paul vor vielen Jahren angefertigt hatte. Jedes Gut, jedes Feld, jedes Dickicht war darauf eingetragen und mit Namen versehen. Paul hatte eine solche Karte in seinem Büro hängen und sie ihr stolz gezeigt, als Andy sie das erste Mal nach Hause brachte. Er hatte darauf im Laufe der Jahre alle Änderungen eingetragen, wenn Buschland gerodet wurde, wenn Wege ausgebaut, Scheunen errichtet, Entwässerungsgräben angelegt wurden.

Der Plan, den Margaret nun in der Hand hielt, zeigte weitere Änderungen, die in der Wirklichkeit noch nicht vorhanden waren. An der Küste entlang führte eine Straße von Coombe Bay nach Whinmouth, obwohl, wie Margaret wußte, es dort nur einen Fußweg gab. Ein grün schraffiertes Gebiet, das von der Flußstraße bis zur Mulde von Low Coombe reichte, war mit «Shawcrosse-Ferienlager» bezeichnet. Einzelne Grundstücke und Areale trugen verschiedene

Buchstaben, und Margaret stellte an Hand einer der Karte angehefteten Notiz fest, daß die mit «A» bezeichneten Gebiete von Shawcross bereits erworben und erschlossen waren, daß die mit dem Buchstaben «B» mit dem Campingplatz zu tun hatten, während die mit «C» gekennzeichneten Gebiete offenbar noch erworben werden sollten.

Dies war das Tal, nicht wie Paul es sah, sondern wie Andy und Shawcrosse es sich vorstellten, wenn sie ihre Pläne verwirklicht hätten.

Margaret legte die Karte auf den Schreibtisch und suchte unter den Papieren nach weiteren Aufschlüssen. Es waren größtenteils Kopien von Briefen, die Andy im Namen der Firmen «Shawcrosse & Craddock», «Craddock Development Company» und «Vista Homes Ltd.» geschrieben hatte – nur drei der Firmennamen, die Andy für seine weitverzweigten Geschäfte benutzte.

Und dann fand Margaret den Durchschlag eines Briefes an Karen, aus dem hervorging, daß Andy seiner Schwester ihre Anteile an der Familiengesellschaft abgekauft hatte und mit dem gleichen Ansinnen auch an Simon herangetreten war: «... Simon will nicht verkaufen. Er meint, das würde den alten Herrn zu sehr schockieren, und da hat er sicher recht. Also erwähne vorerst nichts davon, daß Du Deine Anteile an mich verkauft hast. Auch Simon wird von meinem Angebot nichts erwähnen. Er weiß natürlich nicht, daß ich bereits Deine Anteile besitze.»

Nun wurde Margaret klar: Andy, der aktive Kopf in der Familiengesellschaft, war zugleich der Komplice, der für Shawcrosse arbeitete und vielleicht noch für andere zwielichtige Charaktere, die gelegentlich kamen, Whisky tranken und undurchsichtige Botschaften hinterließen, wenn Andy gerade nicht zu Hause war.

4

Es kam genauso, wie Andy es vorausgesagt hatte. Die Landschaft veränderte ihr Aussehen rapid. In Coombe Bay veranstaltete man eine Feuerwehrübung und brannte eine Reihe alter, strohgedeckter Hütten nieder und errichtete dann an ihrer Stelle rote Backsteinhäuser, in deren Gärten bärtige Zwerge um kleine betonierte Teiche standen. Ein Schwimmbad entstand hundert Meter vom Meeresufer entfernt. Eine Autostraße, flankiert von großen Reklametafeln für

Autoreifen und Coca-Cola, führte vom Ort zum Kliff. Auf der Ostseite von Low Coombe wurden sämtliche Bäume gefällt und alle Haselnuß- und Ginsterbüsche gerodet, und an ihrer Stelle sah man bald bunte Wohnwagen und hier ein Wellblech-Klosett, dort einen Müllkasten. Dahinter standen zwischen Frühsommer und September Zelte, und zwischen den Zelten und den Wohnwagen baute Bellchamber eine Holzhütte, in der er selbst Campingartikel verkaufte.

Das war im Frühjahr 1948. Am Kliff entstanden Ferienhäuser, Tennisplätze, neue Läden. 1950 erschienen Bagger und sonnengebräunte Männer, die Schlager aus ‹Oklahoma› pfiffen und für den Küstenverkehr eine Straße am Ufer entlang anlegten. Binnen einer Woche fielen die Douglas-Fichten hinter Krabben-Willis Hütte den Motorsägen zum Opfer. Und die breite Küstenstraße war nicht genug. Coombe Bay benötigte eine direkte Verbindung zur Hauptstraße nach Paxtonbury, und nach einer langen Diskussion wurde beschlossen, die bereits vorhandene Straße zu verbreitern, die Flußstraße, die vom Hochmoor herab an Hermitage und der Brücke vorbei zur Bucht führte. Paul wehrte sich verbissen dagegen, doch Shawcrosse organisierte eine Befragung der Einwohner, und die Progressiven siegten mit 2007 gegen 408 Stimmen. Die Straße wurde gebaut, und 1953 mußte man zwei Verkehrsadern überqueren, wenn man vom Herrenhaus zur Küste wandern oder reiten wollte.

Andy hatte noch in anderer Hinsicht recht gehabt. Die meisten Einwohner paßten sich diesen Veränderungen sehr rasch an, und unter den ersten war Henry Pitts, an dessen Land die Flußstraße entlanglief. Hier hatte er 1904 seinen Pflug stehenlassen und war in Deckung gegangen, als Roddy Rudd mit seinem Automobil ins Tal gekommen war. Nun drehte er nicht mehr den Kopf, wenn in der Hochsaison die Wagen in Kolonnen nach Coombe Bay fuhren. Ellie, Henrys zweite Frau, war vollauf damit beschäftigt, Pflaumen, Schnittblumen, Äpfel und Erdbeeren zu verkaufen, während David, ihr Stiefsohn, ihre Kundschaft so unsympathisch fand, daß er nun doch seine Drohung wahrmachte und emigrierte – zwar nicht nach Australien, aber nach Kanada. Sein Vater, der ihn als freien Gutsbesitzer finanziert hatte, versuchte nicht, ihn zu halten, denn er achtete seine Motive.

Paul stellte fest, daß er die Änderungen tolerieren konnte, solange er die Weiden und den Wald behielt, denn wenn er nun ausritt, blieben ihm immer noch landeinwärts der Shallowford-Wald oder das Hochmoor. Auch die Familiensolidarität wurde, unter Ausschluß Andys, wiederhergestellt, der sich abrupt zurückzog, nachdem Margaret sein Komplott aufgedeckt hatte und mit Vanessa in das inzwischen renovierte Mühlenhäuschen gezogen war. Claire, Patrick und sogar Simon versuchten gelegentlich Pauls Abscheu darüber zu mildern, daß sein Sohn sich mit dem Feind zusammengetan hatte. Sie führten für Andy ins Feld, daß Shawcrosse nur einer aus dem Heer von Spekulanten sei, vor denen Paul im Laufe der Zeit so oder so kapituliert hätte, da sie vor keiner Macht Achtung hätten als vor der Macht des Geldes und es verständen, einen Besitz an sich zu bringen, wenn sie es wollten. Zuerst entwickelte sich eine fast viktorianische Situation, so daß es nahezu tabu wurde, Andys Namen auszusprechen. Später, als man erfuhr, daß Andy sich von Shawcrosse getrennt hatte und in die Vereinigten Staaten ausgewandert war, konnte man vor Paul davon sprechen, daß die fragwürdige Haltung seines Sohnes nicht unbedingt Bosheit gewesen sein müsse, sondern daß er nur habe sichergehen wollen, daß Paul, wenn er schon Land verlor, auch den besten Preis dafür erzielte. Paul sah es mehr als eine Folge von Andys lebenslanger Lehrzeit unter Schurken an. Unbewußt betrachtete er Andy deshalb eher wie jemanden, der sich eine Hautkrankheit zugezogen hatte, während er überflüssigerweise unter die Kloakenarbeiter gegangen war.

Claire und die anderen waren nachsichtiger und akzeptierten die Tatsache, daß Andy, wenn auch irregeleitet, doch ernstlich geglaubt hatte, die wahren Interessen der Familie zu vertreten. Ende der vierziger Jahre tauschten sie bereits unregelmäßig Briefe mit ihm aus, aber Margaret kehrte nicht zu ihm zurück, wenn sie auch nie erwog, sich scheiden zu lassen, und Paul konnte immer auf ein aufmerksames Publikum zählen, wenn er von seinem Sohn als «diesem elenden Quisling» sprach.

Im Jahre 1954 stand Paul einer neuen Bedrohung gegenüber. Der alte Militärflugplatz von Paxtonbury war inzwischen ausgebaut und zum wichtigsten Sportflugplatz in Westengland geworden. Die Startbahnen mußten nun verlängert werden, und die Flugplatzverwaltung hatte bereits eine Reihe von Weiden nördlich von Pauls Besitztum aufgekauft, die nun bis zum nördlichen Rand des Shallowford-Waldes reichten. Hier standen Pauls schönste und älteste Bäume, aber immer wiederkehrende Diskussionen im Stadtrat und in der Lokalpresse darüber, daß diese Bäume eine Gefahr für den Flugverkehr darstellten, machten es deutlich, wo der nächste Schlag zu erwarten war.

Doch diesmal trug Paul einen Sieg davon, und zwar zu seiner großen Genugtuung mit Hilfe des jungen John. John war auf High Wood bei weitem der beste aller Craddocks gewesen, hatte inzwischen in Bristol Zoologie studiert und alle damit überrascht, daß er die Universität verließ, um eine Laufbahn beim Fernsehen einzuschlagen. Seine Intelligenz und sein natürlicher Charme ermöglichten es ihm, in diese halb technische, halb künstlerische Welt einzudringen, und eines Septembermorgens erschien er mit Kameraleuten im Tal und verkündete, er wolle «den Flugplatzgötzen eins auf den Hut geben».

«Mein künftiger Chef braucht für das Neujahrsprogramm etwas über englische Landschaft und englische Sitten, das er auch in Übersee verkaufen kann. Wenn wir das gut machen, können wir den Naturschutz, das Komitee zur Erhaltung der Küstenlandschaft und Gott weiß wen alles für uns mobilisieren. Und wenn wir die Schlösser-und-Käsekuchen-Abteilung gewinnen, müssen die Flugplatz-Bosse einpacken.»

Paul, der in den neuesten Slangausdrücken nicht auf dem laufenden war, erfuhr, daß die «Schlösser-und-Käsekuchen-Abteilung» jene Regierungsbehörde war, die für die Förderung des Fremdenverkehrs verantwortlich war. «Touristen bedeuten Dollars, und bei unserer Zahlungsbilanz kann das unter Umständen wichtiger sein als der Flugplatz von Paxtonbury.»

John arbeitete mit den Kameramännern vierzehn Tage lang im Tal und stellte die Veränderungen der letzten Jahre der ursprünglichen Schönheit der Landschaft gegenüber. Paul war fast immer dabei und wurde selbst als ein berittenes Überbleibsel aus dem eduardischen Zeitalter gefilmt. Als er den fertigen Film sah, war er sehr beeindruckt. Es war John gelungen, den Zauber der Landschaft einzufangen. Die alten Bäume im Shallowford-Wald, der Teich mit der Insel, die alten Gehöfte von High Coombe, Deepdene, Four Winds und Hermitage, das Herrenhaus selbst mit seiner Kastanienallee, die Dünen, die nun von zwei belebten Straßen eingeschlossen waren – alles war da. Und John schrieb dazu einen sozialkritischen Kommentar, in dem er diesem Stück Altengland auf humorvolle Weise einen Platz in der modernen Gesellschaft zuwies.

Am Neujahrsabend saßen Paul und Claire vor ihrem Fernsehapparat, so nervös wie Amateure bei der Premiere eines selbstgeschriebenen Stücks. Aber sobald die Sendung angelaufen war, verwandelte sich Pauls Spannung in Bewunderung.

«Bei Gott!» rief er. «Der Junge ist ein Genie! Er müßte Premierminister werden!»

Claire lachte so herzlich wie schon lange nicht mehr und meinte, da John dies wahrscheinlich erst in einigen Jahrzehnten erreichen werde, würden sie und Paul voraussichtlich keine Einladung in die Downingstreet Nr. 10 mehr erhalten.

Das Ergebnis der Sendung war noch befriedigender als erhofft. Die Sendung erhielt enthusiastische Kritiken, und die Erhaltung des Sorrel-Tals wurde etwas wie ein nationales Anliegen. Niemand sprach mehr davon, es müßten Eichen gefällt werden, und bald hieß es, künftig würden keine neuen Straßen mehr in Nord-Süd-Richtung, sondern nur noch in Ost-West-Richtung angelegt, ohne das Tal zu durchschneiden. Paul versprach, John zu seinem einundzwanzigsten Geburtstag einen Sportwagen zu schenken.

Erdrutsch

I

In jenem Winter hatte es mehr als sonst geregnet, und die Sorrel führte früher Hochwasser. Seit Anfang November war ihr Wasser tabakbraun. Es trat über die Ufer, an Weihnachten standen die Felder südlich der Flußstraße fast knietief unter Wasser, und Treibgut, das von den Bächen des Hochmoors und dem Wildbach, der durch die Mulde von Low Coombe floß, heruntergetragen wurde, schwamm bis hinaus zu den Ausläufern der Dünen.

Paul, der diese Straße entlangritt und manchmal den Hang überquerte bis zu den Bäumen, die nun die Grenze zu Shawcrosses Campingplatz bildeten, der «Chinesenstadt», wie Paul ihn gern nannte, sah die Wassermassen des Coombe-Bachs herunterkommen und schätzte, daß sich die Wassermenge vervierfacht hatte, seitdem weiter oben so viele Bäume gefällt und soviel Buschwerk entfernt worden war. Denn gerade hier war das Wasser immer vom starken Unterholz gehalten worden, und den Coombe-Bach hatte man immer an jeder Stelle zwischen Low Coombe und dem Mühlenhäuschen überspringen können.

Sogar ein Laie konnte erkennen, daß die Gefahr der Erosion, vor der er die ganze Zeit gewarnt hatte, nun akut wurde. Doch das gab ihm keine Befriedigung. Sie hatten nicht auf ihn gehört, als er in ihrem wie auch in seinem Interesse versucht hatte, dem Kahlschlag Grenzen zu setzen, der schon begann, noch ehe der erste Wohnwagen die Steigung hinaufgezogen wurde. Sie hatten einfach weiter gerodet, entwurzelt und gegraben, bis nur noch die eine Baumreihe stand, deren Erhaltung auf die Intervention Claires hin vertraglich festgelegt worden war. Claire, die auf High Coombe aufgewachsen war, kannte die Launen der Coombe-Spalte besser als sonst jemand im Tal, vielleicht abgesehen von Smut Potter und dessen Bruder Sam.

Im Laufe des Winters erweiterte sich der Coombe-Bach zu einer kleinen Sorrel, und sein überschüssiges Wasser schoß in die Abzugskanäle, die man ungefähr hundert Fuß östlich des Mühlenhäuschens unterhalb der Straße angelegt hatte. Es waren große Abzugskanäle, die viel Wasser aufnehmen konnten. Aber nun kam nicht nur Wasser herunter. Der technische Notdienst hatte schon zweimal Baumstämme und ein Konglomerat von Geröll, Ästen und Zementklumpen entfernen müssen, die vom Campingplatz heruntergeschwemmt worden waren.

Paul sagte dem Vorarbeiter, er möge doch einmal einen Blick auf das höher gelegene alte Haus der Potters werfen, in dessen Nähe der Hang von kleinen roten Kratern übersät war, aus denen hier und dort Baumstümpfe ragten, so daß ihn das Gelände an das Sumpfland westlich von Ypern erinnerte. Wenn es weiterregnete, würde es für Gummistiefel und für Traktoren unpassierbar werden. Paul kümmerte es nicht mehr sonderlich, was hier oben geschah. Sie hatten sich ihr schmutziges Bett gemacht und konnten jetzt darin schlafen, oder, wie die Sache im Augenblick stand, darin ertrinken. Aber jede weitere Erosion an dieser Stelle würde unweigerlich eine Kettenreaktion auf dem Weideland von Four Winds auslösen, das auf der anderen Seite des Flusses lag, und sie könnte sogar eine Überschwemmung bis herauf zum Pförtnerhaus verursachen. Auch der junge Eveleigh war dieser Ansicht und bestand darauf, daß der Vorarbeiter sich seine Felder ansehen sollte. Aber es wurde nichts getan, obwohl Paul später erfuhr, daß das Vermessungsamt Shawcrosse und Bellchamber angerufen und sie dringend aufgefordert hatte, die breiteste Stelle des Coombe-Bachs oberhalb der Straße mit Sandsäcken abzusichern.

Paul holte Henry Pitts und Smut Potter herbei. Beide zogen die Lippen ein, als sie die Schlammablagerungen auf der östlichen Seite von Low Coombe sahen. «Der alte Tamer hätte hier nicht einmal einen Busch entfernt, und er wußte warum», sagte Smut. «Er wußte genau, daß nur dichtes Gebüsch diesen Abhang festhalten kann.»

«Da hatte er verdammt recht», sagte Paul. «Aber da ich hier keinen Fuß Boden mehr besitze, kann ich nichts weiter tun als warnen.»

«Aber Ihnen gehört doch immer noch High Coombe und Deepdene, nicht wahr?» sagte Henry nachdenklich. «Wir werden eine schöne Schweinerei bekommen, wenn der Bach noch weiter anschwillt. Four Winds würde bald sehr hoch unter Wasser stehen, und in einer Trockenperiode hätten wir keinen Tropfen Wasser. Ich an Ihrer Stelle würde mit dem Grafschaftsrat persönlich sprechen.»

«Das werde ich vielleicht tun», sagte Paul. Und das hatte er auch vorgehabt, aber über den Vorbereitungen zu Johns einundzwanzigstem Geburtstag vergaß er es, denn es war schon lange her, daß sie ein großes Familienfest gehabt hatten, und sowohl er als auch Claire waren nicht mehr auf dem laufenden im Hinblick darauf, was die jungen Leute an Unterhaltung geboten haben wollten.

Der Geburtstag fiel auf Ende Januar. Die ganze vorangehende Woche war Claire damit beschäftigt, Mary und Simons Frau Evie zu helfen. Im allgemeinen machte es ihr Freude, das Haus zu schmükken und andere Festvorbereitungen zu treffen. Aber seit einiger Zeit spürte sie ihr Alter und überließ die anstrengenden Arbeiten ihrer Tochter und Schwiegertochter, die wiederum Margaret und einige der Enkelkinder damit beauftragten, die Räume im Erdgeschoß festlich zu schmücken und das Haus für mehr Gäste zu rüsten, als Shallowford vor dem Krieg je gehabt hatte.

Zwei Tage vor dem Ball verließ sie um elf Uhr morgens die anderen, um in der großen Küche das Menu zusammenzustellen und dann im Doppelzimmer westlich der Halle ihren Kaffee zu trinken. Die Trennwand zwischen Wohn- und Eßzimmer war wie gewöhnlich bei solchen Anlässen entfernt worden, und die meisten schweren Möbelstücke waren ausgeräumt, damit man Platz zum Tanzen hatte.

Als Claire dasaß und an die Volljährigkeit ihres jüngsten Sohnes dachte, wurde ihr bewußt, daß sie selbst nun schon im dreiundsiebzigsten Lebensjahr stand. Sie schob die Tasse zurück und trat vor den Spiegel, der über dem marmornen Kaminsims hing.

Wie üblich konnte sie sich vergewissern, daß sie noch nicht so alt aussah. Den Kampf gegen die grauen Haare hatte sie aufgegeben und ließ sie sich regelmäßig färben. Ihre Haut zeigte glücklicherweise keine Falten, ihre Wangen hatten keine fahlen Schatten wie die ihrer Altersgenossinnen. Ihre Augen waren immer noch klar, und ihre Figur neigte zwar zur Fülle, war aber keineswegs unförmig. Sie watschelte nicht herum wie die Potter-Mädchen und andere, die in den letzten zehn Jahren sehr gealtert waren. Ich glaube, ich kann stolz darauf sein, dachte sie, die Volljährigkeit eines Sohnes zu feiern, der zur Welt kam, als ich über fünfzig war. Ich könnte jetzt noch das Tanzbein schwingen, wenn man mich dazu aufforderte. Zu schade, daß Paul und ich nicht nach Mitternacht verschwinden und in Krabben-Willis Hütte gehen können, so wie wir es im Jahre 1929, am einundzwanzigsten Geburtstag der Zwillinge, getan haben. Paul war damals gerade fünfzig geworden und ich sechsundvierzig, und wir hatten so viel Champagner getrunken, daß wir dort unsere eigene Feier veranstalteten. Es sollte mich nicht wundern, wenn wir die Jungen noch ein paar Dinge hätten lehren können. Dann fiel ihr ein, daß Krabben-Willis Hütte der neuen Küstenstraße hatte weichen müssen, was ihre Zufriedenheit etwas beeinträchtigte, so daß sie nach einer Haarsträhne an der Schläfe griff, die sich selbständig gemacht hatte und wieder eingefangen werden mußte.

Und da geschah es. Das zweite Mal in dieser Woche. Das fünfte Mal in den letzten drei Monaten. Ein Schmerzanfall, der am Rücken begann, in die linke Schulter schoß und durch ihren ganzen erhobenen Arm lief. Es war so schmerzhaft, daß sie aufstöhnte und sich am Kaminsims festhalten mußte. So blieb sie stehen, den Kopf gesenkt, die Zähne auf den Lippen, bis der Schmerz in die Fingerspitzen flutete und sich dann wie eine Welle wieder in die Schultern zurückzog, dort noch einen Augenblick verweilte und ihren zitternden Körper dann so plötzlich verließ, wie er gekommen war.

Sie blieb über eine Minute ganz ruhig stehen, keines anderen Gedankens fähig, aber sie kontrollierte jeden Nerv ihres Körpers, um nicht zu schreien. Dann ging sie langsam zum Tisch zurück und setzte sich neben die leere Tasse, und dabei wurde ihr klar, daß sie sich nun doch Maureen anvertrauen mußte, und zwar noch vor dem Ball, um einem Anfall am Abend vorzubeugen, damit sie niemandem die Freude verdarb. Sie wartete noch ein paar Minuten, stand dann auf, ging in die Halle, um Maureen anzurufen, die nach dem Krieg wieder in das Tal zurückgekehrt war. Trotz ihres hohen Alters ließ sie es sich nicht nehmen, noch einige ihrer alten Patienten zu betreuen.

Seit über vierzig Jahren hatten die beiden darüber gescherzt, daß Claire die Ärztin nur dann rief, wenn sie schwanger war. Aber diesmal machte Maureen keine Scherze, und ihre Miene entspannte sich nicht wie früher, wenn sie ihre Untersuchung beendet hatte. Vielleicht war sie sich dessen bewußt, denn sie wandte Claire den Rükken zu mit der Entschuldigung, sie müsse sich die Hände waschen. Claire fand, daß Maureen sehr alt, müde und hilflos aussah.

«Gut, Maureen, du brauchst nicht nach dem richtigen Wort zu suchen. Es ist Angina pectoris, nicht wahr? Ich habe mir immer vorgemacht, es sei chronischer Rheumatismus.»

«Und warum bist du nicht gleich gekommen?» fragte Maureen. Claire war gerührt über die tonlose Stimme.

«Ich dachte wirklich zuerst, es sei Rheuma. Erst beim vorletzten Mal war ich mir sicher. Die Frage ist jetzt nur, was man tun kann.»

Maureen drehte sich wieder um und sah sie an. «In deinem Alter kann man da sehr wenig machen. Du kannst noch viele Jahre leben, aber es hängt davon ab, wie du lebst. Angina pectoris läßt sich nicht steuern, wie die meisten Menschen glauben, zumindest ich habe das nie gefunden. Letzten Endes bringt es einen um. Aber der alte Aaron, der Schilfschneider, wurde damit achtundachtzig. Er wäre mit dreiundsiebzig gestorben, wenn er das Schilfschneiden nicht aufgegeben und statt dessen auf seiner Veranda Schiffe geschnitzt hätte. Auch für dich ist der Ball vorüber, Claire. Zusehen kannst du noch. Aber von nun an darfst du nichts mehr impulsiv machen, nicht einmal einen Korb heben oder die Treppe hinaufgehen. Du mußt über alles vorher nachdenken, vorher planen. Außerdem mußt du es sofort Paul sagen.»

«Aber erst nach Johns Geburtstagsfeier. Das dauert sowieso nur noch achtundvierzig Stunden.»

«Auf zwei Tage kommt es jetzt auch nicht mehr an. Ich gebe dir Tabletten, aber ich bitte dich um alles in der Welt, strenge dich nicht mehr an. Begnüge dich damit, die Leute anzulächeln, und beteilige dich nicht an Gesellschaftsspielen. Und laß dir ja nicht selbst irgendwelche anstrengenden Spielchen einfallen.»

Darüber mußte Claire lächeln. «Einverstanden. Aber was für Spiele meinst du könnten wir in unserem Alter noch treiben?»

«Da ich dich kenne, würde mich nichts überraschen», sagte Maureen. «Ich besorge die Tabletten noch heute und bringe sie dir selbst hinauf. Du bist doch um die Abendessenszeit zu Hause?»

«Nein, ich habe versprochen, für Margaret Babysitter zu spielen. Sie kommt herüber, um die Feier mit Mary und Evie zu besprechen. Mache einfach ein unschuldig aussehendes Päckchen daraus und lege es auf meinen Schreibtisch.»

«Gut. Was heißt babysitten? Vanessa ist doch schon zwölf Jahre alt, nicht wahr?»

«Sie hat ein Bein im Gips, seit sie am letzten Samstag bei der Jagd gestürzt ist. Ich glaube nicht, daß es ernst ist, aber am Ball wird sie jedenfalls nicht teilnehmen können. Außerdem ist sie nicht gern allein.» Claire hielt einen Augenblick inne und sagte dann: «Vanessa und ich haben ein ganz besonderes Verhältnis zueinander. Es ist ganz anders als bei allen anderen Enkelkindern. Ich glaube, daß es die besonderen Umstände sind, obwohl ich Margaret nie gefragt habe, was sie dem Kind von Stevie erzählt hat.»

«Sie ist nicht sehr robust, nicht wahr? Obwohl sie soviel reitet.»

«Sie ist mein Liebling», sagte Claire und beließ es dabei.

«Ich komme nachher kurz bei euch herein, mir die Dekoration ansehen. Die Tabletten lege ich in deine Schreibtischschublade.»

«Und das war die ganze Wahrheit, nicht wahr?» fragte Claire.

«Ja. Es gab einmal eine Zeit, in der ich geblufft hätte. Aber das ist lange her, meine Liebe. Alles andere hängt jetzt allein von dir ab.»

2

Es nieselte immer noch, als Claire in der Abenddämmerung in Margarets Zweisitzer stieg und die Einfahrt hinabfuhr. Margaret sagte, Evie würde sie gegen elf Uhr ins Mühlenhäuschen zurückbringen und dann Claire wieder nach Hause fahren.

Unten am Pförtnerhäuschen hielt sie an und sah noch einmal zurück. Die Dunkelheit brach schon herein, aber weiter oben, hinter den Kastanienbäumen, sah sie einen orangefarbenen Schimmer, der sich über die Terrasse ausbreitete, wo alle Lichter brannten, als ob Johns Geburtstagsparty schon begonnen hätte. Claire fragte sich, ob dies wohl der letzte Ball sein würde, den sie im Herrenhaus miterleben würde.

Der Ball war vorüber, hatte Maureen gesagt, von nun an konnte sie nur noch zusehen. Aber Claire war sich dessen nicht so sicher, zumindest nicht so lange, als der quälende Schmerz ausblieb. Sie hatte zwar ihr Todesurteil vernommen, aber es hatte sie nicht ernüchtert, nicht einmal niedergedrückt. Vielleicht war sie sich unbewußt darüber schon seit vergangenen September im klaren gewesen, als der Schmerz sie zum erstenmal überfallen hatte. Sie hätte fast um Hilfe gerufen, wenn ihr nicht noch rechtzeitig eingefallen wäre, wie sehr Paul darunter litt, daß man sein Tal auf eine kleine Insel reduzierte, eingesäumt von schnellen Wagen und dröhnenden Flugzeugen. Mit zweiundsiebzig Jahren hatten ohnehin nur die Glücklichen noch mehr als eine Handvoll Sommer zu erwarten. Und Claire hatte niemals nur um des Lebens selbst willen leben wollen wie die alte Mrs. Timberlake, die im Jahr der Schlacht von Trafalgar geboren worden war und mehr als hundert Jahre danach starb als zahnloses, schwachsinniges Wrack. Das war nicht das Leben. Seit sie ins Tal zurückgekehrt war, hatte sie wirklich gelebt, und es war ein phantastisches Leben gewesen. Die Jahre glitten an ihr vorüber wie ein Film. Viele Erinnerungen waren verblaßt, aber einige standen ihr noch ganz klar und deutlich vor Augen. Ihre Flitterwochen in Anglesey, der Besuch in London anläßlich der Krönungsfeierlichkeiten, der durch den Suffragettenaufstand vor dem Parlament verdorben worden war, ihr Flirt mit jenem Stabsoffizier – sie hatte sogar seinen Namen vergessen –, als sie gern verprügelt worden wäre, nachdem sie zur Besinnung gekommen war. Und der Rest? Lange heiße Sommer und lange, dunkle Winter, belebt durch weiß Gott wie viele Weihnachtsfeste, Novemberbälle und Freudenfeuer. Der Wahlfeldzug, den Paul fast gewonnen und glücklicherweise verloren hatte. Ein Haus voller

Lärm und Kinder. Der Stall voller gepflegter Jagdpferde. Die Zimmer voller Blumen, und das Knistern der Apfelholzscheite im Kamin. Der Geruch der großen alten Küche, die sie immer hatte modernisieren wollen. Der Lavendelgeruch in der Bettwäsche und der Geruch eines Mannes, wenn sie beim ersten Lichtschein an einem Frühlingsmorgen die Augen öffnete und sich aus seiner Umarmung wand. Die furchtbaren Monate, in denen er in Frankreich verschollen gewesen war, und die Freude, ihn wieder zu Hause zu haben. Das alles war wunderbar gewesen. Wieso sollte sie sich nun über ein paar scharfe Schmerzen beschweren und über die Gewißheit eines raschen Abgangs?

Sie wandte sich wieder um und legte den Gang ein. Sie fuhr langsam, als sie im Scheinwerferlicht Wasser auf der Straße stehen sah. Ruhig fuhr sie weiter, für den Fall, daß das Wasser noch steigen würde. Aber es stand nur wenige Zoll hoch, obwohl es in den Kanälen unter der Straße ohrenbetäubend rauschte. Sie erreichte das Mühlenhäuschen und stieß rückwärts in die Einfahrt. Margaret hatte das Licht auf der Veranda brennen lassen. Claire stieg die fünf Stufen hinauf. Die Tür war nicht verschlossen.

«Bist du es, Omi?» rief Vanessa, als sie eintrat.

Als Claire ins Zimmer kam, saß Vanessa auf der Couch, und das verletzte Bein lag auf einem Sitzkissen. Claire war plötzlich froh, dem großen Haus entronnen zu sein. Vanessa strahlte Ruhe aus, und an diesem Abend hatte Claire Ruhe nötiger als Maureens Tabletten.

«Steigt das Wasser immer noch?» fragte Vanessa. «Heute mittag stand es an der Hochwassermarke.» Doch ehe Claire antworten konnte, fragte sie: «Willst du fernsehen, oder sollen wir lieber Tee trinken und uns unterhalten?»

«Lieber Tee trinken und uns unterhalten», sagte Claire lachend.

«Daß mir das mit dem Bein ausgerechnet vor dem Fest passieren mußte, ist schon scheußlich, kann ich dir sagen», meinte Vanessa. «John sagte, ich kann so viele Freunde einladen wie ich will. Also habe ich an alle im Ponyclub Einladungen geschickt. Nun werden sie alle kommen, nur ich nicht.»

«Ich denke doch, daß wir dich irgendwie hinbringen können. Du wirst mit deinem Gipsverband eine Hauptattraktion sein.»

«Lieber würde ich einen richtigen Rock 'n' Roll tanzen», erklärte Vanessa. «Stelle einmal den Teekessel auf, Omi, dann zeige ich dir etwas ganz Besonderes. Eine Entdeckung!»

Vanessa machte immer «Entdeckungen». Einmal war es Schubert

gewesen, dann Renoir, ein anderes Mal ein Buch von R. L. Stevenson. Diesmal handelte es sich um einen modernen Dichter, John Betjeman, dessen Liebe zu den Vorstädten sie gefesselt hatte. Der Autor war Claire nicht ganz unbekannt, da auch Paul schon über ihn gesprochen hatte und von seiner Kritik an dem Zeitbedürfnis, alle alten Gebäude abzureißen und sie durch zweckmäßige Ungeheuerlichkeiten zu ersetzen, beeindruckt war. Sie erwähnte dies, während sie den Teekessel aufsetzte, aber Vanessa sagte: «Nein, nein, es steckt noch mehr dahinter als das. Er schreibt über kleine, unwichtige Dinge und kleine, unwichtige Leute, die langweilig zu sein scheinen, es aber nicht sind, weil er in allem das Ergreifende zeigen kann. Hör dir nur einmal das an!» Und sie las ein kurzes Gedicht über eine Pfarrerswitwe vor, und dann ein noch traurigeres, das den Titel ‹*Die Krankenbaracke*› trug.

Sie waren nicht gerade dazu angetan, Claires Stimmung zu heben, aber sie war dennoch beeindruckt. «Lies mir noch eines vor», bat sie und schenkte den Tee ein. «Schreibt er nicht auch fröhliche Gedichte?»

«O doch», sagte Vanessa, «manchmal kann er sogar sehr lustig sein, auf eine versteckte Art. Hier . . .»

In diesem Augenblick hörten sie ein langes, donnerndes Geräusch, als ob plötzlich ein gewaltiger Sturm einsetze. Das Häuschen bäumte sich auf wie ein scheuendes Pferd. Claire wollte sich am Spülbecken festhalten, doch dieses löste sich von der Wand und fiel auf ihren rechten Fuß. Dann schlitterte der Tisch, auf dem die Lampe stand, durch das Zimmer und fiel um. Vanessa öffnete den Mund, aber ihr Schrei war in dem Getöse nicht zu hören.

Claires erste bewußte Handlung war es, die lange, schwere Stablampe zu nehmen, die sie mitgebracht und auf die Anrichte gelegt hatte. Sie richtete den kräftigen Strahl auf das Chaos im Zimmer. Und im selben Augenblick konnte sie wieder klar denken. Sie kam sich wie eine Schwimmerin vor, die an die Oberfläche stieß und feststellte, daß sie mit einem Gewirr von Treibgut zusammengestoßen war.

Dann wußte sie ungefähr, was geschehen war. Der große Abhang hinter dem Häuschen hatte sich in Bewegung gesetzt. Und im selben Augenblick wußte sie auch, warum das geschehen war, und sie verwünschte die Narren, die Low Coombe seiner Vegetation beraubt hatten.

Der Zorn darüber stachelte ihren Selbsterhaltungstrieb an, und sie hinkte mit ihrem verletzten Fuß über die aufgeworfenen Dielenbretter, stieß Hindernisse beiseite, die ihr im Weg lagen, und richtete dabei den Strahl der Stablampe auf die zerbrochenen Möbel, die sich in der Fensteröffnung verkeilt hatten. Dort sah sie Vanessas Kopf und den Gipsverband, der wie ein kurzer weißer Strumpf aus dem Trümmerhaufen ragte.

«Warte! Ich komme!» rief sie und blickte zurück auf die umgestürzte Lampe und die aus dem Herd gefallenen Holzscheite, ob irgend etwas Feuer gefangen hätte. Aber sie sah keine Flamme und roch keinen Rauch. Die Schlammlawine hatte das Herdfeuer und die Lampe ausgelöscht. Claire stand im Schlamm, und während sie noch dagegen ankämpfte, barst der Fensterrahmen. Glas splitterte und Holz krachte. Mit Riesenkräften machte sie sich von der klebrigen Umarmung frei und erreichte Vanessa.

Und in diesem Augenblick sah sie unmittelbar vor sich eine Rettungsmöglichkeit – die Wurzeln eines Baums, der auf das Häuschen gefallen war und es wie eine Kartonschachtel zusammengedrückt hatte. Sie sah, daß es sich um die einzelne Eiche handelte, die im Garten hinter dem Haus gestanden hatte und in deren Astgabel Jerry kürzlich einen kleinen Ausguck aus Brettern gebaut hatte. Wenn die Überreste davon noch vorhanden waren und die Baumwurzeln in der Ruine des Hauses steckenblieben, könnte dies eine Zuflucht für sie beide sein. Falls sie die Astgabel mit Jerrys Ausguck erreichen konnten, würden sie so lange dort oben bleiben, bis Hilfe kam.

Sie packte Vanessa an der Schulter. «Bist du verletzt? Kannst du dich bewegen?»

«Mein Bein . . .» keuchte Vanessa. «Es ist eingeklemmt.» Dann verlor sie das Bewußtsein.

Claire begann die Trümmer wegzuräumen – Vanessas Bein lag zwischen einem Stuhl, einer kleinen Eichentruhe, nassen Teppichen und Backsteinen, die aus dem Kamin gefallen waren. Sie hielt die Stablampe mit dem Kinn fest. Endlich hatte sie das Bein freigelegt und konnte nun versuchen, sich mit dem Mädchen durch das Gewirr von Wurzeln vorzuarbeiten. Schließlich hatte sie sich durchgekämpft und spürte die rauhe Rinde unter ihren Knien. Dann tastete sie sich an dem schrägstehenden Stamm entlang und zog Vanessa mit einer Kraft, die sie nicht einmal als junge Frau besessen zu haben glaubte, fast sieben Meter vom Fenster weg. Mit dem einen Arm umschlang sie Vanessa, mit der anderen Hand hielt sie die Lampe. So gelangte sie bis zu den Brettern, die Jerry in der Astgabel festgenagelt hatte.

Es hatte aufgehört zu regnen, aber der Wind war immer noch stark. Claire leuchtete mit der Stablampe die Umgebung ab. Sie sah ein Bild unvorstellbarer Verwüstung – eine Welt entwurzelter Bäume, wirre Knäuel von abgerissenen Ästen und Hausrat. Rechts von ihr stand Margarets Auto, das sie in der Einfahrt abgestellt hatte. Sein Kühler sah aus dem Schlamm wie das Maul eines Haifisches. Links lag etwas, das einmal ein Wohnwagen gewesen sein konnte. Zum Fluß hin lagen keine Trümmer. Dort gab es nur noch Schlamm.

Claires Uhr war fünf Minuten nach acht stehengeblieben, und Margaret würde erst gegen elf Uhr zurück sein. Sie versuchte zu schätzen, wieviel Zeit seit der Katastrophe verstrichen war, aber sie konnte nicht sagen, ob es zehn Minuten oder eine Stunde gedauert hatte, bis sie Vanessas Bein freibekommen und danach die langsame Wanderung an dem Baumstamm entlang bewältigt hatte.

Das Tosen wurde unterdessen lauter, der Schlamm schien noch zu steigen. Doch hier oben, nur wenige Meter über der brausenden Flut, war das schwer zu beurteilen. Weiter links sah sie die Lichter von Coombe Bay, aber in der anderen Richtung, zum Herrenhaus zu, war alles finster.

Ohne Groll dachte sie: So, das wär's also. Seltsam, daß es ausgerechnet heute passieren mußte. Du kannst noch viele Jahre leben, hatte Maureen gesagt, wie der alte Aaron, der Schilfschneider. Es kommt darauf an, wie du lebst. Es hängt allein von dir ab. Und jetzt hing es von nichts weiter ab als der zeitweiligen Sicherheit eines umgestürzten Baums und der Macht des Wassers. Nur von diesen beiden Faktoren, sonst von nichts.

3

Sie bargen ihre Leiche am folgenden Nachmittag. Claire war nicht allein gestorben. Der Polizist von Coombe Bay, der die schlafenden Einwohner hatte wecken wollen, war von der Schlammflut bis zum Kai hinausgetragen worden, und dort halbierte der Strom Smut Potters Café. In einem der alten Häuser am Hafen ertrank ein Ehepaar in seinen Betten, und in den neuen Häusern starben fünf weitere Menschen, darunter zwei Kinder.

Als die Leute den zwei Meilen langen Todesweg des Wasser sahen, wunderten sie sich, daß es nicht noch mehr Todesopfer gegeben hatte. Dreißig Häuser waren zerstört, und mehrere Wohnwagen, die glücklicherweise leer waren, hatte der Erdrutsch von Coombe Bay den Hang hinunter bis zur Sorrel getragen.

Neun Tote und ein Sachschaden von schätzungsweise hundertsiebzigtausend Pfund genügten, um das Tal wieder einmal auf die Titelseiten der Zeitungen zu bringen. Journalisten und Fernsehteams kamen aus London, Bristol und Plymouth. Ein kurzer Boom folgte der Nacht der Katastrophe. Hotels und Pensionen öffneten wieder, und in Paxtonbury wurde ein Hilfsfonds für die Hinterbliebenen der Opfer und für die über hundert Obdachlosen eingerichtet. Selbst in Rom sah man auf den Fernsehschirmen die Ruinen eines englischen Dorfes.

Simon erinnerte die Szene an zerstörte französische Städte wie Caen oder Le Havre, aber dies beunruhigte ihn weniger als das Schweigen seines Vaters.

Als man Paul mitteilte, daß Claire gefunden worden war, schien er nicht überrascht, sondern hörte höflich zu, als handle es sich um einen verhältnismäßig bedeutungslosen Vorfall auf einem der Güter, einen abgebrannten Heuschober vielleicht oder ein vom Sturm abgedecktes Dach. Der Arzt aus Whinmouth erklärte, dies sei dem Schock zuzuschreiben. Aber Maureen, die ihn besser kannte als seine Söhne, wußte, daß es eine kompliziertere Reaktion war, die nicht nur Claire betraf, sondern das Tal als Ganzes, denn seit sie ihn kannte, hatte er immer seine Frau mit dem Tal identifiziert. Seine Apathie rührte daher, daß die Katastrophe, in der andere einfach einen Unglücksfall sehen mochten, für ihn etwas Unausweichliches an sich hatte, und das schirmte ihn in gewisser Weise gegen die Trauer ab, wenigstens vorerst. Maureen versuchte nicht, dies den anderen zu erklären. Die einzige, die es verstanden hätte, wäre Mary gewesen, und die hatte ihren eigenen Kummer und ihren Stolz, der sie aufrecht hielt.

Andy kam nicht zur Beisetzung nach Hause, aber er schrieb, er wolle die Vereinigten Staaten verlassen und nach England zurückkehren und sie rechtzeitig vor seiner Ankunft im nächsten Frühjahr verständigen. Eine Woche später erhielt Paul einen zweiten Brief von ihm, mit der Bemerkung «Persönlich», so daß Paul ihn nicht vor Margaret öffnete, die nun im Herrenhaus wohnte, sondern sofort nach dem Frühstück damit in sein Büro ging.

Es war, so vermutete Paul, etwas wie eine Abbitte, denn Andy war sichtlich aufgewühlt über die Umstände, unter denen Claire gestorben war, und über seinen indirekten Anteil an den verhängnisvollen Veränderungen in jenem Teil des Tals. Trotz seiner Isolierung war Andy, wie Paul feststellte, wohlinformiert über alles, was vorgefallen war, und er fragte sich, wieviel ihm die anderen mitgeteilt hatten und ob vielleicht Margaret selbst ihm geschrieben hatte, daß die Katastrophe durch den Kahlschlag in Low Coombe ausgelöst worden war. Er hoffte dies nicht, denn er empfand nun keinen Groll und wünschte von Herzen, Andy möge klug genug sein, dies zu erkennen. Ich werde ihm einen freundlichen Brief schreiben, sobald ich dazu in der Lage bin, sagte er sich. Aber die Wochen vergingen, und die Anstrengung, die Leere des Schlafzimmers zu verkraften und den leeren Stuhl in der Bibliothek, nahm ihm den größten Teil seiner Energie. Er sprach einige Male mit Margaret und sogar mit Vanessa über Andy. Das Kind schien mehr Interesse zu zeigen als seine Mutter, die nur erklärte: «Wir bleiben in Verbindung mit ihm . . .» Aber sie sagte dies so wegwerfend, daß er das Thema fallenließ.

Andy teilte ihnen nichts mit, als er in England eingetroffen war. Er hatte dringende Geschäfte zu erledigen, ehe er Frieden mit seiner Familie schloß. In dieser Absicht mietete er sich einen kleinen und für seine Begriffe unansehnlichen Wagen und fuhr auf einem Umweg nach Coombe Bay, um Claires Grab zu besuchen. Er war keineswegs ein sentimentaler Mann, aber er ging trotzdem auf den Friedhof, als wolle er sie in die Versöhnung miteinbeziehen.

Der Anblick der neun frischen Gräber bewegte ihn so, wie ihn schon lange nichts mehr bewegt hatte. Er las die Inschriften auf den provisorischen Grabsteinen und ging dann zur Friedhofsmauer und sah zu demjenigen Teil von Coombe Bay hinüber, durch den die Sorrel sich ein neues Flußbett gegraben hatte. Dann stieg er in den Wagen und fuhr über die Küstenstraße. Er hatte eine Verabredung mit dem Anwalt seines Vaters. Danach, noch am selben Abend, suchte er seinen früheren Partner Shawcrosse auf, und um neun Uhr bog er auf die Flußstraße am Hochmoor ein.

Es war für April ein sehr milder Abend. Er roch das Meer, und ein leichter Wind trug von den Dünen den Geruch der wilden Zwiebeln herüber. Andy hielt den Wagen an und stieg aus. Von hier oben sah er die Lichter von Coombe Bay, und davor einige markante Punkte in der Landschaft – rechts das Gehöft von Four Winds, links Hermitage und dahinter den blauschwarzen Wald. Unmittelbar zu seiner Linken sah er den Französischen Wald und davor das schmale Band der Sorrel, die vom Hochmoor herunterkam und sich durch die Wiesen des Herrschaftsguts schlängelte.

Andy war nun sechsundvierzig Jahre alt, aber er konnte sich nicht entsinnen, hier jemals stehengeblieben zu sein und das Tal mit solchen Augen gesehen zu haben. Entweder war es ihm nie aufgefallen, oder er hatte nie Zeit dafür gehabt. Er dachte an Stevie, der neben ihm über die Heide ritt, als sie ungefähr siebzehn Jahre alt gewesen waren, und dann an die Zeit, als sie ein Motorboot für einen Ausflug nach Frankreich ausgerüstet hatten, aber nur bis zur Sandbank gelangten und von Fischern gerettet werden mußten. Er dachte auch an Margaret und wie er sie an einem eisigen Februarmorgen zum erstenmal hierhergebracht hatte. Und er dachte an Vanessa, Stevies Kind, und ihre braunen Locken und großen grauen Augen. Nun, hier war das alles oder vielmehr das, was noch übriggeblieben war, aber zumindesten hatte er als Mitbringsel etwas anzubieten, das sein Vater mehr schätzen würde als alles, was Andy in New York oder Chicago hätte kaufen können. Er drückte sorgfältig seine Zigarette aus, da er daran dachte, wie sehr der Chef darauf achtete, daß man hier oben nicht mit Kippen um sich warf. Dann fuhr er die Flußstraße hinab.

Die Lichter brannten auf der Terrasse, aber niemand hörte ihn anfahren und niemand kam heraus. Er schloß leise die Wagentür und ging zu den Fenstern der Bibliothek. Im Kamin brannte ein Feuer, aber der Raum war leer. Er trat an das Fenster des benachbarten Zimmers, das immer als Gutsbüro gedient hatte.

Paul saß am Tisch, und Andy zuckte zusammen, als er sah, wie alt er wirkte, obwohl er aufrecht dasaß und ohne Brille arbeitete. Er trug etwas in das Gutstagebuch ein, und sein Gehör mußte noch ausgezeichnet sein, denn plötzlich hielt er inne und horchte. Hinter ihm hing das Porträt Claires an der Wand, das einst das Schlafzimmer geziert hatte. Sie saß auf einem Sandsteinbrocken drunten am Strandsee, hatte den Kopf zurückgeworfen und löste gerade den Träger ihres blauen Kostüms. Claire hatte es Paul zu seinem sechzigsten Geburtstag geschenkt, und doch sah sie auf dem Bild erst wie zweiundvierzig aus. Die Familie hatte damals über ihre Eitelkeit gelacht, aber alle mußten zugeben, daß das Bild sehr gut getroffen war, und der Chef selbst war so stolz darauf gewesen, daß er es wie einen Rubens behandelte.

«Chef! Ich bin's!» rief Andy leise. Paul drehte sich so rasch um, daß Andy bedauerte, nicht durch die Tür hereingekommen zu sein. Sein Vater stand so erregt auf, daß er fast das Tagebuch dabei vom Tisch geworfen hätte. Er riß die Gartentür auf, zog Andy herein und packte ihn mit einem so festen Griff an den Schultern, daß er auf einmal nicht mehr so alt und müde wirkte.

«Junge! Warum hast du nicht geschrieben ... mir ... Margaret ...

Patrick ... wie die sich freuen werden!» Es schien, als wolle er sofort durch die Bibliothek laufen, die Tür aufreißen und die ganze Familie zusammentrommeln.

«Warte, Chef ... warte, ich muß dich erst ansehen. Du siehst tadellos aus für ... wie alt bist du? Funfundsiebzig?»

«Am 1. Juni werde ich sechsundsiebzig. Du machst auch kein übles Bild. Nur hast du etwas Gewicht angesetzt.»

«Also, von dem Essen in den Staaten kann das nicht kommen», sagte Andy. «Das schmeckt nach nichts.»

«Was trinkst du?» fragte Paul. «Einen Tropfen von meinem irischen?»

«Daran dachte ich schon, als ich draußen stand», erklärte Andy, und als sein Vater ihm den Rücken zuwandte und nach der Whiskyflasche griff, nahm er eine Urkunde aus der Brieftasche, legte sie auf den Tisch und sagte beiläufig: «Ich habe hier ein Friedenspräsent mitgebracht.»

Paul hob das Glas und ließ es wieder sinken. Er schluckte. «Du hast Low Coombe zurückgekauft? In meinem Namen?»

Andy sagte, es sei alles geregelt und er habe es Shawcrosse zu dem Preis abgekauft, den Paul von Jumbo Bellchamber vor sieben Jahren erhalten hatte. Shawcrosse war nicht zum Verkauf bereit gewesen, doch Andy hatte ihm mit dem Staatsanwalt gedroht.

Er hatte seinen Vater nie so verwirrt und verlegen gesehen. Paul starrte immer noch die Urkunde an, dann Andy, dann wieder die Urkunde. Er suchte nach Worten und fand keine.

«Ich dachte, du könntest es wieder anpflanzen lassen», sagte Andy. «Vielleicht mit Weichholz, damit du es noch erlebst. Wir beide können nicht mehr auf Eichen oder Buchen warten, aber ein paar könntest du doch setzen lassen, für die Jüngeren. Ich war heute nachmittag oben. Es sah so kahl aus.»

Paul ließ die Urkunde zu Boden fallen und umarmte Andy eine halbe Minute lang. Keines seiner Kinder hatte er je so umarmt, nicht einmal Mary.

Die weiße Fahne

1

Dies waren in gewisser Hinsicht die lohnendsten Jahre seines Lebens und ganz sicher die ruhigsten. Alter und Erfahrung ermöglichten es ihm, mit Menschen und Problemen objektiver umzugehen als es ihm in jüngeren Jahren möglich gewesen war. Und obwohl er am 1. Juni 1959 achtzig wurde, erfreute Paul sich einer ausgezeichneten Gesundheit. Er stellte fest, daß er nun die Stürme und Triumphe, die Niederlagen und Kontroversen der vergangenen Jahre nehmen und sie durch ein scharfes Gedächtnis sieben konnte, wobei er das Korn des gesunden Menschenverstands und der Freundlichkeit von der Spreu des Vorurteils und der Parteilichkeit trennte. Diese Fähigkeit feite ihn gegen die herrschende Stimmung des nationalen Pessimismus und des Selbstzweifels, die – so versicherten ihm Fachleute – eine Folge der Opfer zweier Weltkriege und des Verlusts eines Weltreichs war.

So wie Paul immer die Fruchtbarkeit des Tals im Fleisch seiner Frau verkörpert gesehen hatte, so sah er nun, daß die für ihn wichtigen Grundwerte erhalten blieben, wie sehr sich das Leben der Nation auch änderte. Natürlich war er in dieser Hinsicht sehr voreingenommen, und seine noch lebenden Altersgenossen waren keineswegs seiner Ansicht. Aber er hatte den Vorteil des täglichen Kontakts mit einem Schwarm von Enkeln und Patenkindern, und sie nährten seine natürliche Toleranz. Deshalb lehnte er es ab, gemeinsam mit den anderen Alten den Kopf zu schütteln, als die Pop-Art entstand, als der Sputnik im Weltraum kreiste und der antiautoritäre Kult zu Tortenschlachten in den Fernsehstudios führte. Er sagte sich, daß er das alles schon früher erlebt hatte, oder etwas sehr Ähnliches, und er hielt sich vor Augen, daß trotz all seiner Befürchtungen das Tal immer noch mehr oder weniger intakt war und die Briten immer noch den stillen Neid anderer Nationen weckten. Seine Beweisführung war einfach. Man verspottet nicht eine alte Dame, pflegte er zu sagen, die vom Leben überholt worden ist. Man läßt sie in Ruhe oder kichert hinter ihrem Rücken. Aber heute, nachdem fast jeder damit beschäftigt war, Großbritannien zu schmähen, war ihm klar, daß sie dies taten, weil sie das Land um seine hohe Kunst des Kompromisses beneideten.

Das bewies natürlich, daß er immer noch ein unverbesserlicher Chauvinist war, und er beschönigte dies nicht. Aber er konnte sich gegen seine seufzenden Nachkommen behaupten, weil er seine Argumente freundlich vorbrachte und sein Gedächtnis diabolisch gut war.

Am besten unter den Jungen hielt er sich bei der Jagd, denn er war immer noch dicht hinter den Treibern. Er war der einzige der ursprünglichen Talbewohner, der noch jagte. Er ritt nun seinen vierten Grauen, nicht gezählt den Schecken, mit dem er zwischen den Kriegen auf die Jagd gegangen war. Er zog mit Patricks Sohn Jerry los und manchmal mit Vanessa oder Simons Sohn Mark, zeigte ihnen die Abkürzungswege. Er kannte jede Wasserlache und jede Vertiefung mit trockenem Laub zwischen Dünen, Wald und Kliff, und wenn Gäste bei der Jagd die Richtung verloren, riefen sie einander zu: «Achtet auf den alten Herrn, der weiß, wo es hingeht.»

Andy hatte zum Erstaunen aller in Paxtonbury einen Antiquitätenladen eröffnet, den er mit seinem aggressiven Geschäftssinn bald zu einer Attraktion machte. Oft sah man in den fünfziger und zu Beginn der sechziger Jahre Paul und Andy gemeinsam bei Auktionen und Haushaltsauflösungen. Margaret war sehr froh über die Versöhnung zwischen den beiden, denn auch ihr eigenes Verhältnis zu Andy hatte sich bereinigt. Er hatte zu den ungestümen Tagen ihrer Ehe zurückgefunden, so daß sie an seinem Benehmen als Liebhaber immer erkennen konnte, ob er tagsüber gute Geschäfte getätigt hatte oder nicht.

Paul ließ auf Andys Rat hin Low Coombe wieder befestigen. Am Ende des Jahrzehnts war die durch den Erdrutsch geschlagene Wunde verheilt und nur noch an einem leichten Farbunterschied westlich von Low Coombe zu erkennen, wo ein kleiner Wald aus Fichten, Lärchen und norwegischen Kiefern den Hang halb bedeckte. Dazwischen hatte er ein paar Eichen anpflanzen lassen und Jerry, Patricks Sohn, erklärt, wenn er in seinem Alter sein werde, würden die Bäume etwas darstellen.

Jerry bewarb sich zu Pauls Freude um Low Coombe, und unter Patricks Anleitung baute er das alte Gutshaus wieder auf und pflügte das Land um, auf dem einst Shawcrosses Wohnwagen gestanden hatten. Es befriedigte Paul ungeheuer, daß ein Enkel des alten Tamer wieder in Low Coombe herrschte und das Gut schöner gedieh als je unter einem Potter.

Auch das Herrschaftsgut blühte unter Patrick und Mary, obwohl Patrick für Pauls Geschmack noch zu sehr zu Experimenten neigte.

Die beiden hatten nach Jerry noch drei Kinder bekommen, aber Mary sagte, Jerry würde wahrscheinlich der einzige hingebungsvolle Landwirt unter ihren Kindern werden.

Drüben auf High Coombe hatte sich der unberechenbare Dick Potter nach seinem schwerfälligen Vater Sam entwickelt und nicht nach seinem Onkel Smut, und er hatte das Glück, schließlich eine langbeinige Landwirtschaftsstudentin zu heiraten, die zehn Jahre jünger war als er und ihm alle achtzehn Monate ein weiteres Familienmitglied präsentierte. Paul hörte jedesmal das Geschrei, wenn er vorbeikam, und dachte an Maureens Ausspruch, daß eine junge Frau nur einen Fuß ins Tal zu setzen brauche, um schwanger zu werden. Paul wußte nicht, ob die Größe von Dicks Familie die Theorie bestätigte, denn die Potters waren ohnehin immer fruchtbar gewesen.

Weiter unten in Deepdene, dem alten Willoughby-Gut, wirtschafteten Nelson und Prudence Honeyman. Nelson gab die Schafzucht auf, Prudence eröffnete einen Reitstall mit Pferden, die sie bei Claires Schwester Rose in Gloucester kaufte. Paul billigte dies von Herzen, denn er freute sich am Anblick der Jungen, die durch die Wälder galoppierten und über gefällte Baumstämme setzten.

Auf Hermitage war Henry Pitts, wie Paul selbst, lange über die aktive Teilnahme an der Landwirtschaft hinaus, aber er hatte einen tüchtigen Verwalter und ein paar muskulöse Frauen. Henry wurde zunehmend dick, und das einzige, was an sein früheres Ich erinnerte, war sein langsames, breites Lächeln, das niemals von seinem Gesicht verschwand, nicht einmal dann, wenn er seine Verachtung für die «elenden Vorrichtungen» kundgab, womit er jede Maschine meinte, die seit 1913 auf dem Markt erschienen war.

Anfang 1961 wurde er krank und legte sich ins Bett, und als es zu Ende ging, schickte Ellie, seine zweite Frau, einen ihrer Dienstboten zum Herrenhaus mit einer dringenden Botschaft. Paul war binnen einer Stunde an seinem Bett und beklagte mit ihm die Abwesenheit seines Sohnes David, der nun in Kanada Landwirtschaft betrieb und nicht gerufen werden konnte. Henry, der immer noch grinste, wies jedes Mitgefühl zurück. «Na, Meister», sagte er trocken, «der muß jetzt selber sehen, wie er zurechtkommt. Es hat ja auch keinen Zweck, wenn alle ums Bett herumstehen und versuchen, nicht daran zu denken, wie das Erbteil aussehen wird, wenn die arme alte Kröte abkratzt.»

Henry hatte schon Hunderte von Talbewohnern «arme alte Kröten» genannt, aber Paul hatte nie gehört, daß er sich selbst so bezeichnete, und das zeigte Paul, daß es mit seinem alten Freund tatsächlich zu Ende ging. Henry war bereit, das zuzugeben, aber nicht um den Preis seines Grinsens. «In Wahrheit, Meister», schnaufte er, «wir beide haben sie tüchtig hereingelegt. Wenn ich an das miserable Schlammbad in Flandern denke und die ganzen mistigen Flugzeuge, die uns zwanzig Jahre später in die Luft jagen wollten ... Ich habe sechsundachtzig geschafft, nicht wahr? Und es ist noch nicht ganz aus.»

Es war jedoch aus mit ihm, und bei der Beerdigung überlegte Paul, daß er nun tatsächlich der letzte Überlebende aus der alten Brigade war, denn Smut Potter war im Jahr zuvor gestorben, nachdem er mit einer Versicherungssumme in Paxtonbury ein Bettengeschäft eröffnet hatte, und sein Bruder Sam war fast gleichzeitig gestorben. Der Übergang von den alten zu neuen Gesichtern war jedoch so allmählich vonstatten gegangen, daß Paul begann, vergleichsweise junge Leute wie Patrick und Nelson Honeyman als Veteranen zu betrachten.

Eveleigh – immer noch «der junge Eveleigh» – machte aus Four Winds, einst dem unglücklichsten Gehöft des Besitztums, einen großen Erfolg und gewann Preise auf Agrarausstellungen in so weit entfernten Orten wie Bath und Hereford.

Nach Coombe Bay begab sich Paul nicht mehr oft, es sei denn, wenn es galt, eine Ehrenfunktion in Simons Schule wahrzunehmen, wo der Junge – der «Junge» wurde nun bald sechzig – einen engen persönlichen Kontakt zu den neuen Familien angeknüpft hatte, die sich hier niedergelassen hatten, nachdem die Flutschäden behoben und die westliche Hälfte des Orts wieder aufgebaut worden war. Zu seiner eigenen Überraschung wurde Simon dann Direktor einer neuen Schule in Whinmouth, und die relative Selbständigkeit dieser Position erlaubte es ihm, neue Theorien über die Erziehung von Halbwüchsigen zu entwickeln und anzuwenden. Man sah ihn oft mit einigen Schülern im Gerichtssaal sitzen oder auf dem Kliff geologische Untersuchungen vornehmen, und jede Ostern fuhr er mit einer Gruppe nach Paris und jeden Sommer in die Normandie oder nach Flandern. Paul hatte den Eindruck, daß es ihm nicht nur Spaß machte, sondern daß er auch mit Würde alterte.

John, der Exzentriker der Familie, erlangte einen bescheidenen Ruf beim Fernsehen. Er spezialisierte sich auf Programme, wie Paul sie schätzte – «Die Quellen und der Verlauf der Themse» und ähnliche Themen –, alle präsentiert mit einem Humor, der den scharfen gesellschaftskritischen Kommentar über die Verwandlung John Bulls vom Farmer-Industriellen zum bankrotten Ex-Imperialisten milderte.

John, der mehr Humor und größere Toleranz besaß als alle Craddocks, konnte genau das Gleichgewicht halten zwischen Mission und Clownerie, und seine Sendungen bekamen gute Kritiken. Aber als Paul versuchte, ihn auf bestimmte Ziele festzulegen, wich er aus und sagte: «Um Gottes willen, hänge mir kein Etikett an. Das ist das einzige, was ich nicht tragen kann. Sagen wir einfach, ich verdiene meinen Lebensunterhalt auf die unterhaltsamste Art, die ich kenne.»

Paul hatte seine Lieblinge unter seinen Enkeln und Patenkindern, so wie Claire Vanessa bevorzugt hatte. Manchmal betrachtete er die eindrucksvolle Liste ihrer Namen und Geburtstage in dem alten Gutstagebuch. Es waren nun so viele – denn sieben Patenkinder datierten aus dem ersten Jahrzehnt im Tal, und danach kamen die drei Kinder Simons, Stevies Tochter, Marys vier und Karens fünf Kinder. Es war schwer zu glauben, daß es eine Zeit gegeben hatte, in der er um einen Nachfolger bangte.

Maureen Rudd lebte bis zum Sommer 1962. Sie starb mit achtundachtzig Jahren in Edinburgh im Haus ihres Sohns, der im Jahre 1912 zu Ehren seines Paten den Namen Paul erhalten hatte, und er schätzte Paul Rudds Geste, sie überführen zu lassen, damit sie inmitten so vieler ihrer Patienten beerdigt werden konnte.

Es war die letzte Beerdigung im Tal, der er beiwohnte.

2

An den Wahlen von 1964 zeigte er kein Interesse. Die Zeit seiner politischen Parteinahme, sagte er, sei lange vorbei, und er danke Gott dafür, denn jedem einsichtigen Mann müsse klar sein, daß Rhetorik der «Kieferfabrik an der Themse» sich über Themen wie Frauenwahlrecht, Generalstreik und das Debakel von München erschöpft hatte. Es hatte keinen Sinn, sie in dieser Zeit ernst zu nehmen, da die Unterhausmitglieder wie eine Reihe von Zirkuspferden in die Arena galoppierten und wieder hinausgeführt wurden. Der einzige Politiker, den er geschätzt hatte, war Jimmy Grenfell gewesen, aber selbst der hatte sich am Ende desillusioniert aus Westminster zurückgezogen.

Was ihn jedoch viel stärker interessierte, war Churchills letztes Krankenlager, und das überraschte alle, denn sie hatten es bis dahin für selbstverständlich gehalten, daß er nie ein Anhänger des Churchill-Kultes gewesen war, sondern ihn als einen Unruhestifter von

Lloyd Georges Art betrachtete, mit dem Trick, in Krisenzeiten die öffentliche Aufmerksamkeit auf sich zu lenken und sich dann in eine Ecke zu setzen und über Nichtigkeiten zu grollen.

Darin hatten sie, wie es schien, ganz unrecht, denn in den letzten Jahren hatte er Churchill als die Verkörperung einiger wesentlicher britischer Eigenarten angesehen, als eine Art Stammessymbol wie den Union Jack, die Schlachtschiffe des Ersten Weltkriegs, Roastbeef oder Kricket.

Sie wußten nicht, wie dies gekommen war, denn Paul war überzeugter Anhänger der Linken, der Rechten und der Mitte gewesen, je nachdem, wie er selbst den Puls der Nation interpretierte. Simon erinnerte sich daran, wie Paul mit Churchill sympathisierte, als man diesen im Ersten Weltkrieg zum Sündenbock wegen der fehlgeschlagenen Dardanellen-Expedition machte, wie er ihn in den zwanziger und frühen dreißiger Jahren ablehnte und ihm später, in der Zeit vor dem Krieg, applaudierte wegen seiner Grobheit und seinem Kampf um den Premierministerstuhl gegen den «Mann mit dem Regenschirm», Neville Chamberlain. Simon vermutete, daß Paul nun Churchill einfach als einen der wenigen Überlebenden seiner eigenen Generation schätzte.

Wie dem auch sei, er hörte begierig die Bulletins, als Churchill auf dem Sterbebett lag, und als die Beisetzung angekündigt wurde, sagte er zu Simon: «Das ist das Ende einer Epoche, meiner Epoche . . .»

Zwei Wochen nach seinem sechsundachtzigsten Geburtstag erhielt er die Nachricht, auf die er gewartet hatte. Vanessa hatten den Wettlauf um den Urenkel gewonnen und am Jahrestag ihrer Hochzeit einen neunpfündigen Jungen zur Welt gebracht. Sie arbeitete seit einiger Zeit in London als Journalistin und war mit einem fröhlichen, breitschultrigen jungen Mann verheiratet, der zwei historische Biographien geschrieben und einmal bei den Olympischen Spielen Großbritannien als Langstreckenläufer vertreten hatte. Zwei Tage später rief Karen an und teilte mit, daß sie Großmutter geworden war. Ihre älteste Tochter hatte vor einem Jahr ein Duplikat ihres Vaters geehelicht. Der knappe Ausgang des Rennens amüsierte Paul, aber er freute sich, daß Vanessa es gewonnen hatte, denn dies bedeutete für sie und ihren Hugo mehr als für Karens Tochter und ihren trockenen Mann.

Paul nahm das Gutstagebuch heraus, um die beiden Eintragungen vorzunehmen. Er blätterte es durch, verlor sich in Erinnerungen, als er über Trockenheiten und Rekordernten und Talgerüchte las, manche in seiner eigenen Handschrift aufgezeichnet, andere von Claire. Und ehe er das Buch wieder weglegte, zählte er seine lebenden Nachkommen zusammen und kam auf zwanzig aus drei Generationen. «Nicht übel, Mädchen», sagte er laut, als wäre Claire im Zimmer, «aber es wundert mich, daß es nicht doppelt so viele sind.»

Dann nickte er ein. Das Buch lag noch aufgeschlagen vor ihm. John und seine Frau Anne kamen zum Tee. Sie weckten ihn und erklärten, sie wollten eine Woche bleiben. Als sie sahen, was er geschrieben hatte, sagte Anne, bis Ende November würde die Summe wahrscheinlich einundzwanzig betragen.

Diesmal hatten sie ihn überrascht. «Das muß an meinen Augen liegen. Vor einem Jahr wäre mir so etwas nicht entgangen.»

Johns Besuch und die Tatsache, daß er in dieser Woche viermal Andy und Margaret und Simon und Evie ins Haus brachte, wirkte weit besser auf ihn als die Hustenmedizin und die Tabletten, die er nun regelmäßig nehmen mußte – so gut, daß John nach einem heimlichen Kriegsrat mit den anderen eine Ferienwoche in Cornwall absagte und noch länger zu bleiben beschloß, denn das Wetter versprach heiß zu werden, und er und Anne fuhren gern Wasserski in der Bucht. Paul begleitete sie zum Strand, aber der Ausflug ermüdete ihn so, daß er am darauffolgenden Tag im Bett lag und am Morgen danach lustlos oder nachdenklich schien – sie wußten nicht, welches von beidem zutraf. Simon kam um Mittag und verkündete, er habe einen Tag frei, und Patrick und Mary würden ebenfalls am Nachmittag zum Tee herüberkommen.

Ungefähr zwei Stunden vor dem Tee rief Paul jedoch Simon herauf, der ihn in einer Khakihose auf dem Bettrand sitzend antraf.

«Miserable Luft hier», sagte er. «Mach bitte das Fenster noch weiter auf.» Doch als das Fenster ganz geöffnet war, sagte er: «Es ist zwecklos, es muß fast dreißig Grad haben. Das wird eine phantastische Ernte geben. Ich will einmal mit dem jungen Eveleigh und Jerry sprechen, wie es aussieht.»

«Patrick kommt zum Tee herüber», sagte Simon. «Er wird es wissen.»

«Patrick. Ja, Patrick wäre der Richtige», sagte Paul so leise, als spräche er zu sich selbst. «Er würde es verstehen, glaube ich.»

«Was würde er verstehen, Chef?» fragte Simon, dem weder Pauls Stimme noch sein Aussehen gefiel.

«Entschuldige», sagte Paul zögernd, «ich dachte nur eben an ...» Doch dann sagte er entschlossen: «Ruf mir jetzt gleich einmal Patrick herüber. Sag ihm, er soll den Geländewagen mitbringen. Ich muß irgendwo hin, wo ich atmen kann. Schon gut, kein Grund zur Aufregung. Ich möchte nur, daß er mich für eine Stunde zu meinem Ausguck fährt. Zum Tee bin ich zurück, und ich will verdammt sein, wenn ich ihn mir hier auf dem Tablett heraufbringen lasse. Solches Wetter kann man nicht im Bett verpassen. Das hat in meinem Alter keinen Sinn. Also los, sei ein guter Junge, Simon! Rufe Patrick an und sag ihm, er soll den Karren mitbringen.»

Simon tat, worum er gebeten war. Dann nahm er John beiseite. «Ist das nicht ein bißchen riskant? Er will zum Französischen Wald hinauf. Ich glaube, er hat das Gefühl, wenn er im Bett bleibt, steht er nicht mehr auf. Ich kann mich nicht erinnern, daß er schon einmal so ausgesehen hat.»

«Du bist der Boss, wenn er nicht da ist», sagte John zu seinem um dreißig Jahre älteren Bruder. «Es ist deine Sache. Aber wie ich den Chef kenne, wird er doch tun, was er will, also läßt man ihm am besten seinen Willen. Kommt Patrick?»

«Er ist unterwegs. Ich sagte ihm das gleiche wie dir, aber er sagt, er hat ihn in letzter Zeit öfters hinaufgefahren. Offenbar kommt man jetzt mit dem Wagen ganz nah an den höchsten Punkt heran.»

«Also gut. Die haben so ihren Tal-Ritus, von dem wir nichts verstehen. Sag es den Mädchen. Ich gehe jetzt hinauf und helfe ihm.»

Doch als John in Pauls Zimmer kam, war dieser schon ausgehbereit. Er trug zu seiner Khakihose einen alten grauen Pullover und ein Paar derbe Schuhe. Er zündete sich gerade eine Zigarette an und beantwortete den leicht vorwurfsvollen Blick seines jüngsten Sohnes mit den Worten: «Ich weiß, ich weiß. Aber ich habe Appetit darauf. Es ist die erste seit achtundvierzig Stunden.» Er sog den Rauch ein und sah wie ein Pennäler aus, den man auf dem Speicher mit einer gestohlenen Zigarre erwischt hatte. Patrick und Mary kamen ein paar Minuten später mit ihrem Geländewagen an. Patrick hatte Frühgetreide geerntet, und sein Gesicht hatte die Farbe reifer Gerste. Paul wünschte, noch mehr seiner Familienmitglieder verbrächten ihre Zeit im Freien. Bei John erkannte man die Wirkung von einer Woche Wasserski und Sonnenbaden, aber Simon sah man es an, daß er den größten Teil seines Lebens in geschlossenen Räumen lebte. Und Andy hatte man das letzte Mal seine sechsundfünfzig Jahre auch angesehen, während man Mary ihre vierundfünfzig nicht ohne weiteres abnahm.

«Patrick sagt, du willst zum Französischen Wald?» sagte Mary. «Willst du nicht lieber erst nach dem Tee fahren, wenn es kühler ist?»

«Nein, dann ist alles ruhig, und ich will es in Aktion sehen», antwortete er. «Außer dem Ausflug zu dem verdammten Lido neulich kam ich in Wochen nicht über das Pförtnerhaus hinaus. Ich mag Sonne. Habe ich immer gemocht. Je heißer, um so besser.»

Patrick und Paul fuhren an Hermitage vorbei, wo Ellie Pitts' Vorarbeiter mit einem Traktor arbeitete, und dann über die Weide auf die Bäume an der Rückseite des Französischen Waldes zu, wo ein bei trockenem Wetter befahrbarer Weg war.

Der Stechginster zwischen dem Waldrand und Hermitage blühte, und zwischen den großen gelben Büscheln wuchsen Äcker voll Heidekraut. «Der alte Henry, und nach ihm David, wollten das Zeug ein paarmal roden und das Weideland vergrößern. Aber das klappte nicht richtig, nicht wahr?» sagte Patrick.

«Glücklicherweise nicht», antwortete Paul. «Man kann auch zuviel roden, und wenn man nicht aufpaßt, sieht es nachher wie ein Schrebergarten aus.» Und nach einer Pause: «Laß sie nicht zu viele Veränderungen vornehmen, Patrick, wenn ich nicht mehr da bin. Du mußt natürlich mit der Zeit gehen, aber laß das Holz stehen, und rühre den Französischen Wald nicht an.»

«Nun, für das Herrschaftsgut kann ich einstehen, und unser Jerry wird sich um Low Coombe kümmern», sagte Patrick, als sie in den Weg einbogen, der durch die Anpflanzung führte. «Das übrige ist Simons Sache. Er wird zu bestimmen haben, was geschieht, nicht wahr?»

«Wenn er will», sagte Paul und war froh, daß Patrick nicht in den üblichen Sermon einstimmte, Paul werde noch eine Ewigkeit leben, wozu sich einige Familienmitglieder verpflichtet fühlten. «So, das genügt jetzt. Von hier an komme ich allein bis zur Kuppe hinauf. Und bleib ja nicht stehen und warte wie ein Chauffeur. Ich werde mich eine Stunde sonnen. Geh wieder an deine Arbeit, mein Junge, und schick mir um halb fünf jemanden herauf.»

Patrick wunderte sich nicht über die abrupte Entlassung. Es war das fünfte oder sechste Mal in den letzten Monaten, daß er gerufen worden war, um den alten Herrn in die Nähe der Kuppe zu fahren. Trotzdem blieb er noch stehen und sah ihm nach, wie er langsam den Weg hinaufging und sich dann auf dem Ulmenstamm niederließ, den der Vorarbeiter von Hermitage auf seine Bitte hin in einen Sitzplatz verwandelt hatte. Dann wendete er den Wagen zwischen einer Eberesche und einer Silberbirke und fuhr den Weg zurück, den er gekommen war.

3

Sie begannen alle zu laufen, als sie das Taschentuch in seiner linken Hand hängen sahen und seinen Kopf nach hinten gebeugt, wo er auf einem Ast der gefällten Ulme ruhte.

Das Taschentuch hing da wie eine gesenkte Fahne an einem windstillen Tag, die Bügelfalten so reglos wie die Finger, die es hielten. Simon, der als erster da war, brauchte nicht die Routine-Tests zu machen. Pauls Hände und sein Gesicht waren noch warm, er konnte erst seit fünf Minuten tot sein, und das Bewußtsein, um so weniges zu spät gekommen zu sein, trieb Simon die Tränen in die Augen. Doch dann kam ihm ein Gedanke, der ihm half, sein Schuldgefühl zu beruhigen: Wenn Paul Craddock einen Tod für sich erfunden haben würde, dann wäre es ein Tod unter genau diesen Umständen gewesen – auf der Anhöhe, im Freien über seinem Tal an einem schläfrigen Sommernachmittag. Sie hatten alle ihre Lieblingsplätze im Tal, und dies war der seine gewesen, soweit Simon sich zurückerinnern konnte. Und als er neben John und Patrick dastand, war es dieser Gedanke, der sich aus seinen widerstreitenden Gefühlen herausschälte und ihm einen gewissen Halt gab.

Es war schade, fand er, daß man ihn nicht hier beerdigen konnte, ohne Aufhebens und ohne Klagen. Es gab nichts zu klagen, wie es hätte der Fall sein können, wenn er im Bett gestorben wäre in einem Haus voller flüsternder Verwandter und bei geschlossenen Fenstern. Und dann sah er wieder das Taschentuch, und diesmal kam es ihm wie eine weiße Kapitulationsflagge vor, ein Zeichen der Unterwerfung, aber keinesfalls der bedingungslosen Kapitulation – ein Mann, der gekämpft hatte, seit er ins Tal geritten kam, der sauberer als die meisten gekämpft hatte mit selbstgeschmiedeten Waffen und nach dem Leitfaden der Klugheit und der Menschenliebe.

Patrick, bei weitem der nüchternste, sagte: «Denkst du das gleiche wie ich, Simon?»

«Daß er es so gewollt hat? Ja, so etwas Ähnliches, Patrick. Ich hatte am Nachmittag so ein Gefühl, als ich in sein Zimmer kam. Mir gefiel der Gedanke an diesen Ausflug nicht.»

«Ich bin froh, daß du es ihm nicht ausgeredet hast», sagte Patrick und beließ es dabei.

John, weniger schockiert als Simon, nahm das Taschentuch, faltete es sorgfältig zusammen und steckte es in die Tasche. Patrick beantwortete die Frage, die er eben stellen wollte. «Er hat keine Schmerzen gehabt, diesmal nicht. Du brauchst ihn nur anzusehen.»

Dann fügte er hinzu: «Er war ein Mann, in jeder Hinsicht. Und er war der beste Freund, den ich hatte.»

Sie sagten nichts darauf. Jeder war damit beschäftigt, den Verlust abzuschätzen, und jeder schätzte seinen Verlust anders ein. John war er immer als ein alter Mann erschienen, einer, der Weisheit besaß, enorme Erfahrung und eine schroffe Freundlichkeit ausstrahlte. Simon konnte sich viel weiter zurückerinnern an eine Zeit, als Paul mit ihm vor über vierzig Jahren durch einen anderen Wald gewandert war und ihm vom Tod seiner Mutter erzählt und dann voll Toleranz über die Leute gesprochen hatte, die sie getötet hatten. Toleranz, so schien es ihm, war das eigentliche Wesen dieses Mannes gewesen, obwohl es viele Menschen geben mochte, die ihm alle möglichen Tugenden zugestanden hätten, nur gerade diese nicht. Er war dagegen gewesen, als Simon in den spanischen Bürgerkrieg zog, aber er hatte ihn zwei Jahre später abgeholt und nach Hause gefahren nach seinem Aufenthalt in Francos Gefängnissen. Er war immer mit seinem Rat zur Stelle gewesen, aber wenn man diesen Rat in den Wind schlug, hielt er es einem später nicht vor und zeigte sich nicht als der, der es besser gewußt hatte. Wenn das nicht Toleranz war – was war es dann?

«Könntest du und John ihn zum Geländewagen tragen, Patrick? Ich möchte noch ein paar Minuten hierbleiben. Ihr könnt warten oder nach Hause fahren, wie ihr wollt.»

«Wir warten», sagte Patrick.

Inhalt

Viertes Buch

Fünftes Buch

Sechstes Buch

Siebentes Buch

828/5